中華書局

春秋左傳詁注讀本

（繁體本）

李學勤　著

图书在版编目（CIP）数据

宋代志怪传奇叙录/李剑国著.—增订本.—北京：中华书局，
2018.8（2025.4 重印）
ISBN 978-7-101-13351-6

Ⅰ.①宋… Ⅱ.①李… Ⅲ.①志怪小说-小说研究-中国-宋代
②传奇小说-小说研究-中国-宋代 Ⅳ.I207.41

中国版本图书馆 CIP 数据核字（2018）第 157652 号

书 名	宋代志怪传奇叙录（增订本）
著 者	李剑国
责任编辑	张继红
责任印制	陈丽娟
出版发行	中华书局
	（北京市丰台区太平桥西里 38 号 100073）
	http://www.zhbc.com.cn
	E-mail:zhbc@zhbc.com.cn
印 刷	河北鸿祥信彩印刷有限责任公司
版 次	2018 年 8 月第 1 版
	2025 年 4 月第 2 次印刷
规 格	开本/850×1168 毫米 1/32
	印张 26 插页 2 字数 630 千字
印 数	3001-4200 册
国际书号	ISBN 978-7-101-13351-6
定 价	128.00 元

目　録

第二編　北宋中期（1023—1067）

第三編　　北宋後期（1068—1126）

第四編　南宋前期（1127—1162）

第五編　南宋中期(1163—1224)

第六編　南宋後期（1225—1279）

附編　遼金志怪傳奇

附考　存目辨證

宋人小説：巔峰下的徘徊（代前言）

　　文言小説大體經歷了四變：由志怪而傳奇，此第一變；元明以宋遠《嬌紅記》爲首的長篇文言小説大批出現，此第二變；再到融合傳奇、白話小説筆法的《聊齋志異》，此第三變；近代的文言新小説，是第四變。這幾次重大變化，都包含着小説觀念、創作方法的變革和文體創新的根本性意義。

　　宋人文言小説是不幸的，它生不逢時地夾在唐傳奇和元明長篇兩座巔峰中間，顯得那麼晦氣倒楣，遠不如它身邊的話本小説風光——由於開創了通俗小説的新世紀而備受小説史家青睞。這有點類似宋詩之於唐詩之於宋詞。無論宋詩怎樣努力都逃不開唐詩巨大光環的籠罩，批評家總愛把它放在唐詩背景中評頭論足，倒是發源於民間的詞在宋人手裏大放異彩，以致於唐詩宋詞並稱而沒有宋詩的份。這也有點類似宋人之於唐人。雖說兩宋長達三百一十九年，比唐朝整整多出三十年，以後的元明清也沒有一個趕上它的，但一直是積弱積弊地挨時光，日子過得窩窩囊囊。宋代實行重文輕武的文官制度，“杯酒釋兵權”，軍隊沒有戰鬥力，皇帝們更是胸無大志。這是個“長使英雄淚滿襟”的時代。外敵入侵竟被抓走兩個皇帝，此等恥辱，只有西晉才有，但比西晉還甚——人家懷、愍二帝好歹不是同時被抓走的。“靖康恥，猶未雪；臣子恨，何時滅？”直到宋亡，這恥這恨也雪不成滅不了。

　　翻開《中國歷史地圖集》再看看我們的“大宋”，這塊欺負老柴家八歲小娃娃很不光彩地搶來的地方，再經擴充，也不過北起河間府，南至瓊州，西起成都府，東至東海，比起大唐遼闊疆域大約只佔四五分之一。南宋更慘不忍覩，四周是金、西夏、蒙古、西遼、吐蕃、大理，自己只佔一小塊地方。按“天下”的概念，兩宋實際就是個地區性政權，好比戰國時代之一國。高宗紹興十四年（1144），虔州民破開房屋朽柱發現中有“天下太平年”五個字（《宋史·高宗紀》），這不知是上天的作弄還是小百姓的期盼，宋朝實在是既不“天下”也不“太平”。契丹人、党項人、女真人的長期嚴重威脅，似乎消磨盡了宋人的豪氣：“全國士民，多不像樣”（魯迅《墳·我之節烈觀》），自卑、狹隘、怯懦，一副小家子氣和敗落氣，全没了唐人氣象。

　　總之宋人宋詩都是“衰于前古”①的了，這樣宋人小說的挨罵也幾乎是命中注定的。如果説楊升庵説“宋人小説不及唐人”（《譚苑醍醐》卷七《小説》），馮鎮巒説“小説宋不如唐”（《讀聊齋雜説》）還只是一種歷史退化論的崇古心理在作怪的話，因爲他們緊接着又説“唐人小説不及漢人”，“唐不如漢”，那麼胡應麟的批評——“小説唐人以前紀述多虛而藻繪可觀，宋人以後論次多實而彩豔殊乏。蓋唐以前出文人才士之手，而宋以後率俚儒野老之談故也。”（《少室山房筆叢》卷二九《九流緒論下》）和魯迅的批評——“宋一代文人之爲志怪，既平實而乏文采，其傳奇，又多托往事而避近聞，擬古且遠不逮，更無獨創之可言矣。”（《中國小説史略》第十二篇《宋之話本》）則是直攻其弊了，語言實在尖刻！

　　平心而論，如果從數量上説，宋人志怪傳奇不算少，現存和可考的多達二百餘種，與唐人旗鼓相當，一點也不落後；而且因

① 金王若虛《滹南遺老集》卷四〇《詩話》：“宋人之詩雖大體衰于前古，要亦有以自立，不必盡居其後也。”

有四百二十卷的超級小説集《夷堅志》的存在——全書故事估計多達五六千個，現存仍有二千八百多個，因而從篇（條）數上説更是超過唐人。數量上的繁盛是因爲小説在宋代文人中有着極好的生長土壤。喜歡讀小説的人多。宋初錢惟演自稱"平生惟好讀書，坐則讀經史，臥則讀小説，上廁則閲小辭"（歐陽修《歸田録》卷二）。文人不比市井細民可以隨意在瓦舍勾欄中消磨時光，因而臥讀小説就成爲士大夫文雅的娛樂消遣方式。南宋洪适在一首題爲《還李舉之太平廣記》（《盤洲文集》卷四）中説"午枕黑甜君所賜"，説的也是同樣意思——這習慣現代人仍還保留着。不僅"臥讀"，讀後還要聚談，南宋張邦基説："建炎改元，予閑居揚州里廬，因閲《太平廣記》，每遇予兄子章家夜集，談記中異事，以供笑語。"（《墨莊漫録》卷二）夜集談異——也不一定非得在夜晚——是中國古代文人的一種持久不衰的普遍習俗，蘇東坡"姑妄言之"地强人説鬼的有名例子（葉夢得《避暑録話》卷上）就不用説了，他弟弟蘇轍竟也曾在夢中聽人説異，一首詩題爲《正旦夜夢李士寧過我談説神怪久之，草草爲具，仍以一小詩贈之》（《欒城集》卷一三）便是證明。還可舉出陸游的《致齋監中夜與同官縱談鬼神效宛陵先生體》一詩（《劍南詩稿》卷二〇）："五客圍一爐，夜語窮幻怪。或誇雷可斫，或笑鬼可賣。……"描寫夜話神鬼煞是生動。陸游本人喜談鬼神而不寫鬼神小説，《老學庵筆記》並不算數；而他的朋友王明清則在"夜漏既深，互談所覩，皆側耳聳聽，使婦輩斂足，稚子不敢左顧，童僕顏變於外，則坐客忻忻，怡怡忘倦，神躍色揚"（《投轄録序》）的恐怖氣氛中寫出本《投轄録》。大凡文人小説多取資於聞見，有了衆多的人"縱談鬼神"，於是小説便有了來路；有了衆多的人"臥讀小説"，於是小説便有了去途，結果必然是小説創作的興旺。這還只是從文人小説的一般創作規律上説的，如果再考慮到宋人所具備的兩個唐人比不上的條件，即唐人小説巨大慣性力量的縱向衝擊作用和宋代説話的横向影響作用，如果再考慮刻書業的發達給小説提供了極便利的傳播條件——這也是唐人所缺乏的——並因此而造成宋人喜著書的風氣，那麽宋代文人小説創作的活躍還會獲得理由更加充分的解釋。

但宋人小説挨批評並不在於它蕭條冷落，敗落了祖宗的基業，當注目於藝術水準的時候，就不能不感到胡、魯的批評不是没有道理。觀唐人小説，如同身在寶山，琳琅滿目；觀宋人小説，却總有沙裏揀金之感，尋尋覓覓的，即便有所收穫，也總覺成色不足，如同雞肋，食之無味，棄之可惜。就最有名的《青瑣高議》和《夷堅志》來説，其總體成就確實難得和唐人小説相提並論。《青瑣高議》收有不少宋人傳奇，許多作品在題材筆意上模仿唐傳奇，而又常常形神皆失，或平實而欠幻麗之趣，或拘束而乏飛動之致，不時透出一股子腐氣和獃氣。拿秦醇《温泉記》來説，同樣寫書生豔遇——一個唐人屢寫不絶而又屢出佳制的熱門題材，但看作者寫張俞與太真對浴對眠，羞羞答答，藏頭露尾，真是給"發乎情而止乎禮"的古訓做了注脚。他另一篇《驪山記》，老翁對張俞談明皇貴妃舊事，襲用的是唐人鄭嵎《津陽門詩》和陳鴻祖《東城老父傳》的手法，而堆垛故實，徒獵奇豔，難得再有《東城老父傳》的深邃嚴峻。洪邁曾以一部《夷堅志》卷帙抵得上半個唐朝沾沾自喜，對於《唐史》所標百餘家小説只舉出《玄怪録》等九種以爲"整齊可玩"，其餘"多不足讀"（《夷堅支癸序》），眼光挑剔得很，其實他的《夷堅志》佳什很少，不僅像《玄怪録》中許多妙麗警絶的作品根本見不到，即與被他譏爲"大謬極陋，污人耳目"的柳祥《瀟湘録》相比，人家那種幻設詭遠、文情具足的長處也足以使《夷堅志》爲之黯然。嚴格地説《夷堅志》只是一部故事彙編，説得再嚴格點，它好比是一大堆磚瓦木料，甚至是優質材料，却總不是結構精緻的一座座亭臺樓閣。福斯特説得好，故事只是最低級最簡單的"文學有機體"①，它只有在獲得其他複雜的文學因素後才能成爲小說。

　　許多宋人走着兩個極端：要不規撫唐人傳奇，要不追步六朝舊式，前者是模仿，後者是擬古，要之都缺乏獨創。獨創需要大眼光大手段，宋人實在缺乏；甚至模仿也需要具備足以亂真的才力，宋人也未免欠缺。宋人總結唐傳奇說是"文備衆體，可以見史才、詩筆、議論"（趙彥衛《雲麓漫鈔》卷八），這話極對，可惜宋代傳奇作家往往注重這種表面形式，至於那史才詩筆如何如何就不大考究了。

　　即以志怪體而論，這不需花多少筆墨去慘澹經營，一個小故事一個片斷而已，奇怪的是詭麗雋永的故事也並不很常見！花妖狐魅難道都被唐人說盡了？好文章難道都被唐人做盡了？錢鍾書先生論宋詩，說是"有唐詩作榜樣是宋人的大幸，也是宋人的大不幸。看了這個好榜樣，宋代詩人就學了乖，會在技巧和語言方面精益求精；同時，有了這個好榜樣，他們也偷起懶來，放縱了摹仿和依賴的惰性"（《宋詩選註序》）。宋人在小說方面比詩歌方面惰性還要大得多，連在技巧語言方面的精益求精也懶得去弄。

　　於是宋人小說終於帶上了兩個顯眼的藝術缺陷：一個是平實化——前人已經指出來了；另一個是道學化。所謂平實化說的是構思方面的想像窘促，趨向實在而缺乏玄虛空靈，語言表現方面的平直獃板而缺乏筆墨的鮮活伶俐、含蓄蘊藉。所謂道學化說的是在創作動機和主題表現上對於封建倫理道德的過分執

---

① 英國愛·摩·福斯特著、方土人譯《小說面面觀》："故事是最低級、最簡單的文學有機體。然而，它不是所有一切通稱爲小說的十分複雜的文學有機體所共有的最高因素。"《小說美學經典三種》，上海文藝出版社，1980，第222頁。

著，常又表現爲概念化和教條化。妙得很！宋詩大抵也有這兩個毛病。清人邵長蘅説"唐人尚醖藉，宋人喜逞露"（《邵子湘全集·青門賸稿》卷四《研堂詩稿序》），錢鍾書説宋詩"愛講道理，發議論，道理往往粗淺，議論往往陳舊"（《宋詩選註序》）。真是一母雙胎，難兄難弟，一樣的遺傳基因。

這與宋人的思想觀念和小説觀念密切相關。宋人談小説功能常拾取古人話頭，要不"補史闕"，要不"助名教"。唐人也説這些話，但唐人還説過"不爵不觚，非魚非炙，能悦諸心，聊甘衆口"（温庭筠《乾𦟼子序》），更看重小説的審美娱悦功能。宋人談創作方法常以"信以傳信，疑以傳疑"的古則爲法。唐人也説過，但唐人還説過"著文章之美，傳要妙之情"（沈既濟《任氏傳》），更看重對"文采與意想"的表達。功利的和審美的，歷史的和藝術的，傳信的和傳奇的，實録的和虛構的，差別就在這裏！於是我們會看到這樣一些情況：宋人小説中大量出現以記朝野遺聞、名人軼事爲主的雜事小説，即在志怪傳奇小説集中也往往攙雜許多實在而無小説意味的紀實文字。南宋張邦基在《墨莊漫録跋》中以"所書者必勸善懲惡之事，亦不爲無補於世"和足備"史官採摭"爲標準，公然排斥"神怪茫昧，肆爲詭誕"如《玄怪録》、《河東記》等一類作品，以爲"蓋才士寓言以逞辭，皆亡是公烏有先生之比，無足取焉"，而羅列"近世諸公所記可觀可傳者"如《楊文公談苑》等四十六種稗官小説，無一爲志怪傳奇。張世南在《遊宦紀聞》卷四也斥責"神仙方技祕怪之事……詭誕不經，無補世教"。他們壓根兒就不懂得小説藝術，不明白小説創作的虛構規律，體會不出幻設想像的審美效能。對小説藝術特性的麻木無知，甚至也表現在小説家身上，對於虛幻和傳聞之事也往往傻裏傻氣地以務實求信的態度看待。如洪邁，明明一個關於林靈素降仙的故事純屬虛誕，偏要追究是不是這位道士在玩魔術蒙人（《夷堅志補》卷二〇《神霄宫醮》）；明明聽到一個估客航海被巨魚所吞的故事純係烏有只管記下來就是，偏要死心眼地追問"一舟盡沒，何人談此事於世乎"（《賓退錄》卷八引《夷堅戊志序》）；明明秦少游和長沙妓女戀愛的一段故事出於傳聞，偏要考證有無，爲自己輕率記入《夷堅己志》而追悔莫及（《容齋四筆》卷九《辯秦少游義倡》）。這種求實心理和史家傳信意識的活躍，不能不造成靈感的枯窒和想像力的鈍化萎縮。而當把故事素材正式寫成作品的時候，便又常常依循歷史家的實錄原則，"每聞客語，登輒紀錄"（《夷堅支庚序》），人物事件時間地點不敢有所更動，"得歲月者紀歲月，得其所者紀其所，得其人者記其人，三者並書之備矣，闕一二亦書，皆闕則弗書"（王質《夷堅別志序》），並常常注出聞見來由，以求取信，使人相信"皆表表有據依者"（《夷堅乙志序》）。記錄代替了創作，作家進行創造加工的自由性作繭自縛地被取消了，自由的作家成爲材料的奴隸！總之宋人小説作者的小説觀念和創作方法趨於保守落後，使得他們創作意識淡漠，缺乏唐人那種"作意好奇"的"幻設"意識，靈氣不足，想像力遲鈍，筆頭過分老實。清人吳喬批評宋詩"唯賦而少比興，其詞徑以直，如人而赤體"（《圍爐詩話》卷一），小説更是這樣。

　　一方面是唐人小説的自覺起碼在不少宋人那裏又回到不自覺或半自覺，一方面則是執著於道德教化的徹底自覺——而在唐代倒常常不是十分自覺的。這是因爲在"唐之有天下數百年，自是無綱紀"（《二程外書》卷一〇《大全集拾遺》）的背景中唐人思想較少束縛，而宋人却多了理學或曰道學——一種肇端於"宋初三先生"（胡瑗、孫復、石介），正式創立於北宋周（敦頤）、邵（雍）、張（載）、程（程顥、程頤），集大成於南宋朱熹，再由宋理宗大力提倡的，以"三綱五常"爲"天理"的極端化儒學——的嚴重思想統治。"學士搢紳先生，談道德性命之學，不絶于口"（《宋史·藝文志序》），宋人的價值觀和思維方式被規範在理學樊籬中了。影響所及，便是小説創作中追求懲勸目的的刻板偏重，主題的倫理化，作品的道學氣。於是我們會看到，在大量愛情小説中價值天平由情向理傾斜，義娼貞婦之作比比皆是，人情人欲人性受到蔑視，稍一涉情涉欲便被"存天理去人欲"的教條打退。許多作者煞是痛苦，欲説還休地寫情，裝模作樣地談理，扭曲的人格，扭曲的文章——前邊所提《温泉記》就是；要不作者倒是真誠的，正人君子，道貌岸然，大義凜然，但又扭曲了人物，扭曲了真實——《李師師外傳》就是。"懲勸"中常又裹挾着宗教，宗教和道德結伴而行，便有連篇累牘的勸善報應之作，百分之九十以上的味同嚼蠟。如果説宗教題材的世俗化是唐小説的一大進步，那麼宋人多又由世俗回歸宗教。於是人鬼人妖戀愛的優美大受破壞，總有法師出來制鬼伏妖，即便某些較重情致的作品也不能免此，也用一番亦儒亦道亦佛的大道理來遏制"淫欲"之情——錢易《越娘記》就是。

或許我們對宋小説過分苛刻。怪不得我們。批評的規律是這樣的：越是古老的東西越要發現它的美處，越受到憐愛和寬容，因爲它是從無到有，而對晚出的東西則要嚴厲得多。這是合理的。贊美新石器時代陶器的語言不能加在農村大粗碗上，雖然後者的工藝可能比前者更好。超時空的絶對比較評判毫無意義，只能以前人來參照評判後人。當你站在前人肩上的時候，你就應當摘取比前人更爲豐富的果實。假定宋人小説和唐人小説換個位置，結論將大不相同，宋人小説將大受寵愛，唐人小説或許也不再讓人過分地驚詫。但歷史不能假定，這樣就活該宋人小説不走運，誰叫它前邊有《鶯鶯傳》有《霍小玉傳》有《玄怪録》有《纂異記》而不只是《搜神記》呢！

但如果不是用唐傳奇的高標準要求宋人，如果不是從總體上看而是從局部從個體上看，宋人小説尤其是宋傳奇也盡有較順眼的東西；即從總體上看它也有些足以區別於唐小説的特色。

正因爲這樣，所以當胡元瑞對宋人小説大發脾氣的時候也竟有說好話的，這就是明編《五朝小説》中《宋人百家小説》桃源居士的序——“（小説）尤莫盛於唐，蓋當時長安逆旅，落魄失意之人，往往寓諷而爲之。然子虚烏有，美而不信。唯宋則出士大夫手，非公餘纂録，即林下閒譚，所述皆生平父兄師友相與談説，或履歷見聞，疑誤考證，故一語一笑，想見先輩風流。其事可補正史之亡，裨掌故之闕。較之段成式、沈既濟等，雖奇麗不足而樸雅有餘。彼如豐年玉，此如凶年穀；彼如栢葉菖蒲，虚人智靈，此如嘉珍法酒，飲人腸胃：並足爲貴，不可偏廢耳。”進哪家廟燒哪家香，議論自然要産生感情偏向，批評標準也不盡合理，比如“美而不信”到底好不好就含混其辭，不過他指出宋人小説“雖奇麗不足而樸雅有餘”，用“樸雅”概括它的特點却是有眼光的判斷。

　　由“樸雅”再回到“平實”。其實樸雅和平實所概括的事象往往是同一個，不過是從兩個極端去着眼。實實在在的而趨於平庸淺薄，是謂平實；實實在在的而趨於平淡有味，是謂樸雅。這就像一隊淡妝女子，有的淡掃蛾眉而自見嫵媚，有的青衣素衫而形容枯槁。所以伴隨着宋人小説的平實化，確也有樸素化的特色，即用普普通通的平易語言去表現普普通通的樸實情感，不事藻飾，不求工麗，没有奇兀，没有騰挪，没有轟轟烈烈。淡茶之於濃釀也是一種美學風格，看慣了哀感頑豔的唐人傳奇讀讀這類作品至少可以换换口味，這是宋人小説在美學風格上的一點創造。不過對此不能估價太高，因爲即便是具備這種特色的較好作品，也往往露出點枯窘之象。樸素可矣，平淡可矣，而要生聚散發出醇厚的樸素美平淡美——樸素中見出麗澤，平淡中見出濃郁——却大不容易，宋人小説一般難以達到這種境界。

　　應當予以特别注意的倒是另一個有聯繫的特色即通俗化，或曰市井化，具體説就是市井細民題材向文人小説大量湧入，並伴隨着情感趣味上市井氣息的彌漫和通俗語言的運用，或者題材雖非市井却經過了市井化的審美處理。這種現象在唐代少見，至少没有形成氣候，到了宋代尤其是南宋却成爲突出醒目的現象。所以馮夢龍説"大抵唐人選言，入於文心；宋人通俗，諧於里耳"(《古今小説叙》)。這裹可以舉出北宋無名氏的《鴛鴦燈傳》。且不説它語言淺俗，"解元"、"官人"、"大夫"之類的民間稱呼，單看那擲絹覓偶，二女爭夫，包公斷案，即知這個才子佳人型故事的軀殼裹包納的却是典型的市民意識和情趣。斷案必賴包公而全不顧包公是何時人在何地居官。類似的還有《北窗記異》中的《黄損》，所及唐代制度史實都不大實在。市民有市民的趣味，他們不像文人那樣諳熟歷史，一涉史實便鑿鑿有據，哪怕寫的是妖魔鬼怪；市民心目中的歷史人物事件都是假定的、想當然的，説着順嘴聽着順耳就行。市民甚至也不過分講究生活邏輯，但在不合情理的描寫中却吻合着他們的情感邏輯和思維邏輯。這裹還可舉出南宋沈某人的《鬼董》。它大量描寫市井村野之事，諸凡僧尼、術士、胥吏、客旅、屠夫、村民、妓女都成爲重要角色。如果再加上也出自南宋的《清尊録》、《投轄録》、《摭青雜説》、《夷堅志》等，你簡直會看到一幅《清明上河圖》式的社會畫卷！

應當再提到洪邁，從他總體趨於保守的小説思想中竟也可以挖掘出閃光的東西，即對市民題材的重視。他在《夷堅丁志序》中設立"假想敵"攻擊自己，説他的故事"非必出當世賢卿大夫，蓋寒人、野僧、山客、道士、瞽巫、俚婦、下隸、走卒，凡以異聞至，亦欣欣然受之，不致詰"。依照傳統，文言小説基本上寫士大夫圈子，唐人小説就是這樣，可洪邁不管這些，不問雅俗文野，一律來者不拒。這自然主要和他"貪多務得"急於成書有關，但起碼也表明他對"賢卿大夫"以外的題材並無偏見。這種寬容態度儘管和自覺的審美取向有一定距離，但却爲市民題材大量進入文人小説打通了管道。就這樣宋代許多小説家在不很自覺的狀態中偷偷開始了小説題材領域的一場革新，隨帶的是他們審美視野的擴展和審美趣味的一定轉移。

宋人小説的通俗化開始造成這樣一種趨勢——文人文言小説和市民話本小説一定程度的合流趨勢，這在小説史上是意義重大的。如果説唐人一般還以士大夫的矜持傲慢眼光看待"人（民）間小説"和"市人小説"的話，那麼在城市經濟繁榮背景中崛起的宋代市民説話藝術却不能不叫文人們刮目相看——單看出自文人手的《東坡志林》、《東京夢華録》、《夢粱録》、《武林舊事》等等爲數不少的著作，對於包括説話在内的民間藝術表現出那麼大的關注度就清楚了。士大夫文人屈尊紆貴地接近了"下里巴人"，把説話中的某些有趣故事——如《鴛鴦燈傳》，《鬼董》中的《樊生》大約也是——拿過來，順便也拿過説話人捏合提破的手段，並照着説話人的情趣所在，把攝材角度擴展到市民社會。儘管尚嫌遲鈍，不像説話人在向文人小説學習方面表現出極大的敏捷和熱情，但這有意義的一步終於是邁出來了。

對於二百多種宋人小説——只限於真正小説意義上的單篇傳奇文和志怪傳奇小説集——進行分期和規律描寫是麻煩的。不大好把握它的節奏和段落，不像唐人小説那麼較爲明顯。這裏勉强遵照這麼幾個原則——題材和取材的趨向，文體的趨向，代表作品的分佈，作品數量的多寡等，並以完整的帝王統治年代爲時間座標而不硬行切割——把宋人小説的發展劃爲六期：北宋前期（960—1022），即太祖、太宗、真宗三朝，凡六十三年；北宋中期（1023—1067），即仁、英二朝，凡四十五年；北宋後期（1068—1126），即神、哲、徽、欽四朝，凡五十九年；南宋前期（1127—1162），即高宗朝，凡三十六年；南宋中期（1163—1224），即孝、光、寧三朝，凡六十二年；南宋後期（1225—1279），即理、度、恭、端、趙昺五朝，凡五十五年。

　　北宋前期約有單篇傳奇文七篇，小説集二十四種。五代小
説創作只西蜀、南唐較不寂寞，因而由後蜀入宋的耿焕（作《野人
閑話》、《牧豎閑談》）、黄休復（作《茅亭客話》），由南唐入宋的吳
淑（作《江淮異人録》、《祕閣閒談》）、樂史，以及由吳越入宋的陳
纂（作《葆光録》），由馬楚入宋的曹衍（作《湖湘神仙顯異》、《湖湘
靈怪實録》，並隻字無存），這些南方人便成爲宋初小説創作一支
主力。他們的作品大都是捃拾故國舊聞，或也記宋初事。又有
北方秦再思《洛中紀異》、張齊賢《洛陽搢紳舊聞記》、張君房《乘
異記》、《科名定分録》等。作者們處於改朝换代之際，因而作品
中多有用天命觀探究興亡的内容，特別地頌美宋朝上應天命。
這些作品許多是志怪人事摻雜——本來就是閑談漫話，遇啥記
啥，沿着唐末五代許多小説的路子，幻設意識較差。而像《洛中
紀異》，又多抄襲前人書，更乏創新精神。至於全書皆亡的《通籍
録異》、《搜神總記》、《窮神記》，從書名及書目著録分類來看更純
爲古書的摘編。品質較好的是《江淮異人録》、《洛陽搢紳舊聞
記》。前書專叙江淮一帶道流異人俠客術士，題材獨特，尤其所
寫俠客，繼承了唐人的豪俠小説而引人注目，給明人編《劍俠傳》
提供了幾篇故事。但它叙事大都粗簡，不及唐人同類作品能盡
魚龍曼衍之趣。要論藝術成就當推《洛陽搢紳舊聞記》爲首選，
這是此期唯一的一本傳奇創作集，作者自己則稱爲"別傳外傳比
也"。所寫帝王將相、劍客布衣各色人等和鬼靈怪異之事，雖然
也得於"舊聞"或"親所聞見"，但可貴的是作者都進行了藝術加
工。作者善於作繪聲繪色的細緻描寫——可以看看《襄陽事》中
的對陣廝殺；也善於通過人物語言行動刻畫性格——可以讀讀
《梁太祖優待文士》中的朱溫、杜荀鶴。許多地方它學唐傳奇，向
拱之於馮燕、黄鬚劍客之於虬鬚客都見出因依痕迹。可以説唐
末以來這是第一部優秀小説集，傳奇創作終於從長期衰敗中露
出再度復興的轉機。而就單篇傳奇文創作來看則極不景氣。史

官樂史專攻歷史人物的傳奇文創作，今存《緑珠傳》、《楊太真外傳》二篇，都是以"窒禍源"、"懲禍階"爲創作動機。要不是因爲它們多集傳聞並非正傳實在難得稱作傳奇作品，因爲都是"薈萃稗史成文"（《中國小説史略》第十一篇《宋之志怪及傳奇文》），堆垛拼湊，全無融會貫通、文氣奔暢之感。

　　前期出過一件文言小説史上的大事，即太宗太平興國三年（978）翰林院學士、户部尚書李昉等奉詔編成了大型小説類書《太平廣記》。小説家徐鉉、吳淑翁婿都是主要編纂成員，徐鉉還借光把自己作於南唐時的《稽神録》幾乎全部採録了進去。這部太平興國六年雕板但當時没有印行①，北宋末蔡蓚（1064—1111）曾把它節成《鹿革事類》、《鹿革文類》各三十卷（《郡齋讀書志》卷一三小説類），大約到南宋初才有原刻印本或新刻本流傳——張嵲（1096—1148）《紫微集》卷九曾有《讀太平廣記》三首，祕書省曾以《太平廣記》贈送參加暴書會的吏員②——的"小説家之淵海"（《四庫全書總目》卷一四二），對宋代文人小説創作以及話本小説的影響是極爲巨大的。吳淑之成爲小説家和它有關是没説的了，北宋很快出現了一個小説創作熱潮並一直持續到南宋勢頭有增無減，和它的影響也顯然有關。比如洪邁就讀

----

① 《太平廣記》卷首《太平廣記表》："（太平興國）六年正月，奉聖旨雕印板。"王應麟《玉海》卷五四《太平廣記》引《實録》："六年詔令鏤版。"注："廣記鏤本頒天下，言者以爲非學者所急，墨板藏太清樓。"

② 陳騤《南宋館閣録》卷六《故實·暴書會》："紹興十三年七月，詔祕書省依麟臺故事每歲暴書會，令臨安府排辦侍從臺諫正言以上及前館職貼職皆赴，每歲降錢三百貫，付臨安府排辦……二十九年閏六月，詔歲賜錢一千貫，付本省自行排辦。……開經史子集庫、續搜訪庫，分吏人守視。早食五品，午會茶果，晩食七品，分送書籍《太平廣記》、《春秋左氏傳》各一部，《祕閣》、《石渠》碑二本。不至者亦送。"南宋尤袤《遂初堂書目》小説類著録《京本太平廣記》，可能是紹興印本。

過《太平廣記》,《夷堅支癸序》可以爲證,他的《夷堅志》預定規模是寫完四志後正好五百卷,也恰是《太平廣記》的卷數。《太平廣記》以後還編成了《太平御覽》、《册府元龜》,這三大類書造成了宋人的類書熱,類書常採稗官小説,無疑有保存資料擴大影響之功。而一些專題性小説類書——例如宋初《通籍録異》、《窮神記》,南宋的《分門古今類事》——竟也可視爲小説集了。再就是又帶出一些不是分類而是分書摘録小説雜書的叢編,如《續談助》、《紺珠集》、《類説》等,對小説創作也起着推波助瀾的作用。類書彙編之類自然不能代替小説創作,但有了它們的榜樣許多宋人喜歡從書本中鈔現成材料,終宋之世一直不斷,這便是《太平廣記》的負效應了,雖説並不能怪它。

北宋中期也有作品三十餘種。十九種傳奇文——大都被劉斧《青瑣高議》和《青瑣摭遺》收入——再加上大約産生於英宗朝的王山《筆奩録》這一傳奇創作集的集中出現,構成此期一大特點。一批當時頗有名氣的文人如錢易、蘇舜欽、夏噩、丘濬、杜默等,以詞翰之士的文學自覺進行傳奇文創作,再不是史官樂史矻矻於綴合史料的渾沌麻木,而學士錢易獨寫三篇,王山更彙以成編,都表現出高昂熱情,從而終於使傳奇文創作形成比較繁盛的局面。這些作品純爲寫幻和純爲寫實的都不多,尤其是後者更少,多數虛實結合,人物事件既有一定的事實依據以求信實,又拓開想像空間以見曼衍。風格或文或質,但許多作品更講求樸素清暢。在題材和主題方面,寫男女情愛的居多。如果説錢易《烏衣傳》——一個由劉禹錫一首詩巧妙構織出來的關於燕子國的故事——更主要是展示想像的縹緲美麗;張實《流紅記》——一個吸收了唐人構思的關於"紅葉良媒"的奇巧故事——更主要是表現姻緣的偶然巧合,甚至帶有前定思想;胡微之《芙蓉城傳》——一個流傳頗廣的關於少年王子高遇合仙女的故事——更主要是輕薄少年想入非非的自娛自炫;任信臣《書仙傳》——

一個關於女書法家曹文姬的故事——更主要是表達一種對於超聖不凡的印象的話，那麼下邊作品的描寫焦點則更專注於愛情本身。愛情主題往往伴有倫理因素，不過情況各不相同。詩人蘇舜欽《愛愛歌序》是在唐代詩人元稹《崔徽歌序》影響下表現妓女的愛情悲劇，有着纏綿的情韻和深婉的歎息，是主乎情的作品，以致引起宋初理學先驅胡瑗弟子徐積的不滿，以"其辭淫漫"而再搞出一首長歌來大唱"節烈"。同樣寫妓女悲劇的夏噩《王魁傳》，是根據關於狀元王俊民的傳說寫成，它以譴責負心爲主題，把温柔化爲冷峻，有一點《霍小玉傳》的風味。它的道德批判傾向是明顯的，不過觀點並不陳腐，甚至丘濬的《孫氏記》寫一位節義女子也較有分寸感，形象較真實；但錢易《越娘記》却着意製造情欲和陰陽之道的矛盾，大殺風景。《筆奩録》留下兩篇傳奇，《長安李妹》的道學氣很重，《盈盈傳》則頗見書生風流和深情幽意，大有唐傳奇遺韻。在其他題材的作品中，較好的是錢易《桑維翰》和杜默《用城記》，前篇以報應爲旨却把主人公的奸詐狹窄性格寫得鮮明生動，後篇描寫一位不同凡響的高僧實是作者自況，深寄着杜默這位生性豪放、坎坷失意的一代名士對於人情世道的感喟。

　　小説集的成就除《筆奩録》外都趕不上傳奇文。上官融《友會談叢》兼記雜事，大抵事簡文質。詹玠《唐宋遺史》和無名氏《蜀異志》多摭拾唐人故事。在真宗朝已開始了小説創作，作有志怪集《乘異記》、《科名定分録》的著名小説家張君房，此時又相繼編撰出《搢紳脞説》、《儆戒會最》、《麗情集》三書，大抵也是雜採唐宋書而成，只有《脞説》亦載親所聞見。《麗情集》以麗情爲主題，萃集唐宋——主要是唐——傳奇歌序而成，詩文並茂，鋪綵集錦，雖不是創作，但對宋人傳奇創作肯定起着良好作用，並引出南宋專門摘編麗情女性故事的《緑牕新话》。較好的創作集是錢易《洞微志》和聶田《祖異志》兩部志怪，不事因襲，很有些新奇可喜的故事。

　　從神宗開始的北宋後期是北宋小説最繁盛的時期，可見可考的作品約有傳奇文二十九種、小説集二十六種，總共五十餘種，另有年代失考的北宋傳奇文四種、小説集十五種，數量大大超過以往。傳奇文的題材仍集中在愛情題材和女性題材上，有柳師尹（一作李師尹）《王幼玉記》、清虚子《甘棠遺事》、沈遼《任社娘傳》、秦醇《譚意哥記》、無名氏《蘇小卿》、《張浩》、《鴛鴦燈傳》等。女主人公大都是妓女。《王幼玉記》樸樸素素地寫了一椿妓女的愛情悲劇，擬唐人而尚有動人處，語言風格則是宋人的；《譚意哥記》寫士子妓女終成“佳婚”，擬唐人而露出腐氣，那腐氣也是宋人的。《甘棠遺事》寫妓女之才，筆調莊重，語含敬慕，有一定新意，《任社娘傳》寫妓女之智，情節富於戲劇性，人物形象很有特點；《蘇小卿》寫妓女之情，風格典麗婉約，五篇中最好，不僅語言描寫見出藻思文才，而且在内容上雖説也不能免俗地結以團圓，但野合私奔全與禮法作對，見出作者的思想勇氣。《張浩》、《鴛鴦燈傳》是最能反映宋人面貌的兩篇好作品，顯出樸素通俗的特點，把一椿曲曲折折的愛情變成婚姻官司，平添出喜劇性的公案色彩，這是典型的市民趣味——不求詩意或深沉，但求曲折熱鬧。涉及歷史人物的，秦醇的《驪山》、《温泉》二記抓住楊貴妃寫點無案可查的前朝豔事和畫餅充饑式的書生豔想；《趙飛燕別傳》又從故紙堆裏挖出西漢風流皇后，題材和風格顯然是規撫晚唐《大業拾遺記》、“隋煬三記”、《梅妃傳》一流，思致浮泛。作者一改《譚意哥記》的道貌岸然，對色情表現出濃厚的興趣，這在宋代確實罕見，不過看他小心翼翼的樣子，那種微妙心理恰好給弗洛伊德的學説提供了一個絕妙例子——不安分的“本我”怎樣被“超我”管制着。這類“多托往事”的“擬古”作品不大成功，但也算給傳奇題材添了一點多樣性。只有無名氏的《玄宗遺録》，雖也寫玄宗、楊妃，却在佈局描寫上、主題思想上都見出新意，遠勝樂史同題材作品的散漫、獃板和迂腐。再就是寫神仙的陸元光《回仙録》、蘇轍《夢仙記》、舒亶《天宫院記》、黄裳《燕華仙傳》、鄭總《羅浮仙人傳》、無名氏《玉華侍郎記》等，寫因果報應的黃庭堅《李氏女》及《尼法悟》、廖子孟《黃靖國再生傳》、穆度《異夢記》、吳可《張文規傳》、無名氏《屠牛陰報録》等，數量都不算少。它們都是佛道觀念的産物。後一類除描述或有詳細委曲的好處外多無可取，而前者，《玉華侍郎記》的憤世入道，《夢仙記》的出世入世矛盾，倒是包含着人生體味和哲理思考。

　　傳奇作品大量編在小説集中，最豐富的是劉斧《青瑣高議》和李獻民《雲齋廣録》。《青瑣高議》約有四五十篇傳奇作品，多爲宋人作品，一部分係劉斧自撰，它無疑是給北宋傳奇做了一個總結，成爲北宋傳奇創作興旺發達的重要標誌。除開已經提到的作品，其餘衆多作品題材更爲豐富多彩。諸如寫人狐戀愛的《西池春遊》、《小蓮記》，寫人鬼戀愛的《遠煙記》、《范敏》，寫人仙戀愛的《長橋怨》（按：應作《長橋記》），寫龍神報恩的《朱蛇記》、《夢龍傳》，寫異域奇歷的《高言》，寫夢入巨甕的《慈雲記》，寫狗屠義士的《王實傳》，寫青巾刺客的《任愿》等等，雖説時見因襲模仿之迹，倒也新奇可觀，其總體風格稱得上是“樸雅”，而且也有浪漫氣息。《雲齋廣録》載十三篇才子佳人、狐鬼神怪傳奇，除《盈盈傳》外都是李獻民自作，風格統一，極講究藻思文采，學習唐傳奇較爲成功，只是語言顯出做作，也有模擬因襲的痕迹。再就是劉斧《青瑣摭遺》和《翰府名談》，也有些好作品，比如《玉溪夢》、《蒨桃》等。還有一部傳奇集《續樹萱録》，原書只有三篇，從存目和佚文看，作者的虛構意識極强，充滿騷人墨客的趣味，是學習唐傳奇鬼怪談詩一類作品的。另外《北窗記異》中有《黃損》一篇，以民間情趣描寫了一個十分曲折生動的悲歡離合故事，題材雖有依傍，仍是篇不可多見的優秀之作。

　　以上諸書不是純粹的傳奇集，其中雜有不少志怪體故事和人物軼事。專以志怪者則有吕南公《測幽記》、張師正《括異志》、章炳文《搜神祕覽》、宋汴《采異記》等，也有志怪而兼記人事的如沈括《清夜録》。它們大都"不文不飾"(《搜神祕覽序》),不講究文筆,再加上所叙異事多不新奇,例如《搜神祕覽》喜言道人道術——這自然和徽宗惑溺道教有關——而又平實乏趣,因而水準不高。又有一批以命定或報應爲主題的志怪書,如岑象求《吉凶影響録》、周明寂《勸善録》、朱定國《幽明雜警》、李象先《禁殺録》、王古《勸善録》、佚名《唐宋科名分定録》等,不但宣揚迷信,且又常雜採古書,更是"自鄶以下無譏焉"。

北宋滅亡,"泥馬渡江",宋人恓恓惶惶地把北方擺給了金人。有金一代除由宋入金的孫九鼎狀元寫過一部書名失考的志怪小説集,金遺民大詩人元好問寫過一部《續夷堅志》外,再没見過有別的作品。偏安江左的宋人倒是不忘傳統,小説創作照舊熱鬧。不過就像歐王蘇黄風流已去一樣,南宋傳奇創作相對冷落,難得"中興"起來,靠着志怪創作的加强——尤其是《夷堅志》的出現,才和北宋勉强打個平局。

前期的高宗朝作品有二十八種。傳奇文品質大跌,題材十分狹窄。十五篇傳奇文分爲兩類,寫道士寫入冥,談道説佛。北宋諸帝太、真、徽三宗最信道教,道君皇帝宋徽宗惑之尤深,他身邊集合了一大批"天師"、"真人","眷待隆渥,出入禁掖,無敢誰何,號金門羽客"(朱弁《曲洧舊聞》卷六),"皆假古神仙爲言,公卿從而和之,信而不疑"(葉夢得《避暑録話》卷上)。道士們上者被説成是神仙,下者亦能挾奇術,南宋人忘不了這"黄冠寖盛"的盛況,況且又不斷有新"神仙"出來招摇,於是無名氏《于仙姑傳》、耿延禧《林靈素傳》、趙鼎《林靈蘁傳》、陳世材《亂漢道人記》紛紛而出,一派道教的狂迷,而在小説集《塵外記》、《投轄録》、《陶朱新録》中也很有些這類故事。可惜的是想像力被求實心理大大限制,林靈素之流已無法再和唐明皇身邊的葉法善、羅公遠、張果輩相比,"人氣"多而"仙氣"少,看着實在乏味。七篇入冥小説——何慤《何慤入冥記》、劉望之《毛烈傳》、無名氏《李氏還魂錄》、晁公遡《高俊入冥記》、余嗣《出神記》、魏良臣《黃法師醮記》、秦絳《黃十翁入冥記》——則大都和佛教扯在一起，主題很明確，用陰森恐怖的地獄，用六道輪回的因果來嚇唬和説服善男信女，只是有的已變得不很醇正，意象和觀念上佛道雜揉，如《出神記》，如《黃法師醮記》。這些作品雖説宣揚迷信，但如《毛烈傳》等作綫索清晰，内容充實，行文逶迤曲折，其本意無非是用歷歷可覩的描寫來增加可信性，倒也暗合了藝術規律，這一點不免使道士小説——一般寫人物一生事迹，而事迹用若干斷片綴合而成——顯出窘相。另兩篇，趙彦成《飛猴傳》寫法師伏妖，關耆孫《解三娘記》寫女鬼訴冤，都是傳統題材，筆法不惡，特別是前篇不僅想像奇詭，老健酣暢，而且借伏妖猴影射秦檜姦黨，是很難一見的政治諷刺小説。

　　傳奇作品較好的主要在小説集中，最值得稱道的是廉布《清尊錄》中寫實的四篇傳奇故事：《興元民》、《狄氏》、《王生》、《大桶張氏》，對市民社會的生活現象作了真實生動的反映，尤其是又載入《投轄錄》題爲《玉條脱》的《大桶張氏》情節性極强，不涉怪異而希奇古怪，人物性格也很鮮明，是最能代表宋人傳奇風格的佳作。王明清繼其父王銍《續清夜錄》後作《投轄錄》，以志怪爲主也用傳奇體，《賈生》、《豬嘴道人》、《百寶念珠》寫神鬼寫道士寫俠女也都用筆細微。只剩下一篇作品——寫一個關於女劍仙的別致故事——的《花月新聞》和全書皆佚的《苕川子所記三事》，大概也都是傳奇創作集。其餘馬純《陶朱新録》、孔僩《宣靖妖化録》、王日休《勸戒録》、委心子《靈應集》等或兼有雜事的志怪集多不足稱，只有《陶朱新録》有少許較好的故事。這裏還有一部對於小説創作毫無建樹而對於保存小説資料、擴大小説影響頗有勳績的《綠牕新話》，它從七十多種小説及其他類型的作品中摘編出一百五十四個主要是以女性和豔情爲内容的故事，構建成一個五彩紛呈的豔情畫廊。南宋説話人曾把它當成重要參考書，因而它成了文人小説通向民間説話的一座橋梁；而它首創的前後對偶的七字標目——《青瑣高議》的七字標目其實很可能是南宋書坊重編時仿照它擬加的——乃被後世通俗小説所普遍效仿。

南宋中期的小説創作離不開洪邁的名字。當紹興中廉布、馬純、王明清等人在各自撰寫小説時，少年洪邁在紹興十三年（1143）也開始了《夷堅志》的寫作，紹興三十二年六月孝宗即位後數月間完成了《甲志》，大約隆興初（1163）出版面世，以後一直寫到死去——時爲嘉泰二年（1202）。用整整六十年寫出四百二十卷的小説“巨編”，空前的規模空前的熱情遂構成一種耐人尋味的包含有小説史意義的“洪邁現象”，它反映着小説地位、小説影響、小説自身豐富化的提高和擴大。儘管可以嚴格地説整部《夷堅志》基本是提供故事而不是有充分美学意義的藝術作品，但如果從這一角度來考慮，就是洪邁憑藉他的聲望影響，組織起一支談異説怪的至少有五六百人參與，包括了上流社會和下層民衆各色人等的龐大隊伍，共同創建起一座小説寶庫，從而掀起一股持久不衰的《夷堅》熱，並深深影響着民間説話——説話人極爲崇敬地把洪邁稱爲“有一代之史才”（《古今小説》卷一五《史弘肇龍虎君臣會》），把《夷堅志》列爲重要參考書（《醉翁談録·小説開闢》），自然也就不能小覷“洪邁現象”的特別意義。

這時期《夷堅志》之外的小説集有十六種，至少王質《夷堅別志》、郭彖《睽車志》、吳良史《時軒居士筆記》、李泳《蘭澤野語》、劉名世《夢兆録》、歐陽邦基《勸戒別録》等好幾種有迹象表明是在洪邁影響下產生的。可惜大部分小説集流於一般化，如言報應影響的李昌齡《樂善録》、蔣寶《冥司報應》和《勸戒別録》，言前定的委心子《分門古今類事》和《夢兆録》，專記一方風物異聞的王輔《峽山神異記》，專記一時聞見的曹勳《宣政雜録》，模擬《博物志》的李石《續博物志》等都難得有好話來説，只有《夷堅志》式

的《睽車志》和《時軒居士筆記》較好。前書題材較爲豐富，多有
生動有味的故事；後書多從市井鄉野取材，淺俗親切。以上都屬
於志怪體小說，鮮有傳奇筆法。一方面是把熱情傾注於小說創
作，一方面大家似乎又變懶惰了，只滿足於記故事鈔故事而不想
把故事寫成文章，走的都是表面看來不懶惰其實也很懶惰的洪
邁的路。獨樹一幟的是無名氏的《摭青雜說》，這部書原有二十
四卷，今存只有五篇，篇篇都是叙事委曲生動的傳奇作品。更可
貴的是它的取材，《守節》、《夫妻復舊約》寫夫妻悲歡離合，《鹽商
厚德》、《茶肆還金》寫商人店主的品德，描寫的都是普通人，甚至
是爲士大夫所不齒的“小人”，作者用淺俗的語言着意表達他們
的美好情感和美好品德，而不只是爲了從市井中撈點野味。這
表明市民題材的開拓又具有了主題深化的意義。九篇傳奇文可
觀者不多，此中鍾將之《義娟傳》──寫秦少游的一段愛情生活，
岳珂《義騟傳》──寫一匹戰馬的忠誠和悲劇，以及薛季宣《志
過》──自述被妖魅矇騙差點惹禍，較有特色，義娟義騟以義相
標榜而自有深情，並沒有明顯的道學家的迂腐，岳珂這位岳飛後
代更是托馬來大鳴不平，《志過》則用寓言手法筆墨淋漓地抨彈
托正行邪的現象，類似《飛猴傳》。

　　南宋最後五十多年間小說數量銳減，約有九種（另有八種年
代不明）。宋理宗端平元年（1234）蒙古滅金，南宋小朝廷失去屏
障，從此“偏安”不成，不斷受到蒙古騎兵的進攻。國之將亡，怕
是沒有多少人再有閑心和閑工夫了。傳奇文《李師師外傳》大概
作於這個時候。這篇翻案文字把北宋末年紅極一時的風流妓女
李師師拉出來，打扮成一個淑女、俠士、烈婦三位一體的忠君愛
國人物，可說是煞費苦心。小說集約有八種，無名氏《徹告》、僧
庭藻《續北齊還冤志》、江敦教《影響錄》還在大講行善，魯應龍
《閑窗括異志》、顧文薦《船窗夜話》在江南的水光山色中談點舊
事新聞──都不會有多少看頭。只有沈氏《鬼董》、羅燁《新編醉

翁談録》、何光《異聞》值得一提。《鬼董》受到《夷堅志》影響,除十幾篇故事鈔自《太平廣記》外,其餘三十多篇宋代故事市井味極濃,主要描寫下層各色人衆的奇情怪事,類似於話本中的煙粉靈怪——如《樊生》就極似話本《西山一窟鬼》;幾篇描寫現實生活的,又類似公案私情朴刀捍棒,叙事曲折細緻,語言通俗淺近,是一部特色鮮明的優秀作品集。《醉翁談録》是部大約由“書會才人”編給説話人看的小説選編,專載風月故事。書中收編有二十多種唐宋傳奇,宋代的十幾種大都不見於他書,作者也大都失考。這些宋人傳奇很多也取材市民社會,又常以妓女爲主角或與妓女有關,語言情調題材都富有通俗性,再經編者的處理,文本形式也接近於話本。《異聞》則是模擬唐小説的,講究文心詞采,風味大異。這三種書同時出在宋末頗有意味,代表了宋人小説中通俗、詞藻兩個流派。通俗派始於北宋後期而盛於南宋,最後由《鬼董》做了精彩表演並由《醉翁談録》做了總結。詞藻派在北宋尚有較大市場,到南宋已不大吃得開,《異聞》算是作了最後一番努力。前者帶着宋人面目而後者大抵擬唐,前者逐漸成爲主流而後者終成陪襯。到元明這兩個流派呈合流之勢,許多元明長篇文言既有通俗性又有詞采美,既有市民味又有文人氣——這是後話。

　　總的説來,宋人小説有所成就,成就不算太高,三百多年間有所變化,變化也不算太大。大抵是北宋傳奇創作較突出——可以《青瑣高議》、《雲齋廣録》爲代表,南宋志怪創作比較突出——可以《夷堅志》爲代表;北宋文人氣較重,南宋市井味加濃。相對唐人小説尤其是唐傳奇來説它有退步也有進展,它的歷史命運既有悲劇性也有喜劇性,它對宋代及後世的小説影響趕不上唐小説但也不能小覷。這兩重性格太難爲人,使我們評論它很感吃力,不得不經常調整評論的角度和參照系,結果時不時露出捉襟見肘的尷尬。

凡　例

一、本書所叙者包括兩宋傳奇文與志怪傳奇小説集，小説集以志
　　怪傳奇爲主兼有雜事者亦收録。一般雜事之屬雖歷代書目
　　多以入小説類，以其多爲紀實之遺聞逸事，概不叙録。

二、遼金二代因作品極少，難以獨立成書，故列爲《附編》，附於兩
　　宋小説之後。

三、凡於每種作品之作者、年代、著録、版本、篇目等項詳事考辨，
　　對其主要内容、藝術水準、源流影響等亦略事評議。

四、作者若有兩種以上作品者，其生平稽考置於首部作品。

五、兩宋作品分爲六期，按期編爲六編。作品依年代先後編次，
　　即出自同一作者者亦以先後爲次與其他作品混編，不予集中
　　排列。凡年代難以確定者，如可考知出自北宋則繫於北宋之
　　末，其餘則一概編在南宋之末。

六、各作品叙録以書名(或篇名)、卷數標目。名稱有異者酌定其
　　一以爲正題，其餘則以一題標之。卷數有歧者亦擇定一説，
　　卷數不明者則付闕如。

七、書(篇)題下著録存佚情況、作者、作品類型、書(篇)名別稱四
　　項。存佚情況凡有四類：(一)存：原書全存或小有闕文。重
　　編本亦歸入此類。(二)殘存：原書原文殘缺不完。(三)節
　　存：原書不存，只《紺珠集》、《類説》、《説郛》等有摘録；單篇傳
　　奇文則以指存有節録文字或故事梗概者。(四)佚：只存佚文
　　或全佚者。作者皆冠以南北宋，無法判定南北者只冠宋字，

有疑者後加問號以誌；作者有歧説標以"一作某某"。作品大
體出於自撰者標以撰字，如主要係編纂他人作品則標以編
字。作品類型分爲傳奇文、志怪集、傳奇集、志怪傳奇集、志
怪雜事集等，舉其大概而已。

八、叢集中作品標目原無者均自擬，加引號；原有者用書名號，以
示區別。

九、徵引常用文獻，爲行文省便多用簡稱，如《宋史・藝文志》省
作《宋志》，《通志・藝文略》省作《通志略》、《文獻通考・經籍
考》省作《通考》等。

十、《附考》之《存目辨證》，對明清稗叢割裂妄制之作及僞書逐書
（篇）考辨。

十一、書末附作者、書名篇目兩種索引。所列作者、書名篇目，包
括《附編》、《附考》在内。

十二、唐宋小説向乏全面發掘整理，余長年寢饋其間，先撰《唐五
代志怪傳奇叙録》百數十萬言，又賡成此編。前書於作者、篇
目等考校極詳，故篇幅過繁，本書則用簡式，以省縮文字。至
於宗旨則一，即鈎稽資料，條析源流，辨正真僞，發明得失。
書中謬誤，祈盼海内外學者有以教焉。

第一编　北宋前期

（960—1022）

纂異記

佚。北宋金翊撰。志怪集。

金翊，太祖建隆中（960—963）爲鄞縣令。

南宋劉昌詩《蘆浦筆記》卷四《荊佽飛廟》云："四明城北鹽倉之西，有荊佽飛廟，無碑載神姓氏。考《淮南子》荊有佽非，得寶劍於干隊。還渡江，中流暴風揚波，兩蛟夾舟。佽非謂榜船者曰：'有如此而得活者乎？'曰：'未嘗見也。'於是佽非瞋目攘臂拔劍曰：'武士可以仁義説，不可刼而奪。此江中之腐肉朽骨，棄劍而已，余又奚愛焉！'赴江刺蛟，遂斷其頭，舟人盡活，荊爵爲執圭。……今廟稱荊佽飛侯，圖經亦謂州北有蛟池。故老云：嘗有蛟自江來窟於此，人患之，故即其旁立佽飛廟以鎮之。是則真以爲荊之佽非矣。然予觀《呂氏春秋》，荊有勇士次非，蓋是姓次名非。豈應以神姓名爲廟號，而況加爲侯封哉！且次與佽、非與飛字皆不同，而好事者附會斬蛟之説，以鎮蛟池，强名之，流傳至今，載在祀典，竟未有辨之者。《漢百官公卿表》：武帝太初元年，更名左弋爲佽飛，掌弋射。則佽飛之名，實始於此。又《宣帝紀》：神爵元年，發應募佽飛射士。服虔亦謂以材力名官。若據建隆中鄞令金翊《纂異記》，謂唐武德時郡爲鄞州，至開元中改鄞爲明，郡名奉化，城號甬東，地名句章，軍號佽飛，則此廟必因軍將之有功於人，故人爲之祠爾。……"

本書僅見於此，未有著録。唐李玫有傳奇集《纂異記》，此書同名，當亦述異語怪之作也。《蘆浦筆記》所引云云，其事不詳。

湖湘神仙顯異三卷

佚。北宋曹衍撰。志怪集。一題《湖湘顯異》。

曹衍，衡陽（今屬湖南）人。後周顯德中武安軍節度使周行逢據湖南①，仕進皆門蔭，曹衍屢獻文章不得進用，退居鄉里教授。建隆三年（962）行逢卒，子保權立，衡州刺史張文表叛②，衍投文表，辟爲幕職。事敗逃遁，會赦③，乃敢出。窮困無以自進，採摭舊聞，撰《湖湘馬氏故事》二十卷。太平興國初（976），石熙載知潭州薦之，時已老髦。獻其書及詩三十章，首乃《鷺鷥》、《貧女》二絕，託意乞恩。太宗召試學士院，授將作監丞，又除東宮洗馬、監泌陽酒税。事迹見《資治通鑑考異》卷三○、陶岳《荆湖近事》（《類説》卷二二）、吳曾《能改齋漫録》卷一一《曹衍託意爲鷺鷥貧女絶句》、《十國春秋》卷七五《楚九·曹衍》。

《崇文總目》小説類著録《湖湘神仙顯異》二卷，曹衍撰。《通

①《舊五代史》卷一三三《世襲列傳》載：顯德元年（954）制以武安軍節度使周行逢爲鄂州節度使、權知潭州軍府事。三年二月行逢據朗州，七月制以行逢爲朗州大都督、充武平軍節度使，加兼侍中。自是潭、朗之地遂爲行逢所有。建隆初（960）歸宋，加中書令，四年（963）卒。按：南宋王稱《東都事略》卷二云建隆三年十月樞密副使朗州周行逢卒，當是。
②見《新五代史》卷六六《周行逢傳》。張文表叛，攻下潭州，周保權令楊師璠討之，大敗文表。
③《宋史》卷一《太祖紀》載：建隆四年二月，楊師璠梟張文表於朗陵市。四月，減荆南、朗州、潭州管内死罪一等。

志略》道家類、《四庫闕書目》及《宋志》小説類並作三卷，疑作二
卷有誤。《通志略》不著撰人，又於傳記類冥異屬著録《湖湘神仙
類異》三卷，亦不著撰人，當屬一書而譌顯爲類。《遂初堂書目》
道家類作《湖湘顯異》，無撰名、卷數。曹衍尚有《湖湘靈怪實
録》，此二書疑與《湖湘馬氏故事》皆作於建隆四年後困居時，皆
爲馬楚遺事。清顧櫰三《補五代史藝文志》道家類亦著録此書，
以爲五代作品，非是。馬殷梁開平元年(907)封楚王，後唐天成
二年(927)封楚國王。保大八年(950)國滅於南唐。楚據有今湖
南、廣西之地，故曹衍得以聞馬氏故事。佚文不存，所記當爲馬
楚神仙之説。《十國春秋》卷七六《楚十》載彭幼謙餌丹、伊用
昌①道術事，蓋此類也。

---

① 《太平廣記》卷五五引《玉堂閑話》亦載伊用昌事。

湖湘靈怪實録三卷

　　佚。北宋曹衍撰。志怪集。一題《湖湘靈怪録》、《靈怪實録》。

　　《崇文總目》傳記類著録《湖湘靈怪録》二卷，無撰人，《祕書省續編到四庫闕書目》小説類作《湖湘靈怪實録》三卷，撰人譌作曹術。《宋志》小説類省作《靈怪實録》，亦三卷，無撰人，列在曹衍《湖湘神仙顯異》之下。本書與《湖湘神仙顯異》爲姊妹作，一記神仙，一記靈怪，同作於宋初，當在太祖朝。顧櫰三《補五代史藝文志》小説類載入，以爲五代馬楚時書，誤。佚文不存。

野人閑話五卷

節存。北宋耿煥撰。志怪雜事集。

耿煥，避宋太宗趙炅諱改姓景①。耿煥，一名朴。成都（今屬四川）人。久仕於孟蜀，曾爲壁州白石縣令②。後隱於匡山，人稱匡山處士，與翰林學士歐陽炯爲忘形交。後卜居玉壘山③，自號玉壘山閑吟牧豎④。善書畫，尤善畫龍，著有《龍證筆訣》三卷⑤。太宗雍熙初（984）猶在世⑥。事迹散見本書佚文《應天三絕》等、陶穀《清異錄》卷四《文用》、黃休復《茅亭客話》卷九《景山人》⑦、郭若虛《圖畫見聞誌》卷六、清吳任臣《十國春秋》卷五六《後蜀列傳》。

---

① 趙炅初名匡義，改賜光義，即位之二年，改炅（見《宋史·太宗紀》）。炅、耿古音近似（《廣韻》炅，古迥切，耿，古幸切），故避耿字。改景者，因耿、景義同，皆訓光明也。
② 《太平廣記》卷四五九引本書佚文《景煥》："景煥爲壁州白石縣令"。此其所任官職之唯一可考者。本書《應天三絕》（《廣記》卷二一四）歐陽炯歌云："匡山處士名稱朴，曾持象簡累爲官。"知其曾長期仕於後蜀。
③ 《清異錄》卷四《文用·副墨子》："蜀人景煥，博雅士也。志尚靜隱，卜築玉壘山，茅堂花榭，足以自娛。嘗得墨材甚精，止造五十團，曰：'以此終身。'墨印文曰'香璧'，陰篆曰'副墨子'。"
④ 見袁本《郡齋讀書志》卷三下小説類《牧豎閑談》。
⑤ 見本書《説郛》本《蜀書畫八人》及《詩話總龜》前集卷二一引《野人閑話》。
⑥ 《茅亭客話》卷九《景山人》："雍熙年初，有富家王仲璋者求山人畫龍。"
⑦ 明仁孝皇后徐妙雲《勸善錄》卷一採入此條。

　　《茅亭客話》云："玉壘山人景焕有文藝,善畫龍,涉獵經史,撰《野人閑話》、《牧竪閑談》。"《圖畫見聞誌》云："景焕（一名朴）……尤好畫龍,有《埜人閒話》五卷行於世,其間一篇惟叙畫龍之事。"《崇文總目》小説類始著錄,後又著錄於《通志略》小説類、《直齋書錄解題》小説家類、《通考》小説家類、《宋志》小説類,皆爲五卷,《宋志》題耿焕,餘並作景焕。《遂初堂書目》小説類亦有目,然今本不著卷數、撰人①。本書自序稱"前蜀主孟氏",序末題"時大宋乾德三年乙丑歲三月十五日序",而書中亦有"自大軍收復,蜀主知運數有歸,尋即納款"（《頒令箴》）,"大軍入界"（《火龍騰躍》）等語,知書成時已入宋。但孟蜀亡於乾德三年（廣政二十八年）正月,去書成作序才兩月,所以作書時恐猶在孟蜀②。

　　原書不傳,《説郛》卷一七錄入自序及正文七條,各有標目,題下注五卷,署宋景焕。自序下爲《頒令箴》,洪邁《容齋續筆》卷一《戒石銘》云："成都人景焕,有《野人閑話》一書,乾德三年所作。其首篇《頒令箴》,載蜀王孟昶爲文頒諸邑云……"知《頒令箴》爲首篇,且原有標目,《説郛》節本標目蓋爲原題也。《重編説郛》弓二八、《五朝小説·宋人百家小説》偏錄家取入《説郛》本。《太平廣記》引其佚文三十條③,出於《説郛》節本之外者二十七條。又者,《重修政和證類本草》卷五引《朱真人靈驗篇》,卷一二

────────────

① 今本初載於《説郛》卷二八。

② 洪邁《容齋續筆》卷一《戒石銘》："成都人景焕,有《野人閑話》一書,乾德三年所作。"王明清《揮麈餘話》卷一："成都人景焕《野人閒話》,蓋乾德三年所述。"孫奕《履齋示兒編》卷一七《太宗戒官吏》末注："宋乾德三年景焕《野人閑話》"。皆據自序紀時將作序之時斷爲作書之時,不確。

③ 《勸善書》卷一七採入《覃隩》（《廣記》卷二七九引）,卷二〇採入《章邵》（《廣記》卷一三三引）。《廣記》卷八六《黄萬祐》,出《錄異記》,明沈與文野竹齋鈔本作《野人閒話》,誤,《類説》卷八摘《錄異記》有此條。此條不計。

引《伏虎尊師篇》，卷二四引《杜天師昇遐篇》，皆出篇名，亦當爲原題。《三洞群仙錄》卷一引《貧士施金》，卷一二引《秀才鐵扇》，卷一七引《李脱石玉》。《東坡先生詩集註》卷一〇《十二月十七日夜坐達曉寄子由》敬夫註引《野人閑話》杜光庭犬吠雲事。遺文共四十一條。[①]

本書自序云："野人者，成都景焕，山野之人也。閑話者，知音會語，話前蜀主孟氏一朝人間聞見之事也。其中有功臣瑞應、朝廷規制可紀之事，則盡自史官一代之書，此則不述。故事件繁雜，言語猥俗，亦可警悟于人者錄之。編爲五卷，謂之《野人閑話》。"

昔李德裕鎮蜀日，巡盜官韋絢曾撰《戎幕閑談》，後蜀無名氏亦撰《鐙下閑談》。耿焕著書亦以"閑話"、"閑談"爲名，淵源有自焉。書中所記全爲兩蜀朝野遺聞，有關道士異人及書畫家之事頗多，蓋作者即隱士兼畫家，著以見其志趣也。前者有《旌節花》（《説郛》本，道士王桃枝[②]事）、《趙尊師》（《廣記》卷七九）、《擊竹子》、《李客》（以上《廣記》卷八五）、《天自在》、《掩耳道士》、《抱龍道士》[③]（以上《廣記》卷八六）、《伏虎尊師》、《朱真人靈驗》、《杜天師昇遐》、《貧士施金》、《秀川鐵扇》、《李脱石玉》等，大都爲奇術異跡，如王桃枝種仙家旌節花（事類《酉陽雜俎》前集卷五《詭

①《詩話總龜》前集卷二一《詠物門下》、卷四七《奇怪門下》引有《野人閑話》，前條即《説郛》本《蜀書畫八人》，後條即《廣記》卷一四五《安守範》，然皆文詳。《奇怪門下》此條後引海南雙井白龍事，末註"同上"。中涉東坡，據《苕溪漁隱叢話》前集卷四一，實出《冷齋夜話》（今本脱載），《詩總》出處誤。

②《廣記》卷八六引作王挑杖，明鈔本挑作桃。《三洞群仙錄》卷一一《處回旌節》引作朱桃枝，《孔帖》卷五八引作王栲栳（出處誤作《耳目記》），疑皆譌。《蜀檮杌》卷下作朱桃椎。按：劉肅《大唐新語》卷一〇《隱逸》有蜀人朱桃椎，乃唐人。

③明吳大震編《廣豔異編》卷三輯入此條。

習》之王瓊一夕開花,《青瑣高議》前集卷九《韓湘子》之韓湘開頃
刻花),趙尊師飛符除鼉精,天自在掬水滅天火,掩耳道士坐瓢泛
水,抱龍道士入水抱出睡龍,等等。後者有《蜀書畫八人》、《貫
休》、《楚安》、《應天三絶》、《八仙圖》、《黄筌》(並《廣記》卷二一
四)等,均係實録,記載前後蜀十數位書畫家之事跡及作品,乃寶
貴書畫資料,《宣和畫譜》、《圖畫見聞誌》、《益州名畫録》等有所
採録。除此所涉内容尚多。述異者有神鬼、徵驗、入冥、報應、異
僧、化虎等,大抵平平不足稱。

　　本書多取"猥俗"之事,顯然非求信達,述異者居多即可知其
旨焉。宋人張唐英《蜀檮杌序》譏"《耆舊傳》、《鑑戒録》、《野人閑
話》之類皆本末顛倒,鄙俗無取",乃不明其本非"史官一代之
書",實是稗官之説。雖然,其所記史實亦多足資補史闕者。本
書首篇《頒令箴》,中載孟昶所頒令箴①,《容齋續筆》、《揮塵餘
話》等皆引有全文,洪邁稱"詞簡理盡,遂成王言",宋太宗《戒石
銘》用其"爾俸爾禄,民膏民脂"二句。②《蜀檮杌》卷下載孟蜀
事,若頒令箴、旌節花、火龍騰躍等實皆取自本書,固非"鄙俗無
取"者也。

　　北宋無名氏有《續野人閑話》,見後。

---

① 《説郛》本首條爲《頒令箴》,文中未載箴文,而稱"已載在前",乃指卷八
所節《貴耳集》中已載有箴文。今見南宋張端義《貴耳集》卷上,乃轉引
自《蜀檮杌》,見卷下。
② 孫奕《履齋示兒編》卷一七《太宗戒官吏》亦云:"太宗皇帝御書'爾俸爾
禄,民膏民脂。下民易虐,上天難欺'四句,以戒監司守令。"下引令箴全
文二十四句。

洛中紀異十卷

節存。北宋秦再思撰。志怪雜事集。一題《洛中紀異録》、《紀異録》。

秦再思，號嵩陽叟①。太平興國六年（981）爲朝官，曾上書言事②。

《崇文總目》小説類著録《洛中記異》十卷，秦再思撰。《通志略》傳記類冥異、《郡齋讀書志》小説類、《通考》小説家類、《宋志》小説類同。《宋志》重出，一作《洛中紀異》，一作《洛中記異》，紀、記互通。《讀書志》釋云："皇朝秦再思撰，記五代及國初徵應雜事。"《遂初堂書目》小説類作《洛中紀異録》，無撰人、卷數。

原書久佚，只存節本及佚文。《類説》卷一二摘三十四條，書名作《紀異記》，目録則作《紀異録》，明嘉靖伯玉翁舊鈔本記亦作録，《紀異録》乃省稱。天啓刊本不注撰人，舊鈔本題嵩陽叟秦再思撰。其中《麻生鄭閣》、《三九相公》、《白沙相公》三條，《分門古今類事》卷一五亦引，而在一條中（題《鄭珏瑞麻》），知原爲一事而《類説》摘爲三節。《説郛》卷三摘《紀異録》三條，題注"又名

---

① 《説郛》卷二〇節本注"號南陽叟"，當誤。臺灣昌彼得《説郛考·書目考》云"中央圖書館"藏舊抄本《類説》作嵩陽叟。臺北：文史哲出版社，1979，第194頁。又潘自牧《記纂淵海》卷一〇九引范質事注："嵩陽叟秦再思撰《紀異録》，又名《洛中紀異》。"
② 見《續資治通鑑長編》卷二二、卷八九。

《洛中記異》",題秦再思,三條全在《類説》節本中。又卷二〇摘
《洛中記異録》十三條,題宋秦再思,注"號南陽叟",文詳,中有四
條見於《類説》本。此本後收入《重編説郛》弓四九、《五朝小説·
宋人百家小説》偏録家

　　此外,《古今類事》多引《紀異録》或《紀異志》,經檢對,屬本
書佚文者共二十三條①,其中有九條見於《類説》本或《説郛》本,
佚文得十四條。南宋孔傳《後六帖》(《孔帖》)②引十一條,卷五
引五代秦再思《紀異》嵩山玉女擣帛石,卷九引《紀異記》唐明皇
詔鑄鐵牛事,卷一二引秦再思《紀異》昭宗播遷鳳翔事,卷一四引
《洛中紀異》玄宗神燈見事,卷八九引《紀異録》周世宗營道宫事,
此五條皆新見。

　　又,《資治通鑑考異》卷二九引秦再思《洛中紀異》張承業事,
卷三〇引《洛中紀異》閩王王昶遣使越海聘契丹事。程大昌《演
繁露》卷八《龍門》引秦再思《記異録》慈州文城縣搔口魚化事,卷
一〇《明皇孝經》引秦再思《洛中記異》明皇注《孝經》事,卷一二

---

① 《古今類事》卷一一《老人飛箸》出《紀異》,卷一三《愁臺之讖》出《異志》
(《四庫全書》本作《紀異志》),《殺狐之兆》出《集異記》(庫本譌作《廣異
記》),皆爲《紀異録》之譌。《殺狐之兆》即《類説》本《殺狐林》。卷一四
《儌蜀桃符》出《國史補》,即《説郛》本《桃符語讖》,出處誤。卷四《黄裳
狀元》(注出《紀異録》、《澠水燕言》),卷一四《少游藤下》(庫本注出《紀
異録》,《十萬卷樓叢書》本作《淮海集》),同卷《孟津雲起》(魏野事,庫本
注出《紀異録》,十萬卷樓本作《澠水燕談》),卷二〇《葉生陰責》(庫本作
《紀異録》,十萬卷樓本作《名賢小説》,《苕溪漁隱叢話》後集卷三八引作
《洞微志》,乃一書),同卷《孫亮減壽》(庫本作《紀異録》,十萬卷樓本脱
出處,《樂善録》卷三作《前定録》,即尹國均《古今前定録》),此五事時
代不合,非本書。黄裳、魏野事今見王闢之《澠水燕談録》卷六、卷四。
② 《直齋書録解題》類書類著録《後六帖》三十卷,云:"知撫州孔傳世文撰,
以續白氏之後也。傳,襲封衍聖公。"簡稱《孔帖》,與白居易《六帖》合
編,稱《白孔六帖》。

《幞頭垂脚不垂脚》引秦再思《洛中紀異》幞頭事。王觀國《學林》卷八《胡笳》引秦再思《紀異録》胡笳曲事。龔頤正《芥隱筆記·蒲桃》引秦再思《記異録》朱史君妓事。《路史後紀》卷九《高辛》注引秦再思云太祖皇帝初作鎮于宋事。鄧名世《古今姓氏書辯證》卷三〇引唐《紀異録》明皇得二十七仙玉像事。葉隆禮《契丹國志》卷一《太祖大聖皇帝》引《紀異録》阿保機射黑龍事，卷二《太宗嗣聖皇帝上》引《紀異録》契丹主德光夢神人事，卷三《太宗嗣聖皇帝下》引《紀異録》白狐堂事。共十二條。[①]　合計遺文七十四條，因《類説》本鄭珏李愚事析爲三條，因此實是七十二條。《三洞群仙録》、《山谷詩集》注、《錦繡萬花谷》、《古今事文類聚》、《古今合璧事類備要》、《輿地紀勝》、《玉海》等宋人書亦有徵引，皆不出上述諸書之外。

　　本書最晚記事在宋初。《宋之祀謷》（《説郛》本）云：“今上于前朝作鎮睢陽，洎開國乃號大宋。”今上指太祖趙匡胤。又《毋公印書》（《古今類事》卷一九）云：“洎蜀歸國，豪貴之族以財賄禍其家者十八九。上好書，命使盡取蜀文籍及諸印板歸闕。忽見板後有毋氏姓名，乃問歐陽烱，烱曰：‘此是毋氏家錢自造。’上甚悦，即命以板還毋氏，至今印書者遍於海内。”按孟氏以乾德三年（965）歸宋。《宋史》卷一《太祖紀》載：乾德四年五月，“閲蜀法物、圖書”。取蜀文籍印板當在此年。而“至今印書者遍於海内”，乃又在此後。然則“今”者當爲太祖開寶中（968—976），本書撰於此間也。其時作者隱於嵩山，自號嵩陽叟。故書名冠以“洛中”者，蓋以指河南府，嵩山在其境内也。待到太宗朝，再思則已入仕矣。

---

① 《通鑑考異》二事，《演繁露》卷八、《芥隱筆記》所引二事，皆蒙程毅中先生文示。見程毅中《沙裏淘金　追根溯原》，北京：《文學遺產》，1998 年第 2 期。

　　本書載事上起唐初下迄宋初，《讀書志》云"記五代及國初徵應雜事"不確，第五代宋初事較多耳。唐事大抵取自舊籍，如《唐高祖夢》本《廣德神異録》（《太平廣記》卷二七七），《曆差一日》本《酉陽雜俎》前集卷五《怪術》，《金合子當歸》本《開天傳信記》、《松窗雜録》，《顔魯公屍解》本《仙傳拾遺》等（《廣記》卷三二），二十七仙玉像本《神仙感遇傳》（《廣記》卷二九）①。至於五代宋初事大抵不見於他書，蓋自記傳聞也。

　　本書内容，一部分爲名人逸事，多數則爲妖祥讖應之事，人主邦國興衰之兆所居尤多。其中《召主收贖》、《宋州官家》、《宋之祀譽》、《桃符語讖》（並《説郛》本）、《周宗遇僧》、《天命迎宋》（《古今類事》卷二、卷一四）諸條，皆記宋興之兆，宣揚天命歸宋，皇運無涯，乃以讖説取媚新朝。本書所記史實或可資考證，如毋公刻板印行《文選》、《初學記》及"九經諸書"，即爲珍貴出版史資料。然作爲小説，可觀者甚尠也。

---

① 本書所記頗簡，《神仙感遇傳》文繁，未言互可思其人。南宋李石《續博物志》卷四據本書亦載此事，互可思作王可思。

牧豎閒談三卷

節存。北宋耿煥撰。志怪雜事集。一題《樵牧閑談》、《收豆腐談》。

衢本《郡齋讀書志》卷一三小說類著録《牧豎閒談》三卷，叙曰：“右皇朝景溪纂，十九事。景溪，蜀人也。”袁本卷三下無卷數，叙云：“右皇朝景煥撰，多記奇器異物。煥自號玉壘山閑吟牧豎云。”《通考》小說家類同衢本《讀書志》，唯作景漁。按煥、溪、漁皆煥字之譌。耿、煥皆訓光明，姓名義相連也。《宋志》小說類作耿煥，亦爲三卷。明《文淵閣書目》子雜類有景煥《牧豎閒談》一部一册，注闕①，祁承爜《澹生堂藏書目》小說家類亦有《牧豎閒談》三卷，撰人作景漢，名誤，似明代其書曾存世。

今原書不可見，唯《類說》卷五二節七條，天啓刊本無撰人，嘉靖伯玉翁舊鈔本卷四四署宋玉壘山閑吟景煥（焕）撰。《說郛》卷七節三條，相重者二條。《說郛》本題下注三卷，署蜀景煥（焕），注“號閒吟牧豎”，與《讀書志》全合，蓋據作者原序自署。《重編說郛》弓一九取入《說郛》本。《孔帖》卷一三引《鏡光照

---

① 舊題明葉盛《菉竹堂書目》子雜類有景煥《牧豎閒談》一册。按：《菉竹堂書目》六卷，刊於清伍崇曜《粵雅堂叢書》。陸心源《儀顧堂題跋》卷五《粵疋堂刻僞菉竹堂書目跋》云：“蓋書賈抄撮《文淵閣目》，改頭換面，以售其欺。”

室》，卷九八引《叩擊》，皆作《樵牧閑談》①，按《孔帖》卷三一引
《髮長五尺》見於《類説》本，而亦作《樵牧閑談》，知爲本書異稱。
《分門古今類事》卷一九《元植及物》，注出景涣《收豆腐談》②，而
亦見於《類説》，題《施食》，此亦爲别稱也。明仁孝皇后徐妙雲
《勸善書》卷一一載陳元植事，較《古今類事》爲詳，當爲《牧豎閒
談》原文。又《永樂大典》卷一三〇七五引《玉局井洞》。佚文共
存十一條，較原書尚遺八事。③

　　《玉局井洞》末云：“今朝先皇帝開寶年中，成都府龍興觀王
先皇御容殿内有大白蛇出浴池水。”知本書作於太宗朝。又《説
郛》本“紫粉”條云“知邛州事龔穎”，據北宋吴處厚《青箱雜記》卷
二，龔穎先仕南唐，歸朝爲侍御史，太宗朝知朗州④。耿焕既以
“尋常紫粉”獻之，亦可證本書作於太宗朝。

　　耿焕於乾德三年（965）先成《野人閑話》，繼而又於太宗時作
本書，其時已移居玉壘山，以“閑吟牧豎”爲號，故名書曰《牧豎閒
談》。所記内容，多含異聞，不盡傳實，其中凡載紫粉、蜀紙、菊、
胡孫、古鏡等，正晁公武《讀書志》所謂“奇器異物”也。本書小説
意味較差，不及《閑話》記事之尚稱博奇。唯《玉局井洞》寫罪人
入玉局井仙洞，見高騈、王建本是赤白大蛇，頗有諷意。李石《續
博物志》卷三採其數語。

---

① 卷九八譌作《樵牧闊談》。
② 此據《十萬卷樓叢書》本，《四庫全書》本誤作《報應記》。按：金心點校
　　《新編分門古今類事》（以十萬卷樓本爲底本）正作《牧豎閑談》，不當。
③《海録碎事》卷一一下《獨擊鵲》，末注《牧豎閑談》，實即《類説》卷五二
　　《翰府名談·獨擊鵲》，文同。《海録碎事》誤。
④《詩話總龜》前集卷一四引《青瑣雜記》（《青箱雜記》之譌）作“知鼎州”。

續野人閒話二卷

佚。北宋闕名撰。志怪雜事集。

《直齋書錄解題》小說家類著錄《續野人閒話》二卷，稱"不知作者"，《通考》同。《宋志》小說類亦有目，作三卷，亦云"不知作者"。

後蜀人耿焕於宋初成《野人閑話》五卷，此其續書，作者殆亦蜀人，而作於北宋。今姑繫於耿書之後。

江淮異人録三卷

存，作二卷或一卷。北宋吳淑撰。志怪傳奇集。一題《江淮異人傳》。

吳淑（947—1002），字正儀，潤州丹陽（今屬江蘇）人。幼有俊才，屬文敏速，深爲韓熙載、潘佑器重。應進士舉，徐鉉主文，擢在高第，補丹陽尉，徐鉉妻之以女①。久之以校書郎直內史。開寶八年（975）南唐平歸宋，試學士院，授大理評事，充史館②。太平興國二年（977）爲太府寺丞③，預修《太平御覽》、《太平廣記》。三年《廣記》成，時爲少府監丞④。七年爲著作佐郎，預修《文苑英華》⑤。端拱元年（988）始置祕閣，以本官充校理。淳化中作《事類賦注》三十卷以獻⑥，遷水部員外郎。至道二年（996）兼掌起居舍人事，預修《太宗實錄》。至道末遷都官員外郎⑦。

---

① 見《分門古今類事》卷六《吳淑丹陽》，引《秘閣閒談》："東海徐鉉解淑，淑登第，因以女妻之。淑欲求都下一官，徐鉉時在中書，謂曰：'已選得一縣，可二百里內。'淑思之，曰：'得非丹陽乎？'"
② 此據《東都事略》卷一一五。
③ 見《太平御覽》卷前《國朝會要》。
④ 見《太平廣記表》。
⑤ 見《文苑英華》卷前《三朝國史藝文志注》。
⑥ 紹興丙寅（十六年，1146）邊惇德《事類賦序》："淳化中，博士吳淑進《事類賦》百篇於朝。"
⑦ 見《續資治通鑑長編》卷八一。

咸平中遷職方員外郎，五年（1002）卒，年五十六。有文集十卷①，又著《説文五義》三卷、《異僧記》一卷、《祕閣閒談》五卷、《聶練師傳》一卷等。事跡具見《宋史》卷四四一《文苑傳》及《隆平集》卷一四《侍從》、《東都事略》卷一一五、《京口耆舊傳》卷三、《嘉定鎮江志》卷一七《丹陽縣令（丞佐附）》及卷一八《人物》、《至順鎮江志》卷一八《人材》等。

　《宋史》本傳及《隆平集》、《京口耆舊傳》、《至順鎮江志》均稱吳淑著《江淮異人録》三卷，《崇文總目》傳記類、《通志略》道家類、《宋志》小説類著録同。《直齋書録解題》僞史類作二卷，叙云：“吳淑撰。所紀道流俠客術士之類，凡二十五人。”《通考》同。《遂初堂書目》雜傳類作《江淮異人傳》，無撰人、卷數。

　明焦竑《國史經籍志》道家傳類著録《江淮異人録》三卷（撰人譌作吳叔），所據蓋宋人書目。錢曾《述古堂藏書目》神仙傳類著録有三卷鈔本，不見傳世。今傳各本或爲二卷，或爲一卷。一卷本載於《道藏》洞玄部記傳類、《廣四十家小説》、《稽古堂新鐫群書祕簡》、《知不足齋叢書》、《龍威秘書》、《藝苑捃華》、《道藏舉要》等。《道藏》本不著撰人，《廣四十家小説》、《知不足齋叢書》本署丹陽吳淑纂，稽古堂本署宋丹陽吳淑纂。顧元慶刊《廣四十家小説》頗多脱譌，異文亦多，不及《道藏》本、稽古堂本、知不足齋本爲善。知不足齋本末有鮑廷博乾隆丁末（五十二年，1787）跋，跋云：“右《江淮異人録》一卷，宋職方郎中（按：當爲職方員外郎）潤州吳淑正儀撰。記南唐時道流俠客術士，凡二十五人，與《直齋書録解題》相符，惟陳本作二卷耳。……是録明嘉靖中伍光忠本，稍經潤色，尚未失真。近刻首列明皇游月宫事，展卷即知其僞矣。喜得善本，特梓以存其舊云。”按伍本原藏於吳翌鳳，

①《東都事略》作二十卷。

"訛脱幾不成書",乾隆癸卯(四十八年,1783)由鮑廷博以《道藏》本校正,吳氏重録之①。鮑校伍本後歸黃丕烈②,今藏國家圖書館,列爲善本③。《知不足齋叢書》本非鮑校伍本,黃丕烈云:"鮑校伍氏刊本余亦見之,所據以入叢書者,非此校本也","鮑刻叢書本,非即初次所校。淥飲(按:鮑廷博別號)跋云喜得善本,特梓以存其舊,蓋又一本矣。"④。鮑刻叢書本文字與《道藏》本無甚異同,中有據伍刻本參校之校語。鮑刻本後又刊入《龍威秘書》、《藝苑捃華》。黃丕烈又見顧嗣立秀野草堂鈔本,與知不足齋本只"稍有異同"⑤。瞿鏞《鐵琴銅劍樓藏書目録》卷一七著録有明鈔一卷本,"舊爲文衡山(按:即文徵明)藏書,後歸汲古閣"。國圖藏有明鈔本⑥,未得目驗,不知是否即此本。

　　二卷本載於《四庫全書》,上海古籍出版社編《宋元筆記小説大觀》據此本排印,孔一校點。《四庫全書總目》卷一四二云:"其書久無傳本,今從《永樂大典》中掇拾編次,適得二十五人之數,首尾全備,仍爲完書。謹依《宋志》,仍分上下二卷,以復其舊焉。"李調元據《四庫》本刻入《函海》,並爲作序。周中孚《鄭堂讀

---

① 見黃丕烈《士禮居藏書題跋記》卷四《江淮異人録不分卷(校鈔本)》引吳翌鳳識語。
②《士禮居藏書題跋記》卷四《江淮異人録不分卷(校本)》:"吳枚庵別有乾隆癸卯重録鮑校本,亦爲余所收。"
③《北京圖書館善本書目》卷五子部下小説家類:"《江淮異人録》一卷,宋吳淑撰。明嘉靖刻本,鮑廷博校,吳翌鳳、黃丕烈校並跋。"
④《士禮居藏書題跋記》卷四《江淮異人録不分卷(校鈔本)》。
⑤《士禮居藏書題跋記》卷四《江淮異人録不分卷(校本)》、《江淮異人録不分卷(校鈔本)》。
⑥《北京圖書館善本書目》卷五子部下小説家類:"《江淮異人録》一卷,宋吳淑撰。明抄本。"

書記》卷六六著録《函海》本,稱《知不足齋叢書》本"終不及是本
之尚屬原書也"。其實知不足齋本與《道藏》本同出一源,近於原
書,而《四庫》輯本並非原書,缺《虔州少年》、《瞿童》二傳,而首多
《唐寧王》、《花姑》二傳。館臣按云:"是書所載皆南唐人事,獨此
二條爲唐明皇時。考之宋元以後諸書所引用皆同,今仍其舊,列
于卷首。"按明天啓刊本《類説》卷一二節録《異人録》二十五條,
前七條出《江淮異人録》,後十八條全取自柳宗元《龍城録》。而
明嘉靖伯玉翁舊鈔本《類説》卷一一《異人説》,署吳淑撰,後十八
條爲《龍城録》,署唐柳州刺史柳宗元子厚撰。天啓本脱去《龍城
録》書名,遂與《異人録》相混。《唐寧王》、《花姑》二條即天啓本
《類説·異人録》之《六馬滚塵圖》、《花姑》,全在《龍城録》中。
《大典》所引實是《龍城録》,館臣輯入本書,大謬。鮑廷博跋云
"近刻首列明皇遊月宮事",此事亦見天啓本《類説·異人録》,原
出《龍城録》。① 庫本分爲二卷,稱依《宋志》,其實《宋志》作三
卷,疑乃誤記《直齋書録解題》爲《宋志》也。

　　《剪燈叢話》卷五、《重編説郛》弓五八收録《江淮異人録》二
條,署宋吳淑,《古今説部叢書》一集亦收之。首條爲錢處士事,
出自本書,第二條實取《説郛》卷六五宋汴《采異記·伏龜山鐵
銘》,濫冒而已。

　　此書所載,除瞿童係唐人外,其餘二十四人大都是楊吳、南

---

① 按:《能改齋漫録》卷六、《苕溪漁隱叢話》前集卷二四、後集卷二六、《碧
　雞漫志》卷三、《歲時廣記》卷三二、《錦繡萬花谷》前集卷三三又卷三五、
　《古今事文類聚》後集卷三〇、《全芳備祖》前集卷二、《古今合璧事類備
　要》續集卷五六、別集卷二四引《異人録》,《萬花谷》前集卷二〇又卷
　三〇、《事類備要》前集卷四三又卷五〇引《異人傳》,《山堂肆考》卷一九
　一、卷一九七引《異人録》,卷一二六引《異人傳》,又《癸辛雜識》前集、
　《事文類聚》前集卷一一所引《異聞録》(《異人録》之誤)。如此等等,皆
　在《龍城録》中,所據皆爲《類説》。

唐之道流術士俠客異人之屬，皆爲江淮人，故名《江淮異人録》。觀《錢處士》云"吳氏有江東之地凡四十六年，而李氏三十九年"，《耿先生》云"及江南平，在京師嘗詣徐率更游"，知作於南唐滅亡入宋之後。而太平興國二年(977)李昉、徐鉉、吳淑等修《太平廣記》，三年書成，《廣記》未採録是書，是則本書蓋成於太平興國三年之後數年間。鮑廷博云宋職方郎中(職方員外郎)吳淑撰，乃舉其終職，非撰於卒前也。淑岳父徐鉉在南唐作《稽神録》，《廣記》採擷特多，淑作此書當受其影響。《四庫提要》云"殆耳濡目染，挹其流波，故亦喜語怪"。徐書雜述神鬼異怪，内容廣泛，此則專述江淮異人，但叙事大都簡略，寡有鋪張，與《稽神録》筆法相似。

　　《瞿童》一篇非自撰，全録唐朗州刺史温造長慶二年(822)所作《瞿童述》[①]。其餘則自録聞見，《耿先生》、《江處士》等篇均明其聞見緣由。所記人物多有流傳較廣者，他書亦有記。如聶師道先已見載沈汾《續仙傳》卷下，陳葆光《三洞群仙録》卷一八引《高道傳》(北宋賈善翔撰)、黃庭堅《豫章黃先生文集》卷二五《書問政先生誥後》[②]、羅願《新安志》卷八《仙釋》及《羅鄂州小集》卷六《聶真人師道傳》、陳田夫《南嶽總勝集》卷下《叙唐宋得道異人高僧》皆亦有載，惟事有不同。徐鉉撰有《逍遥大師問政先生聶君傳》一卷[③]，又有《聶真人傳》[④]，疑亦師道，並佚。聶師道姪孫

①《新唐志》道家類神仙家著録温造《瞿童述》一卷，注："大曆辰溪童子瞿柏庭昇仙，造爲朗州刺史，追述其事。"《崇文總目》道書類、《通志略》道家類、《宋志》小説類書名、卷帙、撰人並同，《通志略》注云："大曆八年辰溪童子瞿柏庭於桃源觀升仙。"《全唐文》卷七三〇亦收此記，題《瞿童述》。南宋王象之《輿地紀勝》卷七五《辰州·碑記》作《瞿柏庭記》。
②《詩話總龜》後集卷三九及《苕溪漁隱叢話》後集卷三八引山谷語，即此。
③見《通志略》道家類。
④見《遂初堂書目》道家類。

聶紹元事亦見《新安志》卷八《仙釋》，吳淑作《聶練師傳》一卷①，
佚。李夢符事又見宋初潘若沖《郡閣雅言》(《詩話總龜》前集卷
四四、《三洞群仙録》卷一三引)，事異。耿先生又見鄭文寶《南唐
近事》卷下、馬令《南唐書》卷二四②、陸游《南唐書》卷一四，事跡
略同。潘扆亦見《南唐近事》及馬書卷二四、陸書卷一四，事異。
陸書卷四載陳曙事，殆本本書。

　　所載諸異人大抵乃真實人物，事雖誇誕，然非盡游談無根。
故《四庫提要》云："鉉(徐鉉)書説鬼，率誕漫不經。淑書所記，則
《周禮》所謂怪民，《史記》所謂方士，前史往往見之，尚爲事之所
有。其中如耿先生之類，馬令、陸游二《南唐書》皆採取之，則亦
非盡鑿空也。"清人吳任臣《十國春秋》採本書尤夥，計有董紹顏、
張訓妻、虔州少年、潯潭漁者(以上卷一二)、聶師道、魏王軍士
(以上卷一四)、聶紹元、耿先生、潘扆、陳允升、陳曙(以上卷三
四)。元趙道一《歷世真仙體道通鑑》卷四四《司馬郊》亦取本書。
至於明人稗編採之者，則有《豔異編》卷一三《女冠耿先生》，《綠
牕女史》卷二《女冠耿先生傳》③，《劍俠傳》採入《李勝》(卷三)、
《張訓妻》、《洪州書生》(並卷四)。

---

① 見《通志略》道家類，注："僞吳道士聶紹元事。"《崇文總目》道書類作《練
　　師傳》。
② 按：馬書傳末云："嗚呼，耿先生之事著矣！鄭文寶自謂親授於徐率更，
　　而徐率更目覩其事。雖然，鄭氏之編載之，而徐氏不録，是可疑也。"此
　　處鄭文寶實是吳淑之誤。《江淮異人録·耿先生》末云："余頃在江南，
　　嘗聞其事，而宮掖祕奥，説者多異同。及江南平，在京師嘗詣徐率更游。
　　游即義祖之孫也，宮中之事悉能知之。因就質其事，備爲言。"而鄭文寶
　　《南唐近事》所載耿先生事，寥寥七十字，且與徐率更無涉。《十國春秋》
　　卷二四《耿先生》注引鄭文寶《耿先生傳》"南海常貢奇物"云云，實出吳
　　書，疑沿馬令之誤。
③ 《豔異編》、《綠牕女史》文同《廣四十家小説》本。

異僧記一卷

佚。北宋吴淑撰。志怪傅奇集。

《崇文總目》小説類、《通志略》傅記類冥異屬著録《異僧記》一卷,不著撰人。《宋志》小説類云吴淑撰。

所記爲異僧事,當爲叢集,《江淮異人録》專記道流異人,此則專記異僧之事。佚文不存。

神告傳

節存。北宋荆伯珍撰。傳奇文。

荆伯珍,字君玉。南陽(今屬河南)人。太平興國八年(983)進士。

原傳不存,節文存於《分門古今類事》卷四異兆門中,《伯珍注名》一則注出荆伯珍《神告傳》。結末"吏云此別有籍"以下一節乃《古今類事》編者委心子議論。作者自述太平興國八年省試作賦,誤書一字落韻,歸而始覺,祈於二相公子游子夏廟。夜夢二神人,以隱語告其未來,並授桂花一枝。試策日又夢冥吏來,告以試賦落韻,二相公命主司宋白舍人改正,今已注名。伯珍謁宋公,果知誤字已改。御試後伯珍及第,名次並應神人之語。遂爲《神告傳》以紀之。

此傳當作於太平興國八年。作者自神其事,意在宣揚科名前定,故委心子議云:"以是知得失高下,陰籍注定,人力區區,何爲哉!"唐人陸藏用有傳奇文《神告錄》①,殆仿其名也。

傳中所言開封二相公廟,宋人言極有靈驗,士人多就祈禱求夢。南宋費衮《梁谿漫志》卷一〇《二相公廟乞夢》云:"京師二相公廟,世傳子游、子夏也。靈異甚多,不勝載。於舉子間得失,尤應答如響,蓋至今人人能言之。"洪邁《夷堅乙志》卷一九《二相公

①《宋志》小説類著録,《太平廣記》卷二九七引全文,題《丹丘子》,《分門古今類事》卷二節引,題《高祖天啓》。

廟》云："京師二相公廟,在城西内城脚下。舉人入京者,必往謁
祈夢。率以錢置左右童子手中,云最有神靈。"除此,《古今類事》
卷一二《王佖遇僧》引《名賢小説》(按:即錢易《洞微志》),《夷堅
甲志》卷七《不葬父落第》①、卷一一《趙敦臨夢》、《乙志》卷七《何
丞相》、《丙志》卷一二《吳德充》,皆亦記舉子及太學生祈夢靈驗
事。張鎡《仕學規范》卷三〇《陰德》則記有二士大夫以前程祈夢
於二相公廟。

---

① 明仁孝皇后徐氏《勸善書》卷一五採入此條。

李白外傳一卷

佚。北宋樂史撰。傳奇文。一題《謫仙外傳》。

樂史（930—1007），事跡附見《宋史》卷三〇六其子《樂黃目傳》，又見《隆平集》卷一四《侍從》、《東都事略》卷一一五。史字子正，號南陽生①，舉其郡望也。撫州宜黃（今屬江西）人。仕南唐爲祕書郎，入宋爲平原主簿。太平興國五年（980），與顏明遠、劉昌言、張觀以現任官舉進士，太宗惜科第未與，但授諸道掌書記，史佐武成軍，復賜及第。上書言事，擢爲著作佐郎、知陵州。獻《金明池賦》，召爲三館編修。雍熙三年（986），獻《貢舉事》二十卷②、《登科記》三十卷又《題解》二十卷、《唐登科文選》五十卷、《孝弟錄》二十卷③、《續卓異記》三卷，太宗嘉之，遷著作郎、直史館。轉太常博士、知舒州，遷水部員外郎。淳化四年（993）使兩浙巡撫，加都官、知黃州。又獻《廣孝傳》五十卷、《總仙記》一百四十一卷④。真宗咸平初（998）遷職方員外郎、直史館，復

①《緑珠傳》末贊稱“南陽生曰”。
②《宋志》故事類作《貢舉故事》二十卷、目一卷。
③《宋志》傳記類作《孝悌錄》二十卷、讚五卷，《崇文總目》、《通志略》亦作《孝悌錄》二十卷，又有《唐孝悌錄》十五卷。
④《崇文總目》道書類作《總仙記》一百三十卷，《四庫闕書目》神仙類、《中興館閣書目》神仙家、《宋志》道家神仙類作《總仙秘錄》一百三十卷，《祕書省續編到四庫闕書目》目錄類著錄《總仙記目》四卷，《玉海》卷五八云：“淳化四年，樂史獻……《總仙傳》一百四十一卷。”

獻《廣孝新書》五十卷①、《上清文苑》四十卷。不久出知商州，俄分司西京。五年復舊職，與其子樂黃目同直史館，時人榮之。出掌西京磨勘司，改判留司御史臺。景德四年（1007）真宗幸洛，召對，賜金紫，未幾卒，年七十八。所撰又有《太平寰宇記》二百卷、《總記傳》百三十卷、《坐知天下記》四十卷、《商顏雜錄》二十卷、《廣卓異記》二十卷、《諸仙傳》二十五卷、《宋齊丘文傳》十三卷、《杏園集》十卷、《李白別集》十卷、《神仙宮殿窟宅記》十卷、《掌上華夷圖》一卷、文集《仙洞集》一百卷等。諸作今只存《太平寰宇記》、《廣卓異記》及《綠珠》、《太真》二傳。

　　《宋志》傳記類著錄樂史《李白外傳》一卷。明代《文淵閣書目》有《謫仙外傳》一冊，殆即此書，然此後未見傳世。

　　佚文今檢得一則，乃李白在翰林時事。《分門集註杜工部詩》卷一〇《崔駙馬山亭宴集》王洙注引《李白外傳》："白對明皇撰樂府新詞，得宮錦袍。"又卷一六《寄李十二白二十韻》王洙注引《白外傳》："白作樂章，賜錦袍。"《補注杜詩》卷一八《崔駙馬山亭宴集》及卷二〇《寄李十二白二十韻》王洙注、《九家集注杜詩》卷一八《崔駙馬山亭宴集》郭知達注、《杜工部草堂詩箋》卷一九《寄李十二白二十韻》蔡夢弼注並同。《四六標準》卷一五《代黃知縣上史丞相燾》明孫雲翼注引《李白外傳》亦同《寄李十二白二十韻》注，皆陳陳相因也。

　　《古今合璧事類備要》後集卷二二引《李白傳》云："每宴飲無不先及，每慶賜無不先霑，中廐之馬代其勞，内廚之膳給其食。"②

────────────

① 《通志略》傳記類作《唐孝新書》五十卷，《宋志》傳記類作《廣孝悌（一作新）書》五十卷。

② 《山堂肆考》卷五六《慶賞先霑》引《李白傳》，前多"凡翰林"三字，餘同，當據《事類備要》。

按:此出《白氏長慶集》卷四一《初授拾遺獻書》①,又見《舊唐書》
卷一六六《白居易傳》②,《李白傳》疑爲《白居易傳》之誤。

　　樂史《李翰林別集序》中(《李太白全集》附録)提及此傳:"翰
林在唐天寶中,賀秘監聞於明皇帝,召見金鑾殿,降步輦迎,如見
綺皓。草和蕃書,思若懸河。帝嘉之,七寶方丈,賜食于前,御手
調羹。于是置之金鑾殿,出入翰林中。其諸事跡,《草堂集序》、
范傳正撰《新墓碑》亦略而詳矣。史又撰《李白傳》一卷,事又稍
周。然有三事,近方得之。開元中,禁中初重木勺藥,即今牡丹
也。(下略)白嘗有知鑒,客并州,識汾陽王郭子儀于行伍間。
(下略)白之從弟令問,嘗目白曰:'兄心肝五臟皆錦繡邪?不然,
何開口成文,揮翰霞散爾爾?'傳中漏此三事,今書于序中。"按此
序題"朝散大夫、行尚書職方員外郎、直史館、上柱國樂史述",而
末又云"時在繞霤州中,咸平元年三月三日序",作序時已出知商
州③。序中所言《李白傳》即《李白外傳》,知作於咸平元年(998)
之前,乃在太宗朝,蓋在雍熙中直史館時。

　　序中提及李陽冰《草堂集序》、范傳正《唐左拾遺翰林學士李
公新墓碑》,此外猶有魏顥《李翰林集序》、劉全白《唐故翰林學士
李君碣記》、裴敬《翰林學士李公墓碑》、《舊唐書》卷一四〇《文苑
傳下·李白傳》以及《龍城録》、《酉陽雜俎》、《甘澤謡》、《松窗雜
録》、《雲谿友議》、《本事詩》、《唐摭言》、《開元天寶遺事》、《續仙
傳》、《雲仙雜記》等,皆記李白事跡及逸聞。樂史所云三事,第一

---

① 白居易《初授拾遺獻書》:"況臣本鄉里豎儒,府縣走吏,委心泥滓,絕望
　烟霄。豈意聖慈擢居近職,每宴飫無不先及,每慶賜無不先霑,中厩之
　馬代其勞,内厨之膳給其食。"
②《册府元龜》卷四六七臺省部《舉職》亦載。
③ 繞霤州指商州。《漢書》卷九九中《王莽傳中》:"繞霤之固,南當荆楚。"
　顏師古注:"謂之繞霤者,言四面塞阨,其道屈曲,谿谷之水,回繞而霤
　也。其處即今商州界七盤十二繞是也。"

事出《松窗雜録》,第二事出裴敬《李公墓碑》,第三事出李白《送
從弟京兆參軍令問之淮南覲省序》。除此三事《外傳》未載外,其
餘諸書所記當採擷甚多,故而樂史稱較李、范所載"事又稍周"。
由於事跡多爲傳聞,故以《外傳》稱之,以別於史家之正傳耳。

緑珠傳一卷

佚。北宋曾致堯撰。傳奇文。

曾致堯（947—1012），字正臣。建昌軍南豐（今屬江西）人。曾鞏祖父。太平興國八年（983）進士，授符離主簿、梁州録事參軍。遷大理評事、光禄寺丞、監越州酒税。召拜著作佐郎、直史館。除祕書丞，出爲兩浙轉運使。徙知壽州，轉太常博士。真宗即位，遷主客員外郎、直史館、判三司鹽鐵勾院。咸平三年（1000）遷户部員外郎、京西轉運使。五年爲涇原邠寧等州經略判官，因抗疏黜爲黃州團練副使。未幾復官知泰州，又除授吏部員外郎、知泉州，歷知蘇、揚、鄂州。大中祥符初（1008）遷禮部郎中，轉户部。五年（1012）五月卒，年六十六。著《仙鳬羽翼》三十卷、《廣中台志》八十卷、《清邊前要》五十卷、《西陲要紀》十卷、《爲臣要紀》三卷、《直言集》五卷、文集十卷，皆佚。事跡見《宋史》卷四四一《文苑傳三》、《歐陽文忠公文集·居士集》卷二一《尚書户部郎中贈右諫議大夫曾公神道碑銘并序》、《臨川先生文集》卷九二《户部郎中贈諫議大夫曾公墓誌銘》、《東都事略》卷四八、《續資治通鑑長編》卷四七及卷五一。

《宋志》傳記類著録曾致堯《緑珠傳》一卷，佚。殆作於太宗或真宗朝直史館之時。今存《緑珠傳》乃樂史作。

祕閣閒談五卷

節存。北宋吳淑撰。志怪集。

《宋史》吳淑本傳及《隆平集》卷一四《侍從》、《京口耆舊傳》卷三云吳淑著《祕閣閒談》五卷,《郡齋讀書志》、《直齋書錄解題》、《宋志》、《通考》小說類著錄同。《至順鎮江志》卷一八《人材》譌作《祕書閒談》,亦爲五卷。《讀書志》云:"皇朝吳淑撰。記祕閣同僚燕談。淑仕南唐,後隨李煜降。丹陽人。"①《書錄解題》云:"起居舍人吳淑正儀撰。淑丹陽人。"《遂初堂書目》小說類不著撰人、卷數。《祕書省續編到四庫闕書目》小說類作一卷,《通志略》小說類作四卷。

原書今不見傳,清孫從添《上善堂宋元板精鈔舊鈔書目》著錄汲古閣影宋鈔本四卷,不知尚存否。《類說》卷五二摘有十三條,天啓刊本無撰人,嘉靖伯玉翁舊鈔本題宋吳淑撰。《分門古今類事》引十條②,皆與《類說》本不相重。又《折獄龜鑑》卷六、《棠陰比事》卷上引"江南大理寺鞫殺人獄"一條,《路史發揮》卷三《原焚》引"鄭民張福詮"條,俞琰《席上腐談》卷下引"鐵釘銀"

---

① 此據《文獻通考》所引。衢本《讀書志》末無"丹陽人"三字,書名譌作《祕閣雅談》,袁本末無"淑仕南唐"等十二字。

② 《古今類事》實引十二條,然有二條非本書:卷五《栢閣行者》,中云錢若水咸平六年(1003)卒(《宋史》卷二六六本傳亦云咸平六年春卒),事在吳淑後。卷一六《仙客遭變》,《十萬卷樓叢書》本不注出處,《四庫全書》本注作《秘閣閒談》,此出唐薛調《無雙傳》,而本書不襲前人之說,庫本誤。另外卷一八《張泊修廟》,注出吳淑《左里廟記》,當非本書。

一條。遺文共二十六條①。《重編説郛》弓二六收有闕名《祕閣閑談》五條，二事取《類説》本，餘皆刺取他書以冒②。

據《讀書志》云，本書"記祕閣同僚燕談"，故名《祕閣閑談》，又據《書録解題》，作者作此書時爲起居舍人。《折獄龜鑑》及《棠陰比事》所引末注"見吳淑校理《祕閣閑談》"。按《宋史·吳淑傳》載："始置祕閣，以本官（著作佐郎）充校理。……至道二年，兼掌起居舍人事。"祕閣置於端拱元年（988），淳化元年（990）置祕閣校理，以京朝官充任③。吳淑入祕閣蓋在淳化元年，到至道二年（996）兼掌起居舍人事，在祕閣已歷七年。本書當成於至道二年。書中《張洎二驢》（《古今類事》卷七）稱"參政張洎"，據《宋史》卷二六七《張洎傳》，張洎爲參知政事在至道元年，三年罷爲刑部侍郎④。《韓王甚貴》（同上卷一〇）云韓王遷諫議大夫，罷職，知制誥錢若水代之，又稱"樞密副使錢若水"，據《宋史》卷二六六《錢若水傳》，錢若水至道初以右諫議大夫同知樞密院事。以上皆在至道二年之前，時間無抵牾，且張洎至道三年正月罷參政，尤可證本書撰於至道二年也。《古今類事》卷六引《虛己賜緋》中稱"太宗勤政"，用太宗廟號，此乃《古今類事》編者所改，原文必不如此，當稱"上"或"今上"⑤。

---

① 《三洞群仙録》、《歲時廣記》、《箋註簡齋詩集》、《六帖補》、《履齋示兒編》、《古今合璧事類備要》、《永樂大典》等亦有引述，均不出《類説》及《古今類事》之外。
② 《金梭》、《辟蠹》取《類説》，餘三條爲《司書鬼》、《宮市》、《本草白字》。《司書鬼》出《瑯嬛記》卷下。《宮市》引《南部新書》，見卷二。《本草白字》見《談苑》卷三、《侯鯖録》卷四、《醫説》卷二、《緯略》卷一〇。
③ 見《宋史》卷一六四《職官志四》。
④ 據《宋史》卷《太宗紀二》，張洎罷參政在至道三年正月。
⑤ 《分門古今類事》之例不引原文，而只轉述大意。《虛己賜緋》後又云"上善之"，稱"上"不稱太宗，猶是原文稱呼。

　　本書二十多條遺文，所記全爲南唐宋初異事，諸如夢徵、命相、占卜、神仙、變怪、奇器、異物等。作者自述聞見，不事因襲。所存遺文皆非原文，記事之詳略文野已難細考，唯觀其名曰"閒談"，要亦志怪雜記之體也。

魏大諫見異録

存。北宋闕名撰。傳奇文。

此作不見著録。《皇宋事實類苑》①卷六九《神異幽怪》載《魏大諫》一篇，末注《魏大諫見異録》。文頗長，約一千七百字。叙魏大諫平生所見種種異事，凡有家居時射殺破鉢盂精，在趙州公署獨居一堂見美婦二十餘人作怪，冀、趙間遇丈夫神，歸大名途中射白驢首怪，至家祝神而旋轉巨石磨，寢而手中得一金錠，夢威雄將軍錢卜科名，太平興國四年(979)赴舉遊相國寺見梵僧言其前程，至道元年(995)知潭州道遇風濤而禱神止風，潭州水驛夢神告而免水禍，擊丸卜官而拜右諫議大夫、知審刑院，所乘烏馬爲婦人所召而淚下氣絶，共十二事。

按魏大諫即魏廷式，《宋史》卷三〇七有傳，傳云："真宗即位，改刑部。會王繼恩有罪下吏，命廷式同按之，踰宿而獄具。俄知審官院、通進銀臺封駁司，拜右諫議大夫、知審刑院，出知涇州。咸平二年(999)卒，年四十九。"此作未言其亡，似作於其生前，即拜大諫之後，約在咸平初。作者所記疑據魏廷式自叙，意在自神自炫，然亦表現廷式剛毅不畏之性也。《宋史》本傳稱其"以嚴明稱，剛果敢言"，觀此不虛。《宋史》本傳又云："嘗客遊趙

---

① 此爲日本元和七年(1621)木活字印本，1911年武進董康誦芬室據以重刻，文字有校改。上海古籍出版社1981年出版點校本，名《宋朝事實類苑》，以董本爲底本，參校日本活字本及明藍格鈔本。

州,舍于監軍魏咸美之廨。廨有西堂,素凶,咸美知廷式有膽氣,命居之,卒無恙。來京師,咸美弟咸信延置館舍,以同宗善待之。"事取於《見異錄》,然無咸美弟咸信云云,或《類苑》引文未備耳。

　　《皇宋朝事實類苑》卷一五《魏諫議》、《唐質肅》二事末亦注《見異錄》。按前事爲魏廷式事,然毫無異情;後事亦非見異,且與廷式無涉,乃熙寧中參政唐介事,疑誤注出處。《古今事文類聚》前集卷四八、《群書類編故事》卷一一《見怪不怪》,注《見異錄》,《古今合璧事類備要》前集卷六九《傲視宅怪》,亦注《見易(異)錄》,此乃唐魏元忠事,《太平廣記》卷四四四引作《廣異記》,唐戴孚所撰,《事文類聚》等誤注出處。清人梁章鉅《浪跡續談》卷八云:"《藝文類聚》引《見異錄》云……"乃又將《事文類聚》誤作《藝文類聚》。

綠珠傳一卷

存。北宋樂史撰。傳奇文。一題《綠珠内傳》。

《郡齋讀書志》傳記類著録《綠珠傳》一卷,云:"皇朝樂史撰。"《通考》傳記類同。樂史有《總記傳》一百三十卷,疑此傳及《李白外傳》、《楊太真外傳》、《唐滕王外傳》當在其中。

傳存,載於《説郛》卷三八,注"一卷全",不著撰人。北宋晁載之《續談助》卷五節録樂史《綠珠傳》,比對文字,《説郛》本即樂史所撰者。晁氏《綠珠傳跋》云:"右鈔直史館樂史所撰《綠珠傳》。史獨精地理學,故此傳推考山水爲詳,又皆出於地志雜書者也。""直史館樂史"當係原作所題,是作於直史館之時。按樂史凡三直史館,太宗雍熙三年(986)以著作郎直史,四年亦在史館①,真宗咸平初(998)以職方員外郎直史,五年復直史,皆載於《宋史》本傳。此傳作於何年,已不易確指。

《續談助》本節録全文前半,自"牛僧孺《周秦行記》云"以下刪而未録,而所録部分亦常有刪略,文字與《説郛》本頗有異同,末尾多"今人間尚傳綠珠者椎髻,按白州風俗,三種夷婦人皆椎髻"二十三字,可補《説郛》本之闕。明清近世稗叢收此傳者甚衆,載《豔異編》十二卷本卷五戚里部、《綠牕女史》卷一一

①《續資治通鑑長編》卷二八:雍熙四年十二月,"國子司業孔維上書,請禁原鹽,以利國馬。直史館樂史駮奏曰……"。

妾婢部逸格門、《重編説郛》弓一一二、《情史》卷一（題《綠珠》）、《香豔叢書》第十七集卷二、《晉唐小説六十種》、《舊小説》丁集（宋）等，雖文字偶有不同，然大抵源出《説郛》。《豔異編》不著撰人，文字有删節。《綠牕女史》、《重編説郛》本誤題爲唐樂史，删明君（王昭君）事。《情史》未著出處，删明君事及《周秦行記》一節。《香豔叢書》本不著撰人，止於"皆夷家族"。《晉唐小説六十種》本亦署失名。《廣四十家小説》本題作《綠珠内傳》，不著撰名，題南齊校正。按《百川書志》傳記類及《趙定宇書目》中《稗統目録》均亦作《綠珠内傳》，殆明人所改。清咸豐中胡珽校刊《琳琅祕室叢書》第四集刊入此傳，題失名，有胡珽校勘記，所據爲舊鈔本，又以《續談助》等本校之。胡跋云："《綠珠傳》一卷，舊本無撰人名氏。案馬氏《經籍考》題宋史官樂史撰。宋人《續談助》亦載此傳，而删節其半。……余謂綠珠一婢子耳，能感主恩而奮不顧身，是宜刊以風世云。"馬端臨《文獻通考·經籍考》引晁氏曰"樂史撰"，晁氏《讀書志》原作"皇朝樂史撰"，無史官二字，胡氏誤記。光緒中刊《琳琅祕室叢書》本有董金鑑續校。《叢書集成初編》據《琳琅祕室叢書》本排印。魯迅《唐宋傳奇集》亦據胡刊本録入，校以《説郛》，題史官樂史撰。《稗邊小綴》云："今再勘以《説郛》三十八所録，亦無甚異同。疑所謂舊鈔本或别本者，即並從《説郛》出爾。"今按魯説甚是，二本文字所以有異者，蓋《説郛》版本不同耳。

　　此傳記述綠珠事跡，而又頗詳於石崇，兼之推考綠珠出生州縣之沿革、水山，復及綠珠遺跡、異聞，趙王倫、孫秀被殺，且涉王昭君、宋褘（按：《説郛》本譌作宋諱，《綠牕女史》、《重編説郛》譌作朱韓）、王進賢及侍兒六出、窈娘諸事，又多所引録昔人吟詠綠珠詩章。其中綠珠事跡傳聞蓋採自唐劉恂《嶺表録異》卷上、《晉書》卷三三《石崇傳》等①。越俗以珠爲上寳，脂粉塘，採自梁任昉《述異記》卷上。石崇作《明君歌》採自《文選》卷二七《王明君詞》(《玉臺新詠》卷二亦載)。所涉昭君事出於《西京雜記》卷二、《漢書》卷九四下《匈奴傳下》，又見《後漢書》卷八九《南匈奴傳》、《世說·賢媛》及注引《琴操》等。石崇以金釵玉佩裝飾美人，採自王嘉《拾遺記》卷九《晉時事》。孫秀使人求綠珠，石崇劫使殺商、遺王愷鴆鳥、宴客斬美人諸事，採自《晉書》卷三三《石崇傳》、《世說新語·仇隙》注引干寳《晉紀》、《汰侈》及注引王隱《晉書》、《晉諸公贊》等。趙王倫、孫秀被殺採自《晉書》卷五九《趙王倫傳》等。宋褘事採自沈約《俗説》，《藝文類聚》卷一八又卷四四、《太平御覽》卷三八一有引。王進賢及六出事採自《真誥》卷一三《稽神樞第三》。喬知之、窈娘事採自《本事詩·情感第一》。傳文中又引牛僧孺《周秦行記》(實爲韋瓘作)，乃文人虛構之詞，中有綠珠，故亦採入。作者雜採諸書，組織成篇，旁徵博引，稽古考往，頗富學術之味，顯出作者文史知識之廣博。然以人物傳記或傳奇文繩之，則未免堆垛瑣碎，文氣不暢，拼湊之跡甚重，非佳作也。樂史《太平寰宇記》卷一六七《白州·博白縣》亦載有綠珠江、綠珠井，並引《嶺表録》(按：即《嶺表録異》)，又記大荒山婢妾魚，言其形狀甚詳，可以參看。

　　古人吟詠綠珠詞章頗多，大抵爲"落花猶似墮樓人"(杜牧《金谷園》)之歎惋與"一旦紅顏爲君盡"(喬知之《綠珠篇》)之頌美。此傳命意側重於後者。作者稱道綠珠乃"有貞節者"，云："一婢子不知書而能感主恩，憤不顧身，其志烈懍懍，誠足使後人仰慕歌詠也。至有享厚禄、盜高位、亡仁義之行，懷反覆之情，暮

①　臧榮緒《晉書》(《文選》卷二七石崇《王明君詞》注引)、干寳《晉紀》(《藝文類聚》卷一八、《世説新語·仇隙》注引)、徐廣《晉紀》(《太平御覽》卷四七一引)、陸龜蒙《小名録》卷上等亦載綠珠事，皆簡。

四朝三，唯利是務，節操反不若一婦人，豈不愧哉！今爲此傳，非徒述美麗，窒禍源，且欲懲戒辜恩負義之類也。”且據“冶容誨淫”之古訓批評石崇自招殺身之禍，末云：“南陽生曰：此乃天之報怨，不然，何梟夷之立見乎？”作者徵古戒今，以明節義理身之道。南陽生者即樂史，樂姓望出南陽也。

　　元關漢卿作有雜劇《金谷園緑珠墜樓》（曹本《録鬼簿》著録）。明林近陽編《新刻增補燕居筆記》卷八、何大掄編《重刻增補燕居筆記》卷一〇、馮夢龍編《增補批點圖像燕居筆記》卷八載有話本《緑珠墜樓記》，《古今小説》卷三六《宋四公大鬧禁魂張》入話採入其事，皆演石崇、緑珠。

楊太真外傳二卷

存。北宋樂史撰。傳奇文。一題《楊貴妃外傳》、《楊妃外傳》。

《郡齋讀書志》傳記類著錄《楊貴妃外傳》二卷，叙云："皇朝樂史撰。叙唐楊妃事迹，迄孝明之崩。"《直齋書錄解題》傳記類作《楊妃外傳》一卷，云："直史館臨川樂史子正撰。"一卷本當係二卷之合。《遂初堂書目》雜傳類作《楊太真外傳》，無撰人、卷數。《宋志》傳記類同《書錄解題》，但注云"不知作者"。《通考》傳記類據晁志著錄。

此傳載於《説郛》卷三八及《顧氏文房小説》，皆題《楊太真外傳》。顧本題史官樂史撰，卷分上下，卷下始於"初開元末"。《説郛》本題下注"三卷全"，三字乃二字之譌，但合爲一篇，未分上下，署名作唐樂史，注"即唐史官"，大謬。二本文字無甚不同，各有譌誤，然《説郛》本删去十處注文，故不及顧本佳。顧本後又載入《重編説郛》弖一一一、《五朝小説‧唐人百家小説》紀載家、《綠牕女史》卷三宮闈部蠱惑門、《唐人説薈》（同治八年連元閣刊本卷一三，民國二年上海掃葉山房石印本第十一集）、《龍威秘書》四集、《藝苑捃華》、《唐人小傳三種》、《唐開元小説六種》、《舊小説》丁集（宋）、《唐宋傳奇集》等。《重編説郛》、《唐人百家小説》、《綠牕女史》、《唐人説薈》等本皆題爲唐史官樂史（或有著字），乃承《説郛》之誤。《逸史搜奇》甲集五《楊太真》，亦爲一篇，删注文及末史臣曰，依其體例不著撰人。本書亦有單行刻本鈔本行世。清人江藩《半氈齋題跋》卷上云，樂鈞（蓮裳先生）曾購得吳仰賢（小匏）手鈔影宋本，由江藩校正刊行。魯迅《唐宋傳奇集・稗邊小綴》云："嘗見京師圖書館所藏丁氏（按：丁丙）八千卷樓舊鈔本，稱爲'善本'，然實凡本而已，殊無佳處也。"國家圖書館藏有清吳氏古歡堂鈔本，吳翌鳳校跋①，《續修四庫全書》集部第1783冊影印，此本題同顧本，亦分卷上下。

　　《紺珠集》卷一摘録樂史《楊妃外傳》十五條，明天順刊本不著撰人，《四庫全書》本注樂史。《類説》卷一摘録《楊妃外傳》三十條（按：《説郛》卷七《諸傳摘玄・楊妃外傳》又自《類説》摘十三條），不著撰人。《紺珠集》本《龍香撥》、《飲鹿泉金沙洞玉蕊峰》、《曲終珠翠可埽》、《頗黎碑》、《玉宛窱金葳蕤》五條皆不見今本。《類説》本亦有一、三兩條，題作《緑玉磬》、《珠翠可掃》，《緑玉磬》較《紺珠集》多緑玉磬事，另《霓裳羽衣曲》條"是夕授金釵鈿合"以下"却暑犀如意"等三十九字不見今本。《紺珠集》五條及《類説》之《緑玉磬》皆有所自，《龍香撥》②、《飲鹿泉金沙洞玉蕊峰》、《頗黎碑》、《玉宛窱金葳蕤》皆出鄭嵎《津陽門詩》（《全唐詩》卷五六七、《唐詩紀事》卷六二），《緑玉磬》出《開天傳信記》，《曲終珠翠可埽》出《碧雞漫志》卷三。又《冷齋夜話》卷一引《太真外傳》上皇登沉香亭詔太真妃子，妃醉酒不能再拜，上皇稱其"真海棠睡未足耳"之事，《海録碎事》卷一○下、《古今事文類聚》後集卷三一、《古今合璧事類備要》別集卷二九亦引《太真外傳》，《錦繡萬花谷》前集卷七引作《太真妃外傳》，《野客叢書》卷二四引作

①《北京圖書館古籍善本書目》集部小説類："《楊太真外傳》二卷，題宋樂史撰。清吳氏古歡堂抄本，吳翌鳳校並跋，與《飛燕外傳》、《梅妃傳》、《南唐近事》合一冊。"

②《施註蘇詩》卷五《宋叔達家聽琵琶》注引《楊妃外傳》亦有"以龍香板爲撥"句。

《楊妃外傳》,《東坡先生詩集註》卷二五《寓居定惠院之東雜花滿山有海棠一株土人不知貴也》趙次公註引《楊妃傳》及《箋註簡齋詩集》卷一三《寶園醉中前後五絕句》其三胡穉註引《楊妃外傳》亦載,皆簡。按《施註蘇詩》卷一八同詩註引作《明皇雜錄》,文句大同,若出處不誤,則此條取自《明皇雜錄》。① 可見今本有闕文,非復舊觀。②

　　據本書題署,亦作於直史館之時。樂史咸平元年(998)以職方員外郎直史,此年三月作《李翰林別集序》(《李太白全集》附錄),序中有云:"史又撰《李白傳》一卷,事又稍周,然有三事近方得之。……傳中漏此三事,今書于序中。"第一事爲李白作《清平調》,原出《松窗雜錄》,而此事則載於本書。樂史咸平元年三月已出知商州,此次直史時間短暫,且序中未言《松窗雜錄》李白事已載於《太真外傳》,似當時尚未撰寫本書。故本書當作於咸平五年,其時由分司西京復直史館。傳中落妃池有注云:"亦如王昭君生於峽州,今有昭君村;綠珠生於白州,今有綠珠江。"觀此,似此傳之撰在《綠珠傳》之後。江藩題跋以爲作於太平興國年間(詳下),甚誤。

　　此傳亦綴合舊事而成,所採錄之書有《舊唐書》之《楊貴妃》、《楊國忠》、《安禄山》、《陳玄禮》等傳,以及《天寶故事》③、《長恨歌傳》、《安禄山事迹》、《國史補》、《談賓錄》、《獨異志》、《逸史》、

① 《明皇雜錄》今本無,錢熙祚《守山閣叢書》本輯《逸文》及中華書局版田廷柱點校本《輯佚》亦無此條。
② 《孔帖》卷六引"川谷成錦繡",卷八引"賜諸姨歲錢百萬爲脂粉費",並注《貴妃楊氏傳》。前條不見今本,後條今本有記。按:二事皆見《新唐書》卷七六《楊貴妃傳》,疑《貴妃楊氏傳》即指《楊貴妃傳》,非本書也。
③ 《天寶故事》鄭審撰,已佚,《資治通鑑考異》卷一四,《杜工部草堂詩箋》卷四《麗人行》、卷九《哀王孫》、卷一一《九成宮》及《行次昭陵》注,《古今事文類聚》別集卷一四等引有佚文。

《明皇雜録》、《樂府雜録》、《酉陽雜俎》、《宣室志》、《松窗雜録》、《開天傳信記》、《津陽門詩》、《杜陽雜編》、《開元天寶遺事》、《仙傳拾遺》、杜甫詩、劉禹錫詩、張祐詩等,尤以《明皇雜録》爲多。唐人喜言明皇貴妃,此傳可謂集其大成,然並非羅織無遺,即以上諸書亦採而未備。曹鄴《梅妃傳》叙楊貴妃與梅妃江采蘋爭寵,實是絶好關目,然因《梅妃傳》長期湮没,樂史未能寓目也。

　　所述事跡,實録、傳聞並存,又頗涉怪異,故名"外傳",蓋傳奇之流也。篇末史臣云:"夫禮者,定尊卑,理家國。君不君,何以享國?父不父,何以正家?有一于此,未或不亡。唐明皇之一誤,貽天下之羞,所以禄山叛亂,指罪三人。今爲外傳,非徒拾楊妃之故事,且懲禍階而已。"(顧本)作者以"懲禍階"爲旨,與《緑珠傳》之"窒禍源"正爲一意。江藩曾云:"《外傳》作於太平興國年間。是時南唐周后入朝,西蜀花蕊内侍,子正之著此書也,殆有深意存焉。"以爲諷喻太宗謹防"女禍",未見其然。魯迅《中國小說史略》評云:"《緑珠》《太真》二傳,本薈萃稗史成文,則又參以輿地志語;篇末垂誡,亦如唐人,而增其嚴冷,則宋人積習如此也……"(第十一篇《宋之志怪及傳奇文》)樂史身當宋初,發此"嚴冷"之論,取古鑑今,誠不失史臣本色。

　　此傳之弊,乃在綴合舊文痕跡過重,拼湊成篇,未能融會貫通,弊同《緑珠傳》。雖篇幅曼長,字踰八千,堪與唐人張鷟《游仙窟》比肩,居宋傳奇之冠,然以傳奇文而論,實難稱佳也。

　　宋人恒見引用此傳,如黃庭堅《山谷外集詩》卷七有《和陳君儀讀太真外傳》五首,《緑牕新話》卷下節録《楊貴妃舞霓裳曲》及《虢夫人自有美豔》兩節,注出《楊妃外傳》。類書筆記稽徵,詩人詞客援據,比比皆是。明世,《豔異編》卷一二録入全文,唯删去史臣讚語。《一見賞心編》卷九《李白詞》,《情史》卷六及卷一三《楊太真》、卷一七《唐玄宗楊貴妃》及《虢國秦國等》亦删取之。清朱彝尊《曝書亭集》卷五五有《書楊太真外傳後》,辨其史實之謬,惲敬《大雲山房文藁初集》卷一又有《駁朱錫鬯書楊太真外傳後》,乃又力駁朱説。

戲曲亦常搬演明皇貴妃故事,大都對《外傳》有所取資。如金院本《廣寒宮》(《南村輟耕録》卷二五)、元王伯成《天寶遺事諸宮調》、關漢卿《唐明皇啓瘞哭香囊》(《録鬼簿》)、白樸《唐明皇秋夜梧桐雨》(《元曲選》)、庚天錫《楊太真浴罷華清宮》(《録鬼簿》)及《楊太真霓裳怨》(曹本《録鬼簿》)、鄭光祖《謝阿蠻梨園樂府》(曹本《録鬼簿》)、明汪道昆《唐明皇七夕長生殿》(《今樂考證》)、徐復祚《梧桐雨》(《今樂考證》)、王湘《梧桐雨》(《遠山堂劇品·雅品》)、吾丘瑞《合釵記》(《今樂考證》)、單本《合釵記》(《傳奇彙考標目》別本)、清洪昇《長生殿》(暖紅室刊本)、唐英《長生殿補闕》(《古柏堂傳奇雜劇》)等。

唐滕王外傳一卷

佚。北宋樂史撰。傳奇文。

《宋志》傳記類著錄樂史《唐滕王外傳》一卷。明初猶存，《文淵閣書目》史雜類曾著一部一冊。今不見傳，佚文亦未考見。

唐滕王乃李元嬰，李淵第二十二子。貞觀十三年(639)封滕王，十五年授金州刺史。永徽中，因其"驕縱逸遊，動作失度"，高宗與書誡之，有"鳩合散樂，并集府僚，嚴關夜開，非復一度。……驅率老幼，借狗求置，志從禽之娛，忽黎元之重。時方農要，屢出畋遊，以彈彈人，將爲笑樂。……趙孝文趨走小人，張四又倡優賤隸，王親與博戲，極爲輕脫，一府官僚，何所瞻望？凝寒方甚，以雪埋人，虐物既深，何以爲樂？家人奴僕，侮弄官人……"云云。三年(652)遷蘇州刺史，尋轉洪州都督。數犯憲章，削邑户而安置於滁州。後起授壽州刺史，轉隆州。弘道元年(683)加開府儀同三司，兼梁州都督。文明元年(684)薨，贈司徒、冀州都督，陪葬獻陵(高祖陵墓)。事跡見《舊唐書》卷六四本傳。《新唐書》卷七九本傳又載其逼私官屬妻，爲典籤崔簡妻鄭氏毆罵，捽辱錄事參軍事裴聿，高宗責滕、蔣二王貪瀆等事。末一事原載於《朝野僉載》卷三。

滕王乃荒唐王爺，而又精於繪畫，《歷代名畫記》卷九、《唐朝名畫錄》卷六、《圖畫見聞誌》卷五、《宣和畫譜》卷一五、《圖繪寶鑑》卷二等皆有記。《宣和畫譜》云："滕王元嬰，唐宗室也。善丹青，喜作蜂蝶。朱景玄嘗見其粉本，謂能巧之外曲盡精理，不敢第其品格。唐王建作《宮詞》云‘傳得滕王蛺蝶圖’者，謂此也。今御府所藏一：《蜂蝶圖》。”段成式《酉陽雜俎》續集卷二《支諾臯中》亦云：“滕王圖，一日紫極宮會，秀才劉魯封云：‘嘗見滕王《蛺蝶圖》，有名江夏斑、大海眼、小海眼、村裏來、菜花子。’”樂史傳滕王，當亦及繪事，而其意蓋諷驕縱失度，以爲懲戒耳。

樂史著《總記傳》一百三十卷，《李白》、《綠珠》、《太真》、《滕王》四篇外傳疑當在其中，其餘失考。胡應麟《少室山房筆叢》卷三八《華陽博議上》稱樂史等人“博於雜史”，即指其善作雜史雜傳。樂史作爲史官，固宜留意史事，然爲歷史人物作傳，喜搜採異聞，故《宋史》本傳譏以“史好著述，然博而寡要，以五帝三王皆云仙去，論者嗤其詭誕”。惟其喜著詭誕不根之事，外傳乃具傳奇意緒也。

葆光録三卷

存。北宋陳纂撰。志怪雜事集。

陳纂,號襲明子。許州(治今河南許昌市)人①。本爲吳越人,國亡入宋。

《祕書省續編到四庫闕書目》小説類著録《葆光録》二卷,注闕。《直齋書録解題》小説家類作三卷,云:"陳纂撰,自號襲明子。所載多吳越事,當是國初人。"《宋志》、《通考》著録同。《續四庫闕書目》作二卷當譌。

今本正爲三卷,原刊《顧氏文房小説》(《叢書集成初編》排印此本),題潁川陳纂,亦合②。前有小序云:"龍明子所纂《葆光録》,無年月,無前後,見聞奇異事,即旋書之。因而成編,分爲三卷。"按書中卷一"歐陽逈處士"、卷二"金樓子"、卷三"襲明子"、"雪溪漁人"等條皆自稱襲明子,襲明語出《老子》第二十七章:"是以聖人常善救人,故無棄人;常善救物,故無棄物:是謂襲明。"顧本作龍明子,形似而譌也。《説郛》卷二〇節録六條,題下注三卷,題五代吳越陳□□,下注號襲子,字有闕脱,而稱爲五代吳越人亦不確③。《説郛》本前有"葆光者,注之而不滿,酌之而

① 今本題潁川陳纂,潁川即許州,北宋元豐三年(1080)升爲潁昌府。
②《永樂大典》卷七七五六引陳纂《葆光録》《斬牌見形》一事,可見明初傳本亦題陳纂撰。
③ 清顧櫰三《補五代史藝文志》著録此書,亦以爲五代人。

不竭也”數語，似爲自序中語，故疑今本自序有闕。《莊子·齊物論》：“注焉而不滿，酌焉而不竭，而不知其所由來，此之謂葆光。”書名本此。

卷一，三十事；卷二，三十二事；卷三，二十七事，都八十九事。大都爲吳越聞見。作者原爲吳越人，是故首條即記寶正中武肅王（錢鏐）虔祝驅蝗事，示不忘舊。而次條載太宗少時帥師戰淮人於千秋嶺，大克之。彼望我軍上雲物如龍虎之狀，識者曰“此王者之氣”，則又頌美趙宋應天順命。太宗乃趙匡義（後改名光義、炅），建隆元年（960）九月淮南節度使李重進叛，趙匡義帥師征之，時二十二歲[①]。作者稱太宗廟號，顯然書成於至道三年（997）太宗崩、真宗即位之後，時去吳越降宋已二十年左右。第三條記文獻公誕生，文獻公即王溥，太平興國七年（982）卒，謚文獻[②]，亦在吳越降宋之後。以此觀之，本書約作於真宗朝。

所記多爲神仙僧道怪異之説，亦有雜事軼聞，如《情史》卷一五情芽類所引《僧知業》，記聖保寺僧知業高古有詩名，陸夫人蔣氏引其詩而嘲其辭飲之事[③]。本書皆事簡文促，新異可觀者寡。若卷二富春舟人沙際見鬼吟詩一則，稍得唐人《靈怪集·中官》及《河湄人》、《河東記·踏歌鬼》、《集異記·鄭郊》、《宣室志·唐燕士》之筆意，惟鬼詩終不及唐人之雋永警絶耳。

---

① 見《宋史·太祖紀》及《太宗紀》。
② 見《宋史》卷二四九本傳。
③ 陸乃湖州司法參軍陸濛，《情史》誤作陸魯望龜蒙。

豪異祕纂一卷

節存。北宋闕名編。傳奇傳記選集。一題《豪異祕録》、《傳記雜編》。

《祕書省續編到四庫闕書目》小説類著録《豪異祕纂》一卷，注闕。《直齋書録解題》小説家類著録同，叙云："無名氏。所録五事，其《扶餘國王》一則，即所謂虬鬚客者也。"《通考》據陳氏《解題》著録。《宋志》傳記類作《豪異祕録》，一卷，注"不知作者"。

《説郛》卷三四收録《豪異祕纂》，注："又名《傳記雜編》，一卷，載五事。"所收五篇即張説《扶餘國主》、鄭文寶《歷代帝王傳國璽》、從孫無釋《祖伯》、羅隱《仙種稻》、王仁裕《蜀石》（按：據張宗祥《説郛校勘記》，《説郛》明抄殘本題作《蜀后》）。其中《扶餘國主》、《蜀石》録有全文，其餘三篇只存其目。《扶餘國主》即唐傳奇《虬鬚客傳》（今本誤作《虬髯客傳》），《宋志》及今傳《顧氏文房小説》等本均題杜光庭撰，此稱張説，經考實原爲裴鉶《傳奇》中一篇，單行於世。《蜀石》又載於後蜀何光遠《鑑誡録》卷五，題《徐后事》，乃王仁裕撰於後唐之時。羅隱《仙種稻》、從孫無釋《祖伯》不見傳世，亦未見著録及他書稱引，内容不詳。從孫無此姓，疑乃指輩分，對祖伯（即伯祖）而言，陶宗儀失察，誤爲姓氏。或從孫字誤，亦未可知。鄭文寶《歷代帝王傳國璽》，《遂初堂書目》譜録類，《宋志》小説類作《玉璽記》，《宋志》題鄭文寶，一卷，《玉海》卷八四云："至道中鄭文寶爲《玉璽記》一卷，首圖璽文，次載傳授本末。"原文載於明顧元慶《廣四十家小説》，題《歷代帝王傳國璽譜》，署名滎（滎）陽鄭文寶，末署"至道三年五月十五日滎陽鄭文寶舟中述"。鄭文寶（953—1013），《宋史》卷二七七有傳。字仲賢，曾仕南唐爲校書郎。太平興國八年（983）進士，歷仕著作佐郎、工部兵部員外郎等。著有《南唐近事》二卷、《江表志》三卷等。

　　五篇作品中唐人二篇，五代人一篇，北宋人一篇，一篇時代不詳。鄭文寶一篇作於太宗至道三年（997），則此書當編於太宗以後，殆在真宗朝。《扶餘國主》乃晚唐著名傳奇，《蜀石》紀實，然有傳奇筆意。《仙種稻》觀其名當涉神仙，蓋亦傳奇之體。惟鄭作則傳記耳。書名《豪異祕纂》者，以其爲豪客祕異之事，復稱《傳記雜編》者，以其多爲傳奇也①。無名氏編選此書，見出傳奇文爲宋人所重。作爲傳奇文選集，本書乃宋代唯一一部，劉斧《青瑣高議》非純粹之傳奇集，體例雜駁。惟選篇過少，不能與晚唐陳翰所編《異聞集》比肩。然其有保存小説資料之功，尤其《扶餘國主》乃《虬鬚客傳》之重要版本，彌足珍貴也。

---

① 宋人每稱傳奇爲傳記或雜傳記，如《太平廣記》雜傳記類收入十四篇唐人傳奇，《崇文總目》傳記類所著《四公記》（即《梁四公記》）、《虬鬚客傳》、《高氏外傳》、《甘澤謡》等皆爲傳奇文或傳奇集。

奇應録三卷

佚。北宋夏侯六珏撰。志怪集。

夏侯六珏，字里仕歷不詳。

《崇文總目》小説類著録《奇應録》三卷，不著撰人，《通志略》傳記冥異則云夏侯六珏撰，《宋志》小説類作五卷，撰人爲夏大珏，注："一作侯大珏"。按《宋志》所題撰人，蓋拆複姓爲二，故有夏、侯兩姓之異，大字當亦爲六字之譌，宜從《通志略》。

本書不載於《新唐志》，非唐五代人作。仁宗天聖九年（1031）冬新作崇文院，收藏國家圖書。景祐元年（1034）命翰林學士張觀、知制誥李淑、宋祁編三館祕閣書目，判館閣官覆視録校，二年上經史，三年上子集。又購求天下遺書。命翰林學士王堯臣、館閣校勘歐陽修等，仿《開元四部録》，爲《崇文總目》。慶曆元年（1041）書目成，著録書籍三萬六百六十九卷。[①] 本書既著録於《崇文總目》，當出於宋初。

原書已佚，佚文檢得二則。《歲時廣記》卷一五《進寒食》："又《奇應録》云：太原舊以介子推登山燔燎，一月禁火，至趙石勒建平中廢之，暴風折木壞田。"明嘉靖伯玉翁舊鈔本《類説》卷五〇《拾遺總類》中《螻蛄》條，末注《奇應録》[②]。文云："於子然遇一辯士，自稱蘆鈎。後驗之，乃一螻蛄。"按：《太平廣記》卷四

---

① 見清錢東垣等輯釋《崇文總目·附録》。
② 天啓刊本卷六〇《拾遺類總》此條無出處。

七三引《續異記》:"晉義熙中,零陵施子然雖出自單門,而神情辨悟。家大作田,至穫時,作蝸牛廬於田側守視,恒宿其中。其夜,獨處未眠之頃,見一丈夫來,長短是中形人,著黄練單衣袷,直造席,捧手與子然語。子然問其姓名,即答云:'僕姓盧,名鉤,家在粽溪邊,臨水。'復經半旬中,其作人掘田塍西溝邊蟻垤,忽見大坎,滿中螻蛄,將近斗許。而有數頭極壯,一箇彌大。子然自是始悟曰:'近日客盧鉤,反音則螻蛄也。家在粽溪,即西坎也。'悉灌以沸湯,於是遂絶。"(按:引文或有譌誤,據明沈與文野竹齋鈔本、清陳鱣校本、《四庫全書》本改。)《太平御覽》卷九四八亦引,無出處(《四庫全書》本作《述異志》)。《續異記》乃梁陳志怪小說①,然則本書乃採集前人書而成。

---

① 見拙著《唐前志怪小說史》(重修訂本),北京:人民文學出版社,2011,第568—569頁。

孝感義聞録三卷

佚。北宋曹希達撰。志怪集。

曹希達，字里仕履不詳。

本書始著録於慶曆元年（1041）編成之《崇文總目》小説類，《通志略》傳記類孝友屬、《宋志》小説類亦有著録，書名、卷帙、作者並同，《宋志》又重著於傳記類，撰人作曹希逵，注："一作逢。"逵、逢皆譌。達，顯達也。《孟子·盡心上》："窮則獨善其身，達則兼善天下。"書當作於宋初，因其不載於《新唐志》，非唐五代人作。佚文不存。所記當專叙孝義感應之事。

通籍録異二十卷

佚。北宋劉振編。志怪集。

劉振,事跡不詳。

《崇文總目》小説類著録《通籍録異》二十卷,劉振撰。《通志略》傳記類冥異屬同。《祕書省續編到四庫闕書目》入於類書類,不著撰人,《宋志》入於雜家類。《崇文總目》編成於慶曆元年(1041),則宋初人作。

原書久亡,佚文亦不存。本書當是纂集歷代史册圖籍中異事而成,非自撰。原書殆分類,故或視爲類書。

搜神總記十卷

佚。北宋闕名撰。志怪集。

《崇文總目》小説類著録《搜神總記》十卷，釋云："不著撰人名氏，或題干寶撰，非也。"《玉海》卷五七引《書目》(《中興館閣書目》)亦有著録，無撰人。《遂初堂書目》小説類有《搜神摭記》，按總字又作摠、揔，疑摭字即摠、揔之譌。《宋志》小説類著録干寶《搜神總記》十卷，後又稱"並不知作者"，自相矛盾，此本蓋即《崇文總目》所稱"或題干寶撰"者。按東晉干寶撰《搜神記》三十卷，宋時已散佚，明人輯爲二十卷①，又有僞書八卷本。本書非干書，襲其書名而已。名曰"總記"，自是纂集古今鬼神事而成。本書既著於《崇文總目》，自是宋初人作。元葉留編《爲政善報事類》卷一〇《孤女蒙恩》，載宋趙仁美嫁女僕而增壽禄事，末注《搜神記》，不知是否係本書佚文。

---

① 余輯校《新輯搜神記》三十卷，與陶潛《新輯搜神後記》十卷合編，北京：中華書局，2007年3月初版，2008年5月二印，2012年5月三印。二、三印均有文字修改。後又四印、五印。

窮神記十卷

佚。北宋闕名編。志怪集。

《崇文總目》小説類著録《窮神記》十卷,《宋志》小説類同,注"不知作者",又著録於類事類①。

書已不存,佚文未見。作者當是宋初人。其體殆分類編纂舊籍中神鬼事,故或視爲類書。

---

① 明董斯張《吴興備志》卷二二《經籍徵第十八》著録陸羽《警年》十卷、《窮神記》十卷、《茶記》一卷、《教坊録》一卷。按:《宋志》類事類著録陸羽《警年》十卷、《窮神記》十卷,二書相連,董斯張誤讀。

貫怪圖二卷

　　佚。北宋闕名撰。志怪集。

　　《崇文總目》小説類著録《貫怪圖》二卷，不著撰人。《宋志》小説類同。《通志略》卷七二《圖譜略》符瑞類亦有《貫怪圖》。當作於宋初，佚文不存。

　　古小説雜書有《山海經圖讚》、《列仙圖》、《白澤圖》①、《括地圖》、《外國圖》等，皆文圖相配。本書蓋亦圖説之作，内容爲精怪，條貫圖示，配以文字。此類作品但記名目性狀等，缺乏情節性。

————————————

①《白澤圖》今存敦煌残卷，見斯 6261 號、伯 2682 號。

異魚圖五卷

佚。北宋闕名撰。志怪集。

本書著録於《崇文總目》小説類、《通志略》地理類方物屬，皆不著撰人。考《新唐志》未載此書，當作於宋初。

書亡，《重修政和證類本草》引佚文四條：卷五《青琅玕》：“今秘書中有《異魚圖》，載琅玕青色，生海中。云海人於海底以網挂得之。初出水紅色，久而青黑，枝柯似珊瑚，而上有孔竅，如蟲蛀，擊之有金石之聲。”卷一八《鼺鼠》：“《異魚圖》云：漁人布網罟，此魚多絓網上。收之暴乾，以雌雄各一爲對，主難産及血氣，藥亦用之。”又《膃肭臍》：“《異魚圖》云：試膃肭臍者，於臘月衝風處，置盂水浸之，不凍者爲真也。”卷二一《海馬》：“《異魚圖》云：牧之暴乾，以雌雄爲對，主難産及血氣。”皆爲節引，非全文。

明人楊慎作有《異魚圖贊》四卷，載於《寶顔堂祕笈》，無圖。

乘異記三卷

節存。北宋張君房撰。志怪集。一題《乘異錄》。

張君房(965?—1045?)①,字尹方②。安州安陸(今屬湖北)人③。壯始從學,甚有時名④。淳化三年(992)、咸平二年(999)省試不第,景德二年(1005)三舉始中進士⑤,時已四十餘⑥。除將仕郎、試校書郎、知昇州江寧縣事⑦。大中祥符三年(1010),爲開封府功曹參軍⑧。

---

① 按:張君房景德二年(1005)進士及第,時四十餘。以四十一計,則生於乾德三年(965)。君房年八十餘卒,以八十一計,約卒於慶曆五年(1045)。

② 王銍《默記》卷下云字允方,王得臣《麈史》卷中《學術》云字尹方。按:張君房《脞説·劉詠看榜》(《分門古今類事》卷七引)中稱"張尹方",應以尹方爲是。尹方者,乃拆君房二字而成也。

③《麈史》卷下《盛事》云"予里集賢張君房",王得臣爲安陸人。《默記》亦稱安陸人。安陸時屬安州。《四庫全書總目提要》卷一四六云岳州安陸人,誤。《直齋書録解題》卷一一《乘異記》解題云"南陽張君房",南陽乃舉張姓郡望。《續資治通鑑長編》卷七四云開封人,誤。

④ 見《麈史》卷中。

⑤ 見《古今類事》卷八引《張君房自占·淳化看蛇》、《戴昭領錢》、《辟支佛記》及卷七引《脞説·劉詠看榜》。

⑥ 見《麈史》卷中。

⑦ 見《古今類事》卷八引張君房《辟支佛記》。

⑧ 見《續資治通鑑長編》卷七四、《宋史·律曆志三》。

四年爲御史臺主簿①。日本國稱貢，真宗敕建神光佛寺，寺成，令君房撰寺記，會醉飲樊樓，遣人遍尋京師。錢易戲作《閑忙令》，有"世上何人號最忙？紫微失却張君房"語。② 五年秋，以鞫獄無狀，謫台州寧海督郵③。時真宗銳意道教，盡以祕閣道書出降於餘杭郡（杭州），詔知郡戚綸、漕運使陳堯佐選集道士修校《道藏》，又令王欽若總統其事。歷年未成，王、戚薦君房可任。六年冬，就除著作佐郎，俾專其事。④ 八年知錢塘縣事，充祕閣校理。⑤ 天禧三年（1019）春《道藏》告竣寫進，凡四千五百六十五卷，分七部，題爲《大宋天宮寶藏》。⑥ 仁宗乾興元年（1022）爲江陵通判⑦。後知隨、郢、信陽三郡，年六十三分司，歸居安陸。⑧ 嘗取《道藏》精華纂爲《雲笈七籤》百二十卷，天聖六年（1028）書成進之，時官朝奉郎、尚書度支員外郎、充集賢校理。⑨ 後加祠

①《雲笈七籤序》云："祀汾陰之歲，臣隸職霜臺，作句稽之史。"祀汾陰在大中祥符四年二月（《宋史》卷八《真宗紀三》）。霜臺指御史臺。御史臺主簿"掌受事發辰，勾稽簿書"（《宋史》卷一六四《職官志四》）。

② 見文瑩《湘山野錄》卷上。

③ 見《詩話總龜》前集卷三四引《脞説前集》（"李良弼"）及《雲笈七籤序》。

④ 見《雲笈七籤序》。

⑤ 見《古今類事》卷八引張君房《靈夢志》、《咸淳臨安志》卷五一《秩官九·縣令》。

⑥ 見《雲笈七籤序》。

⑦ 見《古今類事》卷七引《青瑣·陳公荆南》。乾興元年二月仁宗即位。按：《直齋書錄解題》卷一一小説家類《乘異記》三卷釋云："按君房，祥符、天禧以前人。"誤。

⑧ 見《塵史》卷中及卷下。

⑨《雲笈七籤序》及題署，署"宋朝奉郎、尚書度支員外郎、充集賢校理、賜緋魚袋、借紫、臣張君房集進"（《道藏》本）。序中稱"真宗皇帝"，知作於仁宗時。又序稱"故樞密直學士戚綸"，"今翰林學士陳堯佐"，按戚綸卒於天禧五年（1021）（《宋史》卷三〇六本傳），堯佐天聖六年九月拜翰林學士，七年二月除樞密副使（北宋闕名《學士年表》），是知《雲笈七籤》之成當在天聖六年。

部郎中①。年六十九致仕②，八十餘卒③。

　　君房喜著書，除《雲笈七籤》，尚有《潮説》、《野語》，各三卷，而所著小説多達五種。年七十六仍著詩賦雜文，其子百藥纂爲《慶曆集》三十卷。④《雲笈七籤》今存，餘均散佚。

　　《乘異記》三卷，著録於《郡齋讀書志》、《直齋書録解題》、《宋志》、《通考》小説類或小説家類。《塵史》卷中亦云張君房撰《乘異記》三編。《宋志》小説類又有無名氏《秉異》三卷，秉字下注"一作乘"，實是同一書，乘譌作秉也。《讀書志》叙云："皇朝張君房撰。其序謂'乘者載記之名，異者非常之事'，蓋志鬼神變怪之書。凡十一門，七十五事。"《書録解題》叙云："南陽張君房撰。咸平癸卯序，取'晉之乘'之義也。"按"晉之乘"語出《孟子·離婁下》，晉國用爲史書之名，以車輿載物喻載記歷史，此則以言專載異事，故名。據宋人戴埴《鼠璞》卷下《鹽馬同體》，唐已有《乘異集》。咸平癸卯乃咸平六年（1003），時君房約年三十八，猶未及第入仕。洪邁《夷堅三志甲序》稱張君房《乘異》等書"多歷年二十"，然則二十歲左右已開始撰作。

　　本書存有節本二：《紺珠集》卷一一摘録四事（題張君房），《類説》卷八摘録十一事（不著撰人），《紺珠集》本除《沈彬石墓》，餘三事亦見於《類説》。《説郛》卷四自《類説》取二事，題作《乘異録》。《重編説郛》弓一一八、《龍威秘書》五集載《乘異記》四條，

则全取自《绀珠集》。《绀珠集》、《类说》二本共摘录十二事①。此外范成大《吴郡志》卷四四《奇事》、元杨譓《崑山郡志》卷六《异事》引崑山渔妇李氏得白龟一事(南宋凌万顷《玉峰志》卷下《异闻》亦引,无出处)。《默记》卷下引白积死化为龟一事。《渔樵闲话录》云"张君房好志怪异,尝记一人剑州男子李忠者",下为李忠化虎事,当亦本书佚文。朝鲜成任编《太平通载》卷七引《乘异》二则:《陈况》、《李臻》,为剑客道术事;卷八引《乘异》之《杜先生》,为蜀狂道士事,中云"忽诣紫极宫谒杜先生光庭";卷六六引《乘异》三则:《谢知远》、《徐继周》、《毛舜》,全为鬼事。文字未有节略,弥足珍贵。② 加此九事,共二十一事。

　　观佚文,所记乃五代至北宋咸平间③仙道、剑客、幻术、徵验、变化、报应、神鬼等异事。如《陶毂换眼》(《绀珠集》本题《安第三眼》)记陶毂少梦冥吏奉符换眼,第一眼索钱十万,第二眼索钱五万,毂均不应;遂安第三眼,眼色深碧,相者谓为鬼眼,终不至大位。虽为命定之说而颇富趣味。《桐叶题诗》记张士杰见龙女塑像美而题诗桐叶以投,龙女遣小女奴作诗以答,亦较有情致。《李煜为师子国王》记贾黄中守金陵,恍惚见李煜为师子国

①《类说》本《李昱(煜)为师子国王》、《桐叶题诗》二条,《诗话总龟》前集卷四七引贾魏公、张孝和二事即此,然贾黄中守金陵作贾魏公(贾昌朝)尹京,张士杰作张孝和。按:贾昌朝英宗即位封魏国公,治平二年(1065)卒(《宋史》卷二八五本传),时在张君房后,而贾黄中守金陵在太平兴国二年至五年(977—980)(《宋史》卷二六五本传),因此必非贾昌朝,传写之误也。《诗总》皆不注出处,周本淳校本(卷四九)校作《洞微志》,不知何据。钱易亦为贾昌朝以前人,亦不当记之。

② 成任(1412—1484)为朝鲜成宗时人,编纂《太平通载》时盖在明成化年,1492 年左右刊行。《乘异记》中土久亡而当流传于高丽及朝鲜二朝。参见韩国李来宗、朴在渊《太平通载序》,韩国首尔学古房影印,2009。

③ "渔妇李氏"条云:"咸平元年……时张君房客于苏。"下又记明年事。

王,授詩曰:"異國非所志,煩勞殊未聞。風濤千萬里,無復見鍾山。"表現故國之思。《青瑣摭遺》採入此條(參見該書叙録)。《徐繼周》記進士徐繼周夜遇群鬼,叙事委曲,文長六百餘字,已近傳奇之體①。白積化黿一事,《默記》云乃污蔑之詞:"君房同年白積者,有俊聲,亦以文名世,蚤卒,有文集行于世。常輕君房爲人,君房心銜之。及作《乘異記》,載白積死,其友行舟,夢積曰:'我死罰爲黿,汝來日舟過,當見我矣。'如其言,行舟見人聚視,而烏鵲噪于岸,倚舟問之,乃漁人網得大黿,其友買而放之於江中。《乘異記》既行,君房一日朝退,出東華門外,忽有少年拽君房下馬奮擊,冠巾毀裂,流血被體,幾至委頓。乃白積之子也。問:'吾父安有是事? 必死而後已!'觀者爲釋解,且令君房毀其板。君房哀祈如約,乃得去。"作小説施誣,古已有之,君房操故技謗人,宜有此辱。《默記》稱君房知杭州錢唐時,所著書"多刊作大字版攜歸,印行於世"。所毀《乘異記》之板,當即刊於錢唐者也。

---

① 余輯校《宋代傳奇集》輯入此篇。中華書局,2001。

科名定分録七卷

　　佚。北宋張君房編。志怪集。一題《科名分定録》、《科名前定録》。

　　《崇文總目》小説類著録《科名定分録》七卷，張君房撰，《通志略》傳記類冥異屬同。《宋志》小説類作《科名分定録》，卷數同。《祕書省續編到四庫闕書目》小説類作《科名前定録》一卷，注闕，疑卷數誤。《麈史》卷中亦作《科名定分録》七卷①。《郡齋讀書志》傳記類著録元符中無名氏《唐宋科名分定録》三卷，引其序云："己卯歲（按：元符二年，1099）得張君房所誌唐朝科場故事，今續添五代及本朝科名分定事，迄於李長寧云。"是又作《科名分定録》。

　　定分或分定，古書中恒見此語。初用爲確定名分（本分、職分）之意②，《宋書》卷八一《顧覬之傳》云："覬之常謂秉命有定分，非智力所移。"則用爲命定、天定之意。唐人小説言命定者極

---

① 俞宗憲點校本據《宋史藝文志》、《安陸縣志》校改爲《科名分定録》，不知《崇文總目》等正作《科名定分録》。

② 如《孟子·盡心上》："君子所性，雖大行不加焉，雖窮居不損焉，分定故也。"《荀子·非十二子》："上則取聽於上，下則取從於俗……不可以經國定分。"《尹文子·大道上》："雉兔在野，衆人逐之，分未定也；雞豕滿市，莫有志者，分定故也。"《後漢書》卷七四上《袁紹傳》："萬人逐兔，一人獲之，貪者悉止，分定故也。"《三國志》卷四二《蜀書·郤正傳》："忠無定分，義無常經。"

夥,而又多言科名前定。唐代科舉取士,士人於功名利禄多所關注,乃必然之事。而科名莫測,故有命定、分定之説。據前引《讀書志》,本書所記爲唐朝科名分定事,蓋纂輯唐人小説中科名前定事而成也。君房三舉及第,已年逾不惑,《分門古今類事》卷八所引《張君房自占》三事,君房將己之落第及第歸於神靈意志。所編此書,亦是宣揚命定觀。君房景德二年(1005)進士及第,疑是書撰於景德前後也。

　　佚文檢得一則。《唐詩紀事》卷六六《李質》:"質登第後二十年廉察豫章,時大中十二年也。出《科名分定録》。"

洛陽搢紳舊聞記五卷

存。北宋張齊賢撰。傳奇集。一題《洛陽舊聞》。

張齊賢(943—1014)，字師亮。曹州冤句(今山東菏澤市西南)人，徙家洛陽(今屬河南)。太宗太平興國二年(977)擢進士，以大理評事通判衡州。四年遷祕書丞、知忻州。明年改著作佐郎、直史館，改左拾遺。六年爲江南西路轉運副使、正使，多革弊政。召拜樞密直學士，擢右諫議大夫、簽書樞密院事。雍熙初(984)遷左諫議大夫。三年北伐，授給事中、知代州，禦遼頗有戰功。端拱元年(988)拜工部侍郎，復敗遼兵。二年置屯田，入拜刑部侍郎、樞密副使。淳化二年(991)遷參知政事，數月拜吏部侍郎、同中書門下平章事。四年罷相，爲尚書左丞，轉禮部尚書、知河南府，徙永興軍、襄州、荊南、安州。真宗咸平元年(998)召拜兵部尚書、同中書門下平章事，再度居相位，明年加門下侍郎，三年罷爲兵部尚書。四年爲涇原等州軍安撫經略使，防禦西夏，閏十二月改判永興軍兼馬步軍部署。五年坐事謫太常卿、分司西京。景德元年(1004)起爲兵部尚書、知青州，兼青淄濰州安撫使。二年改吏部尚書。大中祥符元年(1008)從封泰山還，拜右僕射。三年出判河陽。四年從祀汾陰還，進左僕射。五年以司空致仕，歸洛陽。七年夏卒，年七十二，贈司徒，諡文定。事跡具見《宋史》卷二六五本傳、《隆平集》卷四《宰臣》、《東都事略》卷三二、《名臣碑傳琬琰集》下集卷二《張文定公齊賢傳》。《琬琰集》云齊賢著有文集五十卷、奏議二十卷、《太平雅編》二卷、《同歸小説》十卷①。

　　本書著録於《崇文總目》小説類、《直齋書録解題》小説家類、《宋志》傳記類，均作《洛陽搢紳舊聞記》五卷。《通考》小説家類引陳氏(《直齋書録解題》)則作十卷，誤。《遂初堂書目》小説類書名省作《洛陽舊聞》②，無卷數及撰人。

　　書今存，載於《知不足齋叢書》、《四庫全書》、《叢書集成初編》(據知不足齋本排印)、《筆記小説大觀》(據知不足齋本)等。③ 各本皆五卷，題《洛陽搢紳舊聞記》，篇目相同，前有乙巳歲(景德二年，1005)自序。知不足齋本最佳，據吳氏池北草堂校本刻印，前題"宋兵部尚書知青州張齊賢集"，末有南宋無名氏紹定元年戊子(1228)校書跋語。文中多有校語，不知係池北草堂校抑或南宋無名氏校，但校中有據《説郛》者，則顯出池北草堂。無名氏跋云："丁亥臘月十有七日燈下校，後四日立春，有詔，戊子改元紹定矣。"丁亥乃理宗寶慶三年(1127)，紹定亦理宗年號，知此本原出南宋。庫本不詳所出，文字與知不足齋本或有不同。《叢書集成初編》本據知不足齋本排印，《筆記小説大觀》本亦據此本，但删去無名氏跋。《全宋筆記》第一編第二册收入俞鋼整理本，以知不足齋本爲底本，校以明洪武張氏刊本、《四庫全書》本、《説郛》本等。丁喜霞著有《〈洛陽搢紳舊聞記〉校注》，中國社會科學出版社2013年出版，亦以知不足齋本爲底本，校以明洪武張氏刊本、《四庫》本、《説郛》本等。《説郛》卷五一選録自序

---

① 《宋志》小説類作《太平雜編》，《祕書省續編到四庫闕書目》及《通志略》作《同歸小説》三卷。

② 《詩話總龜》前集《集一百家詩話總目》亦作《洛陽舊聞》，書中引三事(楊凝式、楊苧羅、田重進)，皆見今本。

③ 據俞鋼整理本《點校説明》(《全宋筆記》第一編第二册)及丁喜霞《〈洛陽搢紳舊聞記〉校注・前言》，存世版本尚有明洪武中張氏刊本、清内府鈔本。

（有删节）及"梁祖"、"李肃"、"衡陽周令"、"張從恩"、"白廷誨"五篇①，"梁祖"分爲三條，有删節。書題下注五卷，題宋張齊賢，注"兵部尚書知青州"，與知不足齋本題署相合。《重編説郛》弓四四取入《説郛》本，"梁祖"合爲一篇。

自序云："余未應舉前，十數年中，多與洛城搢紳舊老善，爲余説及唐梁已還五代閒事。往往褒貶陳跡，理甚明白，使人終日聽之忘倦。退而記之，旋失其本。數十年來無暇著述，今眼昏足重，率多忘失。邇來營邱（丘），事有條貫，足病累月，終朝宴坐，無所用心。追思曩昔搢紳所説及余親所見聞，得二十餘事，因編次之，分爲五卷。摭舊老之所説，必稽事實，約前史之類例，動求勸誡。鄉曲小辨，略而不書；與正史差異者，並存而録之，則别傳、外傳比也。斯皆搢紳所談，因命之曰《洛陽搢紳舊聞記》。庶可傳信，覽之無惑焉。宋朝乙巳歲夏六月營邱（丘）自序。"據《宋史》本傳，張齊賢景德初起爲兵部尚書、知青州，真宗幸澶淵，命兼青淄濰州安撫使。營丘指益都縣②，青州治所。此書即作於景德二年益都養病之時也。

書凡二十一篇，各有標目。文字大都較長，長者達二千餘字。所寫爲昔時洛陽搢紳所談五代宋初閒事，然與瑣聞雜記不同者，乃以人物傳記爲主，誠如作者自云"别傳外傳比也"。創作主旨乃是"冀有補於太史氏"（卷三《向中令徙義》），"慮史氏之闕，書之以示來者"（卷四《安中令大度》），是故所叙人物多爲帝

---

① 據張宗祥《説郛校勘記》，休寧汪季清家藏明抄殘本首條題曰《序》，"梁祖"題《梁祖優待儒臣》，"李肅"題《李少師賢妻》，"衡陽周令"題《周令姤妻》，"張從恩"題《始終否泰》，"白廷誨"題《假劍客》。

② 營丘古齊地，太公望封於此。宋人往往稱青州益都爲營丘（即今山東青州市），如王蕃青州益都人，《豫章黃先生文集》卷三〇《跋砥柱銘後》則稱"營丘王蕃"。

王公卿，兼及劍客、布衣、工人之流，皆真實人物。寫法用史筆，
"必稽事實，約前史之類例"。爲求"傳信"，篇末多叙聞見緣由。
且"動求勸誡"，常綴議論於篇末。然其爲外傳別傳之屬，頗具傳
聞性，如《向中令徙義》所叙向拱殺所私潞民妻之事頗似唐人小
説沈亞之《馮燕傳》，而《白萬州遇劍客》（卷三）之與馮翊子嚴子
休《桂苑叢談·崔張自稱俠》及裴鉶《虬髯客傳》，《水中照見王者
服冕》（卷四）之布衣煉藥點金行騙之與《桂苑叢談·李將軍爲左
道所誤》，相似之處亦頗顯著。本書之受唐小説影響，於此見焉。
另有六篇叙鬼靈怪異之事。《四庫全書總目提要》卷一四〇稱其
"固可與《五代史闕文》諸書同備讀史之考證"，復云"書中多據傳
説之詞"，"不免涉於語怪"。本書叙事用筆精細，繪聲繪色。如
《襄陽事》（卷一）描寫安重進、郭金海對陣廝殺，頗似後世通俗小
説；《白萬州遇劍客》描寫劍客行止，良有《虬髯客傳》筆意。描寫
人物常能以人物語言行動刻劃人物性格，梁祖（朱温）、杜荀鶴、
向拱、黄髯劍客、安彦威等，形象皆較生動鮮明。人物語言常用
口語，頗可傳神。凡此皆唐傳奇之意緒也。

　　本書向中令、白萬州二傳，後被韋驤改寫爲《向拱傳》、《白廷
誨傳》①，均有贊（韋氏曰）。向中令殺所私婦人事又載於北宋上
官融《友會談叢》卷中，然都不及原傳生動詳贍，《友會談叢》尤
略。《宋史》卷二五五《向拱傳》略載弱冠時遇盗事。《白萬州遇
劍客》又收入隆慶三年履謙子刊本《劍俠傳·附錄》，無標目，有
删節。《梁太祖優待文士》中杜荀鶴見梁祖作無雲而雨詩，錢易
《洞微志》採之（《詩話總龜》前集卷三引）。《分門古今類事》卷
二〇爲惡而削門引《縉紳舊聞紀》，題《荀鶴惡念》，事異，蓋出別

① 載《錢唐韋先生文集》卷一七。韋驤（1033—1105），字子駿，錢塘人。皇
　祐五年（1053）進士，官至左諫議大夫。見《韋先生文集》所附陳師錫《韋
　公墓誌銘》。

書。《水中照見王者服冕》所寫甘露院主事僧照水中影見衣王者服，方勺《青溪寇軌》（《泊宅編》附）寫方臘臨溪顧影與之全似，或有因依。而其所寫布衣煉藥行騙及《白萬州遇劍客》所寫白廷誨兄弟被假劍客所騙，《田太尉候神仙夜降》（卷三）所寫道士冒充神仙，皆極具諷刺性及幽默感，或可視爲《儒林外史》假俠客張鐵臂（第十二回）、假神仙洪憨仙（第十五回）原型之一。要之，本書於後世小説有所影響，乃北宋小説中特色鮮明之優秀作品。又者，書中有六篇七字標目，《梁太祖優待文士》、《陶副車求薦見忌》、《宋太師彦筠奉佛》皆爲三二二式，開後世小説七字標目之先河也。

志異十卷

佚。北宋陳彭年撰。志怪集。

陳彭年（961—1017），字永年。撫州南城（今屬江西）人。少師事徐鉉爲文。太宗雍熙二年（985）進士及第，調江陵府司理參軍。歷江陵主簿，澧、懷二州推官，衞尉寺丞，遷祕書郎，爲大理寺詳斷官，坐事出監湖州鹽税。真宗即位，復爲祕書郎，歷蘇、壽二州通判。咸平三年（1000）上疏言事，召試學士院，遷祕書丞、知金州。景德初（1004）直祕閣，復直史館兼崇文院檢討，預修《册府元龜》。三年遷右正言，充龍圖閣待制，加刑部員外郎。大中祥符中進工部郎中、集賢殿修撰，三年（1010）改兵部郎中、龍圖閣直學士，遷右諫議大夫①兼祕書監。六年爲翰林學士兼龍圖閣學士，同修國史。國史成，遷工部侍郎。九年拜刑部侍郎、參知政事。天禧元年（1017）進兵部侍郎，卒，年五十七。

彭年博聞强記，精通禮儀、刑名之學。著文集百卷、《唐紀》四十卷、《大中祥符編敕》四十卷、《轉運司編敕》三十卷、《宸章集》二十五卷（以上並佚）、《江南别録》四卷（今存一卷）、《重修廣韻》五卷（存）等。事跡見《宋史》卷二八七本傳，著述參見《宋志》。

《宋志》小説類著録陳彭年《志異》十卷。書不存，佚文未見。

———

① 北宋闕名《學士年表》大中祥符六年："陳彭年，六月以龍圖閣直學士、左諫議大夫拜。"作左諫議大夫。

茅亭客話十卷

存。北宋黄休復撰。志怪傳奇雜事集。

黄休復，字歸本①，一作端本②。成都（今屬四川）人③。值後蜀北宋間，隱居不仕，曾受道於處士李諶。④“通《春秋》學，校左氏、公、穀書，暨撮百家之説，鬻丹養親，行達於世”⑤。兼精畫學，收藏甚富。太宗淳化五年（994）李順陷成都，家藏書畫焚掠殆盡⑥。景德中收拾劫餘，著《益州名畫録》三卷⑦。卒年不詳。

《郡齋讀書志》小説類著録《茅亭客話》十卷，云：“右皇朝黄

---

① 見《益州名畫録》李畋序，《説郛》卷一四《茅亭客話》作者注亦云字歸本。
② 見《直齋書録解題》卷一一小説家類《茅亭客話》解題。胡珽《茅亭客話校勘記》云：“陳氏《書録》題作端本，疑是傳刻之譌。”
③ 李畋序稱“江夏黄氏休復字歸本”，今本亦署江夏黄休復集。按黄氏望出江夏，故以江夏稱之。
④《茅亭客話》卷四《劉長官》云：“休復授道於處士（李諶）。”
⑤ 見李畋序。
⑥ 見李畋序及《茅亭客話》卷三《蘭亭會序》。
⑦ 今存《益州名畫録》三卷，前有虞曹外郎致仕李畋序，作於景德三年（1006）。《函海》本作二年。《文獻通考·經籍考》雜藝術類引《直齋書録解題》佚文云：“《中興書目》以爲李略（畋）撰，而謂休復書今亡。按此書有景祐三年序，不著名氏，而取休復所録明甚。又有休復自爲後序，則固未嘗亡也。未知題李略（畋）者，與此同異。”按李畋作序，故《中興書目》誤爲李畋撰（《宋志》雜藝術類亦題爲李畋），非别有李書。李序作於景德三年，稱景祐三年，乃字譌。今本只存李畋序，無休復後序。

休復撰,茅亭其所居也。暇日賓客話,言及虚無變化,謡俗卜筮,
雖異端而合道,旨屬懲勸者皆録之。"當據自序,今本無也。《直
齋書録解題》小説家類著録同,解題云:"江夏黄休復端本撰,所
記多蜀事。別有《成都名畫記》,蓋蜀人也。"《成都名畫記》即《益
州名畫録》。《通考》小説家據晁志、陳録而載。《宋志》小説類譌
作黄林復(按:中華書局點校本校改作休),書名卷帙乃同。《遂
初堂書目》小説類只載書名。吴曾《能改齋漫録》卷一四《類對》
云:"本朝彭乘撰《茅亭客話》,載成都漆匠艾延祚,甲午年爲賊李
順所驅……"按此事見《茅亭客話》卷六,彭乘所撰爲《墨客揮犀》
(今存)。《茅亭客話》卷七鈔録《郝逢傳》,題前進士彭乘譔,疑緣
此而誤也。

　　本書明代有鈔本流傳,毛晉刊於《津逮祕書》並作跋,前題宋
江夏黄休復集。清黄丕烈得宋刻,乃南宋臨安太廟前尹家書籍
鋪刊行本,錢曾《讀書敏求記》著録本即此本。[①]　此本亦題江夏
黄休復集,有宋元祐癸酉(八年,1093)西平清真子石京後序。[②]
邵恩多應照曠閣主人張海鵬之命録出此本,由張氏刊於《學津討
原》[③],後《學津》本又印入民國四年王文濡輯《説庫》。咸豐三年
(1853)胡珽據尹家書籍鋪刊本木活字排印,末附《校勘記》、《校
譌》,收入《琳琅祕室叢書》[④]。光緒十四年(1888)董金鑑木活字
重印此本,末加董氏《續校》、《補校》。《叢書集成初編》據董本排

① 見《士禮居藏書題跋記》卷四、《蕘圃藏書題識》卷六。《題跋記》云:"余
　於去秋曾得一宋刻,即《讀書敏求記》所云太廟前尹家書籍鋪刊行本也。
　取校毛刻,多所改正。兼多石京後序一篇,信稱善本。"《讀書敏求記》載
　於卷三雜家。
② 見《讀書敏求記》卷三雜家。按:錢曾《述古堂藏書目》卷三著録宋板《茅
　亭客話》,蓋亦此本。
③ 見《學津討原》本邵恩多跋。
④《校勘記》云:"目録後有題識一行,云太廟前尹家書籍鋪刊行。"

印。上海古籍出版社2001年出版《宋元筆記小説大觀》,第一册收李夢生校點本,即以《琳琅祕室叢書》本爲底本,校以《四庫全書》本,無校記。① 大象出版社2006年出版《全宋筆記》第二編,第一册收趙維國整理本,則以《津逮祕書》本爲底本,參校以《四庫》、《學津》、《琳琅》本。 黄丕烈尚藏有明錢馨室(錢穀)家藏舊鈔本及穴研齋繕寫本②。穴研齋鈔本今藏國家圖書館,繆荃孫光緒中曾景刻於《對雨樓叢書》。後民國十二年(1923)盧靖《湖北先正遺書》、民國十五年張鈞衡《擇是居叢書初集》均據《對雨樓叢書》本景印。穴研齋本亦影寫宋刻,觀其本可知也。此外,又有《四庫全書》本③、嘉慶二十年(1815)吴澄之鈔本(今藏國圖)等。④ 各本内容相同,皆十卷,八十九條,每條各有標目。

《類説》卷五四摘録十八條,天啓刊本無撰人,嘉靖伯玉翁舊鈔本卷四六題江夏處士黄休復記。其中《婆羅花》條不見今本,知今本有闕文,此條疑在卷八《滕處士》中,皆言養植花木也。《説郛》卷一四節録七條,全見於今本。《説郛》本題宋黄休復,注:"字歸本,江夏處士。"標目有與今本不合者。《五朝小説·宋人百家小説》偏録家、《重編説郛》弓三七收入《説郛》本。

據書中自述,作者所居名茅亭⑤,此其立名之由。休復乃蜀人,故所載全爲蜀事,無一例外。記事上起前後蜀,下迄真宗天

---

① 上海古籍出版社1912年出版單行本,與《南部新書》合爲一册。

② 見《蕘圃藏書題識》卷六。

③ 封樹芬《〈茅亭客話〉版本源流考述》稱"《四庫》本與《津逮》本高度相似,訛誤基本相同,亦表明《四庫》本與《津逮》本當同出於舊鈔本"。詳下注。

④ 關於《茅亭客話》版本,參見封樹芬《〈茅亭客話〉版本源流考述》,南京大學古典文獻研究所主辦《古典文獻研究》第十七輯下卷,2014年2月。

⑤ 卷九《趙十九》云趙處琪"訪愚茅亭",卷一〇《黄處士》云黄處士等"嘗會愚茅亭",又《任先生》云任先生與鄉人"同訪愚茅亭",《小童處士》云童處士"於愚茅亭圖水石六堵"。

禧中。卷二《王容》稱天禧戊午歲(二年,1018),卷五《龍女堂》稱天禧己未歲(三年)、庚申歲(四年),卷一〇《任先生》稱天禧元年、二年。天禧四年爲紀時最晚者,書成殆在真宗末年之天禧五年至乾興(1021—1022)間①,休復晚年之作也。

石京後序云:"《茅亭客話》雖多紀西蜀之事,然其間聖朝龍興之兆、天人報應之理,合若符契,驗如影響。至于高賢雅士、逸夫野人稀闊之事,昇沉之迹,皆採摭當時之實,可以爲後世欽慕懲戒者,昭昭然足使覽者益夫耳聞目見之廣識乎!遷善遠罪之方,則是集之作也,豈徒好奇尚怪,事詞藻之靡麗,以資世俗談噱之柄而已哉!蓋亦有旨意矣。此集自先祖太傅藏于書笥,僅五十餘載,而世莫得其聞也。余因募工鏤板,庶幾以廣其傳。尚冀將來好古博雅君子,幸無以我爲誚焉。時鉅宋元祐癸酉歲季夏中澣日西平清真子石京序。"按:石京之"先祖太傅",當是石中立。《宋史》卷二六三《石中立傳》載:石中立字表臣,尚書右僕射石熙載子,河南洛陽人。仁宗景祐四年(1037)拜參知政事,卒贈太傅,謚文定。據《續資治通鑑長編》卷一六七載,中立卒於皇祐元年(1049)。子居簡,官至太子中允、集賢校理。石京號清真子,蓋亦隱士者流,故五十餘年後取其祖所藏《茅亭客話》付梓以廣其傳。

本書所記,多爲徵應祥驗、奇品異物、神仙道士,兼及鬼神精怪,且亦多記書畫詩文、高賢逸人、烈婦貞士之事。休復身爲處士,性喜道教②,故於道人處士記叙特多,乃全書之重心所在。

---

① 程毅中據石京後序謂書當成於 1040 年(康定元年)之前。《宋元小說研究》,南京:江蘇古籍出版社,1998,第 43 頁。石序見下文引。

② 休復在書中屢言讀道書,凡有《登真隱訣》、《神仙傳》、《真誥》、《抱朴子內篇》、《道門訪龍經》、《仙傳拾遺》等。所交多爲道人處士,曾就處士李諶學道。據李畋《益州名畫録序》云,休復煉丹鬻以養親。

而作者精通畫學，故又多及畫事。如卷九《景山人》即記後蜀宋初著名隱士兼畫家、《野人閒話》及《牧豎閒談》作者景（耿）焕之遺事。卷六《張光贊》記張光贊善畫羅漢，賊劍斫頸而不斷，明仁孝皇后徐妙雲《勸善書》卷一三採入此事。淳化五年、咸平三年李順、王均先後佔據成都，作者親歷其事，卷六《金寶化爲煙》亦有記述，《勸善書》卷一七採入。作者撰此書，"雖異端而合道，旨屬懲勸者皆録之"（《郡齋讀書志》），乃以道家爲本，"懲勸"爲旨，誠如石京所言，"皆採摭當時之實，可以爲後世欽慕儆戒者"，而非"好奇尚怪，事詞藻之靡麗"，故而全書風格平實，即談仙説道亦乏曼衍之趣。且常垂教訓於篇末，出入於儒道，"遷善遠罪"，老生常談而已。《四庫全書總目提要》卷一四二讚其"雖多及神怪，而往往借以勸戒，在小説之中最爲近理"，然以小説觀之，此正其弊耳。

第二编　北宋中期

(1023—1067)

-

洞微志十卷

節存。北宋錢易撰。志怪集。一題《名賢小説》。

錢易（968—1026），字希白。杭州臨安（今浙江杭州市臨安區）人。曾祖錢鏐，吳越國王。父錢倧，後漢天福十二年（947）嗣爲吳越王，爲大將胡進思所廢，立弟俶。宋太宗太平興國三年（978）錢俶歸宋，群侄悉補官，易與兄昆顧從科舉。淳化三年（992）舉進士，御試崇政殿，所試三題日未中皆就，言者指其輕俊而黜之。① 蘇易簡薦其有李白才，太宗欲召置翰林，會盗起劍南事遂寢。真宗咸平元年（998），進士試第二，自謂當第一，上書言試《朽索之馭六馬賦》，意涉譏諷，真宗惡其無行，降第三。明年第二人中第，補濠州團練推官。召試中書，改光禄寺丞、通判蘄州。

---

① 《隆平集》卷一四《侍從》、《東都事略》卷四八、《宋史》卷三一七本傳、《續資治通鑑長編》卷三三、《攻媿集》卷七四《跋錢希白三經堂歌》、《咸淳臨安志》卷六五《人物六》皆稱年十七舉進士被黜，《長編》載於淳化三年。《分門古今類事》卷七引《洞微志·錢公自述》亦云"余淳化三年落第堯階之下"。按：錢易天聖四年（1026）卒，年五十九，則生於開寶元年（968）。《錢公自述》云"咸平二年（999）時已三十二矣"，逆推生年亦爲開寶元年。淳化三年則二十五歲，稱十七歲誤。然《錢公自述》云淳化三年落第時年二十二，十年詞場不開，咸平二年方叨第，亦有誤，實應是"時年二十五"，"七年詞場不開"，蓋今本《古今類事》文字有譌。程毅中《宋元小説研究》亦謂："顯然文字有誤，不像是小説家的虚擬。"南京：江蘇古籍出版社，1998，第70頁。

景德三年(1006)九月試賢良方正能直言極諫科,入第四等①,除祕書丞、通判信州。大中祥符元年(1008)真宗封泰山,獻《殊祥錄》,改太常博士、直集賢院。四年祀汾陰,修車駕所過圖經,遷祠部員外郎。五年坐發國子監諸科非其人,降監潁州商税②。數月召還,爲度支員外郎、直集賢院、知開封縣。③ 七年真宗幸亳州,復修所過圖經,攝鴻臚少卿。④ 九年參與修《道藏》畢,賜緋⑤。天禧元年(1017),判三司都磨勘司⑥。擢知制誥、判登聞鼓院、糾察在京刑獄,累遷左司郎中。仁宗天聖三年(1025)十月拜翰林學士。四年正月卒,年五十九。⑦ 事跡見《宋史》卷三一七本傳、《隆平集》卷一四《侍從》、《東都事略》卷四八、《學士年表》、《咸淳臨安志》卷六五《人物六》等。

　　錢易才俊過人,又善行草書。《隆平集》稱其著有《金閨集》六十卷、《瀛州集》五十卷、《西垣集》三十卷、《内制集》二十卷、

---

① 《宋史》本傳、《隆平集》只言景德中舉賢良方正,此據《續資治通鑑長編》卷六四。《咸淳臨安志》、《直齋書錄解題》詩集類《錢希白歌詩》解題皆作景德二年,誤。

② 《宋史》本傳、《東都事略》無紀時,《長編》卷七七載此事在大中祥符五年五月。

③ 《宋史》本傳但云“數月召還”,《東都事略》云“歲中知開封縣”。錢明逸《南部新書序》云:“先君尚書在章聖朝祥符中,以度支員外郎直集賢院、宰開封。”按:《錢公自述》云:“咸平二年方叨第,時已三十二矣。……後捷制策,通閨藉,直集賢,宰南部,凡十五年,五品之消息寂無聞焉。”南部指開封。自咸平二年至大中祥符六年乃十五年,是則六年仍知開封縣。

④ 參見《錢公自述》。

⑤ 見《錢公自述》。

⑥ 紀時據《長編》卷九○。

⑦ 入翰林及逝世時間據《學士年表》。又《咸淳臨安志》:“天聖三年遷翰林學士。”葉夢得《石林燕語》卷七稱天聖三年“錢希白爲學士當制”。

《壽雲總録》一百卷①、《南部新書》十卷。除《南部新書》今存外，餘皆散佚。南宋時文集已闕佚甚多，《祕書省續編到四庫闕書目》、《直齋書録解題》、《宋志》等只著録《錢易文集》六十卷、《錢易歌詩》二卷、《滑稽集》四卷。

《郡齋讀書志》小説類著録《洞微志》十卷，叙云："皇朝錢希白述，記唐以來詭譎事。"《直齋書録解題》小説家類作三卷，云："學士錢易希白撰。"《通考》據《讀書志》著録，《宋志》小説類則作三卷，同《書録解題》。《遂初堂書目》小説類亦有目，無撰人、卷數。諸目有三卷、十卷之異，考《東都事略》及《咸淳臨安志》亦作十卷，疑原書十卷，後人合爲三卷耳。

原書散佚。《紺珠集》卷一二摘録十條：《雞窠中九代祖》、《天麥毒》、《燕奴》、《盧絳夢曲》、《石押衙》、《勃賀》、《呂口》、《妙花》、《敗土色》、《鴉犹》，署錢希白。《類説》天啓刊本闕，明嘉靖伯玉翁舊鈔本《類説》卷二二摘録八條（署錢希白撰）：《九代祖》、《犯天麥毒》、《燕奴》、《石人爲恠》、《書至勅貨（勃賀）》、《妓名妙花》、《敗土色》、《鴉犹》，無《盧絳夢曲》、《呂口》二條。《説郛》卷七五又自《紺珠集》録入八條，遺《盧絳夢曲》、《妙花》。《説郛》本後又編入《五朝小説・宋人百家小説》偏録家、《重編説郛》弓三九。宋人書徵引本書文字頗多，少數見於《紺珠集》、《類説》節本②，然皆摘録過簡，而諸書所引大多文字詳盡。

---

① 《東都事略》亦作《壽雲總録》一百卷，《咸淳臨安志》作《青雲總録》一百卷，《宋史》本傳作《青雲總録》、《青雲新録》。
② 《紺珠集》本《雞窠中九代祖》、《天麥毒》、《燕奴》、《盧絳夢曲》、《妙花》、《敗土色》，又見於《詩話總龜》前集卷四六、《海録碎事》卷一四又卷一七又卷二一、《三洞群仙録》卷一六、《輿地紀勝》卷一二四、《分門古今類事》卷七及卷一〇、《醫説》卷五、《施註蘇詩》卷四二《擬古九首》其七注、《碧雞漫志》卷三、《方輿勝覽》卷四三、《古今事文類聚》前集卷四六、《癸辛雜識》前集等徵引。

　　諸書中《分門古今類事》引録最夥,引作《洞微志》者凡十二
條,即:《梁祖嗜雞》、《楊勛吟詩》①、《乾德名年》②(以上卷二)、
《昭武販馬》③、《師道勇退》(以上卷四)、《少卿領馬》④、《盧絳白
衣》、《錢丕得官》⑤、《錢公自述》(以上卷七)、《盧相敗土》、《若水
見僧》⑥(以上卷一〇)、《穆生官氣》(卷一二)。此中《盧絳白
衣》、《盧相敗土》已見《紺珠集》本(題《盧絳夢曲》、《敗土色》),其
餘十條均爲本書佚文。

　　又引作《名賢小説》者四條:《處厚百日》(卷四)、《王佖遇僧》
(卷一二)、《多遜崖州》⑦(卷一八)、《葉生陰責》⑧(卷二〇)。按卷
七末云:"後錢内翰希白作《洞微志》,集諸名賢小説,自此爲《草制
前定》云。"而《處厚百日》,《詩話總龜》前集卷三一引作《洞微志》,
《葉生陰責》,《苕溪漁隱叢話》後集卷三八引作《洞微志》,是知"名
賢小説"者即《洞微志》,謂集諸名賢所話而成此小説也。又,卷七
《周琬角書》注出《名賢雜録》,《詩話總龜》前集卷三三及《南嶽總勝
集》卷下《叙唐宋得道異人高僧》均引作《洞微志》,是知亦屬本書。

　　又引作《錢希白小説》者八條:《段弼得錢》、《盧瑩無官》(以
上卷四)、《殷袞文學》、《孫蟾除官》⑨(以上卷七)、《董祐賦題》

---

① 此條《四庫全書》本引作《賓仙傳》,《十萬卷樓叢書》本作《洞微志》。按:
　　《賓仙傳》,後蜀何光遠撰,已佚。
② 此條注出《洞微志》及《歸田録》。按:《歸田録》,歐陽修撰,今見卷上。
③ 《三洞群仙録》卷一九亦引。
④ 此條十萬卷樓本作《蜀異記》,庫本作《洞微志》。
⑤ 此條十萬卷樓本闕出處,庫本作《洞微志》。
⑥ 《東坡先生詩集註》卷一二《次韻孫巨源寄漣水李盛二著作并見寄五絶》
　　其二注亦引,文詳。
⑦ 庫本作《酉陽雜俎》,誤,此乃宋事。
⑧ 庫本引作《紀異録》(即秦再思《洛中紀異録》),誤。
⑨ 此條末云:"錢亦標爲《草制前定》。"十萬卷樓本闕出處,庫本作《錢希白
　　小説》。

（卷一二）、《由余氏墓》（卷一七）、《丘巒三笏》、《沈良借緋》①（卷一八），亦當指《洞微志》。卷七《草制前定》、卷一〇《胡旦制誥》不注出處②，觀其內容，實出本書。以上《古今類事》共引節本之外之佚文二十五條。

徵諸他書，則有《事物紀原》卷七引建隆觀一事，《詩話總龜》前集卷三、卷五引杜荀鶴二事③，卷四六引劉景直、彭演、錢仁伉三事④，《碧雞漫志》卷五引馮敢一事，《三洞群仙錄》卷一一、《能改齋漫錄》卷六、《雲麓漫鈔》卷一〇、《容齋隨筆》卷四《鬼俗渡河》引蘇德哥一事，《三洞群仙錄》卷一九引吳崇嶽一事（作《名賢小說》），《箋註簡齋詩集》卷九《道中寒食》注引錢沨詩“一聲鶯送一般愁”，《聖朝名畫評》卷上引沙門元靄一事，《醫說》卷六《傅腫》引仁宗在東宮一事⑤。總共佚文三十七條，合《紺珠集》本爲四十七條。

所存遺文中，《師道勇退》記大中祥符八年（1015）事，《錢公

---

① 此條十萬卷樓本闕出處，庫本作《錢希白小說》。
② 前條庫本注《名賢雜錄》，後條注《定命錄》。按：《定命錄》，唐呂道生撰，庫本誤。
③《唐才子傳》卷九《杜荀鶴》採入。
④《詩總》卷四七鬼神門載賈魏公、張孝和二條，不注出處，周本淳校本（卷四九鬼神門上）校：〔并引《洞微志》〕。依其校例，據他書校出出處者加〔〕，但不知所據爲何書。《類說》卷八《乘異記》有《李昱（煜）爲師子國王》、《桐葉題詩》二條即此事，惟一作賈黃中，一作賈魏公（賈昌朝），一作張士傑，一作張孝和。據《宋史》卷二八五《賈昌朝傳》，英宗即位昌朝進封魏國公，治平二年（1065）卒，時在錢易之後，必不出本書。此二條不取。參見《乘異記》敘錄。又，明梅鼎祚《才鬼記》卷八《李後主》即《詩總》引“賈魏公”，而《才鬼記》注《摭遺》。檢《詩總》前條爲《摭遺》“許周士”，則“賈魏公”當亦出《摭遺》。
⑤ 按：天禧二年仁宗進封昇王，九月册爲皇太子。錢易不當稱仁宗廟號，乃《醫說》作者張杲所改。北宋江休復《嘉祐雜誌》載此事作“上”。

自述》記大中祥符九年事,《錢丕得官》記天禧元年(1017)事。錢易天聖三、四年爲翰林學士,《書録解題》、《古今類事》既稱作者爲"學士"、"内翰",當作於任翰林學士期間。據洪邁《夷堅三志甲序》,《洞微志》等書"多歷年二十",可知此書乃隨時而記,多年累積而成也。

《草制前定》末云:"後錢内翰希白作《洞微志》,集諸名賢小説,自此爲《草制前定》云。"《孫蟾除官》末云:"錢亦標爲《草制前定》。"《錢丕得官》末云:"此亦《草制前定》也。"《胡旦制誥》末注云:"錢希白亦標之爲《草制前定》。"觀此,原書當分門,凡言官禄前定者標爲《草制前定》,然其他門類不詳。

本書遺文以夢兆、卜相、徵應、前定之事最多,書名"洞微"即此意①,洞察幽微也。此外又涉神仙道術、鬼神妖精等。或有前後見於他書者,如杜荀鶴見梁祖作無雲而雨詩(《詩話總龜》前集卷三引),取自張齊賢《洛陽搢紳舊聞記》卷一《梁太祖優待文士》。《吕口》寫虞部郎中周仁約見鼠精自稱進士吕口,後又見於劉斧《摭遺》(《類説》卷三四),但謂爲楊愿事。盧絳夢白衣女子事流布最廣,據《苕溪漁隱叢話》後集卷三八,楊億《談苑》、鄭文寶《南唐近事》、《本事曲》、龍袞《江南野史》及馬令《南唐書》等皆有記。所記各事皆較簡,然怪奇可喜者亦頗可見。記事中常插入詩詞,情味具足,得唐人遺意焉。

_____

① 《漢魏六朝百三家集》卷四七《潘尼集·釋奠頌》:"兆吉先見,知來洞微。"卷一一六《李德林集·天命論》:"合神謨鬼,通幽洞微。"

殺生顯戒三卷

佚。北宋錢易撰。志怪集。一題《殺生戒》。

《宋史》卷三一七《錢易傳》載錢易所著書中有《殺生戒》，未言卷數，《祕書省續編到四庫闕書目》小說類著録無名氏《殺生顯戒》三卷，當即此書。本書乃弘揚佛教戒殺生教義之作，釋氏輔教之書也。

佚文未存。元人葉留編《爲政善報事類》卷一〇引《戒殺事類》一事，爲崇寧間宣城太守陸傅停貢蜂兒而蜂爲報恩，蓋同類之書。

桑維翰

存。北宋錢易撰。傳奇文。

《青瑣高議》後集卷六載《桑維翰》一篇，題錢希白内翰作，題下注："枉殺羌岵訴上帝"，蓋爲《青瑣高議》今本重編者所加。作品略謂桑維翰大拜，有布衣故人韓魚來謁，桑授以學士之職。又令韓召故人朱炳秀才，亦授軍巡判官。有羌岵秀才，昔與桑同場屋，閑相諧謔，桑頗銜之。假言授其官，令韓召之，羌至而授意下吏以謀反罪斬之。一日桑見羌來責之，言已訴於天帝，偕來者有唐贊，亦爲桑冤殺。不久桑死。明仁孝皇后徐妙雲《勸善書》卷一八略載此事。

此爲冤報故事，劉斧議曰："桑公居丞相之貴，不能大其量，以疇昔言語之怨，致人於必死之地，竟召其冤報，不亦宜乎！"揭旨頗明。桑維翰（899—947）字國僑，洛陽人。後唐同光（923—926）進士。初爲石敬塘掌書記，助其稱帝，爲乞得契丹援助，割讓燕、雲十六州。後晉建國，爲翰林學士、禮部侍郎、知樞密院事，遷中書侍郎、同中書門下平章事、集賢殿大學士、樞密院使。開運三年（946）冬，爲叛降契丹之將領張彥澤所殺。桑維翰權勢極重，史稱"素以威嚴自持，晉之老將大臣，見者無不屈服"（《新五代史》卷二九《桑維翰傳》）。此作叙桑作威作福，乃以史爲據，桑之形象倨傲、矜持、奸詐，頗爲生動。桑誘殺羌岵，筆觸細緻傳神，三處"附耳言"，詭祕之狀可掬。語言樸素，間用口語。

越娘記

存。北宋錢易撰。傳奇文。

《青瑣高議》別集卷三載《越娘記》一篇，題錢希白內翰。題下注"夢託楊舜俞改葬"。按文中云"今乃大宋也……太平百餘年"，至少已至仁宗嘉祐間（1056—1063），其時錢易久逝。疑爲誇飾之詞，抑或文字有誤耳。

此叙人鬼遇合，略謂楊舜俞[1]自都往蔡，夜行至鳳樓坡，遇女鬼獨居一室，衣裾襤褸。言本後唐少主時越州人，隨夫至北方，良人爲偏將死於兵。時天下喪亂，爲武人所奪，武人又兵死。女欲歸故鄉，又爲盜所執，自縊於古木，盜埋於此。舜俞愛其敏慧，作詩挑之，女口占詩攄其幽懷，望楊遷骨安葬。舜俞遊蔡回，掘骨葬於都西高地。後三日越娘來，其夜共宿。越娘懼以陰損陽欲去，舜俞不允，遂每夕必至。數月臥病，越娘侍疾，稍安而別去不至。舜俞由思而恨，欲伐其墓。會有道士過，遂作術擒縛越娘出，數卒捶撻之。越娘痛責舜俞，舜俞求道士釋之。一夕夢見越娘，來道珍重。其墓人呼爲越娘墓。

中越娘云："當時人詩云：'火内燒成羅綺灰，九衢踏盡公卿

---

[1] 北宋范純仁《范忠宣集》卷四有《元日分壺酒贈楊舜俞大卿》。純仁，范仲淹次子，《宋史》卷三一四有傳，徽宗建中靖國元年（1101）卒，年七十五。《錦繡萬花谷》卷一五引楊舜俞記，中云紹興二年（1132）。此皆爲同姓名者，非《越娘記》之楊舜俞。

骨。'"按:此借用韋莊詩。《北夢瑣言》卷六云:"蜀相韋莊應舉時,遇黄寇犯闕,著《秦婦吟》一篇,内一聯云:'内庫燒爲錦繡灰,天街踏盡公卿骨。'爾後公卿亦多垂訝,莊乃諱之。時人號'秦婦吟秀才'。"

人鬼遇合乃小説傳統題材,唐人描寫多極其情,本作則頗見約束。所謂"人鬼殊途,相遇兩不利",以此傳統之宗教鬼神觀壓抑世俗情欲,楊舜俞遂被"圖淫欲"之惡名,受"不適於理"之譏,而越娘則以能明德自持獲譽,然亦終因以陰物私生人而受薄譴。作者以陰陽之道遏其情,其意乃在宣揚儒家倫理道德。劉斧議曰:"愚哉舜俞也! 始以遷骨爲德,不及於亂,豈不美乎!"發其意指頗確。此作人物形象生動鮮明,且着意描述五代兵荒馬亂,生靈塗炭之象,"寧作治世犬,莫作亂離人"一語慘痛至極,頗具社會批判意義,不失爲優秀之作。

《醉翁談録》煙粉類話本之《楊舜俞》,《武林舊事》宋官本雜劇之《越娘道人歡》,《南九宫十三調曲譜》卷四《黄鍾賺》集戲文名之《鳳凰坡越娘背燈》,《録鬼簿》卷上尚仲賢雜劇《越娘背燈》,皆演此事。《越娘背燈》題目作"龍虎榜楊生點額,鳳凰坡越娘背燈",情事多有增飾。鳳凰坡乃鳳樓坡之轉;背燈也者乃由原作中"視婦人衣裾襤褸,燈青而不光,若無一意,婦人又面壁坐不語"化出,自慚形穢,背燈而坐也。尚劇不存,《太和正音譜》卷下引其第四折《太清歌》一曲,玩詞意乃寫越娘成正果昇天成仙思念楊舜俞也。

烏衣傳

存。北宋錢易撰。傳奇文。一題《烏衣國》、《王謝》。

《青瑣高議》別集卷四載《王樹》一篇，不著撰人，題注"風濤飄入烏衣國"。《類說》本《摭遺》（卷三四）有《烏衣國》，乃此傳節文。按今本《青瑣高議》係南宋重編本（參見《青瑣高議》叙錄），此篇實取自劉斧《青瑣摭遺》，故別集目錄注"新增"二字。《摭遺》乃《青瑣高議》續編，亦多取前人之作。其原作者，據《苕溪漁隱叢話》後集卷一二《劉夢得》引《藝苑雌黃》云："夢得詩：'朱雀橋邊野草花，烏衣巷口夕陽斜。舊時王謝堂前燕，飛入尋常百姓家。'……比觀劉斧《摭遺》載《烏衣傳》，乃以王謝爲一人姓名。其言既怪誕，遂託名錢希白。終篇又取夢得詩實其事，希白不應如此謬，是直劉斧之妄言耳。大抵小說所載事，多不足信，而《青瑣摭遺》誕妄尤多。"《藝苑雌黃》嚴有翼撰[1]，據其所云，《摭遺》所載《烏衣傳》原題爲錢希白撰，嚴氏以其事怪誕，故謂託名[2]。《青瑣高議》載有錢希白《桑維翰》、《越娘記》兩篇傳奇文，所題作

[1]《直齋書錄解題》雜家類著錄《藝苑雌黃》二十卷，建安嚴有翼撰。《宋志》古文史類亦著錄嚴有翼《藝苑雌黃》二十卷。《四庫全書總目》卷一九七集部詩文評類存目著錄十卷。洪邁《容齋四筆》卷一六《嚴有翼詆坡公》："嚴有翼所著《藝苑雌黃》，該洽有識，蓋近世博雅之士也。"

[2]《漁隱叢話》後集卷一六《唐人雜紀上》引《藝苑雌黃》，云《青瑣高議》之《流紅記》（見卷五，題魏陵張實子京撰）乃劉斧竄合他書而成，而亦"託他人姓名"。皆爲妄說。

者亦稱字而不稱名，二者相契，可信此作確爲錢易作。今本《青瑣高議》所載《王榭》，蓋脱去作者姓名。作品原題應爲《烏衣傳》，南宋吳曾《能改齋漫録》卷四《辨誤·王謝燕》亦云："近世小說尤可笑者，莫如劉斧《摭遺集》所載《烏衣傳》。"可爲佐證。《烏衣國》、《王榭》皆改題也。

　　《類説》、《青瑣高議》人名均作王榭，葉廷珪《海録碎事》卷九下《王榭燕》、南宋張敦頤《六朝事迹編類》卷七《烏衣巷》引《摭遺》、王楙《野客叢書》卷二六《劉夢得烏衣巷詩》引《摭遺》、胡仔《苕溪漁隱叢話》後集卷一二引《六朝事迹》，祝穆《方輿勝覽》卷一四《建康府·古跡·烏衣巷》引"異聞小說"、《古今事文類聚》後集卷四五《烏衣國》引《摭遺》、謝維新《古今合璧事類備要》別集卷七三引《拾（摭）遺》、宋末元初蔡正孫《詩林廣記》前集卷四《烏衣巷》引劉斧《青瑣摭遺》、明王嵩《群書類編故事》卷二四《烏衣國》引《摭遺》等亦復如此，而《藝苑雌黄》、《詩話總龜》前集卷四六引《摭遺》、《能改齋漫録》則作王謝。按此人由劉禹錫詩"舊時王謝堂前燕"化出，自應作王謝，《青瑣高議》等所載劉詩及人名均作王榭者實是傳寫之譌①。

　　傳謂唐金陵人王謝以航海爲業，往大食國，海浪覆舟，飄至一洲。有烏衣翁媼引至其家，王謝被稱作主人郎。後翁引至宮殿見王，王皂袍烏冠，對謝頗爲禮敬。翁有女甚美，以嫁謝，成親後謝詢其國，云是烏衣國。王召謝於寶墨殿，令其作詩以記其

────────────

① 王楙《野客叢書》卷二六《劉夢得烏衣巷詩》引《摭遺》小説載六朝事迹"金陵人王榭"云云，辨云："蓋王謝與王榭相類，而又有烏衣之名，或者往往誤焉。烏戍張仲均家有陳唯室親染此詩，謝字從言，蓋此也。"魯迅《唐宋傳奇集》據《青瑣高議》録入《王榭傳》，《稗邊小綴》云："此篇改謝成榭，指晶人名，且以烏衣爲燕子國號，殊乏意趣。"乃不知原本作王謝，特譌作王榭耳。

事。不久海上風和日暖，王遣人告謝當歸。妻悲泣，云從此不復北渡，恐其見已形容，將生憎惡，贈靈丹以別。王亦贈詩，令謝乘飛雲軒，即一烏氈兜子也，由翁嫗扶持，閉目而去。開目即至其家，見梁上有雙燕呢喃，方悟所止之國即燕子國。謝有幼子死已半月，開棺取尸，灸以靈丹而活之。至秋二燕將去，謝書一絶繫於尾。來春燕來，尾有小束，乃其妻所書，備述離恨。其事流傳人口，因目王謝所居處爲烏衣巷。末引劉禹錫《金陵五詠·烏衣巷》而云："即知王榭（謝）之事非虛矣。"

　　劉詩之"王謝"指東晉王謝二大族。《景定建康志》卷一六《疆域志二·街巷》引舊志云："烏衣巷在秦淮南。晉南渡，王謝諸名族居此，時謂其子弟爲烏衣諸郎。"《世説·雅量》注引《丹陽記》曰："烏衣之起，吳時烏衣營處所也。江左初立，琅邪諸王所居。"夢得詩感歎世事興廢，亦即"金陵王氣黯然收"（《西塞山懷古》）之意。此作由劉詩生發，將詩中"王謝"演爲人名，由"烏衣巷"、"堂前燕"演出燕子國"烏衣國"，堪稱巧思獨運。王謝在烏衣國所遇，皆暗伏機關，處處藏燕，讀來興味益然。寫人鳥結合，郭璞《玄中記》、干寶《搜神記》中豫章男子妻鳥已肇其端，此寫人燕婚戀，睽隔相思，可謂別開生面，差可與《聊齋誌異·竹青》媲美矣。語言清麗曉暢，描寫風濤覆舟，燕女形神，皆精彩筆墨。昔人不明其幻設之妙，譏爲怪誕，真"夏蟲不可以語於冰者，篤於時也"！或竟不惜花費筆墨考證其事之有無[1]，誠"癡人前不得説夢也"！雖然，恰正見此作之引人注目，亦傳之不朽矣。

---

[1] 見《能改齋漫録》、《藝苑雌黄》、《苕溪漁隱叢話》、《野客叢書》、顧文薦《負暄雜録》（《説郛》卷一八）等。

友會談叢三卷

存。北宋上官融撰。志怪雜事集。

上官融（995—1043），字仲川。其先成都府華陽縣（今四川成都市）人①，後爲曹州濟陰縣（今山東定陶縣西南）人②。父佖，官至兵部員外郎、京東轉運使，贈光禄少卿。融幼專詞學，秀出流輩。"自幼隨侍南北，及長旅進科場"③。真宗咸平中（998—1003），父爲著作佐郎、知建寧軍浦城縣，融隨侍④，大中祥符七年（1014）隨侍至麟州⑤，天禧初（1017）隨侍於譙郡（亳州）⑥，仁宗天聖中隨侍到回中⑦。二年（1024）秋廣文館舉進士，公卿大夫子弟咸在舉中，試第一，明年春別試於太常寺，又首薦之，然因丁父憂未第。知耀州李防邀至郡，館於東齋⑧。五年舉進士又

① 本書自署華陽上官融。華陽，縣名，與成都縣同爲成都府治所。范仲淹《范文正公集》卷一三《太子中舍致仕上官君墓誌銘》稱上官融"其先蜀人也"，蜀指成都。
② 《上官君墓誌銘》云上官融卒後，"以皇祐三年四月六日葬君于濟陰縣沛郡鄉崇儒里"，是知爲濟陰縣人。濟陰縣屬曹州。
③ 見本書自序。
④ 見本書卷下"道士司徒玥"條。
⑤ 見本書卷下"麟府州"條。
⑥ 見《上官君墓誌銘》。
⑦ 見本書卷下"古物"條。
⑧ 見本書卷上"耀州唐陵"條。

不第①。朝廷以其光禄少卿之後，賜同學究科出身，授信州貴溪縣主簿。江南東路轉運使蔣希魯、吳安道聯章舉薦，遷蔡州平興縣令。吳安道移使淮南，奏掌真州鹽倉。龍圖閣直學士段希逸與時賢七人又舉之，旋因疾病，除太子中舍致仕。慶曆三年（1043）三月病卒，年四十九。范仲淹爲作《墓誌銘》②。

　　《四庫闕書目》、《祕書省續編到四庫闕書目》、《通志略》、《宋志》小説類並著録上官融《友會談叢》三卷。《直齋書録解題》小説家類作《文會談叢》一卷，解題云："題華陽上官融撰，不知何人。天聖五年序。"《通考》同。徵以自序，書名、卷數皆誤，疑傳刻之譌。《遂初堂書目》則作《友會叢談》（無撰人、卷數），叢談二字倒置。

　　原書今存，三卷，有自序，題華陽上官融撰，與宋本同。載於《廣四十家小説》、《稽古堂叢刻》、《宛委別藏》、《十萬卷樓叢書》。諸本"太宗"、"真宗"前皆空格，泂出宋本。十萬卷樓本有陸心源光緒六年（1880）《刊友會談叢叙》，《續修四庫全書》子部1260冊影印此本。本書上卷九條，中卷九條，下卷十二條，共三十條，各無標目。自序云"六十事"，纔及其半，阮元《友會談叢三卷提要》（《揅經室外集》卷二）謂"非有缺佚，或六爲三之誤字"，是也。《説郛》卷四〇選録六條，注三卷，題宋上官融，注華陽人，與今本合。《五朝小説·宋人百家小説》偏録家、《重編説郛》弓二九收入《説郛》本。

　　自序云："余讀古今小説，泊志怪之書多矣，常有跋（按：陸本作跂）纂述之意。自幼隨侍南北，及長旅進科場。每接縉紳先生，貢闈名輩，劇談正論之暇，開樽抵掌之餘，或引所聞，輒形紀

----

① 見自序。
② 范《誌》云："予天禧初爲譙之從事，光禄公方典是郡，君時侍行，而予始識君。"譙郡即亳州。

錄，並諧辭俚語，非由臆説，亦綜緝之，頗盈編簡。今年春策不中，掩袂東歸，用舍行藏，下學上達。賴庭闈之蔭，無菽水之勞。顧駑駘之已然，詎規磨之可益。身閒晝永，何以自娛，因發篋所記之言百餘紙。始則勤於採綴，終則涉乎繁蕪。於是乎筆削芟夷，得在人耳目者六十事，不拘詮次，但釐爲三卷，目之曰《友會談叢》。且念袁郊以步武生疾，則《甘澤》之謡興；李玫以養病端居，乃《纂異》之記作。苟非閑暇，曷遂摛（按：原作擒，據《宛委》本、陸本改）毫。彼前輩屬辭，不將迎而遇物；而小子晞驥，甘葽菲以成章。深慚雞肋之微，竊懷敝帚之愛。《穀梁》曰：'信以傳信，疑以傳疑。'子夏曰：'雖小道必有可觀者。'博練精識者，幸體兹而恕焉。其如杼軸靡工，序述非據，蓋事質而言鄙，學淺而辭荒。誠語怪之亂倫，匪精神之可補。聊貽同志，敢冀開顔。時天聖五年七月朔華陽上官融序。"（《廣四十家小説》本）

　　觀序，此書乃天聖五年下第後歸家閒居，整理剪裁舊稿而成，意以效唐人袁郊《甘澤謡》、李玫《纂異記》之作。然袁、李二書皆"苦心文華"之作，此書則主要紀錄所聞，作意尠矣。篇幅大都簡短，長者亦五百字上下而已。三十事全出宋初，述神怪、報應等異事者佔一半强，陸心源謂"多涉怪異，持論頗不軌于正"（《刊友會談叢叙》）。餘皆爲名人逸事，市井消息，地方風俗，古跡古物等，阮元《友會談叢三卷提要》云"要非絶無依據者可比"，陸心源謂"近徵實事"（同上）者指此。卷上無臂婦人事，與段成式《酉陽雜俎》前集卷五《詭習》大曆乞兒事相似，卷中"向拱"條，取張齊賢《洛陽搢紳舊聞記》卷三《向中令徙義》。"柳開潘閬"一條，寫柳"尚氣自任"，"輕言自衒"，潘扮鬼作戲怖之，柳驚恐哀泣，頗有喜劇性，文瑩《續湘山野錄》採入此事。各事常繫議論於末，以見勸懲焉。

愛愛歌序

節存。北宋蘇舜欽撰。傳奇文。

蘇舜欽(1008—1049),字子美。梓州銅山(今四川德陽市中江縣東南)人,世居開封(今屬河南)。參知政事蘇易簡孫,工部郎中、直集賢院蘇耆子。好爲古文歌詩。初以父任補太廟齋郎,調滎陽縣尉。仁宗景祐元年(1034)第進士,改光祿寺主簿,知蒙城、長垣二縣,遷大理評事、監在京店宅務。范仲淹薦其才,爲集賢校理、監進奏院。慶曆四年(1044)岳父宰相杜衍與范仲淹主新政,爲御史中丞王拱辰所陷,遂被除名。① 寓居蘇州,買水石作滄浪亭,時發憤懣於詩文,其體豪放。又善草書,爲世所重。二年後起爲湖州長史,八年十二月卒,年四十一②。有《蘇學士文集》十六卷傳世。事跡具見《歐陽文忠公文集·居士集》卷三一《湖州長史蘇君墓誌銘并序》、《宋史》卷四四二《文苑傳四》、《隆平集》卷六《參知政事》、《東都事略》卷一一五、《中吳紀聞》卷一。

北宋徐積《節孝集》卷一三載《愛愛歌并序》,序云:"子美爲《愛愛歌》已失之矣,又其辭淫漫,而序事不得愛愛本心,甚無以示後學。余欲爲子美抉去其文而易以此歌,以解學者之惑。其

---

① 此事紀年據《續資治通鑑長編》卷一五三。
② 見《墓誌銘》。按此年十一月二十四日乃 1048 年 12 月 31 日,是知十二月卒時已入 1049 年。

序曰：愛愛，吳女也。幼孤，託於嫂氏。其家即娼家也，左右前後亦娼家也。居娼家而不爲娼事者，蓋天下無一人，而愛愛以小女子能傑然自異，不爲其黨所汙，其已艱矣。然愛愛以小女子，顧其勢終不能固執，此其所以操心危慮患深之道，不得已而爲奔女之計也。於是與其人來京師，既數年，其人歸江南，遂死於江南。愛愛居京師，自以爲未亡人也，慨然有必死之計。故雖富貴百計萬方，卒不能動其心，以至於死。此固不得謂之小節，是奇女子也。古之所謂義烈之女者，心同而迹異。按愛愛所奔，即江寧富人張氏也。張氏納奔妾於外，棄父母而不歸，以至其父捕去，此乃不孝之大者，固不得齒爲人類，禽獸之行，所不足道也。故余之所歌，意有詳略，事有取捨，文皆主於愛愛焉。"歌曰"吳越佳人古云好，破家亡國可勝道。昨夜閑觀《愛愛歌》，坐中歎息無如何"云云，凡五十四句，叙事頗略。中云："一女二夫兮，妾之所羞。不忠於所事矣兮，其將何求！"張揚其貞烈之志。趙令畤《侯鯖錄》卷二録入徐仲車（積）《愛愛歌并序》全文。

　　按蘇子美《愛愛歌》不載於《蘇學士文集》，原歌并序已亡。張君房《麗情集》曾採之，然《麗情集》只存節本，今可見者只原序節文及原歌逸句。歌只存四句。《片玉集》卷九《月中行·怨恨》注引《麗情集·愛愛歌》："悵虛膽怯夢易破。"又卷一《瑞龍吟》注引蘇子美："常云癡小失所記，倚柱惛惛更有情。"《箋註妙選群英草堂詩餘》卷上周美成《瑞龍吟》注亦引，文同。《山谷詩集注》卷一四《次韻石七三六言七首》其四注、《箋註簡齋詩集》卷二四《正月十二日至邵州十三日夜暴雨滂沱》注引蘇子美《愛愛歌》："此樂亦可賤天公。"《類説》卷二九《麗情集》所節《愛愛》七十五字，無歌，乃序文。又張邦幾《侍兒小名録拾遺》引蘇子美《愛愛集》，皇都風月主人《綠牕新話》卷下《楊愛愛不嫁後夫》（《藝文雜誌》所載注作"蘇子美爲作傳"，周楞伽校注本作"蘇子美文"），明梅鼎祚《青泥蓮花記》卷五《楊愛愛》，注《麗情集》，皆亦序文。四本互校異同，序文可得近五百字，叙事仍較簡略，觀徐積歌序"幼孤，託於嫂氏"云云，原序當較此詳贍。

今據《侍兒小名録拾遺》等四書輯録如下："愛愛，姓楊氏，本錢唐倡家女。年十五，尚垂鬟（《蓮花記》作鬐），性善（《新話》、《蓮花記》作喜）歌舞。幼（《新話》、《蓮花記》作初）學胡琴數曲，遂能緣其聲以通其調（《新話》作他詞，《蓮花記》作他調）。七月七日（《類説》作七夕），泛舟西湖，採荷香，爲金陵少年張逞所調，遂相携潛逃，旅於京師。逞家雄於財，雅亦曉音律。歲時嬉遊，以犢車同載。故鑾輅之幸，琳館之闕，雖遠必先，雖喧（暄）必前，京都偉麗之觀，無不及也。踰二年，逞爲父捕去，不及與愛别。留於巷中，舍與予家相隣。吾母少寡居，性高嚴，憐愛愛豔麗，失於人，棄置不收，而所爲不妄，時往與語。一日，人傳逞已死，吾母往慰，問其所歸。愛愴（《新話》、《蓮花記》作摧）然泣下曰：'是必虚語。若果然，亦不願他從。故鄉道遠，出非以禮，必不能自還，當死此舍。'自爾素服蔬膳，日呱呱而泣，不復親近（《蓮花記》作近拈）樂器。里之他婦欲往見之，即反關不納。好事有力者百計圖之，終不可及（《蓮花記》作得）。愛姿體纖素豔發，不類人間人。明年清明，飲楚子之舍，偶聞居舍後壁隙，見雜花數樹盛開，二婦女以鞦韆之戲。詢于楚，即其□（周校本補作妻）與愛愛也。予登第後，再至都下，遂往楚舍，問其良苦。楚云：'愛愛念逞之勤，感疾而死，已終歲矣，我家爲橐（《蓮花記》作橐）葬國門之東郊。其節介高絶，至死無能侵亂之者。'小婢子錦兒今尚在，出其故繡手籍、香囊、纈履數物，香皆郁然如新。"

《侍兒小名録拾遺》引作《愛愛集》，《愛愛集》者似集子美及徐積《愛愛歌并序》而成，或亦有他人所作，亦未可知也。

唐韓愈作有《石鼎聯句詩序》，元稹作有《崔徽歌序》，序文皆用傳奇體，此序亦如之。徐積譏《愛愛歌》"其辭淫漫"，序文蓋亦如此。序寫張、楊戀情，於張之偶倡、楊之私奔頗加讚賞，而於愛爰之鍾於情死於情，用筆也重，感人也深。序中云："予登第後，再至都下。"據《隆平集》，子美景祐元年登進士第，此作當作於是年。時爲二十七歲，青春浪漫，宜有此作。而徐積乃北宋楚州名儒，"道義文學，顯於東南"（《宋史》卷四五九《卓行傳》）。彼以儒家倫理觀念看待張、楊，斥張"禽獸之行"，譽楊"義烈之女"，封建衛道者也。

　　《醉翁談録》傳奇類話本中有《愛愛詞》一本，所叙即此。

搢紳脞説前後集二十卷

節存。北宋張君房撰。志怪雜事集。一題《脞説》。

《郡齋讀書志》小説類著録《搢紳脞説》二十卷,云:"右皇朝張唐英君房撰。君房博學,通釋老,善著書,如《名臣傳》、《蜀檮杌》、《雲笈七籤》行於世者,無慮數百卷。此書亦詳實。"《直齋書録解題》卷一一小説家類《乘異記》解題辨云:"君房又有《脞説》,家偶無之。晁公武《讀書志》以《脞説》爲張唐英君房撰。又言君房著《名臣傳》、《蜀檮杌》、《雲笈七籤》行於世。……唐英字次功,熙、豐間人,丞相商英天覺之兄,作《名臣傳》、《蜀檮杌》者,與君房了不相涉,不知晁何以合爲一人也,其誤明矣。"《通考》全取晁志,未事辨正。按《類説》嘉靖伯玉翁舊鈔本卷四二《縉紳脞説》題宋張唐英君房撰,與晁志同,是則宋本題署固有此誤。晁公武依傳本著録,誤以君房與張唐英爲一人。《宋志》小説類亦著録此書,書名、卷帙全同。《遂初堂書目》小説類作《脞説》,蓋省稱。《通志略》小説類則云:"《脞説》前後集二十卷,張君房撰。"按《詩話總龜》前集《集一百家詩話總目》列有張君房《脞説》及《脞説後集》,而書中亦引《脞説前集》、《脞説後集》,可見原書分爲前後集,《讀書志》、《宋志》合而言之也。至前後集各爲幾卷,原書不存,不可知矣。

此書撰作時間,王得臣《麈史》卷中云:"洎退居,又撰《脞説》二十卷。"退居乃指君房六十九歲致仕,時約在仁宗明道二年(1033)。考《分門古今類事》卷八引《君房自占・景德隨棺》云君房御試夜得異夢而不解，今方解之，末云"夢三十年後始辨之"。
景德二年（1005）及第，三十年後爲仁宗景祐元年（1034），此撰書
之時，時君房已退休。吳曾《能改齋漫録》則稱："君房著《脞説》，
在真廟時。"①誤。王得臣與張君房同里，述其事頗詳實，其稱退
居後所撰必有根據。

　　《紺珠集》卷一二摘張君房《脞説》七條。《類説》卷五〇摘
《縉紳脞説》二十二條，天啓刊本無撰人，嘉靖伯玉翁舊鈔本卷四
二題宋張唐英君房撰。《類説》本前二條《騎上杯》、《王母侍女》
見於《紺珠集》本（《王母侍女》題《婉凌華》），《緑裙紅袖》條實爲
二事，《詩話總龜》前集卷四八引《脞説後集》作兩條（"巴峽吟
詩"②、"梁伯升"），是也。二書共二十八事。

　　其他宋人書亦多有引用，《詩話總龜》、《古今類事》所引尤
衆。除重複者，《詩總》前集引"王仁裕"（卷二七，《脞説後集》）、
"杜牧之"（卷三三）、"胡釘鉸"、"金沙池泉"、"韋檢姬"（《脞説前
集》）、"晁簡"③、"李良弼"（《脞説前集》）④、"邢鳳"（《脞説後
集》）、"王生"⑤（以上並卷三四）、"歌曲之妙"、"水調"⑥、"何滿
子"（以上卷四〇）、"鬼仙詩"⑦（卷四八），共十三條。

──────────

①《苕溪漁隱叢話》後集卷三八《鬼詩》引《復齋漫録》，此即《能改齋漫録》。
　今本卷一八《楚小波詩》所載文簡。
②《才鬼記》卷三《巴峽人》（引《紀聞》）附録亦引《縉紳脞説》。
③"胡釘鉸"、"金沙池泉"、"晁簡"三條無出處。按："胡釘鉸"、"金沙池泉"
　在"王仲舉"（《青瑣集》）後，"韋檢姬"前，"晁簡"在"韋檢姬"後，"李良
　弼"、"邢鳳"前，"金沙池泉"《錦繡萬花谷》前集卷五引作《脞説》，餘二條
　亦必出《脞説》。
④"李良弼"條《古今類事》卷六亦引《脞説》，題《良弼獻詩》。
⑤"王生"條無出處，與"邢鳳"實爲同一篇，原出沈亞之《異夢録》，故此條
　當亦出《脞説後集》。
⑥《碧雞漫志》卷四亦引。
⑦"鬼仙詩"在"巴峽吟詩"、"梁伯升"後，無出處，當出《脞説》。

　　《古今類事》引《范公捧詩》(卷六)、《潘洞篆銘》、《劉詠看榜》、《范政送藥》、《全火及第》(以上並卷七)、《曹確剃髮》、《刁湛賦詩》(以上卷八),又卷八引《張君房自占》三條(《淳化看蛇》、《景德隨棺》、《戴昭領錢》),疑亦本書佚文,共十條。①

　　他書所引者,《碧雞漫志》引"西涼州"(卷三)、"虞美人"、"荔枝香"(以上卷四)、"清平樂"(卷五),共四條。《孔帖》卷九八引"蒲牢發聲"一條。《海録碎事》卷六引《酒兵》,卷一六引《參差竹》。《東坡先生詩集註》卷三《汎舟城南會者五人分韻賦詩得人皆苦炎字四首》其三註、《記纂淵海》卷一一〇、《歲時廣記》卷二五、《古今合璧事類備要》後集卷七七引"使君林"一條。《東坡詩集註》卷一一及《施註蘇詩》卷一六《次韻秦太虛見戲耳聾》註、《古今事文類聚》後集卷一九及《群書類編故事》卷九引"三耳秀才"一條。《事類備要》別集卷五三引《御溝流葉》一條。《齊東野語》卷一四《鍼砭》引"李行簡外甥女"一條。《永樂琴書集成》卷一七引"劉諷"一條。佚文檢得三十五條,加《類說》、《紺珠集》二節本,共得六十三條。明梅鼎祚《才鬼記》引"巴陵人"(卷三)、《韋檢姬》(卷七)、《楚小波》(卷八)三條,均已見上。

　　六十餘事中,多取材於宋前古書。如:《紺珠集》本《張紅紅》(《海録碎事》卷一六、《碧雞漫志》卷五亦引)、《耳譜》取段安節《樂府雜録》、《婉凌華》(《類說》本題《王母侍女》,《萬花谷》前集卷一亦引)取《漢武帝内傳》、《漁童樵青》取《顏魯公文集》卷九《浪跡先生玄真子張志和碑》、《廣陵散》取唐盧言《盧氏雜説》

----

① 卷八《雋宗神告》,末云:"至和中,畢景儒仲詢之父知海州,親訪其事,備載於《幕府燕閑録》。"《四庫全書》本末註《搢紳脞説》,頗誤。又,卷八張君房《辟支佛記》,末署"景德五年初八日記",《靈夢志》末署"天禧三年秋九月二十一日,著作佐郎、知錢塘縣事張君房記",皆爲單篇記,不在《脞説》。

（《太平廣記》卷二〇三）。《類説》本《夢妻寄詩》、《南岳地仙》（《事文類聚》後集卷一二、《類編故事》卷七亦引）取唐闕名《聞奇録》（《廣記》卷二七九、卷二八六）；《婦人在鏡中》取南唐徐鉉《稽神録》（《廣記》卷一三〇）；《渾家聯句》取唐牛僧孺《玄怪録》卷五《滕庭俊》；《緑裙紅袖》二事，取唐牛肅《紀聞》（《廣記》卷三二八）及唐薛漁思《河東記》（《廣記》卷三四六），時間、人名有改動；《獨孤妻夢瓿月》亦取《河東記》（《廣記》卷二八一）；《桐葉上詩》取後蜀金利用《玉溪編事》（《廣記》卷一六〇）；《孟氏爲少年所私》取唐柳祥《瀟湘録》（《廣記》卷三四五）。《范政送藥》取唐戴孚《廣異記》（《廣記》卷二七八），"王仁裕"取五代王仁裕《王氏見聞》（《廣記》卷四四六），"蒲牢發聲"取王仁裕《玉堂閒話》（《廣記》卷二〇三），"杜牧之"取唐李綽《尚書故實》，"韋檢姬"取唐盧瓌《抒情詩》（《廣記》卷二七九），"邢鳳"、"王生"取沈亞之《異夢録》，《御溝流葉》取唐孟啓《本事詩·情感》，"劉諷"取《玄怪録》卷六。《脞説》引録前人書或注明出處，《詩話總龜》前集卷四〇云："《搢紳脞説》載：《盧氏雜記》曰：歌曲之妙……"《盧氏雜記》即盧言《盧氏雜説》。

　　本書亦多記北宋事，大都在真宗朝，乃君房耳目所及，且多爲親所經歷者，《類説》本《雨中望蓬萊詩》、《廬山紅蓮》、《月中桂子》及《古今類事》所引《良弼獻詩》、《劉詠看榜》及《張君房自占》等，其中皆涉張君房。

　　本書内容多爲述異語怪，雜事者爲數亦衆，且恒涉名物故實，如言樂曲之"歌曲之妙"、"水調"、"何滿子"、"清平樂"等。本書與《乘異記》之語怪，《麗情集》之言情，《科名分定録》之説科名，《儆戒會最》之談報應不同，彼皆專主一題，此則雜採博取，散漫成編。因大抵屬瑣談細事，故名《脞説》，而加"搢紳"者，乃因多得自士大夫所談也。

儆誡會最一卷

　　佚。北宋張君房撰。志怪集。

　　《祕書省續編到四庫闕書目》小説類著録張君房《儆戒會要》一卷,注闕,《宋志》小説類作張氏《儆誡會最》一卷。王得臣《麈史》卷中云張君房撰《儆戒會蕞》五十事①。按最訓爲聚、會,《公羊傳》隱公元年:"會猶最也。"何休注:"最,聚也。"蕞,聚貌。《文選》卷一〇潘岳《西征賦》:"蕞芮於城隅者,百不處一。"注引《字林》曰:"蕞,聚貌也。"最、蕞音義皆同。至作"會要"則誤。

　　本書寫作時代不明,姑列《睟説》後。《麈史》羅列張君房所著書,本書王氏未曾見,知流傳不廣。佚文不可考。後蜀周玨撰《儆誡録》五卷,此書亦其儕,叙善惡報應之事也。

---

①上海古籍出版社1986年版俞宗憲點校本據鈔本及《宋志》改蕞作最。

孫氏記

存。北宋丘濬撰。傳奇文。

丘濬，字道源①，自號迂愚叟②。歙州黟縣（今屬安徽省）人③。十歲即能詩④。仁宗天聖五年（1027）進士及第⑤。景祐中以衛尉寺丞知句容縣事⑥。慶曆四年（1044），因作詩訕謗朝政及有印書令州縣强賣以圖厚利等劣行，爲人所劾，降饒州軍事推官、監邵武軍酒稅。⑦ 又謫職昭州，作《天繪亭記》⑧。失意遍游山陽（楚州）、儀真（真州）、南海（廣州）諸郡，所到之處作詩，於各地郡守頗事譏誚。⑨ 後改監新淦縣稅。皇祐四年（1052），淮

① 見《新安志》卷八《仙釋》、《輿地紀勝》卷二〇《徽州·仙釋神》、《咸淳臨安志》卷九七《紀文》、《至正金陵新志》卷一三下之下《人物志·仙釋》、《直齋書録解題》卷一〇農家類。
② 吳曾《能改齋漫録》卷一五《方物·牡丹榮辱志》。
③ 見《新安志·仙釋》、《金陵新志》。
④ 見《新安志》卷一〇《雜説·詩話》引《古今詩話》。
⑤ 見《新安志》卷八《進士題名》。
⑥ 見《新安志》及《金陵新志》之《仙釋》、《乾隆句容縣志》卷七《名宦傳》。
⑦ 見《宋會要輯稿·職官六四》、《續資治通鑑長編》卷一四九。
⑧ 鄒浩《道鄉集》卷一一《讀丘濬寺丞天繪亭記》注："丘侯慶曆中進《觀風感事詩》百篇，責爲昭州職官。州人尚有識之者，云剛果難犯。世傳其得道尸解，莫知所在。"詩云："襟懷落落富經綸，造命奇窮道不伸。詩以百篇天上獻，身爲萬里幕中賓。每聽故老談風節，尚有遺文照水濱。聞説神遊已無礙，想經山頂亦遼巡。"
⑨ 見《新安志》卷一〇及《詩話總龜》前集卷三五引《翰府名談》。

南安撫使陳旭、湖北提點刑獄祖無擇表薦，遷簽書滁州判官①。
官至殿中丞②。終於池州，年八十一③。著有《觀時感事詩》一
卷、《洛陽貴尚録》十卷、《牡丹榮辱志》一卷（今存）、《征蠻議》一
卷、《霸國環周立成曆》一卷、《天一遁甲賦》一卷等④。

　　相傳丘濬"能通數，知未來興廢"，尸解成仙，爲太山主宰。⑤
建炎中廣西昭州郡守吕丕欲改天繪亭名爲清輝，亭旁積壞得石，
乃丘濬所作記，預言改亭名之事。⑥

　　《青瑣高議》前集卷七載《孫氏記》，題注"周生切脈娶孫氏"，
署寺丞丘濬撰。題署寺丞，指衛尉寺丞（寄禄官），作記時約在景
祐至慶曆中。

　　記謂都下周默通醫術，比隣張復秀才妻孫氏病，周爲診治而
疾愈。孫氏少美，周挑之不動。張年老，周投束贈詩，譏孫甘伴
老翁，孫答以"端節自持"，責其恃功非禮。周知不可亂乃止。周
赴官常州宜興簿，作束别孫，誓終身不娶而待之。後三年周歸，
張復已死年餘，孫獨居，乃娶之。周居官好賄，多蓄幣帛，孫聞而
責其貪利害民，欲投井自盡。周急持之，發願改過。乃歸財於
民，自守清慎。孫生二子親教之，皆舉進士。末有劉斧議曰："婦

① 見《續資治通鑑長編》卷一七三。
② 見《新安志》卷八《進士題名》、《仙釋》及《金陵新志》、《直齋書録解題》、
　　《諧史》（《説郛》卷二三）。
③ 見《新安志·仙釋》、《金陵新志》。《乾隆句容縣志》云"壽八十三卒"，疑
　　誤。
④ 見《宋志》别集類、小説類、兵書類、五行類、曆算類及《祕書省續編到四
　　庫闕書目》壬課類、《通志略》食貨類種藝屬、《直齋書録解題》農家類、
　　《能改齋漫録》。
⑤ 見《新安志》及《金陵新志》之《仙釋》。
⑥ 見《春渚紀聞》卷二《天繪亭記》、《夷堅甲志》卷一七《清輝亭》，《夷堅志》
　　作李丕。

人女子有節義，皆可記也。如孫氏，近世亦稀有也。爲婦則壁立不可亂，俾夫能改過立世，終爲命婦也宜矣。"

《綠牕新話》卷上引《青瑣高議》，改題《周簿切脈娶孫氏》，文字視原文稍簡，而末節"合巹之夕"云云，可補今本之闕。

此作爲傳類傳奇，塑造孫氏形象頗爲成功。孫雖被標榜爲"節義"，然非烈婦貞女之比，特巾幗之有識見者也。作者處理情與理之關係，頗有分寸，無迂腐之弊，乃使孫氏形象眞切感人。描寫語言質樸無華，平淡中見出雋永，亦其長也。

祖異志十卷

節存。北宋聶田撰。志怪集。一題《徂異志》。

聶田，應天府寧陵縣（今河南商丘市寧陵縣東南）人①。真宗天禧中舉進士不第。

衢本《郡齋讀書志》卷一三小說類著錄《祖異志》十卷，叙云："右皇朝聶田撰。田天禧中進士不中第，至元祐初，因記近時詭聞異見一百餘事。天禧至元祐七十餘年，田且百歲矣。"《通考》小說家類引晁氏，文同，但末多"康定元年序"一句。袁本《讀書志》卷三下，田字譌作由，無"至元祐初"及"天禧至元祐七十餘年，田且百歲矣"數句。按仁宗康定元年（1040）早於哲宗元祐初（1086）四十多年，疑元祐乃景祐之誤。景祐初（1034）始撰書，到康定元年書成作序，歷七年。《直齋書錄解題》小說家類亦著錄《祖異志》十卷，云："信陵聶田撰。康定元年序。"《宋志》小說類作聶田《俱異志》十卷，俱字乃祖字或徂字之形譌。

此書今不見傳，《文淵閣書目》卷八子雜類有《徂異志》一部一册，注闕，蓋元明之際尚存。《國史經籍志》傳記類著錄聶田《祖異志》十卷，乃據宋人書目。《三洞群仙錄》及《永樂大典》引

---

① 《直齋書錄解題》稱信陵聶田，當據自署。信陵本戰國魏邑，公子魏無忌封於此。後置爲寧陵縣，北宋隸應天府。《宋史》卷八五《地理志一》："應天府河南郡，歸德軍節度，本唐宋州，至道中爲京東路。景德三年升爲應天府，大中祥符七年建爲南京。"

本書俱作《徂異志》。祖、徂義同,《風俗通義·祀典·祖》云:"祖者,徂也。《詩》云:'韓侯出祖,清酒百壺。'《左氏傳》:'襄公將適楚,夢周公祖而遣之。'是其事也。"《説文》祖作逗,逗,往也。《玉篇》辵部亦云:"逗,往也,與徂字同。"書名"徂異",乃傳述以往異事之謂也。

　　《類説》卷二四摘録《人魚》①、《天上碧玉樓觀》二條,書名譌作《狙異志》,無撰人,嘉靖伯玉翁舊鈔本卷二一作《徂異志》,題聶田撰。《説郛》卷六自《類説》取入《人魚》,作《徂異志》。《永樂大典》引聶田《徂異志》四條,全不見於《類説》本,四事爲《胎化爲神》(卷二九四八)、《夢中見父》(卷一三一三五)、《夢擒虎》(卷一三一三九)、《夢殺黿》(卷一三一四〇)。《三洞群仙録》卷一〇引《葛氏蛟帳》,即《類説》本之《天上碧玉樓觀》。遺文兹檢得此六事。《重編説郛》弓一一八載聶田《徂異記》六條,乃僞書②。

　　此書雜記宋初詭聞異見,如《人魚》記待制查道奉使高麗時見人魚,乃人魚傳説。《天上碧玉樓觀》記九華山樵者婦諸葛氏駕龍車升天,乃神仙家言。《夢殺黿》記饒州客金日新贖黿放生,黿銜銀以報,乃動物報恩故事。原書百餘事,惜所存寥寥,莫知其詳矣。

---

①《天中記》卷五六亦引《徂異志》,題《人魚》。

②《剪舌》、《山魈》、《海賈》、《積雪》、《化劍》五條,鈔自《紺珠集》卷七或《類説》卷八《廣異記》節本,《阿香車》鈔自《紺珠集》卷七或《類説》卷七《搜神記》節本。參見附考《存目辨證》。

郎君神傳

存。北宋張亢撰。傳奇文。

張亢（999—1061），字公壽。其先濮州臨濮（今山東菏澤市鄄城縣西南）人。真宗天禧三年（1019）擢進士第，爲廣安軍判官，調應天府推官，改大理寺丞、知南京留守判官，轉殿中丞。應李迪辟，簽書西京留守判官。遷太常博士，改屯田員外郎。通判鎮戎軍，上言西北攻守之計，仁宗景祐元年（1034）擢如京使、知安肅軍。① 遷莊宅使、知瀛州。寶元初（1038）趙元昊反，改右騏驥使、涇原路兵馬鈐轄兼知渭州。康定元年（1040）領忠州刺史、充鄜延路鈐轄兼知鄜州。② 未幾改西上閤門使、充本路都鈐轄，屯延州。慶曆元年（1041）徙爲并代都鈐轄、管勾麟府軍馬事，屢挫西夏。二年契丹渝盟，領果州團練使，爲高陽關鈐轄，兼知瀛州、權本路副都部署。③ 元昊入涇原，改四方館使、充涇原路經略安撫招討使、本路都部署兼知渭州。三年遷引進使，徙并代副都部署兼經略招討副使④。次年初因細故奪引進使，充本路鈐

① 參見《續資治通鑑長編》卷一一五。
② 參見《長編》卷一二七。
③ 參見《長編》卷一三六、卷一三七。按都部署、部署後避英宗趙曙諱改爲都總管、總管。《宋史》本傳及《趙亢墓誌銘》皆作都總管、總管，用改後名稱。
④ 參見《長編》卷一四二。

轄①，未幾復引進使，爲并代副都部署、兼知代州、兼河東緣邊安撫事。② 久之徙高陽關路副都部署兼知瀛州，七年加領眉州防禦使，復爲涇原路副都部署兼知渭州③。坐事奪防禦使，降知磁州，尋又降爲右領軍衞大將軍、知壽州。八年爲將作監、知和州④，坐失舉徙筠州。久之復引進使、領果州團練使，又復眉州防禦使、充真定路副都部署。遷客省使，以足疾求解兵任，改知衞州，徙懷州，坐事降曹州鈐轄。嘉祐五年（1060）改授河陽部署，以疾辭，請復文資，許爲祕書監，逾月復客省使、眉州防禦使、徐州部署⑤。六年卒，年六十三，贈遂州觀察使。事跡具見韓琦《安陽集》卷四七《故客省使、眉州防禦使、贈遂州觀察使張公墓志銘并序》、《宋史》卷三二四、《隆平集》卷一九《武臣》、《東都事略》卷六一。

　　張師正《括異志》卷一〇《蔡侍禁》載景祐中蔡侍禁遇郎君神事，末注：“故客省張公亢守早涼之日説斯事，公亦有傳。”師正所記得之張亢，則其所叙蓋即亢之所記者。文長七百三十餘字，叙事頗細，疑猶爲全文也。張亢説此事在守早涼之日，“早涼”無此地名，乃平涼之譌⑥，平涼乃渭州治所。師正早年曾爲渭州推官（《括異志》卷二《楊省副》），而張亢曾三次鎮渭，張亢鎮渭時師正在其幕爲推官得聞此事。張亢首次知渭在寶元初至康定元年四月間（《張亢墓誌銘》、《續資治通鑑長編》卷一二七），二次在慶曆二年十一月至三年七月間（《長編》卷一三八、卷一四二），三次在

----

① 參見《長編》卷一四六。

② 參見《長編》卷一五一。

③ 參見《長編》卷一六〇。

④ 參見《長編》卷一六四。

⑤ 參見《長編》卷一九一。

⑥ 白化文、許德楠點校本（中華書局，一九九六）據北京圖書館（即國家圖書館）藏清鈔本改作平涼。

慶曆七年二月至九月間(《長編》卷一六〇、卷一六一)。而師正直到嘉祐四年(1059)才領郡宜州(《長編》卷一九〇),然則張亢爲説斯事在三次守渭時皆有可能,無法確指在何年。此事在景祐中(1034—1038),疑張亢作傳殆在慶曆中也。

　　原傳不知何題,姑擬之。傳叙蔡侍禁景祐中爲京城西巡檢,有少年來,自稱郎君,云前生與蔡爲昆弟,求一居止。蔡告以廨宇湫隘,郎君謂西廡下貯蒿秸之室得此足矣。蔡許之,少時輜重儀衞無數由虹梁而來。蔡亡男亦在郎君處爲侍者,蔡妻求郎君令母子相見,一見即滅。郎君告蔡明日授明、越巡檢,翌日果然。到任半年,郎君辭去,謂緣數已盡。所寫爲人神交往,獵奇而已,初無深意。郎君不知何神,其云先居安上門譙樓三十年,期滿爲皇城司主者所遣,故詣蔡求居。是則無其血食之祠,野神耳。

書仙傳

存。北宋任信臣撰。傳奇文。

任信臣，身世不詳。

此傳張君房《麗情集》曾採入，《麗情集》今佚，此文見引於《綠牕新話》卷上（題《任生娶天上書仙》）及《錦繡萬花谷》前集卷一七、《古今事文類聚》後集卷一七、《古今合璧事類備要》前集卷五三，均係節文。劉斧《青瑣高議》前集卷二則採録全文。篇末云：“長安小隱永元之善丹青，因圖其狀，使余作記。時慶曆甲申上元日記。”按慶曆甲申乃四年（1044），時劉斧猶年少，所謂“余”者當是他人。考南宋薛季宣《浪語集》卷一《李長吉詩集序》云：“本書有傳，其小傳出李商隱。……小傳之説誕矣，學者已不盡信。近世任信臣者，又記書仙事實之。仙者，慶曆中長安女娼曹文姬也。穎而工書，名以藝得。睹朱衣吏持篆玉示曰：‘帝使李賀記白玉樓竟，召而寫之琬琰。’家人曰：‘賀死歲三百矣，烏有是？’文姬曰：‘是非若所知也，世載三百，仙家猶頃刻然。’乃拜命更衣，颯然飛去。”引事與此傳全合，則作者乃任信臣也。長安小隱永元之不詳何人。傳文中言及工部郎中周越、觀察馬端，則生世可考，皆爲仁宗時人。觀察當爲監察，監察御史也。[1]

---

[1] 周越，《宋史》卷二八八有傳，周起弟，譌作周超。云：“弟超（越），亦能書，集古今人書并所更體法，爲《書苑》十卷。累官主客郎中。”《宣和書譜》卷一九《天隱子絶句詩》：“文臣周越，字子發，淄州人，官至（轉下頁注）

　　傳文五百五十餘字，略云：曹文姬本長安娟女，工翰墨，人號爲書仙。筆力爲關中第一，周越、馬端一見而稱賞。豪貴之士願輸金求偶者無數，而文姬獨擇岷江任生爲夫。五年後一日，文姬題詩而泣，自稱本上天司書仙人，以情愛謫居塵寰二紀，今將歸，求任生偕行。俄有朱衣吏持玉版下召，云李長吉新撰《玉樓記》，天帝召汝寫碑。文姬與任生遂騰空而去。其所居之地人謂書仙里。按：文姬夫任生未言其名，豈即任信臣自謂耶？

　　此傳叙女書家曹文姬之傳奇故事，以文姬爲仙，其意亦如唐人裴鉶《傳奇·文簫》之以女書家吳彩鸞爲仙，詫其書法爲人間所無也。中牽入李賀傳説，見李商隱所作《李長吉小傳》，載於《李長吉歌詩》首卷及《李義山文集》卷四（題《李賀小傳》）。

　　《施註蘇詩》卷一五《百步洪》注曾引《異聞集·書仙歌》二句：“長安南坡名臙脂，曹家有女名文姬。”傳文中無“長安南坡名臙脂”語，或歌作者自爲增飾歟？歌作者失考。《麗情集》當亦採入此歌，而施註誤作唐人陳翰所編《異聞集》耳。元趙道一《歷世真仙體道通鑑》後集卷六採入此傳，題《曹文姬》。後多文姬謂任曰“子亦先世得道仙人”云云，可補。末句改作“宋仁宗慶曆四年甲申作記”。又《青泥蓮花記》卷二《曹文姬》（題注《書仙傳》，末

（接上頁注）主客郎中。天聖、慶曆間，以書顯，學者翕然宗之。”《聖朝名畫評》卷中、《皇宋書録》卷中亦載。《宋志》小學類著録周越《古今法書苑》十卷。馬端，《宋詩紀事》卷二〇云：“端官太常博士，通判延州軍州事。”嘉祐元年（1056）撰《司馬晉州待制哀辭》。《續資治通鑑長編》卷一三七仁宗慶曆二年（1042）：“賜延州通判、國子博士馬端同進士出身。”卷一四二慶曆三年：“會除太常博士馬端爲監察御史，絳（蘇絳）所薦也。”《宋史》卷二九四《蘇絳傳》：“諫官亦言絳舉御史馬端，非其人。”《歷世真仙體道通鑑》後集卷六《曹文姬》作“馬監察端”，是也。

注《青瑣高議》),《廣豔異編》卷一一及《續豔異編》卷六《書僊
傳》,均即此傳,後二書删末"長安小隱"云云。《情史》卷一九《書
仙》略有删節。《一見賞心編》卷六《書仙女》文字與《緑牕新話》
大同,而復語多修飾。

麗情集二十卷

節存。北宋張君房編。傳奇雜事集。

王得臣《麈史》卷中云張君房撰《麗情集》十二卷，《郡齋讀書志》小説類著録爲二十卷，云："皇朝張君房唐英編古今情感事。"《通考》據載，皆誤以君房爲張唐英之字。《祕書省續編到四庫闕書目》總集類則著録爲十卷，不具撰名，注闕。所言卷數各不同，今姑從《讀書志》。

明代原書猶存，陳第《世善堂藏書目録》"稗史野史并雜記"著録張君房《麗情集》二十卷，與《讀書志》合。晁瑮《寶文堂書目》子雜類亦有著録，但未言撰人、卷數。高儒《百川書志》小説家著録一卷本，云："凡十八事，《通考》稱二十卷，今止存此。詞旨鄙淺，或後人附會，及子類書鈔出，誇奇於人者，尚當博考。"各本均不見傳。今可見者乃《紺珠集》卷一一、《類説》卷二九節本①。前本删節特甚，後本文字較詳。《類説》本共節二十四事：《烟中仙》②、《崔徽》③、《灼灼》④、

---

① 《類説》嘉靖伯玉翁舊鈔本（卷二六）總目録題張唐英撰，同《郡齋讀書志》，天啓刊本無撰人。
② 《片玉集》卷一〇《意難忘·美詠》陳元龍注亦引。
③ 《紺珠集》本題《卷中人》。《海録碎事》卷九下、《片玉集》卷四《法曲獻仙音》注、《緑牕新話》卷上、《施註蘇詩》卷一二《和趙郎中見戲》註、《青泥蓮花記》卷四亦引。
④ 《紺珠集》本題《寄淚》。《海録碎事》卷九下、《緑牕新話》卷上、《片玉集》卷二《浪淘沙》注、《群英草堂詩餘》前集卷上周美成《浪淘沙慢》注亦引。

《燕子樓》①、《無雙仙客》②、《蓮花妓》③、《蜀妓薛濤》、《愛愛》④、《酥香》⑤、《燕女墳》⑥、《泰娘》⑦、《張好好》⑧、《湖州髽髻女》⑨、《三鄉題》⑩、《黄陵廟詩》⑪、《贈妓詩》、《文宗詩》⑫、《非烟》⑬、《薛瓊瓊》⑭、

---

① 《紺珠集》本題《燕子樓集》。《綠牕新話》卷下（誤作《麗媚記》）、《苕溪漁隱叢話》前集卷二七、《記纂淵海》卷一〇六、《青泥蓮花記》卷四亦引。

② 《綠牕新話》卷上、《片玉集》卷二《浪淘沙》注、《草堂詩餘》前集卷上周美成《浪淘沙慢》注、《施註蘇詩》卷一九《蜜酒歌答二猶子與王郎見和》註亦引。

③ 《片玉集》卷五《塞垣春》注、《漁隱叢話》後集卷一六引《藝苑雌黄》、《輿地紀勝》卷二六《隆興府·人物》、《方輿勝覽》卷一九《隆興府》亦引。

④ 《片玉集》卷九《月中行·怨恨》注、《錦繡萬花谷》前集卷一七（無出處）、《歲時廣記》卷二八、《青泥蓮花記》卷五亦引。

⑤ 《萬花谷》前集卷一七（無出處）、《記纂淵海》卷一〇三、南宋蔡戡《定齋集》卷一八《用前韻簡趙薛二丈》注亦引。

⑥ 《綠牕新話》卷下（無出處）、《路史發揮》卷六《關龍逢》注亦引。

⑦ 《類説》誤作秦娘。《記纂淵海》卷一〇三、《履齋示兒編》卷一七亦引。

⑧ 《綠牕新話》卷上、《記纂淵海》卷一〇六、《古今合璧事類備要》前集卷五四亦引。

⑨ 《漁隱叢話》後集卷一五、《詩人玉屑》卷一六、《古今事文類聚》後集卷一七、《詩林廣記》前集卷六、《群書類編故事》卷九亦引。

⑩ 《類説》本鄉字誤作卿。

⑪ 《紺珠集》本題《秋雲羅帕》。《孔帖》卷八、《片玉集》卷七《解語花》注、《歲時廣記》卷七、《事類備要》外集卷六四、《情史》卷一八亦引。又《方輿勝覽》卷二九《岳州》引小説。

⑫ 《紺珠集》本題《沈翹翹》。《綠牕新話》卷下亦引，作《樂府雜録》。《唐音癸籤》卷一三亦載此事，當本《麗情集》，情節有所增飾。

⑬ 《紺珠集》本亦有此條。《綠牕新話》卷下亦引。

⑭ 《紺珠集》本亦有此條。《綠牕新話》卷下、《歲時廣記》卷一七亦引。

《柳枝娘》①、《趙倭姬》②、《琴客》③、《香兒》④、《余媚娘》⑤。

　　《紺珠集》本摘十二事，出《類説》之外者爲《浣沙桂子》⑥（《霍小玉傳》）、《遺策郎》⑦（《李娃傳》）、《環者還也》⑧（《鶯鶯傳》）三事。《格致叢書》、《緑牕女史》卷一一妾婢部俊事門、《五朝小説・宋人百家小説》瑣記家、《重編説郛》弓七八、《香豔叢書》第五集卷二所收張君房《麗情集》十二事，即取《紺珠集》節本。

　　《紺珠集》、《類説》本以外，佚文有：《文苑英華》卷三四六《蓍草春》、卷三五八《湘中怨解》、卷七九四《長恨歌傳》校引《麗情集》。《緑牕新話》卷上引《沈真真歸鄭還古》、《越娘因詩句動心》⑨、《任生娶天上書仙》⑩、《馮燕殺主將之妻》⑪。《東坡先生詩集註》卷一〇《留別釋迦院牡丹呈趙倅》註、《事類備要》別集卷二六、《全芳

---

①《紺珠集》本亦有此條。《孔帖》卷一〇〇、《事類備要》別集卷五二、《履齋示兒編》卷一七亦引。

②《歲時廣記》卷二九亦引。

③《萬花谷》前集卷一七、《后山詩註》卷八《送張蘄縣》註亦引。

④《紺珠集》本亦有此條。《海録碎事》卷七下、《后山詩註》卷五《題柱二首》之二註亦引。

⑤《緑牕新話》卷上、《履齋示兒編》卷一七亦引。

⑥《片玉集》卷一《荔枝香》注亦引。

⑦《永樂大典》卷七三二八亦引。

⑧《箋註簡齋詩集》卷二〇《詠水仙花五韻》註、《東坡先生詩集註》卷二一及《施註蘇詩》卷八《張子野年八十五尚聞買妾述古令作詩》註，又《東坡詩集註》卷二五及《施註蘇詩》卷二九《再和楊公濟梅花十絶》其六註、《山谷詩集注》卷九《竹枝歌三章》其二注、《片玉集》卷一《風流子》注，又卷二《憶舊遊》注，又卷五《四圍竹》注、《草堂詩餘》前集卷上周美成《憶舊遊》注，後集卷下康伯可《應天長》注、《事文類聚》後集卷一六、《野客叢書》卷一七、《詩林廣記》後集卷三亦引。

⑨《南村輟耕録》卷一四《婦女曰娘》亦引。

⑩《萬花谷》前集卷一七、《事文類聚》後集卷一七、《事類備要》前集卷五三亦引。

⑪《文苑英華》卷三四九司空圖《馮燕歌》校："《麗情集》作沈亞之."又卷七九五《馮燕傳》校語中亦引《麗情集》。《玉照新志》卷二云："《馮燕傳》見之《麗情集》。"

備祖》前集卷八引"崔護"。《履齋示兒編》卷一七引"杜秋娘"。
《萬花谷》前集卷一七引《任氏行》四句，乃配唐傳奇《任氏傳》而
作，疑此歌並傳皆亦在《麗情集》中。《施註蘇詩》卷六《五月十日
與吕仲甫、周邠、僧惠勤、惠思、清順、可久、惟肅、義詮同汎湖游北
山》註引《麗情集》盧諫議批牛相婢真珠牒後詩云："謝安山下娉婷
女，馬季紗前縹緲人。"又卷一九《四時詞》註引《麗情集》："牛丞相
婢曰真珠，盧肇賦詩曰：'知道相公憐玉腕，强將纖手整玉釵。'"①
又卷七《遊東西巖》註引《麗情集》："謝安山上娉婷女，馬季紗前縹
緲人。"以上真珠事原當爲一篇。楊慎《譚苑醍醐》卷三《弓足》云：
"《麗情集》載章仇公鎮成都，有真珠之惑。或上詩以諷云：'神女
初離碧玉階，彤雲猶擁牡丹鞋。應知子建憐羅襪，顧步褰衣拾墜
釵。'"②以牛僧孺爲章仇兼瓊，譌傳也。或原亦在"真珠"篇中，今
姑單列。《丹鉛總録》卷二〇引"周德華"。梅鼎祚《才鬼記》卷七
引《韋檢姬》。《全蜀藝文志》卷四四前蜀王宗衍（按：即前蜀後主
王衍）《鏡銘》、王士禎《池北偶談》卷一五《鳳州古鏡》引"粧鏡銘"。
《廣事類賦》卷一九、《增補事類統編》卷六〇引"陰月華"，陰當作
馮，見下注。《片玉集》卷一〇《感皇恩》注引《麗情集》云"青鸞既
許傳消息"，本事不詳，不知是否在以上諸篇中，今姑單列之。

　　遺文可考者凡四十四條③。《學林》卷五《杜子美》引"杜子

────────

① 此見《程毅中文存·〈麗情集〉考》，亦見程毅中《宋元小説研究》，南京：
　江蘇古籍出版社，1998，第56—57頁。引書作《施顧注蘇詩》。今查康熙
　三十八年宋犖刻本，《古香齋袖珍十種》本無此註，當據别本。《施顧注
　蘇詩》版本極多，見祝尚書《宋人别集叙録》卷一〇。
②《升菴詩話》卷五作何兆《章仇公席上詠真珠姬》，詩曰："神女初離碧玉
　階，彤（注：一作彩）雲猶擁牡丹鞋。應知子建憐羅襪，顧步徘徊拾翠
　釵。"《全唐詩》卷三一一乃作范元凱詩，皆所據不詳。
③ 按：《文史》第11輯(1981)載程毅中《〈麗情集〉考》，首次輯考《麗情集》佚文。1993
　年重訂此文，收入《程毅中文存》(北京：中華書局，2006)。凡輯四十篇。可參閲。

美”，《廣事類賦》卷一九及《增補事類統編》卷六〇引“詹天游”，皆不當出本書，不取。①

《讀書志》稱本書“編古今情感事”，知編纂前人作品而成，非出自撰。四十四條遺文，絕大部分爲唐人作品。其中屬唐傳奇者有沈既濟《任氏傳》、陳鴻《長恨歌傳》、元稹《鶯鶯傳》、李公佐《燕女墳記》、白行簡《李娃傳》、南卓《烟中怨解》、沈亞之《湘中怨解》與《馮燕傳》、蔣防《霍小玉傳》、薛調《無雙傳》、皇甫枚《非煙傳》、無名氏《余媚娘叙錄》十二篇，皆爲言情之佳作。其中多有時人或後人所作歌行相配，本書當亦一併收錄②。

---

① 南宋王觀國《學林》卷五：“近世有小説《麗情集》者，首序子美因食牛肉白酒而卒，此無據妄説，不足信。”按：本書所叙皆爲男女情好之事，此非麗情者，疑有誤。《廣事類賦》、《增補事類統編》引詹天游占詩得宋駙馬家粉兒事，事又見元人俞焯《詩詞餘話》（《説郛》卷四三），且稱“詹天游名玉，字可大”。《全宋詞》收詹玉詞《霓裳中序第一》，序稱“至元間監醮長春宮”，顯爲宋末元初人。程毅中《〈麗情集〉考》列此條爲附二，謂“此條不當出《麗情集》，疑有誤”。又《〈麗情集〉考》附一《朱滔括兵》，《升菴詩話》卷四引，注《麗情集》，程謂此條見於楊慎撰《麗情集》。

② 陳鴻《長恨歌傳》配白居易《長恨歌》而作，《文苑英華》卷七九四陳鴻《長恨歌傳》傳末附《麗情集》所載全文，未載歌行，蓋卷三四六已載白居易《長恨歌》，歌中校語“一作某”者，或即據《麗情集》。沈亞之《馮燕傳》由司空圖作歌，《麗情集》皆取之，而誤以歌亦沈作。薛調《無雙傳》，有無名氏作歌，《片玉集》卷二之《浪淘沙》注引《麗情集·無雙歌》，又卷六《訴衷情》注引《無雙歌》。《霍小玉歌》亦無名氏作，《片玉集》卷一《荔枝香》注引《麗情集·小玉歌》，又《萬花谷》前集卷一七引《霍小玉歌》。白行簡《李娃傳》，元稹曾有《李娃行》相配，《許彥周詩話》、《后山詩註》卷二之《徐氏閑軒》、《黃梅》註曾有引，當據《麗情集》。李紳有《鶯鶯歌》，《董西廂》、《施註蘇詩》卷一五《中秋見月寄子由》註引其佚句。《東坡詩集註》卷二一《張子野年八十五尚聞買妾述古令作詩》註：“《麗情集》事，貞元初有張君者遇崔氏女於蒲，崔小名鶯鶯。……紳又作《鶯鶯歌》。”《施註蘇詩》卷八註“事”作“唐”，餘同，疑本書亦取李歌。《萬花谷》前集卷一七引《任氏行》，此《任氏傳》配歌。

　　又有九篇採唐人所作詩歌并序,序以見本事,歌以抒麗
情,本書當歌、序並録。此九篇原作是:顧況《宜城放琴客歌并
序》(《全唐詩》卷二六五)及《蓍草春詩并序》(《文苑英華》卷三
四六、《全唐詩》卷二六五),元稹《崔徽歌并序》①,崔玨《灼灼
歌并序》②,劉禹錫《泰娘歌并引》(《劉夢得文集》卷九),杜牧
《杜秋娘詩并序》③及《張好好詩并序》(《樊川文集》卷一),李
商隱《柳枝五首并序》(《李義山詩集》卷六),盧碩《真真歌并
序》④。

　　又有採自唐人小説雜記者,皆爲豔事而多涉詩歌,凡十一
篇:《蜀妓薛濤》取范攄《雲谿友議》卷下《豔陽詞》,《三鄉題》取同
書卷中《三鄉略》⑤,"周德華"取同書卷下《温裴黜》。《湖州鬌髻

---

① 今本《元氏長慶集》不載,《后山詩註》卷一二《送晁無咎守蒲中》註引元
　　稹《崔徽歌序》,《施註蘇詩》卷一二《和趙郎中見戲》註引作元微之《崔徽
　　傳》,傳字疑爲施註所改,實爲序文。
② 韋莊有《傷灼灼》(《全唐詩》卷七○○),詩序不同於本書所叙灼灼
　　事。《片玉集》卷一○《迎春樂·攜妓》注引《灼灼歌》,《東坡詩集註》
　　卷二二《九日黄樓作》註引崔班《灼灼歌》,疑本書灼灼事即採崔班
　　《灼灼歌序》。陳尚君謂崔班乃崔玨之誤,見《全唐詩補編》,中華書
　　局,1992,中册,第1159頁。
③ 《合刻三志》志寓類、《綠牕女史》卷二宮闈部遣放門、《五朝小説·唐人
　　百家小説》傳奇家、《剪燈叢話》卷一一、《唐人説薈》第五集、《香豔叢書》
　　第九集卷二輯入,題《杜秋傳》。
④ 《姬侍類偶》卷下《真真屬文》,文句與《綠牕新話·沈真真歸鄭還古》相
　　近,而出"盧碩序"。又《萬花谷》前集卷一七引有《真真歌》,故疑盧碩作
　　有《真真歌并序》。唐盧言《盧氏雜説》亦載此事(《太平廣記》卷一六
　　八),事有不同,《唐詩紀事》卷四八《鄭還古》同《盧氏雜説》。《全唐文》
　　卷九四七收有盧碩文三篇。
⑤ 《雲谿友議》載無名氏序中無姓名隱語,亦無李舒解隱語一節,疑《麗情
　　集》所增。章炳文《搜神祕覽》卷下《楊柔姬》所述三鄉佛寺所題即本《麗
　　情集》,參見《搜神祕覽》叙録。

女》，事即高彥休《闕史》卷上《杜紫微牧湖州》，然有不同①。《贈妓詩》取黃璞《閩川名士傳》②。"崔護"取孟啓《本事詩·情感第一》。《馮月華》取余知古《渚宮舊事》③。《趙嘏姬》取王定保《唐摭言》卷一五。《文宗詩》、《香兒》取蘇鶚《杜陽雜編》卷中、卷上等④。《韋檢姬》取盧瓌《抒情詩》（《廣記》卷二七九引）⑤。

　　《燕子樓》一篇，本《白氏長慶集》卷一五《燕子樓三首并序》，然情事頗異，文句亦不合。原序云徐州故張尚書有愛妓曰盻盻（按：《白香山詩集》、《全唐詩》卷四三八俱作盼盼），此則云張建封僕射節制武寧（徐州），納舞妓盼盼（按：《類說》本作盻盻，盻同盼），以張尚書誤爲張建封⑥。原序云司勳員外郎張仲素爲盼盼

---

① 《太平廣記》卷二七三引《唐闕史》，前半實出丁用晦《芝田録》（《紺珠集》卷一〇、《類說》卷一一有記）及《本事詩·高逸》，後半文字與今本頗異，疑取自他書。《類說》所節《湖州鬈髻女》及《漁隱叢話》所引，文句又有不同。

② 原書已佚，此見《廣記》卷二七四引。《全唐詩》卷四七三載孟簡《詠歐陽行周事并序》，序中亦叙歐陽詹、太原妓事，但無贈詩事。

③ 《姬侍類偶》卷上引，作馮月華，今本不載，蓋有闕佚。今本《宣室志》卷六誤輯此事（據《廣記》卷四〇一），亦作馮月華。《廣事類賦》等引《麗情集》誤作陰月華。

④ 《杜陽雜編》沈翹翹作沈阿翹，無翹翹出宮嫁秦誠及撰《憶秦郎》等事，亦不云薛瑤英又名香兒，疑《麗情集》兼採他書所記。《麗情集》作薛瓊英，當爲傳寫之異。《緑牕新話》卷下《薛瑤英香肌絶妙》，云薛瑤英又名香兒，注出《杜陽雜編》。《一見賞心編》卷四名妹類《薛瑤英》全同《新話》。

⑤ 《才鬼記》卷七引此篇，出處作《唐賢抒情集》、《麗情集》、《脞說》前集，《脞說》亦採入此事。

⑥ 陳振孫《白文公年譜》（《白香山詩集》附録）云："燕子樓事，世傳爲張建封。按：建封死在貞元十六年（800），且其官爲司空，非尚書也。尚書乃其子愔，《麗情集》誤以爲建封爾。此雖細事，亦可以正千載傳聞之謬。"據《新唐書》卷一五八《張愔傳》及《舊唐書》卷一四《憲宗紀上》，徐州節度使張建封卒後，張愔授爲留後，俄進武寧軍節度使，元和元年（806）被疾求代，召爲工部尚書，是年十二月卒，贈尚書右僕射。《白氏長慶集》卷一三有《感故張僕射諸妓》一詩，亦指張愔。

作《燕子樓》三首，白居易愛之，"因同其題，作三絶句"，序中未引録張詩。此則謂盼盼自作三詩，並引録三詩全文，白作三詩以和，又贈一絶"黄金不惜買蛾眉"云云，實即白詩《感故張僕射諸妓》，復又杜撰盼盼和詩一首。《唐詩紀事》卷七八《張建封妓》，首云"樂天有《和燕子樓詩》，其序云"，末注"出《長慶集》"，其實事實多同《麗情集》，末又稱盼盼得白詩後旬日不食而卒，但吟詩云"兒童不識沖天物，謾把青泥污雪毫"，當亦在《麗情集》中。①二者差異懸殊，非版本之異，北宋人喜摭拾唐事，而往往又自爲增飾，故疑此作乃宋人據白序改寫而成。

　　《蓮花妓》、《酥香》、《薛瓊瓊》、"真珠"、"粧鏡銘"五篇所出不詳。《蓮花妓》叙隱士陳陶與小妓蓮花作詩贈答，《片玉集》卷五《塞垣春》注引《麗情集·蓮花妓序》②，似原作爲《蓮花妓詩并序》。陳陶唐末人③，此作疑出唐末。《薛瓊瓊》爲唐明皇時事，疑亦出唐人書。"真珠"乃牛僧孺事，唐人《真珠叙録》等皆有記④。"粧鏡銘"云王衍愛幸州將妻嚴氏，賜以粧鏡，《池北偶談》卷一五《鳳州古鏡》引作天雄軍節度使王承休妻嚴氏，是也。《廣記》卷二四一引王仁裕《王氏聞見録》云："蜀後主王衍宦官王承休，後主以優笑狎暱見寵。妻（按：此字據朝鮮成任編《太平廣記詳節》卷一九引《王氏見聞》補）有美色，恒侍少主寢息，久而專房。"《資治通鑑》卷二七三後唐莊宗同光三年載："王承休妻嚴氏美，蜀主私焉。"疑此條當出五代或宋初人書。

---

① 《青泥蓮花記》卷四《張建封妾盼盼》，末注出處爲《白氏長慶集》及《麗情集》，首段大略本《類説》，白樂天序則全襲《唐詩紀事》。《一見賞心編》卷一一賢節類《盼盼女》乃又節自《青泥蓮花記》。

② 所引只八字："富辭豔色，風韻嫻雅。"《類説》本無。

③ 《唐詩紀事》卷六〇《陳陶》："陶唐末自稱布衣。"

④ 《真珠叙録》，《姬侍類偶》卷下引。《唐摭言》卷一〇、《唐詩紀事》卷五二又卷五五、劉軻《牛羊日曆》（《續談助》卷三）亦載真珠事。

可確考爲宋人作品者爲《愛愛》、《任生娶天上書仙》、《黃陵廟詩》、《酥香》四篇。《愛愛》即蘇舜欽《愛愛歌并序》，原作已佚，只存歌四句及序之部文，從詩序看作於景祐元年（1034）登第之後（參見《愛愛歌序》叙錄）。《任生娶天上書仙》即《書仙傳》，原文載於《青瑣高議》前集卷二，慶曆四年（1044）任信臣撰。又有無名氏《書仙歌》，當亦爲《麗情集》所採。（參見《書仙傳》叙錄）《黃陵廟詩》寫開寶中賈知微遇曾城夫人杜蘭香及舜二妃於巴陵，二妃誦李群玉《黃陵廟詩》，別時夫人贈賈秋雲羅帕覆定命丹。元人《異聞總錄》卷二亦載此事，文詳，然亦有刪節。原作者失考，事在宋太祖開寶中（968—976），其出北宋人手無疑。李群玉題詩黃陵廟，事見《雲谿友議》卷中《雲中夢》，謂李題詩後見娥皇女英二妃，相約二年後作雲雨之遊，二年後李逝於洪井。賈知微事不唯借其詩，實亦襲其事，而又援入女仙杜蘭香①。《酥香》寫杜秘書述《承過樂》一詞與酥香訣別，《承過樂》無此調，顯係《永遇樂》之形譌。康熙《御定詞譜》卷三二《永遇樂》云："此調有平韻仄韻兩體，仄韻者始自北宋《樂章集》。"柳永《樂章集》此調共兩闋。此事當出宋人。又者，《越娘因詩句動心》寫越娘吟詞，觀其調爲《西江月》②，亦似宋人所作。

作者選編前人作品，蓋皆標明原題及作者，觀《施註蘇詩》卷一二註引《麗情集·元微之崔徽傳》、《后山詩註》卷八註引《麗情集·顧況宜城放琴客詩序》、《山谷詩集注》卷九注引《麗情集·鶯鶯傳》可知也。大抵照錄原文，然亦或有增飾，如所載崔鶯鶯

---

① 杜蘭香見東晉曹毗《杜蘭香別傳》，原傳佚，《太平廣記》卷二七二引有《杜蘭香別傳》，《北堂書鈔》、《藝文類聚》、《太平御覽》等亦多有引用。

② 《御定詞譜》卷八《西江月》："此調始南唐歐陽炯。"

事，稱張生名張君瑞①，即爲原傳所無。

書中收有慶曆四年《書仙傳》，君房約卒於慶曆五年（1045），是則本書編於臨終前不久，乃君房小說集最後一部。王得臣《麈史》卷中云君房"年七十六仍著詩賦雜文，其子百藥嘗纂爲《慶曆集》三十卷"。其纂古今麗情事爲本書，乃出娛情遣興，而多又涉詩人詞女，顯然與其熱心於詩賦有關。本書選材較精，多爲著名作品，是故自問世後即引文人關注。兩宋詩人詞客多從中擷取材料，如北宋秦觀《調笑令》曾詠崔徽、灼灼、盼盼、無雙、鶯鶯（《全宋詞》第一册），毛滂《調笑》亦詠崔徽、泰娘、盼盼、灼灼、鶯鶯、苕子（即杜牧所遇湖州女）、張好好（《全宋詞》第二册）。蘇軾作《永遇樂》詞，注云"彭城夜宿燕子樓夢盼盼，因作此詞"（《東坡樂府》卷一）。曾敏行《獨醒雜志》卷三乃又附會出邏卒夜宿張建封廟，聞唱此詞之事。《唐詩紀事》常採本書資料，除盼盼事外，又採湖州女、蓮花妓、太原妓、趙㜜姬等事。

宋人小說亦受本書影響，如北宋龐覺《希夷先生傳》（《青瑣高議》前集卷七），中載陳摶謝宮女詩乃改寫蓮花妓贈陳陶詩②，無名氏《北窗志異》中《黃損》一篇，所叙薛瓊瓊即本本書。李獻民《雲齋廣錄》有《麗情新説》一門，乃仿本書書名，明人楊慎亦撰《麗情集》、《庌麗情集》各一卷。南宋皇都風月主人編《綠牕新話》，其中故事採自本書者頗多，而南宋小說話本亦有取材於本書者，《醉翁談錄》著錄話本名目，中有《燕子樓》、《愛愛詞》。《燕子樓》在煙粉類中，顯然寫到盼盼鬼魂，事有增飾。《警世通言》

① 《綠牕新話》卷七《張公子遇崔鶯鶯》稱張生爲張君瑞，未注出處，疑出《麗情集》。《野客叢書》卷二九《用張家故事》云："唐有張君瑞，遇崔氏女於蒲，崔小名鶯鶯。元稹與李紳語其事，作《鶯鶯歌》。"蓋亦本《麗情集》。
② 《漁隱叢話》後集卷六引《藝苑雌黃》述《麗情集》此事云："劉斧《青瑣》乃移其事於陳圖南，其詩但移數字而已。"

卷一〇《錢舍人題詩燕子樓》,前半據《麗情集》演關盼盼事,後半寫北宋中書舍人錢易(字希白)於燕子樓見關盼盼鬼魂,殆即本話本《燕子樓》也①。

明人稗編亦多採本書,《豔異編》卷二七妓女部取入《張建封妓》、《歐陽詹》、《杜牧》,《青泥蓮花記》卷四《記節》取入《太原伎》、《張建封妾盼盼》、《崔徽》,卷五取入《楊愛愛》。《一見賞心編》卷四名姝類取入《薛瑤英》、《紫雲妓》(杜牧)、《錚錚妓》(歐陽詹),卷一一賢節類取入《盼盼妓》、《玉京妓》。《情史》卷一情貞類取入《關盼盼》、《沈真真》,卷一三情憾類取入《杜牧》、《歐陽詹》、《李弄玉》(即《類說》本《三鄉題》)。《稗家粹編》卷三妓女部取入《盼盼守節》。《繡谷春容》禮集卷一《璣囊摭粹》取入《杜牧之湖州失約》、《李弄玉哀墳寫壁》、《盼盼燕子樓述懷》、《蓮花女呈陳處士》。《綠牕女史》卷一一妾婢部逸格門及《剪燈叢話》卷三據《唐詩紀事》取入《燕子樓傳》,而駕名宋王惲(參見附考《存目辨證》)。

元明清戲曲亦多演盼盼及薛瓊瓊事。前者有元戲文《許盼盼》(《九宮正始》,或題《燕子樓》)、元侯克中雜劇《關盼盼春風燕子樓》(曹本《錄鬼簿》)、明竹林逸士傳奇《燕子樓》(《遠山堂曲品·能品》)、清陳烺傳奇《燕子樓》(《玉獅堂十種曲》),葉奕苞雜劇《燕子樓》(《鋤經堂樂府》)。盼盼或姓關或姓許②,皆後人增飾。後者有金院本《月夜聞箏》(《南村輟耕錄》卷二五)、元戲文《崔懷寶》(《九宮正始》)、白樸雜劇《薛瓊瓊月夜銀箏怨》、鄭光祖雜劇《崔懷寶月夜聞箏》(並曹本《錄鬼簿》)。另有清陳棟《維揚夢》(《清人雜劇二集》)演張好好事。

---

① 按:錢易未嘗爲中書舍人,而官終翰林學士。説話人闇於史實,每隨意裝點。

② 《青泥蓮花記》卷四云"盼盼姓關氏",注"一云姓許",郎瑛《七修類稿》卷三六亦云"姓關,或曰許",皆本戲曲爲説。

芙蓉城傳

　　節存。北宋胡微之撰。傳奇文。一題《王子高傳》、《王子高芙蓉城傳》。

　　胡微之，身世不詳。

　　南宋王十朋集註《東坡先生詩集註》卷四載《芙蓉城并引》，作於元豐元年(1078)。引云："世傳王迥子高與仙人周瑤英游芙蓉城。元豐元年①三月，余始識子高，問之信然。乃作此詩，極其情而歸之正，亦變風止乎禮義之意也。"趙次公註云："按：胡微之作《王子高傳》，子高，虞部員外郎正路之次子，載其所遇周事甚詳。人用其傳爲《六么曲》。先生詩中稍涉其事，今略取之。"註中引《子高傳》五節。古香齋本《施註蘇詩》卷一四《芙蓉城》註云"胡微之作《王子高芙蓉城傳》"，凡引胡微之《芙蓉城傳》四節（按：原十一節），邵長蘅按云："《芙蓉城傳》，施氏注散入句下。王注錄之亦不詳。蘅未見全傳，又無他本可校，兹從施氏句注中掇拾出之，未免句字脱落，殘闕多有。而先生是詩大概采用其意，不可略也，乃附著之如此。"其註較前註爲詳。《綠牕新話》卷上《王子喬遇芙蓉仙》一篇，未注出處，即王子高事而譌作王子喬。王子喬，古傳仙人也。此文當節自胡傳，文雖簡略，然可補蘇詩註之闕。又明人鳩兹洛源子編《一見賞心編》卷六僊女類《芙

----

① 按：《東坡先生詩集註》譌作三年。任居事註云："時元豐元年戊午，先生
　　在徐州作。"《施註蘇詩》卷一四作元年。

蓉女》，所出不詳，文句亦多有可補者。《綠牎新話》、《一見賞心編》仙女作周瓊姬，與瑤英者異。宋人皆稱周瑤英，唯趙彥衛《雲麓漫鈔》卷一〇作周瓊姬。東坡親詢王子高，作瓊姬者必是誤傳。

今據以上四書，述其傳略云：王迥夜遇一女，自言周太尉女瑤英，於人間嗜欲未盡，緣以冥契，當侍巾幘。自是朝去夕至，凡百餘日。出藥與王服，又遺詩，云即預朝列。一夕夢周道服而至，領王遊其所居，見有美丈夫憑几。明日周來，王問所遊何地，曰芙蓉城，問憑几者誰，周不對。王感其事，作詩遺周。王父狀其事以奏帝，周別去，留詩云："久事屏幃不暫閑，今朝離意尚闌珊。臨行惟有相思淚，滴在羅衣一半斑。"

《施註蘇詩》卷二〇《生日王郎以詩見慶次其韻并寄茶二十一片》註云："胡微之《芙蓉城傳》，爲王迥子高作。子高遇仙人周瑤英事，見十四卷。王郎字子立，子高其兄也。"《東坡詩集註》卷一八同詩趙次公註："世傳王子立之兄子高，與仙人周瑤英遊芙蓉城，見先生本詩。"又《施註蘇詩》卷二七有《次韻王郎子立風雨有感》，施註略述王子立事跡。按施註本蘇軾《王子立墓誌銘》（《蘇文忠公全集・東坡後集》卷一八），墓誌云："子立諱適，趙郡臨城人也。始予爲徐州，子立爲州學生。知其賢而有文，喜怒不見，得喪若一，曰是有類子由者，故以其子妻之。與其弟遹子敏，皆從余於吳興，學道日進，東南之士稱之。……元祐四年（1089）冬，自京師將適濟南，未至卒于奉高之傳舍，蓋十月二十五日也，享年三十五。曾祖諱璘，贈中書令……祖礪，工部侍郎、知樞密院，贈太尉，諡忠穆。……考諱正路，比部郎中、知濮州，贈光禄大夫。……七年十一月五日，其兄蓫子開葬于臨城龍門鄉兩口村先塋之側。"[1]

---

[1]《東坡志林》卷一《憶王子立》亦記王子立、王子敏兄弟從學事。蘇轍《王子立秀才文集序》（《欒城集》後集卷二一）亦云："（子立）君大父諱礪，慶曆中樞密使……考諱正路，尚書比部郎中。"《欒城後集》卷二〇又有《祭王子敏奉議文》。

按王蘧即王迥,《雲麓漫鈔》云:"王迥字子高,族弟子立,爲蘇黄門壻,故兄弟皆從二蘇遊。子高後受學於荆公。舊有周瓊姬事,胡徽(按:當作微)之爲作傳,或用其傳作《六么》,東坡復作《芙蓉城詩》,以實其事。迥後改名蘧,字子開,宅在江陰。予嘗居江陰,常見其行狀,著受學荆公甚詳。"東坡作墓誌稱蘧爲適兄,趙彦衛則謂族兄,然《芙蓉城傳》稱子高乃王正路[1]次子,子立亦正路子,則爲胞兄無疑[2]。然則王正路四子:長不知名,次迥(蘧),三適,四通。王銍《默記》卷上云王迥父乃郎官王璐,疑璐字乃正路之譌。

據王宗稷《東坡先生年譜》(《蘇文忠公全集》),蘇軾熙寧十年(1077)知徐州,四月赴任,元豐二年(1079)三月移知湖州。元豐元年蘇軾在徐見子高,問世傳周瑶英事,知胡之《芙蓉城傳》已廣行於世。而《默記》卷上載:"世傳王迥遇女仙周瑶英事,或言非實,託寓而爲之爾。是誠不然。當斯時盛傳天下,禁中亦知。是時皇嗣屢夭。晏元獻(晏殊)爲相,一日遣人請召迥之父郎官王璐(正路)至私第,款密久之,王璐(正路)不測其意。忽問曰:'賢郎與神仙遊,其人名在帝所,果否?'王璐(正路)驚惶,不知所對。徐曰:'此子心疾,爲妖鬼所憑,爲家中之害,所不勝言。'晏曰:'無深諱。不知每與賢郎言未來之事,有驗否?'王璐(正路)對曰:'間有後驗,而未嘗問也。'晏曰:'此上旨也。上令殊呼郎中密託令似,以皇子屢夭,深軫上心,試于帝所問早晚之期,與後來皇子還得定否。'王璐(正路)曰:'不敢辭。'後數日,來云:'密言讔令小子問之,小子言:其人親到九天,見主典簿籍者,言聖上若以族從爲嗣,即聖祚綿久,未見誕育之期也。雖其言若此,願相公勿以爲信,以保家族。'晏公默然。其後聞所奏者,亦不敢盡

---

[1]《隆平集》卷七《參知政事》云王礦子政路,正字作政。
[2]《續資治通鑑長編》卷四七一鄭雍亦謂"蘧係右丞蘇轍壻,王適之兄"。

言。富鄭公（富弼）乃晏壻也，富公爲宰相，皇子猶未降，故與文
潞公（彥博）、劉承相（沆）、王文忠（堯臣）首進建儲之議，蓋本諸
此。"按晏殊慶曆二年（1042）七月自樞密使加平章事，四年九月
罷相（《宋史》卷一一《仁宗紀三》）。此間王迥假託某女子編造遇
仙奇聞，廣傳於世。時王、周正相交往，未有胡傳所敘二人離別
之事，則慶曆中尚未作傳，傳殆作於此後不久。

　　王迥遇仙，據《玉照新志》卷一云，"時方十八九"。自述豔遇
女仙，唐世風流才子如張文成者每喜言之。少年王迥忽發奇想，
編出遇仙謊言，不唯效唐人故伎以逞風流，而據宋人云，迥"趣操
猥下"①，則更有沽名釣譽、欺世惑人之心。乃父正路"狀其事以
奏帝"，父子沆瀣一氣，此欺君之罪，依律當斬，而竟使皇上宰相
深信不疑，將立嗣大事託於渺茫。仁宗史稱"仁恕"（《宋史》卷一
二《仁宗紀四》史臣贊），仁則仁矣，一何愚哉！遇仙奇談幾終王
迥之生，名聲大振。張耒《張右史文集》卷一〇有《王子開朝散早
年以疾病謝世還江陰求詩爲別三首》，其三末云："莫思芙蓉子，
丹田亂君心。"元豐元年王迥約已五十餘歲②，仍對蘇軾吹噓少
年時遇仙事，蘇軾聞而信之，爲作詩擴大宣傳。據稱王安石亦曾
作歌相和，葉夢得《避暑錄話》卷上云："世傳王迥芙蓉城鬼仙事，
或云無有，蓋託爲之者。迥字子高，蘇子瞻與迥姻家，爲作歌，人
遂以爲信。余澹清老云：王荆公嘗和子瞻歌，爲其兄紫芝誦之。
紫芝請書于紙，荆公曰：'此戲耳，不可以訓。'故不傳。猶記其首

────────

①《續資治通鑑長編》卷四七一。
② 慶曆二年至四年間王迥十八九，以慶曆四年（1044）十九歲計，到元豐元
　年（1078）已五十二歲。《玉照新志》云"子開大觀中猶在"，"年八十餘康
　強無疾"，到大觀元年（1107）恰八十餘歲。王迥長蘇軾（1037—1101）約
　十餘歲，《雲麓漫鈔》稱子高、子立兄弟從二蘇遊，實是子立、子敏兄弟。
　子高弟子立元祐四年（1089）卒，年三十五，元豐元年乃二十四歲。兄弟
　相差三十歲左右，或其弟子立、子敏乃庶出者。

語云：‘神仙出没藏杳冥，帝遣萬鬼驅六丁。’"①荆公所作和詩乃一時戲筆，固以爲妄説耳。夢得又記一事云："余在許昌，與韓宗武會。坐客有言宗武年二十餘時有所遇，如子高。是時年八十餘，余質之，宗武笑而不肯言。客誦其人往來詩數十篇，皆五字古風，清婉可愛，如《玉臺新詠》。宗武見余愛，乃笑曰：‘荆公亦嘗甚稱，云是近人，當是齊梁間鬼。’遂略道本末，云見之幾二年，無甚苦意，但恍惚，或食或不食。後國醫陳易簡教服蘇合香圓半年餘，一日忽不見，未知爲藥之驗否也。"韓宗武效子高故伎，亦編造鬼話欺世，且託荆公以重之，淺薄文人之心態盡見矣！而在金國亦有人效子高手段，杜撰遇仙，元好問《遺山先生文集》卷一一有詩，題《題省掾劉德潤家驂鸞圖，并爲同舍郎劉長卿記異，劉在方城先有碧簫之遇，如芙蓉城事云》。

子高故後，其子孫猶爲之張皇渲染。王明清《玉照新志》卷一載："王子高遇芙蓉仙人事，舉世皆知之。子高初名迥，後以傳其詞徧國中，於是改名蘧，字子開。與蘇、黃遊甚稔，見於尺牘，東坡先生又作《芙蓉城詩》，云決别之時，芙蓉授神丹一粒，告曰：‘無戚戚，後當偕老於澄江之上。’初所未喻。子開時方十八九，已而結婚向氏，十年而鰥居，年四十再娶江陰巨室之女，方二十矣。合巹之後，視其妻則情盼冶容，修短合度，與前所遇無纖毫之異。詢以前語，則惘然莫曉。而澄江，江陰之里名也，子開由是遂爲澄江人焉。服其丹，年八十餘，康强無疾。明清壬午歲（按：紹興三十二年，1162）從外舅帥淮西，子開之孫明之譓在幕府，相與遊從，每以見語如此。此事與《雲谿友議》玉簫事絶相類。子開趙州人，忠穆皷之孫，虞部員外郎正路之子。仕至中散

---

① 吳曾《能改齋漫録》卷一八《石曼卿丁度爲芙蓉城主》云："韓子蒼言：王荆公嘗和東坡此詩。而集不載。止記其兩句云：‘神仙出没藏杳冥，帝遣萬鬼驅六丁。’"所記同《避暑録話》。韓子蒼名駒，兩宋間人。

大夫,晚守濡須(按:指無爲軍),祠堂在焉。賀方回爲子開挽詩,詞云:‘我昔官房子,嘗聞忠穆賢。’又云:‘和璧終歸趙,干將不葬吳。’今乃印在秦少游集中。明之子即爲和寧也。少游没於元符末,子開大觀中猶在,其誤明矣。”所謂娶江陰女狀類周瑶英,純係謊言,而又飾其污行。《續資治通鑑長編》卷四七一元祐七年(1092)載:蘧初任通判,元祐五年因病背瘡乞致仕(按:時約六十五歲)。二年之後復乞從官,兩浙路轉運司因其爲“執政親戚”(按:時蘇轍爲尚書右丞),奏許再任,堂除知秀州。御史中丞鄭雍上言云:“蘧之爲人尤爲污下,常州江陰縣有媚婦,家富於財,不止巨萬。蘧利高貲,屈身爲贅壻。貪污至此,素爲士論所薄。”哲宗詔以蘧知無爲軍。無爲軍乃下州(《宋史》卷八八《地理志四》),地位遠較秀州爲低,朝廷處理可謂折中。將再娶之江陰富媚,誇飾爲周瑶英再世,蘧之污下亦甚矣!

　　《芙蓉城傳》未言芙蓉城主爲誰,但云“美丈夫”,“朝服憑几”。東坡詩首云:“芙蓉城中花冥冥,誰其主者石與丁。”石指石曼卿,丁指丁度。歐陽修《六一詩話》云:“曼卿卒後,其故人有見之者,云恍惚如夢中,言:‘我今爲鬼仙也,所主芙蓉城。’欲呼故人往遊,不得,忿然騎一素騾去如飛。其後又云降於亳州一舉子家,又呼舉子去,不得,因留詩一篇與之。余亦略記其一聯云:‘鶯聲不逐春光老,花影長隨日脚流。’神仙事怪不可知,其詩頗類曼卿平生,舉子不能道也。”文瑩《湘山野錄》卷上亦云:“石延年曼卿爲秘閣校理,性磊落,豪於詩酒。明道元年以疾卒。曼卿平生與友人張生尤善,死後數日,張生夢曼卿騎青驢引數蒼頭過生,謂生曰:‘我今已作鬼仙,召汝偕往。’生以母老,固辭久之。曼卿怒,登驢而去,顧生曰:‘汝太劣!吾召汝安得不從?今當命補之同行矣。’後數日,補之遂卒。補之乃范諷字。今儀真有碑石,序其事尤詳。”丁度事出於張師正《括異志》卷七《芙蓉觀主》:“慶曆中,有朝士冒辰赴起居,至通衢,見美婦三十餘人,靚妝麗服,兩兩並馬而行,若前導。俄見丁觀文度擁徒按轡,繼之而去。朝士驚曰:'丁素儉約,何姬侍之衆多邪?'有一人最後行,朝士問曰:'觀文洎宅眷將游何處?'對曰:'非也。諸女御迎芙蓉館主耳。'時丁已在告,頃之聞丁卒。"①

　　按歐陽修《石校理曼卿墓表》(《名臣碑傳琬琰集》中集卷三六)云:"年四十八,康定二年(1041)二月四日以太子中允、秘閣校理卒于京師。"②《湘山野録》云明道元年(1032)卒,誤。孫抃《丁文簡公度崇儒之碑》(《琬琰集》上集卷三)云:"皇祐五年(1053)正月庚戌,觀文殿學士、翰林侍讀學士、行尚書右稱丁公薨於京師。"《括異志》稱慶曆中卒,誤。丁度後卒,故疑《芙蓉城傳》所寫芙蓉城美丈夫蓋指石曼卿,且曼卿卒時纔年四十八,猶可得稱"美丈夫",至丁度卒時年六十四,皤然老翁矣。東坡詩"誰其主者石與丁",當爲修飾之詞,援入後起之丁度事。

　　王子高遇仙"舉世皆知之",遂被播入樂章,趙次公、趙彦衛皆言《六么曲》歌其事,趙次公註《芙蓉城》引有《六么曲》"夢中共跨青鸞翼"、"一簇樓臺"二句。朱彧《萍洲可談》卷一云:"朝士王迴,美姿容,有才思。少年時不甚持重,間爲狹邪輩所誣,播入樂府,今《六幺》所歌'奇俊王家郎'者,乃迴也。元豐中,蔡持正舉之可任監司,神宗忽云:'此乃奇俊王家郎乎?'持正叩頭謝罪。"張舜民《畫墁録》云:"或薦王迴於荊公,介甫唯唯,既而曰:'奈奇俊何!'客不喻,或哂曰:'此介甫諧也。'王迴字子高,有遇仙事,《六麼(么)》云'奇俊王家郎'也。"《宋朝事實類苑》卷六五引《魏王語録》載:"公在政府,蜀人蘇軾往見公,公因問軾云:'近有人

---

① 趙與時《賓退録》卷六亦略載石、丁事。
② 李獻民《雲齋廣録》卷一《石曼卿》:"石延年,字曼卿,康定三年以殿中丞卒于京師。"時間誤,且康定亦無三年,康定二年十一月改元慶曆。

來薦王迥,其爲人如何?學士相識否?'軾云:'爲人奇俊。'公不諭軾意。後數日公宴,出家妓,有歌新曲《六幺》者,公方悟軾之言。蓋歌有'奇俊王家郎'也。既而公語諸子云:'蘇軾學士文學過人,然豈享大福德人也!'"①上三書傳聞異辭,然云《六幺》有"奇俊王家郎"語則一,知神宗元豐(1078—1085)前《六幺》已廣傳於世。《六幺》本唐琵琶曲名,一名《綠腰》,一名《樂世》,一名《錄要》,王灼《碧雞漫志》卷三有考。此《六幺》則爲宋雜劇,《武林舊事》卷一〇載官本雜劇段數中有《王子高六幺》一本,即此。元豐中神宗已聞其曲,其出乃更早於此。

　　《九宮正始》引元傳奇《王子高》,則又演爲戲文,此戲尚存殘曲,錢南揚《宋元戲文輯佚》輯入八支。又《傳奇彙考標目》別本著錄元人施惠《芙蓉城》一本,亦爲戲文。《雍熙樂府》卷一三載無名氏曲《禿廝兒》中云:"謝瓊姬不嫌王子高,同跨鳳,宴蟠桃,吹簫。"易周瑤英爲謝瓊姬,當是據俗間戲曲。《南村輟耕錄》卷二五《院本名目》著錄金院本,中有《鬧芙蓉城》,蓋亦王子高事。明初瞿佑《剪燈新話》卷二《渭塘奇遇記》,敘至順中王生與渭塘酒肆女夢合②,中云衆以"奇俊王家郎"稱王生,顯見說本《王子高六幺》。至清世,猶有龍燮作雜劇《芙蓉城》(《龍改庵二種曲》)。明田汝成《西湖遊覽志餘》卷一五《方外玄蹤》略載王子高、周瑤英事,又全錄東坡歌,末稱:"子高故居,後爲錢唐尉司,

---

① 魏王即趙頵,英宗第四子。元祐三年(1088)七月薨,年三十三。贈太師、尚書令、荆徐二州牧、魏王,謚端獻。徽宗改封益王。頵端重明粹,少好學,長博通群書。見《宋史》卷二四六《宗室三·益王頵》。《魏王語錄》稱蘇軾爲學士,蘇軾元祐元年至四年(1086—1089)爲翰林學士。見王宗稷《東坡先生年譜》。

② 明無名氏雜劇《王文秀渭塘奇遇記》(《孤本元明雜劇》)、葉憲祖《渭塘夢》雜劇(存萬曆刊本)、元元壽《異夢記》傳奇(《古本戲曲叢刊二集》),皆演此事,而設王文秀、王仲麟、王奇俊與盧玉香、賈姝子、顧雲容之名。

而北郭税務側，有片石，周益公題曰'奇俊'，相傳爲王子高石也。"以王子高爲錢唐人，附會出故居及周必大所題王子高石，必以增杭州之色，真好事之甚！子高一污下之人，假神仙以自重，竊名取譽，竟至數百年滔滔於人口，天下之人盡入其彀矣。

女仙傳

佚。北宋闕名撰。傳奇文。

《詩話總龜》前集卷四七奇怪門下云："太子中允王綸，祥符中登進士第。有女子年十八歲，一日晝寢中忽魘聲，其父與家人亟往問之，已起，謂父曰：'與汝有洞天之緣，降人間四百年矣，今又會此。'自是謂父曰清非生，自稱曰燕華君。初不識字，忽善三十六體大篆，皆世所未識。每與清非生唱和，及百餘篇。有《送人詩》云：'南去過瀟湘，休問屈氏狂。而今聖天子，不是楚懷王。'又《贈清非生》末句云：'白有燕華無限景，清非何事戀東宮？'又《雪詩》云：'何事月娥期不在，亂飛端（按：《中山詩話》作瑞，是也）葉落人間？'說與人云：'天上端（瑞）木，開花六出。'《贈清非生》云：'君爲秋桐，我爲春風。春風會使秋桐變，秋桐不識春風面。'《題金山》云：'濤頭風滾雪，山腳石蟠虬。'又詩云：'落筆非俗子，鼓吹皆天聲。豈俟耳目既，慰子燕華情。'蔣穎叔以楷字釋之，刻於石。後嫁爲呂氏妻。既嫁，則懵然不復能詩。康定間進篆字二十四軸，仁宗嘉之。有《女仙傳》行於時。"

《詩總》引此條未著出處，《才鬼記》卷一五《燕華君》，文同，末注出《唐宋遺史》。按《唐宋遺史》詹玠作（參見該書叙録），《紺珠集》卷五摘此書，《清非生》一條即此，頗略。梅鼎祚蓋據《紺珠集》而注出處，非所見《詩總》有此注也。《錦繡萬花谷》前集卷三九引《雍洛舊聞·清非生》云："祥符中，王綸有女晝寐魘聲，家人往視問之，謂父曰'清非生'。初不識字，忽善三十六體天篆。又與父唱和。後嫁,復懵然不復能詩."雖删節過簡,然與《詩總》相較甚合。《詩總》前之《集一百家詩話總目》中有《雍洛靈異記》,《雍洛舊聞》蓋即《雍洛靈異記》[1],則此條引自《雍洛靈異記》,出處脱耳。《雍洛靈異記》所記疑本《唐宋遺史》。《萬花谷》所引蓋據《詩總》,引文過簡,將"祥符中王綸登進士第"與"有女晝寢魘"縮爲一句,遂生紀時之誤。

《女仙傳》未言何人作,但言爲仁宗時事,時王綸官太子中允。王綸,仕履不詳,《宋史》卷三七二《王綸傳》,乃南宋人,同名耳。考沈括《夢溪筆談》卷二一《異事》云:"舊俗,正月望夜迎廁神,謂之紫姑。亦不必正月,常時皆可召。予少時見小兒輩等,閑則召之以爲嬉笑。親戚閒曾有召之而不肯去者,兩見有此,自後遂不敢召。景祐中,太常博士王綸家,因迎紫姑,有神降其閨女,自稱上帝後宫諸女。能文章,頗清麗,今謂之《女仙集》,行於世。其書有數體,甚有筆力,然皆非世閒篆隸,其名有藻牋篆、茁金篆十餘名。綸與先君有舊,予與其子弟遊,親見其筆跡。其家亦時見其形,但自腰以上見之,乃好女子,其下常爲雲氣所擁。善鼓箏,音調淒惋,聽者忘倦。嘗謂其女曰:'能乘雲與我遊乎?'女子許之。乃自其庭中涌白雲如蒸,女子踐之,雲不能載。神曰:'汝履下有穢土,可去履而登.'女子乃韤而登,如履繪絮,冉冉至屋復下。曰:'汝未可往,更期異日.'後女子嫁,其神乃不至,其家了無禍福。爲之記傳者甚詳。此予目見者,粗志於此。

---

[1]《詩總》書中又引作《二京靈異小録》(卷一八)、《雍洛靈異小録》(周本淳校點本卷三八)。《海録碎事》卷一六、《古今事文類聚》前集卷七、《古今合璧事類備要》前集卷一五亦引作《雍洛靈異小録》。此書不見著録,撰人不詳。考《詩總》前集卷三九引云"王伸知永州",據《宋詩紀事補遺》卷二二,王伸蜀人,家長安,熙寧中爲岐山宰,紹聖中知永州,則當爲徽宗時人所撰。《雍洛靈異記》所記乃雜事。

近歲迎紫姑仙者極多，大率多能文章歌詩，有極工者，予屢見之，多自稱蓬萊謫仙，醫卜無所不能，棊與國手爲敵。然其靈異顯著，無如王綸家者。"詳沈括所記，與《詩總》不同，故"爲之記傳者甚詳"，未必即《女仙傳》。據沈括所記，王綸景祐中（1034—1038）官太常博士。太常博士與太子中允皆爲宋前期階官名，依唐制，太子中允正五品下，太常博士從七品上。① 綸官太子中允當在景祐後。《詩總》云康定間（1040—1041）進篆字二十四軸，則官太子中允在康定間。是則傳作於康定以後，英宗治平四年（1064）詹玠作《唐宋遺史》以前，蓋慶曆至嘉祐間作品也。其時胡微之撰《芙蓉城傳》，所謂王子高遇仙女周瑤英，沸沸揚揚，人所盡知。王綸復造此怪説欺世惑衆，而無名子亦爲之張揚，遂成仁宗時兩宗遇仙鬧劇。真宗惑溺道教，而宋人又極信箕仙之説，王綸之假託燕華仙，王迥之虛造周瑤英，皆利用世人之迷信心理售其奸，而以沈括之卓識，亦竟深信不疑，可不悲哉！

　　劉攽《中山詩話》亦載此事，文云："海陵人王綸女，輒爲神所憑，自稱仙人。字善，數品形製不相犯。吟《雪詩》云：'何事月娥欺不在，亂飄瑞葉落人間？'説云天上有瑞木，開花六出。他詩句詞意飄逸，類非世俗可較。《題金山》云：'濤頭風捲雪，山脚石蟠虯。'常謂綸爲清非孺子，不曉其義，亦有詩贈曰：'君爲秋桐，我爲春風。春風會使秋桐變，秋桐不識春風面。'居數歲，神舍女去，懵然無知，嫁爲廣陵呂氏妻。"蓋據此傳或《唐宋遺史》。北宋章炳文《搜神祕覽》卷下引黃裳《燕華仙傳》，所記與此多不同，則爲自記所聞（參見該傳叙録）。洎南宋，王明清《玉照新志》卷四記云："王綸字子霞，其家嘗有神降，自稱西華寶懿夫人。年二十餘，絕代之容也，其形或隱或現。有二詩以遺子霞，今録於左。（略）字畫尤佳，今尚藏子霞所。雖置在李太白詩中，誰復疑其非

① 見龔延明《宋代官制辭典》，北京：中華書局，1997，第 31、274 頁。

耶?"乃又移北宋王綸爲南宋王綸①,而燕華君亦變爲西華寶懿夫人。以其詩藏於王綸家觀之,固乃王綸本人捏造。竊同名者之風流爲己有,其猥又在北宋王綸之下矣。

①《宋史》卷三七二《王綸傳》載:王綸字德言,建康人。紹興五年(1135)進士。官至同知樞密院事、資政殿大學士。紹興三十一年卒,謐章敏。王明清《玉照新志》作於慶元四年(1198),其時王綸已卒三十多年,不得謂"今尚藏子霞所",且字亦不合,是故字子霞之王綸與《宋史》之王綸絶非一人。

流紅記

存。北宋張實撰。傳奇文。

張實，或作碩(詳下)，字子京。開封府祥符縣(今河南開封市)魏陵鄉①人。皇祐中官大理寺丞②。

劉斧《青瑣高議》前集卷五載《流紅記》，題魏陵張實子京撰。《緑牎新話》卷上節録此記，題《韓夫人題葉成親》，末注"張碩《流紅記》"。按：碩，京，大也，疑作碩是③，然爲孤證，尚難遽斷。

此記大意是：唐僖宗時，儒士于祐④於御溝得一禁内漂出紅

---

① 《流紅記》題魏陵張實子京撰。按：《紹興十八年同年小録》："范仲較，開封府祥符縣魏陵鄉善利坊"。明李濂《汴京遺蹟志》卷二四："梁國楊文懿公之墓，在大梁祥符縣魏陵鄉伯俞村。"又卷一七歐陽修《集賢院學士劉公墓誌銘》："葬公於祥符縣魏陵鄉，祔于先墓。"魏陵者疑指魏陵鄉。程毅中《宋元小説研究》云："魏陵，疑指古魏郡，在今河南臨漳縣。曹操墳在此，或可稱魏陵。"南京：江蘇古籍出版社，1998，第74頁。《青瑣高議》前集卷三《瓊奴記》云"清河張氏"，清河乃張氏郡望。

② 《青瑣高議》前集卷三《瓊奴記》云：王瓊奴年十三，父爲淮南憲。嘉祐初父喪母死。幼年許嫁大理寺丞張實子定問(訂婚)，張以其孤貧而絶之。歲餘嫁趙奉常，時年十八。按：張實爲大理寺丞，約在皇祐中。

③ 《東坡集》卷三二《靈璧張氏園亭記》張氏之子張碩，乃靈璧(今屬安徽)人。胡宿《文恭集》卷一七《張碩可加都騎尉制》，乃仁宗時武官。與本篇作者非一人。

④ 明嘉靖伯玉翁舊鈔本《類説》卷四○《青瑣高議·流紅記》作"舉子崔祐"。按：崔祐，其人不詳。

葉,上題一絶云:"流水何太急,深宫盡日閑。殷勤謝紅葉,好去
到人間。"①祐喜句意新美,藏於書笥,以爲必宫中美人所作。後
亦在紅葉上題詩二句云:"曾聞葉上題紅怨,葉上題詩寄阿誰?"
置御溝流水中。有好事者贈之詩曰:"君恩不禁東流水,流出宫
情是此溝。"祐累舉不捷,依河中貴人韓泳。久之有韓夫人出自
禁庭,來居韓舍,祐聘之。既而韓氏於書笥中見紅葉,驚而詢之,
祐以實告。韓氏亦出紅葉,正祐之所題。夫妻相對感泣,歎爲前
定。韓氏云初得葉時有詩"獨步天溝岸"云云,出以示祐。後僖
宗幸蜀,祐爲前導,韓以舊宫人亦見帝。帝還西都,以祐爲神策
軍虞候。韓生五子三女,終身爲命婦。宰相張濬作詩贊其事,末
云:"兹事自古無,可以傳千古。"

　　按宰相張濬兩《唐書》有傳,于祐(或崔祐)、韓泳、韓夫人殆
爲虚構。題葉故事唐人書載已有五。最早者爲晚唐陸龜蒙《小
名録》載賈全虚事②,《姬侍類偶》卷下《鳳兒題葉》引云:貞元年,
進士賈全虚黜於春官,臨御溝見一花流於前,葉上有詩曰:"一入
深宫裏,無由得見春。題詩片葉上,寄與接流人。"全虚得之,悲
想其人,街吏疑之,白金吾,奏其實。德宗感動,訪知乃翠筠宫奉
恩院王才人養女鳳兒所爲。遂授全虚金吾衛兵曹,以鳳兒賜之。
王銍《補侍兒小名録》亦引之,但缺出處。賈全虚者觀其名乃屬
虚構,此唐人慣技。其事與下文之顧、盧事相類,同出一源。

---

① 清鈔本《青瑣高議》無前二句,《紺珠集》卷一一、《類説》卷四六節本、《緑
　牕新話》卷上同。按:韓氏詩云"斷腸一聯詩","一聯佳句題流水",且于
　祐所題紅葉及好事者所贈詩皆爲二句,是則原文唯後二句,前二句殆淺
　人據《雲谿友議》卷下《題紅怨》盧渥事妄添。參見余輯校《宋代傳奇
　集》,北京:中華書局,2001,第153頁。
② 陸龜蒙《小名録》,《新唐志》雜傳記類著録五卷,《宋志》小説類同。今存
　只二卷,《四庫全書總目》卷一三五謂"殆非完書"。今本無賈全虚事。
　陸龜蒙,懿、僖間人,中和初(881)卒,見《唐詩紀事》卷六四。

次爲約中和間（881—885）范攄撰《雲谿友議》①卷下《題紅怨》，所記凡二，一爲顧況事，謂明皇時宮娥書落葉云：“舊寵悲秋扇，新恩寄早春。聊題一片葉，將寄接流人。”隨御水流出。顧況著作聞而和之。既達宸聰，遣出禁內者不少。顧和詩曰：“愁見鶯啼柳絮飛，上陽宮女斷腸時。君恩不禁東流水，葉上題詩寄與誰？”《流紅記》于祐所題紅葉二句及好事者所贈詩二句，即翻自顧詩。一爲盧渥事：“盧渥舍人應舉之歲，偶臨御溝，見一紅葉，命僕拏來，葉上乃有一絕句。置於巾箱，或呈於同志。及宣宗既省宮人，初下詔，許從百官司吏，獨不許貢舉人。後亦一任范陽，獲其退宮。覩紅葉而吁怨久之，曰：‘當時偶題隨流，不謂郎君收藏巾篋。’驗其書，無不訝焉。詩曰：‘水流何太急，深宮盡日閒。慇懃謝紅葉，好去到人間。’”

嗣後光啓二年（886）孟啓撰《本事詩·情感》亦載顧況事，視《雲谿友議》又有增飾。顧所得乃大梧葉，題詩云：“一入深宮裏，年年不見春。聊題一片葉，寄與有情人。”詩句與陸、范所載互有異同，至於顧況和詩則與范書無甚異。又云後十餘日有客又於葉上得詩“一葉題詩出禁城”云云，以示顧。事本傳聞，自多異

---

① 《雲谿友議》三卷，今存。《新唐志》小說家類注：“咸通時，自稱五雲溪人。”考卷下《江客仁》云：“乾符己丑歲客于雪川。”《四庫全書總目提要》謂：“乾符元年爲甲午，六年爲己亥，次年庚子，改元廣明，中間無己丑，己丑實爲咸通十年。疑書中或誤咸通爲乾符，否則誤己亥爲己丑。”己亥爲乾符六年（879）。《唐詩紀事》卷五《李彙征》引范攄語，作乾符辛丑，而乾符亦無辛丑，辛丑乃中和元年（881）。余嘉錫《四庫提要辨證》卷一七謂其誤不在年號，而在干支，說是，當爲乾符己亥。卷中《彰術士》又云：“楊損尚書三十年來兩爲給事，再任京尹，防禦三峰、青州節使。”楊損兩度出任京兆尹，據郁賢皓《唐刺史考全編》，首次在乾符元年，二次在中和元年、二年間。防禦三峰指任陝虢觀察使，時在乾符四年至五年。爲淄青節度使約在乾符五、六年。是則書成約在中和中。

辭。南宋嚴有翼《藝苑雌黃》曾引述《名賢詩話》所載顧、盧二事而云：“《青瑣》乃互竄二事，合爲一傳，曰《流紅記》，仍託他人姓名。”（《苕溪漁隱叢話》後集卷一六引）以爲此記爲劉斧所作而託之張實，説非，然以爲本乎顧、盧事則誠是。觀其叙事，主要據盧事敷演，紅葉詩全同。顧況事因無紅葉爲媒而有情人結合之傳奇性結局，故爲張實所不取，但襲改顧詩而已。

此外，荆南孫光憲《北夢瑣言》卷九引唐末劉山甫《金溪閑談》載進士李茵事，《太平廣記》卷三五四引文稍詳，前云：“進士李茵，襄州人。嘗遊苑中，見紅葉自御溝流出，上題詩云：‘流水何太急，深宫盡日閑。殷勤謝紅葉，好去到人間。’茵收貯書囊。後僖宗幸蜀，茵奔竄南山民家。見一宫娥，自云宫中侍書，名雲芳子，有才思。茵與之款接，因見紅葉，歎曰：‘此妾所題也。’同行詣蜀，具述宫中之事。”下載二人到綿州，雲芳子被内官認出，逼令上馬共去。雲芳子自經，其魂追及李茵，數年别去。結局乃悲劇，前半則因襲盧渥事。李茵事在僖宗時，且夫妻同行詣蜀，《流紅記》亦復如此，是故恐又揉入《金溪閑談》之事。

與此類似者猶有後蜀金利用《玉溪編事》侯繼圖事（《廣記》卷一六〇引），云侯倚檻於大慈寺樓，秋風中木葉墜落，上有詩“拭翠斂雙蛾”云云十句，貯於中篋。五六年後娶任氏，嘗念此詩，任氏稱是其當年在左綿作詩書於葉上。上述六事，除侯繼圖事外，明顯有互相因襲之跡。故南宋羅泌《路史發揮》卷六《關龍逢》中議云：“乃若爛柯、流紅、燕女等事，説各不一。大抵文人説士，喜相傲撰，以悦流俗，飽食終日，無所用心，以描前摸古，甘隨人口，而不自病其妄也。”羅苹注云：“流紅事乃盧渥，見《雲溪友議》及《本事詩》。及張子京記爲于祐，《北夢瑣言》則以爲李茵遇鬼雲芳子，詐作宫嬪。”託名北宋龐元英之《談藪》（《説郛》卷三一）亦云：“唐小説記紅葉詩凡四：一《本事詩》……其二《雲溪友議》……其三《北夢瑣言》……其四《玉溪

編事》……余意前三則本只一事，而傳記者各異耳。劉斧《青
瑣》中有《流紅記》，最爲鄙妄，蓋竊取前説而易其名爲于祐云。
本朝詞人罕用此事，惟周清真樂府兩用之。《掃花遊》云：'隨流
去，想一葉怨題，今到何處。'《六醜・詠落花》云：'飄流處、莫趁
潮汐。恐斷紅上有相思字，何由見得。'脱胎換骨之妙極矣。"①
平心而論，張實此記雖襲用唐人舊説，然稱其"最爲鄙妄"實不公
允，諸記中此記最佳。幽閉深宮中宮女之幽思怨情得以强化，
"十載幽思滿素懷"借助於"紅葉良媒"而得以實現夙願。劉斧議
曰："流水，無情也；紅葉，無情也。以無情寓無情，而求有情，終
爲有情者得之，復與有情者合，信前世所未聞也。"著眼於情，得
其實矣。此作文字流暢樸素，不假雕琢，間有景物描寫，筆墨清
俊。唯"兒女滿眼前，青紫盈門户"之結局落入俗套，相形之下，
雲芳子之悲劇則殊稱深刻。且作品流露出前定思想，劉斧"天理
可合"的議論即就此而發也。

　　《剪燈叢話》卷一採入此記，題魏陵張實，文同明張夢錫刊本
《青瑣高議》。《情史》卷一二情媒類《于祐》節自本篇，又載顧、
盧、李三事，唯不及賈全虛。元明戲曲獨演于祐事。《録鬼簿》卷
上著録白樸雜劇《流紅葉》，題目正名爲"于祐之金溝送情詩，韓
翠顰御水流紅葉"，曹本《録鬼簿》作韓翠蘋。原劇佚，《太和正音
譜》引第三折《柳青娘》、《酒旗兒》二曲。詳《酒旗兒》之曲，似得
韓後有負情之事。又曹本《録鬼簿》及《太和正音譜》著録李文蔚
雜劇《金水題紅怨》（賈本《録鬼簿》作《題紅怨》），亦佚。明王驥
德作傳奇《題紅記》（《古本戲曲叢刊二集》），題目爲"唐天子開籠
放鳳，韓平章得婿乘龍，翠屏女怨題淥水，于狀元媒倩丹楓"，多
有增飾。祝長生有《紅葉記》傳奇，一題《題紅記》，著録於《曲

① 明徐應秋《玉芝堂談薈》卷六《御溝題葉》云"御溝題葉事凡六見"，爲顧
　況、于祐、盧渥、賈全虛、李茵、侯繼圖。

品》、《新傳奇品》、《今樂考證》等，今存殘曲，關目增飾，去本事愈遠。① 又明末清初李長祚亦有同名傳奇，著録於《傳奇彙考標目》别本第四十九，佚。

① 詳見莊一拂《古典戲曲存目彙考》卷九，上海古籍出版社，1982，中册，第894—895 頁。

張佛子傳

存。北宋王拱辰撰。傳奇文。

王拱辰（1012—1085），原名拱壽，字君貺。開封咸平（今河南開封市通許縣）人。天聖八年（1030）狀元及第，仁宗賜今名。通判懷州，改潁州。景祐二年（1035）改祕書省著作郎、直集賢院。歷三司鹽鐵判官、修起居注、右正言。寶元二年（1039）知制誥，使契丹，明年判太常禮院。慶曆元年（1041）充益梓路體量安撫使，拜翰林學士，二年轉起居舍人、知開封府，明年以諫議大夫拜御史中丞。六年復拜翰林學士，兼龍圖閣學士、權三司使，改侍讀學士、知鄭州，七年移澶州。八年拜禮部侍郎，充高陽關路安撫使、知瀛州。皇祐元年（1049）復兩學士，爲永興路都部署兼安撫使、知永興軍，改河南府兼西京留守，轉戶部侍郎、河東安撫使、知并州。四年還知審官院，充翰林學士承旨兼侍讀、判太常寺。至和元年（1054）拜三司使，出使契丹。還除宣徽北院使，罷爲端明殿學士、知永興軍。嘉祐中移知秦州、河南府、定州。八年四月英宗即位，拜兵部尚書。治平二年（1065）知大名府、兼北京留守。四年正月神宗即位，遷太子少保。熙寧元年（1068）召還，再任宣徽北院使。王安石爲參知政事，拱辰反對新政，出判應天、河陽二府，八年召爲中太一宮使。元豐元年（1078）爲南院宣徽使、西太一宮使，歸居洛陽。三年再守北京，六年拜武安軍節度使。八年三月哲宗即位，拜彰德軍節度使，加檢校太師。是年卒，年七十四，贈開府儀同三司，謚懿恪。著《平蠻雜議》十卷。

事跡具見劉敞《公是集》卷五一《王開府行狀》、《名臣碑傳琬琰集》下集卷二〇《王懿恪公拱辰傳》、《東都事略》卷七四、《宋史》卷三一八本傳及《宋志》兵書類。

《古今事文類聚》別集卷三二人事部《陰報·雜著》載有王拱辰《張佛子傳》①。傳前叙作傳緣由云:"予少之時,聞都下有張佛子者,惜其未之見也,又慮好事者之偏辭也。逮予之職御史,得門下給事張亨者,始未之奇。明年,於直舍廼聞其徒相與語,始知亨乃張佛子之子。予因詰其詳於亨,亨遂書其本末。聞而驚且歎曰:'是其後必昌乎!'輒以亨之言紀其實,以垂鑒將來。"正文長七百餘字,略云:張佛子名慶,京師人。淳化元年(990)生,三歲而父母亡,養於外戚趙氏,因襲姓趙。復養於右軍巡院吏郭榮。大中祥符三年(1010)郭氏告老,慶補其闕,爲司獄。奉佛好善,囚徒多受其恩。景祐五年(1038)其妻袁氏染疾卒,三日復生,云至地獄,見白衣觀音謂曰:"汝夫陰功甚多,子孫當有興者。"遂更生。自是袁氏常事白衣觀音,精慮必有感應,里巷人謂獲陰報。袁氏更生之明年生亨,時慶四十九。亨生三日有道士來,言子孫有文學者相繼而出。慶年八十二,無疾而終。傳末云:"予以亨乃得其實,於是知慶之後必大。皇祐六年(1054)以宣徽出守太原,因用門下給使恩例,乃以亨之年勞丐諸朝廷,補授亨三班借職。今亨乃生六子,戒之曰:'當令讀書無怠。'乃誡:'旋顧爾考之餘澤,當有所授矣。'"末署"至和元年(按:皇祐六年三月改元至和)六月太原王拱辰撰"。按:慶曆三年拱辰拜御史中丞,此即傳文謂"職御史",明年聞張佛子事,慶曆四年也。至作傳則遲在至和元年(1054)六月,已在十年之後。至和元年六月,拱辰時爲翰林學士承旨兼侍讀。據《續資治通鑑長編》卷一

---

① 《古今合璧事類備要》續集卷五六報應門引鄧拱辰《張佛子傳》,鄧字譌,文同《事文類聚》。

七七,是年九月爲三司使、吏部侍郎,爲回謝契丹使。

《事文類聚》又載錢塘虞策《書張佛子傳後》,乃應張亨長子張洪之求,作於崇寧二年(1103),記張慶一子六孫二曾孫獲功名事。文云:"元祐末年,予罷給事中,蒙恩除龍圖閣待制,出守青社。有張洪者,因余校閱後圃出宣徽(按:指宣徽北院使王拱辰)所撰佛子文,予因詰洪曰:'張佛子非爾族乎?'洪曰:'乃祖父也。'曰:'爾考非亨乎?'洪曰:'然。元祐二年以左藏庫副使終於家。''所謂六子者,爾預之乎?'曰:'洪其長也。'又詰其季,曰鍔,曰鏄,曰鐸,三弟也,於元豐五年同登黃裳榜;曰鎬,曰銳,並預薦開封。然後信宣徽王公爲知人。崇寧元年,予自高陽詣闕,明年,試戶部侍郎,辟洪爲檢討文字官。是歲,洪之子公裕、公庠,亦同登於霍端友榜。京師士大夫,無不相傳爲盛事。信乎天之祐善人也,如影響之速。今洪又出宣徽所撰文,求予爲後傳,因勉從其善應之,實以成前事之美云。張佛子今贈左司禦率府帥,袁氏贈原德太君,乃亨之贈也。"虞策,《宋史》卷三五五有傳。字經臣,杭州錢塘人,徽宗時官至龍圖閣學士。王柏《魯齋集》卷八有《挽張佛子》一詩。王柏,傳見《宋史》卷四三八《儒林傳》。

南宋袁褧《楓窗小牘》卷下及元人葉留《爲政善報事類》卷五引《影響錄》亦載張佛子事,末涉及《書張佛子傳後》事。明仁孝皇后徐氏《勸善書》卷一一採入此事,大同《事文類聚》,略有删節,然有增飾語句。李濂《汴京勼異記》卷八《陰德》節錄此傳,末注"宋王拱辰撰《張佛子傳》節略",末亦及虞策所書事。《千頃堂書目》類書類著録《古今彙説》六十卷,其卷一一有《張佛子傳》,題王拱辰,是則曾又收入《古今彙説》。事乃陰報之説,本不足取,然古人頗重陰功求報,故亦竟傳世焉。

希夷先生傳

存。北宋龐覺撰。傳奇文。

龐覺，字從道。滑州胙城縣（今河南新鄉市延津縣東北）人。

《青瑣高議》前集卷八載《希夷先生傳》一篇，題下注"謝真宗召赴闕表"，題南燕①龐覺從道撰。《重編説郛》弓一一三據明張夢錫刊本取入。傳中云"本朝真宗皇帝聞之"，稱真宗廟號，殆作於仁宗時。所記爲宋初陳摶事。謂陳摶字圖南，生於唐德宗時，少年學道，僖宗封爲清虛處士。五代時遊華山。宋真宗聞而宣召不至。與華陰尉王睦善，贈仙藥。華山有先生宮觀，至今存焉。

按陳摶《宋史》卷四五七《隱逸傳上》有傳。後唐長興中（930—933）舉進士不第，太宗端拱二年（989）卒。此謂唐德宗時生而宋真宗時猶在②，至少已二百餘歲，顯係道教誇大之辭。陳摶乃五代宋初著名道士，世以爲神仙。《宋人軼事彙編》卷五引《群談採餘》、《玉壺清話》、《詩話總龜》、《邵氏聞見録》、《東軒筆録》、《畫墁録》、《貴耳集》、《爐餘録》、《老學庵筆記》、《後蜀紀事》、《續博物志》、《過庭録》、《事實類苑》、《續夷堅志》等，所述異聞甚多，然猶未備之。《説郛》卷四三摘録曾慥《集仙傳》，中有陳

① 南燕本古縣名。春秋有南燕國，秦置燕縣，西漢改名南燕，東漢復名燕縣，西晉末改東燕，隋改胙城，唐宋因之。

② 張端義《貴耳集》卷中亦載真宗問陳摶國祚靈長之數。

搏,云:"陳搏,字圖南,譙郡人也。唐長興中舉進士不第。"摘録
過簡。

　　真宗好道,張君房《雲笈七籤序》云"天子鋭意於至教"。大
中祥符六年(1013 八月,加號老子爲"太上老君混元上德皇帝",
七年九月尊上玉皇聖號曰"太上開天執符御歷含真體道玉皇大
天帝"①。令王欽若等校訂《道藏》②,其至在翰林司金丹閣設爐
煉丹③,是故死後廟號爲真宗。真宗即位後陳搏已死去多年,邵
伯温《邵氏聞見録》卷七亦云"真宗即位,先生已化",此稱真宗遣
使就華山召陳搏,蓋緣真宗好道之故。夫道士葉靜能被殺於唐
中宗末年,而唐人小説乃以之爲開元間人,亦緣唐玄宗好仙,添
其勝事也。

　　《剪燈叢話》卷七《陳希夷傳》,題南燕龐覺,取自《青瑣高
議》。元趙道一《歷世真仙體道通鑑》卷四七《陳搏》,集合諸記而
成,中亦採入本篇所述事。《古今小説》卷一四《陳希夷四辭朝
命》,即主要依據《真仙通鑑》改編。元人馬致遠有《西華山陳搏
高卧》雜劇,見《元曲選》。

---

① 見《宋史》卷八《真宗紀三》。
② 見張君房《雲笈七籤序》。
③ 見張邦基《墨莊漫録》卷三。

用城記

存。北宋杜默撰。傳奇文。

杜默(1019—1087?)①,字師雄。濮州(治今山東菏澤市鄄城縣北)人②。少有逸才,尤長於歌詩,詩風粗豪。師事兗州奉符徂徠先生石介。仁宗康定元年(1040)辭師赴京,石介作《三豪詩送杜默師雄》以贈。詩云:"曼卿(石延年)豪於詩,社壇高數層。永叔(歐陽修)豪於辭,舉世絶儔朋。師雄歌亦豪,三人宜同稱。……師雄二十二,筆距獰如鷹。才格自天來,辭華非學能。"至京訪歐陽修,時修任館閣校勘、太子中允③,作詩贈之,中云:

---

① 李裕民《宋人生卒行年考》卷二定杜默生卒年爲約 1012—約 1079。考云:"魏泰《臨漢隱居詩話》條 29:'杜默……少以歌行自負,石介贈三豪詩,謂之歌豪,以配石曼卿、歐陽永叔。晚節益縱酒落魄,文章尤狂鄙。熙寧末,以特奏名得同出身,一命得臨江軍新淦縣尉,年近七十卒。'熙寧末當爲熙寧九年(1076),是年有科舉,一任最多三年,其卒應在 1078 至 1079 年間。其享年以六十八計,約生於 1011 至 1012 年間。他與歐陽修齊名,修生於 1007 年,其年齡略小於修。"北京:中華書局,2010,第 77 頁。

② 王闢之《澠水燕談録》卷七《歌詠》、劉斧《青瑣高議》前集卷九《詩淵清格》、李獻民《雲齋廣録》卷三《詩話録》皆稱杜默濮州人。《用城記》題漢川杜默,漢川指漢陽,漢陽爲杜姓郡望之一。洪邁《夷堅三志辛》卷八乃稱"和州士人杜默",恐是誤傳。歐陽修《贈杜默》云"杜默東土秀",濮州時屬京東西路,而和州非東土。

③ 據《歐陽文忠公年譜》(《歐陽文忠公文集》),康定元年春,修赴滑州。六月召還,復充館閣校勘,仍修《崇文總目》,十月,轉太子中允。此年杜默二十二歲,則生於天禧三年(1019)。

"杜默東土秀,能吟鳳凰聲。作歌幾百篇,長歌仍短行。攜之入京邑,欲使衆耳驚。來時上師堂,再拜辭先生。……贈之三豪篇,而我濫一名。杜子來訪我,欲求相和鳴。"①默久舉不第,落魄不調,屢以私干歐陽修,不得薦而怨憤,作《桃花詩》以諷,士大夫薄之②。至熙寧九年(1076)方以特奏名賜同進士出身,授臨江軍新淦縣尉,年近七十卒③。

　　本篇載於《青瑣高議》別集卷六,題下注"記像圓清坐化詩"(按:疑詩字有誤),題漢川杜默。所記爲法師圓清事,含有異聞。云圓清住提韋州用城村院,不誦經歌讚,村人多鄙之。一日別鄰僧里人,端立欲化去,或以爲異,師乃坐。三日後復生,言兄當來,少語則作終天之別,兄果入門。鄰僧問法,師爲説至妙之道,遂盤足奄然化去。其真身存院中,村民爲建殿頗壯。

　　圓清乃得道高僧,但因平生不誦經文,不事齋戒,故爲人所鄙,爲僧所嘲,而鄙之嘲之者實不諳佛心,俗子庸僧耳。默自視極高而鮮爲人知,或譏其"不護名節","作詩狂怪","文章尤狂鄙"④,

---

① 以上見石介《徂徠集》卷二《三豪詩送杜默師雄并序》、《歐陽文忠公文集》卷一《贈杜默》,參見《澠水燕談錄》、《青瑣高議》前集卷九、《詩話總龜》前集卷八引《王直方詩話》(郭紹虞輯《宋詩話輯佚》)。石介(1005—1045)字守道,《宋史》卷四三二《儒林傳》有傳,歐陽修撰《徂徠石先生墓誌銘并序》(文集卷三四)。

② 見《澠水燕談錄》。

③ 見魏泰《臨漢隱居詩話》。按:熙寧末爲十年(1077),據《宋登科記考》,熙寧十年無科舉,而九年有,故李裕民謂熙寧末當爲熙寧九年(1076)。《宋登科記考》據《光緒安徽通志》卷一五四《選舉表四》云杜默"和州人,熙寧中特奏名登進士第",故列入《附錄》"闕年特奏名登金詩第"中,蓋未見《臨漢隱居詩話》。

④ 見《澠水燕談錄》、蘇軾《仇池筆記》卷上、《臨漢隱居詩話》。南宋王楙《野客叢書》卷二〇《杜撰》猶云:"杜默爲詩,多不合律,故言事不合格者爲杜撰。"

一生落魄失意,心存憤慨。《夷堅三志辛》卷八《杜默謁項王》載:
杜默累舉不成名.性英儻不羈。過烏江醉謁項王廟,拊神像而
慟,大聲語曰:"英雄如大王,而不能得天下;文章如杜默,而進取
不得官,好虧哉!"不平而鳴,語辭沉痛。本篇則以圓清自況,譏
諷世俗有眼不識泰山,而攄其憤懣則一也。

孝猿傳

節存。北宋蕭氏撰。傳奇文。

蕭氏,名不詳。吉州龍泉(今江西吉安市遂川縣)人。嘗舉進士。

北宋范鎮《東齋記事》卷五云:"白子儀爲予言:吉州有捕猿者,殺其母,皮之,并其子賣於龍泉蕭氏。其子號呼,數日不食,蕭百端求其所嗜飼之,乃食。又待旬月,示以母皮,跳躑大呼,又不食,數日而斃。其天性也如此,況於人乎!蕭嘗舉進士,失其名,爲作《孝猿傳》。"宋末周密《齊東野語》卷一二亦云:"范蜀公載吉州有捕猿者,殺其母之皮,并其子賣之龍泉蕭氏。示以母皮,抱之跳躑號呼而斃。蕭氏子爲作《孝猿傳》。"

按《東齋記事自序》云:"予既謝事,日於所居之東齋燕坐,多暇。追憶館閣中及在侍從時交游語言,與夫里俗傳說,因纂集之,目爲《東齋記事》。"據蘇軾《范景仁墓誌銘》(《東坡集》卷三九),翰林學士范鎮因反對王安石變法而致仕,時年六十三,而今本《東齋記事‧補遺》云"今六十有六"。范鎮元祐三年(1088)閏十二月卒,享年八十一,則生於大中祥符元年(1008)[1]。六十六歲時爲熙寧六年(1073),此著書之時。白子儀言孝猿事當在未

---

[1] 元祐三年閏十二月已入西曆 1089 年。中華書局版汝沛點校本斷范鎮生卒年爲 1007—1088,誤。《中國歷史大辭典》宋史卷定爲 1008—1089,是也。

致仕前，而《孝猿傳》之作又在其前。具體時間不可考，姑定爲仁宗朝作品。

　　《搜神後記》曾記一事云："臨川東興有人入山，得猿子，便將歸。猿母自後逐至家，此人縛猿子於庭中樹上，以示之。其母便搏頰向人，若哀乞，直是口不能言耳。此人既不能放，竟擊殺之。猿母悲喚，自擲而死。此人破腸視之，腸皆斷裂矣。未半年，其人家疫，一時死盡滅門。"①《世説新語·黜免》亦記一事云："桓公入蜀，至三峽中。部伍中有得猿子者，其母緣岸哀號，行百餘里不去，遂跳上船，至便即絶。破視其腹中，腸皆寸寸斷。公聞之怒，命黜其人。"古以猿爲靈性之物，傳説極衆。此言猿母愛子，蕭作猿子惜母，母子之情，一何深哉！古記動物之情，皆以諷人，此亦是矣。

---

① 此據余輯校《新輯搜神後記》卷四《猿母》，據《太平廣記》卷一三一、《分類補注李太白詩》卷一一《贈武十七諤》注校輯。

岷山異事三卷

佚。北宋勾台符撰。志怪集。

勾台符，永康軍青城縣（今四川都江堰市東南）人。受業青城山丈人觀爲道士，與張俞爲詩友，自號岷山逸老。青城山屬岷山，故以爲號。張俞，仁宗時人也（參見《驪山記》叙録）。台符嘗自云："右執范賢袂，左拍薛昌肩，舉頭傲白日，長嘯揭青天。囂囂者安知華夏之内有此逸樂乎？不知岷山之逸老於我乎？抑我之逸老於岷山乎？"①著《青城山方物志》五卷②、《卧雲編》三卷③等。明楊慎撰《青城五隱贊》（《太史升菴全集》卷一一），其中《勾台符贊》云："岷山逸老，藏用隱賢。執范寂袂，拍薛昌肩。高吟弄月，長嘯揭天。遺蹤何在，白沙瓊田。"④

---

① 見《輿地紀勝》卷一五一《成都府路・永康軍・仙釋》。按：同卷《碑記》之《長生觀詩》載勾台符《題范賢壘》："料得桓温登劍閣，便抛李勢入岷山。"《上清宮詩》載勾台符《宿上清宮》："寄宿翠微巔，身疑入半天。曉鐘鳴物外，殘月落巖前。"《延慶宮詩》載勾台符《延慶觀詩》："一簇樓臺地，嵯峨四面函。路盤七折嶺，坐對六時巖。"《儲福宮詩》載勾台符詩："肧渾鑿開元精結，三十六峰排嵌薛。"《清都觀詩》載勾台符詩："松門開碧嶂，玉甃鎖清泉。"《牡丹平老人村詩》載勾台符《花坪牡丹》："無葉滋春色，有花開晚紅。"《白雲菴詩》載勾台符詩："酷愛青城好山色，終年不出白雲門。"

② 見《祕書省續編到四庫闕書目》小説類、《通志略》地里方物類著録。

③ 見《宋志》別集類。

④ 按：《青城山記》卷下《方技》載：薛昌，幽薊人，天寶間道士，棲青城洞天觀。《隱逸》載：范寂，字無爲，劉備時栖青城山，封逍遥公。范延久，晉人，號范長生，李雄拜爲承相，尊曰范賢。勾台符所稱范賢即范延文，楊升菴謂爲范寂，誤。

　　《宋志》小説類著録勾台符《岷山異事》三卷。書已佚。南宋吴曾《能改齋漫録》卷五《辨誤·涼風消息幾時來》引睦台符《岷山異事》一則,睦字當係勾字之誤。文云:"梓潼山人李堯夫,吟詠尤尚譏刺。謁蜀相李昊,昊戲曰:'何名之背時耶?'堯夫厲色對曰:'甘作堯時夫,不樂蜀中相。'因是堯夫爲昊所擯。知蜀主國柄隳紊,生民肆擾,吟《苦熱詩》云:'炎暑鬱蒸無處避,涼風消息幾時來?'……堯夫又有《大内盆池詩》云:'向外疑無地,其中别有天。'蜀平後,贈滕白郎中詩云:'方外與誰爲道友,關東獨自占詩家。'譏滕入蜀不得名詩家,唯堯夫耳。"按李昊乃後蜀宰相①,則李堯夫後蜀人。堯夫乃道人者流,其事當含異聞,此未引述耳。本書所記蓋道門異人之事,大抵與岷山相關也。

---

① 見《十國春秋》卷五二《後蜀五·李昊傳》。

王魁傳

節存。北宋夏噩撰。傳奇文。

夏噩，字公酉。池州貴池（今安徽池州市貴池市區）人①。仁宗嘉祐二年（1057）八月，以明州觀察推官策試賢良方正能直言極諫科，入第四等，當改著作佐郎，宰相富弼以親嫌而授爲光祿寺丞。② 後知長洲縣，六年七月，坐私貸民錢特勒停中制科，兩浙路提點刑獄王道古惡其輕傲，捃其事而廢之。③ 英宗治平二年（1065）游衡陽，曾作詩贈名娟王幼玉。④ 卒於熙寧九年

① 《姑蘇志》卷四一《宦蹟五》："夏噩字公酉，池州人。"按：宋刊本郭祥正《青山集》卷一一《贈夏公酉寺丞》："秋浦明似鏡，九華碧參天。秀色動南斗，乃生名世賢。"又卷二《舟經池州先寄夏寺丞公酉》："去年收帆貴池口，聞君高歌撞玉斗。今朝至自大湖南，五溪新事爲君談。一年往返七千里，鄉國生還真可喜。君家白醪應已熟，正好齊山泛黃菊。"知爲池州人。《八瓊室金石補正》卷一〇二《衡陽石鼓山題刻·薛俅等題名》："河東薛俅肅□、清河張公紀仲綱、高平過昮彥博、會稽夏噩公酉，瞻會□□□衡陽石鼓學宮。治平乙巳中元後一日記石。"《續資治通鑑長編》卷一八六亦云越州人。按：越州會稽當爲郡望。參見《至孝通神集》叙錄。

② 見《宋會要輯稿·選舉十一之四》、《長編》卷一八六、《太平治蹟統類》卷二七（《適園叢書》本）。

③ 見《長編》卷一九四。按：《贈夏公酉寺丞》："功名初自許，世路多迴遭。亭亭出林幹，暴爲狂風纏。"即指此事。

④ 見《八瓊室金石補正·薛俅等題名》、《青瑣高議》前集卷一〇《王幼玉記》。按：《贈夏公酉寺丞》亦云："稱槎往滄海，怒濤觀大川。還聞上南嶽，闊步從飛仙。"

（1076）之前①。郭祥正《青山集》卷一九有《哭夏寺丞公酉》詩，中云："有才曾未施，負冤終莫雪。"知其被勒停後一直未能復職。②《青山集》卷四又有《夏公酉家藏老高村田樂教學圖》，亦爲夏噩而作。

　　李獻民《雲齋廣錄》卷六《王魁歌引》云："故太學生王魁，嘉祐中行藝顯著，藉藉有聲。先丞相文公愛其美才，奏賦宸廷，爲天下第一。中間坎壈失志，情隨物遷，遂欲反正自持，投迹功名之會，而卒致妖孽，以殞厥身，可勝惜哉！賢良夏噩嘗傳其事，余故作歌以傷悼之云爾。"周密《齊東野語》卷六《王魁傳》引初虞世《養生必用方》亦云："康侯（王俊民）既死，有妄人託夏噩姓名作《王魁傳》。"二書皆謂有夏噩《王魁傳》，顧初虞世以爲妄人託夏噩名耳。按李獻民親覩此傳，不言其僞，可信噩確作此傳，而初虞世欲爲王俊民辨誣，鑑於夏噩爲當時名公，所以指爲妄人僞託。據初虞世云，王俊民死於嘉祐八年（1063），然則此作殆撰於治平間。時夏噩已被勒停，治平二年遊衡陽作詩稱頌妓女王幼玉，有"嗟爾蘭蕙質，遠離幽谷青"之語，於妓女頗有賞歎。其述

---

① 按：《蘇軾詩集》卷二四《王中甫哀辭叙》（作於元豐七年，1084）云："仁宗朝以制策登科者十五人，軾忝冒，時尚有富彥國、張安道、錢子飛、吳長文、夏公酉、陳令舉、錢醇老并王中甫與家弟轍，九人存焉。其後十有五年，哭中甫於密州，作詩弔之，則子飛、長文、令舉歿矣。又八年，軾自黃州量移汝海，與中甫之子沇之相遇於京口，相持而泣，則十五人者，獨三人存耳，張安道及軾與家弟而已。"蘇軾嘉祐六年（1061）中制科，其後十五年乃熙寧九年（1076），此時已亡者乃錢、吳、陳及王中甫（介），未言及夏公酉。然此年所作《同年王中甫挽詞》（卷一四）自注云："仁宗朝賢良十五人，今唯富鄭公、張宣徽、錢純老及余與舍弟在耳。"是知此年之前夏公酉已卒，《王中甫哀辭叙》偶遺耳。

② 《姑蘇志》云："以試光禄寺丞知長洲，性卞急，遇事輒發出，語無隱情，人多憚之。提刑陳道古惡其輕傲，捃以私貸民錢，按罪勒停。坐廢十年，文彥博爲白於朝，詔還其官。"不知何據。

王魁負桂英之事，殆在此前後也。

　　原傳不存，今傳者皆節本。《類説》卷三四節録《摭遺》，中有《王魁傳》，四百七十餘字（按：嘉靖伯玉翁舊鈔本與天啓刊本文字微異），與《王魁歌》情事全合，可知劉斧《摭遺》所載即取自夏作。張邦幾《侍兒小名録拾遺》亦引《摭遺》，文字較簡，才二百三十五字。《永樂大典》卷一三一三九節引《摭遺新説》"夢人跨龍"一節，文字詳細，共二百九十二字，爲前二本所無。《醉翁談録》辛集卷二"負約類"有《王魁負心桂英死報》一篇，約一千七百餘字，多出若干細情，與《王魁歌》相較，凡《類説》本所無之情事多見於歌中。如云"因秋試觸諱，爲有司榜"，此即歌中"春官較藝重遺才，歎息瑜瑕成指讁"；又云："魁行，桂爲祖席郊外……桂曰：'以君才學，當首出群公，但患不得與君偕老。'"此即歌之"臨行更祝東歸早，後會夤緣恐難保。曾占異夢定非祥，從君未必能偕老"，唯略去"曾占異夢定非祥"之事，而見於《大典》中。是則《醉翁談録》所載，或轉據《摭遺》，或徑節原傳。

　　《王魁歌》、《類説》、《侍兒小名録拾遺》皆稱妓曰桂英，《醉翁談録》、《大典》則稱王桂英。王魁者，《醉翁談録》云"魁非其名也，以其父兄皆名宦，故不書其名"。魁者實狀元之謂，夏噩有意隱其名字，實即王俊民也。王俊民嘉祐六年（1061）狀元，范鎮《東齋記事》卷一記其事頗詳："嘉祐中，進士奏名訖，未御試，京師妄傳王俊民爲狀元，莫知言之所起，人亦莫知俊民爲何人。及御試，王荆公時爲知制誥，與天章閣待制楊樂道二人爲詳定官。舊制：御試舉人，設初考官，先定等第，復彌封之，以送覆考官，再定等第，乃付詳定官。發初考官所定等，以對覆考之等，如同即已，不同則詳其程文，當從初考，或從覆考爲定，即不得別立等。是時，王荆公以初覆考所定第一人皆未允當，於行間別取一人爲狀首。楊樂道守法，以爲不可。議論未決。太常少卿朱從道時爲彌封官，聞之，謂同舍曰：'二公何用力爭，從道十日前已聞王

俊民爲狀元，事必前定，二公恨自苦耳。'既而二人各以己意進
察，而詔從荆公之請。及發封，乃王俊民也。詳定官得別立等自
此始，遂爲定制。"①俊民得中狀元，事有難解，巧合耳。《王魁歌
引》云"先丞相文公愛其美才，奏賦宸廷，爲天下第一"，以爲得王
安石（謚文）之力，實是虛美之言。

俊民狀元及第後之事，張師正《括異志》卷三《王廷評》記云：
"王廷評俊民，萊州人。嘉祐六年進士，狀頭登第，釋褐廷尉評、
簽書徐州節度判官。明年充南京考試官。未試間，忽謂監試官
曰：'門外舉人喧噪訴我，何爲不約束？'令人視之，無有也。如是
者三四。少時又曰：'有人持檄逮我。'色若恐懼。乃取案上小刀
自刺，左右救之，不甚傷，即歸本任醫治。踰旬創愈，但精神恍
惚，如失心者。家人聞篙山道士梁宗朴善制鬼，迎至，乃符召爲
厲者。夢一女子至，自言爲王所害，已訴于天，俾我取償，俟與簽
判同去爾。道士知術無所施，遂去。旬餘，王亦卒。或聞王未第
時，家有井竈婢耊戾，不順使令，積怒，乘間排墜井中。又云王向
在鄉閭，與一倡妓切密，私約俟登第娶焉。既登第爲狀元，遂就
媾他族。妓聞之，忿恚自殺。故爲女厲所困，夭閼而終。"②觀師
正所記，俊民於南京（即應天府，今河南商丘市南）患精神病，爲
女鬼索命而死。

其友初虞世哲宗紹聖元年（1094）作記，力斥誣言妄說，稱係
服藥中毒而死。《齊東野語》引其說云："狀元王俊民，字康侯，爲
應天府發解官。得狂疾，於貢院中嘗對一石碑呼叫不已，碑石中
若有應之者，亦若康侯之奮怒也。病甚不省，覺取書册中交股刀
自裁及寸，左右抱持之遂免。出試院未久，病勢亦已平復。予與

① 沈括《夢溪筆談》卷一《故事》亦載，蓋採《東齋記事》，文字大同。《齊東
   野語》卷六《王魁傳》亦採入。
② 明仁孝皇后徐氏《勸善書》卷一七採入此條。

康侯有父祖鄉曲之舊，又自童稚共筆硯。嘉祐中，同試於省場。傳聞可駭，亟自汶挐舟抵彭城。時十月盡矣，康侯亦起居飲食如故。但悁悁不樂，或云平生自守如此，乃有此疾。予亦多方開慰。歲暮予北歸，康侯有詩送予云：'寒窗一夜雪，紛紛來朔風。之子動歸興，輕袂飄如蓬。問子何所之，家在濟水東。問子何所學，上庠教化宮。行將携老母，寓居學其中。'云云。予既去，徐醫以爲有痰，以金虎碧霞丹吐之。或謂心藏有熱，勸服治心經諸冷藥。積久爲夜中洞泄，氣脫内消，飲食不前而死。康侯父知舒州太湖縣，遣一道士與弟覺民自舒來云：'道士能奏章達上清，及訴問鬼神幽暗中事。'道士作醮書符，傳道冥中語云：'五十年前打殺謝、吳、劉不結案事。'康侯丙子（按：景祐三年，1036）生，死才二十七歲（按：當作二十八歲），五十年前，豈宿生邪？康侯既死，有妄人託夏噩姓名作《王魁傳》，實欲市利於少年狎邪輩，其事皆不然。康侯，萊州掖縣人。祖世田舍翁，父名弁，字子儀，誦詩登科，爲鄆州司理。康侯時十五餘歲，三兄弟隨侍，與予同在鄆學。子儀爲開封軍巡判官，康侯兄弟入太學，不三年，號成人。子儀待蘇州崑山闕，來居汶，康侯兄弟又與予在汶學。子儀謫潭州稅，康侯兄弟自潭來貫鄢陵户。康侯登科爲第一。省試前，父雪崑山事，自潭移舒州太湖縣。康侯是年歸舒州省親，次年赴徐州任，明年死於徐，實嘉祐八年（1063）五月十二日也。康侯性剛峭不可犯，有志力學，愛身如冰玉，不知猥巷俚人語。不幸爲匪人厚誣，弟輩又不爲辨明，懼日久無知者，故因戒世人服金虎碧霞丹，且以明康侯於泉下。"

　　初虞世所記當極可靠，足可爲王俊民辨誣，所謂狎妓棄妓乃妄傳，女鬼索命更係誕説。雖然，俊民確患狂疾，其症幻覺臆語，不能自持，而其家確亦請道士祛邪制鬼，道士曾妄言報應之事。俊民患狂疾而速死，世人百端猜疑固亦宜矣，遂有女鬼索命之説。夫女鬼索命，師正所言有二。《括異志》約成於元祐中（參見此書叙錄），在《王魁傳》之後，然師正似未寓目，所謂妓自殺索命蓋得於世之所傳，而此説當在俊民死後不久即有流傳，夏噩信之而作傳。原其意未必有意誹謗，乃是同情妓女之不幸命運耳。傳文除王魁桂英之事出於虚構外，其餘大抵合於事實，唯言"自刺死"與事實不符。

此傳節本明人稗編屢採入，《豔異編》卷三○、《情史》卷一六《王魁》，《青泥蓮花記》卷五《桂英》，《綠牕女史》卷五、《剪燈叢話》卷二《王魁傳》，《稗家粹編》卷三《王魁負約》，皆録自《類説》，而桂英賀王魁登第詩《類説》本只節末二句"夫貴婦榮千古事，與君才貌各相宜"，《青泥蓮花記》、《稗家粹編》、《情史》諸書則爲十六句全篇，疑據《醉翁談録》本增補。《稗家粹編》其餘文字增改頗多。《綠牕女史》、《剪燈叢話》題撰人爲宋柳貫，甚妄[1]。洪邁《夷堅志》有《滿少卿》（今載於《夷堅志補》卷一一），寫滿少卿娶焦氏女負心而死。末云："此事略類王魁，至今百餘年，人罕有知者。"《情史》卷一六亦採入。

宋以降話本小説、戲曲，亦多演王魁故事。《醉翁談録》著録小説話本名目，傳奇類中有《王魁負心》。萬曆末年刊《小説傳奇》，中有《王魁》話本，與《王魁負心》或有淵源。此本全據原傳敷演，增出諸多細情。稱王魁名魁字俊民，桂英姓敫，小字桂英。[2] 按《醉翁談録》云姓王，此稱姓敫，不知何故。《青泥蓮花記》題注乃云："元人詞作姓謝。"殆誤解王魁贈桂英詩"謝氏筵中聞雅唱"，而不知謝氏用典，乃指東晉謝氏大族也。

戲曲演王魁尤多。《武林舊事》卷一○《官本雜劇段數》中有《王魁三鄉題》一本。南宋戲文亦有《王魁》，明初葉子奇《草木

---

[1]《古今圖書集成·閨媛典》卷三六二引柳貫《王魁傳》，即據《綠牕女史》。參見附考《存目辨證》

[2] 見胡士瑩《話本小説概論》，北京：中華書局，1980，第334頁。

子》卷四下《雜俎篇》云："俳優戲文始於《王魁》，永嘉人作之。"徐渭《南詞敍錄》亦云："南戲始於宋光宗朝，永嘉人所作，《趙貞女》、《王魁》二種實首之。"《南詞敍錄·宋元舊篇》著錄《王魁負桂英》一本，注云："王魁名俊民，以狀元及第，亦里俗妄作也。"又著錄《王俊民休書記》，此本又見《永樂大典目錄》卷三七《戲文九》。宋末戲文《宦門子弟錯立身》(《永樂大典戲文三種校注》)第五出《排歌》亦有"負心王魁"之名目。又沈璟《南九宮十三調曲譜》卷四引古戲文名目，中有"王魁負倡女亡身"。別本《傳奇彙考標目·元傳奇》中有楊酷叫《王狀元扯休書》及無名氏《追王魁》，亦皆宋元戲文。《南曲九宮正始》引戲文《王子高》佚曲，其《南宮過曲》中云"莫學王魁，扯破家書負恩義"，似本《王狀元扯休書》。《南詞敍錄》又著錄明戲文《桂英誣王魁》，乃翻案之作。雜劇者有元尚仲賢《海神廟王魁負桂英》，見曹本《錄鬼簿》(賈本作簡名《負桂英》)。明楊文奎《王魁不負心》，見《太和正音譜》，亦翻案文字。馬惟厚《風月囊集》二卷，見《百川書志》外史類，云："改《桂英誣王魁海神記》也，凡六折。"無名氏《桂英》，見《太霞新奏》卷一《附雜劇名》。傳奇者有明王玉峰《焚香記》，此王魁戲唯一存世之本，版本頗夥。此戲以桂英復生，與王魁偕老作結，殊爲鄙陋。元明曲詞戲劇中提及王魁者比比皆是，不勝枚舉，王魁已成負心男之典型。川劇有《王魁負桂英》，今猶上演云。

金華神記

存。北宋崔公度撰。傳奇文。

崔公度（？—1097），《宋史》卷三五三有傳。字伯易，號曲轅子①。高郵（今屬江蘇）人。仁宗至和中，宰相劉沆薦茂才異等科，辭疾不應命②。用父任，補三班差使，非所好而閉戶讀書。英宗治平二年（1065），參政歐陽修得其《感山賦》以示宰相韓琦，薦授試祕書省校書郎、和州防禦推官、充國子監直講，以母老辭。③ 神宗熙寧二年（1069），再除試大理評事、充彰德軍節度推官、國子監直講，亦辭。④ 四年獻《熙寧稽古一法萬利論》五卷，頗受宰相王安石器重，召對，進光禄寺丞、知陽武縣。未幾復召對，命爲崇文院校書，删定三司令式，參與王安石變法。⑤ 九年，

① 見《墨莊漫録》卷一〇。按：《經典釋文》卷二六《莊子音義上‧人間世》："曲轅，音袁。司馬云：曲轅，曲道也。崔云道名。"

② 參見《續資治通鑑長編》卷二〇五、陸游《渭南文集》卷二二《崔伯易畫像贊》。《畫像贊》云"劉相沆舉賢良方正不赴"，科名異。

③ 參見《長編》卷二〇五、《畫象贊》，《長編》作國子監直學。直學、直講均爲學官名。蘇頌《蘇魏公文集》卷三二有《試秘書省校書郎、和州防禦推官、充國子監直講崔公度可試大理評事、充彰德軍節度推官》，當作直講。

④ 見《長編》卷二〇五、蘇頌制、《畫象贊》。《墨莊漫録》卷九云："崔伯易熙寧二年爲國子監直講。"熙寧二年蘇頌正爲知制誥（《宋史》卷三四〇本傳）。

⑤ 參見《長編》卷二二六、《墨莊漫録》卷九。

以大理寺丞、館閣校勘檢正中書禮房公事①。元豐元年（1078）
加太子中允、集賢校理、同知太常禮院②。請知海州。哲宗元祐
初（1086），除兵部禮部郎中、國子司業，辭不就③，二年除將作少
監、知潁州④。六年爲徐王府侍講，尋知潤州⑤，七年以起居郎
召，不至⑥。八年遷祕書少監，辭不至，復加直龍圖閣，仍知潤
州⑦。紹聖中復以祕書少監召，辭如初⑧。歷知宣、通二州。四
年（1097）自通州請管勾崇禧觀，尋致仕，是年八月卒。⑨　有《曲
轅集》⑩，佚。

　　南宋張邦基《墨莊漫録》卷一〇云："崔伯易嘗有《金華神
記》，舊編入《聖宋文選》後集中，今無此集。近讀《曲轅集》復見
之，因載之，以廣所聞云。"所引爲全文，略云：汴人吳生嘉祐中罷
任高郵，寓其家於治所，與兄子南適錢唐。道出晉陵，夜泊舟，見
有緋衣者披髮持兩炬自竹林出，後引一女子甚麗。至岸側女子
叱令緋衣去，登舟與吳生共坐。女自言乃金華神，過去生中與吳
生爲姻好。知緋衣者乃吳生夙仇，今夜當死其手，故來相救。遂
取酒共飲。吳生疑之，出劍、鏡鎮之，女毫無畏容，吳生懼而謝。

---

① 見《長編》卷二七七。
② 見《長編》卷二九二。
③ 參見《畫像贊》、劉攽《彭城集》卷一九《朝散郎、集賢校理崔公度可兵部
　　郎官制》。劉攽元祐初拜中書舍人（《宋史》卷三一九本傳）。
④ 蘇轍《欒城集》卷二九有《崔公度將作少監制》，卷三〇有《崔公度知潁州
　　制》。蘇轍於元祐元年十一月至二年十一月爲中書舍人，見曾棗莊《蘇
　　轍年譜》（西安：陝西人民出版社，1986）。《畫像贊》云："復出爲郡。"
⑤ 見《長編》四六三、卷四六五。
⑥ 見《長編》卷四六九、《畫像贊》。
⑦ 參見《長編》卷四八四、《畫像贊》。
⑧ 見《畫像贊》。
⑨ 見《長編》卷四八九。
⑩ 見《墨莊漫録》卷一〇。

明晨女起，請吳生後十年遊華山日，多置朱粉，於路隅梧桐下揚之，留詩贈別而去。

此爲遇合女神事，筆致疏簡，不及唐人善事渲染。緋衣人之夙仇既無交待，十年後遊華山亦不著辭。

《剪燈叢話》卷一〇、《香豔叢書》第十集卷二取入此記，前書題宋崔伯易，後書題宋高郵崔公度伯易著。清褚人穫《堅瓠七集》卷三《金華神女》載其事略。《宋詩紀事》卷九九輯入金華神《別吳生》詩。

《夷堅志補》卷一七《崔伯陽》，云崔公度自少常於夜半以尊勝黃幡插地，爲鬼施食。爲館職日，夜歸墜馬昏迷，夢婦人解帕幕其首救之。歸而帕猶裹首，解帕視之，中乃二紅纈，中實碎黃幡，方知爲鬼。《樂善録》卷九引《夷堅志》，撮述大意，明成祖仁孝皇后徐妙雲《勸善書》卷一二引原文。《墨莊漫録》卷四載崔公度江行夜見空舟相隨，而獲殺商之船主，《勸善書》卷一七亦採之。公度好談神鬼，有此異聞亦宜矣。

陳明遠再生傳

存。北宋崔公度撰。傳奇文。

《墨莊漫錄》卷一〇云:"曲轅先生又嘗作傳,記陳明遠再生事。"下錄全文。略云:陳明遠名公關,興化軍人。皇祐三年(1051)春,遊泗州普照王寺,遇老僧授以金字《金剛經》。明年從父宦海陵,忽得疾而死,三日蘇。自言被四卒執入一府署,遇泗州授經老僧乘虛而至,令其懺悔而放還。還時遇其已亡季父,在陰府爲吏,囑明遠歸而做功德事,並告世人有冤慎勿復仇。僧引明遠遊地獄,衆囚皆被械,亦有禽獸諸蟲。囚中有明遠表舅鄭生,生爲閩吏,喜以法自名,已死十年餘,見明遠泣下。至一溪,僧以杖導之令渡,中流而溺,驚呼遂蘇,而桎縛之跡猶隱然在臂。此後明遠絶葷食。見老僧在其室,教以《金剛經》。僧自言乃僧伽大師之徒。僧告去,云"後十四年吾傳子於祖山"。末云:"至和三年(1056)八月,明遠歸莆田,以故人訪予,且出所授經,具道其事,欲予記之。予固以怪其人爽辦謙畏,不類向時,其志真若有所得,然未暇從其請也。今年其兄公輔調官京師,特過予,復爲言。予與公輔游十五年矣,今亦稱其弟所爲,如予嘗所怪者,則明遠由是而有聞。倘求之益勤,修之益明,守其話言,不爲富貴貧賤之所遷,則其所至也,豈易量哉!因奮筆,直載始末。明遠所述蓋多,其間有與佛經外史,若世人已傳之事略相同者,不復更錄。明遠父名鑄,今爲尚書都官郎中、通判廣州。曲轅子記①。"

　　按蔡襄《端明集》卷二九《陳殿丞送行詩序》、鄭獬《鄖溪集》卷一四《朝賢送陳職方詩序》、《永樂大典》卷三一四五引《莆陽志》、《莆陽比事》卷四引《莆陽居士集・游洋志》、弘治《八閩通誌》卷七一《人物志・良吏》、同治《重纂福建通志》卷一二三《宦績》及卷一八三《人物・宋良吏傳》、光緒《興化府莆田縣志》卷二四《人物志・仕蹟傳》、《萬姓統譜》卷一八等載有陳鑄仕歷。陳鑄字師回,仁宗天聖五年(1027)中進士甲科。康定初(1040)知南雄州②,慶曆間以職方員外郎、殿中丞通判福州。丁母憂,服除通判陳州,改知潮州,坐誤用詔書,謫官海陵。至和初(1054)上書自訟,得以職方員外郎佐淮揚幕。後歷知汝州、登州。官至朝散大夫、光禄寺卿,封開國伯。

　　陳鑄以都官郎中通判廣州,上述諸書未載。《朝賢送陳職方詩序》云:"至和初,乃上書自訟,始得以職方員外郎佐淮揚幕,由康定距今凡十七年,而職未嘗一遷焉。"由康定元年下數至十七年乃嘉祐元年(1056),此時猶爲職方員外郎。三年至五年知南雄州。其爲都官郎中、廣州通判蓋在官光禄寺卿之前。《宋會要

① 孔凡禮點校本(北京:中華書局,2004)斷作:"今爲尚書都官郎中。通判廣州曲轅子記。"誤。
② 《八閩通誌》、《重纂福建通志》、《莆田縣志》等皆云康定初知南雄州。按:李之亮《宋兩廣大郡守臣易替考》引《南雄府志》:"陳鑄,殿中丞,景祐三年(1036)八月到任,景祐五年十一月替。"《元憲集》卷二四《知南雄州陳鑄可制》,景祐三年制。成都:巴蜀書社,2001,第142頁。按:宋庠《元憲集》卷二四《外制》,此制全稱爲《江南西路提點刑獄、尚書都官員外郎晁宗簡可尚書司封員外郎,尚書屯田員外郎、通判鳳翔府崔嶧可尚書都官員外郎,太子中舍、監兖州酒務王整,大理寺丞、知南雄州陳鑄,並可殿中丞,大理寺丞、知福州長溪縣鄭戡可太子中舍制》。則鑄乃以大理寺丞知南雄州,進殿中丞。

輯稿・職官六十一》云："治平四年三月二十五日，神宗即位，未改元，以太常少卿楊士彥知登州。先是差光禄卿陳鑄上，以鑄才職不稱，令别與知州差遣，故命士彥代之。"據此，陳鑄治平四年（1067）官光禄卿。其官尚書都官郎中、通判廣州，或在治平二、三年。光禄寺卿從三品，都官郎中從五品上①。蘇頌《蘇魏公文集》卷三四《外制》有《光禄卿陳鑄遺表第四男公彥可試秘書省校書郎》。按《宋史》卷三三四《蘇頌傳》載，神宗時，蘇頌召起居注，擢知制誥。《續資治通鑑長編》卷二一一載，熙寧三年五月，"上批近以秀州軍事判官李定爲太子中允、權監察御史裏行，知制誥李大臨、蘇頌，累格詔命不下"，則頌熙寧三年（1070）知制誥，時陳鑄已故，殆在熙寧二、三年也。

　　考傳文云："家人持箪飲餉之，雖數十年，輒掩鼻急遣去。"陳明遠入冥在皇祐四年（1052），此後絶箪，即以二十年計，已到熙寧四年，時陳鑄已故。頗疑所謂數十年乃信筆所書，非確數，或爲十數年之誤。若作十數年，則至治平二、三年已十二三年，其時鑄得爲尚書都官郎中、通判廣州也。

　　崔公度至和中宰相劉沆薦茂才異等科，辭疾不應。用父任，補三班差使，非所好而閉户讀書。治平二年（1065），參政歐陽修薦授試祕書省校書郎、和州防禦推官、充國子監直講，以母老辭。此傳及《金華神記》疑即作於治平二、三年間，時正讀書侍母也。

　　所叙爲入冥再生，弘揚佛義，無足稱道。張邦基議曰："予觀崔公所記，抑亦異矣。彼鄭生者，以法自名，而獲罪若是。吁，可畏哉！三尺者，輕重不可踰，而法家流鮮恩寡恕，多論□刻，苟容於心，已不逃於陰譴矣。若能平反明慎，天必以善應之。臨政者於淑（按：此字原空闕，據《稗海》本補）問詳讞，寧

① 見龔延明《宋代官制辭典》，第 298、229 頁。北京：中華書局，1997。

可忽諸。"明仁孝皇后徐氏《勸善録》卷二採入此篇，當據《墨莊漫録》，止於"僧亦不甚念，復引明遠出"。

　　《通志略》傳記類著録《陳明遠傳》一卷，瞿慶撰。《萬姓統譜》卷一三載："瞿慶，撰《明遠遺宗》三卷。"瞿慶，不詳何人。

蔡箏娘記

節存。北宋陳光道撰。傳奇文。

陳光道，字不矜。南城（今屬江西撫州市）人。仁宗嘉祐四年（1059）劉煇榜進士。[1] 曾官桂林、河中幕府[2]，通判撫州[3]。哲宗元祐二年（1087）爲朝散郎，居職不詳[4]。

洪邁《夷堅支甲》卷七《蔡箏娘》載：陳道光（光道）自桂林罷

---

[1] 見《夷堅支甲》卷七《蔡箏娘》、正德《建昌府志》卷一五《選舉表·進士》、《江西通志》卷四九《選舉》、乾隆《建昌府志》卷二九《選舉表·進士》。《夷堅志》作陳道光。按：方志作陳光道，北宋蘇頌《蘇魏公文集》卷六二《仁壽郡太君陳氏墓誌銘》云"二女嫁朝散郎陳光道"，《能改齋漫録》卷一八《竹杖化龍夢魚獲薦之祥》亦作陳光道，《夷堅志》誤。考《堅瓠四集》卷一《蔡箏娘》、《宋詩紀事》卷四九《陳光道》皆引《夷堅志》，《一見賞心編》卷六《箏娘傳》、《稗家粹編》卷五《陳光道遇蔡箏娘傳》亦據《夷堅志》，而皆作陳光道，是誤不在洪邁，誤在今本耳。《能改齋漫録》云："嘉祐三年，公岳（許公岳）再預薦。是秋未考試以前，公岳夢至池上，顧見池中有七魚，而一魚最巨。公岳下捕之，志取最巨者，然捉搦不得，止得大魚中一最小者。公岳窹而歎焉。是時，間歲開科場，建昌解額止七人，公岳名次第七，此最小魚之驗也。而陳光道第一，明年光道及第，此最巨魚之驗也。"光道以第一名鄉解，明年及第，嘉祐四年也。

[2] 見《夷堅志》。

[3] 見乾隆《建昌府志》。

[4] 仁壽郡太君陳氏元祐二年八月卒，時陳光道爲朝散郎。朝散郎，文散官名，階從七品上。

官歸，過洞庭夢綵衣童子，自言洞中龍子，奉命告其後三年當有
所遇。及期，在河中幕府，沿檄如商州，夜宿藍田藍橋釋，夢童子
來，引至一處。童以節扣石壁開，入洞户，見一麗女候之。女自
言蔡真人女，名箏娘，善秦箏。謂陳乃仙材，司命不欲與大官，恐
其墮落。女出白玉牌，令陳作詩紀之，陳立成十絶。女命侍兒以
簫度《離鳳》之曲，曲終而寤。復兩夕，夢童攜詩牌來白"仙子謝
君"，並云箏娘謂陳詩有三處不妥，一一予以修改，陳悉依其語。
童子去，自是不復再逢。末云："陳自作文記其事。"原文題不可
知，姑擬如題。陳光道嘉祐四年進士，所記爲在河中幕府時事，
當去及第之年不甚遠，殆在治平間也。之後官有升遷，元祐二年
爲從七品上朝散郎。

　　此作乃遊戲遣懷筆墨，假託夢仙而出其十首遊仙詩。詩中
以仙材自詡，於傳説成仙之楊妃、劉晨、阮肇調侃，故箏娘批評
道："劉、阮、太真，列仙也。常相往還，君何訾詆之甚！"而童子亦
譏曰："人間文士輕薄，好譏毁人。"宋人小説多自述異遇，大抵心
存盜名欺世之意，陳氏此文却乃自見輕薄，不肯自神自飾，以文
爲戲而已。此情頗似唐人之豁達放浪，然遇仙而全無肌膚之親，
又顯出宋人本相。洪邁讚道："女與陳飲款終宵，曾不及亂，非唐
稗説所記諸仙比，其真玉妃輩乎！"以小説家言爲真已見其迂，而
又盛讚仙女之"不及亂"，更見其腐焉。

　　《一見賞心編》卷六儇女類《箏娘傳》、《稗家粹編》卷五仙部
《陳光道遇蔡箏娘傳》，據《夷堅志》採録。《堅瓠四集》卷一《蔡箏
娘》節録《夷堅志》。《宋詩紀事》卷四九據《夷堅志》採入陳光道
《夢中贈神女蔡箏娘》四首。

淮陰節婦傳

節存。北宋呂夏卿撰。傳奇文。

呂夏卿（1013—1067），字縉叔。泉州晉江（今福建泉州市）人。少以蔭補爲太廟齋郎，仁宗慶曆二年（1042）進士及第①，調端州高要縣尉②。時修《新唐書》，丁度、宋祁薦爲編修官。嘉祐五年（1060）書成，時任祕書丞。③ 進直祕閣、同知禮院④。八年仁宗崩，英宗即位，命翰林學士王珪等撰《仁宗實録》，夏卿兼充檢討官⑤、同修

---

① 及第時間據《八閩通誌》卷五〇、《泉州府志》卷三三、《晉江縣志》卷八《選舉志》，及《泉州府志》卷五四《文苑傳》、《晉江縣志》卷一二《人物志・文苑》。

② 《東都事略》云"舉進士，調高安簿，又爲江寧尉"，《宋史》本傳云舉進士，爲江寧尉，《泉州府志》、《晉江縣志》同。此從蘇頌《蘇魏公集》卷六六《呂舍人文集序》。《序》云："起遠方邑尉，入爲編修《唐書》。"端州高要即今廣東肇慶市，自是遠方邑也。

③ 曾公亮《進唐書表》（《新唐書》附）云"祕書丞臣呂夏卿"。《呂舍人文集序》云："入爲編修《唐書》。……歷祕書著作丞。"按：《宋史》卷一六四《職官志四》載，祕書省有監、少監、丞。丞參領著作郎、著作佐郎，掌修纂日曆，而"惟日曆非編修官不預"，則夏卿爲祕書丞參領著作之事。

④ 《續資治通鑑長編》一九八嘉祐八年云"同知禮院、祠部員外郎、直祕閣呂夏卿奏"。祠部員外郎乃寄禄官名，從六品上。

⑤ 見《長編》卷一九九。

起居注。遷兵部員外郎、知制誥①。以本職出知潁州，踰年得奇
疾卒②，年五十五③。

　　夏卿長於史學，參與修《新唐書》，本傳云“貫穿唐事，博采傳
記雜説數百家，折衷整比，又通譜學，創爲世系諸表，於《新唐書》
最有功”。撰有《唐書直筆》四卷、《唐書新例須知》一卷④、《兵
志》三卷⑤、《吕舍人文集》五十卷及《唐文傳信》、《古今系表》
等⑥，唯《唐書直筆新例》及《新例須知》今存。事跡具見蘇頌《蘇
魏公集》卷六六《吕舍人文集序》、《東都事略》卷六五、《宋史》卷
三三一本傳。

　　莊綽《雞肋編》卷下云：“余家故書，有吕縉叔夏卿文集，載
《淮陰節婦傳》云……此書吕氏既無，而余家者亦散於兵火。姓

----

①《吕舍人文集序》云“故兵部員外郎、知制誥、知潁州吕公縉叔”。《泉州
　府志》、《晉江縣志》云“熙寧初（1068）遷兵部員外郎、知制誥、同修實
　録”。按：北宋吴處厚《青箱雜記》卷八云：“治平中，（趙槩）退老睢陽，素
　與歐陽文忠公友善。時文忠退居東潁，公即自睢陽乘興拏舟訪之。文
　忠喜公之來，特爲展宴，而潁守、翰林（按：當爲知制誥）吕公亦預會。”是
　知夏卿治平中已知潁，非在熙寧中也。《泉州府志》乃據舊志，參《宋
　史》、《閩書》而成，此處必是誤定紀年。
②《潁州府志》卷五《秩官表》列知潁在英宗治平中。李之亮《北宋京師及
　東西路大郡守臣考》斷夏卿知潁在治平二年至四年五月，韓維代之。
　按：據《長編》卷二〇四，治平二年（1065）夏卿仍同知禮院，未遷兵部員
　外郎、知制誥，其知潁當在三年。《吕舍人文集序》云“以本職出守，踰年
　終汝陰”，正四年也。
③此據《吕舍人文集序》。《東都事略》、《宋史》本傳及《泉州府志》、《晉江
　縣志》均稱年五十三，疑誤。夏卿治平四年（1067）卒，年五十五，則生於
　大中祥符六年（1013）。
④此據《郡齋讀書志》史評類，《通志略》、《宋志》正史類作《唐書直筆新例》
　一卷。
⑤見《宋志》兵書類。
⑥見《吕舍人文集序》。

氏皆不能記,姑敍其大略而已。"傳文大略云:淮陰婦年少美色,
夫爲商。里人悦之,與夫同行而排之江中,夫指水泡曰:"他日此
當爲證。"里人厚爲棺斂,歸而葬之,財物盡付其母,人以爲義。
母以婦嫁里人,夫婦歡睦,有兒女數人。一日大雨,里人視庭中
積水竊笑,婦間其故,里人遂告害其前夫之始末。婦遂訴官,里
人伏法,婦亦投淮而死。作傳殆在英宗朝。

　　北宋徐積《節孝集》卷三《淮陰義婦》詩序亦述此事,情節相
同,淮陰婦爲李氏,與後夫生二子,告官後縛二子投淮,可補《雞
肋編》所述之闕。洪邁《夷堅支丁》卷九《淮陰張生妻》曾引述徐
氏所述,云:"《徐中車集》[①]載:淮陰一婦之夫隕命盜手,而婦弗
知。其後盜憑媒納幣,聘爲室。居三年,生二子矣。因乘舟過夫
死處,盜以爲相從久,又有子,必不恨我,乃笑而告之故。婦勃然
走投保正,擒盜赴官。大慟語人曰:'妾少年嫁良人,爲盜死,幸
早聞之,定不與俱生。兩雛皆賊種,不可留於人世。'俱擲諸洪
波。俟盜伏辜,亦自沉而死。"所述與徐積詩序多不合。按洪邁
未覩原序,此實聞於朱從龍[②],而朱從龍殆亦僅憑記憶而已。
《夷堅志補》卷五《張客浮漚》寫淳熙中張客爲僕所害,指檐下浮
漚爲證,實亦淮陰義婦事之演化。明陸楫等編《古今説海》,中説
纂部十二散錄家六有《蓼花洲閒錄》,末題宋高文虎[③]錄,書中引
有此事,全取《雞肋編》而妄注《杜陽雜編》,蓋雜湊託名之書也。
《元曲選》無名氏《硃砂擔滴水浮漚記》據此事改編。

　　此傳所叙蓋爲實事,然頗富傳奇性,流傳中殆有增飾。傳旨

---

①　中車應作仲車,徐積之字,見《宋史》卷四五九《卓行傳》。
②　《夷堅支丁》卷九末注:"此卷皆朱從龍説。"
③　高文虎,《宋史》卷三九四有傳。南宋寧宗時官兵部侍郎兼中書舍人,又
　　兼祭酒,拜翰林學士兼侍讀、實錄院修撰,修國史。除華文閣學士、知建
　　寧府、提舉太平興國宫。

乃頌揚義婦,徐序云:"復讎殺子,又自殺其身,雪沉冤於既往,豁幽憤之無窮,昭乎如白日之照九泉也。如此之義,是豈可不以爲義乎!故聞其風者,壯夫烈士爲之凛然,至於扼腕泣下也。而姦臣逆黨,亦可以少自訕矣!"然義則義矣,殺二子則過甚。宋儒道學之偏執,此可見焉。

蜀異志

佚。北宋闕名撰。志怪集。

本書向無著録,佚文只見於南宋委心子宋氏《新編分門古今類事》引述。《十萬卷樓叢書》本及《四庫全書》本所引互有不同之處,合二本凡引十二事。然中有三條實非本書:卷三《寶藏三品》乃唐貞觀中張寶藏事,非蜀事,今見李冗《獨異志》卷上,必是《獨異志》之譌。卷一七《滕公佳城》,十萬卷樓本注作見《獨異志》并《西京雜記》,四庫本作《蜀異志》及《幽明録》。此爲西漢夏侯嬰事,與蜀無涉,原載《西京雜記》卷四,《太平廣記》卷三九一引作《獨異志》(今本闕載),知庫本《蜀異志》亦《獨異志》之譌。卷一八《顏濬廢閣》,十萬卷樓本注見《傳奇》,庫本亦誤爲《蜀異志》,事在建業,必不出本書。其餘九事:《劉檀改名》、《少卿領馬》(以上卷七)、《崔圓大貴》、《孝先共占》、《崔張不協》(以上卷一二)、《蜀主歸國》(卷一四)、《南康禄食》(卷一五)、《繼圖飄葉》(卷一六)、《抽籤爲戲》(卷一八),皆在蜀中,當爲本書佚文。中《崔圓大貴》,十萬卷樓本作《獨異志》(今本闕載),《少卿領馬》,庫本作《洞微志》,不易辨其正誤,或二書並載亦未可知。周守忠《歷代名醫蒙求》卷下《李祐救婦》,引《蜀異志》,事亦非在蜀地,今見《獨異志》卷上。

作者當爲蜀人,專記蜀中異事。《蜀主歸國》、《抽籤爲戲》爲宋初事;《孝先共占》載費孝先占卦,據《東坡志林》卷一〇《〈稗

《海》本),費孝先乃仁宗至和、嘉祐中人①。《崔張不協》爲唐事,原出五代王定保《唐摭言》卷一一,原作張曙,此改作張曉,避英宗趙曙諱也。故疑本書作於英宗治平中(1064—1067)②。

　　所載唐五代事大都採自他書,除《崔張不協》外,如《劉檀改名》、《繼圖飄葉》皆採後蜀金利用《玉溪編事》(《廣記》卷二七八、卷一六〇引),《少卿領馬》採後晉王仁裕《王氏見聞》(《廣記》卷二七九引),《崔圓大貴》似採《獨異志》。《古今類事》旨在前定,故所存遺文全爲命定之説,原書題材當應廣記異事也。

────────────

① "費孝先卦影"條云:"至和二年(1055),成都人有費孝先者始來眉山……後五六年,孝先以致富,今死矣。"此文《分門古今類事》卷一八亦引(題《孝先竹床》),注見《毗陵集》。按:《古今類事》引《毗陵集》、《毗陵後集》多事,皆見於《東坡志林》。《稗海》本《志林》卷二"蘇佛兒"條記事爲元符三年八月,卷一一"贈邵道士"條記於元符三年九月二十一日,"契嵩禪師"條末題"時元符三年十一月十九日"。據孔凡禮《蘇軾年譜》(北京:學苑出版社,2001),蘇軾元符三年(1100)六月發儋州,此數事皆記於北歸途中。次年建中靖國元年六月到常州(毗陵),七月病終。《志林》乃其後人編纂,或名《東坡手澤》(《直齋書録解題》卷一一小説家類),疑或亦名《毗陵集》也。唐獨孤及有《毗陵集》,非此。

② 《分門古今類事》編成於乾道五年(1169),去治平中已百年餘,時已不必避英宗諱,書中卷三《正己看牆》(出《酉陽雜俎》)云"天曙忽有青鳥十數飛牆上",卷一四《崔曙一星》(出鄭處誨《雜録》)皆未避曙字,是知改曙爲曉蓋原作者所爲。

至孝通神集三十卷

佚。北宋過昴編。志怪集。

過昴,字彥博。南昌府豐城(今屬江西宜春市)人。① 仁宗

---

① 《八瓊室金石補正》卷一〇二《衡陽石鼓山題刻·薛俅等題名》:"河東薛俅肅
□、清河張公紀仲綱、高平過昴彥博、會稽夏暉公酉,瞻會□□□衡陽石鼓學
宫。治平乙巳中元後一日記石。"按:河東、清河、高平(今屬山西)、會稽皆郡
望,非本貫。鄭樵《通志·氏族略·夏商以前國·過氏》:"過勸,望出高平。"
(按:勸當作勗,形似而譌,勗同昴。《宋登科記考·附録》據《通志略》著録過
勸,失考。南京:江蘇教育出版社,2009,第1867頁)陸游《南唐書音釋·本紀
一之三》:"昴彦……姓書無昴姓,但有過、渦二姓,並音戈過。……宋季有尚
書郎昴,望出高平。"過昴爲豐城人。李賢《大明一統志》卷四九《南昌府·人
物》:"徐國和,豐城人。……又同邑過昱母卒,刻像事之。考古人勉于孝者,
類成三十卷,目曰《至孝通神集》。"過昱當即過昴,作昱誤也。明章潢《新修
南昌府志》卷一八《人物傳》、《江西通志》卷六六《人物·南昌府》載過昱事,
《通志》云:"過昱,字彥明,豐城人。母早卒,刻木爲像,早暮漱盥,飲食必進,
愈久愈勤。閔世俗鮮知事親,乃葺古人孝道,類三十卷,目曰《至孝通神集》。
寶元間(《府志》作元年)第進士。常攝全州事,正民偏版,以均徭役,均平税
役。其斷訟必反覆,務盡其情。至施刑,恒以惻怛爲念。終都官郎中,居定
林,自號定林老叟。"(末注"林志"下云:"按:《人物志》以過昱爲景祐進士,與
此互異。"《大明一統志》卷五三《建昌府·人物》:"過昱,南城人。景祐間進
士,官至都官郎中。性至孝,母没,刻木爲像事之。父没,水漿不入口者累
日,慕之終身。"又《江西通志》卷八三《人物·建昌府》:"過昱,字彦明,南城
人。寶元進士。性至孝,母没,刻木爲像事之。……及父没,水漿不入口者
七日,孺慕終身。"按:過昱字彦明,南城(今屬江西撫州市)人,與豐城之過昴
(字彥博)自是二人。方志記載淆亂,將昱與昴相混,蓋緣昴、昱同族。且姓
名相近耳。《宋登科記考》云過昱原名過昴,非是。上册,第168頁。

寶元元年(1038)擢進士第①。嘗攝全州事②。嘉祐、治平間知成都縣③。治平二年(1065)曾與河東薛俅、會稽夏噩等遊衡陽，題刻石鼓山④。官終都官郎中⑤。墓在撫州府崇仁縣高富山，人呼爲"過至孝墓"⑥。

　　《祕書省續編到四庫闕書目》傳記類著録文彦博⑦《至孝通神集》三十卷，《宋志》以入類事類，而題過勗。按過勗字彦博，與文氏名同，蓋因名字相同而轉誤。明世尚存此書，著録於陳第《世善堂藏書目録》卷上史類"稗史野史并雜記"，然題顧翌。明

①《江西通志》卷四九《選舉志》"寶元元年戊寅吕溱榜"："過昱，豐城人，都官郎中。""過昱，南城人。"按：著録有誤，前一過昱乃過勗，官都官郎中。過昱則景祐間進士。

②見前引《南昌府志》、《江西通志》。按：誤爲過昱事。全州屬荆湖南路，爲下州(《宋史》卷八八《地理志四》)。過勗攝全州事，當在嘉祐前。

③丁丙《善本書室藏書志》卷二六集部《趙清獻公文集》十卷(明成化刊本)云："宋趙抃撰。抃字閱道，衢州西安人。景祐元年進士及第，歷推官，改御史，彈劾不避權倖，京師目爲鐵面御史。加龍圖閣學士，知成都。……凡三入蜀，蜀大治。性至孝，縣令過勗榜其里曰'孝弟里'。集詩文各五卷。"按：據李之亮《宋川陝大郡守臣易替考》，趙抃嘉祐三、四年，治平元年至四年，熙寧五年至七年三知成都府。過勗爲成都縣令殆在嘉祐、治平間。成都：巴蜀書社，2001，第14—16頁。

④見《八瓊室金石補正》卷一〇二《衡陽石鼓山題刻·薛俅等題名》。

⑤見前引《江西通志·選舉志》、《大明一統志》、《南昌府志》、《江西通志》均誤爲過昱事。按：前引《南唐書音釋》云"宋季有尚書郎勗"，尚書郎當即指都官郎中。過勗爲都官郎中，當在神宗熙寧以後，在北宋後期，故陸游稱宋季。

⑥《江西通志》卷一一〇《邱墓·撫州府》："過勗墓在崇仁高富山，人呼爲'過至孝墓'。"引自《分省人物考》。崇仁縣，今屬撫州市，在豐城東南。

⑦文彦博(1006—1097)。字寬夫，汾州介休(今屬山西)人。仁宗時拜同中書門下平章事、集賢殿大學士。哲宗紹聖四年(1097)卒，年九十二。事跡具見《宋史》卷三一三、《名臣碑傳琬琰集》下集卷一三《文潞公彦博傳》。

王圻《續文獻通考》卷一七七《經籍考》傳記類云：“《至孝通神集》三十卷，豐城顧昱考古人勉於孝者，類成三十卷。”則作顧昱。按：蓋傳本誤作過昱，此又譌作顧翌、顧昱也。①

過昺乃孝子，刻母像事之，乃效丁蘭②。其於成都榜趙抃里曰“孝弟里”，亦彰孝道也。本書當是集歷代書史所載孝感事分類編纂而成，故《宋志》以爲類書。撰作時代難以確考，過昺嘉祐、治平間知成都縣，姑列於治平中。

––––––––––––––––––

① 清初黃虞稷《千頃堂書目》卷一〇傳記類：“顧昱《至孝通神集》二十卷。”注“豐城人”。萬斯同《明史》卷一三四《藝文志》傳記類作三十卷，餘同。又《明史》卷九七《藝文志》傳記類亦著錄顧昱《至孝通神集》三十卷。皆以顧昱（過昺）爲明人，大誤。

② 見《太平御覽》卷三九六引《孝子傳》、卷四一四引孫盛《逸人傳》等，古書記載頗多。

筆奩録七卷

佚。北宋王山撰。傳奇集。

王山，大名府大名縣（今河北邯鄲市大名縣東北）人①。仁宗皇祐五年（1053）應省試不第。

本書著録於《四庫闕書目》、《祕書省續編到四庫闕書目》、《通志略》、《宋志》小説類，均爲七卷，《四庫闕書目》、《宋志》皆題王山，其餘不著撰名。原書已佚。洪邁《夷堅三志己》卷一引《吳女盈盈》、《長安李妹》②兩篇，《吳女盈盈》末注："山（王山）有《筆奩録》詳記所遇。"《長安李妹》末注："亦見《筆奩録》。"《夷堅志》所載皆經節略，非原文。《吳女盈盈》原文載於北宋李獻民《雲齋廣録》後集（按：或作卷九，乃南宋人新添，説見《雲齋廣録》叙録），題《盈盈傳》，但將王山《寄盈盈歌》從傳文抽出附於後。原文用第一人稱"予"，《夷堅志》改爲第三人稱。《長安李妹》則不見他書引録。

兩篇皆爲傳奇作品，《盈盈傳》原文長達二千四百餘字，《長安李妹》原傳當亦較長，然《夷堅志》已經縮寫，不足五百字。《盈

①《夷堅三志己》卷一《吳女盈盈》稱"魏人王山"。按：《盈盈傳》云："明年夏，客有自東海過魏者，攜盈盈所寄《傷春曲》示予。"故《夷堅志》云魏人。魏指魏州，即北宋大名府，治大名縣。

②李妹，《筆記小説大觀》本《夷堅志》卷二六作李姝。姝，或稱其爲美女，或即其名。

盈傳》乃作者自述所遇。略云：皇祐中龍圖閣學士田公節制東海，王山是歲下第來遊。值吳女盈盈來，田公召使侍宴。山與之歡處近一月，教其學詞。山歸魏，明年盈盈寄《傷春曲》，山答以長歌。又一年山遊淄川，通判王公西歸遇於郊舍，出盈盈簡，邀王遊東山，紙尾復有一詞。會山病，不能赴約。秋中再如山東，盈盈已死。山訪王公，王云山歸一年後，盈盈夢玉女命其掌奏牘，不久卒。山作詩以吊。嘉祐五年春，山遊奉符登泰山，至玉女池，追思盈盈所夢，題三詩於石。歸夢遊日觀峰北，石上有詩，筆迹類盈，讀畢忽痦。是夕爲女奴召至溪洞，見玉女及盈盈與另一女。命山賦詩，作二章，三女亦作五首。夜深，盈盈伴山宿。天明置酒而別。

　　按田公即田瑜，《宋史》卷二九九本傳載：瑜擢天章閣待制、知廣州，儂智高平，瑜爲廣南東路體量安撫使。還，糾察刑獄、同判吏部流内銓，除龍圖閣直學士、知青州。據《宋史》卷四九五《蠻夷傳三·廣源州蠻》，皇祐五年（1053）正月，宣撫使狄青破儂智高於邕州。吳廷燮《北宋經撫年表》卷二“京東東路安撫使”之下，皇祐五年中列入田瑜，此年七月文彥博改知秦州，田瑜乃代文彥博。次年即至和元年（1054）六月，復爲曹佾所代。[1]《宋史》卷八五《地理志一》云：“青州，望，北海郡，鎮海軍節度。建隆三年（962）以北海縣置軍，淳化五年（994）改軍名。慶曆二年（1042）初置京東東路安撫使。”田瑜知青州，依例當兼京東東路安撫使。傳文所云“田公節制東海”，東海即指青州，非指海州東海郡。京東東路轄青、齊、淄、沂、濰、密、萊、登等州，該地區瀕臨

---

① 按：據李之亮《北宋京師及東西路大郡守臣考》，皇祐四年至五年閏七月，文彥博知青州，代之者爲張昇，後爲曹佾、孫沔。嘉祐二年（1057）瑜方知青州。此與傳文云皇祐中不合，有誤。成都：巴蜀書社，2001，第256—257頁。

東海（即今黃海），故稱。王山下第遊青州謁田瑜，當在皇祐五年七月後。一月後西歸魏，魏乃魏郡，即大名府，《夷堅志》云"魏人王山"即據此而言。明年夏得盈盈《傷春曲》，乃至和元年。又一年遊淄川，乃至和二年，淄川爲淄州治，乃青州西鄰。盈盈邀遊東山，東山即泰山。此年秋中再如山東，山東亦指青州，在泰山之東也。後至嘉祐五年（1060）春遊奉符，已是至和二年盈盈卒後第五年，故而《夷堅志》徑云"後五年山游奉符"。山所述經歷，時地人物（田瑜）皆班班可徵，當爲實情，盈盈死後之事則虛構也。

《長安李妹》略云，李妹乃長安女倡，家貧，其母賣與宗室四王、同州節度爲妾，寵嬖專房。忤旨暫寄戚里龍州刺史張侯別第，張欲辱之，妹取佩刀欲自刎，爲婢妾奪救。張披酒挺刃又逼，妹斥其"欺天罔人，暴蝶女子"，拱手就刃。張羞愧，自是不復戲言。然妹竟縊死，以報同州。死後訴於冥曹，張大懼，不食而卒。末云："初時張嘗爲王山談其節，故山爲作傳。"按北宋制度，節度使、刺史皆爲虛銜，宗室王公常領節度使，武臣常領刺史，皆不駐本處。宗室四王、同州節度不詳爲何人。神宗第十三子楚王趙似子有恭雖爲定國軍（同州）節度使（見《宋史》卷二四六《宗室傳三》），然時代不相及。至戚里龍州刺史張侯（按：侯非人名，君侯之謂），疑爲仁宗張貴妃之親戚。據《宋史》卷二二二《外戚傳上》及《隆平集》卷一一《宣徽使》，張貴妃伯父堯佐有子九人，或許張侯者即九子之一。若此，則事亦似在仁宗嘉祐間，其時山遊京師逢張侯聞李妹事而作傳。全書之成，疑在英宗治平中。

兩篇所寫均爲妓女。前篇自陳豔遇，以遣風流自得之懷，兼以見藻思文心，筆致婉轉，詞藻豐蔚，頗有唐傳奇之風雅。後篇寫李妹之節，則承唐人《楊娼傳》之脈。《青泥蓮花記》卷二、《豔異編》卷三〇、《情史》卷九均據《夷堅志》收入《吳女盈盈》，《情史》有刪節，亦多異文。《青泥蓮花記》卷五、《續豔異編》卷六又

輯入《李姝》,《廣豔異編》卷一一則題《長安李姝》,《情史》卷一則
題《李姝》。清王初桐編《奩史》卷一九妾婢門《妾》據《夷堅志》節
録,作李姝。《宋詩紀事》卷三〇輯入王山《答盈盈長歌》、《弔盈
盈》,卷九七輯入盈盈《寄王山》。

唐宋遺史四卷

節存。北宋詹玠撰。志怪雜事集。一題《遺史記聞》。

詹玠，衢州西安（今浙江衢州市衢江區）人①。曾作《詠梅》、《說棋》、《牡丹》等詩②。

本書著録於《祕書省續編到四庫闕書目》小説類、《宋志》別史類。又《玉海》卷四七引《書目》（《中興館閣書目》）云："《唐宋遺史》四卷，治平四年（1067）詹玠撰。"

原書不傳。《紺珠集》卷五摘録十八條（書題下注詹玠）。《類説》卷二七自《紺珠集》取十六條，天啓刊本不著撰人，嘉靖伯玉翁舊鈔本卷二五題宋詹玠撰。《類説》本標目多有改動，次序亦異。《重編説郛》弖二六自《紺珠集》選九條，改題《遺史記聞》，而《龍威秘書》又自《重編説郛》本取七條，《説庫》、《叢書集成初編》皆採《龍威秘書》本。

《紺珠集》節本之外，《詩話總龜》前集、《分門古今類事》徵引亦多，且文字較詳，當近原文。《詩總》凡引十九條③，不見於《紺

---

① 《詩話總龜》卷前《集一百家詩話總目》，中有西安虞介《唐宋遺史》，姓名譌。《侯鯖録》卷八云："詹玠，南方人。"

② 見《侯鯖録》卷八。

③ 《詩總》前集卷三一"孟東野下第詩"條無出處，周本淳校點本卷三三據校本補作《唐宋遺史》。《古今事文類聚》前集卷二七、《詩林廣記》前集卷七均引作《唐宋遺史》。

珠集》本者十四條;《古今類事》引十六條①,不見於《紺珠集》及
《詩總》者十一條。合計得遺文四十三條。《孔帖》、《海録碎事》、
《唐詩紀事》、《緑牕新話》、《錦繡萬花谷》、《詩人玉屑》、《鼠璞》、
《古今事文類聚》、《古今合璧事類備要》等書亦有徵引,然都不出
上三書之外。惟北宋高承《事物紀原》卷三《訶子》云:"本自唐明
皇楊貴妃之,以爲飾物。貴妃私安禄山以後,頗無禮,因狂悖指
爪傷貴妃胷乳間,遂作訶子之飾以蔽之。事見《唐宋遺史》。"加此
則四十四條。

　　宋人小説喜摭拾唐人舊事,此作兼述唐宋,然取唐事尤多。
如《金蓮燭》(宣宗令狐綯事)採自《東觀奏記》卷上。《手印屏風》
(明皇美人王氏事)採自《開天傳信記》。《作敲字佳》(賈島事)採
自《鑑誡録》卷八。《黄蛇食藤》(明皇事)、《李庚食鱠》(《古今類
事》卷四)採自《逸史》(《説郛》卷二四、《太平廣記》卷一五三)。
《禄山異聞》(《古今類事》卷九)採自《次柳氏舊聞》。《南楚材妻
詩》、《賦詩得妓》、《侯門深似海》(崔郊事)、《玉簫之約》、"張延賞選
壻"(《詩總》卷三五)、"毗陵愼氏"(同上卷四一②),皆採自《雲谿
友議》③。《鴻漸相位》(《古今類事》卷六)、《薛邕列曹》(同上卷

---

①《古今類事》多引作《唐宋遺史》(或誤遺爲逸)、詹玠《遺史》,而卷一四
　《范子病萊》、《晉公朱崖》作《遺史》,卷四《韋公玉簫》作《逸史》,《范
　子病萊》、《韋公玉簫》二條均見於《紺珠集》節本。又卷九《禄山異
　聞》,《十萬卷樓叢書》本缺出處,《四庫全書》本注出《摭遺集》及《唐
　宋遺史》。
②《詩人玉屑》卷二○亦引。
③《賦詩得妓》(《詩總》卷二六、《苕溪漁隱叢話》後集卷九、《賓退録》卷九、
　《詩人玉屑》卷一五亦引)爲韋應物事,《雲谿友議》卷中《中山悔》原爲劉
　禹錫事,《詩總》注亦云:"《古今詩話》劉夢得詩。"《唐詩紀事》卷三九亦
　屬之劉。按:《方輿勝覽》卷四四《揚州·名宦·杜鴻漸》引《唐宋遺史》
　爲劉禹錫事,則原書本爲劉詩,蓋傳寫致誤耳。

一〇）、《誌公畫鹿》（同上卷一四）、《盧齊暴亡》（同上卷一八）皆
採自《劉賓客嘉話錄》。《仁鈞避地》（《古今類事》卷四）採自《戎
幕閒談》（《廣記》卷三〇三）。《公遠歸蜀》（《古今類事》卷一三）
採自《酉陽雜俎》前集卷二《壺史》。《范攄子詩》、"虎丘山鬼詩"
（《詩總》卷四七，《才鬼記》卷三亦引）則採自宋初潘若沖《郡閣雅
談》①。宋事大抵據聞而記，亦有採他書者，如《清非生》（《才鬼
記》卷一五亦引，題《燕華君》，文詳），則採《女仙傳》（詳該傳敘
錄）。《事物紀原》所引安祿山抓傷楊貴妃胸乳事，亦見秦醇《驪
山記》（詳該記敘錄），然無作訶子飾之。蓋北宋固有此傳聞，有
同有異耳。

　　遺文四十餘事，異聞約占一半，多爲徵兆應驗、神仙道術之
類。其餘大都爲名人逸事，而頗述詩人故實，如賈島、孟郊、崔
郊、劉禹錫等。《説庫提要》稱本書"皆怪異可喜"。吳處厚《青箱
雜記》、王闢之《澠水燕談錄》、張師正《倦遊錄》、劉斧《青瑣高
議》、計有功《唐詩紀事》等書常襲取本書之詩人掌故。如《青箱
雜記》卷五採入向敏中、寇準事（《詩總》卷二六），卷六採入劉昌
言、林逋事（同上），卷七採入孟東野事（同上卷三一），卷一〇採
入張乖崖、曹修、劉沆事（同上卷二六、卷四一）。《唐詩紀事》卷
三五採入孟東野事，卷七一採入范攄子事，卷七八採入如意女子
事。《澠水燕談錄》卷二採入張乖崖事。《倦遊錄》（《類説》卷一

────────────

① 《吳郡志》卷四五引。按：《郡閣雅談》又稱《郡閣雅言》。《郡齋讀書志》
　小説類著錄一卷，云："皇朝潘若同（按：晁公武父名沖之，故避沖改爲
　同）撰。太宗時守郡，與僚佐話及南唐野逸賢哲異事佳言，輒疏之於書，
　凡五十六條，以資雅言。或題曰《郡閣雅談》。"《直齋書錄解題》作二卷，
　稱"贊善大夫潘若沖撰。"據徐鉉《徐公文集》卷二六《楊府新建崇道宮碑
　銘并序》，太平興國六年（981）太子右贊善大夫潘若沖知揚州。李之亮
　《宋兩淮大郡守臣易替考》（成都：巴蜀書社，2001）定爲太平興國六年至
　八年。《郡閣雅言》即作於此時。

六）採入陳亞事（《詩總》卷三八）。《青瑣高議》佚文（《詩總》卷一三）採入范攄子事。其爲宋人所重，於此可見。然作者意在拾遺搜聞，以小説創作論之，實無所成就也。

第三編　北宋後期

（1068—1126）

玄宗遺録

節存。北宋闕名撰。傳奇文。

朝鮮刊本《樊川詩集夾註》卷二《華清宮》註引《翰府名談·玄宗遺録》一大段①,詳載玄宗聞樂知變,漁陽兵叛,玄宗西奔,馬嵬縊死楊妃諸事。南宋王楙《野客叢書》卷二二《楊妃韈事》亦引《玄宗遺録》,乃玄宗作妃子所遺羅韈銘事,爲前者所無,所引疑亦轉自《翰府名談》。《詩話總龜》前集卷三三引明皇夢見妃子作詩及作羅襪銘事,脱出處,實出《翰府名談》,觀其前事“侯復”注出此書可知也②。而《類説》卷五二所摘《翰府名談》(按:嘉靖伯玉翁舊鈔本卷四四題劉斧撰),其中《明皇》(舊鈔本題《明皇楊妃》)一條記楊妃夢遊驪山,漁陽叛,馬嵬縊死而夢驗,明皇夢見楊妃作詩等,與以上多有相合,可證亦是《玄宗遺録》中文字。又者,高麗朝李奎報(1168—1241)《東國李相國全集》卷四《開元天寶詠史詩四十三首》,《紅汗》詩序引《玄宗遺録》貴妃縊馬嵬,擁項羅淚痕若淡血事,《送妃子》詩序引《明皇遺録》力士奏請斬貴

①《樊川詩集夾註》藏北京圖書館(今國家圖書館),程毅中從中發現《玄宗遺録》,撰《〈玄宗遺録〉裏的楊貴妃形象》一文,刊北京《文學遺産》1992年第5期。吳在慶《朝鮮刻本〈樊川文集夾注〉的文獻價值——從一條稀見的楊貴妃資料談起》(北京:《中國典籍與文化》第36期)、嚴傑《李奎報〈開元天寶詠史詩〉的小説文獻意義——以〈玄宗遺録〉佚文爲重點》(北京:《文獻》2012年第1期),皆有討論。
②《詩總·集一百家詩話總目》中列有劉斧《翰府名談》。

妃事,皆在《樊川詩集夾註》引文中。又《夢遊太真院》詩序引《玄宗遺録》玄宗夢遊太真院見太真事,則不見於《夾註》,而部分見於《類說》本《翰府名談・明皇》。《李相國全集》所引蓋亦據《翰府名談》。

　　《新編分門古今類事》卷二《審音知變》一篇,從明皇聞樂至辨夢,與《夾註》、《類說》所載全合,而文字互有詳略,足可補其所闕,顧無玄宗夢楊妃、作詩作銘諸事耳。然其出處,《十萬卷樓叢書》本注"出《唐闕史》",《四庫全書》本注作《成都廣記》,均非《翰府名談》。今存唐末高彦休《闕史》二卷,中無此事。按今本略有殘闕,此或爲其佚文,《玄宗遺録》所記疑取《闕史》。庫本作《成都廣記》者,若非有誤,則此事亦爲《成都廣記》所採。① 玄宗羅韈銘中有"細細圓圓,地下得瓊鈎;窄窄弓弓,手中弄初月"語,明謂楊妃纏足,絕非唐人語,自是宋人傳聞,是知《玄宗遺録》除可能採録《闕史》外,又益以宋人之説。觀《夾註》所引,書名《翰府名談》下舉《玄宗遺録》,是知《名談》亦猶《青瑣》,成篇者皆録篇名也。此作當非劉斧自撰。《名談》約成於哲宗朝元祐、紹聖間(見該書叙録),此作則出其前,今姑置於神宗朝之初。

　　宋人喜言明皇、楊妃事,此録寔佼佼者。叙事集中不散漫,注重對話描寫及細節描寫,頗能傳達人物情緒性格。楊妃之死充滿悲劇氣氛,筆墨動人,見出作者歎惋之情。夢兆夢驗,亦有助於悲劇氣氛之渲染。視《楊太真外傳》之堆垛、《驪山記》之浮豔,此作殊稱佳制也。

━━━━━━━━━━━━━

① 《成都廣記》不詳何人撰。《古今類事》卷一二《垂應紫堂》,引《成都廣記》,中云:"(王嘉言)又先告人曰:'王史館寅年必出中書。'今年春末又告人曰:'王相且出矣。'……既而果然。"王史館、王相指王安石,熙寧七年(1074)甲寅歲四月罷相,出知江寧府(見《宋史》卷二一一《宰輔表二》)。是則此書乃熙寧七年所作。

清夜録一卷

佚。北宋沈括撰。志怪雜事集。

沈括(1032—1096)[①]，字存中，晚號夢溪翁、夢溪丈人[②]。杭州錢塘(今浙江杭州市)人[③]。初以父任爲沭陽主簿[④]，仁宗嘉祐

[①] 沈括卒年各書未載。《宋史》本傳只言"居潤八年卒，年六十五"，《京口耆舊傳》卷一亦言"居八年卒，歸葬故里，子孫猶家京口"。胡道靜《夢溪筆談校證》(上海出版公司，1956)定爲生天聖九年(1031)，卒紹聖二年(1095)，今人多從之，《中國歷史大辭典》宋史卷即用其說，實誤。徐規《沈括生卒年問題的再探索》、張其凡《沈括生卒年考辨》(俱載浙江人民出版社 1985 年版《沈括研究》)，皆據《續資治通鑑長編》卷四四九元祐五年(1090)十月載"秀州團練副使沈括爲左朝散郎、守光禄少卿分司南京，任便居住。"斷爲此年居潤，居八年則紹聖四年(1097)卒，生年則爲明道二年(1033)。徐規《沈括事迹編年》(《仰素集》)修正舊說，據《長編》卷四三三元祐四年九月載："詔責授秀州團練副使、本州安置沈括，叙朝散郎、光禄少卿……許於外州軍任便居住。"及岳珂《寶真齋法書贊》卷五"唐名人真迹"之徐浩《謝賜書帖》下沈括題詞："沈括存中觀于百花堆。元祐五年季春十九日書。"考爲沈括在元祐四年接到詔命後就移居潤州。居潤應從元祐四年算起，生卒年均提前一年。《仰素集》，杭州大學出版社，1999，第 261—262 頁。李裕民《宋人生卒行年考》從其說，稱百花堆在潤州夢溪園。北京：中華書局，2010，第 67 頁。今從徐說。
[②] 見《直齋書録解題》卷一七別集類《長興集》及卷一〇農家類《夢溪忘懷録》解題。
[③]《東都事略》卷八六云吳興(今浙江湖州市)人，乃指郡望。
[④] 沈括父名周(978—1051)，官至太常少卿，卒贈刑部侍郎。見《臨川先生文集》卷九八《太常少卿分司南京沈公墓誌銘》。

八年(1063)進士及第①,授揚州司理參軍。編校昭文館書籍,爲大
理寺丞②、館閣校勘,删定三司條例,參與王安石變法。神宗熙寧
四年(1071)遷太子中允、檢正中書刑房公事③,明年充史館檢討,
爲提舉司天監④。六年遷集賢校理,察訪兩浙農田水利⑤。七年
遷太常丞、同修起居注,爲右正言⑥,擢知制誥,兼通進、銀臺司。
尋爲河北西路察訪使,兼判軍器監⑦。八年假翰林學士爲回謝遼
國使使遼⑧,歸上《使契丹圖抄》。遷淮南兩浙災傷州郡體量安撫
使,權發遣三司使⑨。十年爲御史蔡確所劾,以集賢院學士出知宣
州⑩。元豐二年(1079)復龍圖閣待制、知審官西院⑪。三年出知
延州、兼鄜延路經略安撫使⑫。因治邊有功,五年加龍圖閣直學
士,因徐禧失永樂城於西夏,責授均州團練副使,隨州安置。元
豐末徙秀州⑬,爲團練副使。哲宗元祐四年(1089)九月,詔以朝
散郎、光禄少卿於外州軍任便居住⑭,遂卜居潤州京口夢溪⑮。

---

① 見《咸淳臨安志》卷六一《國朝進士表》。

② 見《長編》卷二二八。

③ 參見《長編》卷二二八。

④ 見《長編》卷二三八。

⑤ 參見《長編》卷二四五。

⑥ 參見《長編》卷二五一、卷二五四。

⑦ 見《長編》卷二五六。

⑧ 見《長編》卷二六一。

⑨ 參見《長編》卷二六六、卷二六九。

⑩ 參見《長編》卷二八三。

⑪ 參見《長編》卷二九九、卷三〇四。

⑫ 參見《長編》卷三〇四、卷三〇五。

⑬《宋史》本傳稱元祐初,《夢溪筆談》卷二一云:"元豐末,予到秀州。"

⑭《長編》卷四三三:"詔責授秀州團練副使、本州安置沈括叙朝散郎、光禄
　　少卿……許於外州軍任便居住。"

⑮ 見《京口耆舊傳》卷一、《直齋書録解題》卷一〇《夢溪忘懷録》解題。

居潤八年卒，年六十五。事跡具見《宋史》卷三三一本傳、《東都事略》卷八六等。

沈括博學多才，通百家之學，平生著述極豐，近四十種①，今存《長興集》十九卷，《夢溪筆談》二十六卷又《補筆談》三卷、《續筆談》一卷，《蘇沈良方》八卷等。

《四庫闕書目》、《通志略》、《直齋書錄解題》、《宋志》、《通考》小説類俱著錄沈括《清夜錄》一卷，《祕書省續編到四庫闕書目》小説類無撰人。書佚，佚文覓得六條：南宋程大昌《演繁露》卷八《螢囊》引沈存中《清夜錄》丁朱崖聚螢囊事。《宋會要輯稿・瑞異三之三四》引《清夜錄》熙寧元年河北霖雨地震事。《永樂大典》卷一〇八一三引《林億夢母》（卷一三一三五亦引，題《夢母相會》，文同），卷一三一三五引《夢妻撫兒》，卷一三一三六引《夢姑託生》，卷一三一三九引《夢吞大蛤》，並作沈括《清夜錄》。

《夢吞大蛤》云"王御史子韶"。按王子韶《宋史》卷三二九有傳，傳云熙寧中"王安石引入條例司，擢監察御史裏行，出按明州苗振獄"。據《宋會要輯稿・刑法三之六五》及《職官六五之三二》，王子韶出按明州苗振獄在熙寧二年，明年四月落臺職。又據《續資治通鑑長編》卷二三九、卷二七七，五年以湖南路轉運判官、太子中允知高郵縣，熙寧九年爲太常丞、提舉永興路。此後子韶歷任禮部庫部員外郎、吏部郎中、衛尉少卿、太常諫官、衛尉卿、祕書監、太常少卿、集賢殿修撰、知明州，崇寧二年（1103）卒，贈顯謨閣待制。熙寧三年後未官御史臺，沈括只稱王御史而不稱此後官銜，可證此書作於熙寧二、三年間（1069—1076）②。此間沈括在京任職，意者暇時與賓友夜話，錄以成編，故名曰《清

---

① 詳見《宋志》及宋人書目著錄。
② 李裕民《關於沈括著作的幾個問題》（《沈括研究》）以爲作於熙寧二年至九年間。

夜録》。

六事中多爲異聞怪説。南宋王銍作《續清夜録》一卷，乃續沈書。又南宋俞文豹亦有《清夜録》一卷，乃雜説，類似俞之《吹劍録外集》。①

① 俞文豹《清夜録》一卷，載《廣四十家小説》、《歷代小史》、《五朝小説·宋人百家小説》偏録家、《重編説郛》弖三八。《四庫全書總目提要》卷一四三稱此書"叙次頗叢雜，亦多他書所已見"，蓋疑其爲僞書。但書中多自稱"文豹"，亦非"多他書所已見"，其出俞手無疑。明潘塤《楮記室》卷三、查應光《靳史》卷二一、陳耀文《花草粹編》卷一七、《天中記》卷四、《陝西通志》卷九八《拾遺一》等所引《清夜録》，皆出俞書。

任社娘傳

存。北宋沈遼撰。傳奇文。

沈遼（1032—1085），字睿達。錢塘（今浙江杭州市）人。龍圖
閣學士沈括侄，翰林學士沈遘弟[1]。少雋拔不群，泛覽經史，尤好
左氏、班固書。應舉不中，用兄任爲將作監主簿、監壽州酒税，未
就丁母憂。吳充爲三司使，薦監內藏庫，未逾年復薦監金耀門書
庫。神宗熙寧初（1068）爲審官西院主簿，坐與長官不合罷去。江
淮發運使薛向薦爲明州市舶司，遷太常寺奉禮郎。二年市舶廢，
改監杭州軍資庫。尋攝華亭縣，坐事奪官流永州，赦徙池州，築室
於齊山，名曰雲巢。元豐八年卒，年五十四。沈遼長於詩，與曾
鞏、蘇軾、黃庭堅唱酬往來。王安石亦賞其才，作詩贈之，然因政
見不合，遂見疏。著《雲巢編》二十卷[2]。事跡具見《沈睿達墓誌

①《宋史》卷三三一《沈遘傳》云沈遘從弟括，誤。《直齋書錄解題》卷一七
沈括《長興集》解題云：“括於文通（沈遘）爲叔，而年少於文通，世傳文通
常稱括叔。今《四朝史》本傳以爲從弟者，非也。文通之父扶，扶之父
同，括之父曰周，皆以進士起家，官皆至太常少卿。王荆公志周與文通
墓，及文通弟遼誌其伯父振之墓可考。”沈括《夢溪筆談》卷一七《書畫》
云：“予從子遼喜學書。”言之甚明。今傳《沈氏三先生文集》，先沈遘《西
溪集》，次沈括《長興集》，再次沈遼《雲巢編》，次序混亂，蓋不明三人世
系。《書錄解題》著錄《西溪集》、《長興集》、《雲巢集》，云：“以上三集刊
於括者，號《三沈集》，其次序如此，蓋未之考也。”

②此據《沈睿達墓誌銘》。《直齋書錄解題》據括者刊《三沈集》，著錄爲十
卷，今存本亦爲十卷。

銘》①(《雲巢編》附録)、《宋史》卷三三一本傳。

　　《雲巢編》卷八《雜文》載《任社娘傳》一篇,叙陶穀使吳越遇任社娘事。略云:吳越娼任社娘,妙麗善歌舞。乾興中陶侍郎使吳越,王使人令社娘蠱之。社娘詐爲闍者女,居窮屋服弊衣,陶一顧而心動。一日見社娘出汲水,陶呼之引入室中共宿。天明社娘求爲度曲作詞,陶作歌以贈。歌曰:"好因緣,惡因緣,奈何天。秖得郵亭幾夜眠,别神仙。　　琵琶撥斷相思調,知音少。待得鸞膠續斷絃,是何年。"明日吳越王召陶宴於山亭,陶詢任氏,王使社娘出拜,陶見方知入其縠。社娘歌其詞,甚樂。王賜以千金。明年北使來,與社娘互嘲而不能勝,王復厚賜之。社娘將嫁,以其所居築寺,王賜名仁王院云。作者跋云:"余初聞樂章事,云在胡中,蓋不信之。然其詞意可考者,宜在他國。及得仁王院近事,有客言其始終,頗異乎所聞,因爲叙之。寺爲沙門者多倡家,余所知凡數輩。"

　　按:陶穀歷仕晉、漢、周、宋,周世宗顯德中歷爲户、兵、吏三部侍郎,翰林學士承旨,入宋遷禮、刑、户部尚書,開寶三年(970)卒。② 陶侍郎使吳越當在顯德中,此稱乾興中,又云神宗深寵睠之,顯然有誤,乾興乃宋真宗年號,神宗蓋指宋太宗也③。蓋小説家言,有不可究詰者。此事北宋頗傳,各家記載不一。鄭文寶以

----

① 《沈睿達墓誌銘》不著撰人,末云沈遼三女,"季歸余之子",又云"余娶君之妹",周生春《沈括親屬考》考爲蔣之奇。《沈括研究》,杭州:浙江人民出版社,1985,第56頁。然因《雲巢編》附録有黄魯直(庭堅)《雲巢詩并序》等,故多誤《墓誌》爲黄庭堅撰,周生春亦有辨。曾棗莊等主編《全宋文》第七十九册沈遼卷亦云"《雲巢編》,據黄庭堅《沈睿達墓誌銘》爲二十卷",沿舊説之誤。上海辭書出版社、合肥:安徽教育出版社,2006,第173頁。

② 見《宋史》卷二六九《陶穀傳》。

③ 太宗謚號神功聖德文武皇帝,見《宋史》卷五《太宗紀二》。

爲所使爲南唐,妓女則爲秦弱蘭。《南唐近事》云:"陶穀學士奉使,恃上國勢,下視江左,辭色毅然不可犯。韓熙載命妓秦弱蘭詐爲驛卒女,每日弊衣持帚掃地。陶悦之,與狎,因贈一詞名《風光好》,云:'好因緣,惡因緣,只得郵亭一夜眠,別神仙。　琵琶撥盡相思調,知音少。待得鸞膠續斷絃,是何年。'明日後主設宴,陶辭色如前。乃命弱蘭歌此詞勸酒,陶大沮,即日北歸。"

　　文瑩《玉壺清話》卷四亦云:"李丞相穀,與韓熙載少同硯席。……廣順中,穀仕周爲中書侍郎、平章事。熙載事江南李先主,爲光政殿學士承旨。……先是,朝廷遣陶穀使江南,以假書爲名,實使覘之。李相密遺熙載書曰:'吾之名從五柳公,驕而喜奉,宜善待之。'至果爾,容色凜然,崖岸高峻,燕席談笑,未嘗啓齒。熙載謂所親曰:'吾輩縣歷久矣,豈煩至是邪?觀秀實公(原注:字也)非端介正人,其守可隳,諸君請觀!'因令留宿,俟寫六朝書畢,館泊半年。熙載遣歌人秦弱蘭者,詐爲驛卒之女以中之。弊衣竹釵,旦暮擁帚,灑掃驛庭。蘭之容止,宮掖殆無。五柳乘隙因詢其迹,蘭曰:'妾不幸夫亡無歸,託身父母,即守驛翁嫗是也。'情既瀆,失慎獨之戒。將行,翌日又以一闋贈之。後數日,燕于澄心堂,李中主命玻璃巨鍾滿酌之,穀毅然不顧,威不少霽。出蘭於席,歌前闋以侑之。穀憨笑捧腹,簪珥幾委,不敢不釂。釂罷復灌,幾類漏巵,倒載吐茵,尚未許罷。後大爲主禮所薄,還朝日,止遣數小吏攜壺漿薄餞於郊。迨歸京,鸞膠之曲已喧,陶因是竟不大用。其詞《春光好》(按:《類説》卷五五《玉壺清話》作《風光好》)云:'好因緣,惡因緣,奈何天。只得郵亭一夜眠,別神仙。　琵琶撥盡相思調,知音少。待得鸞膠續斷弦,是何年。'"張邦幾《侍兒小名録拾遺》引惠洪《冷齋夜話》(今本無)所載,與《玉壺清話》同而文稍簡,歌姬作秦蒻蘭,詞作《風光好》,無"奈何天"一句,"待得"作"再把"。劉昌詩《蘆浦筆記》卷一〇《陶穀使江南詞》亦云:"穀贈歌姬秦弱蘭《風光好》,有'鸞膠

續斷弦’之句。”黄朝英《靖康湘素雜記》（《苕溪漁隱叢話》後集卷
四〇引）①亦謂陶穀使江南事，但不言妓爲何人，情事亦異：“周
世宗時，陶尚書穀奉使江南，韓熙載遣家妓以奉盥匜。及旦，有
書謝，略云：‘巫山之麗質初臨，霞侵鳥道；洛浦之妖姿自至，月滿
鴻溝。’舉朝不能領會其辭。熙載因召家妓訊之，云：‘是夕忽當
浣濯焉。’”

　　龍袞《江南野史》乃謂曹翰事，云：“曹翰使江南，惟事嚴重，
累日不談笑，後主無以爲計。韓熙載因使官妓徐翠筠，爲民間妝
飾，紅絲標杖，引弄花貓，以誘之。翰見，果問主郵者此女爲誰，
僞對曰：‘娼家。’翰因命之至。且去，與金帛，一無所受，曰：‘止
願天使一詞，以爲世寶。’翰不得已，撰《春光好》詞遺之。及翰入
謝，因留宴，使妓歌此詞。翰知見欺，乃痛飲數月而返。”②

　　載此事者不止於上述諸書，《苕溪漁隱叢話》前集卷二四《五
季雜記》云：“小説記事，率多舛誤，豈復可信。雖事之小者，如一
詩一詞，蓋亦是爾。……小詞《春光好》‘待得鶯膠續斷絃，是何
年’之句，《江南野録》謂是曹翰使江南贈娼妓詞，《本事曲》謂是
陶穀使錢唐贈驛女詞，《冷齋夜話》謂是陶穀使江南贈韓熙載歌
姬詞，是一詞而有三説也。”《本事曲》乃楊元素撰③，書已不存。

　　沈遼所述最詳，且爲錢塘人，在錢塘親聞其事，是故人或信
沈遼之説。宋人許景迂《野雪鍛排雜説》（《説郛》卷一二）云：“陶
尚書穀奉使江南，邂逅驛女秦蒻蘭，犯謹獨之戒，作《春光好》詞。

────────────

① 上海古籍出版社吳啓明點校本《靖康湘素雜記補輯》輯入。
② 《江南野史》今本無，此見清褚人穫《堅瓠九集》卷三《妓誘曹翰》引《江南
　野史》。《江南野史》十卷，有《四庫全書》、《豫章叢書》等本。《江南野
　史》或作《江南野録》。《青泥蓮花記》卷一下《任杜娘》末注引作《江南野
　録》，文略。
③ 《漁隱叢話》前集卷六〇引《漫叟詩話》：“楊元素作《本事曲》。”《遂初堂
　書目》樂曲類著録楊元素《本事曲》。

前人小説或有以爲曹翰者,疑以傳疑,本不足論也。僕比見括蒼所刻沈叡達遼《雲巢編》中所記,獨以爲陶使吳越惑娼女社娘,遂作此詞。又以求遺猫爲尋逸犬,且娼得陶詞後還落髮[1],祝仁王院,與諸家之説大異。審如其實,則此娼亦不凡矣。叡達杭人,所聞當不謬。院不知何地,今城中吳山自有仁王院,建於近年,非也。"元陸友《研北雜志》卷下亦云:"世傳陶學士《風光好》詞,是奉使江南日所作。近見《沈睿達集》,有《任杜(按:社字之譌)娘傳》,書其事甚詳,始知陶使吳越,非江南也。"《青泥蓮花記》卷一下據《雲巢編》(原誤作《巢雲編》)載入《任杜娘)》(注:杜一作社),而以他書爲附,蓋亦以其所述爲信也。

各書所載實皆傳聞,傳聞自多異辭,故或陶或曹,或任或秦,不足怪也。設美人之計以屈外使名臣,頗富戲劇性,人所喜道亦宜矣。諸書所述,大抵描述陶、曹好色而入縠,以見"非端介正人"之本相。沈遼此作獨以娼女爲主角,表現其聰穎機警,智陷敵國使臣於窘境,維護國家尊嚴,此其所長也。叙事描寫亦有佳處,不過尚嫌疏略,行文亦有生澀之弊。

宋元戲文有《陶學士》一本,《南曲九宮正始》引佚曲兩支,錢南揚《宋元戲文輯佚》輯入。《元曲選》載元戴善夫《陶學士醉寫風光好》,乃本《玉壺清話》。《曲録》著録無名氏《醉學士韓陶月宴》,據《遠山堂劇品·具品》,乃明程士廉《小雅四紀》中一齣[2]。又有沈采《四節記·陶秀實郵亭記》,皆演此事。至演任社娘者未見,蓋曲家多喜從小説筆記書中取材,此傳載在文集,或被忽略耳。

---

① 《青泥蓮花記》亦云"社娘竟落髮爲尼",皆誤讀原傳。
② 見《古典戲曲存目彙考》卷六,上海古籍出版社,1982,第497—498頁。

王幼玉記

存。北宋柳師尹撰。傳奇文。

柳師尹，一作李師尹，安利軍衛縣（今河南鶴壁市淇縣東）人①。

原載劉斧《青瑣高議》前集卷一○，篇名下注"幼玉思柳富而死"，題淇上柳師尹撰。明張夢錫刊本及清紅藥山房鈔本皆題淇上李師尹撰，按南宋有餘姚人李師尹，非其人也②。作者姓柳姓李，不可考。記云：王真姬小字幼玉，一字仙才，京師人。流落衡州爲名娼，所交皆衣冠士大夫。賢良夏噩遊衡陽，郡侯開宴召幼玉，夏作詩贈之。幼玉久懷從良之心，遇東都人柳富而訂終身之約，剪髮贈柳，柳贈長歌。柳親促歸，二人焚香結盟而別，柳爲作《醉高樓》詞。柳歸，因親老家事多故不能如約南下，有客自衡陽來出幼玉書，云幼玉近病，柳大傷感，遺書贈詩見意。一日黄昏，柳忽見幼玉，言已身死，後日當托生人家爲女，言訖不見。異日客自衡陽來，言幼玉已死，死前剪髮甲留與侍兒，令與柳郎。篇末有議曰："今之娼，去就狗利，其他不能動其心，求瀟女、霍生事，未嘗聞也。今幼玉愛柳郎，一何厚耶！有情者觀之，莫不

① 原題淇上柳師尹撰。按：淇指淇水，春秋屬衛國，《詩經·衛風》多言之。北宋衛縣在淇側，故稱淇上。衛縣原屬衛州，仁宗天聖四年（1026）改隸安利軍（見《宋史》卷八六《地理志二》）。

② 按：李師尹乃南宋餘姚人，曾師事沈季文。見《宋元學案補遺》卷七六。

愴然。善諧音律者，廣以爲曲，俾行於世，使係於牙齒之間，則幼玉雖死不死也。吾故叙述之。”觀“吾故叙述之”語，似爲原有，惟“議曰”二字或劉斧所加。明陳耀文《花草粹編》卷四朱秋娘《採桑子·集句》中引王幼玉“粉面羞搽淚滿腮”一句（《全宋詞》第二册輯入），爲今本無，若《粹編》不誤，則今本殆有闕文。

《八瓊室金石補正》卷一〇二《石鼓山題刻·薛俅等題名》云：“河東薛俅肅□①，清河張公紀仲綱、高平過晶彦博、會稽夏疅公酉，瞻會□□□衡陽石鼓學宫。治平乙巳中元後一日記石。”傳中郡侯（衡陽郡守）張郎中公起，即題名之張公紀（字仲綱），起字譌。《永樂大典方志輯佚》第四册《衡州府圖經志》載，張公紀，景祐年登第，嘉祐八年（1063）三月至治平二年（1065）十月知衡州。夏疅遊衡陽見王幼玉，在治平二年乙巳歲。幼玉與柳富結好，後柳歸王死，殆此後二三年間之事，而此傳大約作於熙寧初期。

本篇所叙乃書生妓女之愛情悲劇，宋世娼妓之不幸，可得見焉。叙事平直樸素，遠不及唐人同類作品之情致濃鬱，藻思燦麗，然亦能抒寫人物情緒，較爲感人，確有“有情者觀之，莫不愴然”之效。

《綠牕新話》卷上節引《青瑣高議》此文，題《王幼玉慕戀柳富》，寥寥二百餘字，粗陳梗概而已。《青泥蓮花記》卷五、《綠牕女史》卷一二、《剪燈叢話》卷六、《廣豔異編》卷一一、《續豔異編》卷六、《情史》卷一〇（題《王幼玉》）皆收此篇，除《青泥蓮花記》皆有刪節，而《情史》刪改尤劇，頗失原貌。《青泥蓮花記》、《綠牕女史》、《剪燈叢話》皆署淇上李師尹，蓋據張夢錫刊本。《花草粹

編》卷一六據《青瑣高議》輯入柳富《最高樓·別妓王幼玉》。元人宋本《大都雜詩》（元蘇天爵《國朝文類》卷七）云：“南國佳人王幼玉，中朝才子杜樊川。”用爲典故。

群書古鑒一卷

佚。北宋闕名編。志怪集。

《郡齋讀書志》(衢本五行類、袁本小説類)著録《群書古鑒》一卷，叙云："右未詳撰者姓氏。熙寧間集書史相術驗者。"《通志略》入於形法類，著録同。《通考》形法類引晁氏，姓氏作姓名。

原書不傳，佚文未見。唐人小説多有載相術者，《太平廣記》立相門，共四卷，所引《定命録》、《前定録》、《因話録》、《北夢瑣言》等十八種書，全係唐五代小説雜記。此書蓋即集合唐宋書言相術靈驗者而成。

夢仙記

節存。北宋蘇轍撰。傳奇文。一題《游仙記》、《游仙夢記》。
蘇轍(1039—1112)，字子由。眉州眉山(今屬四川)人。蘇
軾弟。仁宗嘉祐二年(1057)與蘇軾同登進士第，六年又同策制
舉，登賢良方正能直言極諫科四等，授試祕書省校書郎、充商州
軍事推官。英宗治平二年(1065)爲大名府留守推官。神宗熙寧
間王安石以執政領三司條例，命轍爲之屬，因反對青苗法，出爲
河南府留守推官。歷陳州教授、齊州掌書記、著作佐郎、簽書南
京判官。元豐二年(1079)坐兄軾以詩得罪，謫監筠州鹽酒稅，居
五年移知績溪縣。哲宗立，以祕書省校書郎召，元祐元年(1086)
爲右司諫，遷起居郎、中書舍人，六年拜尚書右丞，進門下侍郎。
紹聖元年(1094)落職知汝州，尋降分司南京，筠州居住。三年又
責化州別駕，雷州安置，移循州。徽宗即位，徙永州、岳州，已而
復太中大夫，提舉鳳翔上清太平宮，任便居住。崇寧中蔡京當
國，罷祠居許州致仕，自號潁濱遺老。政和二年(1112)卒，年七
十四。南宋孝宗淳熙中謚文定。事跡見《宋史》卷三三九本傳，
參見曾棗莊《蘇轍年譜》(西安：陝西人民出版社，1986)、孔凡禮
《蘇轍年譜》(北京：學苑出版社，2001)。

轍爲著名文學家兼學者，著有《詩解集傳》(一名《蘇氏詩集
傳》)二十卷、《春秋集傳》(一名《春秋集解》)十二卷、《論語拾遺》
一卷、《孟子解》一卷、《老子道德經義》(一名《道德經解》)二卷、
《古史》六十卷、《儋耳手澤》一卷、《潁濱遺老傳》二卷、《龍川略

志》六卷(今本十卷)、《龍川别志》四卷(今本二卷)、《欒城集》八十四卷、《應詔集》十二卷、《策論》十卷、《均陽雜著》一卷等①,大都存世。

《夷堅支癸》卷七有《蘇文定夢游仙》一篇,叙蘇轍夢游仙府事,末稱蘇轍"乃作《夢仙記》"。又云:"或謂蘇公借夢以成文章,未必有實,予竊愛其語而書之。"按葉祖榮分類本作《游仙記》。《五朝小説·宋人百家小説》傳奇家據《夷堅志》收入,改爲第一人稱,題作《游仙夢記》。今傳《欒城集》五十卷、《後集》二十四卷、《三集》十卷,中未有此文。按集乃轍手定②,豈偶有遺漏,抑或以小説家言未取耶?

記云熙寧十年(1077)蘇轍在南京幕府,閑取《山海經》而讀,不覺假寐。夢入神府朝真堂,見九仙人,一仙叟云此乃金泉洞天。仙叟與蘇論長生之道,言畢命酒同酌,有仙抵掌而歌。蘇求退,仙叟又爲説道,良久而寤。按此記作於熙寧十年,時蘇轍爲簽書南京判官。

熙寧中蘇轍因反對王安石變法,被貶於外,仕途失意,内心苦悶。蘇軾《答范景山書》(《蘇軾文集》卷五九)云:"子由在南都,亦多苦事。近詩一軸拜呈,冗迫無佳意思,但堪供笑耳。近齋居,内觀於養生術,似有所得。子由尤爲造入。景山有異書秘訣,倘可見教乎?"轍在南京(按:即宋州、應天府,今河南商丘市南)修道教養生之術,生出世之想。"心有所祈,意有所感",遂有此作。假託遊仙,於進出、儒老間見其矛盾心情。作品文筆清雅,思致遥深,誠"借夢以成文章"者也。

---

① 據《宋志》、《直齋書録解題》。
② 《四庫全書總目》卷一五四《欒城集》提要:"蓋集爲轍所手定,與東坡諸集出自他人裒輯者不同。"祝尚書《宋人别集叙録》亦云:"所作《欒城》三集,乃其手自編定。"北京:中華書局,1999,第469頁。

　　蘇轍《龍川略志》卷二有《趙生挾術而又知道》一篇,《夷堅志補》卷一三亦取入,題《高安趙生》。體近傳奇,故余之《宋代傳奇集》輯入。所記爲高安丐者趙生異跡。中趙云轍"好道",轍稱趙爲"知道者"。《龍川略志》、《別志》二書作於元符二年(1099),時轍責居循州龍川。其情一如熙寧外謫時,故每留意於道家養生之事也。

甘棠遺事

存。北宋清虛子撰。傳奇文。一題《甘棠遺事新録》、《溫琬》。

清虛子,姓名不詳①。陝州(治今河南三門峽市西)人②,居開封,故又自稱京師人③。作者自稱:"少跌宕不檢,不治生事,落魄寄傲於酒色間,未始有分毫顧惜,籍心於功名事業也。故天

① 按:宰相王旦孫、工部尚書王素子王鞏,字定國,號清虛。蘇軾《東坡集》卷九《次韻答王定國》云:"油然獨酌卧清虛。"清虛下注"堂名"。卷一一《王鞏清虛堂》:"清虛堂裏王居士,閉眼觀身如止水。"鞏與本文作者同時,然鞏乃大名莘縣(今屬山東聊城市)人,且其爲人"好論人物多致怨憎"(《續資治通鑑長編》卷三九二蘇軾上書語),與"清虛子雅厚君子人也,居常不妄毁譽"(蔡子醇《甘棠遺事後序》)不合,故當非一人。拙文《〈青瑣高議〉考疑》(天津:《南開學報》,1989年第6期)以爲清虛子即王鞏,説誤。王鞏事略附見《宋史》卷三二〇、《東都事略》卷四〇《王素傳》,《長編》載其事跡尤多。蘇軾、蘇轍、黄庭堅、秦觀等人文集中亦多有關涉王鞏之詩文。

② 本文云"其(溫琬)故人甘棠清虛子嘗赴調抵京師",甘棠即陝州(治陝縣),相傳周公、召公分陝而治,而《國風·召南》有《甘棠》一篇,乃美召伯之作,故以甘棠稱陝州。據《大清一統志》卷一七五《陝州·祠廟》及《關隘》,州治東有召公祠,即召公聽政處,州治南有甘棠驛。司馬光爲陝州夏縣(今屬山西運城市)人,本文亦云"甘棠乃光之鄉里也"。

③ 本文自序中稱"予實京師人",末題"陳留清虛子",陳留即開封,唐曾改汴州(宋之開封府)爲陳留郡。

下不聞予名，而予亦忌名之聞於人。"但熙寧中曾赴調抵京師，知亦在官。作者與休父、西河陳希言爲友，皆不詳何人。

《青瑣高議》後集卷七載《溫琬》，題下注"陳留清虛子作傳"。前爲序，叙作傳緣由。略謂：余聞琬爲士君子稱道久矣，思識其面，一見之，其舉動則有禮度，其語言則合詩書，余頗歎息之。丁巳冬返河内，休父見訪，屬予爲《溫琬傳》。義不可辭，乃直取溫生數事，次第列之，非敢加焉。目之曰《甘棠遺事》。序末題熙寧乙巳仲冬瀚日陳留清虛子序。按熙寧無乙巳，必是丁巳之譌，下文則云丁巳孟冬。丁巳，十年（1077）也。

傳文略云：甘棠娼溫琬本良家子，父至和（按：原譌作致和）中疾卒，寄養於鳳翔姨父郭祥家，其母流爲娼。姨父姨母訓以詩書絲竹，鍾愛如親女。十四歲擇婚張氏，被生母召回陝州爲娼。性喜讀書習字，尤長於《孟子》。太守張靖令其學詩，又習詩，獨喜李杜。司馬光回陝①，太守命琬侍，謙恭有禮。太守待之益厚，使係官籍。琬交皆當世豪邁之士，其母爲一商所據，日夜沉寢，琬所接士惡之而疏至。琬深感爲母所制，乃易男服潛投鳳翔，事泄爲太守訪得，太守亦未深責。琬令母改過，母乃絶商者。琬欲從良適人，求太守脱籍，徙居京師。琬始與太原王姓有舊，熙寧八年王戰死交趾，琬深所痛惜。十年冬清虛子赴調抵京師，

---

① 傳云："時宰相司馬光君實請告焚黃，自外邑而來。"按：據《宋史》卷三三六《司馬光傳》及卷一七《哲宗紀一》，司馬光元祐元年（1086）始拜尚書左僕射兼門下侍郎執政。溫琬生於至和或其前，十四歲後歸陝，太守張靖令其學詩。據《續資治通鑑長編》卷二二九，張靖熙寧五年知陝。司馬光請告焚黃（祭祖），據《長編》，光熙寧三年出知永興軍（陝州屬永興軍）（卷二一五），四年權判西京留司御史臺（卷二一八），八年提舉崇福宮（卷二六三）。本傳云："在洛時，每往夏縣展墓，必過其兄旦。"其自外邑歸陝祭祖，當是在洛判西京留司御史臺時，乃在熙寧五、六年。原傳不當有"宰相"二字，疑爲劉斧所加。

與友陳希言話溫琬始末，翌日陳作書遺清虛子，盛讚其德，並請紹介琬。希言與司馬光同造其館。琬著有詩僅五百篇及《孟子解義》八卷。其餘經史百家著述尚夥，清虛子編爲《南軒雜録》。傳末爲清虛子贊，哀其多難失身而德其爲人，且云"姑且叙其略，云《甘棠遺事新録》"。稱作《甘棠遺事新録》者，蓋因序中有言"會有人持數君之文，託余傳於世"，先此已有數人爲溫作傳，故又加"新録"以別之。

　　所記係真人真事，作者不取數君"文意深密"之筆法，採用史傳紀實之體，不假修飾，"直取溫生數事，次第列之，非敢加焉"，務求真實可信，具體可感。溫琬事蹟固即生動感人，頗富傳奇色彩，故而較一般傳記更具小説意味。宋稗多叙娼妓，溫琬形象乃特色鮮明。身在娼門而自重自愛，"有節操廉恥，而不以娼自待"，嗜書好學，有如碩儒。作者於其不幸命運深表歎惋，於其志趣節操頗事譽揚。

　　《青瑣高議》後集卷八又載丹邱（丘）蔡子醇《甘棠遺事後序》，亦作於熙寧丁巳冬。稱友人河南張洞（字端誠）出清虛子《琬傳》相示，云"惜夫尚有缺漏者，我爲子言之，爲我補述之"。以下記溫琬談吐才學及詩三十篇，復頌琬之品格名節，亦贊清虛子傳"意存諷議，殆非苟作，欲人人致身於善地耳"。端誠亦與琬交往者，故能細説如此，蔡子醇記其言以爲《後序》也。

　　《青泥蓮花記》卷一一據《青瑣高議》載入《溫琬》及《甘棠遺事後序》，文同明張夢錫校刊本。《宋詩紀事》卷九七據《青瑣高議》輯入溫琬詩二首，《寄遠》"小花靜院東風起"云云出自《甘棠遺事後序》。

吉凶影響録十卷

節存。北宋岑象求撰。志怪集。

岑象求(? —1103?),字巖起①。梓州(治今四川綿陽市三台縣)人②。神宗熙寧中官梓州提舉常平③,熙寧末(1077)閒居江陵④。哲宗元祐元年(1086)知鄭州⑤,是年十一月除利州路轉運判官⑥,二年遷利州路提點刑獄公事⑦。後又除知果州⑧。四

① 見《侯鯖録》卷三、《施註蘇詩》卷四《宋岑著作》及卷三三《次天字韻答岑巖起》註、《宋詩紀事》卷三二、《宋史翼》卷四《岑象求》、《元祐黨人傳》卷三《岑象求傳》。

② 見蘇詩二註、《宋詩紀事》、《宋史翼》、《元祐黨人傳》。

③ 見《宋史翼》、《元祐黨人傳》。《送岑著作》註:"岑著作,梓州人,名象求,字巖起。時以提舉梓州路常平還蜀。"按:蘇軾此詩作年不明,岑象求何時爲祕書省著作郎或著作佐郎不詳。

④ 見衢本《郡齋讀書志》卷一三小説類《吉凶影響録》。

⑤ 見《續資治通鑑長編》卷三八六、《宋史》卷九四《河渠志四》。《宋史翼》、《元祐黨人傳》云元祐二年,誤。

⑥ 蘇轍《欒城集》卷二八《西掖告詞》,中有《岑象求利州通判何琬江西運判》,《長編》卷三九一載:元祐元年十一月,"朝請郎、行鴻臚寺丞何琬爲江南西路轉運判官"。蘇轍時爲中書舍人,見曾棗莊及孔凡禮《蘇轍年譜》。

⑦ 見《長編》卷四〇四。

⑧ 《東坡外制集》卷中有《岑象求知果州制》。蘇軾元祐元年除中書舍人,復遷翰林學士,四年出知杭州。見王宗稷《東坡先生年譜》(《蘇文忠公全集》)。

年入爲考功郎中,五年御史中丞蘇轍薦爲殿中侍御史①。六年
蘇轍擢除尚書右丞執政,避嫌遷爲金部郎中,尋改吏部,旋出爲
兩浙路轉運副使②。七年受翰林學士范百禄援引,召爲户部郎
中,八年爲諸王府説書③。徽宗即位後除寶文閣待制、知鄆州,
不久致仕④。崇寧三年(1104)六月重定元祐元符黨籍,象求入
籍,時已亡故⑤。其卒約在崇寧二年。

　　《郡齋讀書志》小説類著録《吉凶影響録》十卷,叙云:"右皇
朝岑象求編。象求熙寧末閒居江陵,披閲載籍,見善惡報應事輒
删潤而記之。間有聞見者難乎備載,亦采摘著於篇。"《通考》小
説家類引此。《四庫闕書目》、《祕書省編到四庫闕書目》小説類
皆不題撰人,後者作一卷,疑字誤。《宋志》小説類則作八卷。

　　原書久亡。《紺珠集》卷一二摘録《元濬之》、《武后獄》二條,
《類説》卷一九摘《元長史》、《唐武后獄》,文同。《説郛》卷三取
"元長史"一條。前事又見引於《孔帖》卷九八、《古今事文類聚》
後集卷三五,後事又見引於《樂善録》卷一(題《響應録》),然未及

<hr>

① 見《長編》卷四三〇、卷四四八,《宋史》卷一六五《職官志五》,蘇詩《次天
字韻答岑巖起》註。

② 見《長編》卷四五六、卷四六〇。

③ 見《長編》卷四七四、卷四八二。蘇詩《次天字韻答岑巖起》註:"事徽宗
於王邸。"徽宗即位前爲端王。

④ 鄒浩《道鄉集》卷一六有《岑象求除寶文閣待制知鄆州制》,卷一八有《岑
象求充寶文閣待制致仕制》.據《名臣碑傳琬琰集》下集卷一九《鄒司諫浩
傳》,鄒浩爲中書舍人約在建中靖國元年(1101)。《宋史》卷三四五《王
回傳》:"徽宗立,召還舊官,擢監察御史。數日卒,年五十三。岑象求、
王覿、賈易上章,乞録其子,恤其家,以獎勸忠義。"時象求似任寶文閣待
制。

⑤ 《宋史・徽宗紀》載:崇寧三年六月重定元祐、元符黨人籍,通三百九人,
刻石朝堂。《金石萃編》卷一四四載《元祐黨籍碑》,其中"曾任待制以上
官"中有岑象求,注"故"。又載《續資治通鑑長編拾補》卷二四。

武后獄。① 又,《侯鯖録》卷三引"李林甫月堂",《分門古今類事》卷一六引《盧氏碧襦》(《樂善録》卷二亦引,作《響應録》),卷一九引《洪敬嫁婢》,卷二〇引《無忌遂良》、《蘇頲三品》,並作《影響録》②。《吉凶影響録》遺文共檢得七事③。

《重編説郛》弓一一七收有岑象求《吉凶影響録》八條,二條取自《紺珠集》或《類説》,又自明刊干寶《搜神記》二十卷本刺取虞蕩、曾子、雌雞化雄(二條)④、上林苑柳樹、九蛇繞樹五條,遂成半真半偽之書。此本又被《龍威秘書》第五集《古今叢説拾遺》取入,《叢書集成初編》小説類據《龍威秘書》本排印。

《尚書·大禹謨》云:"惠迪吉,從逆凶,惟影響。"偽孔傳:"迪,道也。順道吉,從逆凶。吉凶之報,若影之隨形,響之應聲,言不虛。"書名本此。

---

①《樂善録》引云"黃靖國熙寧初死而復甦",《武后獄》則云"治平中黃靖國死",乃《紺珠集》摘録之誤,治平中乃黃篆殺戍卒之時。見《黃靖國再生傳》叙録。

②《十萬卷樓叢書》本前事注出《唐史》,後事闕出處,《四庫全書》本前事注《唐史》及《影響録》,後事注《影響録》。

③《海録碎事》卷二二上引"孫供奉"一事,該條與《紺珠集》卷一二、《類説》卷一九所摘畢仲詢《幕府燕閒録》之《孫供奉》文同。按:《紺珠集》、《類説》中此二書相接。《海録碎事》(紹興十九年序)當轉録自《紺珠集》(紹興七年序)或《類説》(紹興六年序)而誤注出處。元葉留《爲政善報事類》引《影響録》八事,蓋宋末江敦教書,見《影響録》叙録。

④此二條云:"靈帝光和元年,南宮侍中寺雌雞欲化爲雄,一身毛皆似。""次年南宮傍舍一雌雞亦化爲雄,一身毛皆似雄,但頭冠尚未變。"明刊《搜神記》卷六:"靈帝光和元年,南宮侍中寺雌雞欲化爲雄,一身毛皆似雄,但頭冠尚未變。"《重編説郛》據此而增數語,分爲二條。按:干寶《搜神記》實不載此,乃明人濫輯,原出《後漢書·五行志一》,文字全同。見余輯校《新輯搜神記　新輯搜神後記》附録一《舊本〈搜神記〉偽目疑目辨證》。北京:中華書局,2012三印,第643頁。

　　七事皆係善惡報應故事，均採自舊書。《元澹之》取自唐薛
漁思《河東記》(《太平廣記》卷一一八引)，唐李肇《國史補》卷上
亦載。"李林甫月堂"取自唐鄭綮《開天傳信記》。《盧氏碧襦》取
自唐張讀《宣室志》(《廣記》卷二八一引)。《洪敬嫁婢》取自唐佚
名《陰德傳》(《廣記》卷一一七引)。《無忌遂良》雜取《舊唐書·
長孫無忌傳》、《褚遂良傳》、《宗室傳》、《太宗諸子傳》、《劉洎傳》
等。《蘇頲三品》取自唐戴孚《廣異記》(《廣記》卷一二一引)。
《武后獄》即黃靖國入冥再生事，約元豐中廖子孟曾有傳，此當取
自他書。《讀書志》稱"披閱載籍，見善惡報應事輒刪潤而記之"，
信乎此也。

三異記一卷

佚。北宋劉攽撰。傳奇文。

劉攽（1023—1089），字貢父，一作贛父，號公非①。臨江軍新喻（今江西新餘市）人。與兄敞同登仁宗慶曆六年（1046）進士第。仕州縣二十年，始爲國子監直講，遷館閣校勘。神宗熙寧初（1068）判尚書考功、同知太常禮院。因反對王安石變法，斥通判泰州，復以集賢校理、判登聞檢院、三司户部判官知曹州，頗有政績。爲開封府判官，出爲京東轉運使，徙知兖、亳二州。坐任轉運使時職事廢弛，黜監衡州鹽倉。哲宗立，起知襄州，元祐初（1086）召爲祕書少監，加直龍圖閣，知蔡州，數月召拜中書舍人。四年（1089）卒②，年六十七。

劉攽精於史學，曾預司馬光修《資治通鑑》，專職漢史。著《彭城集》六十卷（今存四十卷）、《内傳國語》十卷、《三劉漢書標注》六卷、《漢書刊誤》四卷（今存）、《五代春秋》、《經史新義》、《中山詩話》一卷（今存）、《芍藥譜》一卷等③。事跡

①《直齋書録解題》卷四《三劉漢書標注》解題：“公非，貢父自號也。”又卷一七《彭城集》解題：“號公非先生。”

②《續資治通鑑長編》卷四二三載：元祐四年三月乙亥，中大夫、中書舍人劉攽卒。

③見《宋志》等著録。

見《宋史》卷三一九本傳及《東都事略》卷七六。

　　《宋志》小説類著録劉攽《三異記》一卷。書不見傳。觀書名，似由三件異事組織成文，單篇傳奇文也，類似唐人白行簡《三夢記》。

録龍井辯才事

存。北宋秦觀撰。傳奇文。

秦觀(1049—1100),字太虛,改字少游,別號淮海居士、邗溝處士,學者稱淮海先生。揚州高郵(今屬江蘇)人。善文詞,受知於蘇軾。選進士不中,至神宗元豐八年(1085)始登第,除定海主薄,調蔡州教授。哲宗元祐二年(1087)四月復制科,蘇軾與鮮于侁以賢良方正薦於朝,明年入京應舉,進《策論》五十篇,不售,引疾歸蔡。五年除太學博士,爲右諫議大夫朱光庭所攻而罷命,詔入祕書省校對書籍。六年遷正字,尋罷,依舊校對書籍。八年再除正字,未幾遷國史院編修官。紹聖元年(1094)坐黨籍改館閣校勘,出爲杭州通判,道貶監處州酒稅。三年削秩徙郴州,明年詔編管橫州。元符二年(1099)徙雷州編管。明年正月徽宗立,詔移衡州,歸至藤州而病卒,年五十二。崇寧元年(1102)九月,詔立元祐元符黨人碑,凡百二十人,觀與焉。明年藁葬於長沙橘子洲,政和元年(1111)遷葬無錫惠山二茅峰。高宗建炎四年(1130)追贈直龍圖閣。著有《淮海集》四十卷、《後集》六卷、《長短句》三卷①,今存。

秦觀事跡,《宋史》卷四四四《文苑傳》多有疏誤。《四部備要》校刊清道光十七年王敬之高郵重刊本(據明李之藻刊本)《淮

---

① 見《直齋書錄解題》別集類著錄。《宋史》本傳只言"有文集四十卷",《宋志》亦只著錄《秦觀集》四十卷,《郡齋讀書志》則作《淮海集》三十卷。

海集》前有清秦瀛原撰、王敬之節録之《重編淮海先生年譜節要》、錢大昕《淮海先生年譜跋》，錢跋於秦譜有所校正。徐培均著有《秦少游年譜長編》（北京：中華書局，2002）。今參酌本傳、《續資治通鑑長編》、秦譜、錢跋、徐譜述其事跡如上。

　　本篇載於《淮海後集》卷六《雜文》（《四部備要》本卷下《文》），《才鬼記》卷八亦載有全文，題《秀州女》，末云："秦少游《録龍井辨才事》，見集。"《夷堅丙志》卷一六亦引録之，文有削改，題《陶象子》，末注："秦少游記此事。"《異聞總録》卷一又據《夷堅志》採入。故事略云：熙寧九年，嘉興令陶象子爲一女子所惑得疾。其女作詩云："生爲木卯人，死作幽獨鬼。泉門長夜開，衾幬待君至。"女將於仲冬來迎陶子。陶令求救於高僧錢塘天竺山辨才法師元淨。師至其家，築壇設觀音像，取楊枝露水灑而呪之，是夜陶子安寢。明日師來，召陶子問之，蓋妖附其體也。妖答居會稽之東，卞山之陽，吟詩云："吳王山上無人處，幾度臨風學舞腰柳。"乃柳妖也。師爲説因緣，並宣説《首楞嚴祕密神呪》，令其悔過返本。妖遂與陶子對飲賦詩作别而去。末云："予聞其事久矣。元豐二年，見辨才於龍井山，問之信然。"知作於神宗元豐二年（1079）。此作訓戒"溺於淫邪"，且以見高僧之道德法術也。

　　按：《淮海集》卷三八《龍井記》云："元豐二年，辨才法師元静，自天竺謝講事，退休於此山之壽聖院。院去龍井一里，凡山中之人有事於錢塘與游客之將至壽聖者，皆取道井旁。法師乃即其處爲亭，又率其徒以浮屠法環而呪之，庶幾有慰。……是歲，余自淮南如越省親，過錢塘，訪法師於山中。"又《龍井題名記》云："元豐二年中秋後一日，余自吳興過杭，東還會稽。龍井辨才法師，以書邀予入山。比出郭，已日夕。……行二鼓矣，始至壽聖院，謁辨才於潮音堂。明日乃還。"秦觀見辨才問柳妖事，即在錢塘龍井山。辨才號爲高僧，然其伏柳妖純爲編造，惑世欺人耳。

　　蘇轍《欒城後集》卷二四《龍井辯才法師塔碑》云："秀州嘉興令陶象，有子得魅疾，巫醫莫能治，師呪之而愈。"亦略記此事。梅鼎祚《才鬼記》注引《直方詩話》，當鈔自《詩話總龜》前集卷三四紀夢門下引《直方詩話》云："王太初傳言：有焦仲先者，家於南徐。元豐元年，因詣京師訪知己。忽夢一婦人相顧遇，或以詩筆相往來。其一聯云：'吳王臺下無人處，幾度臨風學舞腰。'又曰：'吳山之北，會稽之陽，古木蒼蒼。'其冣後一章云：'仲冬之月，二七之間，月圓風靜，車馬相扳。'其人如病狂，緣太初而後愈。至秦少游書柳鬼事，所載詩語前後皆同，但年月乃是熙寧九年，所病者乃是嘉興令陶集（按：當作象，實爲陶象之子），而所諭者乃是天竺辯才法師，二者不知孰是。"王直方所記之事，實是王太初竊少游所記而自神。陳師道《後山談叢》卷一載："道士王太初，受天心法治鬼神，有功于人。常謂爲室當使户牖疎達，若四壁隱密，終爲鬼所據耳。"辯才、太初，一僧一道，皆卑劣汙下之徒也。

　　北宋莫君陳《月河所聞集》亦記云："陶象明老之子，初於碧爛堂得紙毬，視之，云：'生爲木卯人，死作孤獨鬼。泉臺秋夜長，衾襦待君至。'自此爲鬼物所媚。其後明老詰其子，乃云：'何用問也。吳王臺上多春色，幾度臨風學舞腰。'少遊作《柳鬼傳》。"記憶有誤，事亦甚簡。

　　明代嘉興人釣鴛湖客周紹濂[1]《鴛渚誌餘雪窗談異》卷上《妖柳傳》，據秦作改編。辭藻華美，文字曼長。陶子名希侃，情事多有增飾，主體爲柳妖勸訓陶子絕仕進而事丘壑，藉以抒寫作者超塵出世之道家思想。《廣豔異編》卷二三、《續豔異編》卷一九、《徐文長先生秘集》卷六《妖柳傳》，《清談萬選》卷四《會稽妖柳》，《情史》卷二一《柳妖》，即取此文。

────────────

① 《鴛渚誌餘雪窗談異》原題釣鴛湖客評述，陳國軍考爲周紹濂，見《明代志怪傳奇小説研究》，天津古籍出版社，2005，第 439 頁。

黃靖國再生傳一卷

　　佚。北宋廖子孟撰。傳奇文。

　　廖子孟,字獻卿①。原籍南劍州將樂縣(今屬福建三明市),後居安州安陸(今屬湖北)②。廖淳長子③。仁宗皇祐元年(1049)馮京榜進士及第④。神宗熙寧四年(1071)爲都官員外郎、乾州通判⑤。元豐二年(1079)在北京(大名府),與國子監教授黃庭堅遊⑥,三年以屯田郎中知袁州⑦。

---

① 見王得臣《麈史》卷下《盛事》、《正德袁州府志》卷六《職官·知州事》。《山谷外集詩注》卷一〇有《寄袁守廖獻卿》,而同書卷六《同堯民游靈源廟廖獻臣置酒用馬陵二字賦詩二首》乃作獻臣,疑字譌。

② 《麈史》卷中《神授》云廖淳"本南劍人,後居安陸"。《重纂福建通志》卷一四七《選舉》稱"將樂廖子孟",將樂乃南劍州屬縣。《續資治通鑑長編》卷二二六注:"廖子孟,安州人。"安州治安陸。

③ 見《麈史》卷下。廖淳乃天禧三年(1019)進士。

④ 見《湖北通志》卷一二三《選舉表》及《重纂福建通志》。知不足齋本《麈史》卷下云景祐元年,誤,明清鈔本景祐乃作皇祐(見上海古籍出版社1986年版俞宗憲點校本校勘記)。

⑤ 見《長編》卷二二六。

⑥ 見山谷詩《同堯民游靈源廟廖獻臣置酒用馬陵二字賦詩》。黃㽦《山谷先生年譜》卷九繫於元豐二年。黃庭堅於熙寧五年除北京國子監教授。

⑦ 見《袁州府志》、《江西通志》卷六〇《名宦志·袁州府》。《山谷外集詩注》卷一〇有《寄袁守廖獻卿》、《廖袁州次韻見答并寄黃靖國再生傳次韻寄之》、《次韻奉答廖袁州懷舊隱之詩》,據《山谷先生年譜》卷一三,均作於元豐五年,是則元豐五年猶守袁。

　　《祕書省續編到四庫闕書目》小説類著録《黄靖國再生傳》一卷，注闕，不著撰人，《通志略》傳記類冥異屬、《宋志》傳記類均題廖子孟撰。

　　原傳佚。岑象求《吉凶影響録》、劉斧《青瑣高議》、《翰府名談》等書亦載有此事。《分門古今類事》卷一九引《青瑣高議》、《名談》（題《從政延壽》），文較詳，始末頗備。《紺珠集》卷一二、《類説》卷一九所節《吉凶影響録》（題《武后獄》、《唐武后獄》），李昌齡《樂善録》卷一引《響應録》（即《吉凶影響録》），又卷三引《名談》則文簡。《從政延壽》大略謂：治平初，渝州巴縣主簿黄靖國權懷化軍使，有戌卒詈本轄將官，黄令篜擊至死。熙寧五年黄官儀州，病疫而死，凡二十二日乃甦。自言被黄衣追入冥府見王，證對殺戌卒事。事後吏引其游唐武后獄、酷吏獄、姦臣獄。又見驅一年輕婦人，獄卒以利刀割腹刮腸。冥王云此華亭主簿王某妻李氏，思與儀州醫工聶從政亂，聶不從，故受此苦，而聶延壽一紀。明仁孝皇后《勸善書》卷二載此事，與《從政延壽》大同，然有異辭。

　　李昌齡注《太上感應篇》，卷二六“懷挾外心”注亦述此事，但文字不同，事亦有異，稱“黄靖國嘉祐間爲儀州推官，忽一夕被攝至陰司”，醫工名聶從志，華亭主簿乃楊某。按王蕃《褒善録》乃删節廖傳而成，《郡齋讀書志》小説類叙《褒善録》曰：“嘉祐中，巴縣簿黄靖國死而復蘇，道其冥中所見。廖生嘗傳之，蕃删取其要爲此書。”可見廖氏此傳原爲嘉祐中事，李注時間相吻，疑即據廖傳。

　　洪邁《夷堅丙志》卷二《聶從志》亦曾載此事，張杲《醫説》卷一〇《聶醫善士》據而節録。醫名聶從志，黄爲儀州推官，情事近《太上感應篇》注，然又稱“時熙寧初也”，而李氏爲華亭邑丞妻，乃又不合。洪邁又云：“王敏仲《勸善録》書其事，他曲折甚詳，然頗有小異，又無聶君名及李氏姓。”可見黄靖國再生事當時流傳極廣，傳聞異辭，故而諸書所叙不盡相同。洪邁又云："聶死後，一子登科。其孫曰圖南，紹興中爲漢州雒縣丞，屬仙井喻迪孺（汝礪）作《隱德詩》數百言，以發潛德。"詩以詠聶爲主，中云"從志其名聶其氏"，名與《夷堅志》同，可知作從政誤。又云"儀州判官臨潁生，良原甲夜黄衣吏"，稱作判官，又與推官異，但云良原，乃與《古今類事》所引相吻："黄官儀州，沿臺檄出，抵良原，病疫而死"。又云"端知天上戊申録，記盡人間不平地"，戊申乃熙寧元年，時間與《夷堅志》亦合。《隱德詩》所述得之聶孫圖南，而洪邁所記得之黄仲秉（名鈞），或亦靖國之後也。

王得臣《麈史》卷下《鑒戒》曾云："予同年黄靖國元弼，剛正明決。初調蜀中主簿，亡其縣名，令缺，攝縣事。有巡卒宋貴嫚罵本官，衆不忍聞，元弼械之，笞二百死。後十五年，元弼爲沅州軍事判官，沿牒至寧州，暴卒，入冥與宋貴辨其事。元弼具陳嫚罵之語，冥官亦憤之。已而追閲案牘，語元弼曰：'罪即當死，終是死不以法。'元弼復生。西州士人往往作傳，亦多牴牾。予屢詰其本末，語及'死不以法'，斯言有理可畏。"王得臣所記，乃親聞於黄靖國。黄靖國與王得臣同年，嘉祐四年（1059）進士[1]，其任蜀中主簿自在此後，而其入冥乃在十五年後爲沅州判官之時，最早亦當在熙寧六七年。是則熙寧六七年後所謂黄靖國入冥方可流傳於世，被好事之徒記載。岑象求於熙寧末撰成《吉凶影響録》，中已載入黄靖國事，而廖子孟元豐五年寄此傳與黄山谷，知成於元豐五年之前。元豐二年廖與黄游於大名，似尚未撰此傳，大約撰於三年守衰之後。

宋人小説自述入冥者極多，弘揚佛法而已。所謂入冥復生，皆向壁虚造，以驚世動俗。黄靖國事最著聲名，見於記傳者不下

---

[1] 見上海古籍出版社版《麈史》俞宗憲《點校説明》，龔延明、祖慧編撰《宋登科記考》。

八九家,且"西州士人,往往作傳"。廖氏此傳當文字頗長,故王
蕃有删取其要之事。自六朝以來,入冥小説大抵委曲周詳,必求
歷歷可覩以取信於人,題旨則現身説法,無甚可取。而黄靖國事
復牽入醫工聶從志,表彰善士,抨彈淫婦,李昌齡云婦人"不可奪
大節","君子貴乎謹獨",則又陳道學説教也。

猩猩傳一卷

佚。北宋王綱撰。傳奇文。

北宋名王綱者有數人。一爲仁宗宰相王曾(978—1038)子，青州益都(今山東青州市)人。天禧五年(1021)爲奉禮郎、大理評事，英宗治平元年(1064)爲京都提點刑獄①。仁宗皇祐五年(1053)有殿中丞王綱，在荆湖南路、江南西路安撫使孫沔部下勾當公事②，殆亦此人。一爲閬州南部(今屬四川南充市)人，仁宗慶曆進士，神宗元豐中(1078—1085)知巴州③。張師正《括異志》卷八《王慶》末注"大邑主簿王綱"，殆爲一人。一爲襄州穀城(今屬湖北襄陽市)人，字振仲，王文子，王之望父，哲宗元符三年(1100)進士，任江陵府觀察推官、知金州漢陰縣，建炎元年(1127)卒，年五十六④。按大邑主簿王綱曾有語怪之事，爲張師正採入《括異志》，又者巴蜀多猿(猩猩)，頗疑作者即曾任大邑主簿、知巴州之王綱也。

《祕書省續編到四庫闕書目》小説類著録王綱《猩猩傳》一卷，

① 見《續資治通鑑長編》卷九七、卷二○二，《宋史》卷一一九《禮志二十二》。《長編》卷九七云王綱乃王曾子，但宋祁《王文正公曾墓誌銘》及富弼《王文正公曾行狀》(《名臣碑傳琬琰集》中集卷五、卷四四)云曾有四子：綱、緣、繹、繽，又取從兄子繹爲子，中無王綱。

② 見《八瓊室金石補正》卷九八《臨桂龍隱巖石刻·平蠻三將題名》。

③ 見《宋詩紀事補遺》卷一二。

④ 見王十朋《梅溪先生後集》卷二九《贈少保王公墓誌》。《宋史》卷三七二《王之望傳》云："父綱，登元符進士第，至通判徽州而卒。"

又載於《通志略》，隸於食貨類豢養屬，以爲豢養猩猩之書，誤甚。原文不傳。古書多記猩猩（又作狌狌），實猿類也。《山海經·海内經》："有青獸，人面，名曰猩猩。"郭璞注："能言。"《爾雅·釋獸》："猩猩小而好啼。"郭璞注："人面，豕身，長髮，能言語，好飲酒，醉則人髡其髮爲髲，聲似小兒啼。"《水經注》卷三七《葉榆河》："猩猩獸，形若黃狗，又狀狟狟，人面，頭顏端正，善與人言，音聲麗妙，如婦人好女，對語交言，聞之無不酸楚。其肉甘美，可以斷穀，窮年不厭。"《廣韻》庚韻："猩，猩猩，能言，似猿，聲如小兒。"唐張鷟《朝野僉載》卷六："安南武平縣封溪中有猩猩焉，如美人，解人語，知往事。以嗜酒故，以屨得之，檻百數同牢。欲食之，衆自推肥者相送，流涕而別。時餉封溪令，以杷蓋之。令問何物，猩猩乃籠中語曰：'唯有僕並酒一壺耳。'令笑而愛之，養畜，能傳送言語，人不如也。"周密《齊東野語》卷一四《姚幹父雜文》引姚幹父《蜀封溪之猩猩》："猩猩人面，能言笑，出蜀封溪山，或曰交趾。血以赭罽，色終始不渝。嗜酒，喜屨。人以所嗜陳野外而聯絡之伏伺其旁。猩猩見之，知爲餌己，遂斥罵其人姓名，若祖父姓名，又且相戒毋墮奴輩計中，攜儔唾罵而去。去後復顧，因相謂曰：'盍試嘗之。'既而染指知味，則冥然忘夙戒，相與沾濡徑醉，相喜笑，取屨加足。伏發，往往顛連頓仆，掩群無遺。嗚呼！明知而明犯之，其愚又益甚矣。"王綱此傳内容不詳，當係言猩猩之異事也。

　　清龔煒《巢林筆談》卷三《白猿傳之類》云："歐陽率更貌寢似猴，友人作詩戲之，好事者遂妄作《白猿傳》，斯不亦可笑之甚乎！相傳王文恪之父漂海遇猩猩，偶而生公，後父得流航，挈公以歸。公貴，爲作望母臺。其說誕甚，殆亦白猿之類歟？"按王文恪當即王鏊，明代名臣，卒諡文恪，《明史》卷一八一有傳。北宋王陶亦諡文恪[1]，非陶也。

────────────

[1] 見《宋史》卷三二九本傳。

勸善録六卷

佚。北宋周明寂編。志怪集。

周明寂，元豐中（1078—1085）人。

《郡齋讀書志》小説類著録《勸善録》六卷，叙云："右皇朝周明寂元豐中纂道釋神奇禍福之效前人爲傳記者，成一編，以誡世。"《通考》同。此書爲懲惡勸善之作，雜編前人記傳而成。此後王古亦撰《勸善録》，專述釋氏之説，此則兼陳佛道。《分門古今類事》卷一九引《李母放魚》，寫李沖元母奉佛不殺，元豐元年夢鮎魚求救，次日令家奴放生，當出王古書。佚文未見。

勸善録拾遺十五卷

佚。北宋周明寂（?）編。志怪集。

《郡齋讀書志》小説類著録《勸善録拾遺》十五卷，叙云："右不題撰人，疑亦明寂所纂，僅百事。"《通考》同。佚文不存。

李冰治水記一卷

佚。北宋李注撰。傳奇文。

李注，事跡不詳。

《宋志》小説類著録李注《李冰治水記》一卷。按：《宋志》所著，此記前後大抵爲北宋書①，疑此記亦出北宋。今無傳本，佚文亦未見。

《李冰治水記》當爲綜合古來李冰治水事而成篇。李冰治水乃古老傳説，由來甚久。《史記》卷二五《河渠書》云："蜀守冰鑿離碓，辟沫水之害，穿二江成都之中。"《漢書》卷二九《溝洫志》亦載，以爲李冰。見於文牘，此爲最早。以後東漢應劭《風俗通義》（《太平御覽》卷二六二、卷八八二引）、東晉常璩《華陽國志》卷三《蜀志》、北魏酈道元《水經注·江水》、唐盧求《成都記》（《太平廣記》卷二九一引）等皆有李冰治水事。

《華陽國志》云："周滅後，秦孝文王以李冰爲蜀守。冰能知天文地理，謂汶山爲天彭門。乃至湔氐縣，見兩山對如闕，因號天彭闕。髣髴若見神，遂從水上立祀三所，祭用三牲，珪璧沉漬。

---

① 依次爲李獻民《雲齋新説》十卷，和平《談選士》一卷，章炳文《搜神祕覽》三卷，王得臣《麈史》三卷，令狐覃如《歷代神異感應録》二卷，王讜《唐語林》十一卷，黃朝英《青箱雜記》十卷，李注《李冰治水記》一卷、王銍《甲申雜記》一卷、又《聞見近録》一卷。按：和平《談選士》不詳。黃朝英乃吳處厚之誤，黃朝英所撰乃《緗素雜記》。

漢興，數使使者祭之。冰乃壅江作堋，穿郫江，撿江別支流，雙過郡下，以行舟船。岷山多梓、柏、大竹，頹隨水流，坐致材木，功省用饒。又溉灌三郡，開稻田。於是蜀沃野千里，號爲陸海。旱則引水浸潤，雨則杜塞水門。故記曰：'水旱從人，不知饑饉。'時無荒年，天下謂之天府也。外作石犀五頭，以厭水精。穿石犀谿於江南，命曰犀牛里。……乃自湔堰上，分穿羊摩江、灌江，西於玉女房下白沙①郵作三石人，立三水中。與江神要，水竭不至足，盛不没肩。時青衣有沫水，出蒙山下，伏行地中，會江南安，觸山脇溷崖，水脈漂疾，破害舟舩，歷代患之。冰發卒鑿平溷崖，通正水道。或曰：冰鑿崖時，水神怒，冰乃操刀入水中，與神鬭。迄今蒙福。僰道有故蜀主兵闌，亦有神作大灘江中。其崍嶃峻不可鑿，乃積薪燒之，故其處懸崖有赤白五色。冰又通笮通汶井江，徑臨邛，與蒙谿分水、白木江會，武陽天社山下合。又導洛通山洛水，或出瀑口，經什邡、郫別江會新都大渡。又有綿水，出紫巖山，經綿竹入洛。東流過資中，會江陽。皆溉灌稻田，膏潤稼穡。是以蜀川人稱郫、繁曰膏腴，綿、洛爲浸沃也。又識齊水脈，穿廣都鹽井，諸陂池。蜀於是盛有養生之饒焉。"②

　　所記雖含怪異，但尚以記實爲主。《風俗通義》所載則純爲怪誕之説：秦昭王使李冰爲蜀守，開成都兩江，溉田萬頃。江神歲取童女二人爲婦，李冰至神祠責之。江神化爲蒼牛，李冰亦化蒼牛鬭之於岸，令主簿相助，刺殺江神。秦始皇爲其立祠。《成都記》所記略同，惟稱江神乃蛟。又云蜀人春秋設有鬭牛之戲。

---

① 白沙，原作自涉。《函海》本李調元校："自涉，《水經注》作白沙。"《水經注》卷三三《江水》："又穿羊摩江、灌江，西於玉女房下白沙郵，作三石人立水中。"據改。

② 據《四部叢刊初編》景印嘉業堂藏明鈔本，校以清李調元《函海》本（據南宋李�垕刊本校定）。

至唐大和五年洪水驚潰，李冰神猶化龍與龍鬪於灌口。以江神爲蛟，顯然融入唐代盛傳之許真君許遜斬蛟之事①，而許真君與蛟精化牛相鬪，則又襲自李冰事，二者互爲影響也。柳宗元《龍城録》卷下又載隋末嘉州太守趙昱入犍爲潭斬除老蛟而廟食灌口事，乃李冰斬蛟之演變。

後人於成都、導江、九隴多處立李冰祠。《元和郡縣圖志》卷三二《成都府・導江縣》："李冰祠，在縣西三十三里。"《太平寰宇記》卷七二《益州・成都縣》："李冰祠，在府西南三里。爲蜀郡太守，有功。及唐，節帥李德裕重立祠宇。"又卷七三《彭州・九隴縣》："灌口鎮，鎮城西有玉女神祠，祠之西有蜀守李冰祠存。"五代北宋，李冰受到敕封，高承《事物紀原》卷七云："廣濟王，在永康軍導江縣，李冰廟也。秦孝文王時，冰爲蜀郡守，自汶山壅江，灌溉三郡，開稻田。歷代以來，蜀人德之，饗祀不絶。僞蜀封大安王，孟昶又號應聖靈感王。開寶七年(974)，改號廣濟王。"《續資治通鑑長編》卷一三載，開寶五年，"秦蜀守李冰有廟在永康軍，僞蜀初封大安王，又封應聖靈感王。蜀平，詔長吏增飾其廟。(十月)乙卯，改封廣濟王，歲一祀。"《宋會要輯稿・禮二〇》載："宋太祖乾德三年(965)平蜀，詔增飾導江縣應聖靈感王李冰廟。開寶五年廟成。七年改號，歲一祀。……真宗大中祥符三年(1010)，詔本軍判官專掌施物，廟宇隳壞，即以修飾。冰，秦孝文王時爲蜀郡守。自汶山壅江堋，穿郫江下流，以行舟船。又灌溉三郡，廣開稻田。作石犀石人，以厭水怪。歷代以來，蜀人德之，饗祀不絶。僞蜀封大安王，孟昶又號應聖靈感王。"

宋初，成都人黃休復《茅亭客話》卷一《蜀無大水》，記廣濟王李冰祠之靈異云："開寶五年壬申歲秋八月初，成都大雨，岷江暴漲，永康軍大堰將壞，水入府江。知軍薛舍人文寶，與百姓憂惶。

①見張鷟《朝野僉載》卷三、胡慧超《十二真君傳》(《廣記》卷一四引)。

但見驚波怒濤，聲如雷吼，高十丈已來。中流有一巨材，隨駭浪
而下，近而觀之，乃一大蛇耳，舉頭橫身，截于堰上。至其夜，聞
堰上呼噪之聲，列炬縱橫，雖大風暴雨，火影不滅。平旦，廣濟王
李公祠內，旗幟皆濡濕，堰上唯見一面沙堤，堰水入新津江口。
時嘉、眉州漂溺至甚，而府江不溢。初，李冰自秦時代張若爲蜀
守，實有道之士也。蜀困水難，至于黿鼉生蛙，人罹墊溺且久矣。
公以道法，役使鬼神，擒捕水怪，因是壅止泛浪，鑿山離堆，闢沫
水于南北爲二江，灌溉彭、漢，蜀之三郡，沃田億萬頃。……功德
不泯，至今賴之。咸云理水之功，可與禹偕也。不有是績，民其
魚乎！每臨江漵，皆立祠宇焉。"南宋范成大《石湖居士詩集》卷
一八有《離堆行》，詩序云："沿江有兩崖中斷，相傳秦李太守鑿此
以分江水。又傳李鎖孽龍於潭中，今有伏龍觀在潭上。蜀旱，支
江水涸，即遣官致祭，壅都江水以自足，謂之攝水，無不應。民祭
賽者，率以羊，歲殺四五萬計。"詩中有句云："潭淵油油無敢唾，
下有猛龍跧鐵鎖。"同卷又有《崇德廟》，注："李太守廟食處也。"

李冰故事，流傳中不斷豐富，添出李冰次子灌口二郎神。詳
見《靈惠治水記》叙録。南宋又增添李冰長子，《宋會要輯稿·禮
二一·世濟廟》載："廟在什邡縣揚村鎮洛口山，秦蜀郡守李冰長
子昭應顯靈宣惠公，（淳熙）十年（1183）九月，加封昭應顯靈宣惠
廣佑公，十六年五月，封昭顯王、昭靈廣惠王。嘉泰二年（1202）
八月，加封昭靈廣惠孚佑王。"

李冰宋初封廣濟王，祠祀不絶，靈異響應。李注作此記，緣
此故也。《靈惠治水記》約作於神宗元豐中，此記亦姑列於此時。

靈惠治水記一卷

佚。北宋闕名撰。傳奇文。

《祕書省續編到四庫闕書目》小說類著錄《靈惠治水記》一卷。《通志略》以入地里類川瀆屬，惠字作異，當誤。

按：靈惠，指靈惠侯，李冰次子、灌口二郎者也。北宋高承《事物紀原》卷七載："靈惠侯，元豐時，國城之西，民立灌口二郎神祠，云神永康導江縣廣濟王子，王即秦李冰也，《會要》所謂冰次子郎君神也。今上即位，敕封靈惠侯。"《宋會要輯稿‧禮二〇》載："仁宗嘉祐八年(1063)，封靈應(惠)侯神，即冰次子，川人號護國靈應王。哲宗元祐二年(1087)七月，封應感公。一在隆興府。徽宗崇寧二年(1103)，加封昭惠靈顯王。大觀二年(1108)，封靈應公。政和元年(1111)十月，賜廟額崇德。三年二月，封英惠王，九月，封其配為章淑夫人。政和八年八月，改封昭惠靈顯真人。宣和三年(1121)九月，又封其配為章順夫人。"又《郎君神祠》云："永康崇德廟，廣祐英惠王次子。仁宗嘉祐八年八月，昭(詔)永康軍廣濟王廟郎君神特封靈惠侯，差官祭告。神即李冰次子，川人號護國靈應王。開寶七年(974)，命去王號，至是軍民上言：神嘗贊助其父除水患，故有是命。哲宗元祐二年七月，封應感公。徽宗崇寧二年，加封昭惠靈顯王。政和八年八月，改封昭惠靈顯真人。高宗紹興元年(1131)十二月，依舊封昭惠靈顯王，改普德觀為廟。(注：舊號護國靈應王，徽宗崇寧二年，加封昭惠靈顯王。政和八年八月，改封昭惠靈顯真人，賜普德觀額。至是撫處置使張浚，言真人之號惠從仙儀，非威靈護國、血食一方之意，於是有詔改封焉。)"按:《宋會要輯稿》前云仁宗嘉祐八年封靈應侯神，靈應當作靈惠，《郎君神祠》是也。所言"仁宗嘉祐八年八月，詔永康軍廣濟王廟郎君神特封靈惠侯"，仁宗誤，乃英宗。仁宗崩於嘉祐八年三月，四月英宗即位。《事物紀原》云:"今上即位，勅封靈惠侯。"今上即英宗也①。

英宗封李冰次子爲靈惠侯，至哲宗元祐二年封應感公。本篇稱《靈惠治水記》，當在封公之前。元豐時(1078—1085)立灌口二郎神祠，疑本篇撰於元豐中。

灌口二郎乃李冰故事之衍生，宋以降其事頗傳。南宋曾敏行《獨醒雜志》卷五云:"有方外士爲言，蜀道永康軍城外崇德廟，乃祠李太守父子也。太守名冰，秦朝人，嘗守其地。有龍爲孽，太守捕之，且鑿崖中斷分江水，一派入永康，鎖孽龍於離堆之下。有功於蜀人，至今德之，祠祭甚盛。每歲用羊至四萬餘，凡買羊以祭，偶産羔者亦不敢留，永康藉羊稅以充郡計。江鄉人今亦祠之，號曰灌口二郎。每祭但烹一羫，不設他物，蓋自是也。"朱熹《朱子語類》卷三云:"蜀中灌口二郎廟，當初是李冰因開鑿離堆，有功立廟。今來現許多靈怪，乃是他第二兒子出來。初間封爲王，後來徽宗好道，謂他是甚麼真君，遂改封爲真君。"

宋以後李冰父子治水故事廣傳於民間，而灌口二郎神尤顯於世。錢茂《都江堰功小傳》、羅駿聲《灌志文徵》卷五劉沅《李冰父子治水記》等皆有記述，且附會出梅山七聖，乃二郎斬蛟治水之七位助手，至今四川灌縣仍有二郎與七友鎖孽龍故事流傳。②

---

① 《直齋書録解題》卷一〇雜家類著録《事物紀原》二十卷，解題云:"開封高承撰，元豐中人。"《事物紀原》作於元豐中，乃神宗年號。今上非指神宗，乃高承所據文獻原文如此，承徽引未改。

② 參見袁珂《古神話選釋》，北京:人民文學出版社,1979,第502—506頁。

清楊潮觀《吟風閣雜劇》有《灌口二郎初顯聖》，演李冰父子治水
鎖龍事。《孤本元明雜劇》有無名氏《二郎神醉射鎖魔鏡》與《灌
口二郎斬健蛟》，則以趙昱爲灌口二郎，本《龍城録》。灌口二郎
尚有楊戩之説，見《西遊記》、《封神演義》等，然已無治水情事。
又東晉習鑿齒《襄陽耆舊記》卷五、劉宋盛弘之《荆州記》(《御覽》
卷六二引)、劉敬叔《異苑》卷三、《水經注·沔水》載襄陽太守鄧
遐入沔水斬蛟，後又移爲杭州事，亦尊爲二郎神①。

_____

① 見明沈朝宣《仁和縣志》卷七《廟》。

驪山記

存。北宋秦醇撰。傳奇文。

秦醇,字子復,亳州譙縣(今安徽亳州市)人。

《驪山記》①見於劉斧《青瑣高議》前集卷六,在秦醇《溫泉記》之前,未著撰人,題注"張俞遊驪山作記"。二篇內容相關,《溫泉記》開篇緊接《驪山記》,張俞再過驪山題詩曰:"玉帝樓前鎖碧霞,終年培養牡丹芽。不防野鹿踰垣入,銜出宮中第一花。"後文張俞云:"今見仙之姿艷,一禄山安能動仙之志,而仙自棄如此也?"皆爲《驪山記》事,是故必亦出秦醇。魯迅《中國小説史略》及《唐宋傳奇集·稗邊小綴》即定爲秦醇作。《青瑣高議》題注"張俞遊驪山作記",清朱彝尊《曝書亭集》卷五五《書楊太真外傳後》云"張俞《驪山記》",蓋即據此而斷。按《青瑣》之七字標目,由於今本係南宋重編本,因而有可能出自編印者之手,未曾細審原文,誤斷爲張俞作記。或者標目本意是張俞遊驪山,而爲之作記,意思含混而已,未必指爲作者即張俞。②

記謂張俞與友人遊驪山,遇田翁,翁壽而知古,出驪山宮殿

---

① 吳曾《能改齋漫録》卷三《開元錢》云"世所傳《青瑣集·楊妃別傳》",指此文,而改易篇名。
② 此等含混情況《青瑣高議》中猶有,如前集卷二《廣謫仙怨詞》,取自唐人康軿《劇談録》卷下,然因其中涉及台州刺史竇弘餘,遂徑署作台州刺史竇弘餘撰,而標目亦稱"竇弘餘賦作仙怨",其實大誤。

圖,爲俞細話明皇貴妃往事。其中以叙楊貴妃安禄山私情爲主,《緑牕新話》卷上據《類説》卷四六《青瑣高議・驪山記》全取此段,題《楊貴妃私安禄山》。唐人喜言明皇貴妃逸事,唐稗屢見之。此記所叙楊妃以安禄山爲子,禄山手足心有黑子,禄山化猪龍,李猪兒殺安禄山,樓下人唱汾水秋雁之歌諸事,大抵依傍《明皇雜録》、《開天傳信記》、《安禄山事迹》、《次柳氏舊聞》、《津陽門詩》注等書而敷衍。又所叙禄山傷楊妃乳,楊妃出浴而明皇禄山詠乳,其事最豓,然不見於唐人書。唐人雖多言貴妃風流,然大抵在帝妃之間,罕有言其與安禄山有私者。姚汝能《安禄山事迹》之貴妃洗兒(安禄山)爲樂,鄭綮《開天傳信記》之禄山拜妃爲母,如此而已。楊妃不比武、韋二后,未有穢亂宮闈之事,對此兩《唐書》不置一詞。傷乳詠乳,實是宋人想像之辭[1]。

　　張俞實有其人,乃北宋名士,《宋史》卷四五八、《東都事略》卷一一八有其傳。事跡又見《東坡志林》卷二、《雲齋廣録》卷一、《輿地紀勝》卷一五一《成都府路・人物》、《續資治通鑑長編》卷一三三、《古今紀要》卷一八、《全蜀藝文志》卷五〇《白雲先生張少愚誄》等。張俞一作張愈,字少愚。益州郫縣(今屬四川成都市)人。嘗舉進士科、茂才異等科不中。仁宗寶元初(1038)上書言邊事,頗得宰相吕夷簡賞識。慶曆元年(1041)除試祕書省校書郎,俞表請授其父而隱於家,許之。文彦博知益州,爲置青城山白雲溪杜光庭故居以處之,自號白雲居士。前後大臣屢薦,六召不起。遊觀山水,閉門著書,六十五歲而卒。妻蒲芝亦隱居玉清館,自號隱夫人,賢而有文,爲作誄。張俞乃北宋著名隱士及詩人,邵伯温《邵氏聞見録》卷一〇譽爲"奇士",《升菴全集》卷一

<hr/>

[1] 詹玠《唐宋遺史》已記及安禄山抓傷貴妃乳事,北宋高承《事物紀原》卷三《訶子》引云:"貴妃私安禄山以後,頗無禮,因狂悖指爪傷貴妃胷乳間,遂作訶子之飾以蔽之。"

一《青城五隱贊》以張俞夫婦爲五隱之二。

此記與《溫泉記》假託張俞，即爲借重張俞之名以廣其傳，且張俞本人性喜遊觀山水，作詩則喜詠古。《宋詩紀事》卷一七所輯六詩中《楚中作》、《翠微寺》、《謁白帝廟》等皆爲詠古詩。《郡齋讀書志》別集類著録《張少愚白雲集》三十卷，叙云：“爲文有西漢風。嘗賦《洛陽懷古》，蘇子美見而歎曰：‘優游感諷，意不可盡。’”《八瓊室金石補正》卷九九録其嘉祐四年（1059）作《義帝新碑》，中有“觀廟升冢，徘徊想象”語，見出其登山臨水、懷古歎今之態。秦醇將登驪山而訪古、過溫泉而夢妃之事託於張俞，恰正合張俞性情。而記中叙開元天寶宮中祕聞，非以輕薄之心賞其香豔，正亦暗含“優游感諷”之思，與張俞詩文精神相通。至此作構思，假田翁而談古，乃與唐人陳鴻祖《東城老父傳》之託東城老父，鄭嵎《津陽門詩》之託津陽酒家翁，機杼全同，顯見因依之跡。

《情史》卷一七情穢類《唐玄宗楊貴妃》中叙及詠乳等情，採自本篇。

温泉記

存。北宋秦醇撰。傳奇文。

此記載於《青瑣高議》前集卷六，題下注"西蜀張俞遇太真"，署亳州秦醇子履撰。梅鼎祚《才鬼記》卷八亦引全文，題署同，當據明張夢錫刊本。按《譚意哥》、《趙飛燕別傳》皆作子復，疑履字譌。

本篇内容緊接《驪山記》，寫西蜀張俞過驪山留題二絶詠古，異日宿於溫湯市邸，夜被二冥吏召去，見太真仙妃。仙妃賜俞浴於溫泉，妃亦自浴。浴罷共飲，俞問明皇，妃云明皇乃真人下降，今住潭、衡間玉羽川。其夜二人對榻而寢，俞情思蕩揺，欲與妃合，妃曰："吾有愛子心，子有私吾意，宿契未合，終不可得。"天明而別，妃言後二紀待於渭水之陽（按：《類説》卷四六《青瑣高議·題驪山詩》、《緑牕新話》卷上引《青瑣高議》、《一見賞心編》卷一〇冥緣類《驪山女》作伊水），又贈百合香爲念。俞爲吏引還而覺，所贈香在。他日留詩於溫湯驛。後遇一牧童寄妃詩，云前日一婦人所託，俞聞之頗傷感。《緑牕新話》卷上節引《青瑣高議》，題《張俞驪山遇太真》，《一見賞心編》卷一〇《驪山女》，皆節自《類説》。

本篇與《驪山記》之微諷不同，殊無寓意，豔遇仙妃太真耳。篇末云"俞多與士君子説此事，乃筆成傳"，文人故弄狡獪，不必以俞果有此遇也。唐人描寫此等題材，往往筆墨放縱，必極情而後止，但又多不肯渲染色情，張鷟《遊仙窟》特例外耳。此作寫對浴對眠,耽乎色而畏乎禮,猥瑣而復迂腐,純爲宋人小家習氣。宋代作家每及情愛,即現藏頭露尾之矛盾心態,此爲的例。作品文字華美,描摹多見雕刻,如"道左有大第,朱扉岋立,金獸銜鐶,萬户生烟,千兵守禦。入門則臺殿相向,金碧射人,簾掛瓊鈎,砌磨明玉,金門瑶池,彩楹瑣窗,幕捲輕紅,甃浮寒碧"之類,通篇可見,與《驪山記》之通暢清淺,風格有别。

　　《南村輟耕録》卷二五《院本名目》載金院本名目中有《張與孟夢楊妃》①一本,疑演此事,而易張俞爲張與孟。

————————

① 中華書局 1980 年點校本誤作《張與夢孟楊妃》,《四部叢刊三編》景印元刊本作《張与孟楊妃》,無夢字。

趙飛燕別傳

存。北宋秦醇撰。傳奇文。一題《趙飛燕外傳》、《趙后遺事》、《趙飛燕合德別傳》、《趙氏二美遺踪》。

《青瑣高議》前集卷七載《趙飛燕別傳》一篇,題下注"別傳叙飛燕本末",題譙川秦醇子復撰。譙川,即亳州譙縣。清紅藥山房鈔本題《趙飛燕外傳》,譙州秦醇子復撰。《説郛》卷三二亦載,傳名《趙飛燕別傳》,注:"一卷,一作《趙后遺事》。"題宋秦醇,注:"字子復,譙川人。"此本較《青瑣》本缺注文二十一字,正文在"時後庭掌茶宮女朱氏生子"之下缺"宦者李守光奏帝"云云三十一字,其餘文字亦多異同。《説郛》本後又載入《續百川學海》乙集、《稗乘》、《緑牎女史》卷三宮闈部蠱惑門、《豔異編》卷七宮掖部、《重編説郛》弓一一一、《龍威秘書》四集《晉唐小説暢觀》、《香豔叢書》四集卷一,《稗乘》改題《趙氏二美遺踪》,《豔異編》改題《趙飛燕合德別傳》,殊爲多事,其餘則題《趙后遺事》。《唐宋傳奇集》所收爲《青瑣》本。

傳前有序云:"余里有李生,世業儒(按:《説郛》本下有術字)。一日,家事零替,余往見之。牆角破筐中有古文數册,其間有《趙后別傳》,雖編次脱落,尚可觀覽。余就李生乞其文以歸,補正編次以成傳,傳諸好事者。"作者謂本篇是在《趙后別傳》基礎上"補正編次"而成。按《説郛》同卷有題漢伶玄(注:字子于,潞水人，江東都尉①)之《趙飛燕外傳》，又載於顧元慶刊《顧氏文房小説》。伶玄自序稱與揚雄同時，然傳中有"禍水滅火"、"漢家火德"語。漢代秦後以"五德終始"學確定漢德，或火或水或土，終西漢之世一直未定，雖新莽始建國元年所班《符命》中已稱"火，漢氏之德也"(《漢書》卷九九中《王莽傳中》)，但直至東漢光武帝建武二年(26)"始正火德，色尚赤"(《後漢書》卷一上《光武帝紀上》)，故所謂伶玄《趙飛燕外傳》必東漢後人所偽託，蓋東漢至晉宋間之作品。②《趙飛燕外傳》又稱《趙后別傳》③，序中所言古文《趙后別傳》，似即影指所謂伶玄所傳者，秦傳確亦多本"伶傳"，知其固曾寓目也。然以二傳相較，秦傳絶非"伶傳"之補正編次，實另起爐竈。故序謂古文數册有《趙后別傳》，雖編次脱落，尚可觀覽，乞歸補正編次成傳云云，乃秦醇假託之辭，欲使讀者相信非出醇之杜撰也。

　　胡應麟《少室山房筆叢》卷二九《九流緒論下》曾云："戊辰之歲(按：隆慶二年，1568)，余偶燕中書肆，得殘刻十數紙，題《趙飛燕別集》。閲之，乃知即《説郛》中陶氏刪本。其文頗類東京，而末載梁武答昭儀化鼉事，蓋六朝人作，而宋秦醇復補綴以傳者也。第端臨《通考》、漁仲《通志》并無此目，而文非宋所能。其間敍才數事，多俊語，出伶玄右，而淳質古健弗如，惜全帖不可見也。"④胡

---

① 按：《直齋書録解題》卷七傳記類："《飛燕外傳》一卷，稱漢河東都尉伶玄子于撰。自言與揚雄同時，而史無所見。或云偽書也。"作河東都尉，是也。西漢無江東郡，而有河東郡，見《漢書》卷二八上《地理志上》。
② 參見拙文《秦醇〈趙飛燕別傳〉考論——兼議〈驪山記〉〈温泉記〉》，《古稗斗筲録——李劍國自選集》，天津：南開大學出版社，2004。
③ 《趙飛燕外傳》篇末有伶玄自序，序末云："于是撰《趙后別傳》。"
④ 按：《説郛》所録《趙飛燕別傳》係全篇，並未删節，但因《説郛》多删節古書，故而胡氏誤以爲《別傳》亦是"删本"，可知胡未見《青瑣高議》。書名作《趙飛燕別集》，若非誤記或筆誤，則係此"殘刻"之譌也。

應麟於序中語信而不疑,以爲本篇即所謂李生家藏古文《趙后別傳》之補綴本,且斷原爲六朝人作,"非宋所能",殊不知序本秦醇故弄狡獪。雖然,作者取材乃多有所本,不盡爲想像杜撰之詞也。

《漢書》卷九七下《外戚傳下》載有趙飛燕姊妹事跡,葛洪集劉歆舊稿以成《西京雜記》,其中載有五事,王嘉《拾遺記》卷六亦載一事。① 而叙事最詳者乃《趙飛燕外傳》。秦醇在序中之所以假託《趙后別傳》,其意蓋即暗示有取"伶傳"也。"伶傳"與《西京雜記》事有相類,但細情全然不同。樂史《楊太真外傳》引《漢成帝内傳》云:"漢成帝獲飛燕,身輕欲不勝風,恐其飄翥,帝爲造水晶盤,令宫人掌之而歌舞。又製七寶避風臺,間以諸香,安於上,恐其四肢不禁也。"《漢成帝内傳》顯然亦記飛燕逸事。秦醇所編《別傳》,其事多有襲自上述各書者。如云趙后腰骨纖細,善踽步行,昭儀(合德)尤善笑語,肌骨清滑,二人皆稱天下第一,本《西京雜記》卷一,"伶傳"亦有類似描寫。趙后欲求子而通年少子,本《西京雜記》卷二;趙后與宿衛陳崇子私通,《西京雜記》作侍郎慶安世,"伶傳"作宫奴燕赤鳳,事皆相類。成帝賄侍者窺昭儀浴,趙后貧時夜不成寐,使妹合德擁其背,昭儀進丹十粒而成帝精溢而死,皆本《外傳》,甚至文句亦襲之,如"伶傳"云:"一夕昭儀醉進七丸,帝昏夜擁昭儀居七成帳,笑吃吃不止。"秦傳云:"帝一夕在太慶殿,昭儀醉進十粒。初夜絳帳中擁昭儀,帝笑聲吃吃不止。"其餘情事或别有所本,或自作演飾。末謂昭儀化爲巨黿,首猶貫玉釵,據《後漢書・五行志五》、《新輯搜神記》卷二〇,乃江夏黄氏母事,而移於趙合德。

　　"伶傳"通過描寫飛燕、合德姊妹淫欲之行,表現漢世之"盛

①《重編説郛》弓一一一、《龍威秘書》四集收闕名《飛燕遺事》一卷,即彙集此六事而成。

衰奄忽之變"及作者"荒田野草之悲"。"文體頗渾樸","淳質古
健"①,而描摹"閨幃媟褻之狀"②筆觸細膩,二趙形象頗爲生動鮮
明,故而胡應麟譽爲"傳奇之首"③。小説中較突出描寫色情此
爲首出,洪邁《容齋五筆》卷七《盛衰不可常》稱"其書太媟"即謂
此。然此等描寫自有其意義在,似未可厚疵。秦傳繼承"伶傳"
"禍水滅火"之思想傾向,添出昭儀化黿尤見諷意,然其藝術却遜
於"伶傳",文筆平弱,只一二俊語而已。胡應麟在《九流緒論下》
中曾激賞"蘭湯灔灔,昭儀坐其中,若三尺寒泉浸明玉"三語,以
爲"敍昭儀浴事入畫"。然此三語實脱化自《麗情集》本《長恨歌
傳》"清瀾三尺,中洗明玉"耳。

　　本篇與《驪山記》皆取材於宮庭祕史,秦醇創作之志趣固在
此焉。唐人亦喜之,《長恨歌傳》、《梅妃傳》等往往以見歷史反
思,表達作家之歷史感與現實感,而此作則近乎晚唐"隋煬三記"
一流傳奇,大抵獵奇獵豔而思致浮泛。魯迅《中國小説史略》批
評秦醇作品云:"其文頗欲規撫唐人,然辭意皆蕪劣,唯偶見一二
好語,點綴其間;又大抵托之古事,不敢及近,則仍由士習拘謹之
所致矣。"(第十一篇《宋之志怪與傳奇文》)

---

①《少室山房筆叢》卷三二《四部正譌下》及卷二九《九流緒論下》。
②《四庫全書總目》卷一四三《飛燕外傳》提要。
③《少室山房筆叢·九流緒論下》。

譚意哥記

存。北宋秦醇撰。傳奇文。一題《譚意哥》。

《青瑣高議》別集卷二載《譚意歌》一篇，注"記英奴才華秀色"，題譙郡秦醇子復。譙郡即亳州。按文中除首句作譚意歌外，下文歌皆作哥①。張友鶴選註《唐宋傳奇選》校勘記云清惠定宇家抄本《青瑣高議》全作哥。《類説》卷四六摘録《青瑣高議》題作《譚意哥記》，《緑牕新話》卷下節引《青瑣高議》，題《譚意哥教張氏子》，歌亦作哥，是則作哥是也。原題當有記字，與《驪山記》、《温泉記》同也。《唐宋傳奇集》據《青瑣高議》録入，題《譚意哥傳》。

記云：譚意哥小字英奴，流落長沙，十歲淪爲娼。解音律，工詩筆，出入於公府。潭州守劉公應其請，爲脱娼籍，意哥與潭州茶官張正宇（按：《類説》、《緑牕新話》宇作字，正字似係官名）相愛同居。後二年張調官辭去，意哥已孕，閉户自守，屢寄書致意。張畏於親命，別娶孫殿丞女。意哥知之，作書抒恨，買田自給，獨撫稚子。後三年孫氏死，有客自長沙歸，告以意哥堅守之情，責張乃"木人石心"，張遂如長沙。意哥初拒之，復爲所動。遂求以禮迎娶。張如言，禮成而挈歸京師。意哥治家深有禮法，後又生一子，登進士，終生爲命婦，夫妻偕老，子孫繁茂。

———————————————

① 《四庫全書存目叢書》影印南京圖書館藏清紅藥山房鈔本題作《譚意歌》，正文歌、哥並見。

　　按記中稱運使周公權府及魏諫議鎮長沙時與意哥對句，劉相鎮長沙時意哥求其脱籍。運使周公即荆湖南路轉運使周沆，魏諫議即右諫議大夫魏瓘，劉相即宰相劉沆。魏瓘知潭，吳廷燮《北宋經撫年表》及李之亮《宋兩湖大郡守臣易替考》皆列在慶曆元年至三年(1041—1043)。劉沆知潭，據《續資治通鑑長編》載，慶曆二年(1042)四月右正言、知制誥劉沆出知潭州(卷一三五)，三年十月由知江寧府再知潭州(卷一四四)，五年十二月庚申(初九)，以劉夔爲荆湖南路安撫使、知潭州，是月壬戌(十一日)劉沆降知鄂州提點刑獄(卷一五七)。同月戊寅(二十七日)，開封府判官、祠部員外郎、益都周沆爲荆湖南路轉運使(同上)。周沆上任需費時日，其到長沙當已在慶曆六年春。或其時劉夔因故未到任，故周沆權知潭州。此時意哥猶到府祗應，知尚未脱籍。北宋制度，地方長官有許官妓脱籍之權①，劉沆許其脱籍當在離長沙前，蓋呈牒批覆亦需時日也。然則意哥脱籍歸張在慶曆六年，泊孫氏死而娶意哥，據傳意推算，蓋在至和元年(1054)。時意哥子已六歲，此後意哥又生一子，以進士登科，子孫繁茂，則至少在二十餘年後，時殆在元豐間(1078—1085)，此作記之時也。

　　記文叙士人妓女戀愛結合，乃小説傳統題材。意哥云：“子本名家，我乃娟類，以賤偶貴，誠非佳婚。”本是悲劇之戀而被作者以禮法觀念硬行改造爲情禮兼顧之一段佳婚，實是《霍小玉傳》與《李娃傳》之混合。魯迅《中國小説史略》中有云：“蓋襲蔣防之《霍小玉傳》，而結以‘團圓’者也。”(第十一篇《宋之志怪與傳奇文》)意哥形象，集才女賢婦於一體，見出作者對才女之賞悦及對婦德之張揚。行文頗重藻飾，與《驪山》、《温泉》二記、《趙飛燕別傳》相近。

────────────

① 參見王書奴《中國娼妓史》，長沙：岳麓書社，1998，第76—77頁。修君、鑒今《中國樂妓史》，北京：中國文聯出版社，2003，第218—219頁。

　　《唐才子傳》卷二《李季蘭》附載劉媛等二十三位才女,中列入譚意哥,誤謂唐人。《唐宋傳奇集·稗邊小綴》乃云:"唐有譚意哥,蓋薛濤李冶之流,辛文房《唐才子傳》曾舉其名,然無事迹。"蓋以誤傳誤。《青泥蓮花記》卷五及《情史》卷一三《譚意歌》、《一見賞心編》卷一一《譚意女》,大抵以《綠牕新話》爲本,而文字有所删改。

燕華仙傳

節存。北宋黃裳撰。傳奇文。

黃裳(1044—1130)，字冕仲，一作勉仲①，又字道夫②，號紫玄翁③。其先金陵(今江蘇南京市)人，五代時遷南劍州劍浦(今福建南平市)④。神宗元豐五年(1082)狀元⑤，授越州簽判，明年除太學博士⑥。哲宗元祐中知大宗正丞事。四年(1089)遷祕書省校書郎⑦，六

①《演山集》王悦序、《直齋書録解題》別集類、《古今合璧事類備要》續集卷一六、《萬姓統譜》卷四七、《嘉靖延平府志·人物志》卷三、《福建通志》卷四六《人物志·延平府》等俱作冕仲，朱彝尊《經義考》卷二一引程瑀碑作勉仲。

②見《延平府志》。《詩話總龜》前集卷三四引《搜神秘覽》亦稱"黃裳道夫"。（按：今本卷中《謠讖》無道夫二字。）

③見《演山集》卷四《鴻鴈渚》、卷九《榴花洞》、卷一○《桐廬縣仙人洞十題并記》、卷二一《瑤池月·雲山行》。

④見程瑀撰碑，原作"遷延平"，延平乃劍浦舊稱，晉稱延平。又王悦序、《書録解題》亦稱爲延平。《續資治通鑑長編》卷三二四、《事類備要》則稱南劍州人，《建炎以來繫年要録》卷三九稱劍浦人，《延平府志》、《福建通志》均稱"南平人"，元代始改劍浦爲南平。《大明一統志》卷六八《保寧府》云劍州普城(今四川劍閣縣)人，大誤。《萬姓統譜》卷四七云浦城人，亦誤。浦城縣屬建州。

⑤見《長編》卷三二四、虞策《書張佛子傳後》(《古今事文類聚》別集卷三二)、《夷堅支癸》卷一○《蔡確執政夢》及《延平府志》、《福建通志》等。《書録解題》誤作元豐元年。

⑥見程瑀撰碑及《長編》卷三三四。

⑦見《長編》卷四二五及程瑀撰碑。

年詔爲集賢校理①。歷考工員外郎、起居舍人、太常少卿②。紹聖四
年(1097)爲兵部侍郎,元符元年(1098)以兵部侍郎權知開封府,二年兼
權吏部侍郎,後轉工部。③ 徽宗時,遷禮部侍郎,求外任,崇寧元年
(1102)出知潁昌府,移河南府未行,留爲禮部尚書,數月除顯謨閣學
士,是年十二月出知青州,四年移廬州,五年移鄆州。④ 丏宮祠,差提
舉杭州洞霄宮⑤。政和三年(1113)以龍圖閣直學士、中大夫知福州,七
年六月奉祠,十二月以龍圖閣學士、大中大夫再知,宣和元年(1119)七
月復以提舉杭州洞霄宮居錢塘。⑥ 七年除端明殿學士,再領宮祠。
高宗建炎二年(1128)始歸劍浦,抗章乞致仕,轉正議大夫⑦。 四
年卒⑧,年八十七⑨。贈資政殿大學士,諡忠文⑩。 黃裳著《春秋
講義》及《演山集》六十卷⑪,《演山集》今存。

　　此傳不載《演山集》。北宋章炳文《搜神祕覽》卷下《燕華仙》

---

① 見《長編》卷四五八。
② 見程瑀撰碑。
③ 見《長編》卷四八九、卷五○○、卷五一六、卷五二○。按:程瑀撰碑云
　 "徽宗朝遷兵部侍郎",誤。
④ 據程瑀撰碑及《北宋經撫年表》。《年表》紀時偶有誤。
⑤ 見程瑀撰碑。
⑥ 見《淳熙三山志》卷二二《秩官》、《福州府志》卷三一《職官》及程瑀撰碑。
　 碑云"政和四年以龍圖閣直學士起居福州",誤。《夷堅甲志》卷六《黃子
　 雲》載:黃冕仲尚書裳宣和初爲福州守。
⑦ 見程瑀撰碑。
⑧ 見《繫年要錄》卷三九。
⑨ 見《書錄解題》、《延平府志》、《福建通志》。
⑩ 見《大明一統志》、《萬姓統譜》。
⑪ 按:《春秋講義》不見著錄,見於《大明一統志》、《萬姓統譜》。《大明一統
　 志》、《萬姓統譜》作《真山集》,《福建通志》卷六八《藝文志》及乾隆《延平
　 府志》卷二七《人物》又作《演仙集》,均誤。《演山集自序》:"演峰,延平
　 之北山,晉人演客寓焉。……予宅在焉。……收拾遺藁得四十卷……
　 故以《演山》名其集。山之下,予之長養成就,不忘其所自焉。"

云:"黄裳爲《燕華仙傳》,因書其大略曰……"凡七百餘字,略云:
燕華仙人,女子之得道者。太子中允王綸昔爲海陵時,有女夢游
山中,見二仙女,一仙出筆塔令觀之。後兩日又夢見,仙復出塔,
令圖之。女覺而圖之,一筆而就。一日,仙降於公宇,唯女見之,
王綸求名字,仙以清非命其名,言與綸有契,出其文篆,且賦歌行
詞曲甚多。女陰受其書篆,王綸進其所書百軸,餘藏於家。女求
學笛金篆,仙皆以一筆寫之。後女出嫁,所受之學皆忘。臨嫁前
弟夢燕華導姊至大海邊,告其可於人世求《碧仙洞玉霞經》讀之。
女歸吕氏,封萬年縣君,六十四歲卒。

　　王安石曾題此傳。《臨川先生文集》卷七一《題燕華仙傳》
云:"燕華仙,事異矣。黄君所爲傳,亦辯麗可意。十方世界,皆
智所幻推,智無方,幻亦無窮,必有合焉,乃與爲類,則王夫人之
遇,豈偶然哉!"[1]安石卒於元祐元年(1086)[2],則此傳作於其前。
考黄裳元豐五年(1082)狀元及第,授越州簽判,明年除太學博
士,疑作於此間。

　　燕華仙女事北宋頗傳,叙之者有無名氏《女仙傳》、詹玠《唐
宋遺史》、沈括《夢溪筆談》卷二一《異事》、劉攽《中山詩話》、無名
氏《雍洛舊聞》等(參見《女仙傳》叙録),以《女仙傳》爲早,餘皆大
抵祖述其説。至黄裳此傳,梗概相同而細情多異,顯然自記所
聞。黄裳好道,集中多言仙事,故撰此傳宣揚神仙之説耳。

---

① 按:此條資料得自程毅中爲拙著《宋代志怪傳奇叙録》所撰書評《沙里淘
　　金　追根溯源》,北京:《文學遺産》,1998 年第 2 期。
② 見《宋史》卷三二七《王安石傳》。

回仙録

存。北宋陸元光撰。傳奇文。一題《東老祠堂碑記》。

陸元光,字明遠[1],一字蒙老[2]。湖州長興(今屬浙江湖州市)人[3]。神宗熙寧六年(1073)余中榜進士[4]。哲宗元符元年(1098)六月知常州晉陵縣,散官通直郎[5],徽宗建中靖國元年(1101)仍在任[6]。

---

[1] 見同治修《湖州府志》卷一〇《選舉表》。

[2] 陳巖肖《庚溪詩話》卷下稱"吳興陸蒙老元光",《至元嘉禾志》卷三一《題詠》及萬曆《嘉興府志》卷一〇《邑職》稱陸蒙老,《吳興備志》卷五《官師徵》引《東林山志》,參《西吳里語》,云陸元光字蒙老。

[3] 見《吳興備志》、萬曆《湖州府誌》卷六《進士》及同治《湖州府志》。《宋詩紀事》卷四一云歸安人,歸安與烏程同爲湖州治所。按:《沈東老祠堂碑記》署里人陸元光撰,中云"予與公既同里閈,又爲姻家",而沈東老吳興歸安人(詳下),蓋據此而定。科舉進士皆具本貫,陸元光爲長興人無疑,後寓居歸安耳。《江南通志》卷一一九《選舉志》云武進人。《咸淳毗陵志》卷一一《科目》列入陸元光,亦以爲常州人。按:陸元光曾知晉陵縣,晉陵、武進同爲常州治所,或緣此而誤。

[4] 見《嘉泰吳興志》卷一七《進士題名》、《咸淳毗陵志》卷一一《科目》及萬曆《湖州府誌》、同治《湖州府志》。

[5] 見《毗陵志》卷一〇《秩官》。通直郎,文散官,階從六品下。

[6] 《毗陵志》卷二九《碑碣》:"《小井記》,建中靖國元年,晉陵令陸元光撰。"《毗陵志》卷一五《山水·井·宜興》:"小井一名劍井,在縣東九里。……靖康初令陸元光爲記。"作靖康誤。南宋費袞《梁谿漫志》卷四《東坡懶版》:"東坡北歸,至儀真,得暑疾,止於毗陵顧塘橋孫氏之館,氣寖上逆。不能臥。時晉陵邑大夫陸元光,獲侍疾臥內,輒所御懶版以獻。"蘇軾建中靖國元年六月到常州。

又知秀州嘉興縣①。官至河北轉運使②。能詩③。

此文見引於《詩話總龜》後集卷三九，末注陸元光《回仙録》④，《苕溪漁隱叢話》後集卷三八亦引陸元光《回仙録》，又《嘉泰吳興志》卷一七《釋道·神仙》引《回仙録》亦載，文同，唯《吳興志》刪末節沈東老四年後化去事。《吳興備志》卷一三《藝術徵》引陸元老（光）《回仙録》、《東林山志》亦有載。所載爲神仙回道人事。略云吳興沈東老能釀十八仙白酒，熙寧元年，一日回道人來乞醉，東老出酒飲之，至暮了無醉色。夜多蚊蚋，回公取竹枝，以酒噀之插於壁，須臾蚊蚋盡棲壁而室中朗然。東老叩長生之術，回公云此去五年當再遇，東老將化去，而其子沈偕（按：原譌作階，據《漁隱叢話》、《吳興志》等改，下同）不得見之。飲將達旦，回公取席上榴皮爲筆，題詩壁上，"西鄰已富憂不足"云云。

---

① 《嘉禾志》載陸蒙老《嘉禾八詠》，中有句云"青衫令尹頭如雪"，知知嘉禾（即嘉興）時已年暮。《嘉興府志》載陸蒙老爲嘉興縣令在宣和間，《宋詩紀事》卷四一小傳亦云："宣和初爲嘉興令，後改晉陵。"皆誤。

② 見同治《湖州府志》。《吳興備志》卷五《官師徵》："陸元光，字蒙老，長興人。熙寧中進士，歷吳興知州軍事、朝奉大夫、集賢院學士、提舉南京鴻慶宮。"注："《東林山志》，參《西泉里語》。"卷二四《金石徵》："《沈東老祠堂碑記》，元豐七年吳興知州軍事、朝奉大夫、集賢院大學士（按：當作集賢院學士，集賢院大學士由宰相兼領）、提舉南京鴻慶宮、賜紫、金魚袋、里人陸元光撰。"末注《東林山志》。按：《吳興志》卷一四《郡守題名》中無陸元光，而云："滕元發，正議大夫，元豐七年八月到任，八年五月轉光禄大夫，九月移知蘇州。吕希道，中散大夫，元豐八年十二月初二日到任，元祐二年八月二十八日罷。"李之亮《宋兩浙路郡守年表》，元豐七、八年著録爲滕元發。成都：巴蜀書社，2001，第187頁。《吳興備志》所引《東林山志》有誤。

③ 《庚溪詩話》："吳興陸蒙老元光，嘗爲常之晉陵宰，頗喜作詩。"《毗陵志》卷二九《碑碣》："《橫山詩》，郡丞杜子民、晉陵令陸元光撰。"

④ 《百家詩話總龜後集目録》著録《回仙録》。

東老送出,回公乘風而去。至熙寧五年,東老捐館。其子偕適在京干薦,回公所言皆驗。

按:《吳興藝文補》①卷一六陸元光《東老祠堂碑記》,首云:"吳興歸安之東林,有隱君子沈思,字持正,秘閣陳成伯以其隱德於東林而老,遂號其庵曰東老,鄉人榮之,亦相與稱焉。"末云:"或有言及于他者,秘以不語人,雖子亦不得而聞之也。蓋回者,呂字之拆,山人者,仙字也。所居之西有山獨秀,而環之皆水,垣屋澹然,無物外之累。公篤于事親,睦于宗族,尊賢禮士,濟物利人,故其孝義之名,聞于四方。人懷其惠,爲之立祠,歲時致敬焉。考其志銘與諸碑記,可見矣。予與公既同里閈,又爲姻家,義弗獲辭,姑序其實,以待當世大賢有道之士而文之也。"其餘文字大同,回道人作回山人。頗疑《回仙錄》即《東老祠堂碑記》,後人取其文題作《回仙錄》,非元光別有作也。

陸元光《碑記》無紀時,《吳興備志》卷二四《金石徵》引《東林山志》:"《沈東老祠堂碑記》,元豐七年,吳興知州軍事、朝奉大夫、集賢院大學士(按:當作集賢院學士)、提舉南京鴻慶宮、賜紫、金魚袋、里人陸元光撰。"如前注所言,所署吳興知州軍事等官銜當有誤,紀時則未必誤,姑據而定爲元豐七年(1084)。沈老卒於熙寧五年(1072),卒後鄉人爲立祠,歲時致敬,作記時已去十餘年。

《詩話總龜》前集卷四五引《東坡詩話》亦載此事,云:"有道人過沈東老飲酒,用石榴皮寫絕句壁上,稱回山人。東老送出門,渡橋不知所往。或曰此呂洞賓也。僕見東老子偕道其事,爲和此詩。後復與偕遇錢塘,更爲書之。"下錄回山人詩與東坡和詩三首。三詩載於《東坡先生詩集註》卷一九,詩題很長,曰:"回

---

① 《四庫全書存目叢書》集部 376 册、《續修四庫全書》集部 1677 册影印明崇禎六年刻本。

先生過湖州東林沈氏飲，醉以石榴皮書其家東老庵之壁，云：‘西
鄰已富憂不足，東老雖貧樂有餘。白酒釀來因好客，黄金散盡爲
收書。’西蜀和仲聞而次其韻三首。東老，沈氏之老自謂也，湖人
因以名之。其子偕，作詩有可觀者。”葉夢得《避暑録話》卷下、趙
令畤《侯鯖録》卷四皆記有東坡和回山人詩事。《侯鯖録》云：“熙
寧中，有道人過沈東老飲酒，用石榴皮寫絶句於壁，自稱回山人。
東老送出門，至石橋上，先渡橋數十步，不知所在，或曰此吕先生
也。詩云（略）。七年坡過晉陵，見東老之子，能道其事。時東老
已殁三年矣，坡爲和其詩。”《避暑録話》云：“東林去吾山東南五
十餘里，沈氏世爲著姓。元豐間，有名□（按：當爲思字）者字東
老，家頗藏書，喜賓客。東林當錢塘往來之衝，故士大夫與游客
勝士聞其好事，必過之，沈亦應接不倦。嘗有布裘青巾，稱回山
人，風神超邁，與之飲，終日不醉。薄暮取食餘石榴皮，書詩一絶
壁間，曰（略）。即長揖出門，越石橋而去，追躡之已不見。意其
爲吕洞賓也。當時名士多和其詩，傳于世。蘇子瞻爲杭州通判，
亦和。”據《侯鯖録》，東坡和詩作於熙寧七年（1074），而沈東老卒
於五年，故云“已殁三年”。據王宗稷《東坡先生年譜》（《施註蘇
詩》附），熙寧四年至七年東坡通判杭州，故而《避暑録話》云“蘇
子瞻爲杭州通判亦和”（按：前云“元豐間”，誤）。但作詩時已解
杭倅任，過晉陵時遇沈偕，沈爲道其事，遂作和詩。《東坡詩話》
云“後復與偕遇錢塘，更爲書之”，蓋指元祐四年至六年（1089—
1091）東坡知杭時。

　　當時又有王會《回仙碑》，《東坡詩集註》陳師道註引，文云：
“熙寧元年八月十九日，湖州歸安縣之東林有隱君子沈思，字持
正，隱於東林，因以東老名焉。能釀十八仙白酒。一日，有客自
稱回道人，長揖東老曰：‘知君白酒新熟，願求一醉否？’公命之
坐。徐觀其目，碧色聚然，光彩射人，與之語，無不通究，故知非
塵埃中人也。因出與飲，自日中至暮，已飲數斗，殊無醉色。回

曰：‘久不遊淛中，今爲子有陰德，留詩贈子。’乃擘席上榴皮，畫字題於菴壁。”文字全本陸《碑》。《方輿勝覽》卷四《安吉州·佛寺·東林寺》亦引王會《回仙碑》。《吳興掌故集》卷五《歸安雜刻》著録劉一止《回仙祠堂記》，卷九古蹟類亦略述其事，末云："有郡人劉一止《回仙祠記》。"劉一止南宋人，其《苕溪集》無此記。

又政和間章炳文《搜神祕覽》卷上《回山人》云："湖州沈偕秀才父，以其晚年，自號曰東老。好延賓客，多釀美酒，以供殽饌。苟有至者，無問貴賤，悉皆納之，盡歡而去。廣置書史百家傳記，無不韞藏，以此爲樂。鄉里素所推重。西鄰雖巨富，鄙吝猥墨，竊比東老，固不足侔。一日，有術者造謁，與東老對飲，高談琅琅，洞達微妙，經史佛老，焜燿言表。夜以繼日，酒屢竭壺，術者神色愈若自得。屢詰姓氏，終不答也。因以石榴皮書于壁曰（略）。又題曰回山人。東老大醉，遂失。其去後，人多以謂呂先生也，特以回字易其姓耳。所題之字，削去更生。後東老竟以壽終。此事亦具載于誌文。"誌文即指陸元光《東老祠堂碑記》。諸書所載小有異同，大略則一。元趙道一《歷世真仙體道通鑑》卷五一《沈東老》亦載，末注："今湖州有仙觀，仙迹存焉。"文中又注"舍西石橋"云："今名回仙橋。"皆後人附會，足見其事流傳之廣。《吳興備志》卷一三《藝術徵》據《回仙録》、《東林山志》載入此事，末云："後四年中秋，東老果化去，神采如生。家人舉棺怪其輕，視之唯衣履存焉。今其地有回仙觀。"事有增飾，蓋本《東林山志》。

呂洞賓傳説，宋代盛傳不竭。南宋陳世材《亂漢道人記》（《夷堅丁志》卷八引）亦詳述其事。其餘諸如《楊文公談苑》（《宋朝事實類苑》卷四三引）、《青瑣高議》前集卷八、《岳陽風土記》、《東軒筆録》卷一〇、《後山談叢》、《西清詩話》、《竹坡詩話》、《庚溪詩話》卷下、《默記》卷中、《雞肋編》卷下、《雲麓漫鈔》卷二、《墨莊漫録》卷一又卷二、《續博物志》卷二、《耆舊續聞》卷六、《能改齋漫録》卷一八、《夷堅志》、《醉翁談録》丙集卷二、《武林舊事》卷五以及《詩話總龜》、《漁隱叢話》引諸家之説，皆有記述。其中所謂吕洞賓自傳以及吕所作《題岳陽樓詩》及《沁園春詞》，尤爲世所樂道。金元時全真道奉吕洞賓爲北五祖之一，稱爲吕祖、純陽真人、純陽帝君。苗善時《純陽帝君神化妙通紀》七卷，叙其仙跡頗詳。在民間則漸演爲八仙之一，而其名聲最著者也。

蘇小卿

存。北宋闕名撰。傳奇文。

《永樂大典》卷二四〇五引有《蘇小卿》一篇，出《醉翁談録·烟花奇遇》。《醉翁談録》今存南宋金盈之、羅燁二書，金書純爲雜記瑣聞，羅書多收唐宋傳奇，當出羅書。且《大典》卷五八三八《簪花》引《醉翁談録》宋林美戴御花詩"未放枝頭嫩葉青"云云，今見於羅書[1]，知《大典》所引《醉翁談録》確係羅書。今存羅書無《煙花奇遇》一門，唯有《煙花品藻》、《煙花詩集》，《烟花奇遇》當在此下，皆記妓女之事也。[2]

本篇所叙爲蘇小卿與雙漸戀愛故事。略云：間江知縣蘇寺丞有女字小卿，遊園邂逅郡吏雙漸。小卿使賦詩，生乃借詩"澗邊芳草連天碧"云云挑之，小卿心加愛慕，合歡於亂紅深處。小卿教其解職歸家勵學，待得功名後令媒求親。生苦志二載，功業一成。歸間江詢小卿，公吏云蘇寺丞已死，縣君挈家往揚州。生

---

① 見戊集卷二《煙花詩集》首章，題《林美御戴》，注："喻姿色好。"御戴係花名，以喻林美（妓女）。《大典》誤。詩非林美作，乃翁元廣爲諸妓所作（見戊集卷一《煙花品藻》），凡五十五詩，分詠五十五妓。

② 齊曉楓《雙漸與蘇卿故事研究》云："本篇（《蘇小卿》）性質近於羅本，是否即羅本之佚文，尚無定論，因其故事内容與'煙花奇遇'此一標題，均不見於羅本，學者遂疑有第三本醉翁談録之可能。"所言學者，註見韓南《宋元白話小説：評近代繫年法》，載《韓南中國古典小説論集》，聯經出版事業公司，1979。臺北：文史哲出版社，1988，第23—24頁。按：韓南（轉下頁注）

至揚州，聞小卿母已亡，落於娼道。生與友游娼家，忽遇小卿。時小卿已爲司理院薛官人包占，將爲妾，遂私留生於小室，俟時飲樂。二年後雙漸從官臨川而歸京，夜泊豫章城下，忽在一畫舸中見小卿，抱琵琶品弄，對坐一人，五十餘歲，乃其夫。漸作歌以挑，小卿亦作歌"妾家本住廬江曲"云云答之，求漸援救。二人易衣，馳往京師。雙漸後顯擢歷任，得偕老焉。傳文頗長，約二千字左右。又《永樂大典》卷三〇〇五引《詩海繪章·雙漸〈豫章逢故人歌〉》"樂天嘗（當）日潯陽渚"云云四十句，當取自《蘇小卿》，然較《蘇小卿》多四句，文字亦有異，頗資校補。

　　按雙漸確有其人。北宋曾鞏《元豐類槁》卷六有《送雙漸之漢陽》詩，卷四五有《雙君夫人邢氏墓誌銘》，邢氏乃雙漸母。張耒《明道雜志》、周必大《二老堂雜志》卷五、無名氏《文酒清話》（《類說》卷五五）①、《乾隆無爲州志》卷一五《人物·仕績》、《續修廬州府志》卷三三《宦績傳》引《隆慶志》、《重修安徽通志》卷一九四《宦績》等皆有雙漸事跡。雙漸，無爲軍巢縣（今安徽巢湖市）人。父雙華，贈大理寺丞。母邢氏，封萬年縣太君。仁宗慶曆二年（1042）中進士②。曾爲縣令、孟州簽判。嘉祐六年

（接上頁注）文第四節《羅燁"醉翁談録"中所列的小説》云："金盈之所輯'醉翁談録'亦廣爲人知……有些部分與羅著有共通之處……但第三種醉翁談録之存在則鮮爲人所知。'永樂大典'中存有其中一則故事，其相關標題則與羅著某章的標題近似，雖然未能雷同。"注釋："乃蘇小卿與雙漸的故事。……其標題在'大典'中是'煙花奇遇'，而其故事與標題均未見於羅燁書中。而由一首共有的詩可證明這第三種'談録'與羅燁書彼此有抄襲之處。"（陳昭容譯）第 76 頁。《大典》所引《醉翁談録》乃羅書斷無疑義，韓説絶不可信。

①《類説》天啓刊本譌作《大酒清話》，嘉靖伯玉翁舊鈔本大作文。宋人書皆引作《文酒清話》。

②《無爲州志》云"慶曆三年登楊寘榜進士"，然卷一二《選舉》作慶曆二年，《宋史》卷四四三《文苑傳五》亦云楊寘"慶曆二年舉進士京師，試國子監、禮部皆第一"，作三年誤。《宋登科記考》載於慶曆二年。

(1061)爲尚書屯田員外郎、吉州通判①。歷知無爲軍、漢陽、同州，官至職方郎中。

本篇所叙雙漸事跡，稱其爲閭江縣人，家貧爲郡吏，後從官臨川，"顯擢歷任"，與蘇小卿"得偕老焉"。按閭江縣即廬江縣②，宋音廬、閭同③。廬江縣亦屬無爲軍。雙漸進士出身，不會因家貧爲郡吏。其妻亦非蘇小卿，據《邢氏墓誌銘》，乃陳氏（封長壽縣君）。傳文之雙漸，必是以無爲雙漸爲原型。此人"博學能文，負奇氣，不拘小節"④，且"性滑稽"⑤，有名於時，故有此風流韻事傳焉。蘇小卿有無其人不可考，傳中歌云"長自廬江佳麗地"，"妾家本住廬江曲"，則當指廬州⑥，與無爲軍相鄰。

雙漸小卿故事發生在青年雙漸"苦志二載，功業一成"前後數年間，當在慶曆中。作者於雙漸事跡已不甚了了，據傳聞而述，多有不合事實處，是則作者去雙卿青年時代當已較遠。考張五牛、商正叔曾編《雙漸小卿諸宮調》，元楊朝英編《朝野新聲太平樂府》卷九《哨遍・楊立齋》云："張五牛、商正叔編《雙漸小卿》，趙真卿善歌。立齋見楊玉娥唱其曲，因作〔鷓鴣天〕及〔哨遍〕以詠之。"〔哨遍〕套曲有云："張伍牛創製似選石中玉，商正叔

---

① 《邢氏墓誌銘》載邢氏卒於嘉祐四年九月，嘉祐六年歸葬於無爲軍巢縣無爲鄉，時雙漸爲尚書屯田員外郎、通判吉州軍州事。據《二老堂雜志》，熙寧間雙漸亦爲吉州通判。

② 《大明一統志》卷一四《廬州府・人物》、《萬姓統譜》卷三均稱雙漸廬江（今屬安徽合肥市）人。

③ 據《廣韻》，閭、廬二字俱屬魚韻。今廬州、廬江之廬均讀 lú，與閭字同音。

④ 見《乾隆無爲州志》卷一五。

⑤ 見《明道雜志》。《文酒清話》所記爲孟州簽判時事，亦"性滑稽"之事。

⑥ 廬州，隋唐稱廬江郡，治今安徽合肥市。肥水過之，入巢湖，是之謂"廬江曲"。廬江縣乃小縣，難稱"佳麗地"，又無較大水道，故此廬江當不指廬江縣。

重編如添錦上花。"夏伯和《青樓集》亦云:"趙真真、楊玉娥,善唱諸宮調,楊立齋見其謳張五牛、商正叔所編《雙漸小卿恕(按:疑爲怨字之譌)》,因作〔鷓鴣天〕、〔哨遍〕、〔耍孩兒〕、〔煞〕以詠之。"商正叔名衕(按:同道),金人,元好問《遺山先生文集》卷三九《曹南商氏千秋錄》有其事蹟。《錄鬼簿》卷上"前輩名公樂章傳於世者",中有商政(正)叔學士。① 商正叔乃重編者,原編張五牛則是兩宋間人。吳自牧《夢粱錄》卷二○《妓樂》云:"紹興年間,有張五牛大夫,因聽動鼓板中有〔太平令〕,或賺鼓板,即今拍板大節抑揚處是也,遂撰爲賺。"②張五牛紹興間創賺詞,當由北宋而入南宋者。《雙漸小卿諸宮調》作於何時已難確考,但諸宮調由孔三傳創於熙寧、元豐、元祐間③,則張五牛所作乃在此後,殆作於兩宋之交。張五牛所作諸宮調內容,觀楊立齋〔哨遍〕,涉及麗春園、"村"員外、商賈、茶船等④,與本篇所敘內容出入頗大,而近於元雜劇,可見雙漸故事已經較長時間之流傳演變。是則無名氏所作《蘇小卿》產生時代當較早,約在神宗元豐、哲宗元祐間,其時雙漸殆死去不久⑤。

本篇屬才子佳人型小說,小卿雖係妓女,然出身官宦人家,

---

① 葉德均《雙漸蘇卿諸宮調的作者》,對張五牛、商道有考。《戲曲小說叢考》,北京:中華書局,1979。

② 灌園耐得翁《都城紀勝·瓦舍衆伎》亦載:"中興後,張五牛大夫因聽動鼓板中,又有四片〔太平令〕,或賺鼓板(注:即今拍板大簡揚處是也。)遂撰爲賺。"

③ 王灼《碧雞漫志》卷二:"熙、豐、元祐間……澤州孔三傳者,首創諸宮調古傳,士大夫皆能誦之。"《都城紀勝》:"諸宮調,本京師孔三傳編撰傳奇靈怪八曲說唱。"

④ 〔哨遍〕云:"又有箇員外村,有箇商賈沙,一弄兒黑漆筋紅油靶。一箇向麗春園大椀裏空咪了酒,一箇揚子江江船中就與茶。"

⑤ 雙漸慶曆二年(1042)中進士,以二十五歲計,到熙寧末(1077)已六十歲,到元豐末(1085)六十八歲。

只因父母雙亡才淪落煙花。作敘寫小卿之貌美多才,寫雙漸之"精神端麗,誠爲佳士",寫雙漸功名就,終得團圓,凡此皆不脱宋人同類作品之窠臼。但寫雙、蘇於花園一見鍾情,私訂終身,甚至"亂紅深處,花爲屏障,尤雲殢雨,一霎懂情",全無禮法之忌,視他作之拘謹,誠大膽筆墨。野合私奔,見出青年男女蔑視禮法,對愛情之嚮往追求,實難能可貴。作品語言工麗清雅,注重辭采,不肯作俗詞俚調,常用偶句狀物摹情,如"少覽經書,長工詞賦,期躍禹門之三浪,待攀仙桂之一枝","一派江聲,促成愁思;數點漁燈,燒斷離情"云云,尚不嫌雕琢堆垛。敘事中插入詩詞歌四首,清麗婉曲,與叙述文字格調和諧,融爲一體。宋人言情傳奇,此稱殊佳,他作難以望其項背也。

蘇雙故事金元之代以各種藝術形式廣傳於世,堪與《鶯鶯傳》崔張故事相較。自宋人張五牛編爲諸宮調而金人商正叔重編後,以諸宮調演唱其事者屢出不窮。董解元《西廂記》卷一〔柘枝令〕列舉諸宮調名目,有"雙漸豫章城"之事。元石君寶雜劇《諸宮調風月紫雲亭》第一折〔醉中天〕"我唱道那雙漸臨川令"云云,所唱亦爲雙漸諸宮調。《水滸傳》第五十一回《插翅虎枷打白秀英,美髯公誤失小衙内》敘寫行院白秀英在勾欄演唱"諸般品調"《豫章城雙漸趕蘇卿》。金院本中有《調雙漸》一本,見於《南村輟耕録》卷二五《院本名目》。而演爲南戲、元雜劇者,則有佚名戲文《蘇小卿月夜泛茶船》(《永樂大典目録》戲文十一,《南詞叙録・宋元舊篇》作《蘇小卿月下販茶船》),庾吉甫(天錫)《蘇小春(卿)麗春園》,王實甫《蘇小郎(卿)月夜販茶船》,紀天祥(君祥)《信安王斷復販茶船》,(以上並曹本《録鬼簿》),無名氏《豫章城人月兩團圓》(《録鬼簿續編》)等雜劇。而雜劇模擬蘇雙故事者更多,據考,僅現存者即達十餘種①。元雜劇人物唱詞亦常言

① 詳見武潤婷《雙漸蘇卿故事及其本事》,天津:《南開學報》,1984年第2期。

及蘇雙，如關漢卿《趙盼兒風月救風塵》(《元曲選》)第一折〔賺煞〕："你個雙郎子弟，安排下金冠霞帔，却則爲三千張茶引嫁了馮魁。"賈仲名《楚臣重對玉梳記》第二折〔賽鴻秋〕："則俺那雙解元普天下聲名播，哎你個馮員外捨性命推没磨，則這個蘇小卿怎肯伏低。"至於元人散曲詠其事者尤夥，據研究者稱，套數有十三四套，小令有二十多首，而出現雙漸小卿名字或涉其情節之曲子至少在三十首以上，如無名氏《端正好·趕蘇卿》及《端正好·蘇卿題恨》，王曄、朱凱《雙漸小卿問答》，馬致遠《商調·集賢賓》，周文質《鬥鵪鶉·詠小卿》，宋方壺《走蘇卿》等等。①

　　金元時期專演蘇雙故事之諸宫調、院本、戲文、雜劇皆佚，内容已不得詳知。明梅鼎祚《青泥蓮花記》卷七《蘇小卿》記故事梗概云："蘇小卿，廬州娼也。與書生雙漸交昵，情好甚篤。漸出外，久之不還，小卿守志待之，不與他狎。其母私與江右茶商馮魁定計，賣與之。小卿在茶船，月夜彈琵琶甚怨。過金山寺，題詩于壁，以示漸，云：'憶昔當年拆鳳凰，至今消息兩茫茫。蓋棺不作横金婦，入地當尋折桂郎。彭澤曉烟迷宿夢，瀟湘夜雨斷愁腸。新詩寫記金山寺，高掛雲帆上豫章。'漸後成名，經官論之，復還爲夫婦。"末注出處爲"傳奇"，又注云："此亦談説家，近理俗，然元人喜咏之，《販茶舡》、《金山寺》、《豫章城》雜劇。"想必係據舊戲文而述載其事。昔年趙萬里撰《水滸傳雙漸趕蘇卿故事考》(載《北平圖書館月刊》三卷一號)曾就《盛世新聲》等書舉套數小令考之②。趙景深《小説戲曲新考·雙漸和蘇卿》據戲文殘

① 詳見武潤婷《雙漸蘇卿故事及其本事》。按：以上所述，齊曉楓《雙漸與蘇卿故事研究》第二章詳列元人散曲、劇曲及金元諸宫調所見雙漸蘇卿資料目録，李殿魁《雙漸蘇卿故事考》(台北：文史哲出版社，1989)亦有詳考，皆可參閱。
② 見周貽白《雙漸蘇卿考》，沈燮元編《周貽白小説戲曲論集》，濟南：齊魯書社，1986，第583頁。及李殿魁《雙漸蘇卿故事考》，第26—28頁。

曲勾勒蘇雙故事輪廓①。周貽白《雙漸蘇卿考》亦有詳考。武潤婷《雙漸蘇卿故事及其本事》又據戲文、雜劇、散曲等有關資料述其基本情節，梗概是：解元雙漸字通叔，在廬州偶遇司理黄肇包佔之名妓蘇卿，生愛慕之意，題詩向蘇求愛，遂私下往來，約爲嫁娶。後雙漸進京赴試，蘇卿爲之守志。江洪茶商馮魁見蘇卿而豔之，蘇卿不爲金錢所動。雙漸中狀元，除臨川令，寄書與蘇卿。鴇母改家書爲休書，並以三千茶引賣與馮魁。蘇卿無計脱身，被逼上茶船，隨馮歸豫章。臨行作書留與三婆，託其轉致雙漸。路經金山寺，蘇卿題詩於壁以表心跡。雙漸到廬州接蘇卿，恰遇三婆，得蘇書信，急駕舟趕追茶船，至金山寺見蘇題詩，又趕往豫章。江上撫琴，蘇卿知其到，夜乘馮魁酒醉，逃離茶船，同往臨川赴任。② 故事情節較原作大爲豐富曲折，人物增多，增出鴇母蘇媽媽、三婆，原作之司理院薛官人僅爲背景性人物，此演爲司理官黄肇，增茶商馮魁。作爲故事大關目之雙漸趕蘇卿，爲原作所無。③ 原作主題隨之而被深化，才子佳人悲歡離合被賦予更爲深廣之社會内容。

　　洎明清仍有取爲戲曲素材者，明無名氏傳奇《三生記》、《茶舡記》（《遠山堂曲品・能品》），清李玉《千里舟》（《新傳奇品》）皆演蘇雙故事，當又有增飾。《情史》卷一《李妙惠》寫明成化間揚州女李妙惠夫盧某讀書於外，誤傳其死，妙惠被迫嫁與鹽商子，題詩金山寺壁。盧登甲榜，過家知妻已嫁，又登金山寺見妻所題

①《小説戲曲新考》，上海：世界書局，1943，第 295 頁。
② 齊曉楓《雙漸與蘇卿故事研究》第三章《元人曲籍所見之雙漸蘇卿故事》亦作詳考。
③ 胡士瑩《話本小説概論》云《蘇小卿》"情節比較完整，獨無金山寺題詩一事，茶商馮魁之姓名文中亦未提及，必有脱誤處"。北京：中華書局，1980，第 352 頁。按：自傳奇文而至戲曲，固多敷衍，此通例也。

詩，遂與江右徐方伯定計，令台隸駕小艇沿鹽船上下歌其詩。李氏聞之，知夫未死，遂夜奔盧某，夫妻歡會。此事顯然模仿蘇雙故事，李妙惠題詩同《青泥蓮花記》所載蘇小卿所題，僅有數字不同。《青泥蓮花記》注云："《仰山脞録·揚州李妙惠》載其詩，爲盧進士妻，未知何據。"即是此事，知原載於《仰山脞録》①。明天然癡叟《石點頭》卷二《盧夢仙江上尋妻》即據此改編。

---

① 明王圻《續文獻通考》卷一七九《經籍考》"皇明雜家"、祁承爜《澹生堂藏書目》史部上著録閔文（按：下脱振字）《仰山脞録》一卷。《説郛續》卷二二收江右閔文振《仰山脞録》，中無此事，蓋爲節本。

張　浩

存。北宋闕名撰。傳奇文。

今本《青瑣高議》別集卷四載《張浩》一篇,題注"花下與李氏結婚",未著撰人。目録中此篇注"新增"二字,疑《青瑣高議》原無此篇,南宋人重編《青瑣高議》而增入①。原出何書何人不詳。《緑牕新話》卷上《張浩私通李鶯鶯》即此事,末未注出處,《緑牕新話》約作於南宋初期,故此文蓋出北宋,唯時間失考。《緑牕新話》本係節文,文句差異頗大,且中云"一日同友人共坐宿香亭下",《青瑣高議》本作"一日與廖山甫閑坐",不云宿香亭。又云:"忽有老尼惠寂,謂浩曰:'君之東隣李氏小娘子鶯鶯致意,令無忘宿香亭之約。'"此則老尼、李氏俱無名。可見《緑牕新話》節自别一本。兹將全文録下,以資比較:"張浩既冠未娶,家財鉅萬。致一花園,奇花異卉,無不畢萃。一日,同友人共坐宿香亭下,忽見一美女,對牡丹而立。浩私念:得娶此女,其福非細。遂前揖問之,女曰:'妾乃君家東隣也。偶父母不在,特啓隙户,借觀盛圃奇花。然更有衷情,倘不嫌醜陋,願奉箕箒。'浩喜出望外。女曰:'君果見許,願求一物爲定。'浩遂解紫羅繡帶,女以擁項香羅,令浩題詩。攜手花陰,略敍倉卒之歡,女遂歸去。一日,忽有老尼惠寂,謂浩曰:'君之東隣李氏小娘子鶯鶯致意,令無忘宿香亭之約。'自此常令惠報傳密意。時當初夏,鶯鶯密附小柬,夜靜

① 同卷《王榭(謝)》亦注"新增",乃取自劉斧《摭遺》。

踰牆，相會於亭中。鶯鶯曰：'奴之此身，爲君所有，幸終始成之。'"

　　傳文大意云：張浩字巨源，西洛人，蔭補刊正，家財巨萬。一日軒東遇東鄰女李氏，互相愛慕，浩賦牡丹詩爲信，遂私訂終身。後李託尼傳遞消息，並於來年牡丹開時踰牆就浩幽會。不久李隨父之官，遣尼告浩待歸時成婚。去二載而杳然無耗，浩叔爲聘大族孫氏，浩不敢拒。李隨父歸，知浩已約婚他人，遂告其父母已私許歸浩，投井自盡，幸賴救活。李詣府陳情，府尹召浩問明原委，遂判娶李氏。夫妻偕老，二子皆登科。傳文樸素生動，李氏大膽追求愛情，勇於抗爭，形象頗具新意，優秀之作也。

　　故事在後代頗見影響。《醉翁談録》甲集卷一《小説開闢》著録小説話本名目，傳奇類中有《牡丹記》，當演此事，張李訂情私會皆關涉牡丹，故以爲題。《警世通言》卷二九《宿香亭張浩遇鶯鶯》，據考殆爲南宋後期作品[1]，而《寶文堂書目》著録有《宿香亭記》，可能同《牡丹記》話本有關，《警世通言》或即據《宿香亭記》改編。《警世通言》本有宿香亭、鶯鶯、尼惠寂等名，全同《緑牕新話》本（而廖山甫者則同《青瑣高議》本），疑《緑牕新話》所據之未删本即《牡丹記》或《宿香亭記》也。戲曲演此事者，有《九宮正始》引"元傳奇"《張浩》，存殘曲一支，《宋元戲文輯佚》輯入。《録鬼簿》、《太和正音譜》等著録有元睢舜臣雜劇《鶯鶯牡丹記》，簡名作《牡丹記》，已佚。《傳奇彙考標目》別本第一百三十四著録顧岑《宿香亭》，注"張浩事"，亦佚。

―――――――――――

[1] 參見胡士瑩《話本小説概論》第七章，北京：中華書局，1980，第229頁。

測幽記

佚。北宋吕南公撰。志怪集。一題《測幽》。

吕南公(1047—1086),字次儒。本金陵(今江蘇南京市)人,太祖開寶九年(976)祖上避亂徙建昌南豐(今屬江西撫州市)。其父吕文寶襁褓中喪父,母攜改嫁南城(今屬江西撫州市),故又謂建昌南城人。神宗熙寧初(1068)試禮部不利,退歸築室灌園,不復以進取爲意,著書講道,號所居爲衮斧。英宗元祐初(1086)立十科薦士,中書舍人曾肇上疏薦之,議欲命官,未及而卒。

以上見《宋史》卷四四四《文苑傳》、符行中《灌園集序》、《灌園集》卷一七《吕氏家系》、《直齋書録解題》卷一七別集類《灌園集》解題。《宋史》本傳不言生卒年。考《灌園集》卷二《麻姑山詩引》云:“余年二十二,初至麻姑山,而未能題詩。……後三年從友人括蒼鮑强久道往來山間,蓋三歲中三至焉。久道時時以題見屬,或作或已,比其別也,所就纔二十餘篇。”知作此詩時二十五歲。卷九《麻姑山僊都觀初建東嶽府君殿記》云:“熙寧三年,某縣建業歸,明年夏五月訪僊都觀。”而《麻姑山詩》中有《宿仙都觀》,則熙寧四年(1071)二十五歲,推知生於仁宗慶曆七年(1047)。《宋史》卷一七《哲宗紀一》載:元祐元年七月,“設十科舉士”,亡於此年也。《直齋書録解題》、《宋志》別集類著録《灌園集》三十卷,佚,《四庫全書》收二十卷,係從《永樂大典》輯出。

《遂初堂書目》小説類著録吕南公《測幽》,無卷數。《賓退録》卷八引洪邁《夷堅三志甲序》,云吕灌園《測幽》等七書多歷年二十，而所就卷帙皆不能多。書已佚，唯《灌園集》卷七載《測幽記序》。序文末節云："熙寧乙卯年（八年，1075）始記于書，所記隨所憶，故不復品列。率二十四事爲一篇，第而積之，没吾齒而後止。命之曰《測幽》，言讀而能思者，幽可測也。自古記異之筆不少，余雖不敢有記，然無害于理數之所存，而遂記焉，趣異于蟲蛙而已矣。若夫守經束教，余雖不爾，其憂無人乎哉！"據此，書始撰於熙寧八年，隨手而記，每二十四事爲一卷，直記至元祐元年下世前，已歷十二年。

序述作書動機曰："無物不有，然後爲天地；無事不有，然後爲世道。通乎此而盡之，則所謂非常之故、不慮之變，皆適然耳，孰復諄諄然問，觸觸然驚哉！……余少之時，讀書不出六經，聽覽不離閭井，以爲天下之理，具諸此矣。窘窘乎追逐衆儒之步武，而稱誦不語怪神之説，以拒乎諔詭之術，如是者固久。天誘吾使有超脱之幸，是以泛觀春秋以來諸子百家之文章，太史公至于國朝之史録，乃至山經地志，野載私紀，無所棄擲，故識其所爲非常者多矣。助之以凍餒漂浮，屢游乎數千里之他邦，而親見審問，合于前識，又多矣。于是深思極索，遂見理數之始終，知古人之于此言不言，各有意也。時又浩歎乎夏蟲井蛙，不幸而不知冰海也。讀阮瞻之事，見其弊于慚懼，而重悲之。"作者以爲天地間無所不有，異事奇聞不絶於書記，故一改少時之志，著此《測幽》，以明神鬼幽祕之事也。

佚文檢得二條。《輿地紀勝》卷三五《建昌軍·古迹》："龍母墓，在南豐縣。吕灌園《測幽記》曰：'熙寧農夫游賤妻劉，浴于溪，遇黄犬，迫而有娠。昔年，産兩鮎魚。家驚異，以大缸貯之水中。須臾，雷電晦冥，魚失所在。甫三日，劉亦死，葬于溪東磯皋之上。數日雨，溪流大漲，衆見兩魚循繞墓墳，所行處輒陷。里人驚駭，號曰龍母墓。'"[①]正德《建昌府志》卷一九《雜志》引吕灌

_____

[①]《玉芝堂談薈》卷二四《龍母墳》亦引，譌作吕灌園南夫《測幽記》。

園《測幽記》：“治平三年，建昌軍夏旱，郡官禱雨。是時鄉貢進士傅巖家人小奴牧鶩暮歸，占其數，乃以爲已失一鶩，家人迫令出尋。夜不敢歸，即入城隍廟神座後寄臥。夜聞神召其下云：‘傅巖家奴不得鶩，懼罪至此，汝爲渠訪之。’一鬼承命去。有頃復至，云：‘鶩本不失，乃是一鶩先入圈，而奴獨數後至諸鶩，以爲失其一耳。’神曰：‘汝到圈間乎？’曰：‘何敢妄也！’既而又曰：‘郡官求雨甚急，吾不能致之，汝詣麻源探信來。’鬼唯唯去。久之至曰：‘須後日乃雨耳。’曉皷動，奴遽歸，果於圈中得鶩，而雨亦如期而至。”①

佚文所記皆建昌軍事，當地所聞也。

<hr />

① 《江西通志》卷一六〇《雜記》亦引呂灌園《測幽記》。

幽明雜警三卷

佚。北宋朱定國撰。志怪集。一題《幽冥雜警》。

朱定國（1011—1089），字興仲，號退夫。其先成都（今屬四川）人，寓居無爲軍廬江（今屬安徽合肥市）。仁宗慶曆二年（1042）中進士第，授池州貴池主簿，遷饒州軍事判官，攝浮梁令事。調梓州觀察推官，改著作佐郎、知廣德縣。丁母憂，服除改祕書丞、知廬州合肥縣。神宗即位，改太常博士，遷尚書屯田員外郎、知六合縣。頗有治才政績，但因不受重用，於熙寧四年（1071）請致政而歸，時才六十一歲。元豐四年（1081）改朝奉郎，哲宗即位改朝散郎，賜三品服，令京朝官致仕。元祐四年（1089）終，享年七十九。事跡見陳傑《無爲集》卷一三《故朝散郎致仕朱君墓誌銘》。定國著有《歸田後録》十卷，見《直齋書録解題》小説家類、《宋志》傳記類。

本書見於《四庫闕書目》、《祕書省續編到四庫闕書目》、《遂初堂書目》、《宋志》小説類著録。除《遂初目》外皆作三卷，《續四庫闕書目》作《幽冥雜警》。諸目多不著撰人，唯《宋志》注云："題退夫興仲之所纂，不著姓。"按《朱君墓誌銘》云："又取近世禍福之應、其理可推者百餘事次之以警世，謂之《幽明雜警》云。"可見作者乃朱定國，退夫者其號，興仲者其字也。《朱君墓誌銘》述定國著作，先言"著《歸田後録》"，後言本書，可見本書作於《歸田後録》之後。考《直齋書録解題》叙《歸田後録》云："朝請郎廬江朱定國興仲撰。熙、豐間人。竊取歐公舊録之名，實不相干也。"朝請郎乃朝散郎之誤。作者撰《歸田後録》結銜爲朝散郎，而《書録解題》又稱其爲“熙、豐間人”，可見書成於元豐八年（1085）三月哲宗即位後。本書在其後，則當作於元祐元年至四年間，時以退夫自號。

　　原書不存。《永樂大典》卷二〇三一〇引《水疾》一則，記宣城村民被里人刺傷而久嬰水疾獲愈，傷人者棄市。末有議論，言“禍福之倚伏”，“天之惡不仁”，以爲訓誡。故事殊不可觀，全書蓋亦如此耳。

戴花道人傳

節存。北宋闕名撰。傳奇文。

南宋趙彥衛《雲麓漫鈔》卷四云：“王荆公之生也，有獾出於市。一道人首常戴花，時人目爲戴花道人，來訪其父曰：‘此文字之祥，是兒當之，他日以文名天下。’因述其出處甚詳，俟至執政，自當見之。荆公父書於册。自後休證不少差，荆公甚神之。洎拜兩地，戒閽者：‘有戴花道人來，不問早暮即通。’一日，道人果來，荆公見之，述父所記、渴見之意。道人曰：‘自此益得君，謹無復讐。’荆公扣之，曰：‘公前身李王也，戒之。’遂辭去。出《戴花道人傳》。”

王荆公神奇出身，宋人書多有載。南宋邵博《邵氏聞見後錄》卷三〇云：“傅獻簡云：王荆公之生也，有獾入其室，俄失所在，故小字獾郎。”張端義《貴耳集》卷中云：“荆公在鍾山讀書，有一長老曰：‘先輩必做宰相，但不可念舊惡，改壞祖宗格法。’荆公云：‘一第未就，奚暇問作宰相，并壞祖宗格法？僧戲言也。’老僧曰：‘曾坐禪入定，見秦王入寺來，知先輩秦王後身也。’”此二事與《戴花道人傳》頗有相似處。傅獻簡即傅堯俞，《宋史》卷三四一有傳。傅與王安石善，然安石行新法，傅謂“新法世以爲不便”。傅乃新法反對派，故後入元祐黨籍。傅堯俞元祐六年（1091）卒，諡獻簡。其生前已有獾兆之説，可知王安石逝世前後（按：王安石卒於元祐元年）上述傳聞即有流傳。無名氏此傳殆作於元祐中，其時哲宗祖母宣仁太后高氏垂簾聽政，起用舊黨，貶逐新黨,荆公新法皆被罷除。

時猶有王安石是天上野狐精之説。蔡京子蔡絛《鐵圍山叢談》卷四云:"昔與小王先生者言:'王舒公介甫何至於無後?'小王先生曰:'介甫,上天之野狐也,又安得有後?'吾默然不平。歸白諸魯公(按:即蔡京),魯公曰:'有是哉。'吾益駭。魯公始迺爲吾言曰:'頃有李士寧者,異人也。一旦因上七日入醴泉觀,獨倚殿所之楯柱,視卿大夫絡繹登階拜北神者。適睹一衣冠,亟問之曰:"汝非貛兒乎?"衣冠者爲之拜,迺介甫也。士寧謂介甫:"汝從此去,踰二紀爲宰相矣,其勉旃!"蓋士寧出入介甫家,識介甫之初誕生,故竟呼小字曰貛兒也。介甫見士寧後,果相神廟。而士寧又出入介甫家,適坐宗室世居事幾死,賴介甫得免,即尸解去矣。'吾得此更疑惑久之,又白魯公:'造化坱圠,天道濛鴻。彼實靈物也,獸其形,中則聖賢爾。今羑冠佩玉,彼□人也,中或畜產多有焉。要論其心斯可乎!'魯公爲頷之,而吾始得以自決。"又蔡絛《西清詩話》(《苕溪漁隱叢話》前集卷三五引)云:"元祐間,東坡奉祠西太一宮,見公(按:荆公)舊詩云:'楊柳鳴蜩綠暗,荷花落日紅酣。三十六陂春水,白頭想見江南。'注目久之,曰:'此老野狐精也。'"東坡激賞荆公詩,歎爲"野狐精",意謂非凡人所能及,然"野狐精"之歎,必是據世傳荆公是天上野狐而發。

宋世所傳荆公異聞尚多,《鐵圍山叢談》卷四載蜀道梓桐神祠靈異,士大夫過之得風雨送,必至宰相,王安石八九歲時過祠,得大風雨。張舜民《畫墁録》卷一、周煇《清波雜志》卷四載熙寧中蕭注對神宗稱王安石是"牛形人",《清波雜志》又載一説云蕭注相安石,稱"安石牛耳虎頭,視物如射,意行直前,敢當天下大事"。錢世昭《錢氏私志》亦載元豐中宋閤使者對神宗問,言王安石"牛行虎視,牛行足以任重,虎視足以威遠"。此則言荆公異相。

按蔡絛父蔡京曾受知於安石,其弟卞娶安石女。徽宗崇寧

元年（1102），京爲右僕射、太師，復熙寧新法，曾反新法者盡入黨
人碑。是故蔡絛上天野狐之説，蓋謂荆公造化靈物聖賢，而安石
八九歲過祠得大風雨，自亦神其人也。張舜民乃入黨人碑者，其
稱安石"牛形人"，言其一意孤行如牛也。

　　王安石乃北宋一代傑雄，神宗時兩度拜相，執意變法，推行
新政。守舊派於之百般詆毀，擁護者則奉爲聖賢。至於荆公文
學，名傾天下，則無論新舊，有口皆碑。無名氏此傳，託戴花道人
以言祥異，由安石小名獾郎生發獾出之説，謂爲文字之祥，其意
蓋獾皮毛多紋，故爲"他日以文名天下"之瑞。又稱安石前身爲
李王，李王指李世民，即位前曾封秦王，故《貴耳集》云秦王後身。
李王後身之説亦備極尊崇，然道人誡其"謹無復讐"，實是指王安
石執政後排斥異己，則又頗寓諷意。此與《貴耳集》所載長老誡
安石"不可念舊惡，改壞祖宗格法"命意相似。逮乎明世，猶有擬
話本《拗相公飲恨半山堂》（《警世通言》卷四），抨擊荆公"大權到
手，任性胡爲，做錯了事，惹得萬口唾罵，飲恨而終"，反不及宋人
之有褒有貶也。

李氏女

存。北宋黃庭堅撰。傳奇文。

黃庭堅(1045—1105),字魯直,號山谷道人,又號涪翁、八桂老人。洪州分寧(今江西九江市修水縣)人。英宗治平四年(1067)舉進士,調汝州葉縣尉。神宗熙寧五年(1072)除北京國子監教授。元豐三年(1080)改授知吉州太和縣,以平易爲治。六年移德平鎮。哲宗立,召爲祕書省校書郎,未幾除《神宗實錄》檢討官、集賢校理。元祐二年(1087)遷著作佐郎。六年《實錄》成,擢中書舍人。丁母艱,八年服除,除國史編修官,辭不就。紹聖初(1094)出知宣州,改鄂州,未幾管勾亳州明道宮。二年章惇等論其《實錄》多誣,貶涪州別駕,黔州安置。元符元年(1098)移戎州。徽宗即位,起監鄂州在城鹽稅,改簽書寧國軍判官,復命權知舒州,又以吏部員外郎召,皆辭不行。亐郡,崇寧元年(1102)得知太平州,九日而罷,主管洪州玉隆觀,明年羈管宜州。四年徙永州,未聞命而卒,年六十一。紹興間贈龍圖閣學士,加太師,諡曰文節先生。庭堅與張耒、晁補之、秦觀俱游蘇軾門,時稱蘇門四學士。長於詩,詩宗杜甫,與蘇軾並稱"蘇黃"。復善行草書,楷法亦自成一家。著有《山谷內集》三十卷、《外集》十四卷、《別集》二十卷、《山谷詞》一卷等。

以上據《宋史》卷四四四本傳、黃㽔《山谷先生年譜》及卷首《豫章先生傳》、周季鳳《山谷黃先生別傳》。鄭永曉著有《黃庭堅年譜新編》(北京:社會科學文獻出版社,1997)。

　　王明清《投轄録》載《李氏女》、《尼法悟》二篇，《永樂大典》卷
一三一三六《夢婦人訴冤》，引自王明清《投轄録》，即《李氏女》。
《尼法悟》末云：“右二事黄太史魯直手書云爾，不改易也。真蹟
在周渤惟深家，紹興初獻于御府。”涵芬樓《宋人小説》本手書原
作子書。按：據《豫章先生傳》，黄庭堅子名相，無聞於世，不當有
御府收其墨蹟之事，《四庫全書》本作手書是也。此二篇乃出黄
庭堅手筆，王明清録之而已。《山谷集》不載。

　　本篇記趙郡李氏女李昭德異夢事。略謂李女初名汝璋，先
於僧伽浮圖下夢人教改名爲昭德，遂依用之。熙寧七年甲寅歲，
在曲江夢一婦人云：“汝負我命，歲在戊午，我得復冤。”復又夢神
女語曰：“汝不是汝母，九五齊行遍，汝今正好修。”昭德不悟。至
元豐元年戊午歲，夢曲江所夢婦人來，以物刺其心，遂病。後忽
又夢神女來，將之詣諸佛。佛爲説法，戒其歸依三寶，可脱此厄，
並作法爲其解冤。覺而病去，從此遂奉佛法。所記前後凡五夢，
筆法簡飭。李昭德與所夢婦人之間有何冤業，神女讖語有何含
義，皆未作交待。題旨則是宣揚佛教因果報應之説，提倡奉佛，
無甚可取。

尼法悟

存。北宋黄庭堅撰。傳奇文。

本篇不見於《山谷集》，載於王明清《投轄録》。大意云法悟係清源陳氏女，早惠，能誦《金剛經》，曾許其姑之子。元祐三年二月自斷其髮，家人阻攔不聽。異日對建隆長老言其緣故，稱是年正月忽入冥至報冤門，見判官，言其有冤報，前世爲男，爲其妻所傷致死，妻即今生之夫，應當報冤。法悟不欲報冤殺人，欲火焚判官所持報冤簿籍，爲判官所叱。法悟呼觀世音菩薩來救，忽見老僧來，令其發願。法悟發願畢，歸而驚覺。後又夢老僧摩其頂，法悟遂決意斷髮出家。其母（按：《四庫全書》本作姑，《宋人小説》本作母）學道參請已久而未悟，此時亦恍然有省。作品鼓吹佛教因果報應，與《李氏女》同旨。山谷篤信佛法，其集中言佛文字比比皆是，此二文之作亦有自矣。

《李氏女》事及元豐元年（1078），《尼法悟》事在元祐三年（1088）。山谷元祐二年至六年任著作佐郎，尋丁母艱，疑此二文撰於此間。

禁殺録一卷

佚。北宋李象先編。志怪集。

北宋范祖禹《范太史集》卷三九《天章閣待制楊公（繪）墓誌銘》載："女二人，長適前利州綿谷主簿李象先。"楊繪卒於元祐三年（1088）六月，則李象先任利州綿谷縣主簿在此前也。餘不詳。

《郡齋讀書後志》類書類著録《禁殺録》一卷，叙云："右皇朝李象先纂。元祐中象先集録古今冥報事，以爲殺戒。"《通考》同。按此書纂輯舊書而成，當分類而載事，故以爲類書。

《分門古今類事》卷二〇《爲惡而削門》引《浚明減官》，注出《戒殺録》，一字之差而禁、戒同義，疑即本書佚文。事云齊州宋浚明好食牛肉，夢入陰府，見吏閱籍簿，己姓名在上，官至端明殿學士，壽至八十，以食牛肉若干而減官減壽。後浚明累舉不第，年四十六而卒。同卷又引《李紀殺生》，爲元豐八年事，《四庫全書》本注作《戒殺録》，《十萬卷樓叢書》本末注"見鮮端夫曰如人"，文字有譌。據《樂善録》卷二，此出鮮端夫《戒殺文》，今不取。

青瑣高議前後集十八卷

今存重編本，前集十卷、後集十卷、別集七卷。北宋劉斧撰。傳奇志怪雜事集。

劉斧，字里事跡不詳。僅從本書自述及孫沔序文可以考知，劉斧於仁宗至和末（1056）曾自京至杭州謁資政殿大學士、樞密副使孫沔。嘉祐中（1056—1063）曾侍親通州，其父時爲獄吏（後集卷三《巨魚記》）①。神宗熙寧二年（1069）有故至海上（後集卷九《鱷魚新説》），熙寧中自太原來汴京（前集卷四《王寂傳》）。曾過吳江（前集卷九《詩淵清格》），遊湘衡（後集卷九《仁鹿記》）。所交多爲才藝之士，如孫次翁（前集卷三《嬌娘行》）、張退翁（前集卷九《詩讖》）、歐陽沕②（後集卷一《畫品》）等。

本書最早著録於南宋晁公武《郡齋讀書志》小説類，十八卷，敘云：“右不題撰人。載皇朝雜事及名士所撰記傳，然其所書辭意頗鄙淺。”《通考》小説家類亦據晁氏著録。《通志略》、《宋志》小説類均著録爲劉斧撰，亦十八卷。今本《遂初堂書目》小説類只存書名，無卷數撰人。按阮閲《詩話總龜》前集兼引《青瑣集》與《青瑣後集》，曾慥《類説》兼收《青瑣高議》與《續青瑣高議》，而今本後集卷一《議醫》明云“前集嘗言之矣”，可見原書分爲前後

① 按：《後集》卷三《程説》云程説“授郴州獄官”，末議曰“程説與余先子嘗同官守”，則其父又曾爲郴州獄官。年代不詳。
② 按：《四庫全書存目叢書》子部246册影印清紅藥山房鈔本作歐陽价。

集,《讀書志》等所著録十八卷,實應含後集在内。前後集各爲多少卷,因原書已亡,難以確指。

　　本書宋代刊刻情況無記録可徵,今可覓者惟兩種節本:《紺珠集》卷一一摘録《青瑣高議》十九條,題劉斧。《類説》卷四六摘録《青瑣高議》四十八條、《續青瑣高議》八條①,天啓刊本俱不著撰人,明嘉靖伯玉翁舊鈔本卷四〇前者題宋劉斧撰,後者未題撰人,蓋承上省去。陶宗儀編《説郛》,只録入《青瑣後集》四條(卷七五,無撰人),而不及前集。《重編説郛》弓二六録入《青瑣高議》十二條②,題元劉斧,誤爲元人。

　　明清二代此書頗見於書簿著録,知其時流傳較廣。《文淵閣書目》(雜附)、《菉竹堂書目》③(子雜類)、《趙定宇書目·稗統目録》、《近古堂書目》(小説類)、《絳雲樓書目》(小説類)等均有《青瑣高議》,唯不著卷數,而《萬卷堂書目》(小説家)著録作十卷,

----

① 中《賢雞君傳》,《緑牕新話》卷上採入,無出處,題《賢雞君遇西真仙》。《張世寧神降》,《三洞群仙録》卷一八引《青瑣》,題《玉仙麪蘖》。《桃源三夫人》,《緑牕新話》卷上採入,無出處,題《陳純會玉源夫人》、《三洞群仙録》卷九引《青瑣》,題《陳純鶴嘔》,《一見賞心編》卷六儇女類《玉源夫人》,無出處。《隆和曲丐者》,《三洞群仙録》卷一〇引《青瑣》,題《無競懷果》,《太上感應篇》卷二一《鬬合爭訟》傳亦引,無出處。《茹魁傳》,《青泥蓮花記》卷七引《續青瑣高議》,題《胡文媛》,注《茹魁傳》,較今本《類説》多“媛曰物之同本者”云云一大段,蓋今本《類説》有闕文。《妓贈陳希夷詩》,《詩話總龜》前集卷一二引作《唐宋遺史》,此條乃取詹玠書,治平四年(1067)作。《有酒如綖》,又見《東坡先生詩集註》卷二二《留别廉守》趙次公註引作《言行録》。《火筯熨斗》爲丁晉公(晉國公丁謂)事,原出不詳。此八條今本無。

② 第二條《迷樓》誤取自《迷樓記》。

③ 今存葉盛(1420—1475)《菉竹堂書目》,刊於清伍崇曜《粤雅堂叢書》,《四庫全書存目叢書》亦影印清鈔本。陸心源《儀顧堂題跋》卷五指出此本是鈔撮《文淵閣書目》而成的偽本。參見張雷《〈菉竹堂書目〉的真本和偽本》,南京:《江蘇圖書館學報》,1998 年第 3 期。

《奕慶藏書樓書目》（稗家）、《文瑞樓藏書目録》（小説家）、《天一閣書目》（小説類）俱作二十卷，題元劉斧。《四庫全書總目》（小説家類存目二）著録前後集各十卷，云不著撰人名氏。《也是園藏書目》（小説）作二十七卷，而《述古堂藏書目》（小説家）作十五卷（抄本），又著録《續青瑣高議》十卷（抄本）。清孫從添《上善堂宋元板精鈔舊鈔書目》著録"述古堂藏本"舊鈔《青瑣高議》十八卷續十卷，正集卷數不合，不知何故。孫氏又著録葉石君校本舊鈔《青瑣高議》十八卷。

今傳本屬於二十七卷本系統，包括前後集各十卷、別集七卷。此本原出明鈔，乃正德十二年（1517）鈔本，清代惠棟收藏，後歸黃丕烈友人，黃氏借歸録出。[①] 黃氏寫本後歸於陸心源，其《皕宋樓藏書志》卷六三小説類著録舊抄本，引黃氏手跋五則，全同《士禮居藏書題跋記》，當即黃寫本。[②] 丁丙《善本書室藏書志》卷二一小説家異聞之屬則著録"鈔黃蕘圃藏本"。清末董康誦芬室乃將黃寫本刊行於世。1958 年上海古典文學出版社、1983 年上海古籍出版社點校本即以誦芬室刻本爲底本，校以上海圖書館所藏清鈔本，補正董刻本若干缺誤（見《出版説明》）。[③]2007 年中國書店《中國書店藏版古籍叢刊》影印二十七卷本，書牌題"據民國精刻本整理，中國書店丁亥年重刊"，又題"董氏誦芬室校士禮居本"，其《出版前言》稱此本"疑爲清代董康據黃丕烈士禮居寫本所刻的誦芬室刊本的複本"。按：誦芬室刊本原書未見。今以上海古籍出版社點校本對覈民國精刻本，前書闕字

---

① 見黃丕烈《士禮居藏書題跋記》卷四、王文進《文禄堂訪書記》卷三。
② 皕宋樓藏書於光緒三十三年（1907）被其子陸樹藩售與日本岩崎氏靜嘉堂文庫。見日本島田翰《皕宋樓藏書源流考》。
③ 上海古籍出版社編《宋元筆記小説大觀》收施林良校點本以此本重印，删去校語。2012 年又單行出版。

後書多有補苴①,其餘個別文字有異者亦多,疑此本乃據別本修
補。明代曾有張夢錫刻本,魯迅校録《唐宋傳奇集》曾用此本,錢
南揚《宋元戲文輯佚》又曾用萬曆刻本。按:余所見日本山口大
學圖書館藏《青瑣高議》明刻本,卷首孫副樞序後有"萬曆乙未重
春梓"一行,共二十卷,不分前後集,每卷前署元劉斧著,明張夢
錫校,乃萬曆二十三年(1595)張夢錫刻本②。而其鈔本今存者,
據上海古籍出版社《青瑣高議・出版説明》,上海圖書館善本部
藏有明鈔本前集及清鈔本前後集③,據考乃王士禛藏本④。《北
京圖書館善本書目》卷五小説家類及《北京圖書館古籍善本書
目》子部小説家類則著録有明抄本二十七卷全本,有陳寶晉跋。
據《文禄堂訪書記》,正德鈔本末有清人陳守吾手跋,守吾即陳寶
晉之字也⑤。《北京圖書館古籍善本書目》又著録有《新增京本
青瑣高議》明抄本前集十卷後集十卷,存十三卷(前集一至五,後

---

① 如別集卷七《楚王門客》:"將門遺□。□□□之鹿走,則萬國以議(蟻)
　爭。不意籍不先臨官(宮)内,倏然劍磨纓□,□□□膏,大孽既去,餘奸
　悉□。……卒□垓下之師。……聲如□虎。……□□以酒……根盤野
　□牢。"闕字頗多,而民國精刻本作:"將門遺旅。屬中原之鹿走,則萬國
　以議(蟻)爭。不意籍不先臨官(宮)内,倏然劍磨纓血,載洗秦膏,大孽
　既去,餘奸悉遁。……卒亡垓下之師。……聲如鬭虎。……飲我以
　酒……根盤野葛牢。"又如別集《西池春遊》等,闕字亦多補苴。
② 李小龍《青瑣高議版本源流考》(北京:《文獻》2008 年第一期)云,遼寧省
　圖書館藏有此本,曹棟亭曾收藏,二十卷,不分前後集,只存卷一至卷
　二、卷六至卷九。又云台北"中央圖書館"尚存二十卷全帙。
③《四庫全書總目》卷一四三小説家類存目二著録兩淮鹽政採進本亦只前
　後集各十卷。
④ 見李小龍文。
⑤《善本書室藏書志》卷一八子部九上:"蟲天志十卷(明刊本),吳淞非磊
　落人阮宏正撰。……前列楊萬里、林有鱗兩序,有巢氏七研齋印,陳寶
　晉守吾甫記二印。"

集一至八），及清抄本前後集各十卷。北京圖書館即今國家圖書館。《四庫全書存目叢書》影印南京圖書館藏清紅藥山房鈔本二十七卷（子部 246 册）①，文字錯謁極多。

　　二十七卷本及二十卷本與原書之爲十八卷頗不相合，《四庫全書總目》所著前集十卷後集十卷，以爲"此本乃多出兩卷，或坊賈傳刻又有所竄入歟"。而魯迅疑今本別集即劉斧《青瑣摭遺》②。按今本二十七卷絕不是原書十八卷之增益，乃重編本，疑爲南宋書坊所爲。《詩話總龜》前集引《青瑣集》、《青瑣後集》、《摭遺》，《類説》節《青瑣高議》、《續青瑣高議》、《摭遺》，三者並列，説明《青瑣集》與《青瑣高議》即指前集。《類説》本四十八條，有三十六條見於今本前集，餘十二條中《泥子記》、《龜息氣》、《周婆必不作是詩》③不見今本，《譚意哥記》、《西池春遊記》見於今本別集，其餘七條皆見今本後集。《詩話總龜》共引《青瑣集》三十九條，二十八條見於今本前集，九條不見今本，卷三四所引"白龍翁"④、卷四七所引"隋煬帝"二條則分別見於今本別集卷七與後集卷五。再就原書後集與今本後集相對照，《類説》本之八條，《詩話總龜》所引八條⑤（按：陳純、王世寧二條亦見《類説》本，

----

① 清末丁仁《八千卷樓書目》小説家類異聞之屬著録紅藥山房抄本。紅藥山房疑即馬思贊，字寒中，康熙時人，海寧藏書家。見《善本書室藏書志》卷一經部《周易本義》十二卷叙録。
② 見魯迅《唐宋傳奇集・稗邊小綴》。胡士瑩《話本小説概論》亦贊同此説，稱"這一推斷是可信的"。北京：中華書局，1980，第 148 頁。
③《大明仁孝皇后勸善書》卷一採入此條。
④ 原闕出處，《錦繡萬花谷》前集卷二三、《分門古今類事》卷八分別引作《青瑣集》、《青瑣高議》。
⑤ 卷一六所引"屈平廟"闕出處，《竹莊詩話》卷一二、《古今合璧事類備要》前集卷六九並引作《青瑣後集》，《興地紀勝》卷六九《岳州・古跡・三閭大夫廟》引作《青瑣》。

《類説》作張世寧，誤），又《説郛》本之四條，不唯皆不見於今本後集，並前集別集亦無。此足證今本與原書差別極大，今本不唯闕佚頗多，且今本前後集之篇目與原書很不一致。原本前集許多篇目在今本中被編入後集與別集，而從今本後集七十篇無一見於《類説》、《詩話總龜》、《説郛》以觀，疑今本後集絶大部分内容原在前集中①。今本別集有三篇（《譚意歌（哥）》、《西池春遊》、《白龍翁》）可證出於前集，而《王榭（謝）》一篇實出《摭遺》②，可見原書並無別集，乃是重編者另立名目，其内容則是雜湊前後集及《摭遺》而成，或亦有取材他書者。《摭遺》存有《紺珠集》（卷一二）、《類説》（卷三四）節本，《詩話總龜》等所引佚文亦夥，除《王榭（謝）》被取入別集外，《類説》本《李白遊華山》又見於今本後集卷二《李太白》，③是知今本後集亦編入《摭遺》文字。要之，今本前後二集並非原書之前後集，而今本別集亦絶非《摭遺》，今本乃重編本，與原書差異頗巨。書賈之流重編時甚至誤採入他書内容。後集卷二《時邦美》記事至大觀初④，已去至和末《青瑣高議》初成時（詳下）五十餘年，即當時劉斧猶未下世，亦已當八十歲左右，似不屬本書文字。考《苕溪漁隱叢話》後集卷三六引《東皋雜録》⑤時邦美事與此文字大同，可證《時邦美》實勦自《東皋

---

① 今本後集卷一《議醫》稱"前集嘗言之矣"，可證此條及以下記醫之《孫兆殿丞》、《杜任郎中》原在後集中，其餘無可證明。

② 見《紺珠集》卷一二、《類説》卷三四節本及《詩話總龜》前集卷四六、《古今事文類聚》後集卷四五引。

③ 《分門古今類事》卷一七《崔巽三年》，注見《摭遺》，今見後集卷二，此當係《古今類事》誤注出處，説詳《青瑣摭遺》叙録。

④ 《時邦美》末云"官至吏部尚書"，據王銍《默記》卷中，時彦（字邦美）大觀初以吏部尚書卒。

⑤ 《宋志》小説類著録孫宗鑑《東皋雜記》十卷。《夷堅支景》卷六《富陵朱真人》云"孫宗鑑著《東皋雜録》"。

雜録》。今本各篇大都於正題下七字標目,考前集卷六四《驪山記》標作"張俞遊驪山作記",而此篇作者實是秦醇,因此頗疑七字標目非劉斧原書所有,而係重編者所爲。前集卷五《名公詩話》、卷九《詩淵清格》、《詩識》標目中均有"本朝"字樣,重編者當是南宋人。南宋紹興間皇都風月主人編《緑牕新話》全用七字標目,此殆仿之。今本別集卷四《張浩》、《王榭(謝)》,目録中注有"新增"二字,似又説明今本不唯是南宋重編本,且又經南宋人或元人增補。《張浩》一篇殆取自他書。

《文獻》2008年第一期所載李小龍《青瑣高議版本源流考》,詳考現存《青瑣高議》刊本鈔本,頗可參考。然以爲今本乃明人重編。文稱國家圖書館藏明抄本《新增京本青瑣高議》前後集十三卷,正文第一頁第二行有云:"本家昨刊此書已盛行於世,惟恐舊本文理謬舛,覽者詳焉。今得名公重加校正,并無一字差誤,增廣詩詞□□□百餘事,作前後別集,鋟木以刊行傳續□□□,伏幸詳鑑。"此本許多篇目目録或正文注明新增,有前集卷一《明政》、《許真君》、《顔魯公》,卷二《書仙傳》,卷三《寇萊公》、《李誕女》、《鄭路女》,卷六《貴妃襪事》、《馬嵬行》。① 後集卷二除《司馬温公》②外餘十五條皆注。(按:今本別集卷四《張浩》、《王榭(謝)》亦注"新增"。)李文以爲凡注"新增"或"新入"者皆明世重編者所爲。然有一事不可解,即所謂明世"名公"從何而得如此衆多資料?李文亦云宋代大量典籍徵引《青瑣高議》,然此等徵引幾無出自新增者,然則若《許真君》、《書仙傳》、《張浩》、《王榭(謝)》等文字曼長之傳奇文,明人去宋代已遠,大量古籍散佚,乃

---

① 李文云惠棟藏本《明政》、《許真君》、《寇萊公》、《李誕女》、《貴妃襪事》題下亦注新增。

② 李文注:"這一章中的十六篇全是小短章,形制基本相同,所以僅此一篇無新增字樣頗值得懷疑。……此似當爲漏注者。"

何所取諸？《書仙傳》雖有《緑牕新話》引《麗情集》（題《任生娶天上書仙》），但《新話》係節文。《王榭（謝）》原出《摭遺》，《摭遺》已佚，諸書所引亦簡。宋人可得見全文，若果新增，非宋人莫可辦也。① 要之，《新增京本青瑣高議》所注"新增"疑爲妄加②，而稱"名公重加校正"云云，皆書賈自高身價所爲爾。李文以"新增本"所云爲"珍貴"文字，且據以斷"新增本"出明人手，余不敢同也。

今本卷首有《青瑣高議序》，末署"資政殿大學士孫副樞序"，《四庫提要》卷一四四云："前有孫副樞序，不稱名而舉其官，他書亦無此例，其爲里巷俗書可知也。"丁丙《善本書室藏書志》卷二一亦謂："副樞不署名，亦不紀歲月，疑坊賈所爲。"魯迅《唐宋傳奇集·稗邊小綴》云："前有孫副樞序，不稱名而稱官，甚怪，今亦莫知爲何人。"而胡玉縉《四庫未收書目提要續編》卷三小説類《青瑣高議別集七卷》則稱"'副樞'乃其名，非其官"③，大謬。按孫副樞乃孫沔。孫沔（996—1066）字元規，越州會稽（今紹興市）人。真宗天禧三年（1019）進士。仁宗皇祐五年（1053）四月以樞密直學士、給事中知杭州，未赴而召爲樞密副使。至和元年（1054）二月以資政殿學士知杭，三年八月（按：此年九月改元嘉祐）加大學士，徙京東西路安撫使、知青州。④《歐陽文忠公文

---

① 李文注引《增廣分門類林雜説》卷一三、《類説》卷三四、《分門古今類事》卷一七所引《摭遺》及《類説》卷五二及《厚德録》卷二引《翰府名談》，證《寇萊公》《李太白》《崔先生》《韓魏公》據而新增。按：所引文字或簡或異，絶非據以新增者。

② 《類説》本《青瑣高議》之《分財不平》正是《明政》，可見此非新增，而李文疑爲誤注。

③ 《續四庫提要三種》，上海書店出版社，2002，第216頁。

④ 見《宋史》卷二八八《孫沔傳》，《隆平集》卷一一《樞密》，《名臣碑傳琬琰集》上集卷二三畢仲游《孫威敏公沔神道碑》，《續資治通鑑長編》卷一七四、卷一七六、卷二〇八，《咸淳臨安志》卷四六《秩官四》。

集·内制集》卷四有至和三年八月十六日《賜新除資政殿大學士知青州孫沔告勅并對衣鞍轡馬口宣》。

孫序中云："劉斧秀才自京來杭謁予，吐論明白，有足稱道。復出異事數百篇，予愛其文，求予爲序。……予嘉其志，勉爲道百餘字，叙其所以。"劉斧詣孫求序，從結銜爲資政殿大學士看，當在至和三年八月後，時孫猶未離杭。人或不曉孫副樞爲何人，遂疑孫序爲僞，其實官稱、地點、姓氏三者全合，無一牴牾，且劉斧嘉祐中侍親通州，前此詣孫於杭，時間上亦無紕漏，不得謂坊賈編造。劉斧在書中已提及此人，別集卷五《鬼籍記》首云："張副樞沔，天聖年，有野人探禹穴新書，得《尚書》竹符……"張副樞沔必是孫副樞沔之譌。此篇文字若非據孫沔所言而記，即是採自沔所書。稱副樞者，用其後來之官銜爾①。天聖年（1023—1032）時猶當少壯。

至和三年劉斧索序時已積有"數百篇"，但當時似未分卷成編。此後不斷增補，故而書中有大量至和以後事。不算佚文，僅今本即有四十多篇事在至和以後。除開可疑者，前集卷一《紫府真人記》稱韓琦爲韓魏公，韓琦卒於熙寧八年（1075）②，後集卷

---

① 張師正《括異志》卷七《孫副樞》云："寶元（1038—1040）中，副樞孫公沔自小諫以言事左遷監永州市征。"亦稱孫副樞。
② 見《宋史》卷三一二本傳。按：《紫府真人記》記元城史孫勉殺黿夢入紫府真人宫被真人韓魏公放還事，《類説》節本題《韓魏公爲紫府真人》。韓琦《安陽集》（《北京圖書館古籍珍本叢刊》影印明正德九年張士隆重刊本）附有韓忠彦（1038—1109）《忠獻韓魏王家傳》，卷一〇載此事，蓋採自《青瑣高議》而文略，周煇《清波雜志》卷七《殺黿》引《魏公家傳》即此。趙與時《賓退錄》卷六亦據而略載之。《清波雜志》又引《韓魏公別錄》，情事有異。《安陽集》所附王巖叟《忠獻韓魏王別錄》（上中下三卷），中無此事。《宋朝事實類苑》卷六九《黿》引《魏王別錄》則記述頗詳。《勸善書》卷二〇所記事同《魏王別錄》，文字删略甚劇。

二《王荆公》稱王安石爲王荆公，而安石元豐三年（1080）改封荆國公，元祐元年（1086）卒①，《司馬温公》稱司馬光爲温公，司馬光亦卒於是年，贈温國公②，《直筆》稱范純仁後至丞相，而范元祐三年爲右僕射兼門下侍郎③。由此推斷，最後定稿約在哲宗元祐間，時去本書初成時已歷三十餘年。孫沔原序可能有紀時，銜名依例似應爲“新除資政殿大學士、知青州軍事、樞密副使孫沔”，因三十餘年後時過境遷，故劉斧可能削去原序自署而徑書作“資政殿大學士孫副樞序”，稱官而不稱名，以示尊重，書中此例舉不勝舉。或“資政殿大學士孫副樞”文字有脱誤，亦未可知也。

北宋高承《事物紀原》卷一○《甲跡》云：“今開元通寶錢緡上有文如初月者。……熙寧中，劉斧撰《青瑣集》，則謂事由明皇楊貴妃（按：事見《驪山記》），而天下謂之曰兒錢，謬矣。彼徒見錢文有開元字，便謂明皇開元事爾，亦不考實之過也。”李小龍據此斷《青瑣高議》成書在熙寧間，且云高承爲元豐中人，“其言當可信”。按《四庫全書總目》卷一三五叙《事物紀原》云：“陳振孫《書錄解題》亦云《中興書目》作十卷，高承撰，元豐中人，凡二百十七事。今此書多十卷，且多數百事，當是後人廣之耳云云。……惟檢此本所載凡一千七百六十五事，較振孫所見更數倍之，而仍作十卷。又無項彬原序，與陳、趙（按：指趙希弁《讀書附志》）兩家之言俱不合，蓋後來又有所增併，非復宋本之舊。”故此條未必爲高書原有，或後人所增，所記時間不確。即果出高筆，亦有可解。意者劉斧此書至和間初稿草成，以後不斷續有增補，熙寧間或有鈔本流於世間，故高承有是語。《青瑣高議》後集卷七《温琬》，作

___

① 見《宋史》卷三二七本傳。
② 見《宋史》卷三二六本傳。
③ 見《宋史》卷二一二《宰輔表三》、卷三一四本傳。

於熙寧十年(1077),已至熙寧末年,別集卷二載《譚意歌（哥）》,據傳文所叙,殆作於元豐間（1078—1085）,是故云熙寧中即成書,時間不合。《司馬溫公》等條事在元祐,李小龍以爲乃明人新增,非原書所有,實無確據。要之,最終定稿成編蓋在元祐間也①。

今本三集,前集五十篇,後集七十篇,別集二十二篇,各有標題,共一百四十二篇,篇中或又包含若干條。其佚文,程毅中輯《青瑣高議補遺》三十六條,附於上海古籍出版社版《青瑣高議》之後。佚文輯自《類説》、《綠窗新話》、《分門古今類事》、《詩話總龜》、《歲時廣記》。陳輯尚未稱備,今復檢得十三條②:《紺珠集》本一條:《枕龍卧鳳》。《説郛》本(《青瑣後集》)四條:"唐宣宗"③、"毗陵慎氏"④、"李筌"⑤、"曹翰"⑥。《詩話總龜》前集引四條:卷一引"李廷臣"(《青瑣集》),又見《古今事文類聚》前集卷二七(《青瑣》),題《錦織御詩》;卷一六引"屈平廟"(闕出處),又見《竹莊詩話》卷一三引(《青瑣後集》)及《輿地紀勝》卷六九引(《青

①哲宗諱煦,然若《青瑣高議》前集卷一《紫府真人記》有"氣候温煦"語,別集卷一《西池春遊》有"春意和煦"語,均犯諱。按:今本已非原書,南宋書賈重編者也。《紫府真人記》或原在仁宗至和初稿中,《西池春遊》或爲他作之闌入。
②按:本《叙録》1997年第一版云十四條,其中《苕溪漁隱叢話》後集卷一六引"陳圖南"(劉斧《青瑣》)、《記纂淵海》卷六七引《青瑣》,實取自今本前集卷八《希夷先生傳》,非佚文,此條删。
③據張宗祥《説郛校勘記》,休寧汪季清家藏明抄殘本此條題《玄宗待臣下嚴》。
④慎原譌作愼,明抄殘本此條題《慎氏詩》。按:原見《雲谿友議》卷上《毗陵出》。
⑤明抄殘本此條題《殺假生真》。
⑥明抄殘本此條題《曹翰嫁韓熙載女》。《青泥蓮花記》卷七《山南樂妓》即此,注《青瑣後集》,山當作江。

瑣》）；卷一九引"方勉"（《青瑣高議》①），又見《竹莊詩話》卷二二
引（《青瑣集》）；周本淳校點本卷四七引"江南李先生"（《青瑣
集》）。《緑牕新話》卷下引一條：《越州女姿色冠代》（《青瑣高
議》）。《四庫全書》本《分門古今類事》卷一一引一條：《趙明奇
中》（《青瑣》）。《古今事文類聚》别集卷二二引一條："包孝肅"
（《青瑣高議》）。《永樂大典》卷一三一四〇引一條：《夢黄巢化
蛇》（《青瑣高議》）。②

　　趙章超《宋人劉斧小説輯補》（《文獻》2006 年第 3 期）又補
五條，所輯粗濫，多有可議。"陳純"條據《三洞群仙録》卷九輯
録，乃補程毅中輯本《桃源三夫人》之闕③。"龔穎"條，輯自《詩
話總龜》卷一四，原注《青瑣雜記》。按：此條實出北宋吳處厚《青
箱雜記》卷二，係删節。《詩話總龜》前之《集一百家詩話總目》有
吳處厚《青箱雜記》，瑣字顯爲箱字之譌。"羅隱題詩"條，輯自
《嘉定鎮江志》卷二一。按：此條前之"《京口集》載東坡詩間有遺
者"云云乃單獨一條，末小字注"並見《大全集》"，趙氏一併輯入，
誤。"鞠真卿"，輯自《雅笑》卷一。按：南宋祝穆《古今事文類聚》
别集卷二二引《青瑣》即此條，文同，李贄編《雅笑》實爲轉引。此
條出處若不誤，則取自北宋沈括《夢溪筆談》卷一一，文同。④
"張緯慶"條，輯自《莆陽比事》卷七。

　　以上佚文凡五十二條，估計闕佚猶多。後集卷一《議醫》云

---

① 原注"同前"，前條引《古今詩話》。周本淳校點本校："此條前明抄本有
　《青瑣高議》'衡州'一條，故當爲《青瑣高議》之文。"
② 《錦繡萬花谷》前集卷六"宰相坊"末注《青瑣》，此條見《類説》卷五二《翰
　府名談》，疑《萬花谷》誤。
③ 程輯本據《歲時廣記》卷三二、《類説》卷四六、《詩話總龜》前集卷四五輯
　録。按：余所輯校《宋代傳奇集》（北京：中華書局，2001）此篇所據除上
　三書外尚有《三洞群仙録》卷九、《緑牕女史》卷上及《一見賞心編》卷六。
④ 題彭乘撰《墨客揮犀》卷三亦載，實亦取自《夢溪筆談》。

“余嘗患其（按：指庸醫）若是，前集嘗言之矣”，是知前集記有庸醫事；前集卷八有《何仙姑續補》①，則此前應有《何仙姑》一篇。今本各篇文字或有闕脱。如《施註蘇詩》卷三〇《和趙景貽栽檜》註引《青瑣高議》云：“亳州太清宫八檜有左紐、煉丹等名。”而今本前集卷一《御愛檜》一條中却無八檜之説，可證文字有闕。

　　本書作爲小説集，既不同於一般創作集，亦有别於《異聞集》、《麗情集》之類小説選集及宋代常見之鈔撮前人故事之雜纂雜編，乃集三者爲一書之混合型小説集。其作品類型，以傳奇、志怪爲主，亦多有逸聞雜事。傳奇作品及傳記約五十篇左右，有十四種署出或注明原作者，計有：《廣謫仙怨詞》）（竇弘餘撰，按：實出唐康軿《劇談録》、《流紅記》（張實撰）、《温泉記》、《趙飛燕别傳》、《譚意歌（哥）》（並秦醇撰）、《孫氏記》（丘濬撰）、《希夷先生傳》（龐覺撰）、《王幼玉記》（柳（按：一本作李）師尹撰）、《王彦章畫像記》（歐陽修撰）、《桑維翰》、《越娘記》（並錢希白撰）、《温琬》（清虚子撰）、《甘棠遺事後序》（蔡子醇述）、《用城記》（杜默撰）。此外，《驪山記》亦爲秦醇撰，《王榭（謝）》可考爲錢希白（名易）撰。其餘無主名作品，《書仙傳》實爲任信臣撰，已載於《麗情集》，《隋煬帝海山記》乃唐人“隋煬三記”之一，皆他人作品。此十八篇作品，絶大部分爲傳奇文，且大都爲宋人傳奇。而可考知係劉斧自撰之傳奇作品，則有《群玉峰仙籍》②、《高言》③、《王寂傳》④、《異魚記》⑤、《程説》⑥、

---

① 此條題注“李正臣妻殺婢冤”，《勸善書》卷一八採此事略。
② 前集卷二。議中有“益今七十歲矣……今尚存焉”云云。
③ 前集卷三。末有“余矜其人奔竄南北……因具直書之”語。
④ 前集卷四。末有“熙寧中，余自太原來汴京，道出驛下，適驛下老父詳其本末，故余亦得以傳之”語。
⑤ 後集卷三。末有“余見慶子，得其實而書之也”語。
⑥ 後集卷三。議曰：“程説與余先子嘗同官守，都下寓居，又與比鄰，故得其詳也。”

《陳叔文》①、《仁鹿記》②、《朱蛇記》③、《楚王門客》④等篇。

　　書中數量最多者乃文字較短之志怪、雜事,以宋事居多,大都屬作者自記。其中如《嬌娘行》(前三)、《巨魚記》(後三)等皆以"余"自稱。亦多取前人書,且多爲唐事。如《李誕女》(前三)全篇取自東晉干寶《搜神記》(《太平廣記》卷二七〇引),《張華相公》(別五)事本《搜神記》、梁吳均《續齊諧記》等,《許真君》(前一)删縮唐胡慧超《十二真君傳》(《廣記》卷一四引)而成,《薛尚書記》(別五)全篇録自唐張薦《靈怪集》(《廣記》卷四四六引),《鄭路女》(前三)録自唐無名氏《玉泉子》(《廣記》卷二七〇引),"毗陵慎氏"與"李筌"(《説郛》本)取自唐范攄《雲谿友議》卷上,《遐周阿環》(《分門古今類事》卷一四引)取自唐盧璠《抒情詩》(《廣記》卷一六三引),亦見《雲谿友議》卷上。《越州女姿色冠代》(《緑牕新話》)取自唐柳玭《續貞陵遺事》(《資治通鑑考異》卷二二引⑤)。各篇故事皆加有標題,前人作品原有標題者或亦有所改動,如清虚子《甘棠遺事》即改爲《温琬》。部分作品篇後加有議或評,加議者二十一篇,加評者四篇。書名"高議",即緣此故也。

　　所收宋人傳奇多有佳制,如《流紅記》、《王幼玉記》、《譚意哥記》、《越娘記》等等,皆已叙録,此不贅述。而屬劉斧自撰及撰人不易確定之作品大都亦具特色。題材廣泛,描述委曲,多是精心

---

① 後集卷四。議曰:"兹事都人共聞。"

② 後集卷九。前云:"余嘗游湘共衡,下洞庭,入雲夢,詢諸故老,莫有知者。因遊岳陽,見休退崔公長官,且叩仁鹿事。……余既起,獲其書,乃許之。"

③ 後集卷九。議曰:"未若元之事,近而詳,因筆爲傳。"

④ 別集卷七。中云:"吾雖鄙其人,而愛其才,亦愛而知惡、憎而知善之意也,故存之。"

⑤ 《唐語林》卷七亦載,周勛初《唐語林校證》謂原出《續貞陵遺事》。

構撰之作。《西池春遊》（別一，《類説》本有記字）與《小蓮記》（後三）皆爲士人與狐精戀愛故事，前篇有詩云"沽酒暗思前古事，鄭生的是賦情人"，用唐傳奇《任氏傳》典，而此二作亦正受《任氏傳》影響。尤其是《小蓮記》寫狐精小蓮斃命於鷹犬，更見出因襲痕跡。狐精小蓮與獨孤姬，皆被賦予充分人性，作品謳頌其於愛情之忠誠，而獨孤姬之懲罰負心者侯誠叔，乃見剛烈之性，形象尤爲生動。中云老狐凭腐棺而觀書，實借唐人"狐書"之説。《西池春遊》叙事委曲，文字近四千，宋傳奇不多見也。《遠煙記》（前五）、《范敏》（後六）皆寫人鬼之戀，頗極纏綿之韻。前者寫戴敷與亡妻苦苦相思，煙波一節情味濃郁，用筆極佳；亡妻引戴入水，雙雙爲鬼再會於冥中，幻設頗富意味。後者寫原爲唐莊宗内樂笛部首之女鬼李氏召范敏而相聚，中又極寫李氏與其"良人"田權將軍之衝突，作品意緒沉厚，筆致雄肆。《長橋怨（記）》①（前五）則寫人仙之戀，錢忠吳江賦詩而得水仙爲妻，一派詩情畫意。《楚王門客》寫劉大方見項羽神，劉、項形象豪氣四溢，鮮明生動；大方歷數項羽十失，類似唐人李玫《纂異記·三史王生》（《廣記》卷三一○）之王生大言折漢祖，皆假小説以論史，饒有興味。《朱蛇記》②與《夢龍傳》（後九）③皆寫龍神報恩，異曲同工，各有千秋，其中《夢龍傳》所寫龍神化牛相鬥，曹鈞射化青牛者以助白腰者獲勝，顯然吸取《風俗通義》、《成都記》（《廣記》卷二九一引）等書所載李冰鬥江蛟④之構思。書中記有衆多神仙道人事跡，諸

①《緑牕新話》卷上《錢忠娶吳江仙女》即此篇節録，未具出處。《施註蘇詩》卷二二《贈梁道人》註引《青瑣集·長橋記》："贈採蓮公詩：'八十仙翁今釣客，一綸一艇一漁蓑。'"按：文中無怨意，篇名當以《長橋記》爲是。

②《勸善書》卷一四略載，誤作唐人。

③《永樂大典》卷一三一三九引《青瑣高議·夢龍傳》。

④ 見袁珂《古神話選釋》，北京：人民文學出版社，1979，第 496—497 頁。

如吕洞賓、何仙姑、韓湘子等。其中《韓湘子》（前九）叙事委詳，乃著名作品，其事雖本《酉陽雜俎》、《仙傳拾遺》之説，然又有演飾。描寫異僧高僧者亦夥，諸如《慈雲記》（前二）、《大眼師》（別六）等。前作前半寫袁道入甕悟道，機杼於唐傳奇《枕中記》、《南柯太守傳》等，明人李詡《戒庵老人漫筆》卷六曾舉此篇，以爲“與《邯鄲枕》相類”。《程説》寫入冥，《陳叔文》及《龔球記》①（後四）寫冤報，題材雖屢見於唐宋稗官而此三篇尚有可觀。《高言》描寫外邦遠域“人物詭異”，上承地理博物體志怪及唐人張説《梁四公記》一路作品，極恢幻之趣，所寫女子國、火鼠、小兒木等，前人同類作品皆有類似描寫。《王寂傳》與《王實傳》（前四）所寫爲豪壯之士，現實色彩較濃。王寂落魄不售而憤世嫉俗，怒殺貪穢害民之縣尉，專與官府富人爲敵。結局是經黄冠道士點化，明因果而入道，社會批判意義不免減弱。王實友狗屠孫立之形象尤爲動人，他爲報友而手刃王實仇人，並自投公府，慨然就刑。孫立乃下層民衆“義士”形象，在文人作品中鮮見，具有獨特審美意義。《任愿》②（前四）所寫爲刺客，青巾刺客形象亦較鮮明。《瓊奴記》（前三）描寫宦門女王瓊奴不幸遭遇，純爲寫實，風格樸素，讀之使人動容。③《卜起傳》（後四）亦寫實，然其事頗奇。卜起從弟殺兄奪嫂，代兄赴官，多年後方事敗伏法。唐人小説《原化記·崔尉子》、《乾䐼子·陳義郎》、《聞奇録·李文敏》皆屬同類故事，明世猶有話本《蘇知縣羅衫再合》（《警世通言》卷一一）。

①《勸善書》卷一八略載。

②《劍俠傳》卷四輯入，題同，有删節。

③陳師道《后山詩註》（任淵註）卷五《題柱二首并序》：“永安驛廊東柱有女子題五字云：‘無人解妾心，日夜長如醉。妾不是瓊奴，意與瓊奴類。’讀而哀之，作二絶句。”《古今事文類聚》後集卷一二《女子題驛》引此，末云：“《青瑣高議》載瓊奴姓王氏，郎中幼女，失身於趙奉常家，爲主母凌辱。道出淮上，書其事於驛壁，見者哀之。”

《劉煇》（後六）寫信州劉煇讀書於江州東林佛寺，遇老叟（乃白居易）爲之論學，後果爲殿元。劉煇實有其人，《新安志》卷一〇《記聞》載，劉煇信州鉛山人，客新安，爲人傭書以自給。明年還鄉貢京師，爲進士第一。《直齋書録解題》卷一七別集類著録劉煇《劉狀元東歸集》十卷，云嘉祐四年（1059）進士第一人。此外較好傳奇尚多，如《大姆記》（後一）、《仁鹿記》等皆爲關涉地理之民間故事或歷史傳説①。

　　本書内容極爲豐富，衆多宋人小説賴以完整保存，乃北宋最優秀之小説集。然因正統文人對於小説之無知及偏見，本書頗受詬病。如晁公武《郡齋讀書志》云“其所書辭意頗鄙淺”②，趙與時《賓退録》卷六云“斥著書多誕妄”，元楊維禎《山居新話序》云《青瑣》“祅詭姪媛佚，君子不道之已”，明李詡《戒庵老人漫筆》卷六云“此書龐雜不足傳”，王士禎《青瑣高議》跋云“如此鄙俚而能傳後世，事固有不可解者”③，《四庫全書總目》卷一四四譏其“多乖雅馴”，且引晁公武語，以爲“良非輕詆”。然是書頗受讀者喜愛，影響廣泛。洪邁《夷堅三志己》卷二《程喜真非人》④載：“新淦人王生，雖爲閭閻庶人，而稍知書，最喜觀《靈怪集》、《青瑣高議》、《神異志》等書。”可見在宋代下層民衆中本書擁有熱心讀者。而其故事在宋元二代被廣泛取爲話本戲曲素材，明清猶餘響不絶，更證明其影響之巨。取材於《越娘記》、《流紅記》、《張

①《大姆記》記巢州陷湖傳説，古來同類故事極多，《青瑣高議》後集卷一猶有《陷池》。詳見拙作《唐前志怪小説輯釋》（修訂本）之《搜神記·由拳縣》及附録，上海古籍出版社，2011，第371—378頁；《唐前志怪小説史》（重修訂本），北京：人民文學出版社，2011，第304—306頁。

② 今本《青瑣高議序》後有項藥師識語，末云：“載宋朝雜事及名士所撰記傳，然其書辭意頗鄙淺。”乃襲晁公武語。

③ 見本書末復翁（黃丕烈）引漁洋山人跋。陳乃乾《重輯漁洋書跋》輯入。

④《廣豔異編》卷三二鬼部輯入此條，題《程喜真》。

浩》、《希夷先生傳》等作者詳見各篇叙録,另外《朱蛇記》、《韓湘子》等也常被演爲話本戲曲。前者有元雜劇《朱蛇記》(沈和撰,見《録鬼簿》)、話本《李元吴江救朱蛇》(《清平山堂話本·欹枕集》)、《李公子救蛇獲稱心》(《古今小説》卷三四)等;後者宋元時已有戲文《韓湘子三度韓文公》、《韓文公風雪阻藍關記》(並見《寒山堂曲譜》)、紀君祥雜劇《韓湘子三度韓退之》(《録鬼薄》)等,洎明清造作尤多。宋元戲文《三負心陳叔文》(《南詞叙録》等著録)亦取材於本書。

明清秤叢亦常選收本書作品,如《青泥蓮花記》收入《曹文姬》(卷二)、《王幼玉記》(卷五)、《山(江)南樂妓》、《胡文媛》(並卷七)、《溫琬》、《甘棠遺事後序》、《李雲娘》①、《崔蘭英》(並卷一三);《才鬼記》收入《荔枝詩》、《溫泉記》(並卷八)、《唐莊宗内樂》(卷九,即《范敏》);《劍俠傳》收入《任愿》(卷四);《廣豔異編》收入《書僊傳》、《王幼玉記》(並卷一一);《續豔異編》收入《書仙傳》、《王幼玉記》(並卷六);《緑牕女史》收入《遠烟記》(卷七)、《小蓮記》(卷八);《剪燈叢話》收入《流紅記》、《遠烟記》(並卷一)、《王幼玉記》(卷六)、《陳希夷傳》(卷七)、《小蓮記》(卷八);《一見賞心編》收入《玉源夫人》、《書仙女》(並卷六)、《譚意女》(卷一○);《情史》收入《王幼玉》(卷一○)、《于祐》(卷一二)、《譚意哥》(卷一三)、《書仙》(卷一九)。所收者不盡爲原文,然多爲《青瑣》之名篇也。

---

① 《勸善書》卷一八亦採此事。

括異志十卷後志十卷

前志存，後志佚。北宋張師正撰。志怪集。一題《括異記》。

張師正（1017—？）①，字不疑②。邢州龍岡（今河北邢臺市）人③。進士試擢甲科④。歷任渭州推官、太常博士、西班諸司使⑤。仁宗嘉祐四年（1059）知宜州⑥。後由文官換武，爲儀鸞使、英州刺史，因過落刺史⑦。嘉祐末爲荆南州鈐轄⑧。英宗治

---

① 文瑩《玉壺清話》卷五云丙午歲（治平三年，1066）張師正時方五十，則生於仁宗天禧元年（1017）。白化文、許德楠點校本《點校説明》云生於大中祥符九年（1016），誤，乃以實歲計算。北京：中華書局，1996，第3頁。
② 見《玉壺清話》。
③ 《直齋書録解題》卷一一及本書題署稱襄國張師正，襄國乃龍岡古稱，置於楚漢之際。隋唐宋龍岡縣均爲邢州治所。又邢州嘗亦稱襄國郡，見《隋書》卷三〇《地理志中》。
④ 見魏泰《臨漢隱居詩話》、王得臣《麈史》卷下、衢本《郡齋讀書志》卷一三小説類《括異志》。
⑤ 見本書卷二《楊省副》、《郡齋讀書志》、《麈史》、吳曾《能改齋漫録》卷一八《石曼卿丁度爲芙蓉館主》。
⑥ 見《續資治通鑑長編》卷一九〇。
⑦ 王安石《臨川先生集》卷五五《外制》中有《儀鸞使英州刺史張師正落刺史依舊儀鸞使制》。王安石知制誥在嘉祐六年六月至八年八月。見清蔡上翔《王荆公年譜考略》。
⑧ 見魏泰《東軒筆録》卷一一。

平初（1064）爲大名府鈐轄①，三年爲辰州帥，十年移帥鼎州。②

　　師正爲武人而善文，《玉壺清話》稱："不疑晚學益深，經史沿革，講摩縱橫，文章詩歌，舉筆則就。著《括異志》數萬言、《倦遊録》八卷。觀其餘蘊，尚盤錯於胸中。"《倦遊録》，《郡齋讀書志》小説類著録爲《倦遊雜録》，稱元豐初撰，云："序言倦遊云者，仕不得志，聊書平生見聞，將以信於世也。自以非史官，雖書善惡而不敢褒貶。"乃雜記見聞之雜事小説。原書已佚，《紺珠集》卷一二節六條，《類説》卷一六節五十八條，《説郛》卷一四節十四條，又卷三七節八條。

　　《括異志》亦始著録於《郡齋讀書志》小説類，十卷，衢本云："右皇朝張師正撰。師正擢甲科，得太常博士。後遊宦四十年不得志，於是推變怪之理，參見聞之異，得二百五十篇。魏泰爲之序。"《通考》同，唯作《括異記》。《遂初堂書目》小説類亦作《括異記》，無撰人、卷數。《宋志》小説類書名、卷數、撰人全同《讀書志》。然《直齋書録解題》小説家類著録爲《括異志》十卷、《後志》十卷，稱"襄國張師正撰"。《説郛》卷四四《括異志》題注二十卷，則合前後志。按《讀書志》云《括異志》二百五十篇，查今本只一百三十三篇，張元濟云："或其他一百十七篇，列入《後志》，而今已失之歟？"《四部叢刊續編》本《括異志跋》），所疑甚是。《讀書志》只著録前志卷數，篇數則合前後志二十卷而計之，此其紕漏也。

　　魏泰序已佚，故而寫作年代不能確指，只能考其大概。神宗元豐元年（1078）文瑩在鼎州與師正遊③，見到《括異志》與《倦遊

───────────

① 見本書卷八《高舜臣》。

② 見《玉壺清話》。《東坡先生詩集註》卷七有《觀張師正所蓄辰砂》一詩，首云："將軍結髮戰蠻溪，篋有殊珍勝象犀。"

③《玉壺清話》云："文瑩丙午歲（1066）訪辰帥張不疑師正，時不疑方五十……後熙寧丁巳（十年，1077）不疑帥鼎，復見招，爲武陵之游……已六十二矣。"熙寧十年張師正六十一歲，因此招文瑩乃在次年，即元豐元年。

録》。其於《括異志》不言卷數而只言"數萬言"，可知當時尚未成書。今本《括異志》最晚記事在神宗熙寧九年（1076，卷一《大名監埽》），而卷二《韓侍中》稱神宗廟號，可見書成時已至哲宗朝。而據《讀書志》所叙，書成時去中進士得太常博士已四十年，中進士約在皇祐中（1049—1054），其後任渭州推官、太常博士，四十年後蓋在元祐間。又洪邁《夷堅三志甲序》（趙與時《賓退錄》卷八引）云："徐鼎臣《稽神錄》、張文定公《洛陽舊聞記》、錢希白《洞微志》、張君房《乘異》、呂灌園《測幽》、張師正《述（括）異志》、畢仲荀《幕府燕閒錄》七書，多歷年二十，而所就卷帙皆不能多。"可知本書隨時而記，積久成編。約在熙寧間動筆，到元豐中積至數萬言，元祐中整理成編，編爲前後二志，其時作者已年逾七旬。

　　師正與魏泰有交，《括異志》中有七條故事得於魏泰，稱作"進士魏泰"。神宗時魏泰與王安石等交遊，名聲大著，人稱"元祐名士"[1]，師正請其序己書自是情理中事。然魏泰被誣爲好作僞書，故或指師正書盡爲魏泰僞造。同時人王得臣《麈史》卷下云："師正進士及第後換西班官，至諸司使守郡，亦有才。此《倦遊》乃襄漢間士人所爲，託名以行。"襄漢士人即指魏泰。王得臣佴王銍《跋范仲尹墓誌》進而云："近時襄陽魏泰者，場屋不得志，喜僞作它人著書。如《志怪集》、《括異志》、《倦遊錄》，盡假名武人張師正，又不能自抑，出其姓名，作《東軒筆錄》，皆用私喜怒誣衊前人。最後作《碧雲霞》，假名梅聖俞，毁及范文正公，而天下駭然不服矣。"[2]按文瑩乃師正友，親見其所著書，以爲魏泰僞撰純爲誣構毁謗之詞。王銍所言《志怪集》，乃師正另一小説，

─────────────

[1]《苕溪漁隱叢話》前集卷一二引《桐江詩話》云："魏道輔泰，襄陽人，元祐名士也，與王介甫兄弟最相厚。"

[2]邵博《邵氏聞見後錄》卷一六引。按：《四庫全書總目提要》卷一四四云："王銍《默記》以是書（《括異志》）即魏泰作。"誤。《默記》中無此語。

詳後。

　　本書今存版本,常見者爲上海商務印書館《四部叢刊續編》景印鐵琴銅劍樓藏景宋鈔本,十卷,題襄國張師正纂。《續修四庫全書》第 1264 册影印此本。據清人瞿鏞《鐵琴銅劍樓藏書目録》卷一七小説類,此本原爲明正德十年(1515)虞山逸民俞洪鈔本(據宋建寧府麻沙鎮虞叔異宅刊本傳録),今藏於國家圖書館。該館還藏另一清鈔本,凡百三十一則,卷一較正德鈔本少二則,其餘次序相同,字句有異。① 《四庫全書存目叢書》子部 245 册影印南京太史公藏明鈔本,題襄國張師正纂。前有蕘圃黄丕烈識語②,云此本原爲曹倦圃(曹溶)藏書,爲錢聽默(錢時霽)購得,錢卒爲蕘圃所購。又云"余取對正德元年江表黄氏鈔本,間有異同,未可定誰優劣"。此本條目全同,惟卷一〇《鄭前》、《陳州女厲》,正德本在卷九末。白化文、許德楠點校本書(中華書局,1996),以《四部叢刊》本爲底本,參校以清鈔本與正德本朱筆校識,補《輯佚》七則,並附録有關資料十則。《輯佚》只據《説郛》,未備,且有誤輯(詳後)。

　　《類説》卷二四删摘二十八條③,其中《費孝先軌革》(天啓本文字有譌,此據明伯玉翁舊鈔本)、《茅處士叱鬼》二條不見十卷本。《説郛》卷六自《類説》取四條,中亦有費孝先(按:先字譌作成)、茅處士二事④。又卷四四自原書録入七條,後三條《嬰怪》、《李德裕繫幽獄》、《女子變男》不見十卷本。此本署宋張思政,名譌,題下注二十卷,所據採之本包括前後志,所多三條及《類説》

---

① 見白化文、許德楠點校本《點校説明》。北京:中華書局,1996,第 4 頁。
② 屠友祥重編《蕘圃藏書題識》(上海遠東出版社,1999)卷六收入。
③ 天啓刊本不著撰人,嘉靖伯玉翁舊鈔本題宋太常博士張士旦纂。結銜人名皆誤。按:《説郛》卷六《括異志》亦注太常博士。
④ 白化文等《輯佚》未輯"費孝先"條。

多出二條當爲《後志》文字。《重編説郛》弓一一六收有七條，前四條全同《説郛》卷六，後三條則剌取他書以冒：《馮拯》取自方勺《泊宅編》卷下，《杜紫微》取自唐李綽《尚書故實》，《王元規》取自王闢之《澠水燕談録》卷七。①

《後志》佚文除此五條，又，《古今合璧事類備要》續集卷五六《成壞有數》，亦引《括異志》：“至和二年，成都人費孝先遊青城，詣老人村，壞其竹牀。孝先欲償其直，老人笑曰：‘子視其下，書云此牀某年月日造，某年月日爲費孝先所壞。成壞有數，子何償焉！’”此事與《類説》本費孝先事不同，當亦爲佚文。《夷堅乙志》卷二〇《潞府鬼》末注：“《括異志》亦載此事，甚略，誤以審言（王審言）爲王丕，它皆不同。”此事不詳。②

本書所載大都爲北宋君臣士吏異事，事涉神仙、鬼怪、徵驗、報應等，多注明事之所出，以示徵信。條末或有評語。卷三《王廷評》記狀元王俊民事，此乃王魁故事之原型。卷七《芙蓉觀主》記丁度死後爲芙蓉觀主，蘇軾元豐元年作《芙蓉城詩》，云：“芙蓉城中花冥冥，誰其主者石與丁。”丁者即指丁度。此二事與北宋著名傳奇《王魁傳》及《芙蓉城傳》有關，可資考證。卷一《黑殺神降》，末云“事見《翊聖別傳》”，翊聖即黑殺神。李昌齡《樂善録》卷六“翊聖真君”條亦引《翊聖傳》，文詳。邵博《邵氏聞見後録》卷一亦載此事，末注“出《太宗實録》、《國史道釋志》”，可見記之甚多。據白化文等云，官方記載尚有王欽若奉勅編集之《翊聖保

----

① 白化文等《輯佚》誤輯此三條。《杜紫微》條校語按云：“此條見唐李綽《尚書故實》，恐非《括異志》之文。”

② 南宋魯應龍《閑窗括異志》，諸書多引作《括異志》，如明徐應秋《玉芝堂談薈》卷九引三山曾先生陟，卷一六引晉周興，卷二三引永興橋陸氏宅、婺源公山二洞，卷二四引陳山龍王廟、夷陵陰陽石，卷二五引忠烈公祠，王士禎《香祖筆記》卷二引皋伯通事，如此甚多。

德傳》(《道藏》正乙部)①。白化文等謂此事"蓋與粉飾太祖暴死太宗踐位事有密切關聯"。卷一〇《鍾離發運》寫鍾離瑾嫁婢事，又載於魏泰《東軒筆録》卷一二，後演爲話本《兩縣令競義婚孤女》(《醒世恒言》卷一)。明仁孝皇后徐氏《勸善書》卷一一據本書採入。《勸善書》採入本書頗多，卷二《盛樞密》、《張郎中》、《張職方》，卷三《王廷評》，卷四《楊郎中》，卷五《李參政》，卷六《王少保》、《張翰》，卷七《張龍圖》，卷八《明參政》、《尚寺丞》、《黄遵》、《德州民》，卷一〇《董中正》，分別見《勸善書》卷一一、卷一七、卷二〇、卷一七、卷一八、卷一、卷一二、卷一五、卷一二、卷一八、卷四、卷四、卷一五、卷一九。上述故事本身皆不佳，粗略乏文。全書亦大抵如此，清奇可觀者尟矣。

----

①《雲笈七籤》卷一〇三亦載王欽若《翊聖保德真君傳》。

志怪集五卷

佚。北宋張師正撰。志怪集。

《宋志》小説類著録張師正《怪集》五卷,邵博《邵氏聞見後録》卷一六引王銍《跋范仲尹墓誌》作《志怪集》,知《宋志》脱志字。文瑩《玉壺清話》卷五載元豐元年(1078)文瑩應張師正邀請至武陵,舉師正"著《括異志》數萬言,《倦遊録》八卷",而不及此書,可見此書作於《倦遊録》(元豐初成)、《括異志》(約元祐中成)之後。佚文未見。

翰府名談二十五卷

節存。北宋劉斧撰。志怪傳奇雜事集。一題《翰苑名談》。

《通志略》、《宋志》小説類著録《翰府名談》二十五卷，劉斧撰。原書不傳，《類説》卷五二摘録十五條①，依例皆爲摘録。其他宋人書亦多引其佚文，較多者是《詩話總龜》前集與《分門古今類事》(作《翰苑名談》)。諸書所引佚文，有見於《類説》節本者，然文字往往較《類説》爲詳，所據乃劉斧原書。其不見於《類説》者，《詩話總龜》引二十事②，《分門古今類事》引十五事③。以上

---

① 明天啓刊本不著撰人，嘉靖伯玉翁舊鈔本卷四四署劉斧撰。

② 計有"吉水令"、"蔡君謨"、"范希文"(並卷一)、"方謂"(卷五)、"西方琥"(卷一〇)、"陳亞"、"趙師民"(並卷一二)、"王仲儀"(並卷一六)、"劉輝"(卷二二)、"僖宗宮人詩"、"開元宮人詩"(並卷二三，後者據周本淳校點本)、"僧無夢"(卷三〇)、"侯復"(卷三三)、"丘濬"(卷三五)、"怨婦"(卷四二)、"陳希夷"(卷四四，按：卷一六引二條皆在此條中)、"何龍圖中正"(按：闕出處，據周校本)、"王軒"(並卷四六)、"李珣"(卷四七)。又，卷三三"侯復"條注出《翰府名談》，以下"明皇夢妃子"、"王素夢玉京"二條不注出處。明皇事即《類説》本之《明皇》，而《類説》本之《獨擊鶻》及《詩話總龜》卷一六引"王仲儀"皆爲王素事，故疑"王素夢玉京"亦出本書。此條計入。以上據《四部叢刊初編》景印明月窗道人校刊本，周本淳校點本(北京：人民文學出版社，1987)卷次或有異。

③ 計有《藍守山魁》、《吉寶得汗》(並卷四)、《文叔遇俠》、《燕王遇張》、《温裕喜鵲》(並卷五)、《鄭涤鳳字》(卷七)、《王蒙占色》(卷一一)、《鄭涤朝官》(卷一二)、《牛字助語》(卷一四)、《于生遇風》(卷一八)、(轉下頁注)

佚文他書亦多見徵引，如《三洞群仙錄》卷五引吕誨獻事，卷一〇引白龜年事，《新安志》卷一〇《叙雜說》引丘濬事，《歲時廣記》卷三一《中秋上・求卜筮》引何龍圖事，《景定建康志》卷一九《山川志・洲浦》引陳堯咨泊三山事，卷五〇《拾遺》及《至正金陵新志》卷一四《摭遺》引李珣事（皆譌作《翰林名談》），《緑牕新話》卷下等引寇萊公舊桃事（詳下文），《詩林廣記》後集卷一〇引范希文《贈釣者》詩，《樊川詩集夾註》卷二《華清宫》註引《翰府名談・玄宗遺録》，等等。

以上佚文五十條，此外佚文又檢得九條。《錦繡萬花谷》前集卷一八引《明珠射體翠雞五色》，《事類備要》前集卷三二亦引。《萬花谷》卷二六引《五相清燕堂》，《事類備要》前集卷六三、《三洞群仙錄》卷一三亦引（《群仙錄》譌作《翰林名談》）。《歲時廣記》卷二《夏・求蛇醫》引宋祁祭蜥蜴事，卷一五《寒食上・潔惠侯》引介之推潔惠侯廟事，卷二三《端午下・飼蜥蜴》引守宫事（作《翰苑名談》）。《樂善録》卷二引蔡忠伯事（作《翰苑名談》）。《事文類聚》後集卷三、《事類備要》續集卷三引包拯尹京事。《醫說》卷四引進士劉遁事（作《翰苑名談》）。元胡古愚《樹藝篇》菓部卷四引錢鏐事。[①] 遺文凡五十九條。原書二十

（接上頁注）《從政延壽》、《丁甫誦經》、《樊元遇僧》（並卷一九）、《崔應奪禄》、《叔賢降品》（並卷二〇）。《從政延壽》注"青瑣高議"，又見《名談》"，《四庫全書》本無末四字。《王蒙占色》庫本作《澠水燕談》，查王闢之《澠水燕談録》無此條，《四庫》本誤。卷二〇《孫覺誤落》之《十萬卷樓叢書》本注出畢仲詢《燕閑録》（即《幕府燕閑録》），《四庫》本則作《翰府名談》。考《樂善録》卷二亦注作《燕閑録》，《四庫》本當誤。此條不計。卷一二《從周詩卜》已見於《詩總》。

①　趙章超《宋人劉斧小説輯補》（《文獻》2006年第3期）補輯《翰府名談》佚文二條。"蔡襄鎮福唐"條輯自《莆陽比事》卷六，實已見《詩總》卷一引，然文字較詳，故復輯。另條輯自《增修埤雅廣要》卷三九，文云："西子母夢翠雞五色，自空下化爲鸎飛去，生西子。"按：《增修稗雅廣要》應作《增修埤雅廣要》，北宋陸佃原作，明牛衷增修。《續修四庫全書》第1271册影印北京大學圖書館藏明萬曆三十八年刻本。"西子母"條即《萬花谷》引《明珠射體翠雞五色》，文詳，云："西子母浣帛於溪，有明珠射體，感而孕。又夢有翠雞五色，自空而下，久之化爲鸎飛去。"

五卷，所存蓋只數卷而已。

　　《詩話總龜》前集《集一百家詩話總目》中有劉斧《翰府名談》，又《厚德錄》卷二、《記纂淵海》卷六五又卷一一一等亦引劉斧《翰府名談》，撰人與《通志略》、《宋志》同，信爲劉斧所作。《古今類事》所引皆題作《翰苑名談》（或省作《名談》），他書亦有作此稱者。按《古今類事》卷一二引《從周詩卜》，卷一三引《後主古詩》，在《詩話總龜》卷四六、卷三一中均作《翰府名談》，而《後主古詩》及卷一八《王慶敍功》即《類説》節本之《李後主詩》及《待予心肯日是汝命通時》。又如《集註分類東坡先生詩》卷二五《午窗坐睡》趙次公註引希夷先生事，《萬花谷》前集卷四、《事類備要》前集卷一七及卷六三引何中正事，《萬花谷》前集卷五引《猿驚鶴怨》（楊蟠詩），皆作《翰苑名談》，而見於上述佚文。可證《翰苑名談》係本書之異稱。《宋志》小説類著錄無名氏《翰苑名談》三十卷，則是別一書。

　　本書當是纂集名公巨卿、文士詞臣所談而成，故以《翰府名談》爲名。劉斧雖不聞有入仕之事，然交遊多爲士林公府中人，得以聞焉。遺文最晚記事在元豐中。《古今類事》卷一八、卷一九引《于生遇風》、《樊元遇僧》，事皆在元豐中。《三洞群仙錄》卷一三引《澤民燕堂》載元豐中張澤民死，宰相富弼三年後卒，富弼卒於元豐六年（1083），此後第三年即元祐元年（1086）。按至和三年（1056）《青瑣高議》初成，時孫沔稱劉斧秀才，秀才者書生之謂①，斧時當少壯之年，元祐中《青瑣高議》定稿成書，已過三十

_____

① 如《宋史》卷二四四《趙德文傳》：“德文……少好學，凡經史百家手自抄撮，工爲辭章。真宗以其刻勵如諸生，嘗因進見，戲呼之曰五秀才。”《青瑣高議》前集卷七《孫氏記》：“有張復秀才，聚閭巷小童爲學。”《後集》卷二：“張齊賢布衣時……盗喜曰：‘秀才乃肯自屈，何不可哉！顧我輩麄疎，恐爲秀才笑耳。’”

餘年,此間似不能再撰《翰府名談》。疑《青瑣》成書後復撰本書,時殆在元祐、紹聖中也①。

　　書中所記大都爲北宋事,少數出唐五代。唐事多因襲唐人書,如《古今類事》所引《温裕喜鵲》、《鄭滂鳳字》、《王蒙占色》、《鄭滂朝官》、《牛字助語》皆採自趙璘《因話録》卷六,所引《崔應奪禄》採自《陰德傳》(《太平廣記》卷一二三引),《詩話總龜》卷二三所引"開元宫人詩"、"僖宗宫人詩"採自孟棨《本事詩·情感》及佚文(《紺珠集》卷九《本事詩》、《古今類事》卷一六《本事詩》),卷四六"王軒"(《異聞總録》卷三及《才鬼記》卷七亦引,《緑牕新話》卷上《王軒芋羅逢西子》,無出處)採自范攄《雲谿友議》卷上,但事有增飾。宋事大抵是自記聞見,鮮見因襲之處,只有《從政延壽》(《古今類事》)載黄靖國入冥事,亦見廖子孟《黄靖國再生傳》等,乃各據所聞而記。據《古今類事》所注出處,此事又載於《青瑣高議》(今本闕載)。另外韓魏公玉杯事(《類説》及《厚德録》卷二、《記纂淵海》卷六五引),又見於《青瑣高議》後集卷二,意者或作者疏忽,以致二書互載,抑或南宋重編《青瑣》而誤入焉。

　　五十九條遺文中,大部是君臣士子、詩人詞客逸事,亦有僧道俠士,猶有少數市井閭里之談。約有半數以上屬於異聞,諸凡鬼神妖怪、前定報應等都有叙寫,是書中較好部分,多有可觀者。在唐代故事中,《樊川詩集夾註》卷二《華清宫》註引《翰府名談·玄宗遺録》及《類説》本所摘《明皇》(伯玉翁舊鈔本題《明皇楊妃》)等詳載玄宗聞樂知變,漁陽兵叛,玄宗西奔,馬嵬縊死楊妃諸事。《玄宗遺録》是描寫玄宗、楊妃悲劇之佳作,當是劉斧取他人之作。②

―――――――――

①《詩話總龜》前集卷四七引《翰府名談》李珣條云熙寧間張芝過李珣廟作詩,珣答詩中有"慰此窮泉生和煦"語,煦字犯哲宗名諱,或有誤,《景定建康志》卷五〇引《翰林(府)名談》煦作氣。

②詳見《玄宗遺録》叙録。

樂史有《楊太真外傳》,《青瑣高議》中亦有《驪山記》、《温泉記》,可以並讀,而優劣自見。觀《夾註》所引,書名《翰府名談》下舉《玄宗遺録》,是知《名談》亦猶《青瑣》,成篇者皆録篇名也。“白龜年”(《類説》①、《三洞群仙録》卷一○)寫白居易孫白龜年遊嵩山見李白,李白授書,龜年讀之而通禽語獸言。故事以李白、白居易爲仙,唐人雖早有此説,仍不失新異。“侯復”(《詩話總龜》卷三三)寫侯復登乾陵(唐高宗、武則天合葬墓)賦詩而夢入武后宫,中載詩六首,乃託神鬼夢幻以見詩才藻思之作,胡應麟《少室山房筆叢》卷三七《二酉綴遺下》曾稱讚“唐宫秦苑皆離黍”等二絶“其工不在唐人下”。

　　宋代故事中,《萊公舊桃》(《類説》②、《詩話總龜》前集卷二二、《苕溪漁隱叢話》後集卷四○、《緑牕新話》卷下、《能改齋漫録》卷八、《錦繡萬花谷》前集卷二六、《侍兒小名録拾遺》、《古今事文類聚》後集卷一六、《姬侍類偶》卷下、《古今合璧事類備要》前集卷五四及卷六三、《永樂大典》卷一三一三六等,或無出處)寫寇準妾舊桃事,舊桃所賦“一曲清歌一束綾”等二詩,宋人頗傳,詩意表現舊桃對於貴族奢侈生活之反感及對貧家織女之同情,識見難能可貴。故事“益以怪辭”(《漁隱叢話》後集卷四○),如言寇準因夢得舊桃,舊桃前世師事仙人爲俠,因過受譴再入輪回,寇準爲閻浮提王,有王克勤者在曹州境上見其上任(按:此情節見《説郛》卷一七宋葉□□《愛日齋叢鈔》引《翰府名談》,《錦繡萬花谷》前集卷二六《閻浮提王》即此,無出處),皆爲恢詭之言。原作絢爛多彩,蓋劉斧自撰傳奇作品也。明仁孝皇后徐氏《勸善書》卷一七採入舊桃輪迴事。“李珣”(《詩話總龜》前集卷四七,《景定建康志》卷五○《拾遺》、《至正金陵新志》卷一四《摭遺》作

_____

① 《歷世真仙體道通鑑》卷三七《李白》末據《類説》載入白龜年事。
② 明嘉靖伯玉翁舊鈔本題《舊桃詩》。

《翰林名談》)亦爲較好傳奇,寫女詩人李珣溺舟死而爲神,熙寧間張芝過其廟作三詩吊之,夜夢被青衣召去見李,李贈以長詩,頗能見其才情。《文叔遇俠》(《古今類事》)描寫俠女復故夫仇,情節明顯受唐人小説《集異記·賈人妻》、《原化記·崔慎思》之影響。《溷獄對事》(《類説》)寫市民丘信入溷獄與樵成證對殺羊豕之事,溷獄之設及冥吏以杖擊地面亂髮樵成即出頭,亦見新異,《勸善書》卷二〇亦採之。

本書卷帙頗夥,内容當極豐富。宋元話本結末恒有"雖爲'翰府名談',編作今時佳話"(《清平山堂話本》卷三《陳巡檢梅嶺失妻記》),"雖爲'翰府名談',編入'太平廣記'"(同上《五戒禪師私紅蓮記》)等語,借其書名以代指名人逸事,足見其在説話藝人中影響巨大,成爲説話人重要資料書。如《古今小説》卷一四《陳希夷四辭朝命》即採入本書所載陳希夷事(《詩話總龜》前集卷四四)。而唐莊宗詩"待予心肯日,是汝命通時"(《類説》、《詩話總龜》前集卷五、《古今類事》卷一八、《事文類聚》前集卷三九、《群書類編故事》卷一四),蘇鱗詩"近水樓臺先得月,向陽花木易逢春"(《類説》、《詩話總龜》前集卷五、《詩總》作蘇麟),亦被取作話本插詞[1]。作爲説話人重要參考書之《緑牕新話》,亦引入本書《王軒苧羅逢西子》(卷上,無出處)、《蒨桃諫寇公節用》(卷下,無出處)。本書保存大量詩人掌故及詩歌資料,多有珍貴者。《宋詩紀事》曾據而輯入寇準、蒨桃、蘇麟、馬道、丘濬、陳烈、陳亞、陳希夷、王素、李珣、張芝等人之詩,《唐詩紀事》卷七八也載入開元宮人與僖宗宮人之事。

---

[1] 見胡士瑩《話本小説概論》,北京:中華書局,1980,第 150 頁。

荆山雜編四卷

佚。北宋梁嗣真撰。志怪集。

梁嗣真，道士，尊號沖寂大師。著《洞微歌》一卷①。

按梁嗣真號沖寂大師，當爲朝廷所封。考《續資治通鑑長編》卷三〇三載，神宗元豐三年（1080），"賜靈慧大師王太初爲靈慧沖寂大師"。《洞霄圖志》卷五《石正素先生》載："石自方，字元矩，饒州鄱陽人，師沖寂大師孔守容爲道士。……朝廷方求巖穴奇士，部使者以先生聞，强起至京師。徽宗幸寶錄宮講所，先生在焉。……即日授金壇郎，主杭州洞霄，蓋宣和元年冬也。"王太初靈慧沖寂大師乃神宗封，孔守容沖寂大師當爲徽宗所封，若梁嗣真亦爲神宗或徽宗所封，似不能封號重也，故疑乃哲宗所封。

《宋志》小説類著錄梁嗣真《荆山雜編》四卷。書已亡。洪邁《夷堅丁志》卷二《宣城死婦》，載宣城民家婦妊娠未産而死，死後産子自育，常抱嬰兒買餅。末云："《荆山編》亦有一事，小異。"佚文只此一見。

荆山者非一，據《中國古今地名大辭典》，山東諸城東北、河南禹縣西北、河南靈寶縣閿鄉南、安徽蕪湖東南、安徽懷遠

---

① 《祕書省續編到四庫闕書目》天文類著錄道士梁嗣真《百六洞微歌》一卷，又命術類著錄沖寂大師梁嗣真《洞微歌》一卷，當爲一書。《通志略》五行類行年屬亦著錄道士梁嗣真《洞微歌》一卷。《祕書省續編到四庫闕書目》編於紹興初，梁嗣真當爲北宋人。

西南、湖北南漳西、湖北陽新北、陝西富平西南均有荆山。作者當棲於荆山,故以名書,曰"雜編"者雜記聞見之謂。作者爲道士,佚文言鬼,是書所記當爲異聞,志怪小説集也。

勸善録六卷

佚。北宋王古撰。志怪集。

王古，字敏仲。大名莘縣（今屬山東聊城市）人。太尉王旦曾孫。第進士。神宗熙寧（1068—1077）中爲司農主簿，使行淮、浙振旱災。連提舉四路常平，遷太常博士。出爲湖南轉運判官、提點淮東刑獄。歷工部、吏部、右司員外郎，太府少卿，曾奉使契丹。哲宗紹聖初（1094）遷户部侍郎，詳定役法，因用司馬光法與蔡京意見不合，徙兵部，尋以集賢殿修撰爲江淮發運使。三年進寶文閣待制、知廣州[1]，爲言者所論奪職知袁州。徽宗立，復拜户部侍郎，遷尚書，與御史中丞趙挺之議論不合而改刑部。復以寶文閣直學士知成都，尋改青州[2]。崇寧（1102—1106）中入元祐黨籍，責衡州別駕，安置温州。復朝散郎，尋卒。事跡具見《宋史》卷三二〇《王素傳》附。王古編《道院集要》三卷、《法寶標目》十卷[3]，前書今存。

《宋志》釋氏類著録王敏中《勸善録》六卷，署字而不署名蓋

---

[1] 參見《北宋經撫年表》卷五。

[2] 參見《北宋經撫年表》卷五。

[3] 見《直齋書録解題》目録類、釋氏類，並題作"户部尚書三槐王右敏仲撰"，右字誤，《通考》釋氏類皆引作王古。王旦父、兵部侍郎王祐手值三槐於庭，云："吾之後世，必有爲三公者。"時稱三槐王氏。（見司馬光《涑水紀聞》卷七），故王古以三槐自標所出。《宋志》釋氏類亦著録此二書，前書注"不知作者"，後書注"王右編"，名亦誤。

以字行，中當作仲。原書久亡。南宋李昌齡《太上感應篇》卷一注云：“昔竇文王敏仲，七世不殺，又好放生。至敏仲身，乃自生疑。一日咨決於小法華曰：‘以某所見，不殺不放，一切付之無心，可乎？’師厲聲曰：‘公大錯！公大錯！豈作空解耶？面前露柱，亦自無心，著幾箇露柱，能救得世間一箇苦惱衆生。諸佛菩薩，其說不爾。可急懺悔，無自貽戚。’敏仲駭然汗洽，再發心放一百萬命。其後持節淮甸，適歲飢，出按拯濟。舟次青河，忽聞洶洶聲，如數百人爭鬧。疑是飢民，遣人跡之，了無所見。心忽自悟，於是策杖循河而行，則見數十婦女濯筥岸側，洶洶之聲正出筥中蛤蜊也。悉命以粟易之，得數十斛。親爲誦經持呪，投之中流。既而復自疑曰：‘吾平生放此，可謂多矣。萬一感恩來爲眷屬，豈不癡鈍！’是夕即夢文殊現身其前，慰諭之曰：‘我於往世亦曾生蜆蛤中來，但堅汝心，無自疑沮。’敏仲至此始大信異，因著一書以示勸戒。”所云“著一書以示勸戒”，當即本書，而其所述著書緣由，殆自序中語。中云：“持節淮甸，適歲飢，出按拯濟。”即是熙寧中出振淮浙旱災。

李昌齡《樂善錄》卷六“夫人任氏”中云：“昔慧遠禪師與劉程之等一百二十三人，結爲一社，號曰白蓮，皆是勤念彌陀，求生淨土，其後悉皆如願。自師而下至於國初，得如願者又一百九人。復自國初至紹興乙亥（按：二十五年，1155），又一百二十四人，此特載于王侍郎敏仲、陸居士季誠集中，顯顯爲可見者。”王敏仲集，當亦指本書。下又云：“集中所載，有爲神僊、爲國王、爲世子、爲公卿、爲僧尼、爲給侍、爲命婦、爲寡婦、爲衙校、爲胥吏、爲軍士、爲鐵匠、爲漁人、爲庖者、爲屠酤、爲僕妾、爲惡人、爲禽鳥，而皆能修者。又有因人督責，因人勸發，因疾苦所加，因地獄相現，因得惡夢，因命臨終，而後知修者。或作觀想，或專持念，或禮拜，或回向，或持戒，或寫經，或造像，或修寺，或自行，或勸人，行而爲修者。其所以修者雖各不同，然要其歸，無出乎口念彌陀,心存淨土,必欲求生其土也。"此節文字,是爲本書(亦包括陸季誠書)内容之概括,大抵爲奉佛修行,得其善報之事。

至具體佚文,洪邁《夷堅丙志》卷二《聶從志》引有一事。《聶從志》所叙爲良醫聶從志拒與李氏私通,黄靖國入冥,見李氏受陰刑之事,下云:"王敏仲《勸善録》書其事,他曲折甚詳,然頗有小異,又無聶君及李氏姓。"黄靖國入冥,北宋人述之者頗衆(參見廖子孟《黄靖國再生傳》叙録),此爲其一,惟細情不詳。又者,《分門古今類事》卷一九《李母放魚》,寫李沖元母元豐元年夢鮎魚求救,醒後放生,得壽九十餘,注"出《勸善録》",殆亦本書佚文。李昌齡引用本書時,稱作者爲"寶文王敏仲"、"王侍郎敏仲"。王古紹聖中任户部、兵部侍郎,寶文閣待制,是故書成蓋在哲宗紹聖中(1094—1099)。比周明寂同名書之撰晚十餘年。

天宫院記

佚。北宋舒亶撰。傳奇文。

舒亶(1041—1103)，字信道。明州慈溪（今浙江寧波市西北）人。試禮部第一，調臨海尉。王安石當國，御史張商英薦之，用爲審官院主簿。遷奉禮郎，擢太子中允、提舉兩浙常平。神宗熙寧八年(1075)十一月，權監察御史裏行①。元豐二年(1079)三月加集賢校理②，七月與御史中丞李定劾蘇軾作詩譏訕時政③，鑄成文字獄④。三年同修起居注，改知諫院⑤，進知侍御史雜事、知制誥，兼判國子監⑥、司農寺。五年試給事中、權直學士院，踰月試御史中丞⑦。六年坐罪廢斥⑧，十餘年始復通直郎。徽宗崇寧初(1102)知南康軍，改知荆南府，以邊功由直龍圖閣進

①《宋史》本傳云元豐初(1078)，《續資治通鑑長編》卷二七〇："（熙寧八年十一月），奉禮郎、提舉兩浙常平舒亶爲太子中允、權監察御史裏行。"此從《長編》。

②據《長編》卷二九七。

③參見《長編》卷二九九。

④此即所謂"烏臺詩案"。周必大《文忠集》卷一七八《東坡烏臺詩案》："元豐己未（二年），東坡坐作詩謗訕，追赴御史獄。當時所供詩案，今已印行，所謂《烏臺詩話》是也。"

⑤參見《長編》卷三〇二。

⑥見《長編》卷三一一。

⑦參見《長編》卷三二五、卷三二六。

⑧參見《長編》卷三三九。

待制。明年卒，年六十三，贈直學士。事跡見《宋史》卷三二九本傳、《東都事略》卷九八。著《舒亶文集》一百卷、《元豐聖訓》三卷、《六朝寶訓》一部①。今存《舒嬾堂詩文存》三卷、《補遺》一卷、《舒學士詞》一卷。

　　南宋張邦基《墨莊漫録》卷三載明州士人陳生入大洋遇仙事，略云：陳生附大賈舟赴舉京師，在大洋遇暴風巨浪，漂至一地。見一精舍曰"天宮之院"，有老人、侍從三百餘人。老人言唐末避亂至此，不知今世爲何。陳生爲言之。老人自言乃唐丞相裴休，其餘皆弟子。領陳登臨笑秦亭、蓬萊島。蓬萊無人居之，唯吕洞賓一歲兩來。陳生求歸，老人教以修心養性、爲善遠惡之事，令常習《楞嚴經》，然後送歸明州。時元祐間，比至里門，妻子已死，陳生遂病狂而死。末云："余在四明，見郡人有能言此事者，又聞舒信道嘗記之，甚詳。求其本不獲，乃以所聞書之。"舒氏所記原題不詳，姑擬如上。其文亦非原作，張氏據所聞而記耳。

　　《墨莊漫録》卷二云："舒信道謫居四明，幾二十年。"此作當撰於謫居四明期間。按舒亶熙寧六年坐罪廢斥歸鄉，近二十年始復通直郎。《舒嬾堂詩文存》卷三《西湖記》作於元祐甲戌三月，即元祐九年（1094），是年四月改元紹聖。《西湖引水記》作於十月，乃紹聖元年（1094）。時亶猶在明州故鄉。而此作時涉元祐中，故疑作於元祐至元符間。

　　海外遇仙，唐五代小説多有類似傳説。如盧肇《逸史》記商客遇風漂至一處，見天師，遊白樂天院（《太平廣記》卷四八引），杜光庭《神仙感遇傳》記商客李順漂至東海廣桑山，見真官孔仲尼（同上卷一九引），皆是。此等傳説大抵宣傳神仙長生之説，然可關注者，乃是此記則以秦始皇求仙爲可笑，命亭曰"笑秦"，裴

---

① 見《宋志》別集類、別史類著録。

休自言非神仙，而宣稱《楞嚴經》"乃諸佛心地之本"，則是對神仙道教之否定。所謂天宮院主裴休正是佛門信徒，《舊唐書》卷一七七本傳載："家世奉佛，休尤深於釋典。……視事之隙，遊踐山林，與義學僧講求佛理。中年後不食葷血，常齋戒，屏嗜慾。香爐貝典，不離齋中，詠歌讚唄，以爲法樂。與尚書紇干臬皆以法號相字。時人重其高潔而鄙其太過，多以詞語嘲之，休不以爲忤。"可見此作實以神仙之説爲表，而内涵佛教思想，鼓吹以佛入仙。此與《逸史》天師詩所云"吾學空門不學仙，恐君此語是虛傳。海山不是吾歸處，歸即應歸兜率天"，旨意一也。

　　鄒浩《道鄉集》卷二《悼陳生》長詩亦歌此事，序云："鄞川進士陳生者，失其名字。傾赴舉開封，後時，于是寄海舟經通、泰而西焉。同行十舟。一日，前舟逆遇暴風，覆溺殆盡，獨陳生所寄舟回帆轉舵，隨風以往。已而陳生乃獲遊古天宮院、蓬萊峰。浸久思歸就試，天宮人固留之，莫能奪。比歸，則妻孥之墓木且拱矣。皇皇閭里間，追惟昨者所接，始悟其風塵表也。復欲從之而不可得，遂病狂以死。唐城令建安章潛顯父語其事，故作此詩，備他日寓目云。"觀序及歌中所言，情事相同。鄒浩（1060—1111）晚舒亶十九歲，乃同時代人。唐城令建安章潛（字顯父）所語，蓋覩亶此記而爲言也。

青瑣摭遺二十卷

節存。北宋劉斧撰。傳奇志怪雜事集。一題《摭遺》、《摭遺集》、《摭遺新説》。

本書最早著録於《通志略》小説類，作《摭遺集》二十卷，未著撰人，《遂初堂書目》小説類則作《青瑣摭遺》，無撰人卷數，《宋志》小説類在劉斧《翰府名談》之後著録"又《摭遺》二十卷"。按《詩話總龜》前集《集一百家詩話總目》有劉斧《摭遺》，吳曾《能改齋漫録》卷四《辨誤·王謝燕》引劉斧《摭遺集》，嚴有翼《藝苑雌黃》(《苕溪漁隱叢話》後集卷一二《劉夢得引》)引劉斧《摭遺》，又云《青瑣摭遺》，《永樂琴書集成》卷一七《雜録》引劉斧《摭遺》，《詩林廣記》前集卷四引劉斧《青瑣摭遺》，可證確出劉斧。書本名應爲《青瑣摭遺》，《藝苑雌黃》稱爲《摭遺》及《青瑣摭遺》，知《摭遺》實是省稱。此書乃摭《青瑣高議》之遺，故亦標以"青瑣"。《宋志》著録在《翰府名談》之後，蓋誤爲《翰府名談》之補遺。任淵《后山詩註》卷二《出清口》註引作《摭遺新説》，《永樂大典》所引亦多作此稱①，或又作《摭遺新書》②。又朝鮮成任編《太平通

---

① 卷九一三《屍異》(周助事)、卷二六〇五《燈臺》(劉中明事)、卷二八〇九《紅梅傳》、卷一〇八一三《留櫃付母》(蘇耽事)、卷一三一三九《夢人跨龍》(王魁事)。
② 卷二九四九《落筆有神》(王勃事，即《類説》本《滕王閣記》)，卷四九〇八《笑傲風煙》(劉中明事)，皆作《摭遺新書》。

載》卷六六《鬼四》亦引《摭遺新説》，凡《崔慶成》、《周助》二事，皆爲全文①。《文淵閣書目》卷八《雜附》亦著録作《摭遺新説》。此名當爲南宋人改稱，蓋欲以“新説”與“高議”相對，殊失原意也。

本書既見於《文淵閣書目》，知明初猶存，但此後未見著録。宋代二節本：《紺珠集》卷一二摘録五條（題《摭遺》，注闕名），其中《頭顧可知》、《題詩得水仙》、《日窟月阿》三條皆陶弘景事，當爲同一篇，實只三事。《類説》卷三四摘録二十三條（題《摭遺》，不著撰人），《烏衣國》、《頭顧可知》又見《紺珠集》本，除此凡二十一事。

諸書所引猶衆，以《詩話總龜》、《分門古今類事》爲多，文字常詳於《紺珠集》及《類説》本。去其重複，計有《詩話總龜》前集引十一事：“何仙姑”（卷五）、“歐陽文忠公守滁”（卷一二）、“蘇仙山”（卷一六）②、“王仁裕”（卷二二）、“李璟賞蓮詩”（卷三一）、“杜子美”（卷四三）、“呂洞賓”、“崔存”（並卷四四）、“茅濛”（卷四五）③、“許周士”、“賈魏公”④

---

① 《崔慶成》即《類説》本之《獨眠孤館》，《周助》又見《大典》卷九一三。

② 《大典》卷一〇八一三《留櫃付母》，記蘇耽將飛升，留櫃於母。趙維國《〈永樂大典〉所存宋人劉斧小説集佚文輯考》（北京：《文獻》2001 年第 2 期）輯爲《摭遺》佚文。按：此條疑與“蘇仙山”爲一篇。“蘇仙山”所記乃元結、沈彬詠郴州蘇耽事，蓋擇取其詩而略其事也。南宋林同孝《蘇仙公》：“世傳蘇氏子，白日去登仙。念母空留櫃，敲時即得錢。”（南宋陳起編《江湖小集》卷九五）用此典。

③ 按：原注《拾遺》，乃《摭遺》之譌，周本淳校本卷四七據明抄本改。周校本作茅蒙。

④ 此條無出處。按：《才鬼記》卷八《李後主》即此，末注《摭遺》。前條爲“許周士”，疑此條出處脱“同上”字樣。周本淳校本（卷四九鬼神門上）注《洞微志》，誤。參見《洞微志》叙録。

（並卷四七）。《古今類事》引七事①：《龍首山人》（卷七）、《天綱術驗》、《憬藏術驗》（並卷九）、《萊公晚竄》、《東坡入海》（並卷一四）、《辛秘緑衣》（卷一六）、《裴度還帶》（卷一九）。

此外，《五色線集》卷下引《風女》一事。《三洞群仙録》引《越溪道士》（卷九）、《公昉仙酒》（卷一四）、《太白捉月》（卷一五）、《謝仙鐵筆》（卷一八）四事。《錦繡萬花谷》前集引《瓠冰筋》（卷四）、《記惡碑》（卷一三）、《縣妖破膽》（卷一四）、《岳公》（卷一八）、《經年方遂偶句》（卷二一）五事。《古今事文類聚》前集卷六引《食生菜》一事②。《東坡先生詩集註》卷二八《予初謫嶺南》註引“二孤山”一事。《箋註妙選群英草堂詩餘》前集卷下《名賢詞話》李景《浣溪沙·春恨》註引《摭遺》“青鳥去時雲路斷”一句。《增廣分門類林雜説》引《寇萊公》（卷一三）、《四皓》、《高太素》、《王師中》（並卷一五）四事③。《大典》引“劉中明”（卷二六〇五及卷四九〇八）④、“周助”（卷九一三）二事。

以上總共得遺文六十一事。

---

① 按：卷九所引二事，《十萬卷樓叢書》本闕出處，卷一四所引二事，《東坡入海》亦闕出处，《萊公晚竄》注出《雜録》，而《四庫全書》本均注出《摭遺集》或《摭遺》。又按：卷一七《崔巽三年》，注作“見《摭遺》”，此文即《青瑣高議》後集卷二《崔先生》，文字基本相同，末附劉斧議，不似《摭遺》之文而被誤編入《青瑣高議》，頗疑《古今類事》誤注出處。此條不取。趙章超《宋人劉斧小説輯補》（《文獻》2006 年第 3 期）輯爲佚文，以拙見爲非，稱：“但比勘二文，字句頗有不同，且古代文言小説集相似内容在不同書中之重復亦非異常之事，故録之於此。”趙説非是。
② 趙章超《宋人劉斧小説輯補》據《至順鎮江志》卷三輯，末多“江淮人多效之”六字。
③《寇萊公》引作《唐宋摭遺》，《王師中》引作《唐宋摭遺別録》，餘二事作《摭遺》。按：唐宋，謂所記之事出於唐宋。
④《大典》所引分《燈臺》、《笑傲風煙》二節，均爲劉中明事之片斷，原當爲一事。

本書是《青瑣高議》續書，故稱《青瑣摭遺》。吴曾《能改齋漫録》卷三《落梅花折楊柳》云："《青瑣集》詩：'憑仗高樓莫吹笛，大家留取倚欄看。'"朱翌《猗覺寮雜記》卷上云："《青瑣》紅梅詩云：'南枝向暖北枝寒'。"此二句詩出自本書《紅梅傳》(見下)，而稱以《青瑣集》、《青瑣》，恰亦説明原書題《青瑣摭遺》，補《青瑣高議》之遺也。今本《青瑣高議》別集中有《王樹》(按：樹應作謝)一篇，正本書之《烏衣傳》(參見《烏衣傳》叙録)，或以爲別集即《摭遺》，殊誤。別集二十二篇，只此一篇相同，其餘皆不見於本書。今本《青瑣高議》係南宋人重編，依原書之體例編爲前後集，又增別集一集，別集之《王樹(謝)》實是刺取《摭遺》以冒。今本後集卷二《李太白》，亦誤取本書(即《類説》本《李白遊華山》①)。本書内容偶有與《青瑣高議》相同者，如《説郛》本《青瑣後集》"李筌"條記李筌"殺假恐生真"語，本書《安禄山》(《類説》本)則爲唐明皇語，情事亦頗不同，自是傳聞異辭耳。

本書《東坡入海》一條末謂東坡"果有海南之竄，議者謂入海之讖"。按海南之竄指哲宗紹聖四年(1097)蘇軾責授瓊州別駕，移昌化軍安置②，然則本書之成似在哲宗元符中(1098—1100)也。

本書體例與《青瑣高議》相同，既收他人作品，又有自撰自記者。據《藝苑雌黄》、《紺珠集》、《類説》本之《烏衣國》(《詩話總龜》前集卷四六、《六朝事迹編類》卷七、《野客叢書》卷二六、《事文類聚》後集卷四五、《能改齋漫録》卷四等亦引)，原題《烏衣傳》，署爲錢希白(易)作(參見《烏衣傳》叙録)。《類説》本之《王魁傳》(《大典》卷一三一三九、《侍兒小名録拾遺》亦引)，原爲夏噩作(參見《王魁傳》叙録)。《類説》本《滕王閣記》、《歲時廣記》

───────────────

①《事文類聚》後集卷二亦引，作《摭遺録》。

② 見《宋史》卷一八《哲宗紀二》。

卷三五、《事文類聚》前集卷一一引作《摭言》，乃《摭遺》之誤。《古今類事》卷三《王勃不貴》，《十萬卷樓叢書》本末注出羅隱《中元傳》①，知原爲唐羅隱作，原題《中元傳》。凡此單篇傳奇文可能皆標明作者。至於雜取諸書者，如《類説》本之《李積化爲虎》，取自唐張讀《宣室志》②，《古今類事》所引之《天綱術驗》取自唐呂道生《定命録》（《廣記》卷二二一引），《憬藏術驗》可能取自《新唐書》卷二〇四《方技傳》，《裴度還帶》取自五代王定保《唐摭言》卷四，《辛秘緑衣》取自《酉陽雜俎》續集卷一《支諾皋上》，《萬花谷》所引之《瓩冰筯》、《記惡碑》、《縣妖破膽》皆取自五代王仁裕《開元天寶遺事》，《類林雜説》所引《四皓》本唐牛僧孺《玄怪録》卷八《巴邛人》，《群英草堂詩餘》引《摭遺》"青鳥去時雲路斷"一句，取孟啓《本事詩·情感》，乃洛京妓作詩事③，《詩話總龜》引賈魏公，載師子國王李煜謁見賈魏公，取自《乘異記》（參見《乘異記》叙録）。如此等等，未必皆標出作者。屬於作者自撰者大抵難以確考，所記宋事蓋多爲自述聞見也。

　　遺文六十一條述異者過半，神仙鬼怪妖異之事盡有，其餘爲瑣聞逸事。所叙多有唐宋名人文士，如王勃、李白、杜甫、賈島、蘇子美、歐陽修、蘇軾等。神仙道士者如呂洞賓、何仙姑，《青瑣高議》已述其事，此則又出新説，不相雷同。較長之傳奇類作品，《烏衣傳》、《王魁傳》、《中元傳》等件頗佳，然均係他人作品。此外，原作者不詳之《玉溪夢》亦佳，寫金俞夢入秦始皇玉溪宮，指

---

① 《四庫全書》本注出《感定録》。《感定録》五代無名氏撰，已佚。檢《古今類事》前條《孝叔蛇鏡》出《感定録》，疑《四庫》本涉前而誤也。

② 今本不載，見《太平廣記》卷四二七引。《廣記》作李徵。

③ 按：此詩爲七律，全詩曰："三山不見海沉沉，豈有仙蹤尚可尋。青鳥去時雲路斷，嫦娥歸處月宮深。紗窗遥想春相憶，書幌誰憐夜獨吟。料得此時天上月，祇應偏照兩人心。"《劉夢得文集外集》卷七《懷妓四首》其四即此詩。

陳始皇過失，與《青瑣高議》別集卷七《楚王門客》言項羽之失，皆
爲歷史批判主題。《崔慶成》①寫驛舍女鬼出謎，《胡大婆》寫山
寺妖怪求文，皆饒有趣味。《紅梅傳》②文字不長，描寫蜀州二女
仙詠紅梅，意境迷離幽麗，雖爲志怪之體而頗見作意。其中梅花
詩，據《詩話總龜》卷一〇雅什門上引《金華瀛洲集》，原係天聖中
劉元載妻所作《早梅詩》③，爲本篇所襲。此事後世流傳頗廣。
洪邁《夷堅丙志》卷二《蜀州紅梅仙》載紹興中蜀州守王相之遇紅
梅仙，然不及梅花詩。明曹學佺《蜀中廣記》卷二五云："小説《摭
遺》云：古靜州知州王鸚子，讀書于義陽山。忽一女子前，自稱爲
張笑桃，題《紅梅詩》于壁，墨跡未乾，遂不見。人疑爲梅仙。以
山屬平梁，故志于此。詩云：'南枝向暖北枝寒，一種春風有兩
般。頻上高樓莫吹笛，大家留取倚欄杆。'按恩陽即義陽也。詳
見《通釋》。"④又卷七六云："張笑桃者，南江人。相傳古清州知
州王鸚子，讀書於義陽山。忽一女子至前，自稱名曰張笑桃。言
罷，題《紅梅詩》於壁上，墨跡未乾，遂不見。詩云：'南枝向煖北
枝寒，一種春風有兩般。頻上高樓莫吹笛，大家留取倚欄看。'"
按《蜀中廣記》所記本《國色天香》卷八、《繡谷春容》義集卷一〇、

---

① 《錦繡萬花谷》後集卷三九《獨眠孤館》引《摭遺》，《古今事文類聚》續集
　　卷六《驛舍美婦》及《古今合璧事類備要》別集卷一四《見美婦人》，無出
　　處，文皆簡略，後二書尤略。
② 《類説》本題《紅梅》，《六帖補》卷一〇、《施註蘇詩》卷二九《次韻楊公濟
　　梅花十首》其一註、《事文類聚》後集卷二八、《全芳備祖》前集卷四、《事
　　類備要》別集卷二二引《摭遺》，皆文同《類説》。《苕溪漁隱叢話》後集卷
　　四、卷三〇亦引《摭遺》。《大典》卷二八〇九引《摭遺新説》，題《紅梅
　　傳》，文字較詳。
③ 《竹莊詩話》卷二二《閨秀》亦載劉元載妻《早梅》詩，引自《倦遊録》。《倦
　　遊録》北宋張師正撰，已佚。
④ 趙章超《宋人劉斧小説輯補》輯入此條，誤。

《增補批點圖像燕居筆記》卷八等所收明佚名《古杭紅梅記》,張笑桃即記中紅梅仙子。①《古杭紅梅記》頗長,乃長篇傳奇之體,元明流行者也。略云:唐貞觀唐安郡刺史王瑞,其子鸚,處紅梅閣,閣前有紅梅一株。一朝見壁上題詩"南枝向暖北枝寒"云云,夜半女子來,相對吟詩,女自稱乃謫降仙女,願奉箕箒。鸚好德不好色,疑其妖,拒之。仙子屢作詩相挑,鸚遂感之,夜歡會於書院。七夕,笑桃引鸚乘鶴入仙宮,見衆仙女。笑桃所居南宮折毀無歸,鸚求母納之,遂備禮迎娶。朝廷選士,鸚得笑桃相助,大魁天下。一日,秀才巴潛來訪,鸚告妻,妻令鸚劍擊之。妻云本上界紅梅,已列仙品,得罪西王母,墮三峰山下。爲巴蛇脅入洞中,欲效歡愉。笑桃不從,乘機逃歸三峰山,爲太守張仕遠攜至唐安郡。後數日遊賞三峰山,巴蛇掠笑桃入穴,得鹿皮先生作法燒死巴蛇,笑桃得救。初,鸚報父母妻被害,父母來書令歸再婚。鸚欲修書退婚,笑桃云南宮修復當歸,異日再會紅梅閣。後鸚授唐安郡尹,畫《紅梅仙子》永爲奉祀。

　　本書卷帙超過《青瑣高議》,佳什當不在少數。惟遺文所存不多,且大都經過删節,是爲憾爾。

---

① 參見程毅中《從〈紅梅傳〉到〈古杭紅梅記〉》,《程毅中文存》,北京:中華書局,2006,第607—608頁。

唐宋科名分定録三卷

佚。北宋闕名撰。志怪集。

《郡齋讀書志》傳記類著録《唐宋科名分定録》三卷,叙云:
"右不題撰人。元符間所著書也。序云:己卯歲得張君房所誌唐
朝科場故事,今續添五代及本朝科名分定事,迄於李長寧云。"
《通考》據此著録。按己卯歲乃元符二年(1099)。張君房《科名
分定録》七卷,此書只三卷,可見不包括張書内容,全爲續添者。
之所以標以"唐宋",可見亦有唐事,且五代事習慣仍歸之於唐,
如《全唐詩》、《全唐文》、《唐詩紀事》、《唐才子傳》等實際皆有五
代十國人。

南宋初有邵德升《分定録》,非本書,詳該書叙録。

歷代神異感應録二卷

佚。北宋令狐崥如編。志怪集。

令狐崥如,汝州(治今河南汝州市)人。徽宗大觀時人。①
北宋畢仲游②《西臺集》卷九有《回令狐崥如張大年謝及第
啓》。

《宋志》小説類著録令狐崥如《歷代神異感應録》二卷。
南宋范成大《吳郡志》卷四七《異聞》引佚文二條,一云:"西
晉永嘉元年,吳縣萬詳婢生子,鳥頭,兩足馬蹄,一手,無
毛,尾黄色,大如碗。"一云:"隆安初,吳郡治下狗常夜吠,
聚高橋上。人家狗有限,而吠聲甚衆。或有夜覘視之,一
狗有兩三頭,皆前向亂吠。無幾孫恩亂。"按前事採自《宋
書》卷三四《五行志五》、《晉書》卷二九《五行志下》(按:碗
原作枕),後事採自《宋書·五行志二》、《晉書·五行志
中》。觀此,本書乃纂輯歷代妖異祥瑞應驗事而成,與隋蕭
吉《五行記》、唐竇維鋆《廣古今五行記》一類五行小説書性

①《通志略·氏族略·令狐氏》:"大觀有令狐崥如,汝州人。"
②畢仲游,字公叔。代州雲中人。真宗宰相畢士安曾孫。登進士第,調壽
 丘主簿,歷仕州縣。元祐初爲軍器衛尉丞,召試學士院,蘇軾異其文,擢
 爲第一,加集賢校理、開封府推官。歷提點河東路刑獄,職方、司勳二員
 外郎,祕閣校理、知耀州。徽宗時,歷知鄭、鄆二州,京南、淮南轉運副
 使,入爲吏部郎中。終年七十五。見《宋史》卷二八一《畢士安傳》附。
 按:仲游擢進士,具體時間不詳,約在熙寧間。時令狐崥如曾賀之。

質相近。

　　本書《通志》未著録,疑有遺。《通志·氏族略》云"大觀有令狐皞如",疑實據本書作時而言,則作於徽宗大觀中(1107—1110)也。

説異集二卷

佚。北宋歸虛子撰。志怪集。

歸虛子，不詳何人。曾棲居羅漢寺。

洪邁《夷堅三志己》卷一《秦忠印背》末云："有一書名曰《説異》，自序云羅漢寺僧舍歸虛子述，凡兩卷，纔十事。以其不傳於世，擇取其三。"前兩事爲《石六山美女》、《孝感寺石魚》。按《宋志》小説類著録《説異集》二卷，注"不知作者"，即此書也。

三事俱無紀時，人物亦非聞人，無事跡可徵。然《秦忠印背》係龍州事，似有綫索可尋。考《宋史·地理志》有二龍州：一爲利州路屬州，治江油縣（今四川平武縣東南），政和五年（1115）改爲政州，紹興元年（1131）復爲龍州。一爲羈縻州，屬左江道，由廣南西路邕州都督府管轄，治今廣西龍州縣北。《秦忠印背》之龍州當爲利州路之龍州，因羈縻州之龍州乃少數民族地區，而此條寫龍州人秦忠因射傷神豚，被山王付獄，冥吏印其背而赦之，歸而背有赤印而痛，以後遂棲心道門，此道教觀念當爲漢族所有。利州路之龍州在政和五年至紹興元年十餘年間改稱政州，此稱龍州必是在北宋政和五年之前或南宋紹興元年之後。洪邁慶元四年（1198）撰《夷堅三志己》，鑒於此書"不傳於世"擇取三事，而洪邁對其書作者已不了然，是知此書出現已久。洪邁紹興中即撰《夷堅志》，到慶元四年作《三志己》，中間搜採撰寫一直未停。若此間《説異集》出，洪邁當知其來由原委。是故頗疑書出北宋政和五年前，時代久遠，洪邁偶得其書，才憾其不傳於世也。

三事中，《石六山美女》較佳，《豔異編》卷三二曾採入，題《石六山美人》。寫白獼猴精化美女求偶，頗具情味，猴女二詩清婉蘊藉，得見猴女形象之美感。猴女詩"桃花洞口開"，"欲種桃花待阮郎"云云，饒有仙家韻味。而秦忠徹悟後"棲心道門"，然則作者殆隱士道流之輩也。《全唐詩》卷八六七輯入白衣女子二詩，以爲唐人，頗謬。

雲齋廣録十卷

　　殘存八卷、後集一卷。北宋李獻民撰。傳奇雜事集。一題《芸齋廣録》、《雲齋新説》。

　　李獻民，字彥文①。開封府酸棗縣（今河南新鄉市延津縣西）人②。徽宗時人。王庭珪③《盧溪文集》有《和李彥文》（卷一二）、《重陽日送李彥文之衡湘兼簡向豐之》（卷一三）、《和李彥文春雪》（卷一五）三首。《和李彥文》題注："名獻民，嘗撰《芸齋廣録》，行于世。"詩曰："偶從山澤得追陪，吐論風生不受埃。曾讀芸齋編廣録，固知天下有奇才。愁堆青簡千年蠹，忙過黄槐幾度開。往歲聞名未相識，常如弱水隔蓬萊。"按書名《芸齋廣録》，或原名歟？

　　《郡齋讀書志》（衢本）卷一三小説類著録《雲齋廣録》十卷，叙云："右皇朝政和中李獻民撰。分九門，記一時奇麗雜事，鄙陋無所稽考之言爲多。"《通考》同。《宋志》小説類作《雲齋新説》。按《宋朝事實類苑》卷四二引張俞事，卷四四引僧惠圓事（今本脱

①《詩話總龜·集一百家詩話總目》作李元文《雲齋廣録》，誤。
②自序題廩延李獻民彥文序。廩延本春秋鄭邑，秦置爲酸棗縣，宋因之，政和七年（1117）改名延津。見《宋史》卷八五《地理志一》。
③王庭珪，字民瞻，盧陵人。政和八年（1118）進士第，調茶陵丞。與上官不合棄官去，隱居盧溪。後坐罪流嶺南，至孝宗朝召對，賜國子監主簿。乾道六年（1170），復除直敷文閣。年九十三卒。見《四庫全書總目》卷一五七《盧溪集》五十卷提要。

載），亦作《雲齋新説》，此當是南宋人所改，蓋因書中各門多以
“新説”立名也。邵博《邵氏聞見後録》卷三〇云：“程致仲爲予
言：近歲，‘雲齋小書’出丹稜李達道遇女妖事，不妄。致仲親見
泥金駕鸞出入雲氣中，黄色衣，奇麗奪目，非人間之物，蓋妖所
服，留以遺達道者。又歌曲多仙語，尚小書失載云。”（按：事載卷
五，題《西蜀異遇》）此又稱“雲齋小書”，則是隨口所呼，非定
稱也。

　　錢曾《也是園藏書目》小説類嘗著録《雲齋廣録》十卷，當得
自錢謙益絳雲樓藏書，但未必真爲十卷①。今傳者乃八卷本，附
後集一卷，共九卷。清末潘祖蔭《滂喜齋藏書記》卷二子部著録
云：“宋刻《雲齋廣録》八卷後集一卷（一函二册），宋廬延李獻民
彦文撰。卷一《士林清話》，卷二、卷三《詩話録》，卷四《靈怪新
説》，卷五、卷六《麗情新説》，卷七《奇異新説》，卷八《神仙新説》。
後集則《盈盈傳》及歌詩一首也。前有政和辛卯獻民自序。每卷
冠以‘新雕’二字，蓋猶政和間刊本。其書荒誕不經，分門亦近瑣
碎。然《四庫》未收，各家書目亦不著録。北宋孤本流傳至今，亦
説部中之秘帙也。每半葉十五行，行廿五字。萬卷樓兩印朱文
甚古，疑爲豐人翁藏書。……後歸王履吉。國朝入泰興季氏、漢
陽葉氏。”按季氏即季振宜，《延令宋板書目》（《季滄葦藏書目》）
有李獻民《雲齋廣録》八卷一本。此本今藏臺灣“中央圖書館”。
昌彼得《説郛考·書目考》稱乃金代刻本，云：“四庫存目著録及
中央圖書館所藏滂喜齋舊藏金代刻本皆僅八卷及後集一卷，凡
分六門。四庫提要因疑今本不全。然據今世僅存之金本觀之，
其書避宋諱頗謹，而於南宋諸帝不諱，尚係出自政和原本，故滂

---

①　錢謙益《絳雲樓書目》小説類有《雲齋廣録》。陳景雲注稱：“十卷，宋政
　　和中李獻民撰，皆記一時奇麗雜事。”實是據《讀書志》而注，並非錢氏所
　　藏亦十卷。絳雲樓焚於火，爐餘書籍盡歸錢曾，《雲齋廣録》當在其中。

喜齋藏書記率直稱爲天水（按：即宋，趙姓望出天水）舊槧。"①潘
氏以爲此八卷本係政和原刻，昌氏則云金刻本係出自政和原本，
則爲翻刻也。

　　按：《續修四庫全書》第 1264 册影印有金刻本，八卷，每卷皆
題《新雕雲齋廣録》，後集題《新添雲齋廣録後集》。八卷本卷帙
不合《讀書志》著録，少二卷三門，而宋人徵引亦有逸出八卷本者
（詳下）。昌彼得疑十卷本乃"南宋初增廣重編"，説難成立。晁
公武紹興二十一年（1151）撰成《郡齋讀書志》，去政和初（1111）
才四十年，所見本必是原本。後集爲《盈盈傳》及《寄盈盈歌》，乃
王山作，載其《筆奩録》中（參見《盈盈傳》及《筆奩録》叙録）。前
八卷皆獻民自撰，風格統一，獨此篇轉録他作，自亂體例，《讀書
志》亦無後集之説，是故後集必是南宋人增益，即所謂"新添"也。
此本斷非政和原刻，至於避北宋帝諱頗謹，只是書坊照摹原刻而
已。要之，今存八卷新添後集本，乃出南宋，金人翻刻耳。

　　金刻本不見翻印。民國二十五年（1936）上海中央書店排印
此書（《四庫全書存目叢書》子部 246 册影印此本，爲中山大学圖
書館所藏），周由廑民國二十四年十一月識語稱所據本乃越弟所
得影宋鈔本。内容同金刻本無異，惟將後集編爲卷九。對較二
本，金刻本後集闕半頁，自"夜既深二女"以下至"紅玉闌干妝"全
闕。且刻工粗劣，文字多有漫漶，故不及中央書店排印本佳。但
文字可資校改者多，以之校中央書店排印本，可得善本也。中華
書局 1997 年出版程毅中、程有慶點校本，以中央書店排印本爲
底本，未據金刻本校勘。

　　《類説》卷一八摘録本書十五條（題李獻民撰），次第同今本，
無出八卷本之外者。然末條《蘱小歌蝶戀花》（即卷七《錢塘異

────────────

①《説郛考》，臺北：文史哲出版社，1979，第 70 頁。

夢》）末多“其弟栻”云云一節。可知其所據蓋爲十卷原刊本。《説郛》卷三宋李獻民《雲齋廣録》自《類説》録入洪浩、丁渥二事，合爲一條。《重編説郛》弓二九、《龍威秘書》五集自《類説》選録六條。

　　本書佚文檢得四篇：1.《陵井鹽》，《錦繡萬花谷》前集卷六引（末注《雲齋廣記》）。寫天師張道陵與陰神玉女事，疑原在《神仙新説》中。2.《僧惠圓》，《宋朝事實類苑》卷四四引（末注見《雲齋新説》）①。開封酸棗人僧惠圓事。3.《風和尚》，亦見前書引，在《僧惠圓》前，《事實類苑》注引書體例乃以後包前，故知亦出《雲齋新説》。此二條所記爲僧徒逸事，疑原書有一門專記僧道。4.《豪俠張義傳》，周密《志雅堂雜鈔》卷下《書史》云：“癸巳（元至元三十年，1293）十月，借君玉買到雜書：僧贊甯《要言》三卷。《寓本》，如蔡邕《獨斷》，皆事物。《雲齋廣録》十卷，北（此）本小記《靈怪》内，有《四和香》及《豪俠張義傳》。《洛陽古今記事》、王正倫《河南志》之類。……”②按《四和香》載今本卷六《麗情新説下》，《豪俠張義傳》今本不載，此二篇原都在《靈怪新説》内。

---

① 此條程校本輯爲《補遺》。

② 按：《粤雅堂叢書》本（上下二卷）、《學海類編》本（十卷，此條卷一）皆作“北本”（《學海類編》本“小記”譌作“小訛”）。北當爲此字形譌，“此本”指《雲齋廣録》十卷，“靈怪”則指本書《靈怪》篇。然學者每以“北本”爲話本。孫楷第《中國通俗小説書目》卷一宋元部據而著録《四和香》、《豪俠張義傳》，以爲佚話本，誤將“此本小記《靈怪》内”讀作“北本靈怪小説”。北京：人民文學出版社，1982，第22頁。葉德均《戲曲小説叢考·小説瑣談》亦以《四和香》爲“北本靈怪小説”。北京：中華書局，1979，第597頁。胡士瑩《話本小説概論》引《志雅堂雜鈔》卷一云：“癸巳借君玉買到雜書中，有北本小説，靈怪類有《四和香》、《豪俠張義傳》。”脱譌殊多。將《四和香》、《豪俠張義傳》、《洛陽古今記事》均視爲宋人話本，云“周密《志雅堂雜鈔》説是北本小説”。中華書局，1980，第268—269頁。程毅中《宋元小説研究》亦云《四和香》、《豪俠張義傳》“所謂‘北本小記’可能已是改編的話本”。南京：江蘇古籍出版社，1998，第114頁。

　　本書自序末署"政和辛卯五月八日廩延李獻民彦文序",政
和辛卯乃政和元年(1111),此成書之時。序文云:"夫小説之行
世也多矣。國朝楊文公以《談苑》行,歐陽文忠公亦以《歸田録》
行,其次則存中之《筆談》、師聃之《雜紀》,類皆摭一時之事,書之
簡册,用傳于世,此亦古人多愛不忍之義也。其論次有紀,辭事
相稱,品章不紊,非良史之才,曷以臻此哉! 如僕者,寡學陋儒,
誠不敢議其髣髴。然嘗觀《唐史藝文志》,至有《甘澤謡》、《松窗
録》、《雲溪友議》、《戎幕閑談》之類,叙述遺事,亦見採於當時。
僕雖不揆,庶可跂而及也。故嘗接士大夫緒餘之論,得清新奇異
之事頗多。今編而成集,用廣其傳,以資談譃,覽者無誚焉。"獻
民此書,有意效法前人,尤受唐人小説影響。然就體例以觀,近
於劉斧《青瑣》,既有傳奇作品,又有名公逸事、詩人掌故,間或篇
末加評,亦仿《青瑣》。故《四庫全書總目提要》卷一四四小説家
類存目二有云:"其書大致與劉斧《青瑣高議》相類。"

　　所叙故事全出北宋,人間情事,精怪狐鬼,誠多"清新奇異之
事",無怪乎門類以"新説"稱之。最具藝術價值者即卷四至卷八
之"新説",除卷六《王魁歌并引》爲夏噩《王魁傳》配歌外,其餘十
二篇皆爲傳奇。小説集中出現傳奇作品如此之衆,宋人小説中
並不多見。作品以愛情題材居多,又常涉神仙鬼怪,如《麗情新
説》四篇中,《丁生佳夢》①、《雙桃記》皆叙人間才子佳人之匹,
《西蜀異遇》則寫人狐之合,《四和香》女主角則人邪鬼邪仙邪不
得而知。其餘"靈怪"、"奇異"、"神仙"三門亦大抵如此,大都能
致婉轉纏綿之韻,不盡徒騁怪説,顯然乃繼承唐人小説言情好奇
之傳統。作者自序稱書中故事得於"士大夫緒餘之論",是故或
有流傳於當時者。如卷五《西蜀異遇》寫李達道遇狐妖,觀《邵氏

────────────

① 南宋歐陽澈《歐陽修撰集》卷六《飄然集下》有《覽丁渥異夢記戲書一絶
示内人》詩。

聞見後録》可知,程致仲知其事頗詳。卷七《錢塘異夢》寫司馬槱
夢遇蘇小事,張耒《張右史文集》卷四七《書司馬槱事》,何薳《春
渚紀聞》卷七《司馬才仲遇蘇小》皆亦有載。[①]　然不論故事有無
傳聞依據,作者皆屏棄記錄聞見式寫法,進行自覺藝術創造,文
字大都曼長,頗具文采與意想,必以見藻思文心而後止。不唯行
文詞采豐茂,又多雜詩詞,若《西蜀異遇》,彙詩詞、祭文、書信於
一篇,此正唐傳奇之"文備衆體"也。要之,本書是在唐傳奇影響
下尚稱優秀之小說集,晁公武譏其"鄙陋無所稽考之言爲多",
《四庫提要》譏其"文既冗沓,語尤猥褻","純乎誨淫而已",皆不
明傳奇家數、幻設之妙而妄加月旦,實乃腐陋偏頗之見。本書之
失,乃在語言過分雕琢,駢言偶句有傷天真。且間事模仿,如《丁
生佳夢》、《華陽仙姻》(上下篇)[②]、《豐山廟》等,皆見模仿唐人李

---

① 張、何所記皆簡,情事則大略相同,唯何稱蘇小所作詞爲《黃金縷》而非
　《蝶戀花》(半闋),續蘇小詞者乃錢塘尉秦少章而非司馬槱。《春渚紀
　聞》稱司馬才仲,才仲乃其字。《郡齋讀書志》別集類著錄司馬才仲《夏
　陽集》二卷,云:"司馬槱,字才仲,溫公(司馬光)之姪孫。元祐初與王當
　輩同中賢良科,調官錢塘。喜賦宮體詩,故世傳其爲鬼物所祟而卒。"
　(衢本)其弟名械,字才叔,《讀書志》著錄其《逸堂集》十卷。馬永卿《嬾
　真子》卷一云:"同州澄城縣有九龍廟,然則一妃耳,土人云馮瀛王之女
　也。夏縣司馬才仲戲題詩云:'身既事十主,女亦妃九龍。'過客讀之,無
　不一笑。才仲名械,兄才叔,名槱,皆溫公之姪孫。豪傑之士,咸未四十
　而卒。"將司馬兄弟之字完全顛倒。至稱乃溫公姪孫,則同《讀書志》。
　張耒乃謂:"司馬槱,陝人,太師文正之姪也。"按司馬光孫名植、桓,其兄
　旦之孫名朴(見蘇軾《司馬文正公光行狀》及《宋史》卷二九八《司馬池
　傳》),則槱、械乃其姪孫無疑。《續資治通鑑長編》卷四四六載:元祐六
　年(1091)九月,河中府司理參軍司馬槱試賢良方正能直言極諫科第五
　等中第,特賜同進士出身。與《雲齋廣錄》所述,事實大致相同。
② 南宋歐陽澈《歐陽修撰集》卷四《飄然集上·夢仙謡》:"又聞仙去有蕭
　防,曾耦雙成飲玉漿。一朝誤入華陽洞,于飛終許學鸞鳳。"略叙《華陽
　仙姻》事。又卷六《飄然集下》有《讀蕭防遇仙傳戲書一絶》。

玫《纂異記》之跡。又若《嘉林居士》①，龜精論説道義，不免寡乎
其味。

本書作品，或被後人改編爲話本與戲曲。《南村輟耕録》卷
二五《院本名目》所著録金院本及《醉翁談録》甲集卷一《小説開
闢》著録小説話本靈怪類均有《無鬼論》，蓋演卷七《奇異新説》中
之《無鬼論》。《醉翁談録》小説話本名目中又有《李達道》（靈怪
類）及《錢塘佳夢》（煙粉類）二本，前者演《西蜀異遇》，後者演《錢
塘異夢》。今存明刊話本《錢塘夢》②殆即《錢塘佳夢》。《錢塘異
夢》又被編爲戲曲，白樸雜劇《蘇小小月夜錢塘夢》（《録鬼簿》著
録），清沈沐傳奇《芳情院》（《曲録》著録）皆是。明田汝成《西湖
遊覽志餘》卷一六《香奩豔語》、《豔異編》卷二二《司馬才仲》、《青
泥蓮花記》卷九《蘇小小》、《緑牕女史》卷六及《剪燈叢話》卷四
《司馬才仲傳》③、《情史》卷九《司馬才仲》，大都據《春渚紀聞》而
又摻入本書情節。

---

① 金人王寂《拙軒集》卷一《轍中斃龜》詩云"嘉林居士强解事"，用此典。
② 此本附於明弘治戊午（1498）刊《新刊大字魁本全相參增奇妙注釋西廂
記》及明劉龍田刊《題評音釋西廂記》後。見胡士瑩《話本小説概論》，第
339頁。
③ 《緑牕女史》、《剪燈叢話》所載《司馬才仲傳》，妄題爲宋王宇，參見《附考
存目辨證》。

搜神祕覽三卷

存。北宋章炳文撰。志怪集。

章炳文,字叔虎,建州浦城(今屬福建南平市)人①。叔祖章得象,仁宗宰相,封郇國公②。父章衡,嘉祐二年(1057)狀元,官至寶文閣待制③。炳文徽宗崇寧二年(1103)爲興化軍通判④。後爲應天府(南京)虞城令⑤。著《壑源茶録》一卷,見《宋志》農家類。

本書始著録於《直齋書録解題》小説家類,三卷,稱“京兆章炳文叔虎撰”。《通考》小説家類、《宋志》小説類亦有著録,書名、作者、卷數同。原書今存,商務印書館張元濟等輯《續古逸叢書》三十九景印日本福井氏崇蘭館藏宋刻本,《續修四庫全書》1264

①本書卷中《郇公》云:“吾族九代祖避黃巢之亂,自洪州武寧徙於建安浦城。”本書自序署爲“京兆章炳文叔虎”。京兆(今西安市)當指郡望。

②見本書卷上《楊文公》、卷中《郇公》。章得象,《宋史》卷三一一有傳。

③本書卷中《預兆》云:“家府寶文未第時……”家府即家父。《宋史》三四七《章衡傳》載:章衡字子平,浦城人。嘉祐二年進士第一。神宗時拜寶文閣待制,元祐中以待制知揚、廬、宜、潁四州,卒年七十五。

④《八閩通誌》卷一九《地理志·橋梁·興化府》:“章公橋……宋崇寧二年通判章炳文造,因名。”又卷三五《秩官志·興化府·通判》:“章炳文、張祖良,俱崇寧間任。”清修《福建通志》卷八《橋梁·興化府》、卷二三《職官四·興化府》亦載。按:北宋稱興化軍。

⑤《大明一統志》卷二七《歸德府·名宦》:“章炳文爲虞城令,脩舉廢墜,盡力於所當爲。採事蹟可行者刻石紀之,必行而後已。”

册影印《續古逸叢書》本。目録後有"臨安府太廟前尹家書籍鋪刊行"一行題識。自序題京兆章炳文叔虎,與《書録解題》相合。《説郛》卷三三曾自原書節録"段化"、"費孝先"二事①,署章炳文,注"字叔虎,京兆人",但題下注二卷,誤。《説郛》本後爲《重編説郛》(弓一九)、《龍威秘書》五集、《叢書集成初編》收入。

宋刻本上中下三卷,共七十六條,《説郛》所録二條,《詩話總龜》前集卷三二、《錦繡萬花谷》前集卷六引《壺公山》,《三洞群仙録》卷四引《回書榴皮》,卷一一引《黄符療疫》,卷一二引《胡琮啓關》,皆在此書中,知爲完帙②。

本書自序作於政和癸巳,即政和三年(1113),此成書之時。序中云:"予因暇日,苟目有所見,不忘於心,耳有所聞,必誦於口。稽靈即冥,搜神纂異,遇事直筆,隨而記之,號曰《搜神祕覽》。每開談較議,博采妖祥,不類不次,不文不飾,無誕無避。性多疎曠,不能無遺,聊綴紀編,以增麈柄。昔張讀有《宣室志》,不紀常人之娓娓,徐鉉有《稽神録》,悉博物之淵源。類以意推,派别之流,旁行合道,則造詭怪之理者,亦屬於勸懲之旨焉,予復何愧!"

本書所記得於聞見,多爲命定、徵驗、夢兆、報應、災異、神仙、異人、道術之類,其中寫道人道術者殊衆,乃與徽宗崇道有關。鬼怪之説極少,頗乏恢幻奇麗之彩,視作者所舉《宣室志》、

---

① 據張宗祥《説郛校勘記》,汪季清藏明抄殘本二事標題爲《卸腕醫人》、《費孝先軌革》。

② 明陳士元《江漢叢談》卷三《黄母》引章叔虎炳文《搜神秘覽》三國魏文帝黄初年清河宋士宗母化大電黿,明徐應秋《玉芝堂談薈》卷一一《人化異物》亦引,不見今本。按:本書所載皆爲宋事,不當有三國事。《藝文類聚》卷九六引此作《搜神記》,《法苑珠林》卷四三、《太平御覽》卷八八八、《太平廣記》卷四七一則引作《續搜神記》,《新輯搜神後記》卷七輯入,《江漢叢談》等書有誤。

《稽神録》遠矣。故事多寓“勸懲之旨”，“旁行合道”，唯求有補於“教化”，如《化蛇》（卷上）寫一婦人“不能遵守婦德”而化蛇等等。作者又喜議論，多爲迷信觀念與封建説教，腐氣四溢。寫法則是直筆而記，“不文不飾”，大抵爲筆記之體。凡此，是故本書故事多不可觀，只少數人物故事在宋代流傳較廣。《回山人》（卷上）記沈東老遇神仙回山人傳説，陸元光《回仙録》及蘇東坡詩文等均有記述（參見《回仙録》叙録）。《燕華仙》（卷下）記王綸遇女仙事，乃取自黄裳《燕華仙傳》，事又載《女仙傳》、《雍洛靈異記》、《唐宋遺史》、《中山詩話》、《夢溪筆談》卷二一等（參見《女仙傳》叙録）。《王旻》（卷上）寫費孝先善軌革，此人在《蜀異志》、《東坡志林》卷三、《揮塵餘話》卷二、《夷堅甲志》卷一三等皆有記載。《徐神翁》（卷上）所記徐神翁，其異跡亦頗傳，宋人多有述，南宋王禹錫《海陵三仙傳》所述最詳（參見該傳叙録）。《紫姑神》（卷中）記紫姑事，紫姑神源出南朝劉宋劉敬叔《異苑》卷五，宋代演爲箕仙，屢見於筆記，《夷堅志》載之極多，又見於《文昌雜録》卷一、《夢溪筆談》卷二一、《中山詩話》、《遊宦紀聞》卷三、《睽車志》卷一等，《東坡續集》卷一二有《子姑神記》，即紫姑神。《黄鶴樓》（卷中）記抱關老卒黄鶴樓遇仙，蘇軾作有《李公擇求黄鶴樓詩因記舊所聞于馮當世者》（《東坡先生詩集註》卷七）一詩詠其事，乃得於馮京（字當世），王鞏《聞見近録》亦有載。洪邁《夷堅丁志》卷一八《饒廷直》記饒廷直紹興七年在武昌黄鶴樓遇異人授祕訣事，末云：“東坡公作《黄鶴樓》詩，紀馮當世所言老卒遇異人事，王定國（按：王鞏字）亦載之於書，疑此亦其流也。”宋末林希逸《竹溪鬳齋十一藁續集》卷三〇《學記》云：“東坡……《黄鶴樓》詩叙其舊聞曰：‘黄鶴樓前月滿川，抱關老卒飢不眠。夜聞三人笑語言，羽衣著屐響空山。……’此事見於章炳文《搜神秘覽》，終篇叙述，無一長語。”炳文所記全同東坡詩，詞語每合，疑即據坡詩書寫。林希逸譏其“終篇叙述，無一長語”，蓋文體不同自有別，而炳文筆墨亦自清雅也。上述故事或襲取前人舊説，或自記所聞，使以上著名傳説爲之豐富。

書中亦偶有寫實者，如《楊柔姬》(卷下)。炳文稱自真定還都，於邯鄲道見楊柔姬題壁，略云妾家圃田，世族豪貴，及笄遠適真定。不幸半紀良人亡，飄然南歸。每臨當時食寓之地，逝而復甦者數矣。末云："因以拙句書之，亦不欲直見名氏，隱語以道焉。箕子狂，寬夫性，腹長空，麟之定。"下爲詩曰"憶昔鬟初合，離家千里征"云云，五言排律也。末爲杜儼長歌"君不見叢臺驛，圃田柔姬自題壁"云云。杜歌稱"柔姬姓楊"，乃自隱語繹出。今按：箕子狂，言箕子佯狂①，佯諧楊也。寬夫性，柔也。腹長空，飢也，飢諧姬也。麟之定，題也②。乃言"楊柔姬題"。柔姬題壁中云"反視三鄉佛寺所題，此有甚於彼矣。"杜歌亦云："君不見三鄉寺，昔時弄玉嘗題字。"按據唐范攄《雲谿友議》卷中《三鄉略》所載，會昌壬戌歲(二年，842)，有無名女子題於三鄉，繼和者頗多。陸貞洞編其詩序及和詩。序略曰余本若耶溪東，五換星霜從良人西入函關，寓居晉昌里第。不意良人已矣，邈然無依。東邁經曩昔譙笑之地，而精爽都失，遂命筆聊題。以翰墨非婦人女子之事，名字是故隱而不書，詩曰"昔逐良人西入關"云云。序後錄進士陸貞洞等和詩十一首。《雲谿友議》所記爲張君房《麗情集》所採，《類説》卷二九摘錄此條(今本譌作《三卿題》)，中有女子姓名隱語及李舒解隱語一節③，爲范書原無，不知係范書今本

①《論語·微子》："箕子佯狂爲奴。"
②《國風·周南·麟之趾》："麟之定，振振公姓。"毛傳："定，題也。"定、題，前額。
③隱語云"姓二九，下父後，玉無瑕，弁無首，荆山石，往往有"。李舒解曰："二九，十八也，十加八，木字，子爲父後，木下子，李字。玉無瑕，去其點也，弁無首，存其廾也，王下廾，弄字也。荆山石，往往有者，荆石多韞玉。當是姓李，名弄玉也。"

有闕抑或張書有增。《楊柔姬》敘三鄉乃據《麗情集》本。對照楊、李所題，何其相似，頗疑文人託楊柔姬擬三鄉之題耳。若果有柔姬其人，誠亦才女也。惟杜歌末云："儻能節死同邃穴，猶勝風月長相思。"乃見宋人道學之貌。又者，《青瑣高議》前集卷三《瓊奴題》，記太原瓊奴題壁，自云父業顯宦，嘉祐初父喪母死，流落趙家，見棄於主母。侍行過淮山驛，夜私出題壁，昔曾侍父過此也。後附王平甫（安國）詠瓊奴歌。此亦爲宦家女自哀不幸而題壁，詩人作歌以詠。《雲谿友議》三鄉之詠多爲七絶，一首五古，《青瑣高議》則爲長歌一首，此作機杼全同，或亦取焉。程毅中《宋元小説研究》於《楊柔姬》頗加賞歎，稱"文筆清麗，很有情采"[1]，洵具慧眼，本書確賴此篇生色，故余詳説如上云。

---

[1]《宋元小説研究》，南京：江蘇古籍出版社，1998，第48頁。

異夢記

節存。北宋穆度撰。傳奇文。

穆度，字次裴。青州（今屬山東）人。徽宗政和四年（1114）爲潁州沈丘主簿。

《夷堅支癸》卷二《穆次裴鬥雞》載：穆度字次裴，政和四年爲潁州沈丘主簿，赴宴不食雞臛，問其故，答曰：平生好鬥雞，雞鬥敗而拔毛致死。夢爲二皂衣追去，遇金冠七道人，一道人謂曰：“汝生於酉，雞爲相屬，何得殘暴如是？今訴於陰司，決不可免。”度乞放還人世，當設醮謝過。道人敕二吏釋之，遂寤。經歲未償，復夢二童來攝，到官府七道人責之。度求放還，亟延道流設醮。自是以後不敢食雞。七道人者乃北斗七星所化，穆氏素所奉事，故來救護。洪邁引述此事而云：“穆作《異夢記》，具述所睹。”記當作於政和四年或稍後。明仁孝皇后徐氏《勸善書》卷一二據《夷堅支癸》採之，有刪節。

此作宣揚佛家不殺生之義及報應之說。宋人此類作品頗多，大抵爲當事人現身說法，以懲戒世俗。作爲小說，大率鮮所成就。

張文規傳

存。北宋吳可撰。傳奇文。

吳可,臨川(今江西撫州市)人。哲宗元祐六年(1091)馬涓榜進士[1]。

《夷堅乙志》卷四載《張文規》一篇,末注:"臨川人吳可嘗作傳,文規之孫平傳之。"傳文頗長,約一千八九百字,當少有刪節。略云:英州司理參軍張文規,元祐七年(1092)雪冤獄當得京秩,爲郡守所抑,只遷臨川丞,紹聖四年(1097)赴任。明年感疾病昏,逾月方蘇。自言爲冥吏召入冥府對證英州勘獄事,因雪活十人,延壽一紀。遊地獄見一女囚十二娘,女請文規歸撫州後爲白知州許朝散,爲營功果救拔生天,文規恐有遺忘,書臂以志。復生後臂字猶存,遂聞其事於許朝散,十二娘者乃其兄之女。明年文規致仕,至大觀二年(按:據傳文,當爲三年)年七十八,夢羽衣來,云向所增壽已足數,因英州斷婦人曹氏案又添半紀。至政和四年(1114)方卒,年八十三。《說郛》卷九七洪邁《夷堅志陰德》載此,汪季清家藏明抄殘本標目爲《張文規爲善增壽》,文字有異。

① 據《撫州府志》卷四二《選舉志》。按:兩宋間亦有名吳可者,即《藏海居士集》、《藏海詩話》作者。字思道,金陵人。大觀三年(1109)進士,宣和末官至團練使,責授武節大夫致仕。南渡後流寓新安等地。見郭紹虞《宋詩話考》。北京:中華書局,1979,第52—53頁。

　　作品叙事委曲,枝節頗多。當作於政和四年之後數年内。
《皇朝仕學規範》卷三一《陰德》、《爲政善報事類》卷八引《夷堅
志》、明仁孝皇后徐氏《勸善書》卷一一採入此篇,《爲政善報事
類》後半删節頗劇。

羅浮仙人傳

節存。北宋鄭總撰。傳奇文。

鄭總，英州（治今廣東英德市）人。

《夷堅甲志》卷一五載《羅浮仙人》，末注"英州人鄭總作傳"。元趙道一《歷世真仙體道通鑑》卷五一《藍喬》與此文同，末亦云："英州人鄭總作傳。"蓋轉録自《夷堅甲志》。《夷堅志》採録前人記傳，大都加以縮略，此傳當係節文，非原傳。

傳文稱："潮人吳子野遇之（藍喬）于京師，方大暑，同登汴橋買瓜。"按吳子野名復古，潮州揭陽人。《東坡後集》卷一五有《祭吳子野文》，作於元符三年（1100）十二月。《東坡集》卷二〇《遠遊庵銘并序》、《東坡續集》卷一二《北海十二石記》亦皆爲吳子野而作。鄭俠《西塘集》卷三亦有《吳子野歲寒堂記》。《北海十二石記》作於元祐八年（1093），中稱"熙寧己酉歲（二年，1069），李天章爲登守，吳子野往從之游"。藍喬與吳子野同時，亦神宗、哲宗時人。傳末云"母壽九十七而終"，以熙寧末藍喬母六十歲計，終時已到徽宗政和間。傳稱藍喬"循州龍川人"，據《宋史》卷九〇《地理志六》，循州龍川宣和三年（1121）改曰雷鄉，紹興元年（1131）復舊，然則此傳似作於宣和三年前，約政和間（1111—1118）也。據凌郁之《洪邁年譜》（上海古籍出版社，2006），紹興十七年洪邁父洪皓謫英州安置，洪邁從行，十八年十一月洪邁爲福州教授，英州鄭總所作此傳當得於此間。當時洪邁正撰《夷堅甲志》，遂採之。

　　傳文所寫乃藍喬成仙事。藍喬母陳氏禱於羅浮山而孕，臨産夢仙鶴集其居。藍喬年十二能詩文，相者謂有奇骨："仕宦當至將相，學道必爲神仙。"喬願學道，辭母去，歸而已有長生術。自稱羅浮仙人，於洛陽升天，時仙鶴成群來迎。徽宗好道，影響所及，談仙成風。此類作品多爲真實人物，拘泥於事實，可稱者寡也。

　　藍喬事，《輿地紀勝》卷九一《龍川縣·仙釋》引《夷堅志》、《惠州府志》卷一五《雜志》引《龍川志》、卷五《人物志·仙二》等方志書亦載。《輿地紀勝》、《惠州府志》頗略，後書事有異。《羅浮山志會編》卷五《人物志·仙二·宋》所記較詳，乃節録《歷世真仙體道通鑑》。又《古今譚概》靈蹟部三十二《藍喬》，亦記事略。

勸戒録

佚。北宋卞洪撰。志怪集。一題《勸戒集》。

卞洪,字中大。徽宗重和元年(1118)前後爲梓州通泉縣令①。

本書未見著録。李昌齡《樂善録》卷七引"吕琦",末注"卞中大《勸戒録》",記五代吕琦報恩於趙玉,而其子吕餘慶參宋

---

① 北宋李新《跨鼇集》卷一六《潼川府修城記》:"潼川城廢圮久不治,守土吏未嘗過而問焉。元豐中吴幾復苟完之,又四十年矣。風雨剥蝕,土漫泞不收,斷裂窪凹,癙瘠骨立。……廉訪使者林公按視之,喟然歎曰……他日,狀其事疏于上前,上美其奏,特隆宸諭,詔帥臣徽猷閣學士、瀘南安撫使龐公,選官括其役。龐公啓畫便宜,詮吏度費,條具以聞。上命轉運使盧公、提點刑獄蒲公都大提舉修築。……聖訓旦下,盧公趣至潼川,與蒲公計議……蒲公呼十邑長戒之曰……"又卷一三《進潼川府修城圖狀》:"臣等恭承政和八年五月日御筆訪問,梓州(按:重和元年升爲潼川府)城壁並無樓櫓舍屋,官司玩習,殊失備禦。守臣未欲重行黜責,仰本路帥臣差官同本州當職官檢計,責立近限修立,令轉運司疾速應副財用,徽猷閣學士、瀘南安撫使龐某具畫,一聞奏奉。聖旨特差臣盧某、臣蒲某充都大提舉修築。……於重和元年十月二十四日興役,至二年三月初十日畢工。"徽宗政和八年(1118)五月下詔修築梓州城,重和元年(1118)十月(按:政和八年十一月方改元重和,此用改元後年號)興役,二年三月竣工。元豐中吴幾復曾修城,以元豐元年(1078)計,到重和元年正四十年。梓州轄十縣(《宋史·地理志五》),蒲公所戒十邑長中有通泉令卞洪,則卞洪重和元年前後爲梓州通泉縣令。

初大政，吕端位致宰相事，末又記趙師旦拒賊死，其妻棄兒不死事。又卷一○"張孝師"條，記唐吳道子畫地獄變相事，云"卞洪中大又因而收入《勸戒集》中"。本書採摭舊聞而成，内容則勸善戒惡，殊不足稱。

屠牛陰報録

節存。北宋闕名撰。傳奇文。一題《殺牛勸戒録》。

南宋李昌齡《樂善録》卷二云："景世庠至陰司，見囚徒甚衆。一沙門地坐，前列簿書，斥世庠曰：'汝本應富壽，坐殺牛三百，七啖犬肉，今當貧夭。'世庠曰：'食犬有之，而牛實未嘗殺。'沙門曰：'汝爲里正，里中殺牛而汝不禁，與汝殺何異？姑還警世。'越明年復卒。"末注出處爲《屠牛陰報録》。下條又引《王公石刻》云："提刑許公洎、運使王公蕃，宣和初以築事會于思。偶及巴峽殺牛成風，王出《殺牛勸戒録》示許。許見景世庠事，瞿然曰：'是吾之責也！'"觀此，本篇又名《殺牛勸戒録》，作於北宋宣和以前。

古代耕作賴牛，官府恒有禁屠牛之令。如《後漢書》卷四一《第五倫傳》：倫爲會稽太守，"有妄屠牛者，吏輒行罰"。《晉書》卷七八《張茂傳》："殺牛有禁"。《梁書》卷二六《蕭琛傳》：琛爲吳興太守，"禁殺牛解祀，以脯代肉"。《魏書》卷七上《高祖紀》：延興五年（475）"禁殺牛馬"，又卷九《肅宗紀》：熙平元年（516）"重申殺牛之禁"。《舊五代史》卷三〇《後唐莊宗紀》：同光元年（923）"禁屠牛馬"。而在宋代，於屠牛亦屢有禁令，《續資治通鑑長編》卷八七載，真宗大中祥符九年（1016），"詔自今屠耕牛及盜殺牛罪不至死者，並繫獄以聞，當從重斷"，又卷一五九載，仁宗慶曆六年（1046），"故祕書監致仕龔曙之孫屢犯屠牛法"，又卷三二五載，神宗元豐五年

（1082），上曰"民間殺牛，法所當治"。小説之言屠牛獲報亦恒見，如《青瑣高議》後集卷三《程説》，冥王謂程説云："牛本施力養人者，無罪殺之，汝當復其命，仍生異道。"本篇雖以佛教陰報爲旨，然於保護耕牛乃有益焉。

褒善録一卷

佚。北宋王蕃撰。傳奇文。

王蕃,字觀復。青州益都(今山東青州市)人。仁宗宰相、沂國公王曾之裔。哲宗元符中官閬中,時黃庭堅謫居戎州,王蕃多寄書尺,從山谷問學。《豫章黃先生文集》卷一九有《與王觀復書》三首,即黃庭堅答書。又卷二六有《題王觀復所作文後》,卷三〇有《跋歐陽元老王觀復楊明叔簡後》、《跋砥柱銘後》,《跋砥柱銘後》稱"營丘(青州)王蕃觀復,居今而好古,抱質而學文,可望以立不易方,人不知而不慍者也"。建中靖國元年(1101)山谷離戎,王蕃自京師改官入蜀,會山谷於荆州。《山谷詩集注》卷一四《和王觀郊洪駒父謁陳無己長句》、《以古銅壺送王觀復》,卷一五《戲答王觀復酴釀菊二首》,皆作於此時。① 王蕃紹聖、元符間與唐庚亦有交遊,唐庚有《送王觀復序》(《眉山唐先生文集》卷二七)。政和二年(1112)途經涪州,觀石魚而刻石留題②。重和元年(1118)至宣和初(1119)爲廣西轉運使③。二年爲左司員外郎④,三年爲户部侍郎⑤。

---

① 以上參見黃䇓《山谷先生年譜》卷二七、卷二八。
② 見《八瓊室金石補正》卷八三《涪州石魚題刻》,末署沂國王蕃。
③ 見李昌齡《樂善録》卷二引《王公石刻》及《宋史》卷一八六《食貨志十八》。
④ 見《宋史》卷一六一《職官志一》。
⑤ 見《宋史》卷一七二《職官志十二》。

　　《郡齋讀書志》小説類著録《褒善録》一卷，叙云：“右皇朝王
蕃撰。嘉祐中巴縣簿黄靖國死而復蘇，道其冥中所見。廖生嘗
傳之，蕃删取其要爲此書。”《通考》同。廖生乃廖子孟，作《黄靖
國再生傳》，黄庭堅曾作《廖袁州次韻見答并寄黄靖國再生傳次
韻寄之》一詩（《山谷外集詩》卷一〇），時在元豐五年（1082）①。
李昌齡《樂善録》卷二引《王公（蕃）石刻》云：“提刑許公洎運使王
公蕃，宣和初以築事會于思（按：思州），偶及巴峽殺牛成風，王出
《殺牛勸戒録》示許。”按《殺牛勸戒録》即《屠牛陰報録》（參見此
録叙録），可見當時王蕃頗重釋氏報應之説。其删取廖傳，或亦
在宣和前後也。

---

① 見《山谷先生年譜》。

采異記一卷

節存。北宋宋汴撰。志怪集。

宋汴，不詳何人。

此書不見著録。《説郛》卷六五節録三條（《伏龜山鐵銘》、《石匣》、《銘記》），注一卷，題宋汴。①《三洞群仙録》卷二〇引《韓泳策蹇》一條。《説郛》三事全係五代徵應事。《銘記》記沈彬卜葬，事又載陶岳《五代史補》卷四、張君房《乘異記》。《伏龜山鐵銘》又見於《宋朝事實類苑》卷四七引録（未具出處）。此事時及宋初，中云"戊寅年淮海王錢氏舉國入覲"，乃太宗太平興國三年（978）。又云甲戌年（974）南唐國破，時"潘太師美統兵于城北"，潘美太平興國四年加檢校太師②。《韓泳策蹇》記古成之遇仙人韓泳並修道事，此事又詳載於《水樂大典》卷一〇八八九引《惠州府惠陽志》，文詳，當即採自本書。云雍熙三年（986）古成之充廣州鄉薦，省試落第。端拱二年（989）擢進士，淳化三年（992）除校書郎。張詠出知成都，辟知綿州魏成縣，咸平五年（1002）再辟知漢州綿竹。一夕留詩，擲筆而逝。後發其棺，但遺靴一雙，尸解而去。中云"陳文惠公自潮倅移守是邦"，陳文惠公

①《重編説郛》弓一一八收入《説郛》本而妄題作宋陳達叟。南宋咸淳九年（1273）刊《百川學海》收有陳達叟《本心齋疏食譜》一卷。《草堂詩餘》前集卷下收其詞二首。《全宋詞》第五册小傳云："陳達叟，宋末人。"

②見《名臣碑傳琬琰集》下集卷一《潘武惠公美傳》。

即陳堯佐,慶曆四年(1044)卒,諡文惠①。又云:"今子孫或居梅州,或居惠州河源立溪鄉,居於梅州有名黄者,擢宋紹聖元年(1094)第,官至五品,乃其四世孫也。"時已至哲宗朝。據此,本書似作於徽宗朝。所記全爲異事,故以"采異"名書。

① 見《宋史》卷二八四《陳堯佐傳》及《仁宗紀》。

續樹萱録一卷

佚。北宋闕名撰。傳奇集。

本書著録於《文獻通考經籍考》小説家,引容齋洪氏《隨筆》曰,見洪邁《容齋隨筆》卷一六《續樹萱録》,云:"頃在祕閣抄書,得《續樹萱録》一卷。其中載隱君子元撰夜見吳王夫差,與唐諸詩人吟詠事。李翰林詩曰:'芙蓉露濃紅壓枝,幽禽感秋花畔啼。玉人一去未回馬,梁間燕子三見歸。'張司業曰:'緑頭鴨兒咂萍藻,采蓮女郎笑花老。'杜舍人曰:'鼓鼙夜戰北窗風,霜葉沿階貼亂紅。'三人皆全篇。杜工部曰:'紫領寬袍漉酒巾,江頭蕭散作閒人。'白少傅曰:'不因霜葉辭林去,的當山翁未覺秋。'李賀曰:'魚鱗甃空排嫩碧,露桂梢寒挂團璧。'三人皆未終篇。細味其體格語句,往往逼真。後閲《秦少游集》,有《秋興》九首,皆擬唐人,前所載咸在焉。關子東爲秦集序云:'擬古數篇,曲盡唐人之體。'正謂是也。何子楚云:'《續萱録》(按:當作《樹萱録》,見下)乃王性之所作,而託名他人。'今其書才有三事,其一曰《賈博喻》,一曰《全若虛》,一曰《元撰》。詳命名之義,蓋取諸子虛亡是公云。"

按晚唐無名氏著《樹萱録》一卷,《類説》卷一三節録十三條,他書亦有引,乃志怪小説集,此書續之,宋人多相混淆。《許彦周詩話》云:"元撰作《樹萱録》載:有人入夫差墓中,見白居易、張籍、李賀、杜牧諸人賦詩,皆能記憶,句法亦各相似。最後老杜亦來賦詩,記其前四句云:'紫領寬袍灑酒巾,江頭蕭散作閑人。秋

風有意吹蘆葉，落日無情下水濱。'嗟乎！若數君子皆不能脫然
高蹈，猶爲鬼耶？殊不可曉也。若以爲元撰自造此辭，則數公之
詩尚可庶幾，而少陵四句非元所能道也。"許顗所言乃《續録》，稱
元撰作大誤，元撰乃《元撰》中人物，入夫差墓見鬼者也。何薳
（字子楚）《春渚紀聞》卷五《雜記·古書託名》云："世傳《龍城記》
（按：當作《龍城録》）載六丁取《易説》事，《樹萱録》載杜陵老、李
太白諸人賦詩事，詩體一律。而《龍城記》乃王銍性之所爲，《樹萱
録》劉燾無言自撰也。"何薳所云《樹萱録》亦是《續樹萱録》之誤。

　　秦觀《秋興》九首今見《淮海後集》卷四，所擬爲韓退之、孟
郊、韋應物、李賀、李白、玉川子、杜子美、杜牧之、白樂天九人。
與《元撰》相較，詩句相合，只是原無張籍，《元撰》所載張司業二
句，實在擬李白詩中。洪邁未明言秦觀詩與本書孰爲先後，胡仔
《苕溪漁隱叢話》後集卷三二引《許彦周詩話》，又云："余閱《淮海
後集》，秦少游有《秋興》九首，皆擬古人，如韓退之、李賀、杜牧
之、白居易、李太白、杜子美、玉川子、孟郊、韋應物。内擬子美詩
云：'紫領寬袍漉酒巾，江頭蕭散作閑人。悲風有意摧林葉，落日
無情下水濱。車馬憧憧誰道義，市朝袞袞共埃塵。覓錢稚子啼
紅頰，不信山翁篋笥貧。'前四句與《樹萱録》同，竟誰作邪？"乃疑
而未決。今按《元撰》所載諸詩皆不完備，顯然是剿自秦集《秋
興》九首而斷其章句。秦觀卒於元符三年（1100），而《許彦周詩
話》作於南宋建炎二年（1128），是則本書必成於徽宗朝二十餘年
間。何薳謂劉燾無言作，劉燾元祐三年（1088）進士，蘇軾門
生①，與秦觀同時，又同在蘇門，必不至於竊秦詩入己書。洪邁

────────

① 《萬姓統譜》卷五六："劉燾，字無言。宋劉誼次子。未冠遊太學，與陳伯
　亨稱爲八俊。元祐三年蘇軾知貢舉，稱其文章典麗，必巖谷間苦學者，
　遂中甲科。尤善書，筆勢遒勁，黄庭堅曰：'江左又生一羊欣矣。'在館中
　召修閣帖十卷。有遺文五十卷，號《見南山集》。"

引何薳語，又誤爲王銍（字性之）作。胡應麟《少室山房筆叢》卷三七《二酉綴遺下》云："《樹萱録》宋王銍性之撰"，乃以譌傳譌。同書《四部正譌下》中又云"劉燾無言補之"，乃又取何説，自相矛盾如此。

　　本書三篇，觀題目皆虛構之作。"元撰"者意即玄撰，玄元義可通，且元字正可作姓。玄訓虛無，則虛造杜撰之意。"全若虛"、"賈（假）博喻"亦然，乃效仿唐人小説《玄怪録》之元無有、《東陽夜怪録》之成自虛者也。且《元撰》一篇寫衆鬼墓中吟詩，與《元無有》、《東陽夜怪録》等亦復相似。本書只三篇，篇幅當較長，傳奇之作也。雖曰《續樹萱録》，實與《樹萱録》之志怪體迥異。本書規撫唐人，以小説而見文趣、諧趣，極具姿色，惜書已失傳。

古今前定録二卷

佚。北宋尹國均編。志怪集。

尹國均，事跡不詳。

《郡齋讀書志》小説類著録《古今前定録》二卷，叙云："右皇朝尹國均輯經史子集古今之人興衰窮達、貴賤貧富、死生壽夭，與夫一動静、一語默、一飲一啄，定於前而形於夢、兆于卜、見於相貌、應於讖記者，凡一門，以爲不知命而躁競者之戒。至若裴度以陰德而致貴，孫亮以陰譴而減齡之類，又別爲二門。使君子不以天廢人云。"《通考》據此著録。

按南宋委心子宋氏《分門古今類事》，自序與《讀書志》所叙（當據尹氏自序）相較兩相契合，而最末二卷爲《爲善而增門》（卷一九）、《爲惡而削門》（卷二〇），前門中有《裴度還帶》（注出《摭遺》）①，後門中有《孫亮減壽》（《十萬卷樓叢書》本脱注出處，《四庫全書》本誤作《紀異録》），是則宋氏書乃本書之擴充，並原序亦竊之。②

明陳第《世善堂藏書目録》史類"語怪各書"曾著録尹國均《古今前定録》二卷，知明世猶存，但今不見傳。從序中可知，原書有裴度、孫亮二事，其中孫亮一事，南宋李昌齡《樂善録》卷三亦引，注《前定録》，即本書省稱。其餘内容當亦在《古今類事》

①《樂善録》卷二亦引《摭遺》。
② 參見《分門古今類事》叙録。

中,但已不可分辨。《孫亮減壽》言孫亮治平末(1067)卒,本書所引劉斧《摭遺》約成於哲宗元符中(1098—1100),而晁公武《郡齋讀書志》編定於紹興二十一年(1151)[1],故疑本書編於徽宗朝。

---

[1] 衢本《郡齋讀書志》(門人姚應績編)有紹興二十一年晁公武自序。

玉華侍郎記

佚。北宋闕名撰。傳奇文。

洪邁《夷堅乙志》卷一一《玉華侍郎》載莆田人方朝散夢入玉華宮，知己爲玉華侍郎事，末云："先君頃於鄉人胡霖卿（涓）處得此事。亦有人作記甚詳，久而失去。詢諸胡氏子及婺源人，皆莫知，但能道其梗槩如是。今追書之，復有遺忘處矣。"按方朝散夢入仙宮，時在政和初（1111），"時年六十有二，後不知所終"。先君乃洪邁父洪皓，卒於紹興二十五年（1155）①，則自鄱陽同鄉胡涓處得此事在紹興二十五年前，而胡涓當親見無名氏記，此記已"久而失去"，因而無名氏此記似作於北宋末。原目不知，姑擬如題。

《永樂大典》卷七三二八《玉華侍郎》，引《夷堅志》。《廣豔異編》卷三僊部據《夷堅志》輯入，題《玉華侍郎傳》。

記云方朝散（失其名）政和初爲歙州婺源宰，病熱困卧聞天樂，爲女童所引，騰雲入"太華之宮"，有長髯道士來拜。道士自稱乃碧落洞玉華宮莫真君，爲方説其前事。原來方乃唐武后時冀州人，能文，因救疫有陰德，死後上帝召入白玉樓，即李賀作記之處，

---

① 《建炎以來繫年要録》卷一六九：紹興二十五年十月，"左朝奉郎、主管台州崇道觀洪皓卒於南雄州，年六十八"。《宋史》卷三七三《洪皓傳》云："死後一日，檜（秦檜）亦死。"秦檜卒於紹興二十五年十月，見《宋史》卷三一《高宗紀八》及卷四七三《姦臣傳》。

拜爲修文郎,繼又命爲玉華侍郎。因恃才祜寵,爲衆所嫉,遂受謫。後與侍女宋道華相戀,皆謫墮人世。道華生蜀中,而方生閩中。方登第,爲邵武判官,帝命召還,爲言者所阻。近又有詔,待一紀後復召還故處,故遣莫真君前來達意。宋道華先已歸正,與莫同來。方始憬然不知,漸有所省。莫、宋去後,遂寤。即召會丞尉及子孫,歷道所見。遂申郡乞致仕,時年六十二,後不知所終。

　　無名氏所記,可能聞於方某本人。方某年六十二才宰一縣,官朝散郎①。“能屬文,而嗜酒不檢”,恃才傲物,此其不得升遷之故也。假託神仙之說,意在抒其鬱悶。然即在仙界,亦因才高遭嫉,屢遭貶謫,足見其幽憤之深。本篇不似通常之侈言神仙者,或惑溺於道教,或自神以欺世,乃在一瀉現實遭遇之憤慨,及表達“人世紛綸,真可厭苦”之出世情懷,與夫古來深受道家思想影響之懷才不遇之士、寂寞牢落之徒,精神一脈相通。惜原作已佚,而其作者竟亦湮沒不聞矣。

---

① 據《宋史》卷一六九《職官志九》.北宋元豐後所定文散官,朝散郎從七品上。

賢異録一卷

佚。北宋闕名撰。傳奇集。

紹興初編《祕書省續編到四庫闕書目》小説類著録《賢異録》一卷，注闕，不著撰人。《直齋書録解題》小説家類亦有著録，云："亦無名氏。所記四事，其一曰《鬼傳》者，言王靚家子弟所遇，與世傳王子高事大同小異，當是一事耳。"《通考》據此著録。

按王靚乃王迴（字子高）之祖（見王明清《玉照新志》卷一）。胡微之作《芙蓉城傳》，叙王子高遇合仙女周瑤英事，《鬼傳》所記亦此。餘三事不詳。疑是北宋後期人作。曰"賢異"者，蓋賢士名人之異事也。

鴛鴦燈傳

節存。北宋闕名撰。傳奇文。

南宋陳元靚《歲時廣記》卷一二《上元下·約寵姬》,引《蕙畝拾英集》云:"近世有《鴛鴦燈傳》,事意可取,第綴緝繁冗,出於閭閻,讀之使人絶倒。今一切略去,掇其大概而載之。云天聖二年(1024)元夕,有貴家出遊,停車乾明寺①側。頃而有一美婦人,降車登殿。抽懷袖間,取紅峭帕裹一香囊,持於香上,默祝久之。出門登車,擲之于地。時有張生者,美丈夫貴公子也,因遊偶得之,持歸玩。見紅帕上有細字,書三章。其一曰:'囊香著郎衣,輕綃著郎手。此意不及綃,共郎永長久。'其二曰:'囊裏真香誰見竊,絲紋滴血染成紅。殷勤遺下輕綃意,好付才郎懷袖中。'其三曰:'金珠富貴吾家事,常渴佳期乃寂寥。偶用至誠求雅合,良

---

① 原作慈孝寺,下文作乾明寺。《醉翁談録》壬集卷一《紅綃密約張生負李氏娘》作乾明寺,注:"據《太平廣記》云慈孝寺。"《太平廣記》實無此事。按:《宋東京考》卷一四《寺》:"乾明寺,在城内安業坊席箔巷。始建未詳,周顯德四年賜名。燬於金兵。"又:"慈孝寺,在雷家橋西北,尚太宗女駙馬都尉吳元扆宅也。天聖二年,詔建寺奉真宗神御。初議名慈聖,時太后號有此二字,以賜今名。金末兵燬。"《宋史》卷九《仁宗紀一》載,天聖二年十一月,加上真宗謚。百官上尊號曰聖文睿武仁明孝德皇帝,上皇太后尊號曰應元崇德仁壽慈聖皇太后。是知慈孝寺之建成當在天聖二年十一月稍前,而《鴛鴦燈傳》載貴家婦於天聖二年元宵遊寺,時慈孝寺猶未建成賜名,當以乾明寺爲是。

媒未必勝紅綃。'又章後細書云：'有情者得此物，如不相忘，願與妾面，請來年上元夜於相藍①後門相待，車前有鴛鴦燈者是也。'生嘆咏之久，作詩繼之。其一曰：'香來著吾懷，先想纖纖手。果遇贈香人，經年何恨久。'其二曰：'濃麝應同瓊體膩，輕綃料比杏腮紅。雖然未近來春約，也勝襄王魂夢中。'其三曰：'自得佳人遺贈物，書窗終日獨無寥。未能得會真仙面，時賞囊香與絳綃。'翌歲元宵，生如所約，認鴛鴦燈，果得之。因獲遇乾明寺，婦人乃貴人李公偏室，故皆不詳載其名也。"

《蕙畝拾英集》不詳何人作，宋元書目皆不載。《文淵閣書目》卷一〇月字號第二廚《詩詞》著録《蕙畝拾英集》一部一册（注闕），列在《花蕋夫人詩》下、《朱淑真詩集》上。《歲時廣記》卷二一、卷二八、卷三五尚引該書三條，即鄱陽護戎女、資陽士人妻、錦官官妓事。《雋永録》（《説郛》卷三〇）引一條，乃吳給事女事②。《天中記》卷二〇、《捧腹編》卷五、《宋豔》卷一引趙清獻公抔妓一條。《青泥蓮花記》卷一三引《李師師》，作《蕙圃拾英録》。《永樂大典》卷二二六五、卷一三三四四引二條，即張熙妻王氏作西湖曲、介甫示文淑及文淑次韻詩。據清文廷式《純常子枝語》卷四，《大典》卷一四三八九引韓擇中妻馬氏、郭晦妻、黃公舉妻三事，卷五一五七引蜀婦田氏詩。③

以上十三條，皆爲宋代才女事。屈原《離騷》："余既滋蘭之

---

① 相藍，原作相籃，據《醉翁談録》壬集卷一《紅綃密約張生負李氏娘》改。按：相藍，即大相國寺。藍，伽藍，佛寺也。

②《捧腹編》卷五亦引《蕙畝拾英集》，《天中記》卷二六引《蕙畝拾英集》、《雋永録》。

③《純常子枝語》云："《蕙畝拾英集》，《宋史·藝文志》著録。余從《永樂大典》中集得數條，大抵皆婦人詩也。（原注：亦有一二條録男子詩，兹不悉載。）具録於後，備續《玉臺》者採擇焉。張熙妻王氏作西湖曲《菩薩蠻》……（《永樂大典》卷二千二百六十五）馬氏詞：余嘗聞馮上達教授云：曩在京，見友人韓擇中親老貧甚，久不得志。其妻有詩寄云：'力戰文場不可遲，正當（轉下頁注）

九畹兮，又樹蕙之百畝。"《蕙畝拾英集》書名本此。《青泥蓮花記》作蕙圃，誤。其中《李師師》云師師京都名妓，見寵于宋徽宗而私與周邦彥昵甚，事在宋徽宗時。《歲時廣記》卷三五所引《號詞客》載錦官（成都）官妓詞客事，中云"蔡尹因重九令賦詞"，又云"王帥繼鎮，聞其名"。據《北宋經撫年表》卷五，蔡京元祐七年（1092）知成都，紹聖元年（1094）刑部侍郎王覿繼代，可見事在哲宗時。"趙抃"條云："清獻帥蜀日，有妓戴杏花，清獻喜之。"（《天中記》）據《北宋經撫年表》，趙抃帥蜀在英宗治平元年至四年（1064—1067），而其卒則在元豐七年（1084），諡清獻，見《宋史》卷三一六本傳。"吳給事女"條云："後歸華陽陳子朝，名儒也。"據《永樂大典》卷三一四五引《元一統志》，陳子朝名賓，字子朝，臨邛人，元豐進士，曾抗論蔡京奸惡。人物事件可考者皆在北宋，最晚者在徽宗時，故疑《蕙畝拾英集》成於兩宋間。《鴛鴦燈傳》事在仁宗天聖中，而《蕙畝拾英集》稱"近世有《鴛鴦燈傳》"，殆出北宋後期也。

　　《醉翁談錄》壬集卷一負心類載有《紅綃密約張生負李氏娘》，所叙正爲此事，末云見《太平廣記》。《廣記》無此文，且《廣

（接上頁注）捧檄悦親闈。要看鵲噪凌晨樹，莫使人譏近夜歸。'蓋近時有聞《登第曲》云：'鵲噪凌晨樹，鐙開昨夜花。'而唐杜羔妻聞羔下第詩云：'良人的的是奇才，何事年年被放回。而今妾面羞君面，君若歸時近夜來。'故用此二事激之。韓得詩，益勤膃几。翌歲登科，馬氏復作五十六字寄之，止記頷聯云：'果見金泥來報喜，料無紅紙去通名。'末句云：'歸遺直須青黛耳，畫眉正欲倩卿卿。'唐人初登第，以泥金帖子報喜于家。裴思謙登第後，以紅箋名紙謁平康。歸遺乃東方朔事，畫眉，張敞事，卿卿，王渾妻事。其該洽如此。（卷一萬四千三百八十九）白紙詩：士人郭暉，因寄安問，誤封一白紙去。細君得之，乃寄一絶云：'碧紗窗下啓緘封，片紙從頭徹尾空。應是仙郎懷別恨，憶人長在不言中。'（同上。此卷尚有黃公擧妻詩，以其詞近褻，故不錄，其書則甚佳。）蜀婦田氏，嘗有詩云：'桂枝若許佳人折，須作人間女狀元。'（卷五千一百五十七）"

記》編成於太平興國三年(978)，不可能載入天聖中事。南宋説話人常借《太平廣記》、《翰府名談》以指文人稗集，蓋亦如此然。① 其叙事頗詳，約三千餘字，然與《蕙畝拾英集》所節比勘，前半亦有删削，並非全文。《蕙畝拾英集》所節則只故事前半，以後曲折猶多。大意是：次年元宵前一日晚，張生相候於相藍後，遣綃女乘挂雙駕鵪燈車來，女約明日復來。次晚女來，云來日在此相候。明夜女扮尼乘車而來，共宿乾明寺。生詢其族氏，女言乃節度李公偏室，李公年老，以此爲恨。二人聽尼計，夜奔蘇州。經三載，家財爲張生揮霍一空。生父知秀州，欲歸，盟誓而別。生到秀州，居行首梁越英店。偶遇舊蒼頭，言其父頗怒之，若歸不許入門。生無計，越英願充下妾，資以財富，生貪色利，遂負李氏。李氏尋夫到秀州，知生再婚，抵門痛責，越英亦責生負心。三人共爭，遂告於包公待制。判娶李氏爲正室，越英爲偏室。按《蕙畝拾英集》所引，男子只稱張生，女並姓亦無，《醉翁談録》本結尾處却稱作張資，於其女則稱李氏，實是其原夫節度李公之姓。意者此非版本之異，蓋《醉翁談録》據南宋話本所改耳。

此傳雖叙才子佳人，然市民氣息濃厚，擲綃覓偶，二女爭夫，皆具市民趣味。語言通俗淺近，不事彫琢。其稱張生爲“張官人”、“張解元”，稱張父爲“張大夫”，純爲市井稱謂。末寫三人在秀州訟於包公待制，時在天聖六年，而包拯天聖五年(1027)方登進士第，皇祐二年(1050)才除天章閣待制②，亦不聞官於秀州③。

①《清平山堂話本·五戒禪師私紅蓮記》，事在英宗治平年間，然末云“雖爲翰府名談，編入《太平廣記》”，其誤與此正同。蓋説話人誇揚之詞也。
② 見《隆平集》卷一一《樞密》及《續資治通鑑長編》卷一六八。
③ 查《宋史》卷三一六《包拯傳》、《隆平集》、《名臣碑傳琬琰集》下集卷六、《東都事略》卷七三、《續資治通鑑長編》、《古今紀要》卷一八、《宋名臣言行録》前集卷八、《孝肅包公奏議》等，無包拯知秀州之記載。

《宋史·包拯傳》云："人以包拯笑比黄河清，童稚婦女亦知其名，呼曰包待制。京師爲之語曰：'關節不到，有閻羅包老。'"此傳憑空擡出包待制，一同宋代話本戲曲，正見俚俗手段。可見鴛鴦燈故事誠"出於閭閻"者，而由民間文人敷寫成傳。雖屬文言傳奇，實與話本小説精神相通。《蕙畞拾英集》譏其"綴緝繁冗，出於閭閻，讀之使人絶倒"，乃正統文人之偏見。要之，此傳在北宋傳奇中別開生面，自張一軍，佳制也。《全唐詩》卷八〇〇輯入李節度姬《書紅綃帕》二首（附張生和姬詩）、《會張生述懷》一首，誤爲唐人。

　　《醉翁談録》甲集卷一《小説開闢》著録傳奇類話本中有《鴛鴦燈》一本，可見此傳在南宋已由説話人改編爲話本。同時還改編爲南戲，錢南揚《宋元戲文輯佚》輯《張資鴛鴦燈》佚曲十八支，張生曰張資，殆是話本戲曲增飾，《醉翁談録》本即據此而改。明熊龍峰刊小説四種之《張生彩鸞燈傳》及《古今小説》卷二三《張舜美元宵得麗女》，其入話亦演此傳，但未叙負心事，張生不作張資，觀其文蓋據《醉翁談録》。《張生彩鸞燈傳》正話之情事，實亦模擬《鴛鴦燈傳》。明徐應秋《玉芝堂談薈》卷六《御溝題葉》、《一見賞心編》卷四奇逢類《落霞女》、《情史》卷三私情類《李節度使姬》，載此事事略，乃據《醉翁談録》。清俞樾《茶香室三鈔》卷二三《鴛鴦燈傳》，則據《歲時廣記》述其梗概。

北窗記異一卷

佚。北宋闕名撰。志怪傳奇集。

《宋志》小說類著録《北窗記異》一卷,注“不知作者”。南宋賈似道《悦生隨抄》(《説郛》卷一二)引《北窗記異》“犬心化石”、“人羊”二事①,《情史》卷九情幻類引《黄損》,末云事見《北窗志異》②,當爲一書。佚文可考者只此三事。“犬心化石”云:“舅氏慈公遠好記異事,一日遠來相訪,言任丘縣友人養惡犬甚猛。”“人羊”云“頃在寧州真寧縣”,下文言及縣令張元弼、主簿尹良臣。三人皆名不見經傳,無法據以判定作者時代。但任丘縣(莫州州治)及寧州真寧縣皆屬北宋,北宋亡淪爲金國之地,可見作者是北宋人。

《悦生隨抄》所引二事文字簡短,即有所節略亦不會太長,志怪而已。《黄損》則長達二千數百字,純爲傳奇家數。故事寫唐末秀才黄損與賈人女裝玉娥悲歡離合事,而以玉馬墜爲關紐。略謂黄損家有玉馬墜,被一老叟索去。黄損應聘爲荆襄守帥記室,舟行遇賈女裝玉娥,互相愛慕,約定會於涪州。至期,玉娥所

---

① 《悦生隨抄》所引,前事未注出處,後事注《北窗記異》。按同書所引《師友談記》(北宋李廌撰)郭子儀、范蜀公二事,亦只後事注出處(今本闕載),而郭子儀事正在今本《濟南先生師友談記》中,知其注引書乃以後包前。體例如此,非前事出處闕焉。

② 《古今圖書集成·閨媛典》卷三五九、《古今閨媛逸事》卷四情愛類《玉馬姻緣》亦引,文字無甚不同,蓋轉引《情史》。

乘舟纜斷爲水漂去,幸被薛媼救起。薛媼乃妓女薛瓊瓊假母,黄損曾與瓊瓊相狎,後入宮供奉。薛媼攜玉娥入長安,欲待來歲試士時偵訪黄損。有胡僧來,授玉娥玉馬墜,令佩之。黄損遍訪玉娥,老僧指點其赴京應試,當有報命。黄損及第,授金部郎。時呂用之柄政,黄損疏其不法,呂被免官。閑居求姬妾,劫得玉娥。欲行無禮,有白馬從床上躍起嚙之,呂遂不敢再入其室。呂求胡僧禳妖,僧令將玉娥轉贈仇人以移禍。呂遂贈與黄損,有情人終成眷屬。夫妻供玉馬拜之,馬忽躍入雲際,老叟跨之而去。作品情節複雜,叙事委曲,文筆清秀曉暢,表現黄、裴"一片有心人"之真摯愛情,鞭撻邪惡勢力。北宋傳奇,此爲佳什也。

故事演化自五代無名氏《鐙下閑談》卷上《神仙雪冤》。原爲商人劉損事,中和四年(884)劉損至揚州,其妻裴氏被呂用之所奪,有虬鬚叟化形入呂宅,逼令呂送還劉妻。此易劉損爲黄損,而以裴氏爲裴玉娥,虬鬚叟則演爲胡僧、老叟。黄損本是五代人,後梁龍德二年(922)進士,後仕南漢劉龑,《五代史補》卷二、《歷世真仙體道通鑑》卷四三①、《南漢春秋》卷三、《南漢書》卷一〇、《十國春秋》卷六二均有其傳。此以爲唐人,且應制通籍,授金部郎,頗悖於史實。呂用之亦無在朝柄政之事,據《新唐書》卷二二四下《叛臣傳下》,呂乃淮南節度使、渤海郡王高駢心腹,駢以軍事屬之,遂弄權自任。《鐙下閑談》云呂用之在維揚日,佐渤海王,擅政害人,則得其實。所寫玉馬墜變化,乃本唐余知古《渚宮舊事》所載劉宋時荆州刺史沈攸之愛妾馮月華玉馬佩顯靈事②。薛瓊瓊見張君房《麗情集》(《類説》卷

---

① 《真仙通鑑》列爲神仙,曾慥《集仙傳》(《説郛》卷四三)亦以爲五代成道之士。
② 今本闕載,《姬侍類偶》卷上有引,題《月華玉馬》,文簡。《太平廣記》卷四〇一亦引,題《沈攸之》,但誤注出《宣室志》,後人輯《宣室志》,遂從而輯之,載於今本卷六。《宣室志》皆唐事,不當載有先唐事。《廣記》明沈與文野竹齋鈔本無出處,清陳鱣校本作《廣古今五行記》,是也。

二九《麗情集·薛瓊瓊》、《歲時廣記》卷一七《賜宮娥》引），云是
教坊第一箏手，選入宮中，明皇賜與崔懷寶爲妻。黃損所作詞
"生平無所願"云云，乃取崔懷寶所作。《麗情集》皆採唐宋作品，
薛瓊瓊事當出自唐人手。黃損故事是劉損故事在流傳過程中演
變而成，作者根據民間流傳加工創作而成此文。

　　易劉損爲黃損者，或與《五代史補》所載有關："先是，損嘗學
於廬山，與桑維翰、宋齊丘相遇，每論天下之務，皆出損下，損亦
自負。居無何，同遊五老峰，路遇磐石，因憩歇。頃之，有叟長嘯
而至，亦憩於側，損等皆不悦。既而叟指桑維翰、宋齊丘曰：'公
等皆至將相，各不得其死。'次指損曰：'此子有道氣，可以隱居。
若求名宦，不過一方從事爾。宜思之。'損甚怒，叟曰：'休戚之數
定矣，吾先知者，何怒耶？'三人始異之。將再問其事，此叟不顧
而去。其後皆然。"黃得異叟言其宿命，劉得虬鬚叟助其獲妻，均
以老叟爲關目。且黃損傳爲得道成仙者，見曾慥《集仙傳》及《真
仙通鑑》，可見其異聞固傳於民間也。

　　此作極富戲劇性與傳奇色彩，故盛傳於後世，屢被演爲戲
曲、話本。《醒世恒言》卷三二《黃秀才徼靈玉馬墜》，明王元壽
《玉馬墜》傳奇（《遠山堂曲品·能品》），佚名《玉馬緣》傳奇（《曲
錄》五），清劉方《天馬媒》傳奇（《古本戲曲叢刊三集》），路術淳
《玉馬佩》傳奇（康熙展譴齋刊本），張堅《玉獅墜》傳奇（《玉燕堂
四種曲》），皆本此事而又增飾關目。

剗玉小説

佚。北宋闕名撰。志怪集。

本書不見著錄。《緑牕新話》卷上《金彦遊春遇會娘》,注出《剗玉小説》[1]。按浙江剗溪以藤造紙,稱作剗藤、剗紙,極爲名貴。唐李肇《國史補》卷上:"紙則有越之剗藤苔牋……"舒元興《悲剗溪古藤説》(《文苑英華》卷三七四):"歷見言書文者,皆以剗紙相夸。"皮日休《二遊詩》:"宣毫利若風,剗紙光於月。"(《松陵集》卷一)皇甫枚《非煙傳》云非煙寫詩於金鳳牋酬趙象,象又以剗溪玉葉紙賦詩以謝。剗玉,即指剗紙,言其潔白如玉。"剗玉小説"者,謂書於剗溪玉葉紙之小説,言其華美也。

故事云金彦、何俞出城西遊春至王太尉錦莊,有李會娘來,相與飲酒。次年清明金彦重尋舊約,見會娘而攜歸。一日何俞、金彦訪錦莊,忽遇老嫗哭,云會娘自與二人同飲錦莊後得疾而死。彦歸詰會娘,會娘方言已死久矣。按北宋開封城外西南有王太尉園[2],所謂王太尉錦莊即此。此爲北宋故事,本書可能亦

---

[1]《宮闈聯名譜》卷五引此事出《夷堅志》,誤。

[2] 孟元老《東京夢華録》卷六《收燈都人出城探春》:"收燈畢,都人爭先出城探春。州南則玉津園外學,方池亭榭。玉仙觀轉龍灣西去,一丈佛園子、王太尉園……"袁褧《楓窗小牘》卷下:"汴中園囿亦以名勝當時……州南則玉津園,西去一丈佛園子、王太尉園、景初園。"周城《宋東京考》卷一〇《園》:"王太尉園、一丈佛園子,俱在城西南。"

作於北宋。

　　《醉翁談録》卷一《小説開闢》著録小説話本，煙粉類中有《錦莊春遊》，即演此事。洪邁《夷堅甲志》卷四《吳小員外》，寫趙應之、趙茂之兄弟與吳小員外春日遊金明池，吳慕當壚女而挑之。明年春訪，母言女已卒。歸而復遇女，女言父母欲君絶望，詐言我死。女徙居城中，吳留宿其家。情節極頗似，疑演自會娘故事。《情史》卷一〇情靈類有《李會娘》，取自《緑牕新話》。

異事記一卷

佚。北宋僧惠汾撰。志怪集。

僧惠汾,不詳何人。

《祕書省續編到四庫闕書目》小説類著録僧惠汾《異事記》一卷,注闕。按宋高宗紹興初祕書省編定《四庫闕書目》與《續編到四庫闕書目》①,知本書爲北宋書。佚文不存。

---

①《玉海》卷五二《藝文·淳熙中興館閣書目》云:"紹興初,再改定《崇文總目》、《祕省續編四庫闕書》。"《直齋書録解題》目録類亦云:"《祕書省四庫闕書目》一卷,亦紹興改定。其闕者,注闕字於逐書之下。"

録異誠一卷

佚。北宋董家亨（一作童蒙亨）撰。志怪集。

董家亨（童蒙亨），不詳何人。

《祕書省續編到四庫闕書目》小説類著録董家亨《録異誠》一卷，注闕。《通志略》傳記類冥異屬亦有目，唯稱童蒙亨撰。字形相近，未詳孰是。當是北宋作品，佚文不存。觀書名，蓋報應之説。

近異録一卷

佚。北宋楊牧撰。志怪集。

楊牧，不詳何人。

《祕書省續編到四庫闕書目》小説類著録楊牧《近異録》一卷。佚文未見。當是北宋作品。所記爲近世異事也。《隋書》卷三三《經籍志二》雜傳類著録《近異録》二卷，劉質撰。本書書名仿之。《重編説郛》弓一一八收《近異録》四則，題宋劉質，乃僞書，詳見《存目辨證》。

心應録七卷

　　佚。北宋闕名撰。志怪集。

　　《祕書省續編到四庫闕書目》小説類著録《心應録》七卷，注闕，不著撰人。當是北宋書，南宋初世已罕傳。觀書名蓋爲佛教感應之説。佚文不存。

姚氏紀異一卷

佚。北宋姚氏撰。志怪集。

姚氏，名不詳。

《祕書省續編到四庫闕書目》小説類著録《姚氏紀異》一卷，注闕。當是北宋作品。佚文不存。

勸善録一卷

佚。北宋闕名撰。志怪集。

《祕書省續編到四庫闕書目》小説類著録《勸善録》一卷，不著撰人。按北宋周明寂、王古（敏仲）各有《勸善録》六卷，此無名氏一卷之本，非同一書。本書當亦出北宋。佚文不存。

異龍圖一卷

佚。北宋闕名撰。志怪集。

《祕書省續編到四庫闕書目》小説類著録《異龍圖》一卷,注闕,不著撰人。當是北宋作品。專叙異龍之説,當有圖相配,故名。佚文不存。

數術記一卷

佚。北宋闕名撰。志怪集。

《祕書省續編到四庫闕書目》小説類著録《數術記》一卷,注闕,不著撰人。葉德輝按云:"《宋志》算術類有徐岳《術數記遺》一卷,《崇文目》作《數術記遺》,疑即此書。"按書名不同,且此在小説類,似非一書。古凡卜筮、占候、命相等皆稱數術,又作術數,此書當叙數術異聞。佚文不存。

廣物志十卷

佚。北宋闕名撰。志怪集。

《祕書省續編到四庫闕書目》小説類著録《廣物志》十卷，注闕，不著撰人。當是北宋作品，載諸種異物，博物體志怪也。佚文不存。

大禹治水玄奥録一卷

節存。北宋闕名撰。傳奇文。

《祕書省續編到四庫闕書目》小説類著録《大禹治水玄奥録》，《通志略》地里類川瀆屬作一卷，俱不著撰人。《玉海》卷一五《地理書》引《書目》（即《中興館閣書目》）云："《大禹治水玄奥録》一卷，不知作者。叙《禹貢》治水本末。"《宋志》地理類亦有著録，云"不知作者"。

此作明世猶存，陳士元《江漢叢談》卷一《宛委》云："嘗讀《禹穴紀異》及《墉城集》、《大禹治水玄奥録》，皆言禹導岷山，至於峽中，實爲上古鬼神龍蟒之宅。見禹至，護惜巢穴，作爲妖怪，風沙晝瞑，迷失道路，禹乃仰空而歎。俄見神人，狀類天女，授禹《太上先天呼召萬靈玉篆之書》，且使其臣狂章、黄麾、大醫、童律爲禹助。禹於是呼吸風雷，役使鬼神，驅逐龍蟒，始能治水。"徐應秋《玉芝堂談薈》卷二三《宛委山》亦載此節文字，蓋取陳書。①

大禹治水神話，古來記述極多，載於《禹本紀》、《山海經》、《國語》、《荀子》、《楚辭·天問》、《尸子》、《吕氏春秋》、《淮南子》、《吴越春秋》、《拾遺記》等，唐五代人記之者則有李公佐

---

① 《全蜀藝文志》卷三七馬永卿《神女廟記》："今按《禹穴紀異》及杜先生《墉城集仙録》載：禹導岷江，至于瞿唐，實爲上古鬼神龍蟒之宅。……"所云亦本陳書。

《古嶽瀆經》、杜光庭《墉城集仙錄》等。《江漢叢談》所引《墉城集》，即《墉城集仙錄》。卷三《雲華夫人》一篇（《太平廣記》卷五六有引）載王母第二十三女雲華夫人名瑤姬者，授禹策召百神之書，命其神狂章、虞余、黄魔、大翳、庚辰、童律等助禹治巫山之水。此作當綜合古來諸書所記而成。

虎僧傳一卷

佚。北宋闕名撰。傳奇文。

《祕書省續編到四庫闕書目》小說類著錄《虎僧傳》一卷，不著撰人。當出北宋。《太平廣記》所引《傳奇·馬拯》（卷四三〇）、《原化記·柳并》、《高僧傳·僧虎》（並卷四三三）等，皆爲僧化虎或虎化僧故事，此傳亦同類題材。

則天外傳

佚。北宋(?)闕名撰。傳奇文。

南宋尤袤《遂初堂書目》雜傳類著録《則天外傳》，無撰人、卷數。疑出北宋。傳不見傳，佚文未見①。所記乃武則天遺事，當如《楊太真外傳》然，組織舊事而成也。唐人書記武則天事跡者特多，《豔異編》卷一〇《武后傳略》，即博採諸書，纂爲一傳，《情史》卷一七又删取其要，題爲《唐高宗武后》。《稗家粹編》卷三有《武媚娘傳》。

---

① 清王初桐《奩史》卷九《女主》："唐人目武后時爲牝朝。"注《則天外傳》。
　按：明楊慎《秋林伐山》卷一三《牝朝》："唐人目武后之世爲牝朝。"此當取自《秋林伐山》，注《則天外傳》者，當誤。

楊貴妃遺事二卷

佚。北宋（?）岷山叟撰。傳奇文。

岷山叟，姓名不詳，當爲蜀人，隱居岷山者也。

《宋志》傳記類著録《楊貴妃遺事》二卷，注：“題岷山叟上。”《遂初堂書目》雜傳類亦有目，無撰人、卷數。此書元代尚存。元耶律鑄《雙溪醉隱集》卷四有《題楊貴妃遺事》，詩云：“玉笛聲沈玉漏長，玉環心事夜來香。如何更飾金訶子，卻比無言睡海棠。雙鳳撫雲留翠輦，九龍伏雨去蓮湯。千秋萬古嵬坡夢，應繞新臺怨壽王。”

按：飾金訶子事，北宋高承《事物紀原》卷三《訶子》引《唐宋遺史》：“訶子，本自唐明皇楊貴妃作之，以爲飾物。貴妃私安禄山以後，頗無禮，因狂悖指爪傷貴妃胷乳間，遂作訶子之飾以蔽之。”睡海棠事，北宋僧惠洪《冷齋夜話》卷一引《太真外傳》（按：即樂史《楊太真外傳》，今本闕）：“上皇登沈香亭，詔太真妃子。妃子時卯醉未醒，命力士從侍兒扶掖而至。妃子醉顏殘粧，鬢亂釵橫，不能再拜。上皇笑曰：‘豈是妃子醉，真海棠睡未足耳。’”蓮湯，華清宮温湯。嵬坡，即馬嵬坡，楊妃縊處。“怨壽王”，玉環原爲壽王妃，故云。

《施註蘇詩》卷一三《章質夫寄惠崔徽真》註引《楊貴妃遺事》：“太液池有千葉白蓮，帝指妃示左右曰：‘何如我解語花？’”事本王仁裕《開元天寶遺事》卷下《解語花》。

此作當亦綴合舊事而成，與《楊太真外傳》相同。楊妃生於蜀，作者亦蜀人，故述其遺事。題岷山叟上者，上於朝廷也。

異聞録

佚。北宋(?)闕名撰。志怪集。

南宋李昌齡《樂善録》卷八引《異聞録》一則,記賀姓者以屠爲業而知爲善,一日遇得道者戒其殺生,並授其術。賀感悟而學道,後果有成。文中無紀時,當爲宋事。疑書出北宋。

他書亦有引《異聞録》者。《詩話總龜》前集卷一四引蜀王建時楊義方爲詩事。《古今合璧事類備要》別集卷四一引《蠟帛丸雜果中》①,乃唐李希烈娶竇良女事,即《太平廣記》卷二七〇《竇烈女》,原出《樊川集》,今見《樊川文集》卷六,題《竇列女傳》。卷四六引《能致之否》,乃道士董元素致柑事②。卷四九引《埋鐵其下》③,爲桑道茂事,原出《宣室志》卷一。以上多非異聞,出處有疑。又者,唐陳翰《異聞集》或作《異聞録》,李玫《纂異記》宋人或亦稱《異聞録》。凡此均非本書。

---

①《全芳備祖》後集卷九亦引,《事類備要》當據《全芳備祖》。《孔帖》卷九九、《錦繡萬花谷》後集卷三七亦引,無出處。
②《全芳備祖》後集卷三亦引,作《異聞》。
③《孔帖》卷一〇〇亦引,無出處。

陰戒録

佚。北宋（？）闕名撰。志怪集。

本書不見著録。《樂善録》卷三引有《陰戒録》一則，云："艾彦明綽有鄉行，事神甚謹，祈禱輒應。一日祀以太牢，神乃不降，且曰：'牛有功於民，非祀天不殺，吾何敢享？'時刑部賈若水聞之，遂嚴戒不食。有三婢舊在雇主家無歲不病疫，至公家乃不病。梓州路連歲疾疫，及公爲提刑，力勸人不食，屠者皆令改業，牛自斃者瘞之，疫疾爲衰。"按艾彦明及梓州路提刑賈若水[①]，其爲何時人不詳。《樂善録》編成於隆興二年（1164），多引北宋書，故疑本書亦出北宋。全書所記蓋爲報應事，以佛家之説戒世，故名《陰戒録》。

[①]《續資治通鑑長編》卷二八二載：神宗熙寧十年（1077），京東轉運司言：萊蕪縣巡檢左班殿直賈若水坐以功贖過免勒停。此爲武吏，當非一人。諸路提刑在熙寧初以後皆用文臣，不再參用武臣，見《宋史》卷一六七《職官志七》。

因果録

佚。北宋（?）闕名撰。志怪集。一題《因果記》。

《樂善録》卷二記某試官私放舉人及第而受陰譴事，末注《因果録》，又卷三記李氏家老妮子秋婆因耗費財物而受陰譴事，末注《因果記》，當爲一書。記、録同義，古每通用。《隋書·經籍志》雜家類、《舊唐書·經籍志》雜傳類、《新唐書·藝文志》小説家類曾著録《因果記》十卷，兩《唐志》稱劉泳撰。此爲先唐書，而本書佚文有"磨勘"、"通判"、"倅"等宋代職官名詞，乃宋人之同名書。本書以佛教因果報應爲旨，故名《因果録》。

惡戒

佚。北宋（?）闕名撰。志怪集。

本書不見著録。《樂善録》卷三、卷四引"余林"、"楊詢"兩條。"余林"記吏人余林因"行事但取快意目前"而受陰譴轉世爲犬子，"楊詢"記丹陽縣令楊開暴橫，門下客楊詢明知其非而"一切讚嘆"，遂受陰譴中惡疾而斃。皆爲惡報事，全書當大率如此，故名《惡戒》。所涉人物皆無考，《樂善録》成於南宋隆興二年（1164），所引宋人書多出北宋，疑爲北宋人作。

明仁孝皇后徐氏《勸善録》卷一、卷一八採入余林、楊詢事。

第四編　南宋前期

（1127—1162）

寶櫝記十卷

佚。南宋(？)闕名撰。志怪集。一題《歷代寶櫝記》。

《宋志》小説類著録《寶櫝記》十卷，注"不知作者"。原書不傳，佚文檢得十四則。南宋洪遵《泉志》卷一一《外國品中》引一則："《寶櫝記》曰：晉太康中，因墀國進玉錢千緡，其形如環，重十兩，上有'天壽永吉'之文。"史鑄《百菊集譜》卷三引一則："《寶櫝記》云：宣帝異國貢紫菊一莖，蔓延數畞，味甘，食者至死不饑渴。"《王狀元集註分類東坡先生詩》卷一一《九月十五日邇英講論語》劉子翬注引一則："《歷代寶櫝記》曰：酒泉郡，其地有泉，味如酒。"羅泌《路史》及羅苹注引十一則：《前紀》卷二《九頭紀·泰皇氏》注："《寶櫝記》云：斯頻國石室中有三皇石像，皆龍形，長六丈，天皇十二頭，地皇十一頭，人皇九頭。"《後紀》卷一《禪通紀·太昊》注："《寶櫝記》：王子年云，以木德王，故曰春皇。太昊氏居東方，叶于木德，故曰木皇。"又注："《寶櫝記》云：帝女游于華胥之淵，感地而孕，十二年生庖羲，長頭修目，龜齒龍唇，白毫委地。或曰歲，歲星十二年一周也。"又注："《寶櫝記》云伏羲審地勢，定山川，是矣。"《後紀》卷五《疏仡紀·黄帝》注："《寶櫝記》云：黄帝以戊巳日生，故以土王。"《後紀》卷七《疏仡紀·少昊》注："見《拾遺》、《寶櫝》等記曰：星娥，一作皇娥，處於璇宫夜織，撫桑桐梓琴，與神童更倡。"又注："《寶櫝記》謂有山屈如龍，妄矣。"又注："《寶櫝記》一曰窮桑氏，一曰金寶氏，一曰桑丘氏，是爲白帝。"《後紀》卷八《疏仡紀·高陽》注："《寶櫝記》云一曰八神，一曰八力，一曰八英，言神力英明也。又《記》云：夢日則生子八，夢日而生八子，故曰夢。"《國名紀》卷丙《高陽氏後》："《遠遊》章句、《寶櫝》等記，西皇所居，乃在西海之津。"

觀佚文，所記皆爲上古及後世祕事，故以"寶櫝"爲名，謂寶櫝祕笈也。記事皆取古書，以後秦王嘉《拾遺記》爲多，春皇木皇取自卷一《春皇庖犧》，皇娥、山屈如龍、窮桑氏取自同卷《少昊》，八神取自同卷《高辛》，因墀國進玉錢、酒泉取自卷九《晉時事》，酒泉又見《水經注·河水》，西皇取自東漢王逸《楚辭章句·遠遊》。

北宋書未見引《寶櫝記》，最先引者乃洪遵《泉志》。《泉志》自序作於紹興十九年（1149），故疑本書殆成於南宋初。

明人曾造僞書《寶櫝記》一卷，載顧元慶編刊《顧氏明朝四十家小説》、《廣四十家小説》、《續説郛》卷二〇、《五朝小説·皇明百家小説》，後又載於《古今説部叢書》二集、《説庫》，或題明餘姚滑惟善撰，或題明失名撰，或不著撰名。明《趙定宇書目》載《稗統》目録、《寶文堂書目》子雜、《紅雨樓書目》小説類並著録《寶櫝記》，《紅雨樓書目》作一卷，當即此本。載事三十一條，全取自後秦道士王嘉《拾遺記》，託名明人而又竊宋人書之名。明陳士元《江漢叢談》卷一《舜陵》、《名疑集》卷一所引《寶櫝記》即此本。《江漢叢談》有隆慶六年（1572）自序，知造於此前。滑惟善，不曉何人。

分定録

佚。南宋邵德升撰。志怪集。

邵德升，事跡不詳。

南宋吳曾《能改齋漫録》卷八《沿襲·定命論》云："東陽胡百能跋邵德升《分定録》云：'先君嘗言：人生所享厚薄，各有定分。世有以智力取者，自謂己能，往往不顧名義。殊不知皆其分所固有，初不可毫末加也。所可加者，徒得小人之名而不悟，悲夫！百能佩服斯訓，未嘗不以語舊朋也。'以上皆胡百能説。予按：宋顧凱（按：應作顗）之常以爲人稟命有定分，非智力所移，唯應恭己守道，信天任運。而闇者不達，妄意僥倖。徒虧雅道，無關得喪。乃以其意，命弟子愿①著《定命論》以釋之。乃知胡所説，凱（顗）之之意也。"胡百能，紹興十八年（1148）進士②。

張九成《橫浦心傳》云："頃嘗見邵德升《分定録》，凡神告夢讖，爲人耳目聞見者，歷數其詳，且以警貧愚不安分之人，喪廉恥圖僥倖以至死亡而不悔，于名教亦有補矣。然此理亦甚易曉，不學而求名，無貨而爲商，不耕而欲食，雖三尺之童知無此理。然其間亦有偶然成名，無貨得貨，遊手坐食，則往往舍其正而求其幸，苟其得而忘其生，忽其所不可而覬其所或可，此皆暗于理故

---

① 愿，原譌作原，今改。《宋書》卷八一《顧顗之傳》："乃以其意，命弟子愿著《定命論》。"
② 見《紹興十八年同年小録》。

耳。胡先生《序春秋説》有云：‘君子以義斷命，而不委之于命，以理合天，而不委之于天。’此説又有造化，不止于能安分而已。”（《宋元學案》卷四〇《横浦學案》）

薛季宣《浪語集》卷一一《跋分定録》：“人生紅樹花，一謝乃其分。春風儘摇蕩，剛恨分庭糞。先賢尚龍豢，缺月何灰暈。譬如陌上塵，要是非關運。仲尼示無咲，子路窮斯愠。此理未容言，呼兒課天問。”祝穆《方輿勝覽》卷四七《招信軍》：“皇朝沈晦，《分定録》云：晦赴省，至天長中，夢身騎大鵬，搏風而上，因作《大鵬賦》，以紀其事。已而果魁天下。”疑亦邵書。按：據《宋登科記考》卷八，沈晦徽宗宣和六年（1124）狀元，然則本書蓋作於南宋初。

北宋張君房著《科名定分録》七卷，又有闕名《唐宋科名分定録》三卷，皆爲科名分定之事，本書沈晦事亦爲科名夢定，然觀胡跋及張、薛二氏語，本書非限科名，廣記命定之事也。

塵外記三卷

佚。南宋洪炎撰。志怪集。

洪炎（1074—1133）[①]，字玉父[②]。洪州南昌（今屬江西）[③]人。舅黄庭堅。父民師，石州司法參軍[④]。與兄朋、弟芻、羽，俱以文詞名，世號“四洪”[⑤]。哲宗紹聖元年（1094）擢進士第[⑥]。爲穀城令，徽宗崇寧中坐元祐黨人貶竄[⑦]。復知潁上、譙縣，並有

---

① 洪炎《西渡詩集》卷下《遷居》：“從官三十載，故山凡幾歸。……我今六十老，豈不知前非。咨謀愚易捨，就列筋力微。竊食奉祠禄，永負《伐檀》詩。……”據《建炎以來繫年要録》卷六四，紹興三年（1133）四月載：“中書舍人、權直學士院洪炎，以足疾不能朝，罷爲徽猷閣待制、提舉萬壽觀。”此年六十，則生于熙寧七年（1074）。其卒在此年十一月，見《要録》卷七〇。參見李裕民《宋人生卒行年考》卷二，北京：中華書局，2010，第148—149頁。

②《豫章黄先生文集》卷一六《洪氏四甥字序》：“四甥之名曰朋、芻、炎、羽……朋之字曰龜父……芻之字曰駒父……炎之字曰玉父……羽之字曰鴻父。”陳騤《南宋館閣録》卷七《官聯上》：“洪炎，字玉甫。”按：甫，通“父”，男子美稱也。

③《館閣録》云豫章人。洪州又稱豫章郡。

④ 見清陸心源《宋史翼》卷二七《文苑二》。

⑤ 見《江西通志》卷六六《人物一·南昌府》、《宋史翼》。

⑥ 見《新修南昌府志》卷一七《選舉·科第》、《江西通志》卷四九《選舉》。《館閣録》云“畢漸榜進士出身”。畢漸紹聖元年狀元，見《宋會要輯稿·選舉七·親試》。

⑦ 見《江西通志》、同治《南康府志》卷一六《人物志》、《宋史翼》。（轉下頁注）

循政。① 累遷知郢州②。高宗建炎初(1127)除祕書少監,久不
至,紹興二年(1132)十月爲祕書少監。③ 十一月,兼權起居舍
人④。三年正月,守中書舍人⑤。三月,兼權直學士院⑥。四月,
以足疾不能朝,罷爲徽猷閣待制、提舉萬壽觀。五月,再乞外祠,
許之,提舉台州崇道觀⑦。十一月,卒於信州⑧,贈左通奉
大夫⑨。

　　洪炎著作,《江西通志》引《南昌耆舊記》云:"有《西渡集》。
嘗編列仙臞儒事跡三卷,號《塵外記》。又手録雜家小説,行於
世。"《南康府志》、《宋史翼》同。《西渡集》今存,又稱《西渡詩
集》。手録雜家小説,即《宋志》小説類著録之洪炎《侍兒小名録》
一卷,佚。宋末姚勉《雪坡舍人集》卷四一《書洪玉父奏藁後》云:
"寶祐癸丑(元年,1253),幸得與徽猷公四世子孫述爲同年生,暇

────────────

(接上頁注)按:洪炎兄弟未列入元祐黨人,其舅黄庭堅乃在黨籍。見《金
　　石萃編》卷一四四《元祐黨籍碑》。《宋史》卷一九《徽宗紀一》載:崇寧元
　　年(1102)九月,"籍元祐及元符末宰相文彦博等、侍從蘇軾等、餘官秦觀
　　等、内臣張士良等、武臣王獻可等,凡百有二十人,御書刻石端禮門"。
　　三年六月,"詔重定元祐元符黨人及上書邪等者,合爲一籍,通三百九
　　人,刻石朝堂"。
①見《江西通志》、《宋史翼》。
②見《南康府志》。
③見《要録》卷五九、《館閣録》。按:《江西通志》(引《南昌耆舊記》)、《宋史
　　翼》(引《南昌耆舊記》、《江西通志》)云"累官著作郎、秘書少監",《南康
　　府志》云"拜著作郎,尋遷祕書少監"。《館閣録》卷七著作郎、著作佐郎
　　中均無洪炎,云著作郎誤。
④見《要録》卷六○、《宋會要輯稿·職官二》。
⑤見《要録》卷六二、《館閣録》。
⑥見《要録》卷六三。
⑦見《要録》卷六四。
⑧見《要録》卷七○、《宋會要輯稿·禮四四·賻贈》。
⑨見《宋會要輯稿·儀制一一·尚書丞郎追贈》。

日出公在思陵時奏藁,某拜手讀曰:'噫!此前輩文章也,意忠實
而語精簡。今之葩華,其文以舉子策體爲奏對者,視此媿矣。'"
奏藁不存。

《塵外記》佚,佚文檢得三條。南宋高似孫《緯略》卷二《白瑤
宫》引帝成白玉樓召李長吉作記事。《天中記》卷一節引《宣室
志》、《塵外志》,題《白玉樓》。按:《廣記》卷四九引《李賀》,出《宣
室志》(唐張讀撰)。陳耆卿等撰《嘉定赤城志》卷一九《山水門·
臨海》、卷三五《人物門·道》及卷四〇《辨誤門》引蓋竹山許邁、
陳仲林等事,卷二二《山水門四·山·仙居》引括蒼成德隱元洞
天事。南宋《方輿勝覽》卷八《台州》亦引括蒼洞天事①。

《南昌耆舊記》云《塵外記》記列仙臞儒事跡,臞儒即隱士。
觀佚文,李賀條原出李商隱《李賀小傳》,蓋竹山條原出《真誥》卷
四《運象篇第四》,括蒼洞天條原出唐司馬紫微(承禎)《天地宫府
圖》(《雲笈七籤》卷二七)及杜光庭《洞天福地嶽瀆名山記》。是
則本書取舊籍神仙道士隱者事跡而成,故題曰"塵外"也。

---

① 明徐象梅《兩浙名賢録》外録卷一、《浙江通志》卷一六《山川八·台州
府·仙居縣》亦引此條。

陝西于仙姑傳

節存。南宋闕名撰。傳奇文。

南宋馬永卿《嬾真子》卷五云："王元道嘗言：《陝西于仙姑傳》云：得道術，能不食。年約三十許，不知其實年也。陝西提刑陽翟李熙民逸老，正直剛毅人也。聞人所傳甚異，乃往青平軍自驗之。既見，道貌高古，不覺心服。因曰：'欲獻茶一盃可乎？'姑曰：'不食茶久矣，今勉強一啜。'既食，少頃垂兩手出，玉雪如也。須臾，所食之茶從十指甲出，凝於地，色猶不變。逸老令就地刮取，且使嘗之，茶味如故。因大奇之。"王元道所言，蓋傳文之一事，非全文也。

南宋馬純《陶朱新録》亦載于仙姑異跡，稱作于真人，云"宣和間羽化于陝西，有《大洞真經》傳于世，真人所行術也"。曾慥《集仙傳》云："于仙姑，鳳翔人也。徽宗召至。"(《説郛》卷四三)《集仙傳》原書十三卷，《説郛》本乃摘録，文字頗簡。[1] 元趙道一《歷世真仙體道通鑑》後集卷六有《于仙姑》，乃採録宋人之作[2]，中云："宋徽宗聞之，召至東都，錫真人號。……欽宗靖康初，語

---

[1]《説郛》所録曾慥自序爲全文，作於紹興辛未，即紹興二十一年(1151)。
[2] 按：文中云："華山有石室，其深有玉函，中貯丹方。往聞人數求之，手捫玉函而不能啓。殆上清寶章，非有道者不可往。吾觀于氏女學道不嫁，已能辟穀，意者可以啓玉函焉，遂往請仙姑。"中用"吾"字，知採自成文。何人所作失考。

其徒曰：'吾將逝矣，後六十年當還。'已而遂化。"《集仙傳》所云十一字見於《真仙通鑑》，其所據當與《真仙通鑑》同源，皆出南宋初之無名氏所作。此傳所載與《陶朱新錄》、《真仙通鑑》情事不同，蓋作者自記聞見。

《宋會要輯稿·崇儒六》載："大觀元年二月二十九日，詔鳳翔府于仙姑特受靖真冲妙先生。"南宋楊仲良《皇宋通鑑長編紀事本末》卷一二七《徽宗皇帝·方士》亦載："大觀元年二月丙戌，鳳翔府于仙姑授清真冲妙先生。初草大觀元年四月一日詔，已差李璹賫御封香，往鳳翔府太平宮等處道場，因就宣召于仙姑赴闕。"于仙姑受封於大觀元年（1107），羽化於宣和間或靖康元年（1126），無名氏此作殆作於南宋初。

花月新聞

佚。南宋闕名撰。志怪傳奇集。

洪邁《夷堅支庚》卷四《花月新聞》云:"《己(原譌作巳)志》書姜秀才劍仙事,以爲舒人。今得淄川姜子簡廉夫手抄《花月新聞》一編,紀此段甚的,故復書之。貴於志異審實,不嫌復重,然大槩本末略同也。"下爲《花月新聞》所載事,略謂:姜廉夫祖寺丞未第時,肄業鄉校,偕同舍生出游神祠,睹捧印女子,塑容端麗,戲解手帕繫其臂爲定物。後女來姜家爲婦,與姜原妻歡如姊妹,而事姑甚謹,家人呼爲仙婦。居無何,女避厄他適。旋有道士來,言姜面色不祥,奇禍立至。道士以劍術救之,獲一髑髏,以藥化爲水。道士言與女子皆劍仙,女先與一人綢繆,遽捨而從姜,遂懷忿欲殺姜與女。道士與姜亦有宿契,故來相救。道士去而女歸,遂同室如初。姜母及妻相繼亡故,女撫育其子如己出。靖康之變,不知所終。末云:"廉夫後寓鄱陽而卒,厥孫曰好古,至今爲饒人(按:葉祖榮《新編分類夷堅志》作今在饒)。"

《花月新聞》此篇所記爲姜廉夫先祖事,故廉夫手抄其書。此事末及"靖康之變",事在北宋末(1126)。而《夷堅支庚》作於慶元二年(1196),其時姜廉夫已卒,唯其孫居於饒州(鄱陽),可見無名氏《花月新聞》所出較早。廉夫本淄川人,南渡後寓於鄱陽,與洪邁同鄉。但洪邁實得此書於呂大年(字德卿)[①],《支庚》

---

① 《夷堅支景》卷三《應夢寶塔》:"呂大年德卿欲訪《法華經》善本,久而未得。"

卷四末注："此卷皆呂德卿所傳。"蓋呂大年得於姜好古，而又傳於洪邁。《夷堅己志》亦載此事，書佚不詳。據葉祖榮《新編分類夷堅志》本，《支庚》之《花月新聞》，在"以爲舒人"下多二十二字："少孤，奉母寓河北。嘗與同輩謁龍女廟，睹侍女捧鏡奩者。"可見《己志》所記與《花月新聞》情事有異。

　　王明清慶元四年所作《玉照新志》，卷一亦記此事，略云：熙寧中，太廟齋郎姜適，淄川人。嘗從開封府覓舉還鄉，有婦人來願爲妾。逾年，忽有道人直造婦舍，婦一見掩袂大哭。道人語適云："子倘不遇我，禍有不可言者。此婦人劍仙也，始與其夫亦甚和鳴，終乃反目，婦易形外避。其夫訪於天下，今將迹至君家，來殺此婦，并及君焉。吾先知之，萬里來救君命。……"是夕三鼓後，忽窗中有二劍自飛入，盤旋於適頭前後，適如言瞑目安坐。天曉道士來，下視之，有人首，血流滿地。道人腰間瓢中取藥一捻布之，血化爲白水，人首與道人俱不見。次日婦人亦辭去。自此屏妻子，常往來鄂、杜之間，以藥餌符水療人，時人敬之。末云："其後孫處恭安禮所言如此。安禮君子人也，所言必不妄。"所叙情事亦有異，但亦得於姜氏後人，姜處恭與姜廉夫及姜好古當爲同宗旁系，皆所謂遇劍仙者之後也。[1]

　　清初褚人穫《堅瓠秘集》引《花月新聞》二條。卷一《木客》：

---

[1]《夷堅支景》卷四《姜處恭》載姜處恭遇俠事，中云："處恭字安禮，工爲詩，予前志書之。"前文已佚。葉適《水心先生文集》卷一四有《姜安禮墓誌銘》，姜處恭（1135—1193），字安禮。淄州長山人。六世祖昭範，昭範弟遵，樞密副使；曾祖筠，朝奉大夫，避亂於台州臨海；祖仲思，朝散郎、簽書南康軍判官；父訛，從政郎。二子輝、郶，進士。卷二五又有《朝奉大夫知惠州姜公墓志銘》，姜公乃姜處度（1136—1191），字容之，乃姜處恭再從弟。處度世系爲七世祖沼，右贊善大夫.沼生昭範、遵，昭範生從簡，從簡生希顏，知雍丘縣；希顏生筠，通判全州；筠生仲謙，廣東運副；仲謙生訛，寶文閣直學士。處度子爲注、郊、邦、鄲等。

"《花月新聞》:贛州興國上洛山有木客，形頗似人。自言秦時造阿房宮采木者，食木實，得不死。能詩，時就人間飲酒。此近乎仙者也。有客靜夜彈琴，有一人時來就聽，每夜聞琴必至。客疑之，中宵出其不意，忽以褌罩其首，急取火炙其面。其人强掙而脱。天曉尋之，見一老桑如人，樹頭有炙焦痕。伐其株，血濡縷出。此近乎怪者也。"卷二《金陵黥卒》:"《花月新聞》:金陵有黥卒，已脱軍籍，置卜肆於通衢，剖斷若神。一道士高冠侈袂，風儀甚整，來問卜。黥爲畫卦，起挽其衣曰:'吾於卦中，算得君是神仙，願垂救度。'道人頗窘，欲去不得，乃約同往旗亭貰酒。黥挽衣如初，並坐片時。行杯，道人含酒噀其面，黥驚而釋手，遽失所在。將拭面，覺光澤異常。酒家視之。黥文滅矣。"按:《太平御覽》卷四八引《輿地志》曰虔州上洛山多木客，似人，語亦如人。《能改齋漫錄》卷八《沿襲·還山弄明月》引徐鼎臣(鉉)《搜神記》(按:即《稽神錄》)云:"鄱陽山中有木客，秦時採木者。食木實，遂得不絕。時就民間飲酒，爲詩一章云……"《花月新聞》本此，客炙老桑怪事則新出。

　　《古今圖書集成·曆象彙編·乾象典》卷四二月部引《花月新聞》云:"建炎二年春，揚州一士人，緩步出西隅。遥見紅暈如赤環，自地吐出。徐行入觀，有機數張，經以素絲，女子四五輩組織。重花交葉之内，成字數行，第一行之首曰李易，稍空次，又有一人姓名，如此以十數。乃問之曰:'織此何爲?'對曰:'登科記也。到中秋時候知之。'是歲，高宗車駕南巡揚都，貢士雲集。至八月，始唱名放榜。第一名曰李易，其下甲乙之次，無一差易。始悟初春所届，蓋蟾宮云。"①按:此事即《夷堅支庚》卷九《揚州茅舍女子》，原出吳良史《時軒居士筆記》(參見該書叙錄)，文詳，《古今圖書集成》所引顯係節錄，疑出處誤。

_____

① 按:清秦嘉謨《月令粹編》卷一三《登科記》亦引，文同。

《坚瓠集》所引二條皆志怪體,《夷堅志》所引則爲傳奇。所記乃劍仙事,上承唐人劍俠小説,於宋人小説中頗開生面。所寫刀劍相撃,藥化髑髏,後世劍俠小説屢見之,見出其影響之跡。元林坤輯《誠齋襍記》卷下,明人輯《劍俠傳》卷四、《豔異編》卷二四、《情史》卷一九,均據《夷堅志》録入(《情史》題《劍仙》),《誠齋襍記》略有删節。此篇時及靖康之變(1126),觀此,書成似在南宋初也。

宣靖妖化録

節存。南宋孔儞撰。志怪集。

孔儞，開封（今屬河南）人。生世不詳。

本書未見著録。《説郛》卷四三選録《宣靖妖化録》三事，未注原書卷數，題宋孔儞，注大梁人，大梁即開封。清徐秉義《培林堂書目》子部鈔録陶九成（宗儀）《説郛》目録，譌作《宣靖妖花録》，題宋孔周，周字亦譌。《重編説郛》弓一一八取入《説郛》本，題《妖化録》，署宋宣靖，以宣靖爲撰名，大謬。宣靖者，宣和、靖康也。

所載三事，《花木之異》記宣和七年（1125）及靖康元年（1126）京城花木妖異事，《羊犬同群》記宣和五年犬羊妖異事，《鬼書》①記宣和末讖書事。此書當作於南宋初。宣、靖之際金兵南侵，京城人心動盪，故而妖言四起。陸游《老學庵筆記》卷九云："政和、宣和間妖言至多。"此書所記即爲"妖言"，反映出北宋滅亡前後士大夫之驚恐迷信心理。

---

① 此條《才鬼記》卷九亦引，題《寶籙宮鬼書》，蓋轉引自《説郛》。

林靈素傳

存。南宋耿延禧撰。傳奇文。

耿延禧（？—1136），開封（今屬河南）人。觀文殿大學士耿南仲子。徽宗宣和間，爲太學官，以其父在東宮，勢傾一時[1]。欽宗靖康初（1126）耿南仲爲門下侍郎，延禧除太常少卿[2]。遷中書舍人。金人南侵，父子力主割地議和。二年正月，加龍圖閣直學士，入康王趙構元帥府爲參議官，尋加樞密直學士、龍圖閣學士。五月康王即位南京（商丘）後，提舉萬壽觀，留行在，兼侍讀，復爲京城撫諭使副。因與主戰派李綱不和，乞知宣州。已而論者言其主和誤國，父子皆落職，延禧提舉江州太平觀。[3] 高宗紹興元年（1131），起爲徽猷閣待制，仍提舉太平觀。二年復龍圖閣直學士，三年知處州，五年爲龍圖閣待制。[4] 六年八月卒於温

---

① 見《建炎以來繫年要録》卷一五四。

② 翟汝文《忠惠集》卷一有《賜門下侍郎耿南仲辭免男延禧除太常少卿恩命不允詔》。據《宋史》卷二三《欽宗紀》，耿南仲拜門下侍郎在靖康元年。翟汝文此詔當作於爲翰林學士時，《宋史》卷三七二本傳載："欽宗即位，召爲翰林學士。"

③ 以上見《要録》卷一、卷三、卷四、卷五、卷七，參見《宋史》卷三五二《耿南仲傳》。又孫覿《鴻慶居士文集》卷二四《外制》有《中書舍人耿延禧除龍圖閣直學士》、《耿延禧充康邸參謀補子入右承務郎》。（按：此據《常州先哲遺書》本，延原譌作廷。《四庫全書》本作《耿廷（延）禧允康邸參謀補子義若承務郎》。）

④ 以上見《要録》卷四八、卷六一、卷六九、卷九六。綦崇禮《北海集》卷一三有《賜龍圖閣直學士、左朝奉大夫、知處州耿延禧乞除在外宮觀差遣不允詔》。

州，贈龍圖閣學士①。著《建炎中興記》一卷②，佚。

此傳見載於趙與時《賓退録》卷一，係全文，趙云："此耿延禧所作《靈素傳》也。靈素本末，世不知其全，故著之，不敢增易一字。"卷二亦提及《林靈素傳》，云："《林靈素傳》中，徽宗神霄夢亦此類。"《古今説海》説淵部別傳六十三取入《賓退録》文字，末題宋趙與時撰，但仍以《林靈素傳》爲題。《重編説郛》弓一一三、《舊小説》丁集又據《古今説海》載入。《逸史搜奇》壬集九《林靈素》亦據《説海》，不著撰人，删末"在京神霄玉清萬壽宮管轄、提舉通真宮林靈素"十九字。清趙魏《竹厓盫傳鈔書目》道家類著録《林靈素傳》一卷，宋趙與時撰，當即此本。明李濂《汴京勾異記》卷二《道士》載林靈素事略，末注"耿延禧撰傳節略"，蓋亦據《賓退録》。

林靈素温州人，晚年居住温州而終。趙與時云："今温州天慶宮有題銜云：太中大夫、沖和殿侍宸、金門羽客、通真達靈元妙先生、在京神霄玉清萬壽宮管轄、提舉通真宮林靈素。"即温州居住時所題。耿延禧卒於温州，此傳必是作於温州，故詳熟其事。據《建炎以來繫年要録》卷六九及卷八三，紹興三年（1133）至四年耿延禧知處州，卷九六載紹興五年十二月詔龍圖閣待制耿延禧等，令所在州賜田五頃，爲言官諫止，其所在州疑爲温州，次年八月即卒於温也。可見此傳當作於紹興五年或六年。傳文中有云"徽宗夢赴東華帝君召，遊神霄宮"，按徽宗於紹興五年崩於金五國城，七年九月凶問始至江南而上廟號徽宗③，其時耿延禧已卒，故此處"徽宗"必是後人所改。所改只此一處，其餘則皆稱"上"。

---

① 見《要録》卷一〇四。

② 見《直齋書録解題》雜史類、《宋志》故事類著録，《要録》多有引用。

③ 見《宋史》卷二二《徽宗紀四》。

　　傳文敘林靈素一生事蹟,主要記其作爲道士之宗教活動及道術,又頗述徽宗之崇道行爲。林之道術,記有治宮禁之怪,行葉靜能致太真之術,與衆僧鬪法,祈雨,治水等,又記呂洞賓訪林及葬後神異之事。情節皆簡,缺乏細緻誇張之描寫。作者對林之騙術及徽宗惑溺道教之昏昧,明顯持肯定讚揚態度,此與《宋史》卷四六二《方技傳下》本傳揭露林"欺世惑衆","恣橫不悛"恰正相反,見出作者鄙侫心理。

　　宋代神仙道教傳説中,道君皇帝宋徽宗略當唐明皇,圍繞徽宗有衆多道士女冠,皆具神異法術。僅據《歷世真仙體道通鑑》,即有劉跂子、黃知微、張虛白、劉卜功、劉元道、王秉文、劉混康、徐神翁(守信)、張潤子、劉益、魏二翁、王老志、榮陽、雍廣莫、皇甫渙、茴香道人、鄒葆光、龔元正、沈若濟、林靈蘁(即林靈素)、王文卿、虞真人、畢道寧、田端彥、水丘子、董南運、王吉、祝大伯、李思廣、于仙姑、張仙姑、陳瓊玉、吳氏等三十餘人。《宋史·方技傳》所載徽宗時道士亦有郭天信、魏漢津、王老志、王仔昔、林靈素五人。陸游《家世舊聞》卷下記有徐神翁、劉混康、王老志,而云:"自是,方士自言異術者相踵,而林靈素最後出,尤爲魁傑。"記其事頗詳。林靈素聲名最著,略當唐明皇時張果、葉法善、羅公遠輩。除《家世舊聞》,周煇《清波雜志》卷三、王明清《投轄錄》、廉布《清尊錄》、郭彖《睽車志》卷一、洪邁《夷堅志》等皆記有林靈素異聞,《夷堅志》所載尤多①。其中《清波雜志》及《夷堅丙志·林靈素》皆有祈雨事,與此傳不同。紹興十年趙鼎鑒於耿傳"旨趣淵深",不易普及,又重爲作《林靈蘁傳》,聚林事頗備(參見該傳叙録)。

　　綜觀耿、趙二傳及諸書所記,所謂異跡道術大都較平實,遠

―――――――――――

① 見《夷堅甲志》卷一《酒趓香龜》、《丙志》卷一五《種茴香道人》、卷一八《林靈素》、《志補》卷二〇《神霄宮醮》等。

不及唐明皇葉、張、羅輩之雲譎波詭，足以見宋代士人之求實心理、拘束性格及想象力之匱乏。《夷堅志‧神霄宮醮》記林靈素降仙，作者疑爲詐術，雖足以證其道術之僞，却也反映出宋人徵實態度對於藝術幻想之破壞。而在民間，情況有所改變，《大宋宣和遺事》卷上詳演林靈素之事，本篇所叙盡數取入，而又大加增飾。如本篇寫皇太子"令胡僧一立藏十二人，并五臺僧二人道堅等，與靈素鬥法。僧不勝，情願戴冠執簡。太子乞贖僧罪。有旨胡僧放，道堅係中國人，送開封府刺面决配，于開寶寺前令衆"。未叙鬥法事，趙傳則增出鬥法具體情節，《宣和遺事》雖於鬥法一仍耿傳，但下文增出五臺山寺長違命不從被拘，其徒作法興汴河之水，救出師父，平定水患，騰雲而去一大段情事，遂與耿、趙二傳所叙治水事連爲一體。此段情節不僅被大爲豐富化、完整化，且由抑佛揚道一變而爲揚佛抑道，並藉以抨擊"無道之君"宋徽宗。《宣和遺事》又叙徽宗夢與林靈素遊廣寒宮，則化自唐明皇故事。

何懀入冥記

節存。南宋何懀撰。傳奇文。

何懀（？—1147），字端卿[①]。資州内江（今屬四川）人[②]。徽宗大觀元年（1107）上舍釋褐[③]。靖康時爲兵部員外郎[④]，二年（1127）四月，權吏部員外郎[⑤]。三年（1133），爲左朝請大夫、成都府路提點刑獄公事[⑥]，五年八月，由尚書度支員外郎轉左司員

---

① 見《輿地紀勝》卷一五七《資州·人物》。

② 《夷堅志》只云資州人。雍正修《四川通志》卷三三及嘉慶重修《四川通志》卷一二二《選舉志·進士》注爲内江人，《内江縣志》卷三《選舉·進士》列有何懀（誤作懿，注："《通志》作懀"）。《建炎以來繫年要録》卷七一云："懀，資陽人也。"按：資陽縣爲資州治所，資州又稱資陽郡，此處資陽當指資陽郡，即資州。

③ 《内江縣志》："大觀元年丁亥上舍釋褐。"按：嘉慶重修《四川通志》云爲大觀三年己丑科賈安宅榜進士，民國《續修資州志》卷七《選舉志》同，注："石塔作大觀元年李邦彦榜。"《太平治蹟統類》卷二七："大觀元年六月癸酉，御集英殿，賜上舍生李邦彦、段拂等以下二十九人及第。"（《宋史》卷三五二《李邦彦傳》："入補太學生，大觀二年上舍及第，授秘書省校書郎、試符寶郎。"作二年誤。）作大觀三年疑誤。《宋登科記考》列在大觀三年。《宋史》卷一五五《選舉志》："（徽宗）崇寧三年（1104），遂詔天下取士悉由學校升貢，其州郡發解及試禮部法並罷。自此，歲試上舍，悉差知舉，如禮部試。"何懀即由太學上舍生考試合格而釋褐授官。

④ 見《輿地紀勝》。

⑤ 見《靖康要録》卷一二。

⑥ 見《要録》卷七一。郭彖《睽車志》卷三"楊虞仲"條載提刑何懀爲金堂縣尉令狐習作墓表，推其時間在紹興四年。

外郎，十月改太常少卿。① 六年七月，權尚書禮部侍郎，八月充集賢殿修撰、瀘南沿邊安撫使、知瀘州②。八年八月，升徽猷閣待制③。約十二年、十三年知潼川府④。十七年十一月卒，時爲徽猷閣待制、提舉江州太平宫⑤。

《夷堅志補》卷二四《何侍郎》載：何侍郎愨，資州人。後爲瀘南安撫使，有冥使來迎，請其斷獄。三日醒，云有婦人壞胞胎數百口，冥官久不能決，委其治之。何令其托生爲母猪，猶記判詞云云。末云："遂書本末，遍揭於邑里，以示懲戒世人也。"按此聞於趙有光，情事簡單，原文當較長。原題不知，姑擬如上。何愨知瀘在紹興六年八月至八年八月，此撰文之時。

————————

① 見《要録》卷九二、卷九四。南宋胡寅《斐然集》卷一三有《何愨度支員外郎制》、《何愨太常少卿制》。
② 見《要録》卷一〇三、卷一〇四，《宋會要輯稿·職官四一·經略使》。
③ 見《要録》卷一二一。
④ 南宋張擴《東窗集》卷一三有《何愨知潼川府制》。按：據南宋熊克《皇朝中興紀事本末》卷五九、卷六〇，《宋會要輯稿·帝系一·廟號追尊》、《職官七十》，張擴紹興十二年、十三年爲中書舍人。
⑤ 見《要録》卷一五六。

趙三翁記

存。南宋張壽昌撰。傳奇文。

張壽昌，字朋父。嵩山（在今河南登封市北）人。

南宋郭彖《睽車志》卷六載趙三翁事，末云："嵩山張壽昌朋父爲作記。"記略云：趙三翁名進，字從先，中牟縣白沙鎮人。自言遇孫思邈授以道要，從之十稔。宣和壬寅歲被召見，館于葆真宮。頃之丐歸，徽廟詢所欲，奏曰："臣本歸兵，去役未有放停公憑，願得給賜。"即日降旨，命開封尹盛章出給與。時年已一百八歲。技術無所不通，能役使鬼神，知未來事。吹呵按摩，疾痛立愈。密縣墮門山道友席洞雲，築室於獨紇嶺瀑水潭側，百怪畢見，禍變相踵。席謁翁，翁謂其所居爲五箭之地：峰顛嶺脊，直當風門，名曰風箭；峻溪急流，懸泉瀉瀑，名曰水箭；堅剛爍燥，斥鹵沙磧，名曰土箭；層崖疊巘，峻壁巉岩，名曰石箭；長林古木，茂樾叢薄，名曰木箭。教其擇上地，則去凶就吉。席悉遵其教，居止遂安。保義頓公孺苦冷疾二年，翁以孫真人秘訣，令開三天窗，揉艾遍布腹上，就日光炙之。如是一百二十日，壯健如初。其術每出奇而中理，事跡甚多。原題不知，今擬。

中云宣和壬寅歲，乃宣和四年（1122）。又稱徽廟，據《宋史》卷二二《徽宗紀四》，徽宗紹興五年四月崩于五國城。七年九月凶問至江南，遙上尊謚曰聖文仁德顯孝皇帝，廟號徽宗。則此文作於紹興七年（1137）之後。

洪邁《夷堅支丁》丁卷八《趙三翁》即此，末云："嵩山張壽昌朋父爲作記，郭象伯（按：當作次）象得其文，載於《睽車志》末。予欲廣其傳，復志於此。"文有删改，其稱趙"本黄河掃（按：《四庫》本作埽）兵，避役亡命，遇孫思邈於棗林"，"翁亦不知所終"，皆爲原傳所無。且將席洞雲、頓公孺二事次序倒置。

　　記云宣和壬寅歲趙一百八歲，則生於真宗大中祥符八年（1015）。而孫思邈唐初人，焉能遇之！道教語多誇張，固不可信。此記乃張皇道人方術之神，了無可許者。

毛烈傳

節存。南宋劉望之撰。傳奇文。

劉望之（？—1159），字夷叔①，一作彝叔②，又字叔儀③，號觀堂④。瀘州合江（今屬四川瀘州市）人⑤，一説成都（今屬四川）人⑥。高宗紹興十二年（1142）陳誠之榜同進士出身⑦。二十七年宰臣沈該薦其才，以左文林郎、達州教授行國子正⑧，二十八年除秘書省正字⑨。二十九年七月病卒。生前多著書，其子録其遺文，合數百卷上之。⑩ 岳珂《桯史》卷五《劉觀堂讀敕詩》云

---

① 見《夷堅丙志》卷一七《劉夷叔》及《甲志》卷一九《毛烈陰獄》注，李石《方舟集》卷一七《杜氏太孺人墓誌銘》、《輿地紀勝》卷一五三《瀘州·人物》。

② 見《南宋館閣録》卷八《官聯下·正字》。

③ 見雍正修《四川通志》卷九上《人物·直隸瀘州》。

④ 《輿地紀勝》云“號觀堂先生”。南宋徐光溥《自號録》作觀堂。

⑤ 見《大明一統志》卷七二《瀘州·人物》、《四川通志》、《館閣録》只稱瀘州人。

⑥ 見《建炎以來繫年要録》卷一七六。

⑦ 《館閣録》云“陳誠之榜同進士出身”，據《要録》卷一四五，陳誠之乃紹興十二年狀元。

⑧ 見《要録》卷一七六。

⑨ 見《要録》卷一七九、《館閣録》。

⑩ 見《夷堅丙志·劉夷叔》、《要録》卷一八二。《方舟集》卷一五《王九成夷仲墓誌銘》：“劉子（夷叔）死於館職，余亦罷學官以歸，官成都。”石紹興二十九年十一月罷太學博士，除成都府學教授。見《續博物志》叙録。

“望之有集自號《觀堂》”，《大明一統志》、《四川通志》亦云“著有《觀堂集》”，未見著錄，已佚。

《夷堅甲志》卷一九載《毛烈陰獄》一篇，略云：瀘州合江縣村民毛烈，以不義起富。昌州人陳祈質田於毛烈，後載錢贖田，毛烈受其錢而乾没田券。陳訟于縣，縣吏受賄反以誣罔治罪杖之。訴于州、轉運使，皆不得直。陳乃往禱東嶽行宮，東嶽神召毛、陳等人入陰府對證，毛烈服罪，凡受賄者皆受責罰。毛烈將入陰獄，求陳歸語其妻，多作佛果相救，又言凡詐十三家田，令各家取回田契，以減其罪。陳歸家而瘁，往毛家取回田券。所寫爲人冥故事，情節曲折。末注：“杜起莘説，時劉夷叔居瀘，爲作傳。”洪邁所叙實據他人所説，非録自原文，然文字繁富，夷叔原作當更詳贍。故事發生在紹興四年（1134），末又言“後數年，毛氏衰替始已”，作品殆作於紹興十年左右。當時作者尚未進士及第，居於瀘州合江，聞此事而述之。

《勸善書》卷一六採入此事，文字微改。《二刻拍案驚奇》卷一六《遲取券毛烈賴原錢，失還魂牙僧索剩命》據此而演。

林靈蠤傳

存。南宋趙鼎撰。傳奇文。

趙鼎（1085—1147），字元鎮，晚號得全居士①。解州聞喜（今屬山西運城市）人。徽宗崇寧五年（1106）進士登第，調鳳州兩當尉、岷州長道尉②，累官河南洛陽令。欽宗靖康元年（1126），擢開封士曹，尋改右判官。③ 金人南侵，反對割地議和。高宗建炎三年（1129），除司勳員外郎④。歷右（一作左）司諫⑤、殿中侍御史、侍御史，在官多所建言。金兵至江，陳戰、守、避三策，拜御史中丞。四年五月，除端明殿學士、簽書樞密院事⑥。紹興二年（1132）十月，出知平江府，道改江東安撫大使、知建康府。⑦ 三年三月，移江西安撫大使、知洪州。⑧ 四年三月，除太中大夫、參知政事⑨，力薦岳飛收復襄陽。八月，除知樞密院事、充

① 趙鼎《忠正德文集》卷一〇《家訓筆錄》：“紹興甲子歲（十四年，1144）四月十五日，得全居士親書。”《自誌筆錄》：“得全居士趙元鎮自誌。”
② 見《自誌筆錄》。
③ 見《自誌筆錄》。
④ 參見《自誌筆錄》、《建炎以來繫年要錄》卷二二。
⑤《自誌筆錄》作左司諫。《宋史》本傳、《要錄》卷二四作右司諫。
⑥ 參見《自誌筆錄》、《要錄》卷三三。
⑦ 見《自誌筆錄》、《要錄》卷五九。
⑧ 見《自誌筆錄》、《要錄》卷六三。
⑨ 參見《自誌筆錄》、《要錄》卷七四。

川陝宣撫使,尋改都督川陝荆襄軍馬。① 九月,爲左通議大夫、守尚書右僕射、同中書門下平章事、兼知樞密院事②。五年二月遷左僕射、兼樞密使、都督諸路軍馬、監修國史③。六年十二月,因與右僕射張浚不和,引疾除觀文殿大學士、充浙東安撫制置大使、知紹興府。④ 七年張浚罷,復拜左相。八年三月秦檜拜尚書右僕射、同中書門下平章事⑤,鼎因力辟和議,爲秦檜所傾,十月罷爲檢校少傅、奉國軍節度使、充浙東安撫大使、知紹興府⑥。九年徙知泉州⑦,復又罷。十年六月謫居興化軍,移漳州,七月責授清遠軍節度副使,潮州安置⑧。在潮五年,十四年又受誣移吉陽軍⑨。十七年八月不食而死,年六十三⑩。孝宗即位謚忠簡,贈太傅,追封豐國公。事蹟具見《宋史》卷三六〇本傳、《建炎以來繫年要録》等。趙鼎著《神宗實録考異》二百卷、《哲宗實録》一百五十卷、《忠正德文集》十卷、《得全居士集》三卷、《得全詞》一卷⑪,今存《忠正德文集》十卷、《得全居士集》一卷,皆後人輯本。

　　此傳不見於作者文集,而載於元道士趙道一《歷世真仙體道通鑑》卷五三,題《林靈蠱》。末有作者附記云:"本傳始以翰林學

---

① 參見《自誌筆録》、《要録》卷七九。
② 參見《自誌筆録》、《要録》卷八〇。
③ 參見《自誌筆録》、《要録》卷八五。
④ 參見《自誌筆録》、《要録》卷一〇七。
⑤ 見《要録》卷一一八。
⑥ 參見《自誌筆録》、《要録》卷一二二。
⑦ 參見《自誌筆録》、《要録》卷一二六。
⑧ 參見《自誌筆録》、《要録》卷一三六。
⑨ 參見《自誌筆録》、《要録》卷一五二。
⑩ 參見《自誌筆録》、《要録》卷一五六。
⑪ 見《直齋書録解題》起居注類、別集類、詩集類、歌詞類著録。

士耿延禧作，華飾文章，引證故事，旨趣淵深，非博學士夫莫能曉
識。僕今將事實作常言，切欲奉道士俗咸知先生之仙迹。僕初
未任，居西洛遇先生，以文字一册實封見及，曰：‘後當相中興，若
遇春頭木會之賊，可以致仕，開吾册，依法行之，可脱大難，即悟
長生。不然，則潮陽相遇於古驛中，此時之悔晚矣。’初不以爲
然，亦不記先生所教文字。因奏檢事，果春頭木會之賊。被罪海
島，道過潮陽驛中，才抵驛亭，見一少年，繡衣紅顔，徑入驛中，熟
視之，即先生也。笑問曰：‘前言不謬乎？’始知先生真神仙也。
於是重編本傳，以示後人。前尚書左僕射趙鼎謹記。”按：《自誌
筆録》載：庚申七月“責授清遠軍節度副使、潮州安置”。趙鼎於
紹興十年庚申歲（1140）七月自漳州抵潮陽，此傳當作於此時。
耿延禧作《林靈素傳》，在此四五年前。據耿傳，林靈素卒於宣和
二年（1120），紹興十年林卒已二十年，焉能相遇於潮陽？所言居
西洛遇林云云，實趙鼎假託之辭，蓋假“神仙”之口以斥“春頭木
會之賊”（秦檜）也。

　　傳文首云：“先生姓林，本名靈噩，字通叟。”中云：“帝（徽宗）
甚奇之，御書改名靈素，賜號通真達靈先生。”①靈素者徽宗所
改，傳題用其本名也。傳文頗長，正文近五千字，全文五千一百
餘字，事蹟較耿傳豐富。耿傳所叙林師從趙昇道人，徽宗夢遊神
霄宮而召林，林爲葉靜能致太真之術，與胡僧鬥法，治水，林死後
下葬，伐林墓等情，此傳皆有，而大都詳於耿傳。如耿傳只“靈素
復爲葉靜能致太真之術”一句，此傳則詳述林領聖諭飛符召皇

——————
① 按：耿傳云：“林靈素，初名靈噩，字歲昌。……上視林噩，風貌如舊識，
賜名靈素。”陸游《家世舊聞》卷下：“靈素，字通叟，本名靈噩，温州人。”
西漢賈誼《新書·勸學》：“既過老聃，噩若慈父，鴈行避景，竷立蛇進，而
後敢問。”噩，嚴正也。蘁，通噩。《列子·周穆王》：“一曰正夢，二曰蘁
夢。”《周禮·春官·占夢》：“一曰正夢，二曰噩夢。”

后,皇后對徽宗言説仙塵因緣,共三百五十餘字。另外還增叙林母夢神誕子,請降真武、王母,徽宗制祭文等等情事。然耿傳之言宮禁治怪、吕洞賓訪林等事則無。

耿傳之旨惟在徽宗惑溺道教迷信背景下神化崇揚林靈素而已,此傳固亦有此意,然不同者乃其中頗含政治批判。傳中叙寫皇后對徽宗言"蔡京乃北都六洞魔王第二洞大鬼頭,童貫是飛天大鬼母",寫林見"元祐姦黨之碑"而作詩嘲諷道:"蘇黄不作文章客,童蔡反爲社稷臣。三十年來無定論,不知姦黨是何人。"又寫林對徽宗指斥"蔡京鬼之首","童貫國之賊"。徽宗受蔡京蠱惑立元祐黨人碑,殘酷迫害元祐黨人,靈素指斥蔡、童乃真正姦黨,爲黨人大鳴不平,對徽宗劣政予以批評。林雖以道術惑君,然尚存忠姦是非之辨,此趙鼎肯定林靈蘁並爲作傳之原因所在也。

《宋史》卷三六○《宗澤趙鼎傳》史臣云:"澤之易簀也,猶連呼'渡河'者三。而鼎自題其銘旌,有'氣作山河壯本朝'之語。何二臣之愛君憂國,雖處死生禍變之際,而猶不渝若是！而高宗惑於憸邪之口,乍任乍黜,所謂善善而不能用,千載而下,忠臣義士猶爲之撫卷扼腕,國之不競,有以哉！"趙鼎乃高宗朝主戰派宰相,受姦相秦檜排擠迫害,遠謫潮陽。鼎作此傳,矛頭指向徽宗、蔡京,實亦援往證今,抨彈高宗之昏,秦檜之姦。附記所云乃小説家言,作者於昏君姦相心懷憤意,故而假神仙家言以出之。

清尊録一卷

節存。南宋廉布撰。志怪傳奇雜事集。

廉布，字宣仲，晚號射澤老人①。楚州山陽（今江蘇淮安市）人②。曾入太學③，徽宗宣和三年（1121）上舍登第④，張邦昌納

---

① 見元夏文彥《圖繪寶鑑》卷四、湯垕《畫鑒》、明朱謀垔《畫史會要》卷三。

② 見《建炎以來繫年要錄》卷二〇、南宋鄧椿《畫繼》卷三、《圖繪寶鑑》、《畫史會要》。《説郛》節本注射澤人，射澤即射陽湖，又稱射陂，在山陽縣。《太平寰宇記》卷一二五《楚州・山陽縣》："射陽湖，在縣東南八十里。《漢書》廣陵王胥有罪，其相勝之奏奪王射陂，即此也。今謂之射陽湖。"

③ 《夷堅乙志》卷一五《京師酒肆》："廉布宣仲、孫恢肖之在太學，遇元夕，與同舍生三人告假出游。"

④ 王明清《投轄錄・楚先覺》："廉宣仲布，呂安老祉，二人同年生，且極厚善。既中第，聞有楚先覺者，以門術聞都下，二公相率往問卜，各以八字叩之。楚笑曰：'俱新進士耶？'"《宋名臣言行錄》續集卷八《呂祉》："字安老，建之建陽人。宣和三年上舍釋褐……"北宋熙寧四年（1071）立太學三舍法，崇寧三年（1104）罷州郡解試與省試，依三舍法取士。宣和三年罷州縣學三舍法，太學依舊。廉、呂皆自太學升貢釋褐。按：李裕民《宋人生卒行年考》，以同年生爲同年出生，據呂祉生於1092年，考定廉布生年，誤。詳《投轄錄》之意，當言同年及第，故下文云既中第相率問卜，而楚先覺云俱新進士耶。查《宋史》，多見"同年生"一詞，如卷二九八《彭乘傳》："進士及第，嘗與同年生登相國寺。"同年生顯爲同年及第者。龔延明等《宋登科記考》，於宣和三年上舍釋褐下列入呂祉，無廉布，而列在附錄中。蓋未見《投轄錄》，或亦以同年生爲同年出生也。

爲婿，明年徵爲太學博士①。欽宗靖康二年(1127)三月，張邦昌被金人立爲帝，五月高宗即位於南京(商丘)，改元建炎，九月邦昌賜死潭州②。建炎初，廉布攜家自鄉里避亂南下，寓居杭州錢塘縣吳山下，遇郡兵陳通等作亂被掠，復又買舟往霅川(湖州)，投奔王明清外祖曾紆。③ 邦昌死後，廉布坐妻黨被擯棄不用④。三年，詔赴行在⑤，任何職不詳。曾監某州縣酒稅⑥。紹興十八年(1148)官左從事郎，入都調官，右正言巫伋奏其乃叛臣壻，遂止。⑦ 後閒居紹興，名居室曰容齋，絕仕宦之念，專意繪事。有《畫松詩》云：“獨倚寒巖生意絕，任他桃李自成蹊。”其意可見。工山水林石，師法東坡而青出於藍。⑧ 其子廉孚，亦有父風⑨。

————————

① 見《投轄錄》，參見《甕牖閒評》卷三、《要錄》卷二○、陸游《渭南文集》卷一四《容齋燕集詩序》、《畫繼》、《圖繪寶鑑》、《畫史會要》。《投轄錄》、《渭南文集》只稱博士，《要錄》云太學博士，《畫繼》、《圖繪寶鑑》、《畫史會要》稱武學博士。按：王明清《揮麈錄餘話》卷二云“宣仲昔在京師爲學官日”，據《宋史》卷一六五《職官志五》載，大觀元年後，國子監有國子博士，太學、辟雍博士，武學博士，律學博士。今從《要錄》。

② 見《要錄》卷三、卷五、卷九，《宋史》卷四七五《張邦昌傳》。

③ 見王明清《揮麈錄餘話》卷二。按：《要錄》卷八載：建炎元年八月，杭州軍校陳通等軍作亂。汪藻《浮溪集》卷二八《右中大夫、直寶文閣、知衢州曾公(紆)墓誌銘》：“主管南京鴻慶宮，屏居湖州。”

④ 見《投轄錄》、《揮麈錄餘話》、《要錄》卷二○、《畫繼》、《畫史會要》。

⑤ 見《要錄》卷二○。按：高宗建炎三年二月戊午將發平江府(蘇州)，張邦昌子直秘閣元亨與其兄中奉大夫邦榮，太學博士廉布及太學正邦昌兄女婿吳若，悉令錄用，詔並乘驛赴行在。

⑥ 王洋《東牟集》卷二《寄廉仲宣》：“鵷鷺羽翼困州縣，況事糟酒分錙銖。”同卷又有《寄廉仲載》，中云：“吾州阿載志尚古。”王洋亦山陽人。廉仲載當爲廉仲宣之兄或弟。

⑦ 見《要錄》卷一五七。

⑧ 見《渭南文集》、《甕牖閒評》、《畫繼》、《畫鑒》、《圖繪寶鑑》、《畫史會要》。

⑨ 見《圖繪寶鑑》。《畫繼》云“其子頗得家法”，未言其名。

廉布生卒年不詳。袁文《甕牖閒評》卷三云：“廉宣仲高才，幼年及第，宰相張邦昌納爲壻。”《畫繼》作“妙年登科”。幼年、妙年均指年少。宣和三年若以二十歲計，則生於崇寧元年(1102)。本書《某官妻》云：“政和初(1111)冀州客次中，或言某官之家有異事。”其時才十歲，疑有脫文，客冀州者豈他人耶？《甕牖閒評》云“病廢累年以死”。按《投轄録·楚先覺》載：“宣仲雖以疾掛冠，今尚存，距安老之死，殆十八九年矣。”據《宋名臣言行録》與《建炎以來繫年要録》卷一一三，呂祉於紹興七年(1137)遇害，年四十六，下推十八九年，乃紹興二十四五年(按：《投轄録》撰於紹興二十九年，1159)。王明清作《揮麈四録》，中《後録》録廉布所說一事(卷八“蔡文饒”)，《餘話》録二事(卷一“沈之才”，卷二“廉宣仲”)。《前録跋》云：“明清乾道丙戌(二年，1166)冬，奉親會稽，居多暇日。有親朋來過，相與悟言，可紀者歸考其實而筆録之。隨手盈秩，不忍棄去，遂名之曰《揮麈録》。”紹熙五年(1194)初《後録》書成，復跋云：“竊伏自念，平昔以來父祖談訓，親交話言，中心藏之，尚餘不少。始者乏思慮，筆之簡編。傳信之際，或招怨尤。今復惟之，侵尋晚景，倘棄而不録，恐一旦溘先朝露，則俱墮渺茫，誠爲可惜。……朝謁之暇，濡毫紀之……名之曰《揮麈後録》。”《後録》雖録有廉布所說一事，但此時廉布約已年踰九十，但乾道二年王明清奉親會稽時廉布當在世，廉布所說三事必得於此時，惟未載入《前録》，而補入《後録》、《餘話》耳。乾道二年廉布約已六十餘歲，下世之日在此後也[1]。

　　本書不見於《直齋書録解題》、《宋志》等著録，原本不傳，《説

――――――――――

[1]《餘話》卷一“沈之才”條末注“廉宣仲云”，首云：“沈之才者，以棋得幸思陵。”思陵即高宗趙構，淳熙十四年(1187)崩，十六年欑于會稽永思陵。思陵乃王明清所稱，並非廉布用此稱，其下“紹興壬子”條亦稱高宗爲思陵，知爲明清習慣稱呼。

郛》卷一一只載《清尊録》十條①，注一卷，題宋廉布，注：字宣仲，射澤人。末有元人華石山人至大元年（1308）三月與王東元統甲戌（二年，1334）二跋。華石山人跋云"凡七十三則"，《説郛》所節不足七分之一。《古今説海》説略部雜記家十七取入《説郛》本，而删去王東跋，並删落華石山人跋中"凡七十三則"五字，以充全帙。《廣百川學海》丁集②、《重編説郛》弓三四、《五朝小説·宋人百家小説》偏録家、《香豔叢書》第四集卷一、《楚州叢書》第一集並取入《説海》本③。明高儒《百川書志》小説家、祁承爜《澹生堂藏書目》小説家均有《清尊録》一卷，當即《古今説海》本。

　　元人二跋曾對本書作者進行辨析。華石山人云："右《清尊録》，廉宣仲布所撰，凡七十三則。或謂陸公務觀所作，非也。蓋二公同時，後人因誤指耳。"④王東云："右此録實山陰陸務觀所記也，前人誤以爲廉宣仲紀述，半村俞則大亦承前誤。予嘗讀王明清《揮塵録》有云：'近日陸務觀《清尊録》載紹興間老内侍見林靈素於蜀道。'此最切著。明清之父銍字性之，務觀曾攜文謁之，備見於《老學菴續筆記》中。半村之言似無所據。"南宋李心傳《建炎以來繫年要録》卷五注亦云"陸游《清尊録》云"。

_____

① 各條無標目，據張宗祥《説郛校勘記》，休寧汪季清家藏明抄殘本，標目依次爲《亡妻爲怪》、《死後變驢》、《男飾女》、《陰摩羅鬼》、《狄氏》、《私奔》、《再生》、《馬吉爲盜行仁》、《康節預知修史人》，末條"雷申錫"無。下文所引題皆自擬。

② 清丁仁《八千卷樓書目》小説家類："《清尊録》一卷，宋廉宣撰。《廣百川》本。"按：《重編説郛》、《宋人百家小説》、《香豔叢書》等本均署宋廉宣，撰名誤。

③ 《重編説郛》、《宋人百家小説》、《香豔叢書》等本皆誤署宋廉宣，乃誤讀《古今説海》末引華石山人識語"廉宣仲布所撰"，以廉宣爲姓名，仲布爲字耳。

④ 《百川書志》云："宋廉宣仲布撰，或謂陸務觀所作，非也，二公同時，後人因誤指耳。"本華石山人跋。

　　按：王明清《揮麈後録》卷五"李順"條確曾云："近日陸務觀
《清尊録》言老內侍見林靈素於蜀道。"言之鑿鑿，故王東畲以駁
廉撰之非。今人昌彼得《説郛考·書目考》亦據而定爲陸作，又
按云："揮麈餘話卷二載有廉布自云一條，是王氏與廉布亦所相
識，其言此書爲陸游所撰，當不妄也。"①但稽之本書，却可證書
出廉手，斷非陸作。《狄氏》一篇結末云："予在大（太）學時親
見。"太學置於仁宗慶曆四年（1044），北宋亡太學廢。紹興十二
年（1142）起居舍人楊愿請以臨安府學增修爲太學，次年六月建
成。② 陸游生於宣和七年（1125），幼避亂歸山陰故居，十二歲以
門蔭補登仕郎，十五歲入鄉校，十六歲赴臨安應試，十八歲從曾
幾遊，十九歲再試臨安，時太學始立，三十歲試禮部爲秦檜黜落，
三十四歲始出仕，爲福州寧德縣主簿。出仕前絶大部分時間住
在山陰故里，從未入過太學。③ 又者，《狄氏》所寫是北宋事，中
云"每燈夕及西池春遊，都城士女謹集"，西池即金明池，在汴京
西順天門外，爲著名遊樂之地④。《老學庵筆記》卷六云："大臣
嘗從容請幸金明池，哲廟曰：'祖宗幸西池必宴射，朕不能射，不
敢出。'"可證西池即指金明池。《狄氏》又云狄氏"其夫方使北"，
北指遼國。陸游宣和末始生，自不能入汴京太學，而廉布乃自太
學釋褐，《夷堅乙志》卷一五《京師酒肆》亦云："廉布宣仲、孫恢肖
之在太學，遇元夕，與同舍生三人告假出游。"可見北宋時廉布確
曾在太學，所謂"予在太學時親見"，必爲廉布無疑。此外內證尚
多。如《某官妻》云"政和初（1111）冀州客次中"；《王生》崇寧中

---

① 《説郛考》，臺北：文史哲出版社，1979，第 165 頁。
② 見《建炎以來繫年要録》卷一四五、卷一四九。
③ 參見于北山、歐小牧各所著《陸游年譜》。
④ 見《東京夢華録》卷七《三月一日開金明池瓊林苑》。按：《夷堅甲志》卷
　四《吳小員外》，即記吳家小員外春時至金明池遊賞之事。

事,末云"生表弟臨淮李從爲予言";《大桶張氏》崇寧元年(1102)
前後事,末云"時吳興顧道尹京云",《汴京勾異記》卷八節引《清
尊録》及《投轄録·玉條脱》吳興作吳拭,是也。吳拭字顧道,甌
寧人。熙寧六年(1073)進士,崇寧二年(1103)知開封府,政和中
歷知成都、江寧、鄆州、河南卒。① 凡此皆不能爲陸游所能道,而
只能出廉布之口。王明清與陸、廉爲友,皆住紹興府會稽縣,三
人頗有交往,《揮麈録》、《投轄録》皆記有陸、廉二人所説之事。
是故《揮麈後録》所云"近日陸務觀《清尊録》言",疑非王明清誤
記作者,極可能今本"陸務觀"下脱一云字,即原文爲"近日陸務
觀云:《清尊録》言……"。《後録》成於紹熙五年(1194)初,時陸
游已長期閒居故里,可能明清回鄉省親時陸爲王説《清尊録》中
事。至李心傳(1167—1244)《建炎以來繫年要録》注云"陸游《清
尊録》云"者,蓋心傳(1167—1244)遠在廉、王、陸後,或亦據《揮
麈後録》之譌耳。

　　本書最晚之事在紹興中,《雷申錫》云"紹興中一舉中南省高
等",佚文"林靈素"條云"紹興間老内侍見林靈素",而《興元民》
末稱"時張子公尹蜀云","據《南宋制撫年表》卷下,張燾(字子
公)尹蜀(成都府)在紹興九年至十三年(1139—1143),本書之作
殆在此間或稍後。至紹興二十九年,王明清亦撰小説《投轄録》,
本書已行於世,《投轄録》中《玉條脱》一篇即同本書《大桶張氏》
(參見《投轄録》叙録)。

　　《説郛》本以外之佚文,今檢得四條。一是《揮麈後録》所引
林靈素事。《投轄録》有二事亦記林靈素,其中《鄭子卿》得之廉

宣仲，廉布尚及林靈素之世，故能親有聞見。二是王明清《玉照新志》卷一載元符中饒州舉子張生游太學，與東曲妓楊六相戀事，末云"此得之廉宣仲布所記云"，蓋出本書。三是《嘉泰會稽志》卷一九《雜記》引北宋石景術事。四是《建炎以來繫年要錄》卷五引姚平仲事，《要錄》云："忠州刺史姚平仲，再復吉州團練使，所在出榜，召赴行在。平仲之劫寨也，既不得所欲，即皇懼遁去，傳者以爲亂兵所殺。靖康末復官再召，上思其才，疑其不死，命所在訪之，平仲竟不至。或云平仲隱九江山中。"注："陸游《清尊錄》云，人嘗有見平仲於廬山者。"①

　　本書遺文總共十四條，尚遺五十九條。大部分故事屬異聞，如亡妻顯靈（《某官妻》）、人死化驢（《楊廣》）等。最佳者四篇爲寫實性傳奇故事。《興元民》寫興元民得勾闌遺小兒養爲女子，待其長大嫁貴人以騙錢財。《狄氏》寫貴家少婦狄氏墮入姦尼圈套，失身他人而不能自拔，有似柳宗元《河間傳》。《王生》寫貴家子王生與一女子之奇特結合過程。《大桶張氏》寫大桶張氏子與孫氏女之曲折婚姻糾葛②。四者皆與後之《投轄錄》、《摭青雜說》中許多故事相仿，取材於宋代市民社會，市井氣息頗爲濃鬱。故事雖不流入荒誕，然皆新奇可觀。其中《大桶張氏》、《狄氏》二篇最佳，行文逶迤細緻。前篇尤爲曲折，孫氏女之剛烈性格鮮明

---

① 按：陸游《渭南文集》卷二三有《姚平仲小傳》，云：欽宗即位後，平仲連破金人兩寨，而敵已夜徙去。平仲功不成，遂乘青騾亡命，奔蜀青城山上清宮。留一日，復入大面山石穴以居。朝廷數下詔，物色求之弗得。乾道、淳熙間，始出至丈人觀道院。時年八十餘，紫髯鬱然，長數尺，面奕奕有光。《清尊錄》云人嘗有見平仲於廬山者，與此不同。

② 《大明仁孝皇后勸善書》卷一六略載此事，所記多不合，或記憶有誤耳。首云"宋開封府大桶村張氏"，誤。按：南宋朱弁《曲洧舊聞》卷七記北宋京城酒名，中有"大桶張宅園子正店仙醁"。蓋釀酒盛酒用大桶，故號"大桶"。

突出。洪邁《夷堅支庚》卷一《鄂州南市女》情事與《大桶張氏》相近，洪云："《清尊録》所書大桶張家女微相類云。"《醒世恒言》卷一四所載宋人話本《鬧樊樓多情周勝仙》，情節亦相仿佛，明公案小説《龍圖公案》卷六《紅牙球》亦此事翻版。明李濂《汴京勼異記》卷八《報應》節引此篇，吳大震《廣豔異編》卷一九冤報類《大桶張氏》、《情史》卷一六情報類《孫助教女》據《古今説海》本輯入。《豔異編》卷二五徂異部、《稗家粹編》卷二徂異部、《情史》卷三情私類則採入《狄氏》、《王生》。《繡谷春容》仁集卷八《怡耳摭粹》、《一見賞心編》卷一一淫冶類、《剪燈叢話》卷二、《綠牕女史》卷一一妾婢部徂異門均有《狄氏傳》，後二書妄題宋康譽之，參見《存目辨證》。又託名明楊循吉輯《雪窗談異》卷一《談異録》，署名吳郡楊循吉輯，中有《狄姬爲珠賣》、《美男假朱粉》、《情女錯鴛鴦》，即《狄氏》、《興元民》、《王生》，或有節録。① 王生事演爲《拍案驚奇》卷一二《陶家翁大雨留賓，蔣震卿片言得婦》入話，狄氏事演爲同書卷六《酒下酒趙尼媪迷花，機中機賈秀才報冤》入話。《興元民》所寫以男充女婚夜事敗，與明陸粲《庚巳編》卷九《人妖公案》、《醒世恒言》卷一〇《劉小官雌雄兄弟》入話所寫桑茂或桑沖男扮女裝姦騙婦女事亦有相似處。凡此皆可見出本書上述作品對於後世小説之一定影響。

---

① 《談異録》凡四篇，第二篇《滁婦湊金調》，即《綠牕女史》卷四緣偶部上慕戀門《滁婦傳》，題歙潘之恒。《滁婦傳》寫溧陽馬一龍過滁陽邸舍得店主媳事。馬一龍，明人。

陶朱新録一卷

殘存。南宋馬純撰。志怪雜事集。

馬純，字子約，號樸樕翁。單州成武（今屬山東菏澤市）人①。哲宗寶文閣待制馬默之孫②。徽宗宣和末（1125）曾爲河南司録③。

---

① 《宋史》卷三四四《馬默傳》云馬默單州成武人。《陶朱新録》自序稱單父人，單父乃單州治所，故實指單州。

② 《宋史·馬默傳》、周煇《清波雜志》卷二、王明清《揮麈後録》卷一一皆云馬默乃馬純之父，誤。按：《陶朱新録》"郭行"條："先祖知鄆之項城縣"，"先祖官秘丞"；"檳榔女"條："先祖元豐間仕廣西漕"；"甲交先生"條："慶曆間先祖作舉人"。考《宋史·馬默傳》，馬默少從石介學，登進士第，調臨淮尉，知須城縣，治平中爲監察御史裏行。神宗即位，通判懷州，歷知登、曹、濟、兗四州，還爲提舉三司帳司、提點京東刑獄，改廣西轉運使（按：據《續資治通鑑長編》卷三二七及《宋史》卷一六《神宗紀三》，在元豐五年）。疾歸知徐，召爲司農少卿，除河東轉運使，移兗州。入拜衛尉卿，權工、户部侍郎。以寶文閣待制復知徐州，改河北都轉運使。告老提舉鴻慶宮。紹聖中坐附司馬光，落待制致仕，元符三年（1100）復之。卒，年八十。馬純所言先祖仕歷，除官秘丞不見本傳外，餘皆相符，惟項城應作須城，乃傳鈔之譌。"郭行"條"先祖"下注："馬默也。"《四庫全書總目》卷一四二本書提要亦稱"純蓋默之諸孫"，甚是。《陶朱新録》"昌化縣異獸"條云："大觀間家府君監杭之商稅院，攝職官"，此則馬純父，名字失考。

③ 見《陶朱新録》"倚箔山洞"："宣和末予官河南沿檄……""旋風中鬼神"："僕頃年作河南司録，因行縣至澠池。""畿内大水"："宣和末僕在河南司録時……"《清波雜志》卷七云馬純"嘗宦於政、宣間"。

高宗建炎初(1127)避地南渡①,曾向宰相吕元直求郡被拒②。紹興九年(1139)爲江西轉運副使③,因與轉運使梁揚祖爭於朝而俱罷④。又爲福建路轉運副使⑤,亦罷,寓居諸暨縣陶朱鄉。二十一年(1151)因議論時政被黜落直秘閣,依條致仕,令汀州居住⑥。此前曾任職權貨務、郎官⑦,何時不詳。此後落致仕復起,孝宗隆興初(1163)又以太中大夫致仕,壽八十一而終。⑧

　　本書不見於《直齋書録解題》、《宋志》著録,唯《遂初堂書目》小説類有目,無撰人、卷數,知南宋流傳不廣。宋人書徵引亦寡,今只見《清波雜志》卷七引閩人韓南老一事(今本闕載),稱作樸樕翁《陶朱集》。《説郛》卷三九節録八條,注一卷,題宋馬純,注:"字子約,號樸樕翁,單父人,一作單州城父人。"城父乃成武之誤。今本一卷,載於《四庫全書》、《墨海金壺》、《珠叢别録》⑨,共八十二條⑩。又《五

---

① 見《陶朱新録》自序。

② 《揮麈録餘話》卷二"馬子約"條。

③ 見《揮麈後録》卷一一"馬子約"條。劉一止《苕溪集》卷四六有《馬純江西運副制》。據韓元吉《南澗甲乙稿》卷二二《敷文閣直學士、左朝奉郎致仕劉公行狀》,劉一止紹興九年正月至九月爲中書舍人,此制即作於此時。

④ 見《揮麈後録》。

⑤ 見《夷堅支丁》卷一〇《張聖者》。

⑥ 見《建炎以來繫年要録》卷一六二。自序亦云:"宦游不偶,以非材棄,遂僑寄陶朱山下。"據施宿《嘉泰會稽志》卷一二《八縣》諸暨縣有陶朱鄉,在縣西三步。

⑦ 《陶朱新録》佚文"陳瑩中"(《永樂大典》卷三一四四):"(陳伯鐈)與僕在權貨務同官。"《嘉泰會稽志》卷一九《雜記》:"郎官馬子約題詩法堂壁上。"

⑧ 見《揮麈後録》。

⑨ 錢熙祚所刊《珠叢别録》,乃用張海鵬刊《墨海金壺》版。

⑩ 周中孚《鄭堂讀書記》卷六六據《墨海金壺》本著録,云"凡七十七條",計數不確。

朝小説·宋人百家小説》偏録家、《重編説郛》弓四〇等收有一卷,乃録自《説郛》,但"元祐黨籍碑"條脱去"武官"、"内臣"二項,又錯入元周達觀《真臘風土記》之文四百多字,蓋因《説郛》此卷所節《陶朱新録》、《真臘風土記》二書相連,或所據《説郛》錯頁所致耳。

今本非足本,缺佚較多。除《清波雜志》所引一條佚文外,《永樂大典》引本書二十條,其中《頂湖》(卷二二六七)、"陳瑾"、"陳瑩中"(並卷三一四四)、《羅漢嶺》(王才元事)(卷一一九八一)、《夢先君》(太平州通判葉仁事)、《夢父扼喉》(龐氏子事)(並卷一三一三五)、《夢夫作羊》(賣花張三待詔事)(卷一三一三六又卷五八三九)、《夢蟹就刑》(闍黎有元事)、《夢柏樹》(壽安縣茄藍大柏事)、《夢瘡當愈》(姚祐事)(並卷一三一四〇)①、《重瞳目》(趙叔癉女事)(卷一九六三六)十一條不見今本。今本文字亦有闕文,如"開封王梁"有四處注闕,明成祖仁孝皇后徐妙雲《勸善書》卷七引此事皆不闕。

作者自序云:"樸樕翁,單父人也。建炎初避地南渡,既而宦游不偶,以非材棄,遂僑寄陶朱山下。藜羹不糁,晏然自得。雖不足以語遯世無悶之道,其山澤之癯乎!因搜今昔見聞,哀綴成帙,目曰《陶朱新録》。凡譏訕誖謾,悉不録焉。紹興壬戌孟夏序。"紹興壬戌乃十二年(1142),但"俞判官廟"及佚文"賣花張三"載紹興癸亥(十三年)事,"蘇庠"載紹興甲子(十四年)事,皆在壬戌年之後。考"永嘉災"條云"紹興己酉永嘉災"(按:《説郛》本同),而紹興無己酉,《宋史》卷六三《五行志二上》載:紹興十年(庚申)十一月丁巳温州(永嘉)大火,疑己酉乃庚申之譌。今本干支紀時有譌誤,是故前所言癸亥、甲子或傳寫之譌,癸亥殆癸丑(三年)或辛亥(元年),甲子殆甲寅(四年)或壬子(二年)。若

①《夢蟹就刑》卷八五六九亦引(《海外新發現永樂大典》),題《買蟹放生》。

癸亥、甲子不誤，則書成後復有增補也。

　　本書作於官場失意退居陶朱後，排愁遣悶而已。九十四條記事中，記異者近七十條，佔十之七，其餘雜事，而以詩詞紀事爲多，是故《宋詩紀事》多採之。異事較多者乃神仙道人、夢應妖異，亦頗涉鬼神精魅異物等。大抵記事粗略瑣碎，佳者幾希。其中“中山府醫者”寫醫者被請爲巨猴治病，事較新異，叙事亦較細緻。“檳榔女”寫交州界峒中檳榔木生瘦，剖開中有小兒，長大成美婦人，宛若神仙，乃古侗族民間傳説，幻想奇美。本書末載元祐黨人碑，詳載三百零九人姓名，與全書體例頗不協調。其中“曾任待制以上官四十九人”中有馬默，作者引以爲榮，故而附載之。《四庫總目全書提要》卷一四二云：“默在神宗朝以户部侍郎、寶文閣待制致仕奉祠，後入黨籍。南渡以後力反宣和之政，以收人心，凡黨人子孫皆從優叙，故張綱《華陽集》中有論其除授太濫一疏，然士大夫終以爲榮。純載是碑，蓋以其祖之故，亦陸游自稱元祐黨家之意云①。”

　　《勸善書》除採入上述“開封王梁”條外，又卷一一採入“從伯馬伯”條，卷一二採入“處州都監廳白直兵士”條，卷一七採入“葉義問”條，卷一八採入“士人婢”條。

---

① 陸游祖陸佃名亦在籍，列在“文臣曾任宰臣執政官二十七人”中。《渭南文集》卷一一《知嚴州謝王丞相啓》：“某元祐黨家，紹興朝士。”

李氏還魂録

節存。南宋闕名撰。傳奇文。

《夷堅志補》卷七輯《劉洞主》一篇,記云:劉允長子昉守虔州(按:葉祖榮分類本作處州,誤,據明鈔本改),民李甲暴死,經夕復蘇。自言入冥見劉洞主,因祖上陰功放還復生。劉洞主者乃郡太守之父,即劉允。下云:"郡士著爲《李氏還魂録》。"洪邁引述極爲簡略,只百六十餘字,原文已不可見。

按《南宋館閣録》卷八《官聯下·實録院檢討官》載:"劉昉,字方明,潮陽人。沈晦榜進士出身。九年(按:指紹興九年(1139))十月以禮部員外郎兼。"沈晦,徽宗宣和六年(1124)狀元,見《宋會要輯稿·選舉二·貢舉》。《廣東通志》卷三一《選舉志·進士》載宣和六年甲辰沈晦榜中有劉昉。《夷堅支景》卷七《劉方明》載:劉昉"仕至太常少卿,三帥潭州,一臨夔府"。《夷堅甲志》卷一四《開源宮主》載:"昉後更名旦,仕至太常少卿,紹興庚午(二十年,1150)終於直龍圖閣、知潭州。"劉昉守虔在紹興十三年八月前,《建炎以來繫年要録》卷一四九載:紹興十三年八月,"直秘閣知虔州劉昉移知潭州,秘閣修撰、主管洪州玉隆觀薛弼知虔州"[1]。虔州無名士人作此録當在紹興十三年。

劉允成仙事當時頗傳於世,潮人陳安國曾作傳記,洪邁採入

---

[1] 李之亮《宋兩江郡守易替考》,紹興十二年、十三年八月前列入薛弼、李文淵。成都:巴蜀書社,2001,第 381 頁。

《夷堅甲志》。其《開源宮主》載：宣和六年（1124）劉允除知循州，乞致仕。明年春夢有詔授奎文殿學士，數日又言天官已除他人，至四月又言得開源宮主，三日後卒。卒前數夕，鄉人鄰里曾夢見仙吏來迎劉。又稱劉允少時曾夢遊洞府，既癘作八詩紀之。《劉洞主》首言"劉允爲開元宮主，其事已書於《甲》"，即指此。篇末又載劉允夢游仙境作詩事。《夷堅支景・劉方明》亦載劉昉臨生時，劉允夢人誦詩。本篇所叙李甲入冥見劉洞主，乃是劉允傳説餘緒也。

續清夜録一卷

佚。南宋王銍撰。志怪集。

王銍(1088？—1146)，字性之。先世本開封酸棗(今河南新鄉市延津縣西)人，後徙居潁州汝陰(今安徽阜陽市)，遂爲汝陰人。曾祖王昭素，宋初著名學者，太祖開寶三年(970)拜國子博士致仕。[1]父王莘，嘗從歐陽修學[2]，哲宗元符末(1100)坐元祐黨籍謫官湖外，居於安陸[3]。岳父曾紆，徽宗右僕射曾布子[4]。建炎四年(1130)王銍官迪功郎、權樞密院編修官，被旨纂集《祖宗兵制》。書成，高宗稱善，詔改京官，賜書名《樞庭備檢》。時秦檜爲參知政事，以議論不合而被斥去國。[5] 紹興四年(1134)官右承事郎、守太府寺丞[6]。八年御史中丞常同薦之，詔奉祠中，視史官秩，給札奏御，會秦檜再相而止。[7] 九年爲主管台州崇道觀，上《哲宗皇帝元祐八年補録》

---

[1] 見《宋史》卷四三一《儒林傳》及卷二《太祖紀二》、《東都事略》卷一一三、王明清《揮塵前録》卷一。

[2] 見《直齋書録解題》卷一八別集類《雪谿集略》解題、王明清《揮塵前録》末附《王知府自跋》。《自跋》云：“先祖早授學於六一翁之門，命意本於六一。其後先人(王銍)承之⋯⋯”

[3] 見《揮塵後録》卷七“先祖”條。

[4] 見《書録解題》別集類。曾紆事蹟詳見《浮溪集》卷二八《右中大夫、直寶文閣、知衢州曾公墓誌銘》。曾布，《宋史》卷四七一有傳。

[5] 見《揮塵後録》卷一一、《建炎以來繫年要録》卷三五。

[6] 見《要録》卷七四。

[7] 見《揮塵前録・王知府自跋》、《要録》卷一二五。《書録解題》亦云，但誤作紹興初。

及《七朝國史》，擢右宣義郎①。十三年爲湖南安撫司參議官，獻《太玄經解義》，明年又獻《祖宗八朝聖學通紀論》，詔遷一官②。不久避地浙中剡溪，築雪溪亭，人稱雪溪先生③。紹興十六年卒④，

---

① 見《要録》卷一二五、卷一二六及《宋會要輯稿·崇儒五·獻書升秩》。劉一止《苕溪集》卷三六有《王銍進七朝國史列傳重加添補成書共二百十五册特與轉一官制》。

② 見《要録》卷一四九、卷一五一及《宋會要輯稿·崇儒五·獻書升秩》。

③ 見《雪溪集》卷三《頃在廬山與故友可師爲詩社》，卷四《剡溪月下泛舟》、《剡溪王秀才畫子猷訪戴圖》、《剡溪久寓》，卷五《雪作望剡溪》、《雪溪亭觀雨》等。趙不讁《揮塵録餘話跋》云："雪溪先生秉太史筆。"

④《揮塵後録》卷七云："丁卯歲，秦會之擅國，言者論會稽士大夫家藏野史，以謗時政，初未知爲李泰發家設也。是時明清從舅氏曾宏父守京口，老母懼焉，凡前人所記本朝典故與夫先人所述史稿雜記之類，悉付之回禄。"又卷一一云："紹興丁卯歲，明清從朱三十五丈希真乞先人文集序引。"是知王銍卒於紹興十七年丁卯（1147）前，當在十六年。《王知府自跋》云："先人棄世，野史之禁興，告訐之風熾，薦紳重足而立。明清兄弟居蓬衣白，亡所掩匿，手澤不復敢留，悉化爲煙霧。又十五年，巨援没而公道開，再命會稽官以物辦訪遺書於家。"巨援當指秦檜養子秦熺，紹興三十一年二月卒，贈太傅，旋奪贈官及遺表恩賞（《宋史》卷三二《高宗紀九》）。由紹興十六年至三十一年，恰正歷十五年。關於秦檜禁野史，《宋史》卷三〇《高宗紀七》載：紹興十四年四月"初禁野史"，《宋史》卷四七三《秦檜傳》載，紹興十四年"先禁野史"，十五年"又對帝言私史害正道"，十九年"禁私作野史，許人告"，知其禁野史非一時之事。此間在十七年曾查禁會稽李光（字泰發）家藏書之事，《秦檜傳》亦云"其後李光家亦舉光所藏書萬卷焚之"。王明清所云"先人棄世，野史之禁興"，即指紹興十七年在會稽查禁野史之事。李裕民《宋人生卒行年考》以爲"巨援没"指秦檜紹興二十五年（1155）死，十五年前王銍棄世應在紹興十年（1040）。（北京：中華書局，2010，第22頁。）按：紹興十四年"初禁野史"，四年前銍卒，此與明清所云"先人棄世，野史之禁興"不合。且稱秦檜爲"巨援"亦不可解，而秦熺紹興十八年除知樞密院事，乃樞密院長官，身爲輔弼，正爲宰相秦檜之"巨援"也。

年不足六十①。

王銍乃南宋初著名學者，陸游《老學庵筆記》卷六譽之云：
"王性之記聞該洽，尤長於國朝故事，莫不能記。對客指畫誦説，
動輒百千言，退而質之，無一語繆。予自少至老，唯見一人。"著
有《補侍兒小名録》一卷、《四六話》二卷、《默記》三卷、《雪溪集》
五卷②等，俱存。二子廉清（字仲信）、明清（字仲言），亦有名
於世③。

《直齋書録解題》小説家類著録《續清夜録》一卷，王銍性之
撰，《通考》、《宋志》同。北宋沈括有《清夜録》一卷（已佚，佚文存
六條，詳該書叙録），此續沈書也。《續清夜録》已佚，佚文檢得二
則。《説郛》卷三〇元無名氏《雋永録》引《來歲狀元賦》一條，末
注《續清夜録》。《古今説海》説纂部散録家六題宋高文虎録《蓼
花洲閒録》引《雋永録》此條。《五朝小説·宋人百家小説》偏録
家取入。又，《蜀中廣記》卷七九引《雋永録》。《廣豔異編》卷一
七定數部輯入，題《西蜀舉人》。《來歲狀元賦》文長五百餘字，寫
科名命定。祥符中西蜀二人赴舉過張惡子廟禱神祈夢，見衆嶽
瀆神來，共作來歲狀元賦而誦之。二子默記，及應試果爲此題，
但皆懵然不記一字，遂落榜。狀元乃徐奭，所作賦與神所誦者一
字不差。二子歎息得失有命，遂罷筆入山。《永樂大典》卷一三
一三六《夢子辭胎》，引自王銍《續清夜録》，云張生妻、婢及叔母
俱有娠，術者言當有產死災。一夕妻與叔母各夢所懷子辭往婢

① 張嵲《紫微集》卷三六《祭姊夫王性之文》："年不登於中壽，漂轉困窮，客
死異縣。"《吕氏春秋·安死》云："中壽不過六十。"或言七十（《淮南子·
原道訓》）、八十（《莊子·盜跖》），甚至百歲（《左傳》僖公三十二年疏），
當非張嵲所言中壽之義。
②《直齋書録解題》著録作《雪谿集略》八卷。
③ 見《老學庵筆記》卷二、趙不譾《揮塵録餘話跋》。

胎中,明日婢産子頭有兩角,子母俱斃,妻與叔母失胎而無他。

　　《默記》一書亦有"涉於語怪,頗近小説家言"①者,本書則蓋專主語怪,以續沈括《清夜録》。疑作於退居剡溪之時。其子明清亦有志怪書《投轄録》,當受乃父影響。

----

①《四庫全書總目》卷一四一小説家類二《默記》三卷提要。

出神記

節存。南宋余嗣撰。傳奇文。

余嗣(?—1156),字昭祖,一作德紹①。福州羅源(今屬福建福州市)人②。徽宗政和二年(1112)莫儔榜進士③。高宗建炎間曾官越州④,又爲潮州通判⑤。後居鄉里⑥。紹興十八年(1148)至福州,見同年進士、福建路安撫使、知福州薛弼⑦。明年以朝

---

① 《夷堅乙志》卷五《司命真君》:"余嗣,字昭祖,福州羅源人,官朝散郎。"《淳熙三山志》卷二七《人物類二·科名》、《福州府志》卷三六《選舉一·宋進士》則稱字德紹。

② 《三山志》亦云"羅源人"。

③ 《三山志》云"政和二年壬辰莫儔榜"進士。《八閩通誌》卷四六《科第·福州府》、《福建通志》卷三三《選舉·宋科目》、《福州府志》同。《夷堅乙志》云"與福帥薛直老有同年進士之好",《宋史》卷三八〇《薛弼傳》:"薛弼,字直老。溫州永嘉人。登政和二年進士第。"

④ 《乙志》引云:余嗣入冥見司命真官,"熟視之,蓋建炎間越州同官某也"。

⑤ 嘉靖《潮州府志》卷五《官師志》所載宋通判中有余嗣(注福州人),云"建炎間任",乾隆《潮州府志》卷三一《職官表上》同。

⑥ 《乙志》云:"紹興十八年,居鄉里,與福帥薛直老有同年進士之好,丐部銀綱往行在,欲覬賞典,合年勞遷兩秩,明年郊祀恩任子。"其居鄉里當在任潮州通判後,並非在紹興十八年,此年求丐部銀綱往行在(臨安),獲夢而未行。

⑦ 見《乙志》。又《樂善録》卷一引余氏《出神記》云:"潮倅余嗣,紹興戊辰丐綱欲往在所。"倅即州郡通判,長官副職。紹興戊辰即十八年。

散郎致仕①，二十六年卒②。

　　洪邁《夷堅乙志》卷五載《司命真君》一篇，叙余嗣入冥事，末云：
"竟自列掛冠，明年拜命，始爲人道其始末如此，且自作記。"李昌齡
《樂善録》卷一亦引之，末注"余氏《出神記》"。據李注知其原題爲
《出神記》，出神者，神魂出體也。而據洪引，則知作於紹興十九年。

　　二者皆非原文，《夷堅志》所引人稱當有改易，首尾皆非原文
語。又末云："人謂嗣必享上壽，福未艾也。然是後七年而卒，殊
與所夢不侔云。"是乃洪邁所述。《夷堅志》所引文詳，約一千二
三百字，《樂善録》才三百餘字。《大明仁孝皇后勸善書》卷一據
《夷堅志》引録。作品大意是：紹興十八年九月，余嗣由鄉里至福
州，求福帥、同年進士薛直老（弼），部銀綱往行在（臨安），欲求遷
兩秩，且欲趁明年郊祀恩任爲子求官③。行前一夕倦卧，見人
來，稱司命真君相召。入一城登殿，見司命真官，乃其往年越州
同官某④。真官謂嗣云今年預考校之列，官資儘有，但只能享壽
七十四。若能辭榮納禄，可延一紀。自此積功累行，享壽蓋不止
此。令使者引出，使者教以厭禳之術，並令其善自修持。嗣歸，
時已三更。遲明詣福帥薛弼⑤辭綱，且言欲致仕。還家後自列

---

①《乙志》："九月五日至郡中……張燈作辭綱劄子。遲明，詣薛白之，且言
　欲致仕。……泊還家……竟自列掛冠。明年拜命。"十八年九月至福
　州，明年拜命致仕，乃紹興十九年也。又《三山志》："朝散郎致仕。"
②《乙志》云"然是後七年而卒"。紹興十九年拜命致仕，後七年卒，乃二十
　六年也。
③《宋史》卷三〇《高宗紀七》載：紹興十九年"十一月壬辰，合祀天地于圜
　丘，大赦"。
④《乙志》所引注云："嗣不欲言之，或云張讀聖行也。"《樂善録》則注云：
　"姓章字文起。"
⑤據《南宋制撫年表》，薛弼（字直老）爲福建路安撫使、知福州在紹興十六
　年至十九年，十九年六月移知廣州。余嗣紹興十八年九月十九日入冥，
　明晨詣薛，時薛正爲福帥。

掛冠,明年拜命。

　　宋人小説多有入冥之作,祖述晉唐,弘揚佛法,大抵用筆細微而情節雷同。此作所異者,冥主稱真官、真君,冥使教厭禳之術等,全是道教氣象,而又有冥使令誦《金剛經》之事,遂呈佛道雜糅。作者虛構入冥,自稱壽延一紀,而洪邁云“是後七年而卒,殊與所夢不侔”,恰見其言之妄。然詳作者之意,意不在欺人欺己,余嗣進士及第三十餘年猶爲潮州通判,秩從七品①,官卑命蹇,長年家居,故假託真官言命而“辭榮納祿”,一瀉失意之情耳。

---

① 《職官分紀》卷四一《通判軍州》:“元祐令:上州通判正七品,中下州通判從七品。”潮州乃下州(《宋史》卷九○《地理志六》)。余嗣以朝散郎致仕,朝散郎爲寄禄官,階正七品。見龔延明《宋代官制辭典》,北京:中華書局,1997,第572頁。

亂漢道人記

節存,末殘。南宋陳世材撰。傳奇文。

陳世材,福州(治今福建福州市)人①。高宗紹興十五年(1145)劉章榜特奏名進士②。十七年爲南康縣尉③,二十年猶在任④。

《夷堅丁志》卷八《亂漢道人》首云:"《乙志》所載陽大明遇人呵石成紫金事,予於《起居注》得之。今又得南康尉陳世材所記,微有不同而甚詳,故復書於此。"下載:陽大明乃南康縣程龍里士人,父喪廬墓。明年歲在壬戌(紹興十二年),有道人從山上來,謂陽八月有厄,出藥令服之。索其架上布衫,陽與之,道人言乃聊相試耳。製紅藥丸與陽,陽不願服,道人自服之。又握塊土噓而成金,以贈陽,陽疑其以財利相試弗受,道人笑擲地,蹴之成頑石。臨別陽求題詩,道人取禿筆蘸水大書于壁而去,詩曰"陽君真確士,孝行洞穹壤"云云,前題"亂漢道人"。字跡初不可辨,旋成淡紫轉赤色。鄉士告縣,縣告郡,郡

① 見《淳熙三山志》卷二八《人物類三·科名》、《福州府志》卷三八《選舉三·特奏名》。
② 見《三山志》、《福州府志》、《八閩通誌》卷四六《選舉·科第·福州府》。
③ 按:陽大明事在壬戌歲(紹興十二年),末云:"後五年,世材自福州來爲尉(南康尉)。"後五年,十七年也。
④ 嘉靖《南安府志》卷三五《雜傳》:"庚午歲,陳世材爲尉。"庚午歲,紹興二十年。

聞於朝，賜束帛。後五年陳世材自福州來爲尉，親見陽，談始末如此。訪其廬，草屋摧毁，他人所題詩皆剥落，獨道人者如新。詩中云"七夕遣回往"，疑必吕洞賓。末云："陽廬父墓終喪，母繼亡，亦"，以下闕十二行。

　　按：明人劉節嘉靖中撰《南安府志》卷三五《雜傳》亦載此事，云："宋陽大明，字知甫，南康程龍里人。性至孝，執親喪，廬墓三年。紹興壬戌，在廬所黄公坑，地極深邃，比近無人煙。七月七日，忽有道人自山而下，大明喜延之坐。道人曰：'今兹八月，子當有厄。'乃探腰間藥壺，出一圓藥與之，曰：'服此可免。'且曰：'吾有求於子，其許我乎？'大明曰：'何也？'道人指架上布衫。大明疑其僞，諾不即與。則又促之，納壺中。大明駭之，意其幻我。道人曰：'吾豈真欲子衣邪？聊以相試耳。子能見與，亦可佳也。'探壺還其衣。又以藥末置碗中，以水和之，旋轉成紅圓，如彈。揖大明：'能服此否？'大明曰：'幸無病，不願服。'道人自吞之。少頃曰：'君於此必乏用，吾將有遺於子。'顧童取塊土，握（握）三噓之，曰：'意吾手中何物？'大明曰：'不知也。'置几上，化爲黄金，指痕歷然。又曰：'收此，可助晨昏之費。'大明疑其以利嘗己，弗受。道人擲金於地，蹴之，則化爲元石矣。乃辭去，留之飲，不可。因指壁間詩曰：'皆諸公見贈者，願得先生一篇。'道人曰：'可矣。'取秃筆柫（拂）地數四，蘸碗水，引手大書，略無丹墨之蹟，殊不可辨。送之門外，回看，淡紫色成字，久加赤色成丹書。詩云：'陽君真確士，孝行動穹壤。皇上憐其難，七夕遣回往。逡巡藥頑石，遺子爲饋享。子既不我受，吾亦不汝强。風誒（按：當作埃）難少留，願子志勿爽。會當首鼠紀，青雲看反掌。'後題'亂漢道人'，字蹟廓落，人間罕見。鄉人告于縣，縣告于郡，上諸朝，陽（按：當作賜）束帛。庚午歲，陳世材爲尉，躬至其廬，以爲唐人吕洞賓，得道遊人間，變姓名爲回道人，念云'遣回往'，必真人吕公。於是摹刻于石，而跋之。（注：石舊在大庾縣治裕民堂後，縣遷徙無常，今不知所在矣。《庾（庚）溪詩話》載此事，又以陽爲楊，又以爲閩人。)"

所記爲概述語，然若"陽大明字知甫"，"性至孝，執親喪，廬墓三年。……在廬所黃公坑，地極深邃，比近無人煙"，"以爲唐人呂洞賓，得道遊人間，變姓名爲回道人，念云'遣回往'，必真人呂公。於是摹刻于石，而跋之"云云，均爲《夷堅丁志》所無，則《丁志》亦有刪節。其云陳世材"摹刻于石，而跋之"，是知陳氏乃將亂漢道人題詩刻石，而將己記附後。原刻石當在南康縣（屬南安軍），而《南安府志》注云"石舊在大庾縣治裕民堂後"，大庾縣爲南安軍治所，在南康西南，刻石蓋移耳。刻石遷徙無常，後不知所在。劉節所記當據刻石拓片，非取自《夷堅丁志》。《府志》云"庚午歲陳世材爲尉"，庚午乃紹興二十年，去紹興十七年尉南康已三年，陳記即作於此年也。

《乙志》卷三《陽大明》（按：明鈔本陽作楊）所載較簡，情事有異，時爲紹興十三年。南宋陳巖肖《庾溪詩話》卷下亦載此事，云："閩中一士人姓楊，家貧而事親孝。忽七月七日，一道人自稱姓回，至其家。久之，因取囊中藥，點化一小石爲金，贈之曰：'助爾甘旨之費。'楊力辭曰：'不願得此，祇欲求一詩，爲陋室之光。'道人因用朱題於壁間曰：'楊君真愨士，孝行動穹壤。上帝憐其勤，七夕遣回往。須臾藥頑石，助子爲孝養。子既不我受，吾亦不汝强。風埃難久留，願子志勿爽。行看首鼠紀，青雲如返掌。'後不知其所終。"

宋世呂洞賓事盛傳於世，北宋陸元光作《回仙録》記回道人會吳興沈東老事，此録即《沈東老祠堂碑記》，乃石刻（參見《回仙録》叙録），陳世材此作亦然。沈東老以孝義名，陽大明父喪廬墓，亦孝子，皆借呂洞賓表彰孝義也。而又皆有呂題詩之情事。所異者，東老成仙而大明獲朝廷賜帛。道人題詩末

云：“會當首鼠紀①，青雲看反掌。”首鼠紀指紹興壬戌歲（十二
年）後首個子年，紹興十四年爲甲子年，蓋此年得朝廷賜帛。
《乙志》爲紹興十三年事，云“明年詔賜帛十匹”，亦正十四
年也。

---

① 按：原作記，《乙志》同，《歲時廣記》卷二七引《夷堅乙志》亦同。《南安府
志》、《庚溪詩話》作紀，據改。紀，紀時。

勸戒録

佚。南宋王日休撰。志怪集。

王日休(1104—1172)，字虚中①，號龍舒居士②。舒州懷寧（今安徽安慶市潛山縣）龍舒鄉人③。早爲太學諸生，傳注經子數十萬

---

① 見葛立方《講易堂記》（《咸淳臨安志》卷五二《官寺一》引）、周必大《文忠集》卷九《王日休贊》、張孝祥《于湖居士文集》卷一五《龍舒淨土文序》、費袞《梁谿漫志》卷一〇《王虚中》（明仁孝皇后徐氏《勸善書》卷七引有此條）、釋宗曉《樂邦文類》卷三《大宋龍舒居士王虚中傳》、《萬姓統譜》卷四四。

② 見《樂邦文類》、姚勉《雪坡舍人集》卷四六《太平興國寺再建淨土院接待榜》、《懷寧縣志》卷一九《儒林》。

③ 《玉海》卷四〇引《書目》（《中興館閣書目》）著錄《春秋明例》，云：“紹興中舒州布衣王日休撰。”《萬姓統譜》稱“舒人”，《懷寧縣志》稱“懷寧人”。《梁谿漫志》、《樂邦文類》、釋志磐《佛祖統紀》卷二八《淨土立教志》乃稱“龍舒人”，《王日休贊》稱“龍舒王日休”，《龍舒淨土文序》稱“友人龍舒王虚中”，《講易堂記》稱“龍舒《易經》師王虚中”，均謂龍舒人。按：龍舒，古縣名，西漢置，屬廬江郡，東晉廢。據《中國歷史地圖集》第二册西漢時期，龍舒舊治在今安徽霍山縣東南、舒城縣西南。《左傳》文公十二年杜預注：“今廬江南有舒城，舒城西南有龍舒。”《太平寰宇記》卷一二六《廬州·舒城縣》：“龍舒城，在縣西一百里，龍舒水西。”南宋羅泌《路史·國名紀》卷乙《舒龍》：“龍舒故城去州（舒州）三百，而舒城、懷寧皆有龍舒鄉。”古龍舒地占宋人已不詳，惟知大致位置，故於舒城、懷寧皆設龍舒鄉。懷寧縣乃舒州治所，在古龍舒東南，相去不遠。《玉海》云“舒州布衣王日休”，而舒州懷寧縣有龍舒鄉。王日休當爲懷寧縣龍舒鄉人，故以龍舒爲號。清彭紹升《居士傳》卷三三《王虚中傳》云“廬州人”，乃因古龍舒在廬州境內。

言,然科舉不利。晚以特奏名廷試,不用條對式,但如科舉答策,坐是竟不得官。① 先治《春秋》學,高宗紹興初(1131)抱其書質於葛勝仲,深受贊許②。孝宗隆興元年(1163)陳輝知臨安府③,建講易堂,延日休居之,聚徒講學④。乾道八年(1172)後訪吉州守周必大於廬陵,授《易》,一夕而卒,年六十九。⑤

　　日休精通《易》學、《春秋》學及佛學,周必大稱其"儒釋兼通,嘗爲《六經》、《語》、《孟》訓解至數十萬言,尤篤信淨土之説"(《王日休贊》)。著述極豐,撰有《龍舒易解》一卷、《準繫解易》二十四卷、《春秋孫復解辨失》一卷、《春秋公羊辨失》一卷、《春秋左氏辨失》一卷、《春秋穀梁辨失》一卷、《左氏正鑑》、《春秋名義》(一作《春秋明例》)一卷、《養賢録》三十二卷、《模楷書》、《金剛經解》四十二卷、《淨土文》十一卷等。⑥ 今存只《龍舒淨土文》十卷,餘皆佚。

　　李昌齡《樂善録》引王日休《勸戒録》十三條:"大觀官員"⑦、

────────────────

① 見《梁谿漫志》。《王日休贊》云:"嘗以特奏名入官,棄不就。"

② 見《講易堂記》。葛勝仲乃葛立方之父。

③ 據《咸淳臨安志》卷四七《秩官表五》,陳輝隆興元年六月以右朝請大夫、直祕閣、兩浙轉運副使兼權知臨安府,二年四月改知建寧府。

④ 見《講易堂記》。

⑤《王日休贊》:"飄然訪予于廬陵,方爲學者講《易》,一夕,厲聲云:'佛來!佛來!'即之逝矣,享年六十有九。"又周必大《文忠集》卷一八六乾道九年《又致吕伯共正字書》:"去冬有王日休秀才擕其書來,席未暖而卒。"按:《梁谿漫志》載:"館於廬陵某通守家,一日謁通守,謂之曰:'某去矣,以後事累公。'通守愕然。虛中乃著白衫,詣佛堂,合掌念佛,頃之,立化於植木矣。傾城縱觀,累日不能遏。通守亦明眼人,乃命具棺。指虛中謂人曰:'先生平時照了諸妄,坐卧自如。今請先生卧。'即舉而入棺。"通守即周必大。

⑥ 見《宋志》、《萬姓統譜》、《講易堂記》。按:《宋志》地理類有王日休《九丘總要》三百四十卷,此王日休爲池州守,此書上於淳熙六年(1179),見《玉海》卷第一五《地理》、《宋會要輯稿·崇儒五》。

⑦ 此條明仁孝皇后徐氏《勸善書》卷一二採入。

"二官員求夢"、"南海太守"、"近人還魂"、"何儼姑"、"士人赴試"、"越州寄居官"（以上卷一）、"日者"、"王和叔"①、"獄官"、"太學二士人"（以上卷二）、"官員山行"（卷三）、"安庭栢"②（卷四）。又《嘉定鎮江志》卷二一《紀異》載邵彪（字希文）爲士人時夢兆官至安撫使事③，末注"王日休文"，疑亦出本書。其中"越州寄居官"事在紹興十三年，而《樂善録》編成於隆興二年，是知書成於紹興十三年後至紹興末。

周必大《文忠集》卷一九《跋歐陽邦基勸戒別録》云："淳熙甲午秋，永新歐陽邦基壽卿攜書過予，滔滔千八百言。予愛歎其才，每以進修勉之。而壽卿素慕龍舒王日休之爲人，讀其《居戒録》及《淨土文》而悦之。"書名作《居戒録》。若非字誤，則別稱也，謂居身以爲戒。

本書内容全係報應之説，虛中篤信佛教，故撰此以勸世戒衆，善書也。引文文字簡略，僅存梗概耳。

---

① 此條《勸善書》卷一一採入。
② 此條《勸善書》卷二採入。
③《至順鎮江志》卷一八："邵彪字希文，宣和三年（1121）登進士丙科。歷崑山縣主簿、登州教授、國子監丞，終知楚州。"《建炎以來繫年要録》卷六九載：紹興三年（1133）左朝散郎邵彪知楚州。《宋會要輯稿·食貨二之一四》、《道光泰州志》卷一三《秩官表上·州牧》載紹興五年邵彪知泰州（《泰州志》誤作邵彪文）。吴廷燮《南宋制撫年表》無邵彪。

黃法師醮記

節存。南宋魏良臣撰。傳奇文。

魏良臣(1094—1162),字道弼。建康府溧水縣(今屬江蘇)崇教鄉南塘人。徽宗宣和三年(1121)登進士第,詣闕投書伸太學生陳東冤,天下高其義,調嚴州壽昌令。① 高宗紹興二年(1132)以左從政郎充樞密院編修官,復除敕令所刪定官。② 三年爲尚書刑部員外郎③,十二月爲都官員外郎,明年七月移吏部。④ 八月充金國軍前奉表通問使,五年正月坐應對失詞、誇大敵情而罷,五月奉祠主管台州崇道觀。⑤ 七年知漳州,八年入爲吏部員外郎,九年遷右司員外郎,移左司,遷吏部郎中。⑥ 十年

---

① 以上據《至正金陵新志》卷一三下之上《人物志·耆舊》。
② 見《建炎以來繫年要錄》卷五二、卷五七。
③ 張綱《華陽集》卷四外制有《魏良臣除刑部郎官》。按:《華陽集》卷四〇洪蒇撰《故資政殿學士、左通議大夫、丹陽郡開國公、食邑二千二百户、食實封一百户、致仕贈左光禄大夫張公(綱)行狀》,張綱紹興三年五月除中書舍人,明年正月除給事中。
④ 見《要錄》卷七一、卷七八。
⑤ 見《要錄》卷七九(又《宋史》卷二七《高宗紀四》)、卷八四、卷八九。
⑥ 見《要錄》卷一一四、卷一二三、卷一二八、卷一三二。按:《金陵新志》稱"除禮部郎官",疑誤。劉一止《苕溪集》卷三二《外制》有除魏良臣吏部郎中制,卷四三《外制》有除魏良臣右司郎官制。劉一止紹興九年正月至九月任中書舍人(韓元吉《南澗甲乙稿》卷二二《敷文閣直學士、左朝奉郎、致仕劉公行狀》),正當此時。是則九年又授吏部郎中。

爲中書門下省檢正諸房公事①。十一年爲吏部侍郎，十三年罷，
出知池州。② 十五年復敷文閣待制，十七年升直學士、提舉江州
太平觀，十九年知廬州。③ 二十五年十一月拜參知政事，明年二
月因“分朋植黨，背公營私”而罷，以資政殿學士出知紹興府。④
本年十二月罷府，提舉臨安府洞霄宮。二十八年二月知宣州，九
月移知潭州，三十一年正月復移洪州。⑤ 三十二年閏二月提舉
臨安府洞霄宮，四月卒⑥，年六十九⑦。贈光禄大夫、建康郡開國
侯，謚敏肅⑧。

　　洪邁《夷堅丙志》卷一〇《黄法師醮》，叙紹興二十一年魏道
弼夫人趙氏亡，女婿胡長文延洞真法師黄在中設九幽醮事，末
云：“魏公自作記五千言，今摭取其大要如此。”洪邁所摭大要亦
達一千六百字左右，叙事頗繁。略云趙氏病亡黄設九幽醮，招魂

---

① 見《要録》卷一三八。

② 見《要録》卷一四一、卷一四二、卷一五〇，《宋會要輯稿·職官七十》。
　劉才邵《檥溪居士集》卷四有《吏部侍郎魏良臣轉官制》，卷五有《魏良臣
　罷吏部侍郎制》。

③ 見《要録》卷一五四、卷一五六、卷一五九。

④ 見《要録》卷一七〇、卷一七一，《宋史·高宗紀八》，《宋會要輯稿·職官
　七八》。

⑤ 見《要録》卷一七五、卷一七九、卷一八〇、卷一八八。周麟之《海陵集》
　卷一六《外制》有《魏良臣知宣州》。洪邁《夷堅支戊》卷四《豫章神廟》：
　“魏道弼參政，紹興壬午年爲洪府帥守。”壬午年乃三十二年，此年閏二
　月罷府奉祠。

⑥ 見《要録》卷一九八、卷一九九。

⑦ 見《金陵新志》。

⑧ 見《金陵新志》。《要録》卷一九九亦云“謚敏肅”。《宋會要輯稿·禮五
　九》：“資政殿學士、贈左光禄大夫魏良臣，謚敏肅。”又《儀制一一》：“資
　政殿學士、左中大夫、提舉臨安府洞霄宮魏良臣，三十二年四月，贈左宣
　奉大夫。”左宣奉大夫即左光禄大夫。

入浴。幼子叔介見亡母垂足入浴盆,又見仙女奉符去,追召魂魄。是夜叔介夢被金甲將軍引入地府,見太一救苦天尊、九天司命第一主者等,並觀看上天真宰檢察地獄。見獄囚萬人列廷下,備受火輪桐柱、銅狗鐵蛇楚毒。中有三人公服,生前臨政酷虐,不孝不廉,故獲罪受罰。將軍又引觀鑊湯、碏石、喬律等獄。將軍常在壇上聽指揮,主奏上醮文,云法師青詞甚好,故天尊、主者赦趙氏出地獄。將軍教叔介呪偈,告其默誦則可聰明。然後引叔介渡灰河,叔介拜謝慈顧,將軍云昔與叔介前身同官,曾蒙調護免罪。叔介歸家,見亡母至壇前拜謝黃法師救苦,升空而去。法師以盂水噀叔介面叱之,遂寤。《廣豔異編》卷一八冥跡部輯入,題《魏叔介》。

　　此記當作於紹興二十一年。玩其用意,乃在神化黃法師之醮術,表達對亡妻之超度心願,而托其幼子以遇神明,並獲《聰明偈》云云,則又含魏氏自神之意。此作純爲迷信心理及自炫心理驅使下之杜撰,内容殊無可取。然其想像較爲豐富,叙事極爲細緻曲折。文長五千言,宋傳奇中實爲鮮見。

飛猴傳

節存。南宋趙彥成撰。傳奇文。

趙彥成，台州天台（今屬浙江）人①。魏王趙廷美（太祖匡
胤、太宗光義異母弟）八世孫②。李新《跨鼇集》卷三有《江邊行
貽趙彥成》，卷一八有《送趙彥成序》，云："某與彥成身儒行儒，幾
三十年矣。"③

《夷堅志補》卷二二《侯將軍》載：天台市吳醫有女擇婿，女忽
見亡嫂，嫂爲擇侯將軍。女自是精神迷罔，夜即盛裝，若有所之，
殆一年許，其家延巫師禳解無效。一日，女忽語將軍明日將至，
至期果率衆而來，父母強爲接待。吳醫求寧先生，寧至吳家建壇
設獄，敕神將擒撲侯將軍，乃一飛猴，並盡擒餘妖，皆狐狸蛇虺木
石鳥獸之怪。焚猴尸，揚灰江上，女遂如初。末云："赤城趙彥成
親見其事，作《飛猴傳》記之。"事在紹興二十一年（1151）七月，傳

---

① 文云"赤城趙彥成"，赤城指赤城山，在台州天台縣。

② 據《宋史·宗室世系表二十》及二十六，魏王趙廷美八世孫中名彥成者
四人。二人屬高密郡王趙德恭房，一爲贈通直郎趙公覽子，一爲贈武顯
郎趙公濟子；一屬郎國公趙德恭房，趙公望子；一屬江國公趙德欽房，保
義郎趙公岐子。此傳作者不知係何一趙彥成。

③ 南宋陳思《海棠譜》卷下有邵康節《遊海棠西山示趙彥成》詩，邵康節即
邵雍，謚康節，北宋神宗熙寧十年（1077）卒。《山谷詩集注》卷一二有黃
庭堅弟黃知命詩《次韻答清江主簿趙彥成》，黃𤐫《山谷先生年譜》編此
詩於紹聖三年（1096）。此二人當非此傳作者。

當作於此年或稍後。

此爲伏妖故事，古來所叙甚多，但此作似有寓意。吳女蘇醒後白父母曰："向者明知爲妖類，方肆虐時，正欲上訴於天，亦不可得。蓋其徒千百成群，往來太空間，縱有章奏，必爲所邀奪，雖城隍里域之神，尚不能制，況於人乎！"紹興二十一年，秦檜猶在相位，至二十五年方病終。秦檜弄權禍國，姦党滿天下，飛猴者乃妖黨之首，正是影射秦檜。彥成乃儒者，長年身儒行儒，以小説家言揭露秦檜罪惡，表達正直人士對於掃除"妖黨"、安定國家之願望。《宋史》卷四七三《秦檜傳》載：紹興二十年六月，秦檜子秦熺加少保，福建安撫司機宜吳元美作《夏二子傳》，以蚊蠅比擬秦氏父子[1]，《飛猴傳》亦正如之，惟彼爲寓言，此爲傳奇也。此作筆力老健，長於描寫，想像亦較豐富，頗見幻設之趣。

《逸史搜奇》癸集八、《廣豔異編》卷二七獸部二、《情史》卷二一情妖類輯入此篇，各題《吳氏女》、《侯將軍》、《猴精》。《情史》文字有删改。

---

[1]《建炎以來繫年要録》卷一六一亦載，云："（紹興二十年九月）降授左承事郎、福建安撫司主管機宜文字吳元美除名容州編管。元美嘗作《夏二子傳》，其略云：'天以商代夏，是以伊尹相湯伐桀，而聲其割剥之罪。當是時，清商飆起，義氣播揚，勁風四掃，宇宙清廓，夏告終于鳴條，二子之族，無小大少長，皆望風隕滅，殆無遺類。天下之民，始得安食酣寢，而鼓舞於清世矣。'夏二子謂蠅蚊也。其鄉人進士鄭煒得之，持以告本路提點刑獄公事、權福州孫汝翼。汝翼惡之，抵煒罪。煒怒走行在，訴元美譏毀大臣。秦檜從尚書省下其章。元美家有潛光亭、商隱堂。煒上檜啓：'亭號潛光，蓋有心於黨李；堂名商隱，實無意于事秦。'他皆類此。檜進呈，上曰：'元美撰造謗訕，至引伊尹相商伐桀事，其悖逆不道甚矣。可令有司究實取旨。'至是，法寺言：'元美因與李光交結，言事補外，心懷怨望，遂造《二子傳》指斥國家，及譏毀大臣，以快私忿，法當死。'上特宥之。汝翼已移知荆南府，亦降二官。元美卒於貶所。"

苕川子所記三事一卷

佚。南宋苕川子撰。傳奇集。

苕川子,姓名不詳。苕川蓋即苕溪,一名苕水,在湖州境内。作者當居於此,因以爲號①。

本書見於《直齋書録解題》小說類著録,一卷,云:"不知何人。三事者乃勃窣姑、王立、林果毅,皆異事也。末有韓蟲兒一事,是歐陽公所記,偶録附此。"《通考》同。

按:勃窣姑不詳,勃窣意爲婆娑,豈言舞女或巫女耶? 林果毅,林姓果毅,果毅,武官名。王立事,小説中凡有二:一是明田汝成《西湖遊覽志餘》卷二六《幽怪傳疑》所載,紹興間秦檜親兵王立殺死周氏婢而竊其財,周氏婢鬼魂遂嫁之而侯時索命,後被王立隊將以符所制,而王立亦伏法。《西湖二集》卷一三《張採蓮隔年冤報》即演此。其二是《夷堅丁志》卷四《王立燺鴨》②,此王立乃建康通判史忞舊庖卒,死後爲鬼賣燺鴨。此事乃朱椿年親聞於史倅,而又説與洪邁。本書所記頗疑即前事,記叙委曲周詳。《西湖遊覽志餘·幽怪傳疑》大抵採掇前人書中異事而成,多有出自宋人書者,是故親兵王立事極可能即採録本書《王立》。王立事在"施全之變"以後,施全刺秦檜在紹興二十年(1150),

---

① 南宋胡仔號苕溪漁隱,《苕溪漁隱叢話序》:"余居苕水。"劉一止湖州歸安人,號苕溪,有《苕溪集》。

② 《廣豔異編》卷三五輯入,題《王立》。

《宋史》卷四七三《秦檜傳》有載。然則本書似作於紹興二十年以後。

所附韓蟲兒事，見於《歐陽文忠公文集》卷一一九《奏事錄》。嘉祐七年(1062)宮婢韓蟲兒曾被仁宗召幸，仁宗死後詐稱懷有仁宗遺腹子，事敗決臂杖二十，送承天寺充長髮。[①]　此乃北宋宮闈一椿公案，不知緣何附載於本書。

---

①《續資治通鑑長編》卷一九九仁宗嘉祐八年亦載事略。

趙士遏治療記

節存。南宋魏彥良撰。傳奇文。

魏彥良，高宗紹興二十二年（1152）爲右朝請大夫、池州通判。①

《夷堅丙志》卷八《趙士遏》，末云：“時右朝請大夫魏彥良通判池州，爲作記。”略云：紹興二十二年江東兵馬鈐轄黃某秩滿過池州，遇舊同官趙士遏。趙訝其顏色青黑，黃言祖傳療疾，世世有殞命者，次子沆亦然。趙以太上法籙治之，焚香書符，使吞之，見手指內外生黃毛。再作法吞符，父子身中飛出黑花蟬蛾四五，壁間出蟲如蜣蜋蜘蛛，捕之悉投沸鼎中，遂愈。黃作九幽大醮，拔度先世療亡者。黃氏歷世惡疾，自此而絕。文字較長，然當爲節錄。原題不知，姑擬。

事在紹興二十二年，蓋作於此年。趙士遏神奇法術，當據傳聞。《永樂大典》卷二〇三一〇引《夷堅志》全文，題《療疾》，次子作沅②。《勸善書》卷五採入，亦作沅，黃某作黃順，刪去末“士遏字進臣”云云。

---

① 隆慶《臨江府志》卷五《官師》載，清江縣令中有魏彥良，在李時亮前。按：李時亮，北宋人。仁宗嘉祐中舉進士（《大明一統志》卷八四《梧州府·人物》），神宗元豐五年（1082）知瓊州（《續資治通鑑長編》卷三二八）。清江縣令魏彥良蓋別一人。
② 《續修四庫全書》影印影宋鈔本、阮元《宛委別藏》本、陸心源《十萬卷樓叢書》本同。

高俊入冥記

節存。南宋晁公遡撰。傳奇文。

晁公遡（1117①—?），字子西②，號嵩山先生③。晁公武弟。世爲澶州清豐縣（今屬河南濮陽市）人，自七世祖佺始徙家彭門（彭城）④，厥後因仕而居開封⑤。高宗紹興八年（1138）登進士第⑥。爲左

---

① 晁公遡《嵩山居士文全集》卷四七《送子嘉兄赴達州司户序》："某……不幸生十年而北敵發難，先君惟國之憂，不忍捨而去，留佐東道，師敗於寧陵。某不能從死，獨與兄弟扶攜而東。"卷三七上查運使劄子："某生十一年而孤……"公遡父沖之。按：靖康元年（1126）金人犯京師，時公遡十歲，次年父死國難。則公遡生於政和七年（1117）。

② 見《宋元學案補遺》卷四引《姓譜》、《涪陵縣續修涪州志》卷九《秩官志·文職》（名誤作公愬）。《萬姓統譜》卷三〇誤作子四。

③ 師璿《嵩山先生文集序》稱"嵩山先生"。

④ 見《宋史》卷三〇五《晁迥傳》。按：晁佺生迥，迥生宗愨，宗愨乃公武、公遡高祖。《郡齋讀書志》別集類《晁文元道院別集》稱晁迥（謚文元）爲五世祖，乃不計本人在内。

⑤ 見《新修清豐縣志》卷七《鄉賢》。《嵩山居士文全集》卷四八《梁山縣令題名記》："某家大梁，垂百餘年不遷，丙午歲始去其里中。"大梁即開封。丙午歲乃靖康元年（1126），蓋此年避亂南渡。北宋王珪《華陽集》卷五〇《提點京東諸路州軍刑獄公事、兼諸路勸農事、朝散大夫、行尚書祠部員外郎、充秘閣校理、上輕車都尉、借紫晁君（仲衍）墓誌銘》："其先澶之清豐人，後徙彭城，今家開封之昭德坊。"晁仲衍乃晁迥（轉下頁注）

⑥ 見《姓譜》、《清豐縣志》卷四《進士》。

迪功郎、梁山軍梁山縣尉①。十五年爲涪州軍事判官、涪陵令②，三十年通判施州③，三十一年官左承議郎、知梁山軍④。孝宗乾道元年（1165）知眉州⑤，四年爲成都府路提點刑獄⑥。五年爲兵部員外郎⑦。

（接上頁注）孫、宗愨子。晁補之《濟北晁先生雞肋集》卷六四《右朝議大夫致仕晁公墓誌銘》："公諱仲熙，字子政。其先澶州清豐人，後徙開封祥符。"仲熙乃迴孫、宗操子。按：晁公武兄弟占籍，有鉅野、濟南、濟北、彭城、開封等，孫猛以爲當以澶州清豐爲是。《郡齋讀書志校證》，上海古籍出版社，1990，第 1243 頁。何新所《昭德晁氏家族研究》云晁迥一系均居住於開封。上海古籍出版社，2006，第 21 頁。

①《嵩山居士文全集》卷四五《上周通判書》："正月日門生左迪功郎、梁山軍梁山縣尉晁某謹齋沐裁書獻于某官。……往年天子下明詔，廣延四方之士，而某適爲郡國推上，蓋有幸焉，其誰曰宜。於是擔簦躡屩，不遠千里至蜀都，與諸儒角其能。"又卷四八《梁山縣令題名記》："去歲之冬，自涪陵來尉玆邑。"

②《涪州志》："紹興十五年涪陵令。"《嵩山居士集》卷四九《程氏經史閣記》："予昔嘗爲涪州軍事判官，事太守程公（敦書）。"

③ 見《嵩山居士文全集》卷三四上費寶文（行之）劄子。

④ 見《建炎以來繫年要録》卷一九〇。

⑤《宋會要輯稿·選舉二〇》："是歲（乾道元年）四川類省試，詔權潼川府路轉運副使何逢原監試，直敷文閣、知遂寧府馬騏，權知漢州張行成別試所監試，權知眉州晁公溯別試所考試。"《嵩山居士集》卷五〇《眉州州學藏書記》及《眉州起文堂記》末署"乾道年月日郡守晁某記"。又卷一二《丙戌元夕》詩云"刺史敢云樂"，丙戌乃乾道二年。與費寶文劄子亦云："某賴恩公之庇，既得于梁山理去，又叨除守眉陽。"

⑥ 周必大《文忠集》卷三五《朝請大夫知漳川府何君耕墓誌銘》："（何耕）俄通判成都府。乾道四年……文人晁公遡爲提點刑獄，詩以美之。"

⑦《宋會要輯稿·選舉二〇》："（乾道）五年正月九日，命吏部尚書兼侍讀兼權翰林學士汪應辰知貢舉，給事中兼直學士院梁克家、右諫議大夫兼侍講陳良祐同知貢舉，秘書少監汪大猷、司農少卿胡襄、禮部員外郎李燾、兵部員外郎晁公溯……點檢試卷。"

官終朝奉大夫、直祕閣①。著《嵩山居士文全集》（又名《嵩山集》）五十四卷。

本篇載於《夷堅甲志》卷一二，題《高俊入冥》，末小字注：“晁公遡作記。”②《樂善録》卷五亦引事略，注《夷堅録》，文字多有增改。晁集無此記。據師瓛《嵩山先生文集序》，《嵩山居士文全集》乃門人師傅甫所編，刻於乾道四年（1168）。公遡平生所著詩文散落極多，“傅甫之所得，殆筦中之豹”。此記未被編入文集，蓋時已亡佚。故事發生在紹興二十二年（1152）③，乃公遡作記時之近事，殆作於此後數年間。《夷堅甲志》（二十卷）撰成於紹興三十二年④，而此記編在第十二卷，似記成後不久即被洪邁採録。

此爲入冥故事，大意謂雄威軍卒高俊於紹興二十二年被追入冥府，見衆囚備受刑罰，凡有生前妄費膏油塗髮之女受懸足之苦，搖唇鼓舌之女受鉗舌之苦，賊殺無辜者受割剔肌膚之苦，棄面食水漿者受飲腐水之苦。冥主問高俊生辰，發現時辰有誤，係誤追者，遂放歸。歸途中又遇種種險懼，遂驚窹，已死二日。明仁孝皇后徐氏《勸善録》卷一據《夷堅志》採入此事，多有删節。

大凡入冥故事往往程式化，大抵爲被追、對證、地獄見聞、放還復生，惟具體情事各異，而叙事描寫往往細緻入微。本篇亦大抵如此。宋人小説言入冥者極多，佛教地獄報應之説在民間及士大夫中影響之深，乃可見矣。

---

① 見《清豐縣志·鄉賢》。
② 上海涵芬樓《新校輯補夷堅志》本、中華書局點校本、陸心源《十萬卷樓叢書》本記譌作説，《續修四庫全書》影印上海圖書館藏影宋鈔本、阮元《宛委別藏》本作記，據改。
③《樂善録》卷五引作紹興辛巳，乃三十一年，疑誤。
④ 參見《夷堅志》叙録。

解三娘記

　　節存。南宋關耆孫撰。傳奇文。

　　關耆孫，字壽卿①。永康軍青城縣（今四川都江堰市東南）人②，一說永州零陵（今湖南永州市）人③。高宗紹興十八年（1148）進士出身④。二十七年爲果州教授⑤。孝宗隆興元年（1163）詣闕⑥。乾道元年（1165）爲國子錄⑦。二年爲著作佐

---

① 見《南宋館閣錄》卷八《官聯下》、陳巖肖《庚溪詩話》卷下、洪邁《夷堅甲志》卷一七《解三娘》、《丙志》卷三《楊抽馬》、卷一九《青城監稅子》等。
② 《庚溪詩話》云"蜀人關壽卿耆孫"。《夷堅丙志》云："蜀人楊迪功……監青城縣稅……邑人關壽卿過楊。"知爲青城縣人。
③ 見《館閣錄》。
④ 《館閣錄》："王佐榜進士出身。"王佐乃紹興十八年狀元，見《紹興十八年同年小錄》。然《小錄》中無關耆孫。
⑤ 說詳本叙錄下文考述。
⑥ 見《丙志·青城監稅子》。
⑦ 洪适《盤洲文集》卷二三《外制五》有《關耆孫國子錄制》，乃官中書舍人時所爲。據《盤洲文集》所附周必大《宋宰相、贈太師、魏國洪文惠公神道碑銘》及許及之《宋尚書右僕射、觀文殿學士、正議大夫、贈特進洪公行狀》，洪适隆興二年九月除中書舍人，乾道元年五月除翰林學士，仍兼中書舍人，六月除端明殿學士、簽書樞密院事。關耆孫除國子錄，當在隆興二年九月至乾道元年六月間。《宋會要輯稿·選舉二〇·試官下》載："（乾道元年）八月五日，國子監解發命……秘書丞劉貢別院考試，國子錄關耆孫、太學錄范端臣點檢試卷。"乾道元年關爲國子錄。

郎①。是年十二月除祕書省正字,明年七月遷校書郎,九月出知簡州②。後遷著作郎,六年免歸,爲夔州路轉運使,明年歸卧青城山中③。著《建隆垂統略》一卷④,佚。

　　本篇見引於李昌齡《樂善録》卷四、洪邁《夷堅甲志》卷一七(題《解三娘》),《夷堅志》文詳,然亦有刪略,《樂善録》多有可據補者。《樂善録》末注:"果州教授關耆孫記。"所記據關氏原記。《夷堅志》乃云:"關壽卿耆孫初赴教官,適館于此,嘗爲作記。"洪邁所記乃得之于虞允文(字并甫),本卷《魚腹佛頭》末注"八事皆虞并甫説",《解三娘》即八事之一。記末云馬紹京時爲渠州鄰水尉,未幾調普州推官,而虞并甫時爲渠州守。解三娘果州訴冤在

①《庚溪詩話》云:"兵部侍郎劉朝美儀鳳……罷歸蜀,蜀人關壽卿耆孫爲著作佐郎,以詩餞行。"據《宋史》卷三八九《劉儀鳳傳》,儀鳳乾道元年遷兵部侍郎兼侍講,在朝十年,儲書萬餘卷,御史張之綱論儀鳳録四庫書本以傳私室,遂斥歸蜀。關耆孫餞行詩中亦云:"十年成底事,贏得載書歸。"儀鳳紹興二十七年(1157)被薦入朝,至乾道二年首尾正十年。

②見《館閣録》。《宋會要輯稿·選舉二〇·試官下》載:乾道四年"權發遣簡州關耆孫別試所考試"。又《選舉三一·召試》載:乾道二年十一月,"詔左從事郎關耆孫、左宣教郎范端臣并召試館職。"乾道四年關耆孫猶知簡,左從事郎乃知簡時階官。《輿地紀勝》卷一四五《簡州·風俗形勝》有關耆孫《碑陰記》。

③陸游《渭南文集》卷一四《送關漕詩序》,作於乾道六年,中云:"今著作之免歸……"卷二六《跋關著作行記》,作於乾道七年,中云:"著作關公……免歸之明年……今公歸卧青城山中……"著作當指著作郎,官品高於校書郎。《送關漕詩序》稱關漕,又《跋關著作行記》云"著作關公出使硤中",而末題"左奉議郎、通判夔州軍州、主管學事陸某",是知關耆孫乾道六年著作郎免官後,歸蜀任夔州路轉運使。關耆孫《瞿塘關行記》(《全蜀藝文志》卷六四)云:"乾道庚寅中元日,關耆孫約李時雨、陳彥、岳建壽、宋嵩、李晉、張徽之、雍大椿,飲于三峽堂。晚攜餘觥,下瞿唐關,訪夔刺史舊治。"乾道庚寅正爲乾道六年。

④見《宋志》傳記類。

紹興二十七年，時虞守渠，二十八年自渠州守被召至臨安（見本卷《夢藥方》）。據《宋史》卷三八三本傳，虞允文被薦入朝後歷任祕書丞、禮部郎官、中書舍人等，三十二年二月充川陝宣諭使而至蜀。虞對洪邁所説八事中之《孟蜀宫人》末云“甲以紹興三十年登乙科”，知此八事説於紹興三十年或三十一年，時洪邁在京任樞密院檢詳諸房文字，到三十二年爲接伴使而使金①。是故粗言之，關氏此記作於紹興二十七年後、三十一年前。然虞并甫紹興二十八年入京後當無見關之可能，因直到紹興三十二年宣諭川陝時關仍在成都②。故而關氏此記極可能作於紹興二十七年或二十八年，上任果州教授館于南充驛聞此事而記之。虞守渠州，與果州相鄰（果州在渠州西），得其記而攜至京，洪邁正撰《夷堅志》，遂爲述之。洪邁蓋曾寓目此記，故記之頗詳。

　　記云：右武大夫、興州後軍統領趙豐，紹興二十七年春次果州，館于南充驛。驛人云堂有怪，至夜，果有哭聲從外來，趙以其有冤，允爲申之。明日以語太守王弗，王以爲妄。趙夜宴歸，見女子散髮前訴。自云乃解通判女三娘，名蓮奴，本中原人，遭亂入蜀，失身於秦茶馬司李忞户部家，居於此館（指南充驛館）。李有女嫁郡守馬大夫之子紹京，以三娘從嫁，而爲馬紹京所私。有娠，李氏告父，李忞杖之至死，氣未絶而掘窖倒埋之。今已三十

---

① 見錢大昕《洪文敏公年譜》。

② 《夷堅乙志》卷二○《王祖德》載：成都人王祖德紹興三十一年來臨安，得監邛州作院，之官後聞虞并甫宣諭陝西，王往秦州上謁，六月客死于秦。虞公遺卒護其柩至家。此爲紹興三十二年事，時“關壽卿館于夾街之居”，與王氏相鄰。夾街在成都，《成都文類》卷二五宋吳師孟《導水記》：“别爲四大溝脉，散於居民夾街之渠，而輻凑於米市橋之瀆。”又《丙志》卷四《餅店道人》，紹興三十二年二月，關壽卿曾於青城道會親見道人。關者孫入京在第二年即隆興元年，《丙志·青城監税子》：“隆興元年，壽卿詣闕。”

年,願趙將軍申冤,使得受生。明日,趙召僧爲作薦事而去。晚至潼川東關縣,於縣驛復見女來,乞趙掘出骨骸以正之,使得生路。趙許之,明日遣走介白王守。李、馬皆已物故,王命訪得李户部舊卒譚詠,譚率兵卒於堂外牆下掘兩日,迷不得所在。三娘遂附體巫母以指示,果得屍骨,徙葬高原。時馬紹京爲普州推官,見解氏來説當時事,紹京仆地而卒。

此爲女鬼訴冤故事,上承干寶《搜神記》(《新輯搜神記》卷二二)所載蘇娥於鵠奔亭訴冤於交趾刺史何敞,及《後漢書》卷八一《王忳傳》所載斄亭女鬼訴冤於郿縣令王忳之故事①,基本情節皆爲女鬼向地方官訴冤,官員代爲申冤,掘屍重葬。此類故事主旨爲表現官吏之清正愛民,同時亦反映婦女慘遭虐殺之悲慘命運及復仇精神,此旨本篇尤爲突出。其情節亦較前人之作複雜曲折,解三娘數次出面,不似鵠奔、斄亭二女鬼只一訴而已。解三娘訴冤可能時有所傳,然恐主要乃關氏虛構之辭。

關耆孫性喜語怪,《夷堅丙志》卷四所載《餅店道人》、《麻姑洞婦人》、《青城老澤》,"皆關壽卿説",卷一九《青城監税子》,亦注"壽卿説",皆乃青城異事,當是乾道中在京爲官時對洪邁所説②。又卷三《楊抽馬》,中叙關壽卿爲果州教授,致書於楊抽馬爲同僚詢休咎,僕未至而楊先已知之,《乙志》卷二〇《王祖德》叙王祖德鬼魂還家,關壽卿往視之。二事雖得於他人,必亦關壽卿親爲人説。然則關氏作此記而言鬼,自非偶然之舉也。

① 蘇娥事又載於《風俗通義》、《列異傳》、謝承《後漢書》、《水經注·浪水》、《冤魂志》,斄亭女鬼事又載於《水經注·渭水》、《冤魂志》,詳見拙著《唐前志怪小説輯釋》(修訂本)干寶《搜神記·鵠奔亭》附録。
② 據洪邁《乙志》、《丙志》自序。《丙志》作於乾道二年底至七年間,時關耆孫在京任著作佐郎、正字、校書郎、著作郎,而洪邁乾道二年至四年官起居舍人、權直學士院、起居郎、集英殿修撰等,見《洪文敏公年譜》。

黄十翁入冥記

節存。南宋秦絳撰。傳奇文。

秦絳，高宗紹興二十七年（1157）爲撫州崇仁縣主簿。

《夷堅丙志》卷八《黄十翁》載黄十翁入冥事，末云："崇仁縣主簿秦絳爲作記。"所引當是節文，但文字頗長，約近千字。略云：黄十翁名大言，浦城人，寓居廣德軍。紹興二十七年十一月，病久心悸，爲黄衣童引入冥，見王者。紫衣吏證對因果，無罪而有福業，令詣總管司照對。總管司副長官王珣生前與黄相厚，爲說報應之道，令其游觀陰府，凡見無憂閣、地獄、鐵山劍樹等。青衣童引歸，過橋失足而寤。時黄十翁年八十五。明仁孝皇后徐氏《勸善書》卷一二採入此篇。

此文敘事曲折，多用細筆，描繪陰府歷歷可覩，至其旨則弘揚佛教而已。記蓋作於紹興二十七年或次年，原題不知，姑擬如上。

投轄録一卷

存。南宋王明清撰。志怪傳奇集。

王明清（1127①—1202後），字仲言。先世本開封酸棗（今河南新鄉市延津縣西）人，後徙居潁州汝陰（今安徽阜陽市），遂爲汝陰人。王銍次子。少游外祖曾紆家，年十八九從舅父曾宏父守台州②，高宗紹興十七年（1147）又從守潤州③。二十六年娶方滋（字務德）次女，時三十歲④。三十二年從方滋帥淮西⑤。是年六月孝宗即位，以異姓補官⑥。乾道元年（1165）爲宮觀官，奉親

---

① 《揮麈前録》卷四："紹興丙辰（六年，1136），明清甫十歲。"推知生於建炎元年（1127）。
② 見《揮麈前録》卷三。
③ 見《揮麈後録》卷七。
④ 《揮麈前録》卷四："紹興丙辰明清甫十歲……後二十年明清爲方壻。"後二十年三十歲，乃紹興二十六年。韓元吉《南澗甲乙稿》卷二一《方公（滋）墓誌銘》：次女"適安豐軍判官王明清"。
⑤ 《揮麈録餘話》卷二："明清紹興壬午從外舅帥合肥。"《玉照新志》卷一："明清壬午歲從外舅帥淮西。"壬午歲，紹興三十二年。按：《建炎以來繫年要録》卷一九五紹興三十一年十二月，"右朝請大夫、主管台州崇道觀方滋知廬州"。十二月乃受命之時，上任蓋在次年。《方公墓誌銘》："（紹興）三十一年，除京西轉運副使。……明年冬，知廬州。"知至三十二年冬方上任，當有他故。廬州治合肥，乃淮南西路治所，方滋爲淮南西路安撫使。
⑥ 見《玉照新志》卷四。

會稽,明年冬成《揮麈錄》①。後在高郵軍爲官②。八年爲安豐軍判官③。淳熙中爲滁州來安令④,十二年(1185)官朝請大夫、主管台州崇道觀⑤。此後曾客居京城,生活貧困,靠向親朋乞貸爲生⑥。光宗紹熙三年(1192)任簽書寧國軍節度判官⑦,年末復爲臨安雜買務雜賣場提轄官⑧。四年纂《揮麈後錄》,五年年初書成⑨,五月添差通判泰州⑩。作《揮麈三錄》,寧宗慶元元年(1195)仲春書成⑪,實錄院兩次移牒泰州借抄王通判《揮麈前後錄》⑫。

────────────

① 見《揮麈前錄》識語及《王知府自跋》。

② 高郵軍教授郭九惠《揮麈前錄跋》:"今幸同僚於此……"

③《揮麈錄餘話》卷二:"明清紹興壬午(三十二年,1162)從外舅帥合肥……外舅易鎮京口,後十年明清赴壽春幕。"方滋紹興三十二年帥合肥(廬州),是年九月易鎮潤州(京口)(《嘉定鎮江志》卷一五),後十年赴壽春(安豐軍治所)幕,乃乾道八年。《方公墓誌銘》:"女三人……次適安豐軍判官王明清。"方滋卒於乾道九年。又《揮麈後錄》卷一一"孫立"條亦稱明清爲安豐判官。

④ 見洪邁《夷堅三志己》卷六《摩耶夫人》。

⑤ 見《王知府自跋》。

⑥ 陸游《渭南文集》卷二七《跋王仲言乞米詩》:"數年來,仲言以貧甚,客長安中,豪子資給殊厚。今春,忽捨去。"此跋作於淳熙十六年己酉四月二十七日。

⑦ 見《揮麈錄餘話》卷二、《玉照新志》卷四,《玉照新志》云紹熙癸丑歲(四年),其時仍任此官。

⑧ 見《中興行在雜買務雜賣場提轄官題名》,時爲朝散郎,紹熙三年十二月二十二日到任。

⑨ 見《揮麈後錄跋》、《三錄跋》。

⑩ 見《提轄官題名》。

⑪ 見《三錄跋》。按:張家駒撰《王明清事迹編年考略》(原載1940年6月出版《燕京學報》第27期,上海書店出版社2001年版《揮麈錄》附錄)止於慶元元年六十九歲,云"明清事蹟年份可考者止此"。

⑫《揮麈錄》(《四部叢刊續編》景印宋鈔本)卷首載有實錄院慶元元年七月、九月二牒。

後寓居嘉興甥家①，四年撰《玉照新志》②，此前又成《揮麈録餘話》③。嘉泰二年(1202)任浙西參議官④，時已七十六。明清一生困頓而以著述爲務，除《揮麈録》、《玉照新志》，尚有《清林詩話》⑤。

　　《投轄録》始著録於《遂初堂書目》小説類，無卷數，《直齋書録解題》小説家類作一卷，云："王明清撰。所記奇聞異事，客所樂聽，不待投轄而留也。"《通考》同。此書舊刻罕見，上海涵芬樓於民國九年(1920)據丁丙善本書室原藏璜川吳氏鈔本校排⑥，彙入《宋人小説》，有夏敬觀己未(1919)孟秋跋，稱"其書訛誤錯出，有不可句投者"，據《四庫全書》校改，"並補數十字"。上海古籍出版社1991年版汪新森、朱菊如校點本(與《玉照新志》合編)即據吳氏鈔本，校點尚欠精審。此本書前有汝陰王明清仲言自序，共四十九事，各有標目。《四庫全書》所收此書，無序，中闕四事⑦，

---

① 《至元嘉禾志》卷一三《人物》："宋王明清，字仲言，本汝陰人。寧宗慶元間寓居是邦，官至朝議郎。有史才，嘗著《揮麈録》及《玉照新志》。"趙不譾《餘話跋》："仲言後居甥館於嘉禾，每興契闊之歎。"

② 見《玉照新志序》。

③ 《揮麈餘話》卷二末附慶元六年趙不譾跋言及《玉照新志》。《玉照新志》卷二："明清《揮麈餘録》載李元叔上《廣汴郡賦》於祐陵，由此進用。"事見於《餘話》卷一，是則《餘話》成于《玉照新志》之前。

④ 樓鑰《攻媿集》卷一〇六《參議方君(導)墓誌銘》："新浙西參議官王明清仲言，實余所敬，娶君之女弟。"墓誌作於嘉泰二年。按：淳熙十二年《王知府自跋》，不知何以稱王知府，慶元元年六十九歲猶爲泰州通判，其爲知府不見文獻記録，疑後人濫加。

⑤ 見趙不譾《餘話跋》。《文淵閣書目》卷二月字號第二厨書目著録《清林詩話》一部一册。已佚。

⑥ 清丁丙《善本書室藏書志》卷二一小説家雜事之屬著録《投轄録》一卷，注："舊鈔本，璜川吳氏藏書。"清徐乾學《傳是樓書目》亦著録《投轄録》一卷抄本。

⑦ 四事爲《張宗顏》、《鄒志完》、《衡州老人》、《李氏女》。

《尼法悟》前亦有闕，故《提要》云"所列凡四十四事"。《説郛》卷三九選録自序及正文四條，題宋王明清（注：字仲言，汝陰人）。四事各有標目，與今本題目多不同①，疑原書無標目，今本乃後人所加，而《説郛》之標目或爲陶宗儀自擬。《重編説郛》弓二七、《五朝小説・宋人百家小説》偏録家取入《説郛》本，削去標目。

序作於紹興己卯十月，即紹興二十九年（1159），時明清三十三歲，尚未入仕②。明清諸書，此爲首出。序云："……齊諧志怪，繇古至今，無慮千帙。僕少年時，惟所耆讀（《説郛》作性所嗜讀）。家藏目覽，鱗集麕至，十踰六七。間有以新奇事相告語者，思欲識之，以續前聞，因仍未能。屬者屏迹杜門，居多暇日，記憶曩歲之所剽聆，遺亡（《説郛》作忘）之餘，僅存數十事，筆之簡編。因念晤言一室，親友話情（《説郛》作情話），夜漏既深，互談所覯（《説郛》作覿），皆側耳聳聽，使婦輩斂足，稚子不敢左顧，童僕顏變於外，則坐客愈忻怡（此三字今本作忻忻怡怡，據《説郛》改）忘勌，神躍色揚，不待投轄，自然肯留，故命以爲名。後之僕同志者，當知斯言之不誣。紹興己卯十月旦日敍（《説郛》作朔旦敍）。"

此爲志怪書，是明清閒居時所作。"投轄"典出《漢書》卷二九《陳遵傳》③，陳遵投轄留客會飲，此則反其意而用之。夜話神鬼，人側耳屏息，愈懼而聽之愈樂。序中描寫，生動如畫，頗以見

---

① 四事爲《蓬萊》、《鈎致年少求子》、《毛女》、《算術》，今本除《毛女》題同外，餘爲《蓬萊三山》、《章丞相》、《吕子原》。

② 《四庫全書總目提要》卷一四一云"是書乃其晚年所作"，庫本無自序，故有誤斷。《汀州民》首稱甲戌歲，《提要》斷爲寧宗嘉定七年（1214），時明清已八十八歲，實即紹興二十四年，在成書之前五年。余嘉錫《四庫提要辨證》卷一七有辨。北京：中華書局，1980，第三册，第1089頁。

③ 《陳遵傳》："遵耆（顏師古注：耆，讀曰嗜）酒，每大飲，賓客滿堂，輒關門，取賓客車轄投井中，雖有急，終不得去。"轄，車軸兩頭之金屬鍵，用以擋住車輪，不使脱落。

聽者之心理狀態，自神鬼故事中領略驚奇險怪之美，獲得滿足感。語怪之風盛久不衰，其心理依據即在此焉。

全書四十九事大都得於他人所傳，其中有陸務觀（游）、許彥周（顗）、廉宣仲（布）等，皆爲作者好友，有名於世。明清一一注出事之所出，乃承廉布《清尊録》等，以求徵信。作者於其所聞常作藝術加工，是故文辭清麗，多見形容，《賈生》、《玉絛脱》、《猪觜道人》等篇行文曲折精細，咀之有味。

作品題材，大凡僧尼仙道、神鬼怪魅皆有，其中寫神仙道人術士者最夥，約佔五分之二。《毛女》記蔡元長（京）華山遇毛女事，又見載於錢世昭《錢氏私志》，事有不同。華山毛女（本秦始皇宮人）來源甚古，首見於西漢劉向《列仙傳》卷下①，唐裴鉶《傳奇·陶尹二君》寫唐代陶、尹二老於華山遇古丈夫與毛女，此又令其在宋代復出，見出古老傳説歷久不衰之生命力。《劉快活》事較近實，明清在《玉照新志》卷二以其所叙未盡，又記數事。劉快活事蹟又見於蔡條《鐵圍山叢談》卷五。《林靈素》、《鄭子卿》皆記道士林靈素事，其事盛傳於兩宋。《路真官》所記路時中（字當可）亦爲傳説化之真實人物，《夷堅志》記其事頗多②。道士故事大都較平實，《猪觜道人》則寫猪觜道人法術，種麥和餅，荷中開桃，畫壁入室，叱石中開，頗富奇趣，事又載於《夷堅志補》卷一九③，文字不同。《衡州老人》寫咀薑而成金，亦爲奇術。《夷堅壬志》佚文（《輿地紀勝》卷五五《衡州·仙釋》引）曾引此事；元俞

---

① 東晉葛洪《抱朴子·内篇·仙藥》所記終南山毛女（本秦宮人）亦屬同類。

② 《夷堅乙志》卷六《蔡侍郎》、卷七《畢令女》，《丙志》卷五《青田小胥》、卷一三《路當可得法》，《丁志》卷一八《路當可》，《三志己》卷八《南京張通判子》、《陳州雨龍》，《志補》卷五《西江渡子》等。

③ 《廣豔異編》卷一四、《續豔異編》卷七、《逸史搜奇》庚集五、《情史》卷九據《夷堅志》輯入，題《猪嘴道人》。

琰《席上腐談》卷下歷數志怪雜書所載變金之事，亦提及此事之"生薑金"。《蓬萊三山》寫真宗率群臣入假山山洞而達蓬萊三山①，真宗好道，故有此傳。《寶文堂書目》子雜類著録有話本《真宗慕道記》，不知與此事有無關係。

　　所記僧尼及報應事亦較多。《尼法悟》寫陳氏女入冥夢僧而入佛，《李氏女》寫李昭德夢佛而奉法，這兩篇原係黄庭堅作，篇幅較長。《僧妙應》寫僧妙應預言未來，《揮塵餘話》卷二亦載其事。鬼神之事以《賈生》爲佳，得於賈生（字顯之）友許彦周，行文筆觸較細。其寫天台僧道清伏廟靈，與他篇之稱誦佛徒一致。《百寶念珠》寫俠女，與唐人康軿《劇談録·潘將軍失珠》情事相仿，蓋有淵源關係，《初刻拍案驚奇》卷四《程元玉店肆代償錢，十一娘雲崗縱譚俠》入話採入。《章丞相》寫貴家寵姬鈎致少年以求嗣，《趙詵之》寫老尼引誘趙入密房與衆婦共寢，二事類似。前事舊題南宋高文虎《蓼花洲閒録》（《古今説海》説纂部散録家六）引之，爲章惇（字子厚）事，明胡文焕《稗家粹編》卷二及《情史》卷一八亦載，題《章子厚》。此類傳聞宋世頗多，託名北宋龐元英《談藪》（《説郛》卷三一）蔡太師花園事②、趙溍《養痾漫筆》及無名氏《葦航紀談》嘉泰間漆匠事③皆是。貴族婦女出於淫欲或排釋苦悶常設法誘致外界男子，《晉書》卷三一《惠賈皇后傳》載惠帝皇后賈南風荒淫放恣，老嫗引小吏入樓闌好屋與其共寢數夕，據唐人傳奇《達奚盈盈傳》④，虢國夫人亦有此技。以上宋人所載大抵爲事實，《聊齋誌異》卷九《天宫》即機杼於此類故事。《玉條脱》亦爲不涉怪異之委巷之談，是全書最佳者，與廉布《清尊

①　此事注云："祖父聞於歐陽文忠公。"祖父即王莘，曾師事歐陽修。
②　《情史》卷一八採入《蔡太師園》。
③　《西湖二集》卷二八《天台匠誤招樂趣》據漆匠事而演。
④　見王銍《默記》卷下節引。

録·大桶張氏》文字大同而多二百餘字。廉書末云"時吳興（拭）顧道尹京云"，而本書末云："是時吳拭顧道尹京云。以上二事許彦周云。"聞於許彦周，疑廉布實亦得於許也。此事後又附記丹徒小吏蔡裡遇女鬼事，蓋聞於仲舅，以其"與張氏事相類，併録于此"。《異聞總録》卷四採入蔡裡事。

　　趙不譾《餘話跋》稱譽明清"其發爲稗官小説，尤不碌碌"，"類皆出人意表"。《四庫全書總目》卷一四一小説家類提要稱本書"多信而有徵，在小説家中猶爲不失之荒誕者"。本書鬼怪精魅之事少見，所記僧道異人亦事多平實，較乏浪漫恢幻之趣，提要之譽實其不足。然觀總體，仍不失爲南宋小説集優秀之作也。

靈應集

佚。南宋委心子宋氏撰。志怪集。

宋氏，名不詳，號委心子。眉州青神縣（今屬四川眉山市）人。撰有《新編分門古今類事》。詳見該書叙録。

本書不見著録。《分門古今類事》引有十一條。卷八夢兆門下《劉悦第三》、《孫鉉策題》、《文縝狀元》、《何某二子》四事，卷一九爲善而增門《崧卿患癰》一事，又《四庫全書》本卷八《處厚類試》、《元珍贈詩》、《彦國文學》、《士美金堂》四事《十萬卷樓叢書》本俱闕出處），引作《靈應集》。卷八《允蹈甲門》作《靈驗記》，《四庫全書》本《任豫交代》一事亦作《靈驗記》（《十萬卷樓叢書》本闕出處），當是《靈應集》之譌，觀其所記爲蜀人科名夢徵，與《靈應集》正同也。

《任豫交代》條云：“任豫字由道，青神人。與余先君友善，崇寧二年登第，歷官數年而卒。至崇寧五年，先君繼亦登科。一夕，夢與任豫交代，心常惡之。未幾先君丁家艱，服闋，授新津尉。”按委心子宋某父宋如璋正青神人，徽宗崇寧五年（1072）進士，是故所引《靈應集》實是委心子自撰。乾道中編纂《分門古今類事》時取己書以入，正如宋初徐鉉預修《太平廣記》採入《稽神録》然。

所記爲北宋末到南宋初事。其中《允蹈甲門》云：“邵行甫允蹈，紹興被薦成都。”此事又載於洪邁《夷堅乙志》卷五《梓潼夢》，云：“犀浦人邵允蹈，紹興七年被鄉薦，亦乞夢于神。”邵允蹈事前尚記有羅彦國事,亦同本書《彦國文學》。此二事乃洪邁聞於王時亨。觀其敘事,《分門古今類事》所引雖係節文,然往往詳於《夷堅乙志》,如邵名行甫,"未類試前齋戒徒步,詣七曲山",羅字伯達等皆不見於《夷堅乙志》,而《乙志》詳於此者,乃云邵爲犀浦人,紹興七年鄉薦,則乃因《類事》所引係節文所致。然則《乙志》所記必是王時亨據本書而轉述於洪邁。《夷堅乙志》撰於隆興初至乾道二年(1163—1166),而《分門古今類事》成於乾道五年,本書之撰當在紹興中。

　　所記全爲蜀中士大夫科名官禄夢兆事,而科名之兆佔十之八九,所夢者又多爲梓潼神君,或曰英顯神君①,帶有作者作爲蜀人之特定地方色彩。因《古今類事》專採前定之事,故推想原書當有其他內容,觀書名大抵與神靈顯應有關也。《古今類事》體例乃不引録原文,皆撮述大意,是故上述佚文皆經删縮,文字簡略。

---

① 《事物紀原》卷七:"英顯王,廟在梓州梓潼縣,本梓潼神也。舊記曰:神本張惡子,仕晉戰死而廟存。唐明皇狩蜀,神迎於萬里橋,追命左丞相。僖宗播遷,亦有助,封濟順王。咸平中,益卒爲亂,王師討之。忽有人呼曰:'梓潼神遣我來。'九月二十日,城陷果克。四年(1001),州以狀聞,故命追封英顯王。"

緑牕新話二卷

存。南宋皇都風月主人編。志怪傳奇雜事集。一題《緑窗新語》。

皇都風月主人，姓名失考。疑爲臨安府（今浙江杭州市）人。

本書不載於宋人書目。宋人書提及本書者唯宋末羅燁《醉翁談録》，甲集卷一《小説開闢》云："《夷堅志》無有不覽，《琇瑩集》所載皆通。動哨、中哨，莫非《東山笑林》；引倬、底倬，須還《緑窗新話》。"明人書目始有著録，見《趙定宇書目》所載《稗統續編》目録、《寶文堂書目》子雜類、《四明天一閣藏書目録》歲字號厨，寶文堂目未言卷數，天一閣目注："二本，抄。"①《萬卷堂書目》小説家則稱《緑窗新語》，著録爲四卷。按《永樂大典》卷七三二八引有《緑窗新語·柳家婢不事牙郎》②，亦作《緑窗新語》。

1927年董康在日本"赴各書鋪游覽，於細川店頭見舊鈔本《緑窗新語》二巨册，題皇都風月主人撰。所録純涉麗情，强半出《太平廣記》。每條仿《青瑣高議》目録，用章回式，亦頗新異，索值頗高。記得吳興劉氏嘉業堂有此書，乃借歸録其目焉"，載於

---

① 清范邦甸等撰《天一閣書目》卷一之一《挑取備用進呈書》作《緑窗新語》一卷。按：趙萬里輯《古今詞話》云"天一閣舊藏明寫本《緑窗新話》"，駱兆平編著《新編天一閣書目》之《天一閣明抄本聞見録》子部小説家類著録《緑窗新話》抄本，均不作《新語》。

② 見今本卷下。

《書舶庸譚》卷四上，共一百一十九篇①。國內吳興劉氏嘉業堂所藏鈔本《綠窗新話》上下二卷，據譚正璧云，黃公渚借鈔，刊載於上海《藝文雜誌》②。此本共一百五十四篇，多三十五篇。周夷（周楞伽）從趙景深處借到《藝文雜誌》，加以整理校補③，1957年由上海古典文學出版社出版。按上海雜誌公司印行《藝文雜誌》1936年分五期連載《綠牕新話》④，二至四期連載卷上，五、六期連載卷下。第二期載《劉阮遇天台女仙》至《張俞驪山遇太真》，第三期載《韋生遇后王（土）夫人》至《周簿切脈娶孫氏》，第四期載《薛媛圖形寄楚材》至《唐明皇咽助情花》，第五期載《韓妓與諸生淫雜》至《虢夫人自有美豔》，第六期載《袁寶兒最多憨態》至《蔣氏嘲和尚戒酒》，末括號標“終”字。《虢夫人自有美豔》應與《袁寶兒最多憨態》相連，《藝文雜誌》割開，不當。周夷校本卷下篇目排序，乃將《藝文雜誌》兩段倒置，始於《袁寶兒》終於《虢夫人》，頗誤。又者，周校本根據引書原文及他書補正缺字譌字，此固爲校書必要，然於節録過甚者則常補足段落，雖於文中以雙行小字出校，乃殊失原貌，未爲善法；且篇後附載有關資料，與原

---

① 董康未依次照鈔原目，而依原書引書次序，屬同一引書者各篇排録其下，“失題書名”者則一併録於末。

② 譚正璧《話本與古劇》重訂本《綠窗新話與醉翁談録》云：“再後黃公渚先生也告訴我，《藝文雜誌》所載《綠窗新話》，係鈔本，乃是由他向嘉業堂借鈔，付《藝文雜誌》刊載的。”上海古籍出版社，1985，第104頁。

③ 周夷校補《綠窗新話·後記》，上海古典文學出版社，1957，第226頁。

④ 周夷《綠窗新話·後記》云：“一九三五——三六年藝文雜誌曾分期刊載此書全文，共一百五十四篇，較董康所抄目録多三十五篇，當是足本，據説它所根據的是嘉業堂抄本。”第225頁。周楞伽箋注《綠窗新話·前言》則云：“一九三五年上海《藝文雜誌》曾據抄本分兩期刊載全文。”上海古籍出版社，1991，第4頁。按：今從《讀秀》下載《藝文雜誌》連載《綠牕新話》，實是連載於一九三六年第二至第六期。

文附語或易混淆,又多不詳注出處,體例亦難稱善。① 1991 年上海古籍出版社又出版周楞伽箋注本,體例有所改進,但仍有疏誤處②。要之,周校本頗失原貌,校注亦不佳,洵爲惡本,尚宜重作精校。

明代羊洛敕里起北赤心子彙輯《繡谷春容》卷四、卷五《新話摭粹》,共百七十八篇(卷四八十二篇,卷五九十六篇),分類編排,卷四分遇仙、神遇、奇遇、私通、好合、情好、惜別、再會、爭奪、淫戲、妬忌十一類,卷五分樂藝、音樂、妙舞、靚粧、艷色、賢行、守節、義勇、文史、辭令、滑稽、恢諧、節義十三類。主要據《緑牕新話》鈔録,都百二十二篇,故稱《新話摭粹》,其餘五十六篇取自他書。觀其次序,大體依循《緑牕新話》,而卷四《楚兒遭郭鍜鞭打》、《韓妓與諸生淫雜》與《漢成帝服謹䐈膠》、《唐明皇咽助情花》同在淫戲類,卷五《虢夫人自有美豔》與《袁寶兒最多憨態》相連,同在艷色類,亦正可覘知本書原貌也。《新話摭粹》儘管非盡取《新話》,且增補他事頗夥,然亦可視作《新話》版本之一,價值頗大,其文字多可用作校勘之資。

兹將《新話》諸本篇目對照列表於下:

藝文雜誌	周校本	書舶庸譚	繡谷春容	備註
卷上 01 劉阮遇天台女仙 　　出《齊諧記》	同	劉阮遇天台仙女	卷四 遇仙類 2 劉阮遇天台仙女	

<hr>

① 譚正璧批評云:"現在這個鈔本雖已有排印本,然已經過校補,已看不清原來形式,而這種校補非是否妥當,還須斟酌研究。"第 104 頁。
② 原書的附録資料,新版或有刪去者,蓋以爲非原書所有。如卷上《張倩娘離魂奔壻》、《灼灼染淚寄裴質》皆附秦少游詩詞,顯然是原有文字,周夷皆據《淮海集》校改。但在新版中皆從正文中刪去,而録於按語中。

（續）

藝文雜誌	周校本	書舶庸譚	繡谷春容	備註
02 裴航遇藍橋雲英 出《傳奇》	同	同	遇仙類 1	
03 王子喬遇芙蓉仙	王子高遇芙蓉仙	王子喬遇芙蓉仙	遇仙類 5 王子高遇芙蓉仙	喬字譌
04 賢鷄君遇西真仙	同	賢鳴君遇西真仙		鳴字譌
05 封陟拒上元夫人 出《傳奇》	同	封涉拒上元夫人		涉字譌
06 陳純會玉源夫人	同	陳純會上元夫人	遇仙類 6	上元譌
07 任生娶天上書仙 出《麗情集》	同	同	遇仙類 8 任生娶上界書仙	
08 謝生娶江中水仙 南卓《解題叙》	同	同		
09 崔生遇玉巵娘子 《幽恠録》	同	同	遇仙類 4 崔生聘玉巵娘子	
10 星女配姚御史兒 出《異聞録》	同	同	遇仙類 3 女星配姚御史兒	
11 邢鳳遇西湖水仙 出商芸《小説》（芸字疑誤）	同	同	遇仙類 7	商芸即殷芸，出處誤
12 永娘配翠雲洞仙	同	同	遇仙類 10	
13 德璘娶洞庭韋女 出《傳奇》	同	德麟娶洞庭韋女	遇仙類 9	麟字譌
14 錢忠娶吴江仙女	同	錢忠娶吴江女仙	遇仙類 11	
15 王軒苧羅逢西子	同	王軒苧蘿逢西子	遇仙類 12 王軒苧蘿遇仙子	

（續）

藝文雜誌	周校本	書舶庸譚	繡谷春容	備註
16 張俞驪山遇太真 《青瑣高議》	同	張愈驪山遇太真	遇仙類 13	愈字譌
17 韋生遇后王夫人	韋生遇后土夫人	韋生遇后土夫人	神遇類 3 韋生遇后土夫人	王字譌
18 劉卿遇康皇廟女	同	劉卿遇康王廟女	神遇類 4	
19 柳毅娶洞庭龍女	同	同		
20 韋卿娶華陰神女 出《異聞集》	同	同	神遇類 8 韋卿娶華岳神女	
21 金彥遊春遇會娘 出《剡玉小説》	同	同	奇遇類 3	
22 張誑遊春得佳偶 出《湖湘近事》	同	同		
23 崔護覓水逢女子 出《本事詩》	同	同	奇遇類 1	
24 郭華買脂慕粉郎	同	同	奇遇類 2 郭華買脂慕麗姝	
25 杜牧之覿張好好 出《麗情集》	同	同		
26 張公子遇崔鶯鶯	同	同		
27 楊生私通孫玉娘 出《聞見録》	同	同		
28 張浩私通李鶯鶯	同			
29 華春娘通徐君亮	同			
30 何會娘通張彥卿	同		私通類 2 何意娘通張彥卿	
31 楚娘矜姿色悔嫁 出《可怪録》	同	同	私通類 5 楚娘矜姿色悔嫁	脱姿字

（續）

藝文雜誌	周校本	書舶庸譚	繡谷春容	備註
32 越孃因詩句動心 出《麗情集》	同	同	私通類 1	
33 伴喜私犯張禪孃 出《見聞錄》	同	同	私通類 3 伴喜私犯張娟娘 （正文娟作嬋）	周本作 出《聞見錄》
34 陳吉私犯熊小娘 同上	同	同	私通類 4	周本作 出《聞見錄》
35 王尹判道士犯姦	同		私通類 6	
36 蘇守判和尚犯姦	同			
37 趙飛燕私通赤鳳 出《趙后外傳》	同	同	私通類 13 趙飛燕通燕赤鳳	周本作 出《趙飛 燕外傳》
38 楊貴妃私安禄山 出《青瑣高議》	同	同	私通類 14	
39 秦太后私通嫪毒 出《史記·呂不韋 傳》	同	同	私通類 15	周本作 出《呂不 韋傳》
40 李少婦私通封師 出《江都野錄》	同	同	私通類 7 李少婦私慕封師	
41 崔徽私會裴敬中 出《麗情集》	同	同	私通類 8 崔徽私慕裴敬中	
42 碧桃屬意秦少游	同			
43 秦少游滅燭偷歡	同		私通類 10	
44 楊師純跳舟結好 出《古今詞話》	同	同	私通類 9	
45 楊端臣密會舊姬 出《古今詞話》	同	同		

（續）

藝文雜誌	周校本	書舶庸譚	繡谷春容	備註
46 晏元子取回元寵	同			
47 江致和喜到蓬宮 　　出《詞話》	同		好合類 2	
48 張子野潛登池閣 　　出《詞話》	同		好合類 3	周本作 出《古今 詞話》
49 周簿切脈娶孫氏 　　出《青瑣高議》	同	同	好合類 1	
50 薛媛圖形寄楚材	同			
51 王幼玉慕戀柳富 　　出《青瑣高議》	同	同	情好類 4	
52 孟麗娘愛慕蔣芾	同		情好類 2	
53 崔娘至死爲柳妻	同		情好類 5 崔女至死爲柳妻	
54 玉簫再生爲韋妾 　　出《唐宋遺史》	同	同	情好類 1	
55 王仙客得劉無雙 　　出《麗情集》	王仙客 得到無 雙	王仙客得劉無 雙	情好類 3 王仙客得劉無雙	到字譌
56 張子埜逢謝媚卿 　　出《古今詞話》	同	同		
57 張倩娘魂離奔埜 　　出《異聞錄》	張倩娘 離魂奔 埜	張倩娘離魂奪 埜	情好類 7 張倩娘離魂奔埜	魂離字 倒，奪 字譌
58 韓夫人題葉成親 　　張碩《流紅記》	同	同	奇遇類 5 韓夫人寫情禁溝	
59 謝真真識韓真卿	謝真真 識韓貞 卿	謝真真識韓真 卿		《藝文》 正文作 貞卿

（續）

藝文雜誌	周校本	書舶庸譚	繡谷春容	備註
60 沈真真歸鄭還古 出《麗情集》	同	同	情好類 9	
61 灼灼染淚寄裴質 出《麗情集》	同	同	情好類 10	
62 盼盼陳詞媚涪翁 出楊湜《古今詞話》	盼盼陳詞媚涪翁	盼盼陳詞媚涪翁	情好類 8 盻盻陳詞媚涪翁	盻同盼
63 楊生共秀奴同游	同	同	惜別類（詩）2 楊生共秀奴同溺	游字譌
64 章導與梁楚雙戀 《南楚新聞》	章導與梁楚雙戀	章導與梁楚雙懸	惜別類（詩）1 章導與梁楚雙懸	戀字譌
65 柳耆卿因詞得妓 出《古今詞話》	同	同	再會類 2 柳耆卿因詞得姬	
66 崔郊甫因詩得婢	同	同		
67 沙吒利奪韓翃妻 出《異志》	沙吒利奪韓翃妻	沙吒利奪韓翃妻		
68 陶奉使犯驛卒女 出《玉壺清話》	同		私通類 12	
69 曹縣令朱氏奪權 出《青瑣高議》	同	同	爭奪類 1	
70 陸郎中媚娘爭寵 出《麗情集》	同	同	爭奪類 2	
71 漢成帝服謹卹膠 出《趙后外傳》	同	漢成帝服謹卹膠	淫戲類 1	周本作出《趙飛燕外傳》

（續）

藝文雜誌	周校本	書舶庸譚	繡谷春容	備註
72 唐明皇咽助情花 　　出《天寶遺事》	同	同	淫戲類 2	
卷下 01 韓妓與諸生淫雜 　　出《江南野錄》	同	同	淫戲類 6	
02 楚兒遭郭鍛鞭打	同	同	淫戲類 5	
03 明皇愛花奴羯皷 　　此乃南唐卓《羯鼓 　　錄》	同		卷五 樂藝類 5	應作唐 南卓。周 本作唐 南卓《羯 鼓錄》
04 劉澭喜楊娥杖皷 　　出《古今詞話》	同	劉澭喜花奴杖 皷	樂藝類 6	花奴譌
05 薛嵩重紅線撥阮 　　袁郊《月譯》	同		樂藝類 14	月譯譌。 周本作 出 袁 郊 《甘澤謠》
06 朝雲爲老嫗吹篪 　　楊衒之《洛陽伽藍 　　記》	同	同	樂藝類 15 朝雲爲老姬吹篪	周本作 出《洛陽 伽藍記》
07 白公聽商婦琵琶	同	同	樂藝類 3	
08 李生悟盧妓箜篌 　　出《逸史》	同		樂藝類 4 李生悟盧岐箜篌	岐字譌
09 趙象慕非煙挼秦 　　出《麗情集》	同	同		
10 崔寶羨薛瓊彈箏 　　出《麗情集》	同	同	樂藝類 7	
11 文君窺長卿撫琴 　　出《司馬相如傳》	同		樂藝類 8	

（續）

藝文雜誌	周校本	書舶庸譚	繡谷春容	備註
12 錢起詠湘靈鼓瑟 出《詩話》	同	同	樂藝類 13	
13 楊妃竊甯王玉笛 出《詩話細覽》	同	同		周本作出《詩話總龜》
14 蕭史教弄玉鳳蕭 出《列仙傳》	蕭史教弄玉吹簫	簫史教弄玉鳳簫	樂藝類 2 蕭史教弄玉鳳簫	簫史之簫、鳳蕭之蕭誤。鳳簫與前條玉笛相對,作吹誤。
15 沈翹翹善敲方響 出段安節	同	同	樂藝類 9	周本補作出段安節《樂府雜錄》
16 張紅紅善記拍板 出《樂府雜錄》	同	同	樂藝類 10	
17 秦少游弔鑄鐘 出秦文	秦少游文弔鑄鍾		音樂類 2 秦少游弔古鑄鍾	《藝文》脱古字,周本妄補文字。周本作出秦少游文。
18 白樂天辨華原磬	同	同	音樂類 1	
19 虜騎感劉琨胡笳 出《晉書》本傳	同	同	音樂類 4	周本作出《晉書・劉琨傳》
20 蚩尤畏黃帝鼓角	同	同		
21 王喬遇浮丘吹笙	同			

（續）

藝文雜誌	周校本	書舶庸譚	繡谷春容	備註
22 麻奴服將軍鬐篗 《樂府雜錄》	同	同	音樂類 3 麻奴服將軍鬐栗	
23 盛小叢最號善歌 出《古今詩話》	同		音樂類 7	
24 永新娘最號善歌 《樂府雜錄》	同	同	音樂類 8 永新娘最號善唱	歌當作 唱
25 韓娥有繞梁之聲 出《博物志》	同		音樂類 5 韓娥有繞梁之音	
26 秦青有遏雲之音	同			
27 楊貴妃舞霓裳曲 出《楊妃外傳》	同		妙舞類 1	
28 蜀官妓舞搖頭令 出《瓗言》	蜀宮妓 舞搖頭 令	蜀官妓舞搖頭 令	妙舞類 4 蜀宮妓舞搖頭 令	當作《瑣 言》，即 《北夢瑣 言》。官 字譌
29 韋中丞女舞柘枝 出《雲溪友議》	同	同	妙舞類 2	
30 康居國女舞胡旋	同		妙舞類 3	
31 吳絳仙娥綠畫眉 出《南部烟花記》	吳絳仙 蛾綠畫 眉	吳絳仙蛾綠畫 眉		娥、蛾 義同
32 壽陽主梅花粧額 出《北户錄》	同		靚粧類 1	
33 茂英兒年少風流 出《盧氏雜記》	同	□茂美年少風 流	艷色類 3	□茂美 字有闕 譌

（續）

藝文雜誌	周校本	書舶庸譚	繡谷春容	備註
34 楚蓮香國色無雙 　　出《閒中新録》	同	同	艷色類 4	
35 薛靈芸容貌絶世 　　出王子年《拾遺記》	同	同	艷色類 6 薛凌雲容貌絶世	凌雲謁
36 越州女姿色冠代 　　出《青瑣高議》	同	同	艷色類 5	
37 越國美人如神仙 　　出王子年《拾遺記》	同	同	艷色類 1	
38 浙東舞女如芙蓉 　　出《杜陽雜編》	同		艷色類 2	
39 薛瓊英香肌絶妙 　　出《杜陽雜編》	薛瑶英 香肌絶 妙	薛瓊英香肌絶 妙	艷色類 9 薛瑶英香肌妙絶	瓊字謁
40 麗娟娘玉膚柔軟	同		艷色類 10	
41 虢夫人自有美豔 　　出《楊妃外傳》	同		艷色類 7	
42 袁寶兒最多憨態 　　出《南部烟花記》	同	同	艷色類 8	
43 李娃使鄭子登科	同		賢行類 2	
44 蒨桃諫寇公節用	同			
45 譚意哥教張氏子 　　出《青瑣高議》	同	譚意哥教張氏 女	賢行類 1 譚意歌教張氏子	女字謁
46 聶勝瓊事李公妻 　　出《古今詞話》	同	聶勝瑣事李公 妻	賢行類 3	
47 楊愛愛不嫁後夫 　　蘇子美爲作傳	同	同		周本作 出蘇子 美文
48 張住住不負正婚	同		守節類 1	

（續）

藝文雜誌	周校本	書舶庸譚	繡谷春容	備註
49 姚玉京持志割耳	同		守節類 3	
50 王凝妻守節斷臂 出《五代史》	同	同	守節類 2	
51 鄭小娘遇賊赴江 出《玉泉子》	同	同	守節類 4	
52 歌者婦拒姦斷頸	同		守節類 5	原文頸字右旁從見，字譌
53 馮燕殺主將之妻 出《麗情集》	同	同	義勇類 2	
54 嚴武斃乃父之妾 出《雪溪友議》	同	同	義勇類 1	雪字乃雲字之譌
55 曹大家高才著史	同		文史類 2	
56 蔡文姬博學知音 出《列女傳》	同	同	文史類 1	周本謂未注出處
57 張建封家姬吟詩 出《麗媚記》	同	同		
58 鄭康成家婦引書 出《啓顏錄》	鄭康成家婢引詩	鄭康成家婢引詩	文史類 3 鄭康成家婢引書	婦字譌
59 鄭都知醞籍巧談 出孫棨《北里志》	鄭都知醞巧談	鄭都知醞藉巧談	辭令類 3 鄭都知醞藉巧談	籍通藉
60 點酥娘精神善對 出《古詞話》	同	同	辭令類 4	書名脱今字，周本補
61 薛濤妓滑稽改令 出《紀異錄》	同	同	辭令類 1	

（續）

藝文雜誌	周校本	書舶庸譚	繡谷春容	備註
62 趙才卿點慧敏詞 　出《古今詞話》	趙才卿點慧敏詞	趙才卿點慧敏詞	辭令類 2 趙才卿點慧敏詞	點字譌
63 黨家妓不識雪景 　出《湘江近事》	同	黨家妓不識雲景	滑稽類 2	雲字譌
64 柳家婢不事牙郎 　出《雲溪友議》	同	同	滑稽類 3	
65 翠鬟以玉筐結主 　出《古今詞話》	同	同	滑稽類 6	
66 任昉以木刀誑妓 　出《古今詞話》	同	同		
67 張才翁欲動邛守 　出《古今詞話》	同	同	滑稽類 5	
68 柳耆卿欲見孫相 　出《古今詞話》	同	同	滑稽類 4	
69 宋玉辨己不好色 　出《文選》宋	同	同	滑稽類 1	周本删宋字
70 譚銖譏人偏重色 　出《雲溪友議》	同	同		
71 徐令女干陳太師	同	同	滑稽類 8	
72 李令妻干歸評事 　出唐范摅《雲溪友議》	同	同	滑稽類 7	
73 崔女怨盧郎年幾 　出《南部新書》	崔女怨盧郎年紀	崔女怨盧郎年紀		幾通紀
74 張公嫌李氏醜容 　出《古今詞話》	同	同		詞當作詩
75 陳處士暫寄師叔 　出《江南埜記》	同	同	恢諧類 1 陳居士暫寄師叔	

（續）

藝文雜誌	周校本	書舶庸譚	繡谷春容	備註
76 李太監傳語縣君 出《荆湖近事》	同	同	恢諧類4 李戴仁傳語縣君	《藝文》 戴作載
77 却要燃燭照四子 出《三水小牘》	同	同	恢諧類2	
78 李福虛嘸溺一甌 出《玉泉子》	同	同	恢諧類3 李福虛嘸溺一盌	
79 蘇東坡攜妓參禪 出《冷齋夜話》	同	同	恢諧類5	
80 史君實贈尼還俗 出《紀異録》	同	史君實贈己還俗	恢諧類6	己字譌
81 陳沆嘲道士啗肉 出《南唐近事》	同	陳沆嘲道士啗肉	恢諧類8	沉字譌
82 蔣氏嘲和尚戒酒 出《詩史》	同	蔣氏嘲和尚解酒	恢諧類7	解字譌。《藝文》此條下標(終)

　　本書係纂録前人雜著而成，篇末大都注明出某某書，少數闕出處。引書注明者多達六十餘種，再加上原闕出處而可考者如《洞冥記》、《洞庭靈姻傳》（即《柳毅傳》）、《李娃傳》、《乾膜子》、《芙蓉城傳》、《翰府名談》、《續青瑣高議》等，達七十多種。大部分是志怪傳奇集及一般筆記，亦有少量正史（如出自《史記》之《吕不韋傳》）、雜傳（如《列女傳》）、風土志（如《北户録》）、詩話詞話（如《本事詩》、《古今詩話》、《古今詞話》）、別集總集（如秦少游文、《白氏長慶集》、《文選》）等，搜羅較廣，其中楊湜《古今詞話》

即引十九條①。唐前書較少，但如《列仙傳》、《洞冥記》、《博物志》、《趙后外傳》、《拾遺記》、《續齊諧記》、《啓顏録》等重要小説作品均有採録。唐宋書所採最夥。唐五代書約有三十餘種，著名小説集有《幽（玄）怪録》、《逸史》、《傳奇》、《異聞集》、《甘澤謡》、《雲溪友議》、《杜陽雜編》等，其中《傳奇》、《異聞集》、《雲溪友議》引録較多。單篇傳奇文亦有引，如南卓《解題叙》等。宋人書約二十七八種，《麗情集》、《青瑣高議》採録最衆，各有十幾篇②，此外猶有單篇傳奇文《楊妃外傳》、《芙蓉城傳》及小説、雜記《南部新書》、《唐宋遺史》、《玉壺清話》、《冷齋夜話》、《紀異録》、《聞見録》、《翰府名談》等。

編者引録原書，皆作删節，文繁事詳者删節尤劇，只陳梗概而已。所注引書，或引書名，或舉篇名，如引張碩（實）《流紅記》實據《青瑣高議》，不很一致。一些出處明顯有誤，如卷上《劉阮遇天台女仙》注出《齊諧記》，實出《續齊諧記》，《邢鳳遇西湖水仙》注出商（殷）芸《小説》，實爲宋人作品。《沙叱（吒）利奪韓翃妻》注出《異志》，疑爲《異聞集》之誤；卷下《張建封家姬吟詩》注出《麗媚記》，實是《麗情集》之誤。譌誤有可能是傳鈔所致，原書

---

① 趙萬里輯《古今詞話》（《校輯宋金元人詞》），據天一閣抄本《緑窗新話》輯入十九事。其中晏殊（《晏元子取回元寵》）、秦少游二事（《碧桃屬意秦少游》、《秦少游滅燭偷歡》）今本闕出處。《古今詞話》作者，趙萬里作楊偍，然《苕溪漁隱叢話》後集卷三九引《古今詞話》作楊湜。唐圭璋編《詞話叢編》據之改作湜。北京：中華書局，1986，第 16 頁。按：此人字曼倩（《説郛》卷二五《白獺髓·富春坊火》：“楊曼倩《古今詞話》中亦有此詞。”）《説文》水部：“湜，水清見底也。”曼，美也，倩，男子美稱。偍則言行動弛緩。《荀子·勸學篇》：“難進曰偍。”唐楊倞註：“偍與提、媞皆同，謂舒緩也。”《郡齋讀書志》地理類著録楊湜《春秋地譜》十二卷。是則作湜爲是。

② 卷上《張公子遇崔鶯鶯》稱張生爲張君瑞，未注出處，疑亦出《麗情集》。

未必皆如此。篇末常加評語，共二十七篇，有十餘篇附載有關資料。尤爲引人注目者乃是各篇皆以七字標目，無一例外。七字標目，先此雖已見於今本《青瑣高議》，然今本係南宋人重編，殆書坊仿本書所加耳。

所載故事大抵爲男女豔情或關涉女性之事，惟卷下《陳沆嘲道士啗肉》（出《南唐近事》）等九篇例外①。故事編排稍見章法，大體爲將同類題材連排。開頭自《劉阮遇天台女仙》到《韋卿娶華陰神女》（出《異聞集》）二十篇，除《永娘配翠雲洞仙》（闕出處）爲女子遇合男仙外，其餘皆男子遇合仙子神女之事。以下大都爲人間男女之事，包括私情、婚戀、姦通及貞女、烈婦、才女、妒婦之類，男方多爲文士，女方多爲妓妾；少數事涉冥合、再生、離魂等異情。自《明皇愛花奴羯皷》（出《羯皷録》）以下皆事涉樂器歌舞，亦多爲豔情。《壽陽主梅花粧額》（出《北户録》）以下則專言女性裝飾容貌之美。

本書編纂時代，從其引書情況可大略推知。所採宋人書之撰人可考者，大抵出自北宋，只有楊湜《古今詞話》成於南宋紹興間②。作者不明之《可怪録》（卷上《楚娘矜姿色悔嫁》）、《剗玉小

---

① 餘八篇爲：《秦少游弔古餺鐘》（出秦文）、《白樂天辨華原磬》（闕出處，今見《白氏長慶集》卷三《華原磬》）、《虜騎感劉琨胡笳》（出《晉書·劉琨傳》）、《蚩尤畏黄帝皷角》（雜取《車服儀制》等）、《王喬遇浮丘吹笙》（出《列仙傳》）、《麻奴服將軍罱篥》（出《樂府雜録》）、《韓娥有繞梁之聲》（出《博物志》）、《秦青有遏雲之音》（引沈存中《筆談》）。

② 趙萬里《校輯宋金元人詞》中楊偍（湜）《古今詞話》輯記云："楊偍（湜）《古今詞話》，明以後久佚，宋以來公私書目罕著於録。《苕谿漁隱叢話》成書於紹興戊辰，已加稱引，證之《草堂詩餘》紹興間林外《洞仙歌》後所注，知其人與胡仔仔爲同時。據明寫本《説郛》引《白獺髓》，知偍（湜）字景倩（按：原作曼倩）。然其里貫及書之卷數迄無考，是可憾也。"按：《苕溪漁隱叢話》前集編成於紹興十八年（1148），而後集集成於乾道三年（1167）。前集未加稱引《古今詞話》，而後集屢加引用，是知其成在乾道三（轉下頁注）

說》(卷上《金彥遊春遇會娘》)，事皆在北宋開封，當亦出北宋①。
考南宋高、孝朝小說著名者如《清尊錄》、《投轄錄》、《睽車志》、
《摭青雜說》、《夷堅志》等，皆不乏有豔情故事，然皆未加採錄。
是則本書之編不會太晚，參酌《古今詞話》創作年代，殆編於紹興
十八年後至紹興三十二年間。編者專注於女性豔情，故以風月
主人自號，蓋非宮中之人。然觀其評語、文風，及其博採群書，且
喜摭文人典故、詩詞豔事，自非民間藝人之屬，蓋隱於市井之文
人也。顧因書中多有新豔可喜之事，故被說話人用爲參考書，正
猶《太平廣記》、《夷堅志》然。

　　《醉翁談錄》等書所著錄、刊載之小說話本，以及各種戲曲，
許多作品之本事可從本書覓見②。自然所採故事之原文大都存
世，或亦見載於他書，不得謂皆徑取本書。然若《邢鳳遇西湖水
仙》、《金彥遊春遇會娘》、《郭華買脂慕粉郎》(闕出處)等優美故
事却只見於本書，實爲話本戲曲本事探源之珍貴資料。宋代靈
怪類話本有《水月仙》、煙粉類話本有《錦莊春遊》(見《醉翁談

(接上頁注)年之前。《草堂詩餘》後集卷上《群英詞話》載林外《洞仙歌·
　垂虹橋》，注引《古今詞話》云："此詞乃近時林外題于吳江垂虹亭，世或
　傳以爲呂洞賓所作者，非也。"《漁隱叢話》前集卷五八亦云："近時吳江
　長橋垂虹亭屋山壁上草書一詞，人亦爲呂仙作，其果然邪？"《宋詩紀事》
　卷五一《林外》云："外字豈塵，晉江人。紹興三十年進士。官興化令。"
　而據《齊東野語》卷一三《林外》，垂虹亭詞作於在太學時(中稱"在上
　庠"，"泉南林上舍")。南宋太學立於紹興十三年(見《宋史》卷一五七
　《選舉志三》、《建炎以來繫年要錄》卷一四五、卷一四九)，而紹興十八年
　前已題其詞而由胡仔載入《漁隱叢話》，時間皆無抵牾。胡仔稱"近時"，
　《古今詞話》亦稱"近時"，故疑《古今詞話》之作與《漁隱叢話》前集約略
　同時，前集未加稱引者，似紹興十八年時楊書未成，殆成於十八年後也。
① 金彥遊春事，清人董恂輯《宮閨聯名譜》卷五引作《夷堅志》，不知何據，
　疑有誤。今存《夷堅志》及佚文無此事。
② 參見譚正璧《話本與古劇·綠窗新話與醉翁談錄》。

録》），即飾演邢鳳、金彦事，前事又有《邢鳳此君堂遇仙傳》（《寶文堂書目》子雜）及《西湖二集》卷一〇《邢君瑞五載幽期》二本。金彦事與《夷堅甲志》卷四《吳小員外》極似，殆一事之二傳或由金彦演爲吳小員外，《警世通言》卷三〇《金明池吳清逢愛愛》即據《吳小員外》改編。至於《情史》卷一〇《李會娘》、卷一九《西湖水仙》及《豔異編》卷二《邢鳳》、《西湖遊覽志餘》卷二六《幽怪傳疑》所載邢鳳事，文句則與本書全同或大同。郭華事脱化自《幽明録》之《買粉兒》（《太平廣記》卷二七四引），不見編爲話本，然在戲曲中却久演不衰。金院本《憨郭郎》（《南村輟耕録》卷二五）蓋即郭華事，宋元以降"王月英"系列之戲曲皆據此敷演，王月英即賣胭脂粉女子。① 又者，本書卷上《王尹判道士犯姦》（闕出處）不見載於他書，而《初刻拍案驚奇》卷一七《西山觀設籙度亡魂，開封府備棺追活命》據此改編。

　　本書各篇皆七字標目②，亦爲後世白話小説所仿效③。且各篇標目前後兩兩相對，如《灼灼染淚寄裴質》、《盼盼陳詞媚涪翁》，《曹大家高才著史》、《蔡文姬博學知音》等等，對仗工整，前後綰聯。此種標目格式，對明清擬話本及章回小説篇名回目之

---

① 凡有宋元戲文《王月英月夜留鞋》（《南詞敍録·宋元舊篇》）、《王月英胭脂記》（《傳奇彙考標目》别本）、無名氏雜劇《王月英元夜留鞋記》（《古今雜劇》）、元曾瑞雜劇《才子佳人誤元宵》（《録鬼薄》）、明邾經雜劇《胭脂女子鬼推門》（《録鬼簿續編》）、徐霖傳奇《留鞋記》（《金陵瑣事》）、童養中傳奇《胭脂記》（《古本戲曲叢刊初集》）等。

② 七字標目有六式：一爲二一二二式（如《劉阮遇天台女仙》），一爲二二一二式（如《王軒苧羅逢西子》），一爲二二二三式（如《楊生私通孫玉娘》），一爲三一三式（如《王子高遇芙蓉仙》），一爲三二二式（如《趙飛燕私通赤鳳》），一爲四一二式（如《韋中丞女舞柘枝》）。

③ 今存宋元話本七字標目者頗少，如《夔關姚卞弔諸葛》、《陳可常端陽仙化》、《皂角林大王假形》、《福禄壽三星度世》（見程毅中輯注《宋元小説家話本集》，北京：人民文學出版社，2016），明世始蔚成風氣。

設置顯然産生極大影響，如"三言"、《西湖二集》等書亦皆前後兩篇篇名相對，而"二拍"、《醒醒石》等擬話本集及許多長篇章回，則又發育爲對偶回目。其至元雜劇之題目正名七字或六字八字相對①，蓋亦源於此也。

　　明人稗編常採録本書故事，除前文所引者，又如《青泥蓮花記》卷五《湯秀奴》、《梁楚楚》（末注"右二事小説所載"），即卷上《楊生共秀奴同游》、《章導與梁楚雙懸》，卷八《聶勝瓊》（無出處），即卷下《聶勝瓊事李公妻》，卷一三《楚楚》（無出處），即卷下《柳耆卿欲見孫相》。《青泥蓮花記》非徑採本書②，轉引他書耳。再如《一見賞心編》，所載雖皆不注出處，然與本書文句相較，多有大同於本書者。如卷四名姝類《茂英妓》即卷下《茂英兒年少風流》，重逢類《晏元妾》即卷上《晏元子取回元寵》，《崔郊婢》即卷上《崔郊甫因詩得婢》，卷六仙女類《西湖女》即卷上《邢鳳遇西湖水仙》，卷一一魂交類《李會娘》即卷上《金彦遊春遇會娘》，卷一一賢節類《勝瓊妓》即卷下《聶勝瓊事李公妻》，淫冶類《陳越娘》即卷上《越娘因詩句動心》，《華春娘》即卷上《華春娘通徐君亮》，《何意娘》即卷上《何會娘通張彦卿》，《趙商婦》即卷上《江致和喜到蓬宮》。以上諸書雖未必盡據本書採録，然亦足可見其事之爲稗家所喜道也。

---

① 如《元曲選》李文蔚《燕青博魚》，題目"梁山泊宋江將令"，正名"同樂院燕青博魚"，此七字；關漢卿《玉鏡臺》，題目"王府尹水墨宴"，正名"溫太真玉鏡臺"，此六字；馬致遠《漢宮秋》，題目"沉黑江明妃青冢恨"，正名"破幽夢孤雁漢宮秋"，此八字。
② 《青泥蓮花記采用書目》無《緑牕新話》。

第五編　南宋中期

（1163—1224）

海陵三仙傳一卷

存。南宋王禹錫撰。傳奇文。

王禹錫，泰州海陵（今江蘇泰州市）人。高宗紹興二十七年（1157）王十朋榜進士①。曾爲通直郎、僉書鎮江軍節度判官廳公事②。與王明清有交往，光宗紹熙五年（1194）王明清《揮麈後錄》書成，爲作跋③。

《宋志》道家神仙類著録王禹錫《海陵三仙傳》一卷。明趙用賢《趙定宇書目》道家書、佚名《近古堂書目》道藏類、清錢謙益《絳雲樓書目》道藏類亦有目，無卷數。陳揆《稽瑞樓書目》小檞叢書、趙魏《竹崦盦傳鈔書目》道家類皆著録一卷，前者注"鈔，一册"，後者注"南宋人撰"。范邦甸《天一閣書目》卷三之二子部道家類著録藍絲闌鈔本《海陵三仙傳》一卷，云"宋通直郎、僉書鎮江軍節度判官廳公事、賜緋魚袋王禹錫撰"。傳存，載於《古今説海》説淵部別傳六十四，無撰人。此本後又收入《叢書集成初編》釋道總傳與《舊小説》丁集（宋）。明清書目著録大抵無撰人，當出《古今説海》本。

---

① 見《崇禎泰州志》卷五《選舉志》及《嘉靖惟揚志》卷一九《人物志上·宋進士》。《建炎以來繫年要録》卷一七六載：紹興二十七年三月，"賜十朋等四百二十六人及第出身"。
② 見清范邦甸《天一閣書目》道家類。
③ 見《揮麈後録》，跋文末書"海陵王禹錫謹書"。

　　南宋王象之《輿地紀勝》卷四〇《泰州·仙釋》云："周恪、陳豆豆、唐弼，三人俱得道。王禹錫作徐神翁及周、陳、唐三仙傳，甚詳。"又《詩》："三仙周、陳、唐。"注："郡人王禹錫作徐神翁及三仙周、陳、唐傳，甚詳。"

　　所記爲南北宋之際海陵道士徐神翁（名守信）、周處士（名恪）、唐先生（名甘弼）三人事蹟。陳豆豆附《周處士》末，云："初，元祐中有陳豆豆者，不知何許人。……嘗與唐道人謁先生，笑語竟日，所言他人莫能解也。宣和末示化，葬神公（徐神翁）之西。先生與唐道人相繼同域，號三仙墳焉。"陳卒於宣和末（1125），徐卒於大觀二年（1108），周卒於建炎二年（1128），唐卒於紹興七年（1137）。陳、徐、周、唐四人死後同葬一域，號"三仙墳"者，不計陳耳。三人皆海陵人，墳在一域，故合爲一傳。

　　王禹錫作此傳，時官通直郎、僉書鎮江軍節度判官廳公事，其時不詳。通直郎乃寄禄官，正八品，僉書判官廳公事乃職事官，從八品。[①]禹錫紹興二十七年進士，去紹興末（三十二年）五年，疑任此官在孝宗隆興中（1163—1164），傳撰於此時也。

　　三仙中徐神翁聲名最著，故而叙其事頗繁於周、唐。宋人書記徐神翁者頗夥，如《孫公談圃》卷下、《錢氏私志》、《鐵圍山叢談》卷一、《清波雜志》卷二及卷七等。《宋志》道家神仙類著録朱宋卿《徐神翁語録》一卷。陸游《家世舊聞》卷下載有元祐中蘇軾知揚州遣人向徐求字而預言未來及元符中哲宗遣人密問聖嗣二事，此傳皆有，唯情事有異。陸游所記聞於其父陸宰，宰與徐同時，可見徐神翁神異事當世即盛傳，此傳蓋即綜合各種傳聞而成。作者之意乃弘揚道教，而三仙皆出海陵，則又見鄉土之情。

　　《崇禎泰州志》卷七《方外志·仙釋》載有徐神翁等三仙事蹟，據此傳及他書。

_____

① 見《宋史》卷一六八《職官志八》。

感夢記

節存。南宋郭端友撰。傳奇文。

郭端友，饒州（治今江西上饒市鄱陽縣）人。

《夷堅丙志》卷一三《郭端友》載：饒州民郭端友精意事佛，紹興二十五年乙亥（1155）冬，立願寫《華嚴經》六部。隆興元年癸未（1163）夏雙目失明，醫巫救療無效。次年四月誓心禮拜觀音，乞夢賜藥或方書。五月夢皂衣人告以獺掌散、熊膽圓，詣市只得前者，點之無效。又夢赴天慶觀，聞其中佛事鍾磬聲，入觀見皂春羅衣婦人、紫衣道士及十六僧，於法堂有所感遇。覺告其妻，言熊膽圓方出自《道藏》，可急往覓。其甥忽來，言昨夜於觀中偶獲觀音治眼熊膽圓方。依方市藥，服之眼明。下記藥方頗詳。末云："郭生自記其本末，但所謂法堂感遇，不以語人。"記當作於孝宗隆興二年，原題不知，姑擬如上。

《醫説》卷三《神方‧夢藥愈眼疾》引《夷堅志》此文，文字多有可校補者。《名醫類案》卷七《目》引《夷堅志》，删取《醫説》耳。

此作寫觀音感應，乃弘佛之作。夢中所見婦人，"長八尺，著皂春羅衣，兩耳垂肩，青頭綠鬢，戴木香花冠如五斗器大"，蓋即觀世音形象，宋人視觀世音爲女性也。其中又寫紫衣道士迎郭啜茶，郭不顧而趨法堂，透出抑道揚佛之意。然作法事於道觀，所謂觀音熊膽圓方竟出自《道藏》，乃又見佛道雜糅。明仁孝皇后《勸善書》卷五採入此事，文同《丙志》。

樂善録十卷

存。南宋李昌齡编。志怪集。

李昌齡，字伯崇①。眉州眉山縣(今屬四川)人②。隱嘉州夾江縣，號漢嘉夾江隱者③，爲《太上感應篇》作傳④，盛行於世。孝宗淳熙(1174—1189)進士⑤。曾知汀州蓮成縣⑥。又曾裒集佛

---

① 見何榮孫《樂善録序》、胡晉臣跋。何序云："隴西李伯崇，迎曦先生之曾孫。"迎曦先生不詳。

②《知縣胡公跋》云"予觀邑士李伯崇所編《樂善録》"，又云"予友章德茂以總檄來眉山"，是知胡晉臣知眉山縣，李伯崇眉山人。隴西乃郡望。

③ 趙希弁《郡齋讀書附志》神仙類："《太上感應篇》八卷，右漢嘉夾江隱者李昌齡所編也。"漢嘉指嘉州。《元和郡縣圖志》卷三二《嘉州》："今州即漢犍爲郡之南安縣地也。後夷獠所侵，梁武陵王蕭紀開通外徼，立青州，遙取漢青衣縣以爲名也。周宣帝二年改爲嘉州。按州境近漢之漢嘉舊縣，因名焉。"

④ 今本載於明正統《道藏》，三十卷。《讀書附志》作八卷，《宋志》道家神仙類著録李昌齡《感應篇》一卷。李昌齡乃作注者，原作者不詳何人。

⑤ 見萬曆《四川總志》卷一五《眉州·科第》、嘉慶重修《四川通志》卷一二三《選舉志二·進士》、《眉州屬志》卷一〇及《眉山縣志》卷七《選舉志》。按：龔延明、祖慧編撰《宋登科記考》卷一〇淳熙五年列有李昌齡，所據爲《萬曆四川總志》、《嘉慶四川通志》，然此二志實不分年分，統列在淳熙進士中，《眉州屬志》、《眉山縣志》亦然。又《宋登科記考》淳熙五年著録二李昌齡，另一人爲吉州廬陵縣人，所據爲《萬曆吉安府志》卷五《選舉·進士·宋》、《光緒吉安府志》卷二一《選舉志·進士·宋》、光緒《江西通志》卷二二《選舉表·宋進士》。按云："與眉州李昌齡是否爲同一人，待考。"南京：江蘇教育出版社，2009，第1024頁。

⑥ 同治《重纂福建通志》卷九四《宋職官·汀州·連城縣》知縣(轉下頁注)

書地獄受苦事爲《七趣受生録》七門①，已佚。

　　本書著録於《直齋書録解題》小説家類，十卷，釋云："蜀人李昌齡伯崇撰。以《南中勸戒録》增廣之，多因果報應之事。"《通考》據而著録。《宋志》雜家類有李石《樂善録》十卷。按《樂善録》今本卷首有運使李太博（李石）詩《法曹學士轉示樂善新編賦詩奉謝》②，而誤爲李石。

　　原書今存，收載於《續古逸叢書》，係上海涵芬樓景印中華學藝社借照日本東洋文庫藏宋紹定刊本。《續修四庫全書》影印涵芬樓本，載子部小説家類一二六六册。此本題李昌齡編，書前有蒙埜何榮孫隆興甲申（二年，1164）七夕序、眉山知縣陳郡胡晉臣隆興二年十月跋、運使李太博淳熙二年（1175）正月題詩，書末有郡（越州）人趙汝譏、新安汪統仲宗紹定二年（1229）三月識語。從序跋可知，此書於隆興二年初刻於蜀中，汪統游蜀都（成都府）得之，任浙東提刑兼權安撫使、知紹興府事時，遂於紹定二年重刻于會稽郡齋③，故

（接上頁注）事有李昌齡，注："眉州人，淳熙進士。"按：連城，南宋名蓮城，《宋史》卷八九《地理志五・汀州》："南渡後增縣一：蓮城。"注："本長汀蓮城堡，紹興三年升縣。"明洪武十七年（1384）後改爲連城，見《明史》卷四五《地理志六》。

① 見本書卷一〇"張孝師"條。

② 李石時爲成都路轉運判官，曾官太學博士，見《續博物志》叙録。此詩見李石《方舟集》卷一，題《何司法惠示樂善新編賦詩爲謝》。

③ 趙汝譏識語云："寶章郎中汪公以祥刑使者總攝帥垣，暇日出示《樂善録》一編，而謂汝譏曰：'此編所載，殊益世教，欲鋟梓以惠越人。'"汪統識語："比游蜀都，得此本，常以自隨。兹刻梓于會稽郡齋，用廣其傳。"汪統，紹定元年至四年爲浙東提刑兼權安撫使、知紹興府事。《寶慶會稽續志》卷二《安撫題名》："汪統，紹定元年十二月二十九日以朝散郎、直寶章閣、浙東提刑兼權。三年三月磨勘轉朝請郎。五月以糴椿積米特轉朝奉大夫。四年四月該遇皇太后慶壽，恩轉朝散大夫。五月二十一日與宫觀。"又《提刑題名》："汪統以侍右郎官除，紹定元年十二月二十八日到任，四年五月二十一日宫觀。"

《續古逸叢書》題作《宋紹定本樂善録》。何序、胡跋均作於隆興二年，而卷四“峨眉山士子”條爲隆興癸未即元年事，知書成於隆興二年。然書中載有乾道中事：卷五“郡人姓雍者”爲乾道戊子（四年）事，“勾龍霧”爲乾道己丑（五年）及明年事，卷一○“季南壽”爲乾道己丑明年事，卷九“王企”後半云“昌齡久施簡牒，獲應甚多”，下載乾道庚寅（六年）事，卷七“蔡興文”爲乾道壬辰（八年）事，卷九“穎娘子”云“乾道戊子又孕……伏枕者六年”，則已至乾道九年。又者，書中尚引洪邁《夷堅乙志》四條，而《夷堅乙志》成於乾道二年。由此可見，隆興二年初刻後，作者又作增補。胡跋有云：“有近聞異甚，惜伯崇不增廣之。”則係遵胡晉臣意見復增廣近聞也。增補本約成於淳熙元年，約淳熙二年再刻於蜀，此本將胡跋移於何序後，又增李石題詩。紹定本即是據重刻本翻刻。

《説郛》卷九八選録《樂善録》十條，題下注一卷，署李昌齡（注字伯崇）。與十卷本相校，字句不同者頗多，次序亦大異[1]，且“王方贄”條不見十卷本。此一卷本蓋宋元流傳之别一刻本或鈔本，與紹定本不同。明商濬刻《稗海》，收有上下二卷本，題宋李昌齡，只六十八條，視十卷本少一百四十一條，議論文字亦多有删節，節本也。黃昌齡刊《稗乘》所收《樂善録略》一卷，亦此本。《重編説郛》弓七三、《續百川學海》、《水邊林下》所載李昌齡《樂善録》一卷，實是宋黃光大《積善録》[2]。

---

[1] “僕射王公”見卷一，“陳公伯”見卷六，“王清化”見卷二，“大觀士人”、“二士大夫”、“南海郡太守”均見卷一，“日者”、“獄官”、“太學二士人”均見卷二。

[2] 《説郛》卷六四載《積善録》節本，原書十二卷。《重編説郛》等本全取《説郛》節本，唯各節皆加標目，删自序題款“南豐黃光大行甫”七字以泯其跡，又末節《子弟》，實是取自《説郛》同卷元馮夢周《續積善録》。

　　本書編印緣起,何榮孫序有所説明,序云:"隴西李伯崇,迎曦先生之曾孫,天資樂善。得《南中勸戒録》,伏而讀之,深有契於其心。遂博覽載籍,旁搜異聞,凡有補於名教者,增而廣之,分爲十卷,名之曰《樂善録》。亟鏤板印行,使家家藏此書,以廣天下樂善之風,此伯崇胸懷本趣也。"本書增廣《南中勸戒録》而成,《南中勸戒録》不見著録,作者、卷數不詳。其内容已包含在《樂善録》中,但其文已無法辨識。伯崇以勸善戒惡爲旨,纂集古今故事,搜羅較廣,遠及《漢史》、《冥祥記》、《真誥》等,唐人書有《感異記》、《酉陽雜俎》、李公佐《元恠録》①等、但大都係宋人書,引用較多者有《湘山野録》、王日休《勸戒録》、《楊文公談苑》、《翊聖傳》、《集仙傳》、《夷堅志》(甲志)、《十生記》、《類苑》(即《宋朝事實類苑》)、《七朝事林》等。出處大都於條末用小字注明,或在文中揭出。少數係作者自述聞見,非盡是編纂舊事之作。作者力求"有補於名教",各事之末皆繫以議論,且多長篇大套,而於事實反倒不求其詳,粗陳梗概而已。

　　本書卷四全録道書《太上感應篇》,約淳熙元年《樂善録》增補本成書後又爲之作傳②。本書議論與《太上感應篇》傳文意趣全同,引述事實也常取本書。其言善惡,大抵本儒釋道爲説,於佛家輪回報應之説尤多張揚,故胡晉臣跋云"佛氏因果之説盡於此矣"。所述事實,或舉善行,或揭惡業,無非行善積陰德,諸如德政愛民,濟人活命,崇佛奉道,守廉保貞者,便得神明庇祐,成佛成仙,多子多壽,官禄升遷;反之,受賄枉法,愛財不義,殺生害命,毁佛慢神,即得失官折禄,減壽喪生,墮謫地獄之惡報。南宋理學昌盛,本書頗受推重,何榮孫、汪統稱其"有補於名教","深

① 按:此爲《南柯太守傳》,作《元恠録》誤,牛僧孺作《玄怪録》。
②《太上感應篇》卷一李昌齡傳文中有"自紹興二十八年置,至乾道八年"語。卷一九傳文載季南壽事,卷三○傳文載穎娘子事,皆在增補本中。

有益於世教"。然以小説觀之，價值甚微，所存作品，佳者尠見。

　　明仁孝皇后徐妙雲《勸善書》卷二採入本書安庭栢（卷四）、文光讚（卷一），卷一一採入乖崖公（卷一）、王和叔（卷二），卷一二採入大觀官員（卷一），卷一六採入張商英（卷二）、一士夫（卷六）、眉郎（卷四），卷一七採入郭文慶（卷一），卷一八採入楊開（卷四）、陶仁貴（卷三）等事。

志　過

節存。南宋薛季宣撰。傳奇文。

薛季宣(1134—1173)，字士龍，一作士隆^①，號艮齋^②。其先河東(治今山西永濟市蒲州鎮)人，徙永嘉(今浙江溫州市)。父徽言，起居舍人。六歲喪父，依伯父敷文閣待制薛弼。年十七，起從岳父荆南安撫使孫汝翼，辟爲書寫機宜文字，師事程頤弟子袁溉。同郡蕭振制置四川，往爲其屬。出蜀調鄂州武昌令，復調婺州司理參軍。居五年，孝宗乾道四年(1168)樞密使王炎薦入京，有旨改宣議郎、知平江府常熟縣。七年召爲大理寺主簿。會江淮大旱，十二月奉使淮西，明年夏歸，除大理正。居七日出知湖州，改常州，未上。乾道九年七月卒於家，年僅四十。^③

薛季宣係著名學者，著述頗豐，今存《尚書隸古定經文》二卷、《書古文訓》十六卷、《浪語集》三十五卷，又著有《春秋經解》

① 見《夷堅丙志》卷一《九聖奇鬼》、陳亮《龍川先生文集》卷二二《祭薛士隆知府文》。
② 清鈔本及《永嘉叢書》本《浪語集》題《艮齋先生薛常州浪語集》。《宋元學案》卷五二《艮齋學案》："袁氏門人，文憲薛艮齋先生季宣。"
③ 以上據《宋史》卷四三四《儒林傳》、陳傅良《右奉議郎、新權發遣常州借紫薛公行狀》(《止齋先生文集》卷五一)、呂祖謙《薛常州墓誌銘》(《東萊呂太史文集》卷一〇)。陳、呂二文亦附載《浪語集》，分別題《宋右奉議郎、新改差常州借紫薛公行狀》、《宋右奉議郎、新改差常州借紫薛公墓誌銘》。

十二卷、《春秋指要》二卷、《論語小學》二卷、《武昌土俗編》二卷、《九州圖志》、《風后握奇經校定》一卷等①。

　　《夷堅丙志》卷一《九聖奇鬼》，載薛季宣之奇遇，略云：隆興二年（1164）秋，薛季宣遣子薛沄與何氏二甥探視比鄰沈氏母病，見巫師沈安之遣神將正爲治鬼。沄歸而夸語之。時季宣侄女爲魑怪所祟，邀安之。安之遣神將執五魑二鬼，置獄訊治，歸女魂。明日神將復發卒數萬及城隍五嶽兵追擊餘黨，三戰皆不利。後二日方報捷，得一酋械之。數日女疾如故，安之復領神將來，俘獲囚之。沄見神將與季宣論鬼神之事，又與沄論學，而何甥無所睹。季宣外甥久病瘧，神將降而捕得七鬼繫獄。此後神來甚衆，不復離堂戶，各有名號，稱南北斗、真武、嶽帝、灌口神君、成湯、高宗、伊尹、周公、陳摶、司馬溫公。閻羅王續至，勑陰吏索薛氏先亡者十六人亦來，季宣父母及岳父皆在。衆神嫌饌具薄惡，令後必加豐。季宣兄寧仲疑乃奇鬼附託，季宣則深信不疑。明夜十六人又來，飲酒作樂，醜態畢露。季宣妻以爲"吾翁吾父皆正人，必不爲此，殆是假其名而竊食者"。季宣亦醒悟，拔劍擊之，滿室盡魑。後魑又來作祟，薛沄爲其所困。季宣請道士張彥華行正法，彥華召神人盡擒衆魅群鬼誅之。原來群魑乃西廟五通九聖，沈安之所事皆此魑屬，郡人盡奉之，唯薛氏不奉，故假冒正神治鬼，作祟薛家，並欲害其子。末云："宣恨其始以輕信召禍，自爲文曰《志過》，記本末尤詳。予採取其大概著諸此。"按洪邁所述長達二千五六百字，猶爲大概，原文之長可知。薛季宣《浪語集》不載此文，今傳《浪語集》三十五卷乃其姪孫朝請大夫、知撫州軍州、兼管内勸農營田事薛師旦於理宗寶慶二年（1226）編次刊行，師旦跋云："此獨篋中所存者耳，遺軼尚多焉。"本文蓋即遺軼者。

―――――――――

① 見《直齋書錄解題》、《宋志》、《宋史藝文志補》著錄。

　　本篇行文曲折，筆墨酣暢，描摹魈魅作祟與正神伏妖，情狀
極爲生動細緻，頗見功力。陳傅良《行狀》云："公自六經之外，歷
代史天官地理兵刑農，末至於隱書小説，靡不搜研采獲。"而本篇
正見出作者對"隱書小説"之喜好及諳熟於小説技巧。作者虛構
此文似非遊戲筆墨，恐有深意寄託。故事發生於孝宗隆興二年
(1164)秋之永嘉故里，而洪邁撰《夷堅丙志》始於乾道二年
(1166)底，終於七年，本篇被採爲《丙志》首條，知乾道二年已流
傳於世。據《浪語集》，薛季宣於紹興三十年至隆興元年(1160—
1163)任武昌令，隆興元年調爲婺州司理參軍①，乾道四年方罷。
《鴈蕩山賦》云："走家東甌有祠祭田，在鴈蕩山下，行年三十，而
未之到。隆興初赴調，因取途焉。"隆興元年季宣三十歲，赴婺州
任，特到鴈蕩山，而隆興二年則曾家居永嘉，本篇蓋作於隆興二
年。作者任職武昌四年或在婺一年間，當有"輕信召禍"之事，故
而假小説以見意。乾道八年季宣從淮西歸朝上劄子，中警告孝
宗警惕"託正以行其邪，假廉以濟其貪，僞直以售其佞"②，或有
己之經驗在焉，其"輕信召禍"蓋即輕信邪佞僞詐之徒也。以"志
過"名篇，乃反躬自省之意，内容則是抨擊託正行邪者。

---

① 見《浪語集》卷一五《諭保伍文》、《誡臺禮復文》，卷二一《與虞右相》及卷
　　三《鴈蕩山賦》。
② 見《浪語集》卷一六《上殿劄子三》。

冥司報應

佚。南宋蔣寶撰。志怪集。

蔣寶,福州閩縣太平寺[1]僧。

洪邁《夷堅丙志》卷一三載《長溪民》、《福州異猪》、《福州屠家兒》、《林翁要》四事[2],注云:"右四事皆福州太平寺僧蔣寶所傳。寶有一書曰《冥司報應》,記此事。"此書不見著録,卷帙多寡不詳。四事中《福州異猪》爲北宋政和七年(1117)事,其餘皆無紀年。據凌郁之《洪邁年譜》,洪邁高宗紹興十八年秋至二十年(1148—1150)爲福州教授。此間正撰《夷堅甲志》,至紹興末書成,孝宗乾道二年(1166)又成《乙志》,而蔣寶《冥司報應》未採入甲乙二志,故疑出自乾道二年後[3],《丙志》成於乾道七年,則七年之前書已行世。

所記全爲福州事,乃當地聞見,事則爲蛇咋不孝子,猪生子類人,屠家兒不肯殺羊而自斷喉,觀音救難,宣揚佛家報應觀念。記事簡碎,殊不可觀。

---

① 《福建通志》卷六二《寺觀》閩縣有太平寺。

② 《勸善書》卷五採入《林翁要》,卷一五採入《長溪民》。

③ 凌郁之《洪邁年譜》紹興二十年云:"(洪邁)自福州太平寺僧蔣寶得異聞數則。"所據即《夷堅丙志》。上海古籍出版社,2006,第81頁。按:其說似非。

宣政雜録一卷

節存。南宋曹勛撰。志怪雜事集。

曹勛(1096—1174),字公顯,一作功顯①,號松隱②。潁昌府
陽翟(今河南禹州市)人。父組(字元寵),徽宗宣和中以閤門宣
贊舍人爲睿思殿應制。勛用恩補承信郎,宣和五年(1123)賜進
士甲科③。欽宗靖康初(1126)爲閤門宣贊舍人、勾當龍德宮,除
武義大夫。二年三月金人擄徽宗,隨之北遷。高宗建炎元年
(1127)自燕山遁歸南京(商丘),以徽宗御衣所書密詔進高宗,建
議募死士航海入金國東京救出徽宗,執政難之,被出於外,凡九
年不得遷秩。紹興五年(1135)除江西兵馬副都監,以遠次爲請,
改浙東,爲言者所止。至十一年宋金議和,方授成州團練使,遷
忠州防禦使,未幾除容州觀察使,充金國報謝副使使金,勸金還
徽宗梓宮及韋太后(高宗母)。金遣太后歸,遂充接伴使。遷保
信軍承宣使、樞密副都承旨。二十九年拜昭信軍節度使,副稱謝
使王綸使金。孝宗朝加太尉、提舉皇城司、開府儀同三司。淳熙

① 見《攻媿集》卷五二《曹忠靖公松隱集序》、《夷堅支乙》卷六《單于問家世
詞》、《夷堅志補》卷七《潁氏飛錢》、《夷堅志三補·祠山像》、《直齋書録
解題》卷五雜史類《北狩聞見録》解題。

②《曹忠靖公松隱集序》:"公諱勛,字功顯,諡忠靖,累贈太師。松隱,公晚
歲游息之地,遂以名其集云。"松隱當亦其自號。《咸淳臨安志》卷七八
《寺院》:"曹松隱勛撰《五百羅漢記》。"

③ 見《宋詩紀事》卷四〇《曹勛》。

元年（1174）卒，年七十九①，贈少保②，諡忠靖③。事跡具見《宋史》卷三七九本傳。曹勛著《北狩見聞録》一卷、《松隱文集》四十卷，今存。

本書明世有著録，《文淵閣書目》宙字號第二厨著録一部一册，《澹生堂藏書目》史部上、《國史經籍志》小説家著録二卷。《説郛》卷二六節録《宣政雜録》十五條，注一卷，題譙郡公。按本書《丙午》云：“徽宗……至乙巳（宣和七年）冬内禪，欽宗即位，意當丙午（靖康元年）之期矣。而次年金人犯順，有北狩之禍，僕實從徽宗北行。”與曹勛經歷相符。而勛父組在孝宗紹興三十二年六月登極赦恩時被追封爲譙國公，周必大《文忠集》卷九六《節度

————————————

①《宋史》卷三七九本傳、《曹忠靖公松隱集序》均不言卒齡。《中國歷史大辭典》宋史卷、《宋人傳記資料索引》第三册定曹勛生卒年爲1098—1174，則爲七十七歲。錢建狀、王兆鵬《宋詩人莊綽、郭印、林季仲和曹勛生卒年考辨》（北京：《文獻》2004年第1期）之《曹勛生年考》考定勛生於紹聖三年（1096），卒年七十九。所考大略謂，曹勛組詩《山居雜詩》有“吾年將八十”語，《新秋自喜信筆》有云“天公賜以八旬老”，已年近八十。《松隱集》卷七《新歲七十以人生七十古來稀爲韻寄錢大參七首》，錢大參乃參知政事錢端禮，錢爲參知政事在隆興二年十一月至乾道元年八月，新歲即指乾道元年（1165）。時年七十，逆推生年爲紹聖三年，淳熙元年卒爲七十九歲。所考甚碻，今取其説。李裕民《宋人生卒行年考》則考爲八十歲，據《新歲七十》所云“從心之歲自由身……繞屋稍稍並種梅。摘葉尋枝看未足，横斜已覺報春來”，謂“從心之歲”年已七十，“種梅”、“報春”時在臘月，則作於隆興二年十二月。是年七十，則生於1095年。又據卷一六《病起有感》所云“空近偷安九九年”，謂九九八十一歲，言近當已八十左右，故其卒年時爲八十歲，與生年相合。北京：中華書局，2010，第212頁。今按“新歲七十”明言乾道元年七十，非上年隆興二年，“已覺報春來”亦言新春已至，至曰“空近偷安九九年”，亦未必定指八十歲，七十九亦近耳。

②《曹忠靖公松隱集序》云“累贈太師”。

③見《曹忠靖公松隱集序》。

使曹勛贈三代》云:"故父任武經郎、閤門宣贊舍人、贈太師組,追封譙國公。"又據《松隱集》卷一《迎鑾賦》末題"太尉、昭信軍節度使、譙國公曹勛叙",則孝宗時勛亦嗣封譙國公。可見譙郡公(譙郡開國公)者必是曹勛無疑,而本書之撰自然即在孝宗朝,蓋在乾道中,晚年之作也。

　　《説郛》本之外,《宋會要輯稿·瑞異二》引《宣政雜録》"虹異",記靖康丙午金人犯闕兩虹異事。加此遺文凡十六條。十六事大多爲北宋政和、宣和間妖異徵兆之事,諸如狐登崇政殿(《狐登御座》),朱節妻生鬚(《人妖》),太吠不見形(《犬妖》)等等,皆爲胡虜犯闕之兆,類似《宣靖妖化録》。此外還記政和中崔志女孝母卧冰得魚(《孝女》),宣和中趙倚憤殺繼父(《孝子》)等,内容較雜。而文字均短,瑣記雜言而已。

　　《説郛》節本後爲《古今説海》説略部雜記家所取,不著撰人,後又收入《重編説郛》弓四七、《歷代小史》、《續百川學海》。《歷代小史》本缺首條。《重編説郛》本題宋江萬里[1],謬甚。

----

[1] 江萬里(1198—1274),度宗朝官至左丞相,謚文忠。《宋史》卷四一八有傳。

分門古今類事二十卷

存。南宋委心子宋氏編。志怪集。

宋氏，名不詳，自號委心子。本書卷八載先大夫《龍泉夢記》，末題"政和七年（1117）三月日宋如璋謹記"，知乃宋如璋子。記稱："崇寧（按：原譌作大觀）乙酉歲（四年，1105），如璋避親，移試漕臺。四月初吉，率親友十數人，遡遊龍泉，乞靈於昭惠主祠。……是年拔漕解，次年果叨第。"據題注，龍泉神廟在眉州青神縣，《眉州屬志》卷一一《寺觀》亦載青神縣有龍泉寺，在治西二十里，是則宋氏乃眉州青神縣（今屬四川眉山市）人。宋如璋及第在崇寧五年，萬曆《四川總志》卷一五《眉州·科第》、雍正《四川通志》卷三三《選舉·進士》、《眉州屬志》卷一〇《選舉志》崇寧進士中有宋如章，《眉州屬志》注："碑章作璋"，碑者乃眉州雁塔題名碑。本書自序云："委心子窮天任運，修己俟時，謂命有定數，不可以智求。"卷五《栢閣行者》亦云："知命君子委心而任之可矣。"作者殆處士之流。其號委心子，語本《淮南子·精神訓》："委心而不以慮。"本爲道家語。

本書著録于《宋志》類事類：《分門古今類事》二十卷，不著撰人①。清初黃虞稷《千頃堂書目》類書類"補宋"書名卷帙同，季振宜《季滄葦藏書目》宋元雜板書亦有目，注："四本，宋板。"咸豐

---

①《四庫全書總目》卷一四二小說家類三云："《宋史·藝文志》亦未著録。"誤。中華書局點校本《新編分門古今類事·點校説明》亦沿其誤。

中朱學勤《結一廬書目》小說家類異聞之屬則著録爲《蜀本分門古今類事》二十卷，注："計二本，不著撰人名氏。彭文勤公（彭元瑞）從内府所藏影宋本抄出，册首有題識一則。"

今傳正爲二十卷本，載於《四庫全書》及《十萬卷樓叢書》（按：《叢書集成初編》據此本排印）。庫本係浙江巡撫採進本，原本題《蜀本分門古今類事》，無序，結一廬藏本殆同此本，原出宋刊，刊於蜀中，故云蜀本。十萬卷樓本前多委心子自序一篇，題爲《蜀本分門古今類事序》，亦出蜀刊，但書名《新編分門古今類事》，新編二字蓋書坊重刻時所加。二本分門分卷及條目全同，然引書出處差異甚多。如：卷三《王勃不貴》庫本注《感定録》，十萬卷樓本作羅隱《中元傳》，卷一六《盧渥紅葉》，庫本注《逸史》，十萬卷樓本注《雲溪友議》又《本事詩》；卷一八《多遜崖州》，庫本注《酉陽雜俎》，十萬卷樓本作《名賢小說》，等等。按《盧渥紅葉》今見於唐范攄《雲谿友議》卷下《題紅怨》，孟啓《本事詩·情感第一》有同類故事，爲顧況事，絶不出唐盧肇《逸史》；《多遜崖州》爲宋初開寶中事，絶不可能出於唐段成式《酉陽雜俎》，可見庫本所注引書多誤。然十萬卷樓本多有闕注引書處，而庫本大都注出，如卷八《處厚類試》等五事，十萬卷樓本皆無出處，庫本則注出《靈應集》（按：末事《任豫交代》譌作《靈驗記》），此優於十萬卷樓本者也。中華書局1987年出版金心點校本，據《點校說明》，乃以十萬卷樓本爲底本，校以庫本，實未據庫本校補出處。若能認真對勘二本，參稽他書，補闕正譌，庶可得善本也。

據自序，本書作於乾道己丑即乾道五年（1169），時去其父宋如璋進士及第已六十多年，顯然已屬晚節。北宋尹國均曾編《古今前定録》二卷，書已佚，著録於晁公武《郡齋讀書志》小說類，晁氏叙云："右皇朝尹國均輯經史子集古今之人興衰窮達、貴賤貧富、死生壽夭，與夫一動靜、一語默、一飲一啄，定於前而形於夢、兆于卜、見於相貌、應於讖記者，凡一門，以爲不知命而躁競者之戒。至若裴度以陰德而致貴,孫亮以陰譴而減齡之類,又別爲二門,使君子不以天廢人云。"晁氏所叙必是據原書自序删略而成,而本書自序與尹序節文相吻不去葛龔:"夫興衰運也,窮達時也,生死命也。委心子窮天任運,修己俟時,謂命有定數,不可以智求。而罔者不達,妄意僥倖,偶然得之,則誇衒辨智,矜持巧力,自以爲己之能。一或齟齬,則抑鬱亡聊,譟憤亡恥,奴顔婢膝,囁嚅趑趄,靡所不至,節義廉遜之風,蕩然掃地矣。悲哉!乃以其意作《古今類事》二十卷,凡前定興衰窮達、貴賤貧富、死生壽夭,與夫一動一靜、一語一默、一飲一啄,分已定於前而形于夢、兆於卜、見於相、見應于讖驗者,莫不録之。仍以其類分爲十門,使猖狂譟進迷惑競利之徒見之而少解。或謂予曰:昔李蕭遠言定命由天,論其本而不暢其流也;郭子元言致命由己,語其流而不詳其本也。劉孝標作《辯命論》以訂正之,其意若曰,命雖定于幽冥,終然不變,命實周流非一,恍然難知。今子謂之前定,將定于天乎?定于人乎?應之曰:興衰窮達死生六者,天之所賦也;智愚善惡此四者,人之所爲也。天定可以勝人,人定亦能勝天。如裴度以陰德而致貴,孫亮以陰譴而減壽。善惡之報當待天下,既定而求之。故予又別爲二門,謂命已前定,有爲善而增者,有爲惡而削者,庶幾善人君子當正心修身,樂天知命,不以人廢天,不以天廢人,此《古今類事》之本意也。學者幸不以怪亂見誚。其事類則以古今相間,故不爲先後之敍。乾道己丑仲夏朔日委心子序。"由此可見,本書實是在尹書基礎上擴編而成[1]。尹書以前定事爲一門,以善惡報應事爲二門,共三門二卷,本書則將前定事依類型擴爲十門,所附二門亦保留,尹書之裴度、孫亮二事皆在其中。全書增至二十卷,乃尹書之十倍。增補前人書固無不可,然了無説明,甚至竊其序,猥下之甚也。

---

① 參見《古今前定録》叙録。

　　所分十門乃帝王運兆（上下）、異兆（上中下）、夢兆（上中下）、相兆（上下）、卜兆（上下）、讖兆（上下）、祥兆、婚兆、墓兆、雜誌，共十八卷，所附二門是爲善而增門、爲惡而削門，各一卷。分類細而不繁，立目明晰妥帖。每門下排列事實，注明出處，除卷八三篇標出撰人篇名外[1]，餘皆四字標目。觀其體例，乃類書之體，故而《宋志》劃入類事類。《四庫全書》乃歸於小説家類，稱其"大旨在徵引故事，以明事有定數，無容妄覬，而又推及於天人迪吉從逆之所以然。雖採摭叢瑣，不無涉於誕幻，而警發世俗，意頗切至，蓋亦《前定録》、《樂善録》之類"（《四庫全書總目》卷一四二小説家類三）。本書與《前定録》一流命定小説相似，自序專就"命有定數"而立論，分門綴事一概以此爲準，而各事之末多繫論議，全爲定數運命之説。此與類書之廣立門類網羅一切明顯有別，屬專題性之小説類書，故而亦可以志怪小説集視之也。

　　本書引書多達一百三十餘種，經史子集佛典道藏俱有採獵。經書有《左傳》，史部書包括正史、雜史、傳記、地志等，有二十多種，集部有別集《東坡集》、《淮海集》等及總集《文選》等八九種，子部書最多，大都爲志怪傳奇小説及其他筆記，達九十餘種之多。小説筆記上起漢魏而以唐宋居多，散佚不傳者佔去半數，其中《定命録》、《逸史》、《賓仙傳》、《感定録》、《洞微志》、《秘閣閑談》、《紀異録》、《脞説》、《翰苑名談》、《摭遺》、《唐宋遺史》、《幕府燕閒録》、《蜀異志》、《靈應集》等唐宋佚小説引録最夥，而《蜀異志》、《賓仙傳》、《靈應集》等只見引於本書。而若《青瑣高議》書雖今存，然非原本，本書引用二十一條，今本闕載者即多達十四條。是故本書之小説資料價值頗高，有裨於小説輯佚校勘也。

---

[1] 三篇是張君房《靈夢志》、先大夫《龍泉夢記》、蒲教授《荆山夢記》。

時軒居士筆記

佚。南宋吳良史撰。志怪集。

吳良史，饒州德興（今屬江西）人。號時軒居士。子吳溙，字伯秦。

本書不見著録。洪邁《夷堅支庚序》云："鄉士吳溙伯秦，出其迺公時軒居士昔年所著筆記，剟取三之一爲三卷，以足此篇。"書中卷七至卷九皆取吳書，共四十五條，末注云："以上三卷皆德興吳良吏之子秦傳其父書。"按卷七《應氏書院奴》稱"德興吳良史"，一作吏，一作史，字形相近，必有一譌。《夷堅甲志》卷一〇《紅象卦影》條載盧陵董良史廷試事，末注"良吏説"，亦是同樣情況。二者皆正文作史，注文作吏，疑作史當是。良史之子，《支庚序》作吳溙，字伯秦，注則作秦。考卷六《潘統制妾》云："鄱陽吳溙從婦翁胡德藻官於鄂，見秦生，目擊其事。"又《支癸》卷五末注："此卷皆吳溙伯秦所傳。"知應作吳溙，溙、秦皆譌。溙，水名。吳良史筆記原名不知，兹據《支庚序》姑擬如題。原卷數亦不詳，洪邁引用四十五事而編爲三卷，佔全書三之一，則原書當有一百三四十事，大約十卷左右。

四十五事爲北宋末年以降各地異聞，其中時間以發生於紹興年中，地點以發生於饒州鄱陽、樂平、餘干、德興、安仁諸縣之事爲多，蓋作者宦游各地及歸居德興後之聞見。卷九《朱少卿家奴》云："張忠定公，邑（德興）人也，素識之。"張忠定公即張燾，《宋史》卷三八二本傳載：張燾字子公，饒州德興人。孝宗隆興元

年(1163)遷參知政事,以老病不拜,臺諫交章留之,除資政殿大
學士、提舉萬壽觀兼侍讀。及家固求致仕,後二年卒,年七十五,
謚忠定。據周必大《文忠集》卷六一《張忠定公燾神道碑》,燾卒
於乾道二年(1166),可見本書撰於乾道二年之後。洪邁於慶元
二年(1196)撰《夷堅支庚》時,良史當已下世,故由其子出其書。
既稱"昔年所著筆記",大約時間已較長,可能成書於乾道、淳
熙間。

　　此書所述異聞,大抵爲流傳於市井鄉野之委巷之説,且多記
鬼魅妖物,"窮鄉多怪"①,觀此信然。記事大多較簡,文字清暢
淺俗,人物對話喜用口語,描寫間有細緻筆墨,尚堪翫讀。《村民
殺胡騎》(卷七)寫建炎四年(1130)江西村民殺金兵,主要寫婦女
機智勇敢,叙事粗簡而又有細密處。《江渭逢二仙》(卷八)寫建
康士人江渭與友人爲張麗華、孔貴嬪二女鬼所惑,筆墨生動,《豔
異編》卷三八、《情史》卷二〇採入。相類者猶有《王上舍》(卷
八),寫政和六年(1116)王上舍與友人元夕觀燈,爲一姬所惑,病
風淫而卒,《廣豔異編》卷三三、《情史》卷二一採入。《金山婦人》
(卷九)寫一士大夫之妻被金山寺下水府判官所擄,事亦新異,
《京口三山志·金山志》卷六《雜記》、《勸善書》卷一四、《情史》卷
九採之。《揚州茅舍女子》(卷九)寫建炎二年揚州士人偶入蟾
宮,見仙女織《登科記》,雖爲科名前定之説,然幻設極爲奇妙,文
字描寫頗爲俊麗,《廣豔異編》卷六輯入,題《蟾宮》。清人趙昱
《南宋襍事詩》卷五:"龍興人轂俊英多,桂子飄香競揣摩。想見
重花交葉下,水晶影裏記登科。"末聯即用此事。凡此皆本書較
佳作品。此外,《廣豔異編》卷三三猶採入《周氏子》,卷三五採入
《李源會》(並卷七)。

---

①《戰國策·趙策二》:"窮鄉多異,曲學多辯。"《新序·善謀篇》:"吾聞窮
　鄉多怪,曲學多辯。"

續博物志十卷

存。南宋李石撰。志怪雜事集。

李石(1108①—1181),字知幾。原名知幾,後改名石,遂以名爲字②。號方舟子③。資州盤石縣(今四川內江市資中縣)人④。

---

① 《宋人傳記資料索引》第二册定李石生年爲大觀二年(1108),未言所據,《宋人生卒行年考》從之。按:《方舟集》卷一〇《上宰相書》:"石孤遠小官,議輒及此,不任死罪。然一官晼晚,垂垂五十,饑寒凍餒之恤,所不宜言。"據下文,李石紹興二十一年(1151)進士及第爲成都府司户參軍,秩左迪功郎,"孤遠小官"謂此。二十七年起居郎趙逵薦舉李石,《上宰相書》當作於此年,時宰相爲沈該、湯思退(《宋史》卷二一三《宰輔表四》)。李石時五十歲,則生於大觀二年(1108)。《方舟集》卷一七《雲巢子墓誌銘》載,李石弟占(字知來,號雲巢子)辛卯(乾道七年,1171)九月卒,年五十四,則生於重和元年(1118),小石十歲。同卷《小舟墓誌銘》載,石子開(字去非,號小舟)卒於淳熙三年(1176)三月,年四十二,則生於紹興五年(1135)。《雲巢子墓誌銘》載:"安人(李石母)之死,三子一女,方舟子未娶,仲弟十六歲已娶,雲巢九歲,勾龍妹甫十歲。"雲巢九歲,時爲靖康元年(1126),石未娶。此皆與石生年相吻。
② 見陸游《老學庵筆記》卷二。
③ 見《方舟集》卷三《方舟二首》、卷一〇《自叙》。
④ 鄧椿《畫繼》卷三、夏文彥《圖繪寶鑑》卷三云李石資州人,李心傳《建炎以來朝野雜記》乙集卷一二《李知幾豪邁》、洪邁《夷堅丙志》卷二《蜀州紅梅仙》云資中人,亦指資州,而《建炎以來繫年要錄》卷一七六云磐石人,王象之《輿地紀勝》卷一五七《資州·人物》亦云盤石人。盤石縣乃資州郡治。據《方舟集》卷一六《先君墓誌銘》,李石父(嗣宗)(轉下頁注)

九歲舉童子①。高宗紹興二十一年(1151)進士乙科及第②,爲成都府司户參軍③。二十七年起居郎趙逵舉左迪功郎李石"學識高明,志節高果",遂被召,明年正月除太學録,二十九年六月遷太學博士,十一月以"好立邪説,敗壞文體,傲視流輩,不安分義"被罷。④　除成都府學教授,學生至一千二百員⑤。三十二年通判彭州⑥,乾道

(接上頁注)死葬盤石縣北五里先域,則知確爲盤石人。《直齋書録解題》卷一八《方舟集》解題稱"資陽李石",《絶妙好詞》卷二《李石》、《宋詩紀事》卷五四《李石》云資陽人,乃指資陽郡,亦即資州,非指資州屬縣資陽縣。

① 見《自叙》。按:宋設童子科。《宋史》卷一五六《選舉志二·科目下》:"凡童子十五歲以下,能通經作詩賦,州升諸朝,而天子親試之,其命官免舉無常格。真宗景德二年,撫州晏殊、大名府姜蓋始以童子召試詩賦,賜殊進士出身,蓋同學究出身。"

② 《自叙》云"第進士乙科"。《方舟集》卷一四《十六羅漢贊跋》云:"石未第時,夢所居壁中現一羅漢,自言求贊,應手贊之曰……贊畢,羅漢即隱入壁。久之復出,求益數語。或曰此聖羅漢也。庚午待試信相僧舍,日到佛殿炷香讀書。瞻十六尊像,其一榜曰應夢羅漢,與向所夢無異。既而石以是年忝第。"庚午即紹興二十年,是年實指紹興二十一年,二十年無進士試,《宋登科記考》列李石爲紹興二十一年。《續修資州志》卷七《選舉志·進士》紹興五年乙卯科江應辰榜下有李石,誤。《資州志》又載李石弟李占爲紹興二十一年辛未科趙逵榜進士(原注:按石塔作紹興十一年史堯佐榜),乃誤李石爲弟李占,《方舟集》卷一七《雲巢子墓志銘》稱李占"登紹興二十七年進士第"。

③ 見《自叙》。

④ 見《要録》卷一七六、卷一七九、卷一八二、卷一八三,參見《方舟集》卷二《次張益州芝草十二韻》詩序、卷一五《馮主簿墓誌銘》、卷一六《資州程使君墓誌銘》、《雲巢子墓誌銘》、《自叙》及《宋史》卷三八一《趙逵傳》。

⑤ 見《自叙》、《馮主簿墓誌銘》、《輿地紀勝》、《直齋書録解題》。《方舟集》卷一二有《成都府學教授謝啓》,云:"學省備員,已從罷免;泮宫濫數,遽辱薦延。自疑罪垢之未除,幸此寂寥之足慰。"按:紹興三十二年李石猶爲成都學官,《方舟集》卷一六《景德友墓誌銘》:"壬午夏考試臨邛。"壬午,紹興三十二年。

⑥ 見《自叙》及卷一四《彭州謁諸廟文》、《葛仙井銘》、卷一六《程通判墓誌銘》、《資州程使君墓誌銘》。

三年(1167)通判成都①。五年召入，罪斥出知黎州②。七年入爲
尚書都官員外郎，復被論罷③。知合州，又罷，移知眉州，歲餘除
成都路轉運判官，到官僅十日即罷，時蓋淳熙二年(1175)，家居
七年。④　此間，淳熙五年(1178)十一月，鄉人趙雄(字溫叔)拜右

———————

① 《畫繼》："今倅成都。"鄧椿《畫繼序》："又自會昌元年至神宗皇帝熙寧七
　　年，名人藝士，亦復編次。……熙寧而後，游心兹藝者甚衆，迨今九十四
　　春秋矣。"自熙寧七年(1074)下數九十四年爲乾道三年。按：《圖繪寶
　　鑑》云"官至成都倅"，誤。

② 《雲巢子墓誌銘》："再被己丑召命，罪斥西歸。"己丑，乾道五年。《方舟
　　集》卷一四《辭諸廟文》："石十年去國，再召以還。"石紹興二十九年十一
　　月罷太學博士，其任成都學官當在次年。自三十年(1160)下數十年爲
　　乾道五年。召還後復爲人罪斥西歸守黎州。卷一四《辭武威廟祝文》：
　　"石去朝十年，再被旨召，謬典此州。甫及浹歲，所未盡施於黎之政者。"
　　《十六羅漢贊跋》云"比來假守沉黎"，沉黎即黎州，作於乾道五年八月。
　　《方舟集》卷七有《賑濟劄子》，作於乾道六年庚寅，在黎州任上。《方舟
　　集》卷一〇《上蔣丞相書》云"石到沈黎"。蔣丞相即蔣芾，乾道四年二月
　　爲右僕射兼樞密使，七月以母喪去位(《宋史》卷二一三《宰輔表四》)，
　　《宋史》卷三八四本傳云"會母疾卒，詔起復，拜左僕射，芾力辭"。此書
　　當作於乾道五六年，仍稱作蔣丞相。

③ 《自叙》："再被召官都官，權仇者每見，泚然面顏，好言如飴，而險穿乘之，
　　果再論罷。"《方舟集》卷一四《西歸祭甘將軍廟祝文》："石一紀之間，再召
　　再逐。"自紹興三十年下數十二年爲乾道七年。《小舟墓誌銘》(淳熙三年
　　作)："父朝請郎、前尚書都官員外郎方舟也。"《夷堅丙志》卷二《蜀州紅梅
　　仙》："石字知幾，乾道中爲尚書郎。"《直齋書錄解題》："乾道中爲郎。"《建
　　炎雜記》乃稱"乾道中自沉黎召爲都官郎中，後復論去"，誤爲郎中。按：石
　　弟占亦曾以書干蔣丞相，蔣"奇其人，歎其議論可用"，丞相虞允文亦允以
　　超擢(見《雲巢子墓誌銘》)。石入爲尚書都官員外郎，或爲蔣芾所薦。

④ 見《自叙》、《建炎雜記》。《自叙》云"家居七年"。《方舟集》卷三《閒居二
　　首》其二："七歲投閒日，渾如未第初。"按：李昌齡《樂善錄》卷前載"運使
　　李太博詩"《法曹學士轉示樂善新編賦詩奉謝》，署李石，作於淳熙二年
　　正月初三日，李石除成都路轉運判官當在淳熙元年末。

丞相，素相不合，不得起用。八年八月王淮（字季海）代爲右丞相，李石與之有學官之舊，書詩寄之，王淮方議除官而卒。①

石著有《方舟集》五十卷、《後集》二十卷、《方舟經説》六卷、《世系手記》三卷、《司牧安驥集》三卷、《司牧安驥方》一卷等②，今存《方舟集》二十四卷，係四庫館臣從《永樂大典》輯出。李石亦善畫事，《畫繼》稱"時作小筆，風調遠俗"。清人王毓賢《繪事備考》卷五下云李石畫之傳世者有《峨眉古雪圖》、《蜀江春漲圖》。

本書不見《宋志》及宋人書目著録，而明世頗有刻本行世，《古今逸史》、《稗海》、《格致叢書》等叢書亦多有收録③。《百川書志》卷九格物家類著録此書十卷，題前都官員外郎隴西李石撰。《鐵琴銅劍樓藏書目録》卷一七小説類瑣記著録明刊本，稱乃"賀志同所刻，有都穆跋，卷末有開化庠生方衛謹録一行"。《經籍訪古志》卷五小説類著録日本昌平學藏朝鮮國刊本，亦題前都官員外郎隴西李石撰，末有都穆後記，云是書在宋嘗有板刻而今罕傳，又記開化庠生方衛謹録八字，與賀志同刻本相合，當出一源。賀志同刻本今存，十卷，每卷前題前都官員外郎隴西李石撰，末有都穆《續博物志後記》，末云："是書在宋嘗有板刻，而今罕傳。予同年賀君志同，近刻《博物志》訖工，復取而刻之，俾

---

① 見《建炎雜記》。參見《宋史·宰輔表四》。按：《方舟集》卷一一《張氏雪巖記》作於淳熙八年二月十五日，卷一《攜子孫到四明洞節叙有感》作於辛丑（淳熙八年）七月二日。此年八月王淮拜右相，此後李石寄詩，王淮議除其官，估計亦事在當年，則卒於此年八月後也。

② 見《直齋書録解題》別集類、《自叙》、《宋志》醫書類。《宋志》史鈔類作《世系手記》一卷。《方舟經説》不見著録，載於《涉聞梓舊》。

③ 清孫星衍《孫氏祠堂書目》內編卷二雜家類著録《續博物志》十卷，注："宋李石撰。一明吳琯刊本，一明葉氏刊本。"吳琯刊本即《古今逸史》本。

與前志並行。好古之士，知其一染指也。弘治乙丑春三月工部主事都穆記。"末有"開化庠生方衛謹錄"一行。賀刻本蓋原出宋刻。

《説郛》卷二節錄本題署作唐李石，注"前都官員外郎，隴西人"，陶宗儀誤以爲作者乃唐之李石①，《稗海》、《百子全書》本亦題作唐隴西李石（《百子全書》本有撰字），而《古今逸史》、《祕書廿一種》本又誤題作晉李石②撰，《四庫全書總目》卷一四二亦稱舊本題晉李石撰。按作者乃宋李石，昔人多已有辨③。《稗海》本、《百子全書》本末有李石門人迪功郎眉山簿黄公泰④跋，首稱"方舟先生胸中有老氏藏書"，而書中卷三作者自云"太學同官有曾官廣中者"，是則乃南宋李石無疑。舊刻題署當是作者原題，未冠朝代名，陶宗儀見"隴西李石"遂妄斷爲唐人，殊不知作者自稱唐隱太子（李建成）之後，每以"隴西李石"自稱⑤。作者此書成於任都官員外郎之後，其任都官員外郎約在乾道七年，歲月不長，到淳熙三年作《小舟墓誌銘》，猶自稱"朝請郎、前尚書都官員外郎"，而不舉稱前所任地方他職，是重内職之意。此書殆作於淳熙二年罷成都路轉運判官之後，閒居遣懷而作也。誠如黄公泰跋所云："方舟先生胸中有老氏藏書，取張華《博物志》倣而續之。蓋游戲引筆，以占其胸中藏書何如耳。"

---

① 李石字中玉，唐宗室，元和進士，太和初拜相，官至中書侍郎.卒贈右僕射。《舊唐書》卷一七二、《新唐書》卷一三一有傳。

② 新舊《五代史》無李石，是又誤唐爲晉。

③ 見明徐熥《筆精》卷六、《四庫全書總目》卷一四二《續博物志》提要、周中孚《鄭堂讀書記》卷六七、曾釗《面城樓集鈔》卷二《續博物志跋》、譚獻《復堂日記》卷五。但譚獻謂"誤題石晉李石名而作唐"，以爲宋前李石係石晉人而非唐人，誤。

④ 《四庫總目提要》誤作黄宗泰。

⑤ 見《方舟集》。

今傳各本内容全同,惟條目分合有異,故而各本條數不盡相同。賀志同刻本、《古今逸史》本、《四庫全書》本共四百三十七條,《稗海》本四百四十一條,《百子全書》本四百四十八條。各本條目分合多有混亂處,或一事分爲二條,或數事合爲一則,比較而言,《百子全書》本稍好。《説郛》卷二摘録十八條,全見於今本。①

各本皆有自序,序末序前未有銜名。序云:"張華述地理,自以禹所未志,且天官所遺多矣。經所不載,以天包地,象緯之學,亦華所甚惜也。雖然,華倣《山海經》而作,故略。或曰:武帝以華志繁,俾芟而略之。余所志,視華歲時綿歷,其有取於天,而首以冠其篇。次第倣華説,一事續一事。不苟於搜索,與世之類書者小異,而比華所志加詳。"觀序,此書乃西晉張華《博物志》續書。張書十卷,前三卷所記爲地理山川、遠國異民、物産禽獸等,卷四、卷五記物性物類、藥物藥術、方士服食等,以下爲雜考、異聞、史補、雜説,凡三十七類,内容頗爲叢雜,本乎《山海經》而廣而大之。李書内容大體不出張書範圍,但不分類,亦非嚴格"次第倣華説,一事續一事",稍見錯雜淆亂,不及張書眉目清晰。惟各卷大致事有側重,故而譚獻尚稱其"推廣前志,差有條理"(《復堂日記》卷五)。張書首叙地理,全書基本不涉天象,本書則以天象爲首,乃"以天包地"之意也。

本書載事除有個別疏忽而與《博物志》重複②外,其餘皆不

---

① 按:《類説》卷二三節《續博物志》二十三條,題林登。林登,唐人。《類説》所節只《書(畫)妖》一條見於《太平廣記》卷二一〇引林登《博物志》(題《黄花寺壁》),餘二十二條皆名物考釋,雜諸書彙集而成。曾慥《類説》編成於紹興六年,不當取李石書。

② 《四庫總目提要》云:"黿巢蓮葉一條與華説復出,竟不及檢。"此條見於華書卷四《物性》、本書卷一〇。

相同。絶大多數摘自古書,大部爲唐前書。作者標明引書有六
十多種,所涉頗廣。猶多有未舉引書者,或只舉稱作者。其中摘
自唐人段成式《酉陽雜俎》者最衆。宋事較少,多亦引據前人書,
如李畋《該聞録》、《香譜》、《硯譜》、《子華子》、《子程子》、陳正敏
《遯齋閒覽》、曾慥《集仙傳》、《埤雅》、《江淮異人録》等。卷二云
"今上於前朝作鎮睢陽,洎開國號大宋",今上指宋太祖,原出宋
初秦再思《洛中紀異録》,剿掇舊文而不加改,粗率可知。

　　要之,作者擇材濫而不精,信手鈔録,雞零狗碎,不成大觀。
不惟與博物性質之同類書《酉陽雜俎》相去不可以道里計,即視
張華原作亦瞠乎其後矣。

摭青雜説二十四卷

節存。南宋闕名撰。傳奇集。

本書不見著録。張宗祥校明鈔本《説郛》卷三七録入《摭青雜説》五篇（各有標目），注二十四卷，題宋□□□，作者姓名闕。清徐秉義《培林堂書目》載陶九成《説郛》目録，則題宋皇明清，而題陶珽《重編説郛》弓一八、《五朝小説·宋人百家小説》偏録家取入《説郛》本（删去標目）①，乃題宋王明清。按宋人未聞有姓皇者，徐秉義所見陶宗儀《説郛》不知是何鈔本，觀其所載目録，譌誤極多，似不可信。《説郛》卷三八何光《異聞》，《培林堂書目》及《重編説郛》弓三八均作何先《異聞記》，因此頗疑所謂皇明清者實是淺人據《重編説郛》本署名而加，傳鈔中又誤王爲皇，而《重編説郛》之妄題妄改撰人，比比皆是，實不足爲據也。

本書《陰兵》事在紹興辛巳即三十一年（1161），記小校何兼資遇唐張巡、許遠、雷萬春、南霽雲諸神將率陰兵相助滅虜，末云：“兼資後累功至正使，見今在京西，多與士大夫言之。”按：正使，指諸司正使，如武功大夫、武德大夫等，武臣階官名，正七品②。京西，京西南路，治襄陽府。所云“見今”即著書之時，估計在淳熙初期，因淳熙元年（1174）去紹興辛巳已十四年，何兼資

①《重編説郛》本後又收入《龍威秘書》五集，《叢書集成初編》小説據《龍威秘書》本排印。
② 見龔延明《宋代官制辭典》，北京：中華書局，1997，第584頁。

由小校累功至正使，即以二十年計，也才到淳熙七年。王明清紹興二十九年成《投轄錄》，乾道二年（1166）成《揮麈前錄》，紹熙五年（1194）成《後錄》，慶元元年（1195）成《三錄》，後又成《餘話》，四年成《玉照新志》，與本書之作正相前後，或謂出王明清者豈緣此耶？然趙不譾慶元六年作《揮麈錄餘話跋》云：“仲言（王明清字）著《投轄錄》、《清林詩話》、《玉照新志》、《揮麈錄》。”明清著作盡在於此而獨無本書，可見本書並非王明清所撰。昌彼得《説郛考》云“當爲南宋初年人所撰”[1]，似亦不信書出王明清或皇明清，但以爲撰於南宋初年則非是。

　　今存五篇皆爲優秀傳奇小説。《陰兵》寫張巡等四烈士爲神，助宋兵敗金虜，見出作者之民族情感與愛國精神，而又託張、雷之口辨歷史記載失實，則見出作者考史之癖。《陰兵》乃有意虛構，其餘四篇則是寫實作品，不過亦皆得於傳聞[2]。《守節》事在建炎庚戌歲（四年）至紹興壬戌歲（十二年）後數年間，寫范希周與呂監女亂世悲歡離合，乃頗有影響之夫妻團圓故事。《情史》卷一情貞類收在首篇，題《范希周》，文字多有删節。宋話本《馮玉梅團圓》（載《京本通俗小説》卷一六，《警世通言》卷一二題作《范鰍兒雙鏡團圓》）取材於此，明人穆成章又改編爲《雙鏡記》傳奇（《遠山堂曲品·能品》）。《夫妻復舊約》亦流傳甚廣之團圓故事，事在靖康（按：原誤作宣和）丙午（元年，1126）至紹興乙亥歲（二十五年）間，寫單符郎與邢春娘戰亂中之悲歡離合，《豔異編》卷三〇妓女部五、《青泥蓮花記》卷七記從一、《情史》卷二情

①《説郛考》，臺北：文史哲出版社，1979，第247頁。
②《守節》末云：“廣州有一兵官郝大夫，嘗與予説其事。”《茶肆還金》末云：“今邵武軍光澤縣烏州諸李，衣冠頗盛，乃士人之宗族子孫。高殿院之子元輔，乃李氏之親，嘗與予具言其事。”《夫妻復舊約》末云：“（單符郎）每對士大夫具言其事，無有隱諱，人皆義之。”

緣類皆取入（分別題《符郎》、《楊玉》、《單飛英》），《情史》文字多有删改。話本戲曲取爲素材者尤夥，有《古今小説》卷一七《單符郎全州佳偶》、明梅鼎祚《長命縷》傳奇（《古本戲曲叢刊初集》）、沈璟《雙魚記》傳奇（同上）、清崔應階《烟花債》雜劇（今存乾隆刊本）等。此二篇皆以兩宋之際兵荒馬亂爲背景，反映宦家女子遭際命運，極具時代感、現實感。《鹽商厚德》寫鹽商義救少女，《茶肆還金》寫茶肆主人拾金不昧，主題相仿。下層商人常被士大夫視爲"重利輕義"之"小人"，此則讚其"高義"行爲。

此四篇傳奇有一共同特點，即取材於普通官員及市民生活，著意抒寫人世間之美好情感，表現普通人之優秀品質。作者思想傾向明確，而不附加迂腐説教。故事情節曲折宛轉，敍事具體細微，《夫妻復舊約》尤爲突出，乃絶佳之作。語言較爲通俗淺近，或出以生動口語。凡此近乎宋人話本。宋代文人小説與市民小説之某種合流趨勢，於此見焉。

海神靈應録一卷

佚。南宋陸維則撰。傳奇文。

陸維則,永嘉(今浙江温州市)人。貢士。

此作著録於《直齋書録解題》卷七傳記類,解題云:"永嘉貢士陸維則撰,太守韓彦直子温爲之序。初,元祐中太守直龍圖閣范峋,夢海神曰:'吾唐李德裕也。'郡城東北隅海仙壇之上有廟,初不知其爲何代人。峋明日往謁,其像即夢中所見。自是多響應。然封爵訓詞唯曰海神而已。"《通考》同。

按韓彦直字子温,韓世忠子,《宋史》卷三六四有傳。傳載:彦直乾道九年(1173)"兼工部侍郎。……遷吏部侍郎,尋權工部尚書,復中大夫,改工部尚書、兼知臨安府。方控辭,以言罷,提舉太平興國宫,尋提舉佑神觀、奉朝請,尋知濕州"。中華書局點校本校云:"宋代無此州,據下文'海寇出没大洋'語,疑是温州之譌。"説是。《名醫類案》卷一〇引《夷堅己志》即云:"(時康祖)淳熙間通判温州,郡守韓子温見而憐之。"據《咸淳臨安志》卷四八《秩官六》,淳熙二年(1175)十二月二十八日,以敷文閣學士、朝議大夫韓彦直除工部尚書兼知臨安府,三年正月初一日兼罷。彦直初命臨安即以言罷,提舉宫觀,尋知温,當在淳熙三年。李之亮《宋兩浙路郡守年表》列在淳熙三年至六年,引《水心文集》卷一〇《東嘉開河記》:"淳熙四年,户部尚書韓公之來守也。"[1]

---

[1] 按:《宋兩浙路郡守年表》"開河"譌作"開户"。又,葉適《水心先生文集》云"户部尚書韓公",户部疑誤。

又引《宋會要輯稿·職官六二之二二》:"(淳熙五年)十二月十二日,詔知温州韓彦直除敷文閣直學士。"按彦直本傳言在温州平海寇後"樞密奏功,進敷文閣學士,以弟彦質爲兩浙轉運判官,引嫌易泉府,丐祠奉親,差提舉佑神觀,仍奉朝請,特令佩魚"。考周必大《文忠集》卷一〇九有《賜降授中大夫、新知泉州軍州事韓彦直辭免敷文閣學士恩命不允詔》及《賜敷文閣學士、太中大夫、知泉州韓彦直乞特除一在外宫觀差遣不允詔》,分別作於淳熙六年正月七日與九月二十九日,是知彦直知温止於淳熙六年年初或五年年底。陸氏此作蓋作於淳熙三年至五年間。

萬曆《温州府志》卷四《祠祀志·廟祠·永嘉》、光緒《永嘉縣志》卷四《壇廟》均載有海神廟。《府志》云:"海神廟,在城内海壇山上,唐咸通二年建。郡苦颶風,建廟山巔以鎮之。每遇風作則禱,未知爲何神。宋元祐五年,守范峋夢神自言李姓,唐武宗時宰相,以事南遷而没,今在城東北隅叢薄間。范悟,疑爲衛公德裕,作新廟貌,上其事。崇寧元年賜額善濟,封侯爵。元至正丁酉廟圮,因剙神行祠於狀元坊剃頭巷。故廟宋趙凱有記。"當據陸氏此録。

義倡傳

節存。南宋鍾將之撰。傳奇文。

鍾將之(1131①—1196),字仲山,小名鳳哥,一字小飛②。鎮江府丹陽縣(今屬江蘇鎮江市)練塘鄉龍許里人③。高宗紹興十八年(1148)登進士第,第十二名,時年十九。調楚州淮陰尉,改盱眙軍教授。秩滿調泰州教授,時在紹興三十一、三十二年。再歲以京秩薦,俄丁外艱。服闋,再調常州教授④。選部計考更秩,合解印去,郡守楊萬里奏留之⑤,在常七年。代還,周必大知政⑥命爲監左藏庫,會援例者衆,將之謂不可以己廢法,即退就部注,知和州歷陽縣。後通判滁州。⑦ 自滁歸,欲爲終焉計,母

---

① 《紹興十八年同年小録》云鍾將之"年十九,十二月十七日生",推得生於建炎四年(1130)。然 1130 年 12 月 31 日當農曆十一月二十九日,十二月十七日已至 1131 年。

② 見《同年小録》。

③ 見《同年小録》。劉宰《漫塘文集》卷三〇《故通判滁州、朝散鍾大夫墓誌銘》云"鍾氏世家丹陽練塘上"。《直齋書録解題》卷二一歌詞類《岫雲詞》一卷云:"長沙鍾將之仲山撰,嘗爲編修官。"稱爲長沙人,不明何故。

④ 《咸淳毗陵志》卷九《秩官》州學教授下列有鍾將之。

⑤ 《毗陵志》卷八《秩官》載:楊萬里知常州在淳熙四年(1177)五月至六年正月。

⑥ 周必大參知政事在淳熙七年五月,九年六月除知樞密院事,見《宋史》卷二一三《宰輔表四》。

⑦ 《書録解題》云"嘗爲編修官",不知何時任。

勉之仕，不得已造朝，遇疾而歸，道卒，時寧宗慶元二年（1196）四月，年六十七①。積官至朝散大夫，累贈宣奉大夫。卒後葬於丹陽壽安鄉下邳村祥子岡之原。②　著有《岫雲詞》一卷③，佚。

　　《夷堅志補》卷二《義倡傳》載長沙倡爲秦少游情死事，末云："京口人鍾明（按：明字衍）將之常州校官，以聞於郡守李次山結，既爲作傳，又系贊曰……"下録鍾氏所作長句"洞庭之南瀟湘浦，佳人娟娟隔秋渚"云云，共四十六句，末二句云："我今試作《義倡傳》，尚使風期後來見。"知《夷堅志》標目乃其原題。《夷堅志》引述此傳原在《夷堅己志》，《容齋四筆》卷九《辯秦少游義倡》云："《夷堅己志》載潭州義倡事，謂秦少游南遷過潭，與之往來，後倡竟爲秦死。常州教授鍾將之得其説於李結次山，爲作傳。"鍾將之贊云："余聞李使君結言，其先大夫往持節湖湘間，至長沙，聞倡之事而嘆異之，惜其姓氏之不傳云。"義倡事原係李結父聞於長沙，李結知常州時，鍾將之爲教授，李結遂又傳於鍾，遂作傳。④《咸淳毗陵志》卷八郡守題名，李結淳熙六年（1179）二月以承議郎任，轉朝奉郎，五月罷，知常才三四月。又卷九有州學教授題名，鍾將之在馬先覺下，項宋嘉、何珪、鄒補之上。鍾將之無任職年月，何在淳熙九年九月至十二年七月，鄒在淳熙十二年

――――――――――

① 劉宰《墓誌》云"享年七十"，生年則在建炎元年（1127），與《同年小録》不合。姑從《同年小録》。

② 按：以上主要據劉宰所作墓誌。鍾將之事跡又見《紹興十八年同年小録》、《京口耆舊傳》卷五、《至順鎮江志》卷一《科舉》及卷一八《人材》等。《景定建康志》卷二六《官守志三・轉運司》："鍾將之，朝請大夫運判，開禧三年（1207）七月二十六日到任，嘉定元年（1208）七月改除江西提刑。"《至正金陵新志》卷五下《山川志二・諸水》："八功德水，在蔣山悟真庵後。……嘉定初鍾將之重修。"此爲别一同姓名者。

③ 見《書録解題》。

④《山堂肆考》卷一一一《尤喜樂府》引"李次山《義倡傳》"，誤爲李結作。

七月至十五年八月，首尾皆爲四年。以此推斷，項在職當在淳熙六年九、十月間至九年九月，而鍾將之"再調常州教授，遲次者七年"（劉宰《墓誌》），當在乾道九年（1173）至淳熙六年九、十月間①，正及李結守常。然則此傳當作於淳熙六年，洪邁《夷堅己志》約作於淳熙十六年，其時傳已行世，故得採焉。

傳文略云：義倡長沙人，喜秦少游樂府。少游南遷，道長沙，聞而訪焉。坐語間見几上置《秦學士詞》，倡云素所習歌，能得見秦學士，雖爲妾御，死復何恨。少游云己即秦學士，倡大驚，冠帔以拜，日夕頗爲禮敬。少游感其意，爲留數日。一別數年，少游死於藤州。倡則自秦去後閉門謝客，誓不負秦。一日晝寢，夢少游來別，寤而驚泣。數日死訊至，倡行數百里遇於旅館，臨喪撫棺，一慟而絕。

《夷堅志》所引述非原文，只存大較而已。作品體式乃傳文繫贊再配長歌，以見史才、議論、詩筆，乃唐傳奇之典型結構模式也，作者師法唐傳奇之意見焉。

秦觀死於哲宗元符三年（1100），義倡死秦即在此時。此事流傳甚爲久遠，近八十年後鍾作傳之時，"湖南人至今傳之，以爲奇事"。想必非好事者憑空杜撰，蓋有事實根據。然洪邁後來以爲傳聞不實，《容齋四筆》力辨其誣："……予反復思之，定無此事，當時失於審訂，然悔之不及矣。秦將赴杭倅時，有妾邊朝華，既而以妨其學道，割愛去之②。未幾罹黨禍，豈復眷戀一倡女哉！予記國史所書溫益知潭州，當紹聖中，逐臣在其巡內，若范忠宣、劉仲馮、韓川原伯、呂希純子進、呂陶元鈞，皆爲所侵困。鄒公南遷過潭，暮投宿村寺，益即時遣州都監將數卒夜出城，逼

---

① 按：馬先覺爲常州教授起止時間不詳。《至正崑山郡志》卷三《進士》：馬先覺（字少伊）紹興三十年梁克家榜進士。
② 邊朝華事見張邦基《墨莊漫錄》卷三。

使登舟，竟凌風絶江去，幾於覆舟。以是觀之，豈肯容少游款昵累日？此不待辯而明，《己志》之失著矣！”按《宋史》卷三四三《温益傳》載：“紹聖中，（温益）由諸王府記室出知福州，徙潭州。鄒浩南遷過潭，暮投宿村寺，益即遣州都監將數卒夜出城，逼使登舟，竟凌風絶江而去。他逐臣在其境内，若范純仁、劉奉世、韓川、吕希純、吕陶，率爲所侵困，用事者悦之。”所載與洪説同。然考徐培均《秦少游年譜長編》，秦觀於紹聖三年（1096）十月過長沙，歲暮抵郴州。而據吴廷燮《北宋經撫年表》卷四、卷五，紹聖三年知潭者乃路昌衡，非温益。紹聖四年八月，諸王記室温益知福州，元符元年（1098）温益改知潭，三年罷。李之亮《宋兩湖大郡守臣易替考》，則謂紹聖三年時知潭者爲張舜民，是年冬張舜民自陝府移潭（張舜民《畫墁録》）。元符元年二月温益移潭（《淳熙三山志》卷二一），三年三月直龍圖閣（《宋會要輯稿·選舉三三之二〇》）。秦觀過長沙時並非温益知潭，可見洪邁推斷不確，秦觀於長沙結識倡女固有可能也。

　　潭倡死秦故事凄豔感人，足可見無名倡女對秦少游之深切愛慕與忠貞之操。作者囿於封建倫理觀念，照例以“義”許之，塗以道德色彩，此與《李娃傳》、《楊娼傳》、《李妹傳》等唐宋傳奇一脈相承。作者贊云：“倡慕少游之才，而卒踐其言，以身事之，而歸死焉，不以存亡間，可謂義倡矣！世之言倡者，徒曰下流不足道。嗚呼！今夫士之潔其身以許人，能不負其死而不愧於倡者，幾人哉！倡雖處賤而節義若此，然其處朝廷、處鄉里、處親識僚友之際，而士君子其稱者，乃有愧焉。則倡之義，豈可薄邪！”作者由倡推及士君子，借題發揮，針砭世風，仍著眼於道德。

　　清趙翼《陔餘叢考》卷四一《蘇東坡秦少游才遇》引《野客叢書》惠州温都監女欲嫁東坡事[1]，又云：“又秦少游南遷，至長沙。

----

① 見王楙《野客叢書》卷二四《東坡卜算子》。

有妓生平酷愛秦學士詞,至是知其爲少游,請於母,願托以終身。少遊贈詞,所謂'郴江幸自繞郴山,爲誰流下瀟湘去'者也。念時事嚴切,不敢偕往貶所。及少游卒於藤,喪還,將至長沙,妓前一夕即得諸夢,即逆於途,祭畢歸而自縊以殉。按二公之南,皆逐客,且暮年矣,而諸女甘爲之死,可見二公才名震爆一時。且當時風尚,婦人女子,皆知愛才也。"所記當本《夷堅志》,惟記憶有誤。秦詞出《踏莎行・郴州旅舍》,詞意與長沙倡了不相關。趙翼論蘇、秦二公豔事,謂宋代"婦人女子皆知愛才",可謂一解。

　　《青泥蓮花記》卷五記節二鍾將之撰《義倡傳》(末注《夷堅志》)、《豔異編》卷三〇妓女部五《義倡傳》、《删補文苑楂橘》卷一《義倡》,皆全錄《夷堅志》,《一見賞心編》卷一一賢節類《義娼傳》及《情史》卷六情愛類《長沙義妓》,皆有删改,《情史》止於"左右驚救之,已死矣"。《錄鬼簿》曹寅刊本著錄鮑天祐雜劇《王妙妙死哭秦少游》(《太和正音譜》作《死哭秦少游》)蓋即演義倡事,趙景深《元人雜劇鈎沈》輯佚曲兩套。

夷堅別志二十四卷

佚。南宋王質撰。志怪集。

王質（1135—1188），字景文。其先鄆州（治今山東泰安市東平縣）人，後徙贛州興國（今屬江西贛州市）。① 博通經史，善屬文，二十三歲入太學②，與九江王阮齊名。張孝祥爲中書舍人，將薦舉制科，會去國不果。高宗紹興三十年（1160）進士及第③。明年官左迪功郎、德安府學教授，詔試館職，因大臣言而罷。④是年御史中丞汪澈宣諭荆、襄，樞密使張浚都督江、淮，三十二年兵部尚書虞允文宣撫川、陝，皆辟爲幕職。入爲太學正，因好議論，孝宗乾道二年（1166）爲忌者所讒罷去⑤。又入爲敕令所删定官，遷樞密院編修官。乾道中虞允文爲宰相⑥，擬用爲右正

---

① 王阮慶元四年（1198）《雪山集序》云“東平王君景文”，東平郡即鄆州。《直齋書録解題》卷二〇《雪山集》解題云“富川王質”，富川即興國。《建炎以來繫年要録》卷一九一云“質宣城人”，疑誤。
② 見《雪山集》卷五《退文序》。
③《退文序》云“二十有六而選于禮部”，時正爲紹興三十年。
④ 見《要録》卷一九一。《退文序》云“歲辛巳一觸禍”，指此。紹興三十一年爲辛巳年。
⑤《退文序》云“歲丙戌再觸禍”，當指此。丙戌歲爲乾道二年。
⑥ 虞允文乾道五年八月除右僕射、同平章事兼樞密使。八年二月除左丞相。見《宋史》卷二一三《宰輔表四》。

言,因中貴人陰沮之,出爲荆南府通判,改吉州,皆不行。[1] 淳熙二年(1175)奉祠山居[2],絕意禄仕。十五年卒,年五十四[3]。《宋史》卷三九五有傳。質著有《雪山集》四十卷[4],今存十六卷,乃四庫館臣輯自《永樂大典》。又著《紹陶録》二卷、《林泉結契》五卷、《詩總聞》二十卷,俱存。

《文獻通考》卷二一七《經籍考四十四》小説家著録《夷堅別志》二十四卷,題王質景文撰,並録其自序大略。序曰:"志怪之書甚夥,至鄱陽《夷堅志》出,則盡超之。余平生所嗜,略類洪公。始讀《左傳》、《史記》、《漢書》,稍得其記事之法,而無所施,因志怪發之。久之習熟,調利滋耽,翫不能釋。閒自觀覽,要不爲無補於世。而古今文章之關鍵,亦閒有相通者。不以是爲無益而中畫,愈衰所見聞,益之事五百七十,卷二十四,今書之目也。余心尚未艾,書當如此,則將浸及於《夷堅》矣。凡《夷堅》所有而洊見者刪之,更生佛之類是也;凡《夷堅》所有而未備者補之,黄元道之類是也。其名仍爲《夷堅》,而別志之,辨於鄱陽也。得歲月者紀歲月,得其所者紀其所,得其人者紀其人。三者並書之備矣,闕一二亦書,皆闕則弗書。醜而不欲著姓名者婉見之,如《夷堅》礁夢之類是也;醜而姓名不可不著者顯揭之,如《夷堅》人牛之類是也。其稱某人云,又某人得諸某人云,若己所見,各識其

---

[1]《退文序》云"歲辛卯三觸禍",當指此。歲辛卯爲乾道七年。

[2]《退文序》云:"歲乙未得罪,曰如是,曰如是,乃始躍然悔,霍然悟,平生諸非,參然畢陳於前,凜然懼,慘然悲,大變于頃刻之間。于是王子年四十有一,而始造端爲人,嗚呼甚矣!"乙未歲爲淳熙二年,時四十一歲,山居在此年。

[3]《宋史》卷三九五本傳未言卒時年齡。考《退文序》云乙未歲(1175)年四十有一,推知生於紹興五年(1135),卒時年五十四。

[4]見王阮序。《直齋書録解題》、《宋志》别集類作三卷。《宋志》又著録《王景文集》四十卷。

所自來，皆循《夷堅》之規弗易。所書甲子之一爲期，過是弗書，耳目相接也。所書鬼神之事爲主，非是弗書，名實相稱也。於《夷堅》之規皆仍之，其異也者，筆力瞠乎其後矣。"（據《萬有文庫》影印乾隆十三年重刻本）

　　南宋趙與時《賓退錄》卷八云"《壬志》全取王景文《夷堅別志序》，表以數語。"未引《壬志序》原文，僅知洪序全取《夷堅別志序》。林希逸《竹溪鬳齋十一藁續集》卷三〇則引有洪序所取《夷堅別志序》，云："洪野處作《夷堅壬志序》，記王質景文之作曰：'志怪之書甚夥，至鄱陽《夷堅》之志出，則盡超之矣。予平生所嗜，略類洪公。始讀《左傳》、《史記》、《漢書》，稍得其記事之法，而無所施，因志怪發之。'又曰：'世以徐鉉好志怪，而今存者，多其客剗生欺之，豈可以剗生，盡待天下之士！蓋有之矣，亦在夫決擇之者審也。傳聞云者置之，而余所自遇者，小孤夢神君、瞿唐峽夢公孫子陽、雲安夢張益德甚白。寤寐云者亦置之，而余所親覩者，王淵亭見龍、彭澤舟中見蛤蜊菩薩像、永興道中見道人嚼草成蠟甚著。①　則致諸人者，胡可以弗信也。'景文之書謂之《夷堅別志》，筆力如此，信不減洪公，宜乎公得之而喜也。洪公記此時，景文已没，臭味之相契，亦如歐公之得廖生矣。"按："志怪之書甚夥"云云，與《通考》同，"又曰"之"世以徐鉉好志怪"云云亦《別志序》語，《通考》略而未引。"景文之書"以下則乃林希逸語。

　　由自序可知，作者撰寫此書，乃因欽慕洪邁《夷堅志》，其書

---

① 按："傳聞云者置之"至"甚著"次序錯亂，當作"傳聞云者置之，而余所自遇者，王淵亭見龍、彭澤舟中見蛤蜊菩薩像、永興道中見道人嚼草成蠟甚著。寤寐云者亦置之，而余所親覩者，小孤夢神君、瞿唐峽夢公孫子陽、雲安夢張益德甚白"。

體例亦全襲洪書規矩。序中所言《更生佛》見於《夷堅乙志》卷一①，黃元道見於《乙志》卷一二《王晌惡讖》、《秦昌詩》、卷一五《魚肉道人》、《丁志》卷六《茅山道人》，《碓夢》見於《丙志》卷一六，人牛見於《甲志》卷一七《人死爲牛》，而洪邁在《夷堅壬志序》中錄入《夷堅別志序》。考《甲志》成於紹興末，《乙志》成於乾道二年，《丙志》成於乾道七年，《丁志》成於淳熙五年，而《壬志》成於紹熙四年(1193)，由此推斷，本書當作於淳熙間，約在淳熙五年後、十五年前，乃作者奉祠山居所作。全書段目，乾隆重刻本《文獻通考》作"事五百七十"，元余謙補刻本作三百七十②。按序云"書當如此，則將浸及於《夷堅》矣"，而《夷堅甲志》至《丁志》已達一千一百五十事③，當以"五百七十"爲是。

　　本書早已失傳，較完整佚文亦不存，惟從自序中知記有道士黃元道事及小孤夢神君，瞿唐峽夢公孫子陽，雲安夢張益德，王淵亭見龍，彭澤舟中見蛤蜊菩薩像，永興道中見道人嚼草成蠟。其中"雲安夢張益德"，《夷堅三志壬》卷七《張翼德廟》末亦云："予憶王景文《夷堅志別序》(按：序字疑爲志字之譌)云，雲安夢張益德其信(按：此句有脫譌)"。黃元道見載於《夷堅志》，又"小孤夢神君"，《丁志》卷二亦有《小孤廟》，"彭澤舟中見蛤蜊菩薩像"，《乙志》卷一三亦有《蚌中觀音》，此之所謂"《夷堅》所有而未備者補之"也。洪邁撰《夷堅志》恪守"耳目相接"，"登輒紀錄"之法，但求條貫事實，文從字順，鮮事再創造。王質撰本書，亦處處規撫《夷堅》，然又標榜借志怪鍛煉史傳記事之法，以見"古今文

---

①《勸善書》卷一一採入此條，鮮述作鮮于述，是也。鮮于，複姓。

②華東師大古籍研究所標校《文獻通考經籍考》校："'五'元本作'三'。"上海：華東師範大學出版社，1985，下冊，第1034頁。元本即元余謙補刻本。

③見《夷堅丁志序》。

章之關鍵”。觀其《雪山集》卷一〇《承元居士傳》（藤枕）、《平舒侯傳》（竹簟）、《麴生傳》（酒）、《玉女傳》（益母）四傳，皆仿韓愈《毛穎傳》，筆近傳奇，固有意爲文者。林希逸稱《別志》“筆力如此，信不減洪公”，顧遺文不存，筆力莫覩矣。

蘭澤野語

佚。南宋李泳撰。志怪雜事集。

李泳(？—1189)，字子永，號蘭澤[1]，又號淡齋[2]。神宗時御史中丞李定曾孫[3]。揚州江都(今江蘇揚州市)人[4]，一説廬陵(今江西吉安市)人[5]。高宗紹興二十二年(1152)爲比部員外

---

① 見南宋周密《絕妙好詞》卷二。

② 清范邦甸《天一閣書目》卷三之二釋家類《五燈會元》二十卷提要："宋靈隱大川禪師撰，元至正甲辰萬壽永祚禪寺住持翻譯。釋廷俊序云：'宋景德間，吳僧道原作《傳燈錄》，真宗詔翰林學士楊億裁正而序之。天聖中，駙馬都尉李遵勗爲《廣燈錄》，仁宗御製序。建中靖國元年，佛國白禪師成《續燈錄》，徽宗作序。淳熙十年，淨晦翁明禪師作《聯燈會》，淡齋李泳序之。……'"

③《嘉泰會稽志》卷六《祠廟‧餘姚縣》："緒山廟，在縣西二百五十步。祀典始於東晉咸康中。有江都李泳者作記……泳字子永，御史中丞定之曾孫。諸父仕多通顯……"李定，《宋史》卷三二九有傳，字資深。元豐初拜寶文閣待制、同知諫院，進知制誥，爲御史中丞，劾蘇軾恕謗君父，逮赴臺獄窮治。

④《宋史‧李定傳》："揚州人。"樓鑰《攻媿集》卷五二《檗菴居士文集序》："江都李氏，名族也。紹興間名之從民者尚多俊茂，余生晚，猶及識將作監端民平叔及其子泳，皆有詩聲。"《嘉泰會稽志》云"江都李泳"，揚州治江都縣。黃昇《中興以來絕妙詞選》卷五："李子大，名洪，家世同登桂籍，躋膴仕，號淮甸儒族。"李洪乃李泳兄，淮甸指揚州。

⑤《中興以來絕妙詞選》、《絕妙好詞》均稱廬陵人，《直齋書錄解題》歌詞類《李氏花萼集》五卷云"廬陵李氏兄弟五人"。鄧廣銘《稼軒詞編年箋注》以爲"廬陵必爲廣陵之誤"。上海古籍出版社，1978，第113頁。按：廬陵或爲南渡後所居，故謂廬陵人。廬陵縣屬吉州。

郎，九月守左司員外郎①。孝宗淳熙二年（1175）前爲修職郎、兩
浙東路安撫司準備差遣②，六年爲提點坑冶鑄錢司（簡稱泉司）
幹辦公事，分局信州③。十三年冬赴調入京④，十四年調爲溧水

---

① 見《建炎以來繫年要録》卷一六三及《宋會要輯稿・食貨七之六一》。周
　麟之《海陵集》卷一三外制中有《李泳除比部郎官》一制。
② 明郭子章《明州阿育王山志》卷七《上塔般若會碑》："淳熙二年六月，修
　職郎、前兩浙東路安撫司準備差遣李泳記。"
③《異聞總録》卷四："淳熙六年，爲坑冶司，分局信州。次年十二月，被
　檄至弋陽邑。"《朕車志》卷二云"泉司幹官陳子永泳"，姓誤。泉司即
　坑冶鑄錢司，幹官即幹辦公事。辛棄疾《稼軒長短句》卷三有贈李子
　永《水調歌頭》二闋，前闋題《再用韻李子永提幹》，後闋題《提幹李君索
　余賦秀野、緑遶二詩，余詩尋醫久矣，姑合二榜之意，賦〈水調歌頭〉以
　遺之。然君才氣不減流輩，豈求田問舍而獨樂其身邪》。又卷八有《小
　重山・席上和人韻送李子永提幹》。提幹即提點坑冶鑄錢司幹辦公事
　簡稱。辛棄疾淳熙九年至紹熙二年（1182—1191）家居上饒（信州治
　所）帶湖。見蔡義江、蔡國黄《辛棄疾年譜》，濟南：齊魯書社，1987；鄧
　廣銘《辛稼軒年譜》，北京：生活・讀書・新知三聯書店，2007，第203—
　223頁。
④ 稼軒《小重山・席上和人韻送李子永提幹》末兩句："相如老，漢殿舊知
　名。"韓元吉《南澗甲乙稿》卷五《送李子永赴調改秩》："晚驥驀騰十二
　閑，追風那復駐轅間。向來官況誠留滯，此去詩情記往還。會課未妨
　更美秩，趨班聊喜近天顏。荆鷄莫費千牛刃，奏賦金門入道山。"時
　韓元吉亦居上饒。鄧廣銘《稼軒詞編年箋注》繫稼軒三詞在淳熙九
　年，乃以三年一任計算，實非。韓元吉詩云"向來官況誠留滯"，子永
　留滯上饒當久。陳思《稼軒先生年譜》繫《水調歌頭・再用韻李子永
　提幹》於淳熙十二年，《小重山》於十三年。按：《稼軒長短句》卷三
　《水調歌頭・再用韻李子永提幹》下有《水調歌頭・慶韓南澗尚書七
　十》，《南澗甲乙稿》卷一四《繫辭解序》云："淳熙戊戌歲既六十有
　一。"戊戌歲乃五年，則七十歲時爲淳熙十四年。然子永是年三月到
　溧水任，則其赴調入京宜在十三年冬，陳思繫於此年是也。子永在
　信州凡八年，誠爲留滯也。此次赴調年已老，韓、辛皆願其留京任
　職，然事與願違，外放爲縣令耳。

令①。十六年卒（詳下），趙蕃有《挽李子永二首》（《淳熙稿》卷一四）②。泳與兄洪（字子大）、漳（字子清）、弟浙（字子秀）、洤（字子召）著《李氏華萼集》五卷，姪倫爲序③。今存一卷，趙萬里輯，載《校輯宋金元人詞》。

　　本書不見著錄。洪邁《夷堅三志己》卷八跋云："亡友李子永所作《蘭澤野語》，己未用之其前志矣。子永下世十年，予念之不釋，故復掇其可書者十七事，稍加潤飾，以爲此卷。"又卷九《甜水巷蛤蜊》條注云："右六事亦得之李子永。"按《夷堅三志己》撰於慶元四年（1198）四月，前推十年，子永下世之時在淳熙十六年（1189）。跋云"己未用之其前志矣"，文有脱譌，揣其意，蓋言己未年《夷堅志》中已採《野語》，爲紀念李子永逝世十年，又採録書中事。慶元四年是戊午歲，此前最近之己未歲乃紹興九年（1139），時洪邁尚未撰《夷堅志》，是故己未二字必有譌。己未殆己酉之譌，淳熙十六年正爲己酉歲，此年洪邁完成《夷堅己志》④。李泳亦下世於此年，故而撼取《野語》中事而載入《己志》以示紀念。

　　《己志》佚。《異聞總録》多採《夷堅志》，頗可考其佚文，卷四

---

① 《景定建康志》卷二七《官守志四‧諸縣令‧溧水縣》："李泳，淳熙十四年三月初六日到任。"卷三〇《儒學志三‧置縣學》："溧水縣學……（淳熙）十四年夏知縣李泳重修兩廡。"范成大《石湖居士詩集》卷二八有《李子永赴溧水過吳訪別戲書送之》詩。

② 《挽李子永二首》其二："封侯寂寞空飛將，佳句流傳自謫僊。半世作官纔六考，他年垂世有千篇。篋中酬唱都無恙，天外音書不復傳。五嶺三苗底處所，千巖萬壑若何邊。"按：子永歷官六政，可考者五，紹興二十二年後淳熙二年前長達二十餘年間，當有所任。溧水縣令乃其終職。

③ 見《絕妙好詞》、《中興以來絕妙詞選》、《直齋書録解題》卷二一歌詞類。後二書浙在洤後。《中興以來絕妙詞選》作姪直倫。

④ 詳《夷堅志》叙録。

記李泳淳熙七年於釋舍夜見女鬼事，殆即採自《己志》，當亦《野語》佚文，《野語》多有李泳自述聞見也。此事又見載郭彖《睽車志》卷二，注“陳宏甫承務說”，當是陳宏甫得於《野語》而轉述於郭彖。因係轉述，難免記憶模糊，故不及《異聞總錄》詳盡。《異聞總錄》云李泳“淳熙六年爲坑冶司幹官”，而事在“次年十二月”，此乃二十四條佚文中最晚之記事。《睽車志》成於淳熙十三四年，由此推測，本書當作於淳熙八年後十三四年前，時泳蓋官信州上饒，所居號蘭澤，故名“野語”焉。

　　本書所記多爲異聞，事關神鬼詭異、徵驗報應，如李子永甘寧將軍廟題詩詞（《富池廟詩詞》），占城婆律山石壁中出美女（《婆律山美女》）等。少數乃人物逸事，如滑稽之士陳之柔嘲道士（《道士竹冠》），韓蘄王（世忠）軍射虎（呼延射虎）等。文字皆簡，不足觀。

睽車志六卷

存。南宋郭彖撰。志怪集。

郭彖,字次象①。和州歷陽(今安徽馬鞍山市和縣)人。高宗紹興十七年(1147)殆以蔭補爲兩浙東路某縣主簿,曾於處州參與漕試爲考官②。二十四年張孝祥榜進士及第③。孝宗淳熙十三四年(1186、1187)爲朝散郎、知興國軍④。曾與《野客叢書》

①《説郛》卷三三《睽車志》題宋郭彖,注:字伯象,歷陽人。洪邁《夷堅支丁》卷八《趙三翁》亦稱郭彖伯象。《直齋書録解題》卷一一小説家類則作次象。《古今圖書集成·明倫彙編·氏族典》卷五三〇:"郭彖字汝象。"按:王楙《野客叢書》卷三《漢唐酒價》云:"歷陽郭次象多聞,嘗與僕論唐酒價。"王楙與郭彖相識,應以次象爲是。汝乃次字之譌。《周易》斷卦之辭曰彖,釋卦之辭曰象,先彖後象,故曰次也。

②《睽車志》卷六"樞密沈公"條:"紹興丁卯(十七年)秋,樞密沈公以臨安教授被漕檄,考試括蒼。既入院,夢朱衣六人坐於堂。而會議時,考官至者已六人。予亦被檄參校,而獨後未至。沈與同官言其夢,曰:'郭簿必不來矣。'"括蒼乃麗水舊稱,麗水縣屬浙東路處州。按:郭彖紹興二十四年中進士,前此而任職縣主薄,故疑乃蔭補之官。

③光緒《重修安徽通志》卷一五四《選舉表》,紹興甲戌張孝祥榜進士有郭彖,注:"和州人,彖一作彖。"萬曆《和州志》卷四《科貢表》則作郭彖。

④《書録解題》云"知興國軍歷陽郭彖次象撰",此著書之題銜。《湖北通志》卷一一一《職官表五》:"郭彖,知興國軍。"《古今圖書集成·氏族典》:"淳熙間以朝散郎知軍。"李之亮《宋兩江郡守易替考·興國軍》列在淳熙十三、十四年。

作者王楙有交，王贊其"多聞"。

　　本書始著録於《直齋書録解題》小説家類，五卷，解題云："知興國軍歷陽郭象次象撰。取《睽》上六（按：當作上九）'載鬼一車'之語。"《通考》同。《宋志》小説類則作一卷，若非字誤，則合之耳。《汲古閣珍藏秘本書目》子部小説家、《也是園藏書目》冥異類均著録有五卷本，《汲古目》注云："郭象字次象。後有沈與文跋，謂此書柳安愚在宋刻本臨摹者。"此本由明人從宋刻本摹出，殆與《書録解題》著録本同，卷數相同，字作次象亦合也。五卷本未見，今傳者乃六卷本，始刊於《稗海》（題《睽車志》，睽同睽），後又收入《四庫全書》、《筆記小説大觀》、《叢書集成初編》（據《稗海》本排印），題宋歷陽郭象，無序跋。五卷本與六卷本之關係，《四庫全書總目》卷一四二謂"後人屢有分析，故卷目多寡互異耳"，説法不確。按《説郛》卷三三節録《睽車志》十二條，題注"五卷并續添"，末條《枯骨抱人》見於六卷本卷六，即屬續添部分。洪邁《夷堅支丁》卷八《趙三翁》末云："嵩山張壽昌朋父作記，郭象伯象得其文，載於《睽車志》末。"趙三翁事正在六卷本卷六之末，末云："嵩山張壽昌朋父作記。"洪邁在慶元二年（1196）作《夷堅支丁》時，郭象業已完成續添。所續十一條初未編爲第六卷，故《書録解題》著録爲五卷，陶宗儀所見本實亦五卷本，但特地注明另有續添。後人將續添部分編爲第六卷，是爲六卷本。是則五卷六卷實無不同，並非内容多寡有别。《宋志》著録本乃一卷本，若非誤書或字譌即是併其卷目。

　　《説郛》所取十二條，《長安古冢》、《欺心殿舉》、《岳侯神降》（明抄殘本）①三條見今本卷一，《孝婦得米》、《狗出地中》、《玉真妃子》、《殺降》四條見卷三，《石碑》、《胡孩兒》、《服妖》（明抄殘本）三條見卷四，《枯骨抱人》見卷六，但第九條《孿生》（明抄殘

①　按：此條原無標目，此據汪季清藏明抄殘本，見張宗祥《説郛校勘記》。

本,向汲事)不見今本,事非異聞,殊有可疑。《説郛》本後又載入《古今説海》説略部雜記二十八、《重編説郛》弓一一八、《五朝小説·宋人百家小説》偏録家、《龍威秘書》五集。《古今説海》本末題宋陸偉撰,大謬①。

　　南宋張端義《貴耳集》卷上有云:"憲聖在南内,愛神怪幻誕等書。郭象《睽車志》始出,洪景盧《夷堅志》繼之。"洪邁《夷堅志》始作於紹興十三年(1143),成於三十二年,是爲《甲志》,以後乾道二年(1166)成《乙志》,七年成《丙志》,淳熙五年(1178)成《丁志》,十年成《戊志》,十六年成《己志》,直到嘉泰二年(1202)逝世前完成《四志乙》,共三十二本。② 本書前三卷多條事在淳熙中,而最晚者淳熙辛丑即八年(卷二"張富")。觀《貴耳集》所云,似憲聖高宗在南内親閲《睽車志》。按高宗趙構於紹興三十二年讓位於皇太子趙眘(孝宗),直到淳熙十四年才故去,謚曰聖神武文憲孝皇帝。是故本書之成當在淳熙八年後、十四年前。作者著此書時知興國軍,則書成於淳熙十三四年也。本書問世後,《夷堅志》已寫出甲乙丙丁戊五志,所以不得謂《睽車志》始出,《夷堅志》繼之。然《夷堅》以後各志出於本書之後,《支丁》卷八《趙三翁》、《三志辛》卷八《書廿七》③及佚文"李知己"(詳下)皆言及《睽車志》,張端義始出繼之之説殆緣此而誤斷。

　　本書載事共一百四十四條④,每卷十餘條至三十餘條不等,

────────

① 《紅雨樓書目》小説類著録《睽車志》,題宋陸偉,蓋即《古今説海》本。《佛祖統紀》卷二八《往生庶士傳》:"陸偉,錢唐人。爲州都掾。中年厭世念佛,率衆結法華、華嚴二社,各百許人。……晚年子孫彫落,更無餘累。忽一日,易衣端坐,念佛而化。"

② 詳見《夷堅志》叙録。

③ 《廣豔異編》卷三三輯入此條。

④ 此據《稗海》本。《四庫全書》本卷四缺末二條("胡孩兒"、"逆亮"),共一百四十二條。

大抵爲北宋末至南宋淳熙間事，個别則甚早，卷三"漳州地震"即爲北宋英宗治平四年丁未（1067）事。大部分故事皆於末尾以某某説小字注明來源，以示徵信，此乃南宋小説常式。注明故事提供者近六十人，承務范懋即提供九事（卷二）。此輩中有大資（資政殿大學士）鄭億年①，地位頗高，作者特將其所説三事載於最前，其餘大都爲一般官員，當爲作者平日交遊之人。《夷堅志》常採録他人作品，本書除卷六"趙三翁"取張壽昌所記外，並不鈔録現成故事。然其中多條又見於《夷堅志》，如卷一"湖妓楊韻"②事同《夷堅支庚》卷一〇《楊可人》。"劉觀"事同《丁志》卷一七《劉堯舉》。"李知己"事又載《異聞總録》卷四，末小字注："智仲説，郭象《睽車志》亦載此，誤以陳氏爲石氏。"此乃《夷堅志》佚文。卷二"陳子永泳"亦見《異聞總録》卷四，作李子永（名泳），亦《夷堅志》佚文。"閩中士人"事同《夷堅三志辛》卷八《書廿七》，末注："陳子榮説，《睽車志》亦載之。""鎮江士人"事同《夷堅志補》卷一七《季元衡妾》。卷五"孫思文"，事同《夷堅丙志》卷四《孫鬼腦》。事有詳略同異，來源非一，各自據聞而記。

　　全書所記皆怪異之事，諸凡異人、道術、神鬼、怪魅、妖異、夢徵、入冥、再生、轉世、報應等，題材頗廣。故而書名《睽車志》，暗含《易經·睽》上九"見鬼負塗，載鬼一車"之意，與洪邁之《夷堅志》均可謂善立名者。少數故事寓有勸戒，如卷三"常州村媪"乃孝感之事，作者"録以爲勸"，然大都獵奇耳，初無深旨，《四庫提要》稱"其大旨亦主於闡明因果，以資勸戒"，並不準確。由於作者有聞必録，且鮮事潤飾，是故大都事簡文直，故事本身亦多乏

①　據《建炎以來繫年要録》卷一四七、卷一七〇，鄭億年於紹興十二年以資政殿學士充資政殿大學士，因曾事劉豫，於紹興二十五年被劾落職，安置南安軍。
②　明仁孝皇后徐氏《勸善書》卷七採此條。

興味。然生動可觀者亦頗可見，如卷二"閩中士人"寫士人見通判亡妻，較有情韻，《夷堅三志辛》所記事同文異，乃淳熙初事，士人名王克己。卷五"李通判女"寫陳察亡妻附魂於李通判女再嫁陳察，撫二女畢其姻嫁，想像新奇，描摹較細。"靳瑶"文字亦長，靳妻爲五通神祟死，靳求茅君，茅君借屍復生之，情節類似唐牛僧孺《玄怪録》卷九《齊饒州》），借屍則係所增，尤見奇詭。最佳者當推卷四"馬絢娘"，寫衢州倅亡女馬絢娘與士人相戀而復生，事本陶潛《搜神後記》"徐玄方女"、"李仲文女"，而周密《齊東野語》卷一八《宜興梅塚》亦同類故事。湯顯祖《牡丹亭》傳奇即機杼於此，清俞樾《茶香室叢鈔》卷一七《馬絢娘即杜麗娘事所本》云："此事乃湯臨川《牡丹亭》傳奇藍本，絢娘即麗娘，但姓不同耳。"以上皆叙男女情愛，卷四"長人島"則叙遠國異民，中云長人耳垂至腹，卷耳爲枕卧於石上，與唐李亢《獨異志》卷上所寫大耳國相似，匪夷所思，饒有趣味。《夷堅乙志》卷八《長人國》、《丙志》卷六《長人島》亦當時流傳之長人故事，各有不同耳。

　　自《夷堅》之出，效仿者多，本書實亦《夷堅》影響之物，其書名、體式、内容、寫法，諸處皆近《夷堅志》，乃南宋志怪小説集之重要作品。

聞善録

佚。南宋（？）闕名撰。志怪集。

《夷堅支甲》卷二《衛師回》載衛淵（字師回）嗜酒成疾，醉卧夢入陰間酒家，見鬼以大石壓醉生前抛踐餘酒者以成酒，怖慄而覺。吕胤昌校本末多十三字：“《聞善録》所載張生入冥事頗類此。”此書不知何人何時作，《夷堅支甲》成於紹熙五年（1194），當出此前。

《宋志》儒家類著録《聞見善善録》一卷，不知作者，《宋史藝文志補》稱是趙孟奎作，非此書。趙孟奎是寶祐四年（1256）文天祥榜四甲進士，時年十九，見《宋寶祐四年登科録》。

勸戒別録三卷

佚。南宋歐陽邦基編。志怪集。一題《鑑誡別録》。

歐陽邦基，字壽卿，吉州永新（今屬江西吉安市）人①。孝宗乾道七年（1171）解試②，此年未省試，只於十一月策試賢良方正能直言極諫科，取李垕制科出身。③ 八年應舉落第，淳熙元年（1174）作書致周必大，周答書慰之。④ 寧宗慶元元年（1195）母卒，周必大爲作挽詞⑤。嘉泰三年（1203）八月，子宗闓齋家塾，

① 見周必大《文忠集》卷一九《跋歐陽邦基勸戒別録》、卷五五《習齋記》。
② 《江西通志》卷五〇《選舉二》"乾道七年辛卯解試"題名中有歐陽邦基，注"永新人"。
③ 見《宋史》卷三四《孝宗紀二》乾道七年、龔延明等《宋登科記考》。
④ 《文忠集》卷一八六淳熙元年《答歐陽邦基書》："某頓首茂才歐陽君足下，往蒙惠書，至千八百言，固已歎服才學之瞻矣。繼辱嗣音，陳義益高，而復不鄙其愚，示以試程，經學淹該，議論純正，一第猶不足道，況鄉學乎！然且垂翅回鶻，此有司不明之過也。昔曾南豐爲彌封官，讀曹、方、孟三子之辭，以爲宜在高選，既而皆失之。今足下之黜，猶三子之黜也。三子者不以失得置心，顧以進業爲樂。足下家有哲匠，日奉詩禮之訓，其爲樂又非三子可比而何病！方祗命造朝，百冗叢并，敘謝草略，千萬自愛。蕭子荆《春秋辯》一部附納，窮經如此，乃無愧耳。"按：乾道七年歐陽邦基解試，是年未行省試。其應試被黜，當在乾道八年。據《宋登科記考》，是年有禮部進士試，而乾道九年及淳熙元年均未有省試，乾道九年只取童子科推恩七人，特賜同進士出身一人，淳熙元年只取童子科推恩一人，太學兩優釋褐若干人。
⑤ 《文忠集》卷四一《歐陽邦基母曾氏挽詞》，作於乙卯八月。

請周必大命名，名曰習齋①。

《直齋書録解題》小說家類著録《鑑誡別録》三卷，云：“廬陵歐陽邦基壽卿撰，周益公、洪景盧有序跋。”《通考》同。《宋志》隸於類事類，書名作《勸戒別録》。書已不存，佚文亦未覓見，惟周必大跋尚存，《文忠集》卷一九有《跋歐陽邦基勸戒別録》，書名同《宋志》。周跋云：“淳熙甲午秋，永新歐陽邦基壽卿攜書過予，滔滔千八百言。予愛歎其才，每以進修勉之。而壽卿素慕龍舒王日休之爲人，讀其《居戒録》（按：即《勸戒録》。明澹生堂鈔本《周益公文集》居作君，譌）及《淨土文》而悦之。嘗著《勸戒別録》求予爲序，予固未暇也。後十有六年，奉祠來歸，壽卿之録益詳，凡經史百家所記，與夫近世士大夫善言善行，皆聚而筆之，析爲三卷，總十五門。又刻《鋤惡種德篇》及《勸修西方淨業文》，散施于人，惟恐聞者不言，傳之不廣，視日休蓋鴻雁行也。連歲踵門伸前請，予曰：‘如子之志，雖充棟宇、汗馬牛且不能盡，曾是三卷，安得謂之成書！以要言之，諸惡莫作，衆善奉行，兩言足矣。上士固不待勸，中士必知所擇，下士或思戒焉。彼誨諄諄，而聽藐藐者，非所計也。’壽卿請題其後，不復求序云。紹熙二年四月二十六日。”

周跋作於紹熙二年(1191)，但在淳熙十六年(1189)《勸戒別録》三卷已成書。據《宋史》卷三六《光宗紀》，淳熙十六年五月周必大以觀文殿大學士爲醴泉觀使，所謂“奉祠來歸”指此。周必大吉州廬陵（今江西吉安市）人也。歐陽邦基書淳熙元年甲午歲(1174)已經完成初稿，僅“千八百言”，周必大淳熙元年《答歐陽邦基書》亦云：“某往蒙惠書，至千八百言，固已歎服才學之瞻矣。”以後又事增補，成書三卷。洪邁曾爲作序，序不存，作序時

---

① 《習齋記》：“永新歐陽邦基，字壽卿。才瞻學富，爲善如饑渴嗜飲食。其子宗，闢齋家塾，請予命名。……嘉泰三年八月二十七日。”

間雖不可詳考,在淳熙中則屬無疑。時洪邁正熱衷於撰寫《夷堅志》,歐陽邦基求其爲序自是慕名之意。

　　觀周跋,本書乃作者慕龍舒王日休之爲人,倣其《勸戒録》而作,而周必大《習齋記》稱歐陽邦基“才贍學富,爲善如饑渴嗜飲食”,《答歐陽邦基書》稱其“經學淹該,議論純正”,固亦道學家流也。本書取材於“經史百家所記,與夫近世士大夫善言善行”,分門而記,體近類書,故《宋志》列入類事類。性質當與委心子《分門古今類事》相近,雖爲類書而專主一題。《古今類事》專主命定之説,本書則以勸善戒惡爲旨。宋人重道學,故稗家多爲勸誡之作,前此若錢易《殺生顯戒》、張君房《儆戒會最》、周明寂《勸善録》、《勸善録拾遺》、朱定國《幽明雜警》、李象先《禁殺録》、王古《勸善録》、卞洪《勸戒録》、王藩《襃善録》、董家亨《録異誡》、王日休《勸戒録》、李昌齡《樂善録》及佚名《勸善録》、《陰戒録》、《惡戒》、《聞善録》等皆是,多達十數種,歐陽此書可謂逐瀾揚波者也。

稗説

佚。南宋武允蹈撰。志怪集。

武允蹈，字德由，自號練湖居士。筠州高安（今屬江西）人。兩貢於鄉，刻意吟詩。每一聯出，輒膾炙人口。著有《練湖集》，雷竹溪序之。約生活在孝宗、光宗間。見明熊相正德《瑞州府志》卷一〇《人物志·文學》、《萬姓統譜》卷七八及南宋趙與虤《娛書堂詩話》、魏慶之《詩人玉屑》卷一九《中興諸賢》引《餘話》（趙威伯《詩餘話》）。

此書不見著錄。《永樂大典》卷一三一三九《夢豬償債》，出武允蹈《稗説》，云："高安務農鄉有民閔閶者，夜夢一老婦人，衣裙俱皂，見閶而泣曰：'我累公數年，所負錢將足，止有千四百爾，今脫衣以償。'因泣別去。既覺異其事。既而聞有母豬死於圈中，始悟即夢中老婦人也。貨之，止得錢千四百。"其他佚文未見。書名用稗官小説之義，當多記異聞。

夢兆録

佚。南宋劉名世撰。志怪集。

劉名世，撫州宜黄（今屬江西撫州市）人。孝宗淳熙二年（1175）進士。紹熙二年（1191）知饒州浮梁縣，爲政簡易，民安之。①

此書不見著録，原卷帙多寡不詳。洪邁《夷堅支乙》卷二《羅春伯》至《黄溥夢名》十條，末注：“右十事臨川劉君所記《夢兆録》。”考《夷堅丙志》卷一二，《河北道士》至《紅蜥蜴》六條末注：“右六事皆臨川劉名世説。”兩組故事，絶大多數爲撫州（臨川郡）事，且又常涉宜黄縣（撫州屬縣），是故“臨川劉君”者，必是劉名世。《夷堅丙志》成於乾道七年（1171），劉名世所説六事，最晚者爲乾道四年事（《紅蜥蜴》）。乾道二年十二月洪邁完成《乙志》後即撰《丙志》，劉名世爲之説異正在其撰《丙志》之時，故被洪邁於乾道四年後録入《丙志》。《夢兆録》十事，全在紹興、淳熙中，其中《黄若訥》、《邵武試院》、《周氏三世科薦》事皆在淳熙十三年（1186），而《黄若訥》又記及來春落第及庚戌年登科事，庚戌年乃紹熙元年（1190），此記事最晚者。洪邁《夷堅支甲》於紹熙五年六月完成後即撰《支乙》，至慶元元年（1195）二月完成，歷時八月②。

---

① 見康熙《江西通志》卷五〇《選舉二》、卷八〇《人物十五·撫州府》，道光五年增修《宜黄縣志》卷二二《人物志》、光緒重修《撫州府志》卷四二《選舉志·進士》及卷四九《人物志·宦業》。
②《夷堅支乙集序》：“財八改月，又成《支乙》一編。”

劉名世《夢兆録》編在第二卷（共十卷），時當在紹熙五年年中六月以後，可見此書撰於紹熙元年至五年之間。乾道中劉名世爲洪邁述異，尚未有撰書之事，大約受洪邁影響，遂又自撰之，不賴洪書以傳其事，而竟亦又被洪邁所採。原書當不止十事，洪邁當有所選擇。

　　乾道中所説六事乃一般志怪故事，此書則專陳夢兆之事，而所兆者全爲科名仕禄。乾道五年蜀人委心子宋某編成《分門古今類事》二十卷，採録前定興衰窮達、貴賤貧富、死生壽夭之事，其中有“夢兆”一門，本書之專述夢兆者或受宋書影響也。

鄭超入冥記

節存。南宋鄭超撰。傳奇文。

鄭超,寧宗慶元元年(1195)爲信州威果營節級。

《夷堅支戊》卷七《信州營卒鄭超》載:慶元元年八月二十一日夜半,信州威果營節級鄭超夢爲冥吏祝太保持文來追,覺而得疾。越兩夕,又夢與張姓者同行,被擠落溪,爲五騎中姓毛者所救。二十五日夜,黃衫吏來,押超至東嶽第八司,主者因其常念《金剛經》,赦其罪愆,判延壽一紀半,命人送還陽世。末云:"超詳述所見,爲文散揭(按:涵芬樓校印本作撤謁,蓋形譌,據《四庫全書》本改)諸門及邸店,凡二千言,摭其要於此。"原題不知,擬如上。當作於慶元元年。

此爲入冥之作,叙事曲折細緻,語言樸素,至其内容則殊無可取。所寫東嶽(泰山)第八司主者自稱"吾乃東平忠靖王,管人間生死案",即所謂溫元帥、溫將軍者。南宋吳自牧《夢粱録》卷一四《外郡行祠》云:"廣靈廟,在石塘壩,奉東嶽溫將軍,請于朝,賜廟額封爵,自溫將軍以下九神皆錫侯爵,曰溫封正佑……"明初宋濂曾作《溫忠靖王廟堂碑》(《宋文憲公全集》卷四一),稱溫名瓊,字永清,溫州平陽人,生於唐長安二年(702)。死而爲泰山神,宋時封翊靈昭武將軍正佑侯,累加正福顯應威烈忠靖王。

夷堅志四百二十卷

　　殘存一百八十卷、輯存二十七卷。南宋洪邁撰。志怪傳奇集。

　　洪邁,《宋史》卷三七三有傳。清錢大昕撰有《洪文敏公年譜》,洪汝奎增訂,今人王德毅、凌郁之皆有《洪邁年譜》,他書亦多載其事跡。今據《宋史》本傳及諸譜,參酌他書述其履歷如下。

　　洪邁(1123—1202),字景盧,號容齋、野處。徽猷閣直學士、謚忠宣洪皓季子,兄适(謚文惠)、遵(謚文安)。饒州鄱陽(今屬江西上饒市)人。高宗紹興十五年(1145)三月中博學宏詞科第三名,賜同進士出身①,授左承務郎、兩浙轉運司幹辦公事,四月除敕令所刪定官。閏十一月出爲添差教授福州,未即赴,侍父於里,十七年侍父英州安置②。十八年爲福州教授,二十年秩滿罷③。二十八年三月除秘書省校書郎,明年二月兼權駕部員外郎④,四月

①《南宋館閣錄》卷八《官聯下·校書郎》:"洪邁,字景盧,鄱陽人。湯思退榜博學宏詞,同進士出身。"

② 紹興十四年洪皓罷守饒州,提舉江州太平觀,尋丁内憂。十七年服除,謫濠州團練副使,英州安置,二十五年卒。見洪汝奎《洪忠宣公年譜》《四洪年譜》。

③《夷堅乙志》卷八《無縫船》:"紹興二十年七月,福州甘棠港有舟從東南漂來,載三男子、一婦人,沉檀香數十斤。……予時以郡博士考試臨漳,欲俟歸日細問之。既而縣以送泉州提舶司未反,予亦終更罷去,至今爲恨云。"凌譜據以定福州滿歸在紹興二十年,是也。王譜則定爲紹興二十三年福州解任。

④《建炎以來繫年要錄》卷一八一:紹興二十九年二月,"至是,秘書省校書郎兼權駕部郎官洪邁言其多廢無所益"。

兼國史院編修官,八月除吏部員外郎。三十年正月充禮部貢院省試參詳官,三月改禮部員外郎,七月再兼國史院編修官,十一月兼樞密院檢詳諸房文字。三十一年三月正除樞密院檢詳諸房文字,十月知樞密院事葉義問督視江淮荆襄軍馬,邁主管機宜文字,參議軍事。三十二年正月,以樞密院檢詳諸房文字守左司員外郎,兼權行在檢詳。是月金國遣使告嗣位,邁以借左朝議大夫、試尚書禮部員外郎充接伴使。三月除起居舍人,以假翰林學士、左朝議大夫、知制誥、兼侍讀充賀金國登寶位國信使。七月使還,八月殿中侍御史張震論其奉使辱命,罷官,退居鄉里。孝宗隆興元年(1163)起知泉州,未赴任。乾道二年(1166)六月改吉州,未及赴任,九月除起居舍人,十月兼權直學士院,十二月兼實録院同修撰。三年五月除起居郎,六月權中書舍人、權直學士院、兼實録院修撰,七月真除中書舍人、兼侍讀、兼直學士院。四年六月除集英殿修撰,尋罷爲提舉江州太平興國宮,居故里。六年起知贛州,八年罷①。淳熙四年(1177)移知建寧府②,七年秋解官歸里。十一年春起知婺州,除敷文閣待制。十二年春除提舉佑神觀、兼侍講,六月兼同修國史。十三年四月除敷文閣直學士、兼直學士院,九月遷翰林學士、知制誥、兼修國史。十四年正月知貢舉。十五年五月出知鎮江府,九月移知太平府。光宗紹熙元年(1190)二月進焕章閣學士,知紹興府,十二月罷爲提舉隆興府玉隆萬壽宮。歸鄱陽,以著書爲事。寧宗慶元四年(1198)上章告老,進龍圖閣學士。嘉泰二年(1202)以端明殿學士致仕,未幾卒,年八十。贈光禄大夫,謚文敏。葬鄱陽縣西北龍口山。

洪邁與兄适、遵號稱"三洪",有名於當時,《宋史》本傳史臣論曰:"(洪皓)其子适、遵、邁相繼登詞科,文名滿天下。适位極

---

① 據李之亮《宋兩江郡守易替考·贛州》。
② 錢譜、王譜俱定爲淳熙二年,此從凌譜。

台輔,而邁文學尤高。"又稱邁"博極載籍,雖稗官虞初,釋老傍行,靡不涉獵","尤以博洽受知孝宗,謂其文備衆體"。邁著述極豐,編著有《次李翰蒙求》三卷、《宋四朝國史》三百五十卷(與李燾合修)、《欽宗實録》四十卷、《節資治通鑑》一百五十卷、《太祖太宗本紀》三十五卷、《四朝史紀》三十卷、《列傳》一百三十五卷、《記紹興以來所見》二卷、《哲宗寶訓》六十卷、《漢苑群書》三卷、《會稽和買事宜録》七卷(與鄭湜合撰)、《皇族登科題名》一卷、《贅稿》三十八卷、《詞科進卷》六卷、《蘇黄押韻》三十二卷、《容齋隨筆》七十四卷①、《經子法語》二十四卷(今存)、《左傳法語》六卷、《史記法語》十八卷(一作八卷)②、《前漢法語》二十卷、《後漢精語》十六卷、《三國志精語》六卷、《晉書精語》五卷、《南史精語》十卷(一作六卷)③、《唐書精語》一卷、《野處猥稿》一百四卷、《野處類藁》二卷④、《洪文敏制藁》二十八卷⑤、《瓊野録》三卷(一作一卷)、《唐人絶句詩集》一百卷⑥、《唐書補過》(與洪适合撰)⑦、

---

① 今存。後人曾自書中輯出《容齋題跋》二卷、《容齋詩話》六卷、《容齋四六叢談》一卷。《重編説郛》弓七四《對雨編》、卷九五《糖霜譜》,《百陵學山》所收《隨筆兆》,《居家必備》所收《俗考》,亦皆剟自《容齋隨筆》而獨立成書。

②《直齋書録解題》類書類作十八卷,《宋志》類事類作八卷。《説郛》卷五九有節録,注八卷。《四庫全書總目》卷六五列入史鈔類存目。

③《書録解題》類書類作十卷,《宋志》類事類六卷。今存《南朝史精語》十卷。

④ 今存二卷本或謂爲僞書,説見錢譜紹興二十四年洪汝奎"增訂"、凌譜紹興二十四年。

⑤《宋志》總集類著録《三洪制藁》六十二卷,南宋魏了翁《鶴山先生大全集》卷五《三洪制藁序》云"文惠公(适)内外制凡十四卷、文安公(遵)二十卷、文敏公(邁)二十八卷"。

⑥《宋志》總集類作《唐一千家詩》。今存《萬首唐人絶句》九十一卷。按:以上均見《書録解題》與《宋志》奢録。

⑦ 見《容齋四筆》卷七《由與猶同》。

《隸纂》、《隸釋》、《隸韻》①等，多有散佚。

　　本書最早著録於南宋尤袤《遂初堂書目》小説類，無撰人、卷數。尤袤卒於紹熙四年（1193），時洪邁猶在世而《夷堅志》全書未竟。理宗淳祐中（1241—1252）陳振孫《直齋書録解題》小説家類始著録全書：“《夷堅志》甲至癸二百卷、支甲至支癸一百卷、三甲至三癸一百卷、四甲四乙二十卷，大凡四百二十卷。”《通考》同。按寶謨閣直學士何異嘉定壬申（五年，1212）作《容齋隨筆總序》已有全書卷帙記録：“僕又嘗於陳日華晔，盡得《夷堅》十志與支志、三志及四志之二，共三百二十卷。”三字必是四字之譌。淳祐十年（1250）趙希弁編撰《昭德先生讀書志附志》，其“拾遺”中著録《夷堅志》四十八卷，乃殘帙。《宋志》小説類亦只著録甲至庚七志一百四十卷。本書卷帙浩繁，傳鈔版刻均不易，故而南宋雖屢曾付梓（詳下），然人難以獲見全帙。逮乎元明，散佚愈多。元陳櫟《勤有堂隨録》謂“今坊中所刊廑四五卷”。陶宗儀《説郛》卷九七只節録《夷堅志陰德》六條，《夷堅志陰德》凡十卷，乃摘録之本。明《文淵閣書目》卷一一盈字號第六廚類書著録一部十八册，注“殘缺”，又著録一部十二册三種，注“闕”。焦竑《國史經籍志》小説家及陳第《世善堂藏書目録》“稗史野史并雜記”乃著録四百二十卷，然焦志多採前代史志書目，未盡親見，陳目亦有可疑，故張元濟《夷堅志跋》以爲“殊未敢信”。

　　今存版本甚多，或係原書之某部分，或係後人重編之本。原書四編傳世者乃正集甲至丁四志八十卷，又支志甲至戊及庚、癸七志共七十卷，三志己、辛、壬三十卷，凡一百八十卷，只及原書五分之二强。《續修四庫全書》影印上海圖書館藏影宋鈔本一百八十卷，編在第 1264—1266 册，《丁志》末有黄丕烈二跋，《支癸》末有黄丕烈一跋。據元人沈天佑序，八十卷本原出建學所藏宋

---

① 見南宋董史《皇宋書録》下篇。《書録》云洪邁“善漢隸……其隸書頗傳于世”。

刻閩版，因“遺缺甚多”，沈氏據洪邁所刊浙本（刊於杭州）補刻四十三版而印行。因此本主要用宋板印行，故清徐乾學稱爲“宋本元印”①、陸心源稱爲“宋刊元印本”，又稱作“元修後印本”②。然此本今傳者並非沈氏原印本，其中羼入《支志》、《三支》之文，如《甲志》卷一《黑風大王》③、《韓郡王薦士》原屬《支志甲》卷二、《三志己》卷一，如此甚多。當是原版片已有殘闕，元書賈重印時遂事補版，而妄取他志以冒。④　此宋刻元印本原藏文徵明，後歸清人季振宜、徐乾學，徐氏著録於《傳是樓宋元本書目》。乾隆五十七年壬子歲（1792）嚴元照購得此本，並録副校勘。後於嘉慶十年（1805）元本爲阮元購去，嚴氏只留其副，即嚴校本⑤。阮元影寫進呈，並撰提要⑥，編入《宛委別藏》，以補《四庫全書》之闕。阮氏所藏復又歸黃丕烈⑦，後又歸汪士鐘，汪氏著録於《藝芸書舍宋元本書目・宋板書目》子部。此後經胡珽歸於陸心源，陸

---

① 《傳是樓宋元本書目》宙字二格。

② 《儀顧堂續跋》卷一一《宋槧夷堅志跋》。

③ 《勸善書》卷一五採入此條。

④ 清嚴元照《悔菴學文》卷七《書手録夷堅志後》云：“元補者多雜取《支志》、《三支》之文羼入之，如《甲志》所載無紹興以後事，而補者乃及於慶元，此其徵也。”

⑤ 見嚴元照《悔庵學文》卷七《書手録夷堅志後》及嚴元照《夷堅志跋》。

⑥ 見《揅研經室外集》卷三。

⑦ 陸心源《儀顧堂集》卷五《重刻宋本夷堅志甲乙丙丁四集序》云：“阮氏得之吾郡嚴久能（元照），後歸吳門黃堯圃（丕烈），堯圃歸於汪閬原（士鐘），閬原歸於胡心耘（珽），余從胡氏得之。中有玉蘭堂印，衡山文氏舊藏也。”按黃氏藏書爲汪士鐘、楊以增所得（見楊立誠等《中國藏書家考略》，上海古籍出版社，1987，第259頁），而嚴元照云：“予之宋板聞已歸蘇州黃氏。”但黃丕烈《蕘圃藏書題識》卷六嘉慶丁卯（十二年，1807）識語云：宋刻四集“由萃古齋售於石冡嚴久能，今又爲何夢華買出，其歸宿未知在何處”。其時尚未得之。嚴氏語見《書新刻袖珍本夷堅志後》（《悔菴學文》卷七），書於嘉慶庚午（十五年，1810），蓋黃氏嘉慶十二年後方獲此本。

氏著録於《皕宋樓藏書志》卷六四小説類，並刻入《十萬卷樓叢書》（各卷卷首下方均注明"行款悉依宋本"），是爲陸刻本，《叢書集成初編》排印此本。而陸氏藏書其子樹藩於光緒三十三年（1907）盡售於日本岩崎氏靜嘉堂文庫①，傅增湘在日嘗見之②，宋刻元印本國内遂不得見，嚴校本則歸湘潭袁伯夔③。清世藏書家著録此本者尚有朱學勤《結一廬書目》（小説家類）、莫友芝《郘亭知見傳本書目》（小説家類）、丁丙《善本書室藏書志》（小説類）等，皆爲影宋本。張鑑《冬青館乙集》卷七有《宋板夷堅志跋》，所跋者亦爲此宋刻元修之本。《中國古籍善本書目》子部卷一九小説類著録黄丕烈校跋及丁丙跋清抄八十卷本。

　　上海圖書館藏有一部明弘治間祝允明手抄《夷堅丁志》三卷，《中國古籍善本書目》子部卷一九小説類有著録，張祝平《夷堅志論稿》（北京：中國文史出版社，2002）作有詳盡紹介。與中華書局點校本對照，此本實即《夷堅乙志》。卷一題十三事，末闕中華本《小郪先生》。卷二題十二事。卷三題十四事，只抄六事，首條《蛙乞命》下多《婦人生鬚》一條，即中華本《夷堅志補》卷二一《藍氏雙梅》。祝抄本標目多異，如卷一《詩戲》即中華本《李三英詩》，卷二《戲語却鬼》即《宜興民》，卷三《鬼作僞》即《竇氏妾父》。文字多有異文，可資補正。張氏作《祝允明抄本〈夷堅丁志〉對今本〈夷堅乙志〉的校補》（《夷堅志論稿》附録三），據祝抄本校補中華本二十四條。其中《陝婦人》、《趙士珖》（祝抄本作佷）殘

---

① 見日人島田翰《皕宋樓藏書源流考》。

② 傅增湘《藏園群書經眼録》卷九小説家類著録《夷堅志》宋刊元印本，注云："日本岩崎氏靜嘉堂文庫藏，皕宋樓故物，己巳十一月十三日閲。"己巳歲乃 1929 年。

③ 見張元濟《夷堅志跋》。

缺甚多,而《興元鍾誌》宋本有目無文,張氏特作《〈夷堅乙志〉校補三則》,刊於《中國典籍與文化論叢》第五輯(2000年2月)。

《支志》、《三志》一百卷,初著錄於黄虞稷《千頃堂書目》卷一二小説類"補宋",後又著錄於倪燦《宋史藝文志補》小説家類。嘉慶間黄丕烈則有收藏①,係舊鈔本,後亦歸袁伯夔②。黄氏尚藏宋刻殘本《支甲》五卷,《支壬》、《支癸》各八卷,舊鈔《乙志》三卷,後歸汪士鐘③,以後不知散落何處。《支志》、《三志》一百卷舊鈔本,初爲胡應麟癸未歲(嘉靖二年,1523)得於王思延④,胡氏《甲乙剩言》云"浙中所刻《夷堅志》,乃吾篋中五分之一耳","吾篋中"即此百卷舊鈔本。據清初周亮工《書影》卷二,胡本後歸同邑章無逸。張祝平謂黄丕烈藏舊鈔本即出胡應麟⑤。

黄氏之前,編修汪如藻曾家藏《支甲》至《支戊》五十卷,《四庫全書》收入。《結一廬書目》小説家類著錄有《夷堅支志》五十卷,乃影寫明嘉靖間刊本。按張祝平《夷堅志論稿》引杜信孚《明代板刻綜録》,著錄《夷堅志》五十卷,稱"明嘉靖十五年葉邦榮刊"。張氏謂此本即《結一廬書目》著錄、《四庫全書》所收《夷堅支志》五十卷⑥。然《邵亭知見傳本書目》小説家類亦著錄《夷堅

① 見《蕘圃藏書題識》卷六、《百宋一廛書錄》。《中國古籍善本書目》子部卷一九小説類著錄。
② 見張元濟《夷堅志跋》。
③ 見《邵亭知見傳本書目》卷一一小説家類。
④《少室山房類藁》卷一〇四《讀夷堅志五則》第一則:"癸未入都,忽王參戎思延語及,云:'余某歲憩一民家,覘敝籠中是書鈔本存焉,前後漶滅。亟取補綴裝潢之,今尚完帙也。'余劇喜,趣假録之。"第三則:"余鄉從王參戎處得鈔本洪志,其首撰甲至癸百卷皆亡,僅《支甲》至《支癸》十帙耳,迨其中己、辛、壬等帙,又三甲中書。蓋支志亡其三,而三志亡其七矣。"
⑤《夷堅志論稿》,第115頁。
⑥《夷堅志論稿》,第111頁。

支志》五十卷,稱是"嘉靖間刊本,板心有清平山堂四字",則出洪
楩刊。故葉邦榮刊《夷堅志》五十卷是否即《支志》終有疑問。

　　其餘傳世版本,皆爲重編本。今國家圖書館藏有四本,均列
爲善本:《新編分類夷堅志》五十一卷,甲至癸十集,除己集六卷
餘各五卷,葉祖榮輯,嘉靖二十五年(1546)洪楩清平山堂刻本;
《新訂增補夷堅志》五十卷,明鍾惺評,明李玄暉、鄧嗣德刻本;
《新刻夷堅志》十卷,存七卷,明書林唐晟刻本;清乾隆四十三年
(1778)周榜(字信傳)耕煙草堂刻本,甲至癸十集,集各二卷,共
二十卷,有陳乃乾校跋,並録黄丕烈題識。①

　　按:洪刊《新編分類夷堅志》與胡應麟所説"分門别類"五十
卷"武林雕本"②爲同一本,洪楩乃錢塘(武林)人。《千頃堂書
目》小説類"補宋"與《宋史藝文志補》小説家類中著録爲《類編夷
堅志》五十一卷,曹寅《楝亭書目》卷三説部亦著録建安葉氏《類
編夷堅志》五十一卷。明朱國禎《湧幢小品》卷一八《志録集》云
《夷堅志》"今行者五十一卷,蓋病其煩蕪而芟之,分門别類,非全
帙也",卷數亦同。錢謙益《絳雲樓書目》卷二小説類《夷堅志》注
云:"田叔禾家翻宋刻《分類夷堅志》五十一卷。"所謂田叔禾翻宋
刻即清平山堂刻本,因前有田汝成(字叔禾)序,故指爲田刻。此
本上海圖書館亦有收藏,前有嘉靖二十五年田汝成序③,田序亦
稱"今行于世者五十一卷,蓋後人病其繁複而加擇焉,分門别類,
非全帙也"。五十卷、五十一卷之異非内容有多寡,疑或分卷不

────────────────

① 見《北京圖書館善本書目》卷五小説家類、《北京圖書館古籍善本書目》
　　子部小説家類,《北京圖書館善本書目》無耕煙草堂刻本。《中國古籍善
　　本書目》子部小説類亦著録此四本。《中國古籍善本書目》又著録明活
　　字印本《分類夷堅志》甲集五卷,張祝平云今藏上海圖書館,《夷堅志論
　　稿》,第 117 頁。
②《少室山房類藁》卷一〇四《讀夷堅志》。
③ 參見《夷堅志論稿》,第 116 頁。

同耳。清平山堂刊本曾收藏於陸心源與繆荃孫,《皕宋樓藏書志》卷六四小説類與《藝風藏書續記》卷八小説均有著録,前稱五十卷,後稱五十一卷。繆氏以爲"當是南宋建陽書肆類集刊本,明人重刻之",陸氏在《分類夷堅志跋》(《儀顧堂題跋》卷九)中亦謂建安葉祖榮"仕履無考,當是南宋末人"。據陸跋,全書十集分三十六門,每門又各有子目。觀其門類分立頗廣,主乎志異,一應俱全。上海涵芬樓曾藏明鈔本,據張元濟云,與建安葉氏本"同出一源,詞句略殊,門類悉合"。葉氏《新編分類夷堅志》乃就《夷堅志》原書分類選編,參考價值極大。陸心源云:"此本猶宋人所輯,當見四百二十卷全書。其所甄録,出于今存八十卷及《支志》、巾箱本之外者甚多。不但全書崖略可以考見,即宋人遺聞佚事亦往往賴此以存,未可以刪削薄之也。"①張元濟跋亦稱:"所輯各事見於今存各卷中者,頗有異同,足資考訂。"又云"不見於今存八十卷中者,凡二百七十七則",數量頗巨。

宋人類編《夷堅志》非此一種,何異《容齋隨筆總序》云:"僕又嘗於陳日華曄,盡得《夷堅》十志與支志、三志及四志之二,共三(四)百二十卷。就摘其間詩詞、雜著、藥餌、符呪之屬,以類相從,編刻於湖陰之計臺,疏爲十卷,覽者便之。僕因此搜索志中,欲取其不涉神怪,近於人事,資鑒戒而佐辯博,非《夷堅》所宜收者,別爲一書,亦可得十卷。俟其成也,規以附刻於章貢②可乎?"何異選編計畫大約未能實現,陳編本則著録於《直齋書録解題》小説家類:"《夷堅志類編》三卷,四川總領陳昱③日華取《夷堅志》中詩文、藥方類爲一編。"但稱三卷,與十卷不合,不知

---

①《儀顧堂題跋》卷九《分類夷堅志跋》。
② 章貢指贛州,洪邁曾知贛州。附刻於章貢指附刻於洪邁《容齋隨筆》。
③ 陳昱,應作陳曄,字日華,見《夷堅三志己》卷七《善謔詩詞》、《永樂大典》卷七八九四引《臨汀志》。

何故。

　　明刊本《新訂增補夷堅志》五十卷,曾著録於清金檀《文瑞樓藏書目録》卷五小説家"宋人小説",書名作《增補夷堅志》。據張祝平介紹,此本題"宋鄱陽洪邁紀,明景陵鍾惺增評,後學李玄暉、鄧嗣德定次,錢塘鍾人傑校訂"。前有田汝成序,是以洪楩清平山堂本爲基礎增評,對葉氏《分類夷堅志》增删評①。又據張祝平介紹,上海圖書館藏《感應彙徵夷堅志纂》四卷,明上海王光祖纂梓,前有萬曆四十年王光祖序。曾爲黄裳收藏。此本乃葉本之再選本,凡一百八十七則②。

　　《筆記小説大觀》收有一種五十卷本,前載洪邁乾道二年序、乾道七年後序(按:原係乙、丙二志序)。覈其目録,大抵係重編《支志》、《三志》而成,次第混亂,其卷二五又羼入甲乙丙三志及《分類夷堅志》中段目。

　　明唐晟刊《新刻夷堅志》十卷本(存七卷),繆荃孫《藝風藏書記》卷八小説著録舊鈔本《新刻夷堅志》十卷,當即鈔自唐晟刊本。此本分甲至癸十集,集一卷,明姚江吕胤昌校。王文進《文禄堂訪書記》卷三著録繆校本,稱爲清初鈔本。觀繆、王二人所言,諸集自序全係《支志》及《三志》序,當是重編《支志》、《三志》而成。

　　清錢塘周棨耕煙草堂刊《夷堅志》二十卷本,乃袖珍本,周中孚《鄭堂讀書記》卷六小説家類著録此本,云前有沈屺瞻、何琪序。《邵亭知見傳本書目》於《夷堅支志》五十卷下亦附載錢塘周氏刊《夷堅志》袖珍本二十卷。嚴元照《書新刻袖珍本夷堅志後》(《悔菴學文》卷七)云:"此本非元書,蓋後人得殘帙,竄亂割裂,别分卷目,妄以十干爲之編次。"張元濟跋云上海涵芬樓藏有此

_____

①《夷堅志論稿》,第124頁。
②《夷堅志論稿》,第123頁。

本(周本)及《新刻夷堅志》(呂本),二本相較,呂本多於周本者凡二十四事,周本獨有者十八事。

民國間上海涵芬樓張元濟據諸本編印《新校輯補夷堅志》,前四志據嚴元照影宋手寫本,《支志》、《三志》據黃丕烈校定舊寫本,參用葉本、明鈔本、呂本、周本、陸本校訂。葉本出於今存百八十卷外者尚有二百七十七則,輯爲《夷堅志補》二十五卷①。又自《賓退録》等十書輯出三十四事,編爲《夷堅志再補》。1981年中華書局出版新校本(何卓點校),以涵芬樓本爲底本重加校定。並從《永樂大典》等書輯出佚文二十六則(誤標爲凡二十八事),作爲《三補》,以應張元濟昔年"掇拾叢殘,賡續有得,亦可輯爲三補四補"之期。

按《再補》、《三補》頗有濫誤,未可盡從。《再補》可靠者二十七條,有七條宜剔除:《鼠怪》、《岳珂除妖》、《道人符誅蟒精》三則(輯自《稗史彙編》卷一七四、卷一七五),實出元無名氏編《湖海新聞夷堅續志》(簡稱《夷堅續志》或《湖海新聞》)②。《岳珂除妖》即後集卷二《鬼飲醮樓》(又被《異聞總録》卷三採入),乃岳珂知嘉興府時事③,洪邁時已亡故。《道人符誅蟒精》即同卷《蟒精爲妖》(原出五代王仁裕《玉堂閒話》,《太平廣記》卷四五八引,題《選仙場》)。洪邁《夷堅志》取材皆近世事,絶不襲取前代書,此條必出《續志》。《鼠怪》則不見《湖海新聞夷堅續志》今本(《適園叢書》),但亦必出《夷堅續志》,今本非足本耳④。此條與《法苑

---

① 《志補》亦有文字不完者,如卷一七《崔伯陽》,《樂善録》卷九引《夷堅志》文詳。

② 《湖海新聞夷堅續志》係仿洪邁《夷堅志》,前人每相混淆。清人金檀《文瑞樓藏書目録》小説家宋人小説著録《湖海新聞》前後二集,題宋都陽洪邁著,即以其爲《夷堅志》。

③ 嘉定十年至十二年(1217—1219)岳珂守嘉興,見《義騟傳》叙録。

④ 《夷堅續志》有闕佚,清末繆荃孫跋謂傳世各本"疑均非足本"。

珠林》卷三一引《搜神記》文同，當據《珠林》。觀其内容，與《續志》後集卷二精怪門相類，當屬該門《豬鼠》之佚文。《義婦復仇》條（輯自明徐𤊻《榕陰新檢》卷一二），末稱"時理宗朝淳祐戊申年（八年，1248）也"，遠在洪邁後，非出《夷堅志》甚明，疑《榕陰新檢》誤注出處。《謝石拆字》（輯自唐順之《荆川稗編》卷六四）與何薳《春渚紀聞》卷二同條文句全同，疑亦誤注引書，《夷堅志》自有《謝石拆字》（《志補》卷一九），與此不同。又者，《治目疾方》條（輯自《名醫類案》卷七，注《辛志》）即《夷堅志補》卷一二"傅道人"，《乳香飲》（輯自《名醫類案》卷一〇，注《己志》），即《志補》卷二四《隆報寺》，皆非佚文。又者，《治痰喘方》（輯自焦竑《焦氏筆乘》卷五），僅爲片斷，全文則見引於《景定建康志》卷五〇《拾遺》及《至正金陵新志》卷一四《摭遺》。

《三補》可靠者十九條，亦有七條誤輯，均輯自《永樂大典》，引作《夷堅志》，實亦是《夷堅續志》之誤。《廟神周貧士》即《夷堅續志》後集卷二《石公待士》，乃元事；《願代母死》、《負御容赴水死》即前集卷一《身代母死》、《負御容死》；《興文杖士》①、《猿請醫士》均見後集卷二，題同。《紅梅》、《夢天子》則不見於今本《夷堅續志》，當係闕文。《紅梅》殆在後集卷二怪異門《鬼怪》，原出周密《齊東野語》卷一八，題《宜興紅梅》，爲理宗嘉熙間事，在洪邁後。《夢天子》殆在前集卷一人倫門《君后》，原出五代王仁裕《玉堂閒話》（《廣記》卷一三六引）。

此後爲《夷堅志》輯佚者尚夥：康保成《〈夷堅志〉輯佚九則》，刊《文獻》1986年第3期。李裕民《〈夷堅志〉補遺三十則》，刊《文獻》1990年第4期。法國巴黎第七大學王秀惠《夷堅志佚文輯補》，刊法國《漢學研究》七卷一期（1989年6月出版），《古籍整理

---

① 此事又見《勸善書》卷一五，稍詳，當爲原文，原出何書不明，《夷堅續志》取此耳。

出版情況簡報》第 237 期(1991 年 1 月 10 日出版)以《關於〈夷堅志〉佚文校補》爲題摘要發表，凡輯二十九則。余撰《〈夷堅志〉佚文考》，刊《天津教育學院學報》1992 年第 2 期，輯佚文二十一則及片斷三則。本書初版《夷堅志》叙録又增一則《背瘡方》。2005 年 9 月，余於西安西北大學參加海峽兩岸古典文獻學國際學術研討會，發表論文《〈夷堅志〉佚文綜考》①，又增二家：謝創志《〈夷堅志〉佚文拾遺》，刊《書品》2000 年第 1 期，輯十四則，附録片斷四則。趙章超《〈夷堅志〉佚文小輯》，刊《文獻》2004 年第 4 期，輯二十一則。

　　康輯九則，《東窗事犯》(《曲海總目提要》卷一三《精忠記》、《淵鑑類函》卷三一二、清褚人獲《堅瓠首集》卷四引《夷堅志》)②、《四留銘》(《堅瓠五集》卷一)③、《泉神爲饌》(《淵鑑類函》卷四四三)④三則均出《湖海新聞夷堅續志》，即前集卷二《欺君誤國》、後集卷二《四留銘》、《井神現身》。⑤《四留銘》首云“王參政伯大”，據《宋史》卷四二○《王伯大傳》，王伯大嘉定七年(1214)進士，淳祐八年(1248)拜參知政事，遠在洪邁卒後。《泉神爲饌》删取唐皇甫氏《原化記·吳堪》(《廣記》卷八三引)。《蘇州長人》(《淵鑑類函》卷二五六)，明陳耀文《天中記》卷二一引作《續夷堅志》，文字全同，疑此條即據《天中記》而脱續字⑥。此事原出岳珂

---

① 收入《古代文獻的考證與詮釋——海峽兩岸古典文獻學國際學術會議論文集》，李浩、賈三强主編，西北大學古典文獻學科編，上海古籍出版社，2006。
② 明彭大翼《山堂肆考》卷一三八亦引。
③《山堂肆考》卷一三○、《佩文韻府》卷二四之六亦引。
④《佩文韻府》卷四之七、《駢字類編》卷二○一亦引。
⑤ 程弘《關於〈夷堅志〉佚文及〈東窗事犯〉》(《文獻》1987 年第 2 期)對康輯此三條及《麻姑乞樹》之誤輯亦有考辨。
⑥ 元好問《續夷堅志》及《夷堅續志》均無此條。考元初吳元復撰有《續夷堅志》二十卷(《千頃堂書目》卷一二小說類“補元”)。明王光祖亦撰有《續夷堅志》(民國《上海縣續志》卷二六《藝文補遺》小說家類)。究竟出自何書不易確定。

《桯史》卷六《蘇衢人妖》，文詳。《麻姑乞樹》(《淵鑑類函》卷三一八)①實出元好問《續夷堅志》卷三，題同。《蜥蜴吐雹》(《淵鑑類函》卷四四九②)一條，乃節錄《夷堅乙志》卷一三《嵩山三異》，原文具在，並非佚文。③ 康輯只三條可能屬洪書佚文。

　　李輯凡輯《夷堅戊志序》(《清波雜志》卷四)及正文二十九則，又附殘文二段。中有六條均在今本，非佚文：《張二大夫》(《永樂大典》卷一一〇七七)，見《夷堅支乙》卷七，題同。《姓名詩謎》(《苕溪漁隱叢話》前集卷三三)，見《甲志》卷二，原題《詩謎》。《藍喬得道》(《輿地紀勝》卷九一)，見《甲志》卷一五，原題《羅浮仙人》。《程副將嫚神》(《永樂大典》卷二九四八)，見《支景》卷七，原題《鄂州綱馬》。《侮神焚死》(《大典》卷一〇三〇九)，見《丙志》卷一六，原題《太清宮道人》。《劍脊烏》(《大典》卷二三四六)，見《支丁》卷三，原題《人魚劍脊烏》。又者，《王愈》、《張憲》二條輯自《輿地紀勝》卷二一引《夷堅癸志》。按中華書局 1992 年影印道光二十九年岑紹周懼盈齋校刊本《輿地紀勝》，此本據阮元文選樓影宋鈔本，並附有劉文淇、劉毓崧父子《校勘記》五十二卷。書中卷二一《江南東路·信州·官吏》有"王愈"條，末注"事見汪彥章所作《二堂記》"。《人物》有"張憲"條，無出處。《校勘記》卷五於此均無校。李輯顯然有誤。另外，李氏據《直齋書錄解題》卷二〇《英華集》所云"李季萼死後爲鬼仙，事見《夷堅志》"，亦謂爲佚文列爲附錄。其實《甲志》卷一二、《乙志》卷

──────────

①《山堂肆考》卷一五〇亦引。

②康輯誤作卷四百三十八。

③《淵鑑類函》引云："《夷堅志》載：劉法師在龍興府西山見蜥蜴，如手臂大。無限入井吸水盡，即吐爲雹。伊川謂雹有是上面結成者，有是蜥蜴做者，以此。"按：《朱子語類》卷二《理氣下》："伊川說世間人說雹是蜥蜴做，初恐無是理，看來亦有之，只謂之全是蜥蜴做則不可耳，自有是上面結作成底，也有是蜥蜴做底。……又《夷堅志》中載：劉法師(轉下頁注)

二、《丙志》卷一四、《丁志》卷一九等都載有鬼仙英華事，亦不應輯入。① 李輯可信者除《戊志序》凡二十一條及附錄《夷堅庚志》殘文"謝誠甫"條（《清波雜志》卷一一）。

王輯最佳，於《再補》、《三補》多所駁正，又輯佚文二十九條，四條與李輯相重②，得二十五條。中據《異聞總錄》輯三條，又謂另有四十餘條亦應出自《夷堅志》。

余昔日所輯佚文二十二則亦有四則誤輯。《蔡京胸字》（《容齋三筆》卷一六《佛胸卍字》、《玉芝堂談薈》卷一六《蓮花卍字》），出《夷堅丁志》，今見《丁志》卷一六，題《蔡相骨字》。《舟遇海鰍》（《古今事文類聚》前集卷一五、《古今合璧事類備要》前集卷八、《群書類編故事》卷三），今見《乙志》卷一六，題《海中紅旗》。③《遠

（接上頁注）者，後居隆興府西山修道。山多蜥蜴，皆如手臂大，與之餅餌，皆食。一日，忽領無限蜥蜴入庵，井中之水，皆爲飲盡。飲訖，即吐爲雹。已而風雨大作，所吐之雹皆不見。明日下山，則人言所下之雹，皆如蜥蜴所吐者。"《淵鑑類函》删自《朱子語類》，而誤隆興府（洪州）爲龍興府。張祝平《夷堅志論稿》附錄五《〈朱子語類〉中所見〈夷堅志〉佚文兩則》輯爲佚文。《乙志·嵩山三異》所記在豫章（洪州）東湖，劉名居中，朱子當誤記。

① 英華事又見《墨莊漫錄》卷五、《西塘集耆舊續聞》卷七，《墨莊漫錄》又稱"或曰緑華"，《耆舊續聞》則作李秀尊，字英華。《直齋書錄解題》作李季尊，當係形譌。《夷堅志》只稱爲英華，《解題》舉引《夷堅志》而用其本名，不得謂《夷堅志》別有李季（秀）尊事。

② 四條爲：《周望印》（《竹莊詩話》卷五），王氏據《崑山郡志》卷六輯。《重鑄府印》（《嘉定鎮江志》卷二一），王氏亦輯。《靈石寺六言詩》（《輿地紀勝》卷二），王氏據《咸淳臨安志》卷九三輯，文稍詳。《徐仙亭》（《輿地紀勝》卷二八），王氏據《萍鄉縣志》卷一〇輯。

③《蔡京胸字》，《丁志》卷一六原題《蔡相骨字》，中華書局本《夷堅志》附《人名索引》"蔡京"下無此條，未據標目列出參見條"蔡相"。《舟遇海鰍》，《乙志》卷一六《海中紅旗》稱"趙丞相居朱崖時"，而《古今事文類聚》等均引作"趙忠簡公鼎謫朱崖"。《人名索引》"趙鼎"下無此條，而"趙丞相"下注"見趙汝愚"，余爲其所愚，未加深考，又疏於檢核，誤輯爲佚文。（轉下文注）

郡士人》(《汴京勾異記》卷二),事即《夷堅續志》後集卷一《異人送扇》,文字大同①。《彭塙》(《玉芝堂談薈》卷一三《藻廉》),即南唐徐鉉《稽神錄》卷四《彭顒》。可信者十八條及片斷三條。

　　謝創志《〈夷堅志〉佚文拾遺》,輯十四則,附錄片斷四則。《校官之碑》(《輿地紀勝》卷一七)作《夷堅癸志》,文簡。王氏據《景定建康志》卷五○輯,題《溧陽靈碑》。所附《夢帝賜酒》條十二字(《大典》卷一二○四三)爲《志補》卷一《都昌吳孝婦》闕文,《菊花仙》(《群芳譜》貞部華譜卷三、《廣群芳譜》卷五一)即《志補》卷三《菊花仙》,較詳。

　　趙章超《〈夷堅志〉佚文小輯》,輯二十一則,有十則與謝輯同,另有三則亦見謝輯與王輯,顧所據不同耳。有六條誤輯:《尾閭》(《輿地紀勝》卷一二),見《乙志》卷一六,題《三山尾閭》。《葉文鳳》(《琅邪代醉編》卷一六)②,即《夷堅續志》前集卷一《前生

(接上文注)按:《夷堅志》卷帙浩繁,檢覈困難。在判斷是否是佚文時,輯錄者皆查《人名索引》。然當資料中人名出現異文時,則易造成誤判。例如《山東通志》卷三六引《夷堅志》云"金亮正隆二年,女直人阿薩爾爲邑宰",此條即《支乙》卷一《定陶水族》,其人作"阿失里"。《永樂大典》卷八五七○《洞元先生》引《夷堅志》云"沈君濟臨安人結廬茅山",今本《丁志》卷一○《洞元先生》作沈若濟。明董斯張《吳興備志》卷七引《夷堅志》"烏程尉朱昺",《志補》卷一《褚大震死》其人作木昺,張元濟校:"明鈔本作'朱'."而《索引》未列"朱昺"。凡此若單純依賴檢索《人名索引》,極易誤爲佚文。《索引》編纂有不完善之處,人名出處有遺漏,如《支乙》卷四《小紅琴》,《索引》"小紅"只錄丙19(《餅家小紅》)而不及此條。甚至有誤,如前文所言以"趙丞相"爲趙汝愚即是。原書注文及張元濟校文中之人名不收,體例亦乏精善,頗不利於輯佚。

① 明仁孝皇后徐氏《勸善書》卷一二亦載,無出處。

② 《玉芝堂談薈》卷一○、《山堂肆考》卷七八亦引。明仁孝皇后徐氏《勸善書》卷四亦載,無出處。

福分》,删節而成。《徐神翁手巾渡江》(《新編古今奇聞類紀》卷
五),删取《夷堅續志》後集卷一《神翁預知》而成。《雷公田》(《博
學彙書》二編卷七),即後集卷二《雷神分田》,稍删。《治腫藥方》
(《續名醫類案》卷一八),誤輯①。《保和眞人》(《蜀中廣記》卷七
六),《志補》卷一二有《保和眞人》,即此事,惟記事、文字頗不同,
如《志補》云"漳州王藻,不知何時人",此則稱"王杞,字昌遇,梓
州人",且云"大中十三年九日,舉家仙去"。若出洪邁,二者所記
不同,必有説明,是知必非洪書佚文,頗疑亦《夷堅續志》佚文。
趙輯佚文新見者止二條耳。

　　以上八家輯佚,皆有可取者。余《夷堅志佚文綜考》列有《諸
家輯夷堅志佚文表》,今移録於下(略有補正)。表中剔除誤輯
者。原輯屬片斷或文字可補闕者亦列入。對原輯補充據輯書之
時代與作者。附注爲資料補充及考辨。

序號	條目	引用名稱	引用來源	輯録者	附　注
001	種園翁	夷堅己志	宋趙與時《賓退録》卷4	張元濟	
002	裴老智數	夷堅戊志	《賓退録》卷9	張元濟	

────────────

① 《續名醫類案》卷一八"有病蠱者"條注出《夷堅志》(趙氏輯入),下條
　爲"丹溪治:一婦夜間發熱"(趙輯斷句爲"丹溪治一婦,夜間發熱",
　誤)云云,末注:"此開鬼門法。"再下條爲"一人秋冬患腫"云云,末
　注:"同上,散利兼行法。""同上"乃指"丹溪治"。《續名醫類案》及其
　他許多古醫書常記及"丹溪治"病例,所謂"丹溪治"乃假託神仙名義
　之一類藥方。《千頃堂書目》卷一四醫家類著録《丹溪治痘要法》、
　《丹溪治法語録》等皆其類。丹溪,仙人居住之地。趙氏誤將此二條
　視作一條,以爲注文中"同上"是指"有病蠱者"條所注《夷堅志》,故
　誤斷爲佚文。

（續）

序號	條目	引用名稱	引用來源	輯錄者	附　注
003	蔡真人詞	夷堅志	宋阮閱《詩話總龜》後集卷 40	張元濟	原在《甲志》卷 7，有目無文，張補入。宋胡仔《苕溪漁隱叢話》前集卷 58、後集卷 38，魏慶之《詩人玉屑》卷 20，清朱彝尊《詞綜》卷 24，徐釚《詞苑叢談》卷 12，《（康熙）御選歷代詩餘》卷 116 亦引。
004	人中白	夷堅志	宋周密《志雅堂雜鈔》	張元濟	《粵雅堂叢書》本卷上。按：元佚名《湖海新聞夷堅續志·補遺·藝術門·鼻衄良方》即此事，文詳。當取洪書。而《醫說》卷 4《鼻衄》（無出處）尤爲詳盡，宜據輯。
005	天童護命經	夷堅志	《志雅堂雜鈔》	張元濟	《粵雅堂叢書》本卷下。
006	姑蘇二異人		宋岳珂《桯史》卷 3	張元濟	《桯史》未引《夷堅志》，但末稱："洪文敏《夷堅辛志》、《乙三志》亦雜載其事，雖微不同，要皆履奇行怪，有不可詰者，故著之。"按：元陸友仁《吳中舊事》亦云："何簑衣、猷道僧二事見《夷堅辛志》。"與《桯史》所記合，然則採入《夷堅辛志》事。《夷堅志補》卷 12《簑衣先生》當屬《三志乙》。

（續）

序號	條目	引用名稱	引用來源	輯錄者	附　注
007	治痰喘方	夷堅志	明焦竑《焦氏筆乘》卷 5	張元濟	文字較略，宋楊士瀛《仁齋直指》卷 8、明江瓘《名醫類案》卷 3、李時珍《本草綱目》卷 30、王肯堂《證治準繩》卷 23、清徐大椿《蘭台軌範》卷 4 亦略引。又宋張杲《醫說》卷 3、周應合《景定建康志》卷 50、元張鉉《至正金陵新志》卷 14 亦引，《醫說》最備，宜據輯。原在《己志》。
008	朱肱治傷寒	夷堅志	明江瓘《名醫類案》卷 1	張元濟	《醫說》卷 3、清喻昌《尚論篇·後篇》卷 4 亦引。按：見方勺《泊宅編》卷 7，疑洪邁刪取方書而成。
009	神告傷寒方	庚志	《名醫類案》卷 1	張元濟	《醫說》卷 3 亦引。《勸善書》卷 13 入採此條。
010	仙傳治疫方	庚志	《名醫類案》卷 1	張元濟	《醫說》卷 3 亦引，文同。《本草綱目》卷 24 略引。
011	許道人治傷寒	夷堅志	《名醫類案》卷 3	張元濟	《醫說》卷 3 亦引，文同。
012	生薑治嗽	癸志	《名醫類案》卷 3	張元濟	《醫說》卷 3 亦引，較備，宜據輯。
013	腎神出舍	癸志	《名醫類案》卷 5	張元濟	《醫說》卷 9 亦引，文同。
014	桑葉止汗	辛志	《名醫類案》卷 5	張元濟	《醫說》卷 3 亦引，文同。

（續）

序號	條目	引用名稱	引用來源	輯録者	附　注
015	炙艾愈脚氣	夷堅志	《名醫類案》卷6	張元濟	《醫説》卷2亦引，文同。
016	治寸白蟲方	庚志	《名醫類案》卷7	張元濟	《醫説》卷5亦引，較備，宜據輯。《本草綱目》卷18下亦引。
017	賣藥媪治眼蟲	癸志	《名醫類案》卷7	張元濟	《醫説》卷4亦引，文同。《本草綱目》卷18上、《佩文齋廣群芳譜》卷98亦引，文略。
018	硼砂治骨哽	壬志	《名醫類案》卷7	張元濟	《醫説》卷4、《本草綱目》卷11、清張玉書等《佩文韻府》卷21之3、張廷玉等《駢字類編》卷183亦引。《醫説》善，宜據輯。按：《夷堅續志》後集卷2《神醫骨鯁》即此事，然文字稍略，不同者亦多，當取洪書。
019	治鉛毒方	夷堅志	《名醫類案》卷9	張元濟	《醫説》卷2亦引，與下條爲一則，文稍詳，宜據輯。《本草綱目》卷11亦引。
020	治酒毒方	夷堅志	《名醫類案》卷9	張元濟	見上。
021	薑附治癱	庚志	《名醫類案》卷10	張元濟	《醫説》卷3亦引，文詳，宜據輯。明朱橚《普濟方》卷284略引。
022	鹿茸治心漏	己志	《名醫類案》卷10	張元濟	《醫説》卷6亦引，文詳，宜據輯。洪邁《容齋四筆》卷8亦言及。《本草綱目》卷17上略引。

（續）

序號	條目	引用名稱	引用來源	輯録者	附　注
023	朱道人治脚攣	癸志	《名醫類案》卷10	張元濟	《醫説》卷7亦引，末多七字，宜據輯。《普濟方》卷309亦引，無出處，又卷113略引《夷堅志》。
024	金銀花解蕈毒	己志	《名醫類案》卷12	張元濟	原末句"《本草》名忍冬"五字未輯録。《醫説》卷6、《普濟方》卷252、《本草綱目》卷18下、唐順之《武編》前集卷6亦引，後三書頗略。
025	對簿哦詩	夷堅三志	明徐𤇍《榕陰新檢》卷16	張元濟	
026	汪忠得道	夷堅志	清陳廷桂《歷陽典録》卷23	張元濟	
027	聖像暴露	夷堅丁志	清陸心源刻本《丁志》卷端	張元濟	張按："此則前半已佚。"
028	崔春娘	夷堅志	《永樂大典》卷2742	何卓	
029	道術通神	夷堅志	《永樂大典》卷2949	何卓	
030	花果五郎	夷堅志	《永樂大典》卷7328	何卓	
031	護界五郎	夷堅志	《永樂大典》卷7328	何卓	
032	楊樹精	夷堅志	《永樂大典》卷8527	何卓	
033	夢見王者	夷堅志	《永樂大典》卷13135	何卓	
034	夢得富妻	夷堅志	《永樂大典》卷13135	何卓	
035	夢妻肩青點	夷堅志	《永樂大典》卷13135	何卓	

（續）

序號	條目	引用名稱	引用來源	輯錄者	附　注
036	夢前妻相責	夷堅志	《永樂大典》卷13135	何卓	
037	夢亡夫置宅	夷堅志	《永樂大典》卷13136	何卓	
038	夢五人列坐	夷堅志	《永樂大典》卷13136	何卓	
039	夢同年友	夷堅志	《永樂大典》卷13136	何卓	
040	夢龍拏空	夷堅志	《永樂大典》卷13139	何卓	
041	夢芝山寺熊	夷堅志	《永樂大典》卷13139	何卓	
042	夢怪物鍼口	夷堅志	《永樂大典》卷13140	何卓	
043	夢五色胡蘆	夷堅志	《永樂大典》卷13140	何卓	
044	張婢神像	夷堅志	《永樂大典》卷18224	何卓	
045	祠山像	夷堅志	《永樂大典》卷18224	何卓	《勸善書》卷15亦載。
046	臨川倡女		元佚名《異聞總錄》卷4	何卓	《四庫全書總目》卷144《異聞總錄》提要考爲洪邁《夷堅志》原文。
047	羊卜	夷堅志	清張英等《淵鑑類函》卷436	康保成	按：此條原見宋沈括《夢溪筆談》卷18《技藝》，文詳。若出處無誤，則洪取沈説。
048	玉棋子	夷堅志	《淵鑑類函》卷363	康保成	清陳元龍《格致鏡原》卷1、卷59亦引洪邁《夷堅志》。按：《夷堅志》皆記宋時近事，此稱"唐宣宗朝"，或洪追述舊事。

（續）

序號	條目	引用名稱	引用來源	輯錄者	附　注
049	漁翁詩	夷堅志	《淵鑑類函》卷358	康保成	明李賢等《大明一統志》卷63亦引，題《洞庭老人》，稍詳，宜據輯。明彭大翼《山堂肆考》卷144、清厲鶚《宋詩紀事》卷96亦引。
050	僧義翔	夷堅己志	宋王象之《輿地紀勝》卷5	李裕民	
051	吳中詩僧	夷堅己志	《輿地紀勝》卷5	李裕民	宋何汶《竹莊詩話》卷21亦引，文同。《大明一統志》卷8略引。《容齋三筆》卷12亦言及。
052	鄭樓店	夷堅己志	《輿地紀勝》卷2	李裕民	
053	周望印	夷堅己志	《輿地紀勝》卷5	李裕民王秀惠	王題《姑蘇宣撫使印》，據元楊譓《崑山郡志》卷6引輯。《大清一統志》卷58亦引，文略。
054	詩似李太白	夷堅己志	《竹莊詩話》卷22	李裕民	
055	石崇墓	夷堅庚志	《輿地紀勝》卷5	李裕民	《大明一統志》卷60、《大清一統志》卷55亦引，頗略。
056	寄沂水宰	夷堅庚志	《竹莊詩話》卷18	李裕民	
057	紫姑神詩	夷堅庚志	《竹莊詩話》卷22	李裕民	
058	曹掄乞詩	夷堅庚志	《竹莊詩話》卷22	李裕民	
059	二陳	夷堅辛志	《輿地紀勝》卷4	李裕民	

（續）

序號	條目	引用名稱	引用來源	輯錄者	附　注
060	賣薑老翁	夷堅壬志	《輿地紀勝》卷55、《永樂大典》卷8647	李裕民	李裕民誤作卷8648。按：《大典》所引乃王象之《紀勝》。
061	廣德湖	夷堅癸志	《輿地紀勝》卷11	李裕民	
062	盧臣中墮水	夷堅癸志	《輿地紀勝》卷20	李裕民	
063	浮渡山	夷堅癸志	《輿地紀勝》卷46	李裕民	宋祝穆《方輿勝覽》卷49亦引，稍簡。
064	重鑄府印	夷堅志支集	宋盧憲《嘉定鎮江志》卷21	李裕民 王秀惠	王題《鎮江府印》，又據元俞希魯等《至順鎮江志》卷20。按：二書文同。
065	靈石寺六言詩	夷堅三志	《輿地紀勝》卷2	李裕民 王秀惠	王題《靈石寺詩》，據宋潛説友《咸淳臨安志》卷93引，作《夷堅志》，文詳。
066	長生道人	夷堅志	宋陳元靚《歲時廣記》卷7	李裕民	《丙志》卷20《長生道人》殘缺頗多，此可據補。明胡應麟《少室山房筆叢》卷27《玉壺遐覽二》引"蘇養直遇羅浮黃真人羽化"一句。
067	徐仙亭	夷堅志	《輿地紀勝》卷28	李裕民 王秀惠	王據《萍鄉縣志》卷10引輯。清謝旻等《江西通志》卷39、《大清一統志》卷252亦引，皆略。按：《夷堅續志》後集卷1《遇藥成仙》寫徐仙事，當據洪書。

（續）

序號	條目	引用名稱	引用來源	輯錄者	附　注
068	蔡栴	夷堅志	《輿地紀勝》卷35	李裕民	李輯作"蔡楠"。
069	陸賈求詩	夷堅志	《輿地紀勝》卷101	李裕民	《大明一統志》卷81、《山堂肆考》卷17、《宋詩紀事》卷54、郝玉麟等《廣東通志》卷64亦引，皆略。
070	荆大聲	夷堅志	元馬端臨《文獻通考》卷285《象緯考》	李裕民	明陳耀文《天中記》卷1、徐應秋《玉芝堂談薈》卷20、《格致鏡原》卷2亦引，皆略。
071	謝誠甫	夷堅庚志	宋周煇《清波雜志》卷11	李裕民	所引爲片斷。
072	陳明	夷堅辛志	宋張淏《寶慶會稽續志》卷6	王秀惠	清嵇曾筠等《浙江通志》卷200亦引，稍略。
073	唐少卿宅	夷堅志	《寶慶會稽續志》卷7	王秀惠	
074	養素先生	夷堅志	《寶慶會稽續志》卷7	王秀惠	王輯"素"譌作"氣"。宋沙門志磐《佛祖統紀》卷47亦引《夷堅志》、《補陀璧記》，乃據二書，故文字頗不同。
075	石師聖不願賜錢	夷堅志	《寶慶會稽續志》卷7	王秀惠	
076	新昌石氏墳	夷堅志	《寶慶會稽續志》卷7	王秀惠	

（續）

序號	條目	引用名稱	引用來源	輯録者	附注
077	溧陽靈碑	夷堅志	《景定建康志》卷50	王秀惠 謝創志	《至正金陵新志》卷14亦引，文同。謝題《校官之碑》，據《輿地紀勝》卷17輯，作《夷堅癸志》，文簡。清倪濤《六藝之一録》卷102、《（康熙）御定佩文齋書畫譜》卷61亦略引，均作《夷堅癸志》。
078	劉供奉犬	夷堅志	宋潛説友《咸淳臨安志》卷92	王秀惠	按：今本《乙志》卷16止存前半條，此爲全文。
079	李省點鬼	夷堅志	《咸淳臨安志》卷92	王秀惠	
080	靈隱大蕈	夷堅志	《咸淳臨安志》卷92	王秀惠 趙章超	趙輯據宋周密《癸辛雜識》前集引，題《靈隱異蕈》，文略。
081	葛道人	夷堅志	《咸淳臨安志》卷93	王秀惠	
082	重喜長老	夷堅志	《咸淳臨安志》卷93	王秀惠	
083	都税院土地	夷堅志	《咸淳臨安志》卷93	王秀惠	
084	臨安通判舍怪	夷堅志	《咸淳臨安志》卷93	王秀惠	
085	耕刺巫	夷堅志	元張鉉《至正金陵新志》卷13下	王秀惠	原出卷13下之下。又《景定建康志》卷50引，稍詳，宜據輯。明方以智《通雅》卷18略引一句。

（續）

序號	條目	引用名稱	引用來源	輯錄者	附　注
086	吳璋宅	夷堅志	《至正金陵新志》卷 14	王秀惠	又《景定建康志》卷 50 引,稍詳,宜據輯。
087	白樂天詩	夷堅志	清王錫元等《盱眙縣志稿》卷 17	王秀惠	
088	道月解夢	夷堅志	清周伯義《京口三山志·金山志》卷 6	王秀惠	
089	趙逵	夷堅志	清范淶清等《資陽縣志》卷 45	王秀惠	
090	石炭	夷堅志	清王謨《江西考古錄》卷 7	王秀惠	《本草綱目》卷 9、《通雅》卷 48、清劉於義等《陝西通志》卷 43 亦引,前二書均詳於《江西考古錄》,《本草綱目》最備,宜據輯。
091	崔氏乳媼	夷堅志	清史澄等《廣州府志》卷 161	王秀惠	應爲卷 160,作《彝堅志》, 光緒刊本。《(康熙)御定佩文齋廣群芳譜》卷 60 亦引,文略。
092	吃菜事魔	夷堅志	宋志磐《佛祖統紀》卷 49	王秀惠	《大正新脩大藏經》本卷 48。
093	八師經	夷堅志	《佛祖統紀》卷 34	王秀惠	《大正新脩大藏經》本卷 33。
094	張朝女		元佚名《異聞總錄》卷 1	王秀惠	今本《丙志》卷 20 只殘存"紹興十年張"五字。
095	蕭六郎		《異聞總錄》卷 1	王秀惠	今本《丙志》卷 20 殘缺。

（續）

序號	條目	引用名稱	引用來源	輯錄者	附　注
096	湖州疫鬼		《異聞總錄》卷4	王秀惠	末云"此事景裴弟説"。按：景裴乃洪邁弟。
097	猵	夷堅志	宋張端義《貴耳集》卷中	李劍國	譌作《夷門志》。
098	劉從周	夷堅志	宋周守忠《歷代名醫蒙求》卷下	李劍國	《醫説》卷3亦引，無出處。按前後皆《己志》，當亦出《己志》。《名醫類案》卷10亦載，同《醫説》。
099	王昇待制	夷堅丙志	宋陳元靚《歲時廣記》卷7	李劍國	
100	趙祖堅治魃	夷堅癸志	宋沈氏《鬼董》卷4	李劍國	原譌作祖趙堅。《夷堅支乙》卷5《譚真人》："衡州道士趙祖堅……《癸志》所書治衡山一王者"，當即此條，然《鬼董》所引頗略，其事不詳。
101	朱希真夢		《賓退錄》卷6	李劍國	無出處。今本《乙志》目錄卷16《朱希真夢》，正文闕，即此。
102	黄伯思		《賓退錄》卷6	李劍國	《賓退錄》凡引石曼卿等九事，前四事皆言其所出，餘五事但言"若劉、若黄、若陳、若李、若朱，則又耳目相接，皆可信不誣"，此實用《夷堅乙志序》中語："耳目相接，皆表表有宜據者"。而劉事今見《丙志》卷10，朱事原在《乙志》，下文又引《夷堅乙志》玉華侍郎事。推知黄等三條亦必出《夷堅志》。

（續）

序號	條目	引用名稱	引用來源	輯録者	附　注
103	陳伯修		《賓退録》卷 6	李劍國	此事又見宋費袞《梁谿漫志》卷三《閲樂異事》。此書成於紹熙三年(1192)，疑洪邁取之。
104	李孟博		《賓退録》卷 6，《寶慶會稽續志》卷 7	李劍國	《會稽續志》無出處，文詳，宜據輯。
105	碧眼周先生	夷堅志	《景定建康志》卷 50	李劍國	
106	吳道人	夷堅志	元俞琰《席上腐談》卷上	李劍國	撮述大意。
107	田僕鄒大		《異聞總録》卷 4	李劍國	無出處。中涉秀州方子張，而《夷堅志》多及之，必爲洪書佚文。按：此下《異聞總録》卷 4 所引皆無出處，考知均應出洪書。
108	吳城龍女		《異聞總録》卷 4	李劍國	在"田僕鄒大"、"湖州疫鬼"間，且閬與樂平人楊振，樂平乃洪邁故鄉鄱陽鄰縣。
109	紫極宮二婦人		《異聞總録》卷 4	李劍國	前後皆爲《夷堅志》佚文。末注"程(昌禹)之子禧説"，與《志補》卷 2《鼎州兵變》同。
110	弋陽驛女鬼		《異聞總録》卷 4	李劍國	述李泳事，泳乃洪邁友，《夷堅三志己》採其《蘭澤野語》。郭彖《睽車志》卷 2 亦載，文句不同。
111	溫州教授官舍		《異聞總録》卷 4	李劍國	末注"智仲説，郭彖《睽車志》亦載此"。《夷堅志》多及李智仲，並多引述郭書。

（續）

序號	條目	引用名稱	引用來源	輯録者	附　　注
112	太社神		《異聞總録》卷4	李劍國	稱"此事聞之於徐端立"，《支丁》卷1《韓莊敏食驢》亦聞於此人。且此條在《夷堅志》佚文《臨安倡女》下。
113	饒州薦福寺		《異聞總録》卷4①	李劍國	末注"友支（文）説"。《支癸》卷9有二事亦"雍友文説"。
114	背瘡方	夷堅志	明李濂《汴京勾異記》卷2	李劍國	宋張杲《醫説》卷六引《類編》。《勸善書》卷四取入。
115	婺州民女書	夷堅乙志	宋袁文《甕牖閒評》卷6	李劍國	引文爲片斷。上海古籍出版社校點本作《夷堅志》，此據《四庫全書》本。
116	季勳論命	夷堅志	《甕牖閒評》卷7	李劍國	只"季勳論命亦不用生時"一句。
117	林復	夷堅志	宋周密《齊東野語》卷1	李劍國	所載爲林復服藥假死事，末云"《夷堅志》亦爲所罔，以爲真死，殊可笑也"。
118	東方山	夷堅志	《輿地紀勝》卷33	謝創志趙章超	

① 按：《異聞總録》卷二有十一條，卷四有十九條極可能亦爲《夷堅志》佚文，卷二之十一條爲："廄卒病痛"、"中貴人遇鬼"、"朱先生犬"、"葉元浣"、"武岡怪"、"惠應廟神"、"陳伯修"、"東嶽行宫"、"吴正國"、"太原府二龍"、"韓元英"。卷四之十九條爲："琵琶妓"、"廁鬼"、"主簿癖異鬼"、"五道將軍"、"平江僧菴"、"主簿官舍髑髏"、"薦橋空宅樓"、"臨安種園人"、"朱宋卿"、"衛寬夫亡妻"、"洪崖鄉民"、"山陰二士子"、"鄭四"、"袁州虞候"、"芭蕉叢下女鬼"、"吕文靖公宅"、"二吕遇怪"、"老院子黄輔"、"汪尹師男"。

（續）

序號	條目	引用名稱	引用來源	輯錄者	附　注
119	張漢卿	夷堅志	《輿地紀勝》卷33	謝創志 趙章超	周密《志雅堂雜鈔》卷下亦引，文略。
120	天慶觀丹	夷堅辛志	《輿地紀勝》卷34	謝創志 趙章超	
121	岳陽醉仙	夷堅辛志	《輿地紀勝》卷69	謝創志 趙章超	
122	房州湯泉	夷堅丙志	《輿地紀勝》卷86	謝創志 趙章超	趙題《龍護朱砂》，只"山中有朱砂，龍守護甚嚴"十字。今本《丙志》卷20目錄有《房州湯泉》，正文闕。《大明一統志》卷60、清邁柱等《湖廣通志》卷10、《大清一統志》卷272亦引，只"泉中有硃砂"五字。
123	感應泉	夷堅己志	《輿地紀勝》卷107	謝創志 趙章超	趙誤作"巳志"。《方輿勝覽》卷40亦引，文同。《佩文韻府》卷16之5略引。
124	啓運宮	夷堅丙志	《輿地紀勝》卷128	謝創志 趙章超	
125	崇德廟灌口神	夷堅壬志	《輿地紀勝》卷151	謝創志 趙章超	
126	張開光	夷堅志	《輿地紀勝》卷157	謝創志 趙章超	
127	王安石詩	夷堅戊志第八卷	《王荆公詩李壁注》卷48《天童山溪上》注	謝創志	

（續）

序號	條目	引用名稱	引用來源	輯錄者	附　注
128	大瀼水	夷堅志	《宋本方輿勝覽》卷 57	謝創志趙章超	趙輯據明曹學佺《蜀中廣記》卷 69，文簡。趙題《龍澄魯得玉印》，"魯"字乃"曾"字之譌。《大明一統志》卷 70、《山堂肆考》卷 22、《格致鏡原》卷 30、黄廷桂等《四川通志》卷 24 亦引，同《蜀中廣記》。
129	屍異	夷堅志	《永樂大典》卷 913	謝創志	
130	菊道人	夷堅志	清汪灝等《廣群芳譜》卷 51	謝創志	
131	清潭山	夷堅志	《輿地紀勝》卷 12	謝創志趙章超	《大明一統志》卷 47 亦引，稍略。又《浙江通志》卷 16、《大清一統志》卷 229 引，文同《大明一統志》。
132	楚王墳	夷堅志	《宋本方輿勝覽》卷 29	謝創志	只"楚王墳墓之地"六字。
133	夢帝賜酒	夷堅志	《永樂大典》卷 12043	謝創志	即《夷堅志補》卷 1《都昌吳孝婦》條，《大典》所引末多十二字。
134	菊花仙	夷堅志	明王象晉《群芳譜》卷 3、《廣群芳譜》卷 51	謝創志趙章超	趙據清張澍《蜀典》卷 2，文大同。此補《志補》卷 3《菊花仙》之闕文。《格致鏡原》卷 73 亦引，同《蜀典》。按：宋史鑄《百菊集譜》卷 3 引作洪景盧《夷堅辛志》。

（續）

序號	條目	引用名稱	引用來源	輯錄者	附　注
135	秦少游	夷堅己志	《輿地紀勝》卷2	趙章超	原引只云："秦少遊通判杭州事，見《夷堅己志》邊朝華下。""邊朝華"當爲篇目名稱。趙輯"己"譌作"巳"。
136	狐治蠱毒	夷堅志	清魏之琇《續名醫類案》卷18	趙章超	《普濟方》卷252亦引，文同。

《綜考》又列有《夷堅志新輯佚文表》，佚文乃余舊作《〈夷堅志〉佚文考》之新補，亦移錄如下，今有刪正①。

序號	條目	引用名稱	引用來源	附注
01	鍼急喉閉	庚志	宋張杲《醫説》卷2	
02	秀州進士陸迎	庚志	《醫説》卷3，又《本草綱目》卷14、《續名醫類案》卷16	《本草綱目》、《續名醫類案》皆稍略。前書作"秀川"，後書作"陸寧"。
03	趙周氏之子	庚志	《醫説》卷3，又《名醫類案》卷12	《醫説》文備。
04	羊肝丸		《醫説》卷3	未注出處，檢下條《神精丹》記許叔微家婦人事，末注"同上"，今見《志補》卷18《真州病人》中。然則此二條當均出《庚志》。

————————————

① 原輯有五條刪去。"晦日月光"（明施顯卿《新編古今奇聞類紀》卷一），即《夷堅甲志》卷一九《晦日月光》。"莆田荔枝"（《本草綱目》卷三一），見《容齋四筆》卷八《莆田荔枝》。"丁昭儀"（《山東通志》卷三六），查出《水經注·濟水》。"汪應辰"（清陳芝光《南宋襍事詩》卷三第九十九首注），取自周密《齊東野語》卷一《汪端明》。"小蠹魚"（清吳廷楨等《（康熙）御定月令輯要》卷三四），取自南宋沈作喆《寓簡》卷九。

（續）

序號	條目	引用名稱	引用來源	附注
05	台州獄吏	癸志	《醫説》卷 4，《名醫類案》卷 10、《本草綱目》卷 12 下亦引	《名醫類案》無出處，下條"道人詹志永"出《癸志》。
06	驚氣入心	己志	《醫説》卷 5，《仁齋直指》卷 11、《本草綱目》卷 8、《佩文韻府》卷 25 之 4 亦引	《醫説》文備。
07	驢軸治瘡	庚志	《醫説》卷 5	
08	汝州人病頸瘦	癸志	《醫説》卷 6，《名醫類案》卷 9、《本草綱目》卷 8 又卷 21 亦引	《醫説》文備。
09	中仙茅附子毒	己志	《醫説》卷 6，《本草綱目》卷 24 略引	
10	江西士人	夷堅志	《醫説》卷 8，《名醫類案》卷 3、《本草綱目》卷 12 下、《佩文齋廣群芳譜》卷 93 亦引	《本草綱目》、《廣群芳譜》頗略。
11	富家子唐靖	庚志	《醫説》卷 10，《本草綱目》卷 35 下亦引	《本草綱目》頗略。
12	鮑君大王	戊志	《醫説》卷 10	
13	溫湯元方	夷堅志	《景定建康志》卷 50，明朱橚《普濟方》卷 252	《建康志》無出處，文詳。《普濟方》只云"《夷堅志》以米泔爲丸，忌雞犬婦人見"。又載《至正金陵新志》卷 14、焦竑《焦氏筆乘》續集卷 6。

（續）

序號	條目	引用名稱	引用來源	附注
14	建炎婦人題壁詩		《景定建康志》卷 50	原無出處。按：此卷"溧陽倉斗子"、"洪輯"、"溧陽覓橋巫"、"建炎婦人題壁詩"、"溫湯元方"五事相連，前三事注出《夷堅志》，後二事無注，但"溫湯元方"實出《夷堅志》，故疑此事亦屬同書。洪邁係鄱陽人，且《夷堅志》多記婦人題壁，如《甲志》卷 8《南陽驛婦人詩》、《丁志》卷 9《太原意娘》等，此其類也。又載《宋詩紀事》卷 88、清曾燠《江西詩徵》卷 85。
15	陳襲善周子文	夷堅庚志	《清波雜志》卷 9，明田汝成《西湖遊覽志餘》卷 16	《清波雜志》但云"陳襲爲錢唐妓周子文作四詩詞，洪內相已載在《夷堅庚志》，語皆合"。《西湖遊覽志餘》作陳襲善，無出處，非全文。
16	當塗守郭偉	夷堅己志	宋李心傳《建炎以來繫年要錄》卷 46 紹興元年注	
17	鄭剛中	夷堅乙志	《建炎以來繫年要錄》卷 147 紹興十二年	今本《乙志》無此條，有闕。
18	孫肇	夷堅志	《建炎以來繫年要錄》卷 55 紹興二年	

（續）

序號	條目	引用名稱	引用來源	附注
19	初江王	夷堅志	《佛祖統紀》卷 33	
20	仙人臺	夷堅志	《咸淳臨安志》卷 78	
21	宣和玉屏	夷堅志	宋趙希鵠《洞天清禄》，又元陶宗儀《説郛》卷 12 宋趙希鵠《洞天清禄集》、《御定分類字錦》卷 26 及卷 40 亦引	
22	秦奎	夷堅續志	宋俞德鄰《佩韋齋集》卷 19《輯聞》	《夷堅續志》疑指《夷堅支志》。
23	建寧周生	夷堅志	宋樓鑰《攻媿集》卷 55《建寧府沖應周真人祠記》	
24	崇憲靖王	夷堅志	《攻媿集》卷 86《皇伯祖太師崇憲靖王（趙伯圭）行狀》	
25	吕宣問	夷堅志	《景定建康志》卷 48，《至正金陵新志》卷 13 上之中	
26	米元章預知死	夷堅志	金趙秉文《閑閑老人滏水文集》卷 20《題米元章修靜語録引後》	
27	麋師旦肉峰	夷堅志	元陸友仁《吴中舊事》	
28	有人雨過山行	夷堅志	元王惲《秋澗先生大全文集》卷 46《霍説》	

（續）

序號	條目	引用名稱	引用來源	附注
29	白牡丹售墮胎藥	夷堅志	明王肯堂《證治準繩》卷 67	
30	杜壬治郝質子婦	夷堅志	《證治準繩》卷 69	《名醫類案》卷 11 亦載，無出處。《醫說》卷 9《産後瘈瘲》杜壬作《醫準》一卷，其一記郝質子婦。
31	問潮館	夷堅志	明李賢等《大明一統志》卷 8	
32	治熱淋急痛	夷堅志	明繆希雍《神農本草經疏》卷 11，又《本草綱目》卷 16	《本草綱目》文略。
33	龐眉行童	夷堅志	明王世貞《弇州山人續稿》卷 156《書佛祖統載後》	
34	鄭州書生	夷堅志	清厲鶚《宋詩紀事》卷 96	
35	王質夫	夷堅志	清岳濬等《山東通志》卷 36	
36	呂仙翁	夷堅志	《山東通志》卷 36	
37	吳先生	夷堅志	清嵇曾筠等《浙江通志》卷 196	
38	硇砂方	夷堅志	清王子接《絳雪園古方選註》卷 8	
39	邵相	夷堅志	《建炎以來繫年要録》卷 142 紹興十一年	只"相嘗爲岳飛所劾"七字。

（續）

序號	條目	引用名稱	引用來源	附注
40	袁司諫詩	夷堅志	宋黎靖德編《朱子語類》卷101李儒用按語	只云"是詩《夷堅志》亦載,但以爲袁司諫作"。張祝平《夷堅志論稿》附錄五《〈朱子語類〉中所見〈夷堅志〉佚文兩則》亦輯入。
41	錢鏐鐵箭	夷堅志	明徐一夔《始豐藁》卷7《辨錢塘鐵箭》,又《浙江通志》卷40、清梁詩正《西湖志纂》卷6	只云"至惑於《夷堅志》之説,謂此矢拔則颮目紅"。
42	撲水撲風板	夷堅志	明李翊《戒庵老人漫筆》卷6《泊暑撲水》,《格致鏡原》卷20亦引,又清沈自南《藝林彙考·棟宇篇》卷8引《戒庵漫筆》	只云"《夷堅志》作撲水撲風板,又作屋翼剥風板",屋翼剥風板見《支癸》卷6《鄂州官舍女子》。

　　頃自中國知網又檢索得《夷堅志》輯佚文章三篇,即吳佐忻《〈醫説〉中的〈夷堅志〉佚文》(刊上海《中醫藥文化》1992年第2期),趙章超《〈夷堅志〉佚文拾補》(刊長春《古籍整理研究學刊》2007年第3期)及《〈夷堅志〉佚文補正》(刊南京大學《古典文獻研究》2009年第12輯)。吳文自南宋張杲《醫説》輯出《夷堅志》佚文十一則及《醫説》所引《類編》二十四則,考定《類編》即《直齋書録解題》所著録之《夷堅志類編》,將此三十五事編爲《夷堅志四補》。按吳考甚是,《夷堅志類編》乃陳曄(字日華)編,"摘其間詩詞、雜著、藥餌、符呪之屬,以類相從"(何異《容齋隨筆總序》)。《類編》摘有藥餌醫方,故爲《醫説》所採。《醫説》引《夷堅志》常省作《丙志》、《丁志》等,所注《類編》必是《夷堅志類編》。趙氏《〈夷堅志〉佚文拾補》輯八十八則,《〈夷堅志〉佚

文補正》輯二十五則，大都見於其前他人所輯，且誤輯者頗衆①，

---

① 趙輯極爲粗濫。"金漆凉隔子"（《甕牖閒評》卷六），見《夷堅志補》卷二
四《龍陽王丞》（《廣豔異編》卷一八輯入）。"莆田荔枝"（《本草綱目》卷
三一），見《容齋四筆》卷八《莆田荔枝》。"傷寒舌出"（《本草綱目》卷三
四，又《神農本草經疏》卷一三），見《夷堅丁志》卷一三《臨安民》。"韓魏
公犀帶"（《駢字類編》卷二一五），《山堂肆考》卷一八九引作《夷堅續志》
（今本闕）。"猪母佚"（《佩文韻府》卷二），見《東坡志林》（十二卷本）卷
五。"江西趙尚書宅"（《佩文韻府》卷一一下），即《夷堅續志》前集卷二
《占人園地》。"汪應辰"（《南宋雜事詩》卷三），取自周密《齊東野語》卷
一《汪端明》。"武真人"（《少室山房筆叢》卷四三），見《丁志》卷一四《武
真人》。"瘰癧"（《弇山堂別集》卷二六），見《甲志》卷五《江陰民》。"段二
十八"（《樂善録》卷五），即《甲志》卷八《閭羅震死》，"劉總"（《樂善録》卷
七），即《乙志》卷一三《劉子文》，李昌齡《樂善録》所引撮述大意，且附議
論。"丁昭儀墓"（《山東通志》卷三六），見《水經注·濟水》。"《夷堅志》
載……世南在蜀中"（《遊宦紀聞》卷一），"《夷堅志》載"乃虞雍公事，見
《甲志》卷一七《夢藥方》，"世南在蜀中"云云乃作者張世南語。"仙人潘
姓"（《説郛》卷二一《三柳軒雜識》），見《支景》卷二《潘仙人丹》。"陶穀
破李後主研上圓石内亦有小魚"（《玉芝堂談薈》卷二五），此取明謝肇淛
《文海披沙》卷四《石異》，未注出處，下條"桂陽温恭家藏石中有龜"注
《夷堅志》，今見《志補》卷二一《石中龜》。"靈龜巖白龜"（同上書卷三
五），此出劉宋徐湛之《翠龜表》（《初學記》卷三〇）。"狖獶"（《山堂肆
考》卷二三七），即《夷堅續志》後集卷二《獸有仁義》。"撲滿"（《淵鑑類
函》卷三六二），此見明胡我琨《錢通》卷三，無出處。"周益公"（《格致鏡
原》卷五一），見《夷堅續志》後集卷二《湯盞鶴飛》。"小蠹魚"（《御定月
令輯要》卷三四、《事詞類奇》卷二九），取自南宋沈作喆《寓簡》卷九。
"鄭良"（《建炎以來繫年要録》卷一二），見《甲志》卷一〇《南山寺》。"梁
山漢武帝廟"（《御定分類字錦》卷五九），《佩文韻府》卷二二之八引作
《夷堅雜録》，此即嘉靖伯玉翁舊鈔本卷五〇《拾遺總類·蝶降武帝祠》，
注《夷堅雜録》，乃唐張敦素《夷堅録》。"石鷹"（《御定韻府拾遺》卷二
五），即《夷堅續志》後集卷二《石鷹竊米》。"聖散子"（《醫説》卷三），原
無出處，實删《東坡續集》卷八《聖散子後叙》。"萵菜"（《名醫類案》卷一
二），原無出處，此即《醫説》卷六《中萵菜毒》，引《遯齋閒覽》。"南海有
石首魚"（同上），原無出處，此即《醫説》卷六《魚鮏遇蟲毒》，（轉下頁注）

所存寥寥。今去其重復及誤輯者①，亦列表以示。余所新輯二
則繫末。

（接上頁注）引《遯齋閒覽》。"飲酒中毒"（同上），原無出處，此即《醫
　　説》卷六《中酒毒》，引《服食反誤方》。"太子中允關杞"（同上），原無
　　出處，此即《醫説》卷六《天蛇毒》，無出處，今見沈括《夢溪筆談》卷二
　　五。"薛立齋治婦人肝風"等六條（《續名醫類案》卷一六），見明薛己
　　（號立齋）《薛氏醫案》卷二三、卷三一。"治一人吐血"（同上），見《普
　　濟方》卷三二〇。"宗如周"（明楊信民《姓源珠璣》卷一），見《北史》
　　卷九三《宗如周傳》。"皮日休"（同上），見《唐詩紀事》卷一四《宋璟》
　　及卷六四《皮日休》。"李安義"（同上卷三），見《類説》卷四七《遯齋
　　閒覽》。"歐陽景"（同上卷六），見《類説》卷一六《倦游雜録》。"飲茶
　　成癖"（清徐壽基《續廣博物志》卷一〇），見《支庚》卷八《道人治消
　　渴》。"季攸女"（清福申《續同書》卷五），見唐牛肅《紀聞·季攸》
　　（《太平廣記》卷三三三引）。"王婆釀酒"（同上卷一五），見清褚人穫
　　《堅瓠二集》卷四《豬無糟》。"宋徐孝先"（明鄭若庸《類雋》卷一二），
　　見《古今事文類聚》前集卷四八、《續集》卷五、《新集》卷一五、《古今
　　合璧事類備要》前集卷六九引，皆無出處，徐孝先劉宋人。"錢唐葉
　　生"（明包瑜《類聚古今韻府續編》卷三），見《古今事文類聚》別集卷
　　二〇、《古今合璧事類備要》續集卷三九，皆無出處。"陳希夷相晉
　　王"（同上卷二九），見《夷堅續志》前集卷一《太平天子》。"黃鶴樓"
　　（《事詞類奇》卷二七），見梁任昉《述異記》卷上。"半面魚"（《群書考
　　索古今詩文玉屑》卷二四），見《浙江通志》卷一〇四引《嘉泰會稽志》
　　（今本無）。"海鰍魚"（同上），見唐劉恂《嶺表録異》卷下。"雲鶴水
　　犀帶"（《穀玉類編》卷三九），見明陳耀文《天中記》卷六〇，無出處。
　　"裝輪盤以通飲食"（《隙光亭雜識》卷一），見《夷堅支乙》卷五《楊戩
　　館客》。"李虛"（《汝南遺事》卷二），即唐牛肅《紀聞·李虛》（《太平
　　廣記》卷一〇四引）。又，"臨州人被賴"（清張宗法《三農紀》卷七引
　　《堅夷志》），"唐僧長子"（清王初桐《貓乘》卷四引《夷堅附録》），"端
　　溪玉樹肉樹"（《續同書》卷二一引《夷堅志》），"天慶寺立化犬"（同上
　　卷二二），疑均非佚文。
① 吳輯亦偶有誤輯者，《治湯火呪》（《醫説》卷七引《類編》），見《夷堅支丁》
　　卷四。

序號	條目	引用名稱	引用來源	輯錄者	附注
001	灸背瘡（王超）	類編	《醫說》卷2	吳佐忻	《續名醫類案》卷51亦引《類編》。
002	灸瘵疾（女童莊妙真）	類編	《醫說》卷2	吳佐忻	
003	一服飲（梁緄）	類編	《醫說》卷3	吳佐忻	《名醫類案》卷6亦引《類編》。
004	陽證傷寒（程元章）	類編	《醫說》卷3		《續名醫類案》卷1亦引《類編》。
005	透冰丹愈耳痒（族人友夔）	類編	《醫說》卷3	吳佐忻	
006	鼻衄（李士哲、張思順）		《醫說》卷4	吳佐忻	未注出處。《夷堅志》多記張思順，且李、張皆饒州人，必出《夷堅志》。張元濟輯《人中白》頗簡，即在此條中。《湖海新聞夷堅續志·補遺·鼻衄良方》取此，事略。
007	治喉閉（開德府士人）	類編	《醫說》卷4	吳佐忻	南宋朱佐《類編朱氏集驗醫方》卷9、《名醫類案》卷7、《普濟方》卷61亦引，前二書注《類編》。
008	治齒痛（葉景夏家妾）	類編	《醫說》卷4	吳佐忻	《名醫類案》卷7亦引《類編》。
009	治痰嗽（李防禦）	類文（編）	《醫說》卷4	吳佐忻	《類文》當係《類編》之誤。《名醫類案》卷20引《槎菴小乘》亦載。
010	治駒喘（信州老兵女）	類文（編）	《醫說》卷4	吳佐忻	《名醫類案》卷3亦引，注《類編》。
011	神志恍惚（韓宗武）	類編	《醫說》卷5	吳佐忻	《名醫類案》卷3亦載。
012	治惡夢（錢丕）	類編	《醫說》卷5	吳佐忻	《名醫類案》卷6亦引《類編》。

（續）

序號	條目	引用名稱	引用來源	輯錄者	附注
013	脾疼（張思順）	類編	《醫說》卷5	吳佐忻	《名醫類案》卷6亦載。
014	痁疾（毛密甫）	類編	《醫說》卷5	吳佐忻	《名醫類案》卷3亦載。
015	又（常州通判）	類編	《醫說》卷5	吳佐忻	《名醫類案》卷3亦引《類編》。
016	瘧疾	類編	《醫說》卷5	吳佐忻	
017	治蠱毒（范道）	類編	《醫說》卷6	吳佐忻	《名醫類案》卷12亦引《類編》,《普濟方》卷252亦載,文略。
018	解藥毒（王仲禮）	類編	《醫說》卷6	吳佐忻	《名醫類案》卷12亦引《類編》,《普濟方》卷251、《證治準繩》卷38亦載。
019	打撲傷損（長安石史君）	類編	《醫說》卷7	吳佐忻	《名醫類案》卷10亦引《類編》,《普濟方》卷312略載。
020	又(汀州瀝口市民陳公)	類編	《醫說》卷7	吳佐忻	《名醫類案》卷10亦引《類編》。
021	又（湖口人林四）	類編	《醫說》卷7	吳佐忻	《名醫類案》卷10亦引《類編》。
022	辟蛇毒（廣府帥）	類編	《醫說》卷7	吳佐忻	《名醫類案》卷7亦引《類編》,明張介賓《景岳全書》卷60亦載。
023	蒼朮辟邪（越民高十二）	類編	《醫說》卷8	吳佐忻	《續名醫類案》卷30引《醫說》。
024	善攝生	類編	《醫說》卷9	吳佐忻	
025	治惡瘡（嚴黃七）	類編	《醫說》卷10	吳佐忻	《名醫類案》卷9亦引《類編》。

（續）

序號	條目	引用名稱	引用來源	輯錄者	附注
026	治善惡瘡（赤小豆方）	類編	《醫說》卷 10	吳佐忻	《名醫類案》卷 7 亦引《類編》，《普濟方》卷 272 亦載。
027	大吳長沙桓王之墓	三庚志	明王鏊《姑蘇志》卷 34	趙章超	明錢穀《吳都文粹續集》卷 37 盧熊《孫王墓辨》亦引，《姑蘇志》鈔此，"嘉熙中"云云一長段非《三庚志》文，趙氏輯全文，誤。又清尹繼吾等《江南通志》卷 38《明盧熊孫王墓辯》引洪氏《三庚志》。
028	今代風流數大年	夷堅志	《山谷詩集注》之《山谷別集》卷下	趙章超	《別集》卷下《題宗室大年畫二首》題注引。
029	掘石榴東引根皮		《醫說》卷 5	趙章超	無出處，前條《苦寸白蟲》注《庚志》，此條及下條蔡康事以"又"字相聯，蔡康事亦注《庚志》。
030	酒蟲	丁志	《醫說》卷 5	趙章超	《丁志》卷一六《酒蟲》有闕文，可補。
031	柳氏子	夷堅志	明包瑜《類聚古今韻府續編》卷 7《神物戲人》	趙章超	宋事。存疑。
032	趙衛公雄	夷堅志	《類聚古今韻府續編》卷 8《先借錠銀》	趙章超	此即明嘉靖三十九年庚申潘塤編《楮記室》卷 13《先借錠銀》，注《夷堅志》，文同。

（續）

序號	條目	引用名稱	引用來源	輯錄者	附注
033	李氏赴試夢神	夷堅志	《類聚古今韻府續編》卷33《李氏代筆》	趙章超	《夷堅續志·補遺·代筆登科》事同文詳。存疑。
034	白土鎮造白器	夷堅志	清藍浦等《景德鎮陶錄》卷7	趙章超	存疑。
035	興元鍾誌	夷堅乙志	祝允明抄本《夷堅丁（乙）志》	李劍國	《乙志》卷3有目無文，據張祝平《夷堅志論稿》輯。
036	五通仙聽琴	夷堅支	《永樂琴書集成》卷17《雜錄》	李劍國	

　　以上諸家所輯佚文凡二百一十四則。

　　今存十四志，除《甲志》缺序外，十三志自序皆存。而全書三十二志，唯《四志乙》則絕筆之志，不及寫序。《賓退錄》卷八撮述三十一序大意，又卷九引《三志癸》序①，又周煇《清波雜志》卷四嘗引《戊志序》大略，林希逸《竹溪鬳齋十一藁續集》卷三〇節引《夷堅壬志序》②。從所存自序，可以推知諸志撰寫時間：《乙志》成於乾道二年（1166）十二月，《丙志》成於七年五月，《支甲》成於紹熙五年（1194）六月初，《支乙》成於慶元元年（1195）二月，《支

---

① 卷九云："洪文敏序《夷堅三志癸》亦云：'太平興國中，詔侍從館閣，集著《册府元龜》、《文苑英華》、《御覽》、《廣記》等四書。'"卷八只云："《三志癸》言《太平廣記》、《類聚》之誤。"

② 參見《夷堅別志》叙錄。

景（丙）》①成於同年十月，《支丁》、《支戊》、《支庚》分別成於慶元二年三月、七月、十二月，《支癸》成於三年五月，《三志己》、《三志辛》、《三志壬》分別成於四年四月、六月、九月，唯《丁志序》末缺紀時。

從今存各序及書中所述，猶可大致考知其餘諸志撰作年份。《甲志》卷一七《孟蜀宮人》事涉紹興三十年，而卷一八《邵昱水厄》記癸酉歲（紹興二十三年）事，末注：“後九年，昱以任公（任信孺）守宣州差，捧表賀登極補官，改名侃。予親扣其詳如此。”後九年乃紹興三十二年（1162），此年六月孝宗登極，而據《建炎以來繫年要錄》卷二〇〇，此年八月前任古（字信孺）由宣州守升除諫議大夫，所謂補官即此。據此，《甲志》之成當在紹興三十二年②。《賓退錄》引《庚志序》云“初《甲志》之成歷十八年”，疑有誤，《支甲序》乃云前十志“始末凡五十二年，自甲至戊，幾占四紀，自己至癸，才五歲而已”，推知《甲志》之撰始於紹興十三年（1143）。建炎三年（1129）五月，洪邁父皓爲大金通問使，紹興十三年八月使金歸③，故而《甲志》卷一多爲洪皓使金時聞見。《乙志》之成去《甲志》之成凡五年，故《乙志序》云“於是五年間又得卷帙多寡與前編等，乃以《乙志》名之”。

《丁志序》不全，末五字作“他日戊志成”，嚴元照以爲“此序似是戊志之序”，但覈以《賓退錄》，此實是《丁志序》，末五字之戊

---

① 《支景》即《支丙》，避曾祖洪炳諱改。

② 錢譜謂《夷堅志》（《甲志》）當成於紹興二十九年，誤。蓋據《甲志》卷二〇最晚記事在紹興二十九年而誤斷。凌譜據《乙志序》“五年間”語，謂五年前當爲紹興三十一年。按：五年間乃指首尾五年。

③ 《宋史》卷三〇《高宗紀七》：“（紹興十三年八月）戊戌，洪皓至自金國，入見。”《建炎以來繫年要錄》卷一四九：“（紹興十三年八月）戊戌，徽猷閣待制洪皓至自金國，上即日引見內殿。”《宋史》卷一三二《洪皓傳》：“十二年七月，（洪皓）見于內殿。”時間誤。

志疑乃丁志之譌。《丁志》卷一七《甘棠失目》①、《薛賀州》皆爲淳熙三年(1176)事，而《薛賀州》末注"後二年薛致仕"，蓋成於淳熙五年②。《庚志序》有云："自乙至己，或七年，或五六年。"乙去甲首尾五年，丙去乙近六年，丁去丙則當七年(虛計八年)。《戊志》之去《丁志》亦五至七年，今姑定爲淳熙十年(1183)③。

以下各志，《壬志》作於紹熙四年(1193)，有《賓退錄》引《癸志序》"九志成，年七十有一"爲證。據《支乙序》，紹熙元年臘月洪邁自會稽歸鄉，過月許始"料理簡策"，到五年夏完成辛、壬、癸三志及支甲十卷。是知《辛志》之作始於紹熙二年，本年當已成書④。四年成《壬志》。《支甲序》作於紹熙五年六月初一，然則《癸志》成書殆在四五年間。考《支甲序》云前十志之作"始末凡五十二年"，《支乙序》云"至甲寅之夏季，《夷堅》之書續成《辛》、《壬》、《癸》三志，合六十卷，及《支甲》十卷"，《癸志》當亦成於紹熙五年，時當在春季⑤。《支甲序》又稱"至己至癸，才五歲而已"，用歲不用年乃實計，則《己志》當成於淳熙十六年(1189)⑥。《庚志》據《賓退錄》援引自序，作於"假守當塗"即知太平府時，其時在淳熙十五年九月至紹熙元年二月。此集"數閱月而成"，成書約在紹熙元年(1190)初⑦。支志甲至戊及庚癸序俱存，《支戊》成於慶元二年(1196)七月，而《支庚》成於十二月，起於十月二十五日，成於臘月八日(序稱"起良月庚午，至臘癸丑"，據《二

①《勸善書》卷七採入此條。
②凌譜云《丁志》蓋成於淳熙三、四年間，姑繫於淳熙三年。説非。
③凌譜云《戊志》成於淳熙九年。
④凌譜云《辛志》成於紹熙四年。
⑤凌譜據《支乙序》謂《癸志》成於紹熙五年夏，誤。紹熙五年夏成者乃《支甲》。凌譜考《支辛》至《三丁》成於慶元三年。
⑥凌譜謂《己志》蓋成於淳熙十四、五年間。
⑦凌譜定爲淳熙十六年。

十史朔閏表》,是年十月、臘月均爲丙午朔),"越四十四日"而成,然則《支己》之成在十月間。慶元三年五月十四日作《支癸序》,"成於三十日間",則《支壬》之成在當年四月中,而《支辛》當在二三月寫成。《三志甲》"五十日而成"(《賓退錄》引《三志甲序》),從慶元三年五月十五日計起,時至閏六月初五(據《二十史朔閏表》),此《三志甲》成書之時。由此到慶元四年四月一日作《三志己序》,大約是三年九十月間成《三志乙》(按:此年九月成《容齋四筆》),十一月成丙,十二月成丁,四年二月成戊。《三志辛》成於四年六月,八日作序,則《三志庚》成於是年五月。《三志壬》今存,序作於四年九月初六。自《三志癸》至《四志乙》最後三集不易判定確切時間,大概是慶元五年成《三志癸》,六年成《四志甲》,嘉泰二年(1202)作《四志乙》①。

洪邁諸序對寫作時間多有自述,但其用"年"、"歲"等語,或爲虛計,或是實數,並無一定之規,大凡欲見其歷時之久則虛言之,欲見其速則實言之,且計算亦有不確處,凡此皆有礙於時間考證。如《支甲序》云:"《夷堅》之書成,其志十……蓋始末凡五十二年,自甲至戊,幾占四紀,自己至癸,才五歲而已。""幾占四紀"之說乃以"五十二年"減去"五歲",計算方法頗誤。②

洪邁紹興中著書,其名初非《夷堅志》。《賓退錄》引《辛志序》云:"初著書時,欲倣段成式《諾皋記》,名以《容齋諾皋》。後惡其沿襲,且不堪讀者輒問,乃更今名。"其實今名亦非獨創,前已有之,《己志序》云:"昔以《夷堅》志吾書,謂與前人諸書不相襲。後得唐華原尉張慎素《夷堅錄》,亦取《列子》之說,喜其與己合。"按《列子·湯問》云:"大禹行而見之,伯益知而名之,夷堅聞

---

① 凌譜云四甲乙蓋成於慶元五年。
② 關於《夷堅志》成書年代,拙文《〈夷堅志〉成書考》,刊《天津師大學報》,1991年第3期。

而志之(張湛注：夷堅未聞，亦古博物者也)。"此其所本。《夷堅志》初亦無《甲志》之説，但稱《夷堅志》而已，待洪邁續寫時方擬定以十天干爲序，將第二本稱作《夷堅乙志》，而其"初志"則爲《甲志》，從《乙志序》可知也。十志以後以"支志"名之，分爲"三支"、"四支"，乃倣段成式《酉陽雜俎》。《支甲序》云："又以段柯古《雜俎》謂其類相從四(按：當作曰)支，如《支諾皋》、《支動》、《支植》，體尤崛奇。於是名此志甲《支甲》，是於前志附庸，故降殺爲十卷。"明李詡《戒庵老人漫筆》卷六《以支名書》亦云："《雜俎》謂數(按：當作類)相從曰支，《夷堅志》甲乙等以支名者取此。"

　　《夷堅》四志歷時六十年，其創作過程可劃爲四段。《甲志》爲第一段，此間以寫作爲餘事，故歷時長達二十年。《甲志》問世後，各地爭相印行，到乾道二年(1166)底曾"鏤板于閩、于蜀、于婺、于臨安，蓋家有其書"，且激起衆多士大夫之參與熱情，紛紛獻説，竟有"千里寄聲"者(《乙志序》)。又據《貴耳集》卷上載，退位之高宗愛神怪幻誕之書，對《夷堅志》殆也曾寓目[1]，凡此無疑極大激發洪邁之寫作熱情，促使其"急於滿卷帙成編"(《丙志序》)。因而"自乙至己，或七年，或五六年"(《庚志序》)，速度加快，此爲第二段。此間，《乙志》曾刻於會稽，乾道八年五月會稽本又刻於贛州，有所改定(去五事，易二事)，淳熙七年(1180)七月又刻於建安(《乙志序》跋語)。自庚至癸爲第三段，五歲而完成四志，而《癸志》刊於麻沙書坊[2]。蓋洪邁急於完成空前未有之"巨編"，故而大爲加速，《庚志序》云："平生居閑之日多，豈不趣成書，亦欠此巨編相傳益耳。"《庚志序》又稱："章德懋使虜

---

[1]《貴耳集》卷上："憲聖在南内，愛神怪幻誕等書，郭彖《睽車志》始出，洪景盧《夷堅志》繼之。"

[2] 見《支戊》卷八《湘鄉祥兆》。刊刻時間不詳。

（金），掌詒者問：‘《夷堅》自《丁志》後曾更續否？’”而淳熙間王質亦作《夷堅別志》，其序洪邁取入《壬志序》（《賓退録》、《竹溪鸁齋十一藥續集》），序稱其書“於《夷堅》之規皆仍之”，且稱“心尚未艾，書當如此，則將浸及於《夷堅》矣”（《文獻通考》卷二一七《經籍考四十四》小説家）。凡此於洪邁無疑大有激勵。從《支甲》到絶筆爲第四段，凡二十二集二百二十卷，歷時只九年。此時閒居在家，時間充裕，而於“掇録怪奇”，“未嘗少息”，“如馸馬下臨千丈坡，欲駐不可”（《支壬序》），已到癡迷地步。同時寫作之《容齋隨筆》，則受冷落，以致其稚子樏“每見《夷堅》滿紙輒曰：‘《隨筆》、《夷堅》皆大人素所游戲，今《隨筆》不加益，不應厚於彼而薄於此也。’日日立案旁，必俟草一則乃退”（《容齋四筆序》）。

　　《夷堅志》雖出邁手，無寧曰集體成果，除極少數故事乃其親身經歷見聞外，絶大部分是他人提供，或口述，或寫示，邁整理記録耳。據對今存殘本不精確統計，故事提供者多達四百八十餘人，大抵爲邁之親朋好友，“群從姻黨”（《支乙序》）。如邁弟景裴（名邃）乃洪氏家族中最熱心之故事提供者，又如朱從龍提供故事多達九十二個（《支甲》、《支乙》、《支丁》、《三志己》）。衆多人士之積極參與，遂使《夷堅志》寫作“捷疾”而終成“巨編”。洪邁對故事提供人皆不泯其功，一一注明故事來源。自然其意亦在表明“耳目相接，皆表表有據依”（《乙志序》），非出杜撰，誠如丁丙所言，“每事亦必注明某人所説，以著其非妄”（《善本書室藏書志》卷二一小説家）。又者，洪邁爲更多更快攫取材料，遂大量鈔録前人時人現成作品，包括小説、筆記、傳記、文集等，如其所自嘲“劋剽以爲助”（《支辛序》）。據統計，洪邁“劋剽”他人作品多達七十餘種，其中若《支乙》鈔劉名世《夢兆録》十四事，《支庚》鈔吳良史筆記四十五事，《三志己》鈔李子永（泳）《蘭澤野語》十七事，《三志辛》鈔陳莘《松溪居士徑行録》十三事，《三志壬》鈔王灼

《頤堂集》十一事,數量頗多。① 鈔録時較長文字通常加以節略。

以創作方法而論,洪邁格守魏晉舊式,而摒棄唐人傳奇刻意幻設、慘澹爲文之寫法。夫述異語怪本非紀實,洪邁亦嘗云“稗官小説家言不必信,固也”(《支丁序》),且稱“謂予不信,其往見烏有先生而問之”(《乙志序》),語含幽默。然觀其根本,彼實於小説尤其是志怪小説之特性並無明確自覺之認識,仍以史家“傳信”意識看待小説寫作,所謂“信以傳信,疑以傳疑”(《支丁序》),“既所聞不失亡,而信可傳”(《支庚序》)。爲此頗重故事本身之傳信性,而絶對排斥作者之虛構與再創造。在《乙志序》中,邁非難齊諧志怪、莊子談天及前代志怪書(主要是唐人作品)“虛無幻茫,不可致詰”,“皆不能無寓言於其間”,自詡《夷堅志》所載皆爲近事,“耳目相接,皆表表有據依者”。在《戊志序》中,邁對葉晦叔所講估客航海被巨魚所吞,船人及魚皆死之事而詰云:“一舟盡没,何人談此事于世乎?”並自責“予固懼未能免此也”。書中所記諸多故事,往往反復訂正,務求信實。此等事例極夥,甚或在《容齋四筆》卷九中辨析鍾將之《義倡傳》所寫秦少游與長沙倡戀愛故事之誣,云“當時失於審訂,然悔之不及矣”。在《支丁序》中摭出書中不合事實者七端,以爲皆有“可議”處,自責“愛奇之過,一至於斯”。洪邁既以求實態度看待異聞,務求信而有徵,所謂“瑣瑣從事於神奇荒怪……既已大可笑,而又稽以爲驗”(《丁志序》),是故其寫作時採用“一話一首,入耳輒録”(《三志己序》),“每聞客語,登輒紀録”(《支庚序》),“得之傳聞,苟以其說至,斯受之而已”(《支丁序》)之史家記注之法。儘管亦有加工,然大抵限於字句章法之内,於故事本身,詳略曲直,一仍其初,甚或與説者訂正事實,“亟示其人,必使始末無差戾乃止”(《支庚

---

① 以上情況可參看張祝平《夷堅志論稿》第三章第四節《〈夷堅志〉部分述者考》。

序》)。要之,邁以己爲故事記錄整理者,否定自身進行藝術創造
之自由性。每則故事基本以其原始面貌出現,高下優劣全取決
於説者之態度與水準。在此種觀念及方法之作用下,作品難以
如唐傳奇"著文章之美,傳要妙之情"而實現文章化,在"文采與
意想"上見出超然不羣之奇麗氣象。事實確亦如此,以四百二十
卷之巨,五六千故事之衆①,篇什文意皆佳者相對較少,而平庸
無奇者居多。就整體水準觀之,不僅與唐傳奇相較難以望其項
背,即與宋人小説如《青瑣高議》、《雲齋廣録》等相比亦瞠乎其
後矣。

　　後人於洪邁之寫作態度頗多垢病。陳振孫責其"急於成書"
而失於辨擇,"亦不復删潤,徑以入録",且以爲"未有卷帙如此多
者,不亦謬用其心也哉"(《直齋書録解題》卷一一小説家類)。周
密論云:"洪景盧志《夷堅》,貪多務得,不免妄誕,此皆好奇之過
也。"(《癸辛雜識序》)。胡應麟亦稱:"《夷堅》猥蕪彌甚,疾行亡
善迹,信矣!""談者率以《廣記》五百卷所輯,上自三皇,下迄五
季,宜靈怪充斥簡編。而洪以一人耳目,一代見聞,逐千載而角
之,其誕曼亡徵,固勢所必至也。"(《少室山房類藁》卷一〇四《讀
夷堅志》)。諸君所評不盡妥確,批評角度亦多有問題,然責其
"貪多務得",不重品質,無疑正中其弊。雖然,由於故事本身不
乏委曲宛轉者,而行文亦不乏藻繪雅麗處,是故多有粗具傳奇意
緒之作。惟與《夷堅》巨編相較,數量誠亦寡矣。

　　邁撰此書,"顓以鳩異崇怪,本無意於纂述人事"(《丙志
序》),然實有少量故事乃不涉怪異之"人事",蓋急於成書,不暇
選擇所致也。然其主體爲述異,且題材極爲廣泛,邁自稱"天下
之怪怪奇奇,盡萃於是"(《乙志序》),誠非誇言。就《分類夷堅
志》所分門類而言,多達三十六門(門下猶有子目),諸凡忠臣、孝

①據《支癸序》,前十志及支十志總三百卷已達四千事。

子、節義、陰德、陰譴、冤對、報應、貪詐、騙局、姦淫、妖怪、禽獸、前定、冥婚、神仙、釋教、淫祀、神道、鬼怪、醫術、雜藝、妖巫、卜相、夢幻、墳墓、設醮、入冥等等,應有盡有。且卷帙浩繁,故事叢錯,是故内容之豐富多彩罕有倫比,陸心源序謂其"文思雋永,層出不窮,實非後人所及","信乎文人之能事,小説之淵海也"(《儀顧堂集》卷五《重刻宋本夷堅志甲乙丙丁四集序》)。以卷帙之巨、載事之繁取勝,此其特點。此中雖就作品角度衡量佳作不多,但就故事角度觀之,"瓌奇絶特,可喜可愕"(沈岊瞻序),新鮮有味者數量並不少。數千故事中,取材於市井委巷之説極夥,此固爲宋人小説取材之較普遍傾向,然《夷堅》尤見突出。洪邁在照例關注於士大夫階層之同時,於下層民衆傳聞亦同樣予以關注,以致人或譏諷其取材"非必出於當世賢卿大夫,蓋寒人野僧、山客道士、瞽巫俚婦、下隸走卒,凡以異聞至,亦欣欣然受之,不致詰"(《丁志序》)。取材角度此種變化,足可見洪邁審美趣味、審美價值取向之一定變化,排斥審美偏見而具包容精神。市井傳聞往往帶有質樸通俗、新鮮活潑之特徵,此爲《夷堅》增添偌多光彩與生氣。在較佳篇什中,多就有此類故事,如《吳小員外》(《甲志》卷四)[1]、《海王三》(《支甲》卷一〇)[2]、《鄂州南市女》(《支庚》卷一)[3]、《郭倫觀燈》(《志補》卷一四)[4]、《賣魚吳翁》(《志補》卷一六)[5]等等。又者,洪邁行文筆墨簡潔清俊,文辭通暢,不假雕琢,善事形容,多有雋永可玩處。明鍾惺

---

[1]《汴京勾異記》卷三引《夷堅志》,《豔異編》卷四〇、《情史》卷一〇輯入,《情史》題《金明池當鑪女》。

[2]《廣豔異編》卷一六、《情史》卷二一輯入。

[3]《廣豔異編》卷九、《情史》卷一〇輯入,《情史》題《草市吳女》。

[4]《劍俠傳》卷四、《廣豔異編》卷一三輯入。

[5]《逸史搜奇》壬集四、《廣豔異編》卷三三輯入。

曾評曰："洪容齋《夷堅》一志,其説鬼甚悉,凡鬼之變幻奇特,摹寫曲盡其狀。"①且人物語言喜用口語俚調,生動可聞,此亦其長也。

洪邁生前《夷堅志》即引起巨大轟動,蓋與其名聲地位有關也。陸游曾有詩贊云："筆近《反離騷》,書非《支諾臯》。豈惟堪史補,端足擅文豪。馳騁空凡馬,從容立斷鼇。陋儒那得議,汝輩亦徒勞。"(《劍南詩稿》卷三七《題夷堅志後》)語多溢美。趙汝淳②亦作《讀夷堅志》云："千古丘明法度書,豕啼虵鬭未爲誣。後來更有無窮事,付與蘭臺鬼董狐。"(周密《浩然齋雅談》卷中)凡此皆從史筆文采著眼。而在民衆中之影響,蓋奇聞異事,游心駭耳,爲人喜聞樂見也。《夷堅》多次刊印而成爲暢銷書,見出其擁有廣大讀者群。而説唱藝人乃用爲重要資料書,宋末羅燁《醉翁談録》甲集卷一《小説開闢》有云:"《夷堅志》無有不覽。"《古今小説》卷一五《史弘肇龍虎君臣會》云:"後來南渡過江,文章之士極多。唯有洪内翰才名,可繼東坡之作。洪内翰曾編了《夷堅》三十二志,有一代之史才。"

《夷堅志》對後代小説戲曲産生重大影響,具體表現有三端:一者,元明許多文言小説彙編大量選材於《夷堅志》。粗略覈檢,如元無名氏《異聞總録》所採可考者至少有三十六則,明李濂《汴京勾異記》採入三十八則,梅鼎祚《青泥蓮花記》採入十九則,《才鬼記》五則,《豔異編》採入十八則,吳大震《廣豔異編》採入八十八則,《續豔異編》採入十一則,胡文焕《稗家粹編》採入七則,鳩兹洛源子《一見賞心編》採入五則,《劍俠傳》採入四則,詹詹外史

① 轉引自張祝平《夷堅志論稿》第九章第二節《〈新訂增補夷堅志〉對〈夷堅志〉的評點》。

② 陸心源《宋詩紀事補遺》卷九二載:趙汝淳,字子野。崑山人。太宗八世孫。開禧元年(1205)進士。

《情史》採入六十餘則①。故事或有多書採之者，如《俠婦人》（《乙志》卷一），《劍俠傳》卷四、《廣豔異編》卷一三（題《雙俠傳》）、《國色天香》卷九、《稗家粹編》卷一（並題《俠婦人傳》）、《情史》卷四（題《董國度妾》）等皆取之，足見其膾炙人口。而《剪燈叢話》、《綠牕女史》、《五朝小説·宋人百家小説》等乃又抽爲單篇，妄製篇名，剽剥亦衆（詳見本書附考《存目辨證》）。

　　二者，續書頗多，除王質《夷堅別志》，尚有金元好問《續夷堅志》、元無名氏《湖海新聞夷堅續志》，二書今俱存。又《千頃堂書目》卷一二小説類"補元"著録吳元復《續夷堅志》二十卷②，明王光祖亦撰有《續夷堅志》③，二書已佚。《四庫全書總目》卷一四四小説家類存目二著録題明楊慎撰《廣夷堅志》二十卷，乃僞書④，竊其名耳。

　　三者，《夷堅》衆多素材被改編爲傳奇小説或話本與戲曲。改編爲傳奇小説者，《甲志》卷一一《陳大録爲犬》乃志怪小説，僅百五十餘字，明周紹濂《鴛渚誌餘雪窗談異》卷下演爲《録事化犬説》，胡文煥《稗家粹編》卷八輯入，作《録事化犬記》，删評曰。《丙志》卷一六《陶象子》，原爲秦觀《録龍井辯才事》，《鴛渚誌餘雪窗談異》卷上《妖柳傳》，據此改編。《丁志》卷一七《劉堯舉》，《廣豔異編》卷八《投桃録》即爲改編本，《鴛渚誌餘雪窗談異》卷

---

① 張祝平《夷堅志論稿》附録二《〈情史〉所收〈夷堅志〉故事一覽表》列六十九則，然有不確者，如卷三《劉堯舉》並非《丁志》卷一七《劉堯舉》，乃《廣豔異編》卷八《投桃録》。又卷一〇《李會娘》出處爲《宮闈聯名譜》卷五人倫下引《夷堅志》，按此即《緑牕新話》卷上《金彦游春遇會娘》，疑《宮闈聯名譜》引書誤。

② 原注："字山漁，鄱陽人。宋德祐中進士，入元不仕。一作四卷。"

③ 見民國《上海縣續志》卷二六《藝文補遺》小説家類。

④ 提要云："其爲依托已無疑義，及核其書，乃全録樂史《廣卓異記》一字不異，可謂不善作僞矣。"

下有《天符殿舉録》，正文闕，蓋即《投桃録》。《拍案驚奇》卷三二
《喬兑換胡子宣淫，顯報施臥師入定》入話叙此事。

　　改編爲話本與戲曲者頗衆。《丁志》卷九《太原意娘》（《鬼
董》卷一亦載，事有不同）被演爲南宋煙粉類話本《灰骨匣》（《醉
翁談録》著録），南宋話本《金明池吴清逢愛愛》開場詩有云"師厚
燕山遇故人"，即此。此蓋即《古今小説》卷二四《楊思温燕山逢
故人》（《寶文堂書目》子雜類著録爲《燕山逢故人鄭意娘傳》、《燕
山逢故人》）。明陳耀文《花草粹編》收《好事近》（卷三）、《山花
子》（卷四）、《浪淘沙》（卷五）、《御街行》（卷八）四曲，全據話本歌
詠韓、鄭等人物。元沈和又據演爲雜劇《鄭玉娥燕山逢故人》（曹
本《録鬼簿》著録），女主人公名稱有變。《甲志》卷四《吴小員外》
演爲話本《金明池吴清逢愛愛》，載於《警世通言》卷三〇。金院
本"上皇院本"中《金明池》一本（《南村輟耕録》卷二五《院本名
目》著録）當演此事。明葉憲祖《死生緣》雜劇（《遠山堂劇品・雅
品》）、范文若《金明池》傳奇（《今樂考證・國朝院本》），均演此。
《支庚》卷一《鄂州南市女》演爲南宋話本《鬧樊樓多情周勝仙》，
今載《醒世恒言》卷一四，人物情節大爲增飾，明人范文若又編爲
《鬧樊樓》傳奇（《南詞新譜・凡例續紀》）。《甲志》卷一二《林積
陰德》演爲話本《陰騭積善》[1]，載《清平山堂話本》，凌濛初取爲
《初刻拍案驚奇》卷二一《袁尚寶相術動名卿，鄭舍人陰功叨世
爵》入話。《支景》卷三《王武功妻》[2]演爲話本《簡帖和尚》，載
《清平山堂話本》[3]，亦即《古今小説》卷三五《簡帖僧巧騙皇甫
妻》。宋官本雜劇《簡帖薄媚》（《武林舊事》卷一〇《官本雜劇段

①《拍案驚奇》云："此本話文叫做《積善陰騭》。"乃異稱。《勸善書》卷一一
　　據《甲志》採入。
②《情史》卷一四輯入。
③《清平山堂話本》題下注："亦名《胡姑姑》，又名《錯下書》。"

數》著録)、金院本"拴搐豔段"《錯寄書》(《輟耕録》著録)、南宋戲文《洪和尚錯下書》(《宦門子弟錯立身》第五出"排歌"引)均當演此。《志補》卷一一《徐信妻》①演爲《警世通言》卷一二《范鰍兒雙鏡重圓》入話。《丁志》卷一五《張客奇遇》②演爲同上書卷三四《王嬌鸞百年長恨》入話。《警世通言》卷二七《假神仙大鬧華光廟》殆機杼於《支庚》卷七《周氏子》③,基本情節相近。《支景》卷三《西湖庵尼》乃明世盛傳阮三(阮華)故事之原型。《廣豔異編》卷八及《續豔異編》卷四《寶環記》即寫阮華事(原作者不詳),《情史》卷三取入,題《阮華》,又編爲話本《戒指兒記》(《清平山堂話本》)及《閑雲菴阮三賞冤債》(《古今小說》卷四)。《西湖二集》卷二八《天台匠誤招樂趣》入話叙及此事,《金瓶梅詞話》第三十四回《書童兒因寵攬事,平安兒含恨截舌》用爲素材,編入阮三故事。

　　《拍案驚奇》取資《夷堅》者尤多。除已言及者外,《初刻》卷四《程元玉店肆代償錢,十一娘雲崗縱譚俠》入話取入《志補》卷一四《解洵娶婦》事④;卷一一《惡船家計賺假屍銀,狠僕人誤投真命狀》演《志補》卷五《湖州董客》(按:無名氏又據而改編爲傳奇《賺青衫》,見《曲海總目提要》卷四〇);卷一七《西山觀設籙度亡魂,開封府備棺追活命》入話演《支戊》卷五《任道元》;卷二七《顧阿秀喜捨檀那物,崔俊臣巧會芙蓉屏》入話演《丁志》卷一一《王從事妻》⑤(按:又《石點頭》卷一〇《王孺人離合團魚夢》亦演

――――――――

①《情史》卷二輯入,題《徐信》。
②《青泥蓮花記》卷一三、《情史》卷一六引《夷堅志》,題《念二娘》,《廣豔異編》卷一九、《稗家粹編》卷六輯入,題《張客》、《張客旅中遇鬼》。《稗家粹編》文字多有增改。
③《廣豔異編》卷三三輯入。
④《劍俠傳》卷四、《廣豔異編》卷一三輯入此篇,後書題《解洵》。
⑤《情史》卷二輯入。

之）；卷三〇《王大使威行部下，李參軍冤報生前》入話演《支戊》
卷四《吳雲郎》①。《二刻》卷二《小道人一着饒天下，女棋童兩局
注終身》演《志補》卷一九《蔡州小道人》；卷五《襄敏公元宵失子，
十三郎五歲朝天》採入《志補》卷八《真珠族姬》事②；卷六《李將
軍錯認舅，劉氏女詭從夫》入話演《丙志》卷一四《王八郎》；卷七
《呂使君情媾宦家妻，吳太守義配儒門女》演《支戊》卷九《董漢州
孫女》③；卷八《沈將仕三千買笑錢，王朝議一夜迷魂陣》入話演
《支丁》卷七《丁湜科名》，正話演《志補》卷八《王朝議》④；卷
一〇《趙五虎合計挑家釁，莫大郎立地散神奸》入話演《志補》卷
六《葉司法妻》；卷一一《滿少卿飢附飽颺，焦文姬生仇死報》入話
演《甲志》卷二《陸氏負約》，正話演《志補》卷一一《滿少卿》⑤
（按：今存明傅一臣《死生仇報》雜劇亦演此）；卷一二《硬勘案大
儒爭閒氣，甘受刑俠女著芳名》採入《支庚》卷一〇《吳淑姬嚴蕊》
嚴蕊事（按：《齊東野語》卷二〇《台妓嚴蘂》亦載，文詳）；卷一三
《鹿胎菴客人作寺主，剡溪里舊鬼借新屍》演《志補》卷一六《嵊縣
山庵》（《支丁》卷六《證果事習業》亦相類）；卷一四《趙縣君喬送
黃柑，吳宣教乾償白鋌》入話演《志補》卷八《臨安武將》⑥，正話
乃據《志補》卷八《李將仕》⑦、《吳約知縣》⑧融合改編；卷一六《遲

---

① 《廣豔異編》卷一九輯入。
② 《廣豔異編》卷一五輯入，題《真珠姬》。
③ 《青泥蓮花記》卷八《薛倩》即此，引《夷堅志》。《綠牕女史》卷一一及《剪
　燈叢話》卷七亦載，署闕名，題《董漢州女傳》。
④ 《廣豔異編》卷一五輯入。
⑤ 《逸史搜奇》癸集四、《廣豔異編》卷一九、《續豔異編》卷一八、《情史》卷
　一六輯入。
⑥ 《廣豔異編》卷一五輯入。
⑦ 《稗家粹編》卷二、《情史》卷一八輯入。
⑧ 《廣豔異編》卷一五輯入，題《吳約》。

取券毛烈賴原錢,失還魂牙儈索剩命》入話演《支戊》卷五《劉元八郎》,正話演《甲志》卷一九《毛烈陰獄》;卷二〇《賈廉訪贗行府牒,商功父陰攝江巡》演《志補》卷二四《賈廉訪》;卷二一《許察院感夢擒僧,王氏子因風獲盜》入話演《志補》卷五《楚將亡金》;卷二二《癡公子狠使噪脾錢,賢丈人巧賺回頭婿》入話郭信事演自《丁志》卷六《奢侈報》①;卷二九《贈芝麻識破假形,擷草藥巧諧真偶》入話演《支甲》卷六《西湖女子》②;卷三二《張福娘一心貞守,朱天錫萬里符名》入話演《志補》卷一〇《魏十二嫂》,正話演同卷《朱天錫》(按:明傅一臣據編雜劇《義妾存孤》,今存);卷三三《楊抽馬甘請杖,富家郎浪受驚》演《丙志》卷三《楊抽馬》③;卷三四《任君用恣樂深閨,楊太尉戲宮館客》演《支乙》卷五《楊戢館客》④;卷三六《王漁翁捨鏡崇三寶,白水僧盜物喪雙生》入話演《志補》卷七《豐樂樓》(按:《古今譚概》顏甲部第十八《臨安民》略載之),正話演《支戊》卷九《嘉州江中鏡》;卷三八《兩錯認莫大姐私奔,再成交楊二郎正本》入話演《丁志》卷七《大庚疑訟》。

其餘明代擬話本集亦有取材於《夷堅志》者,如天然癡叟《石點頭》除上述《王孺人離合團魚夢》外,卷六《乞丐婦重配鸞儔》事本《支丁》卷九《鹽城周氏女》。西湖漁隱主人《歡喜冤家》(又名《貪歡報》、《艷鏡》等)第七回《陳之美巧計騙多嬌》,事殆本《志補》卷五《張客浮漚》。而戲曲除上述者外,又有元鮑天祐《王妙妙死哭秦少游》(曹本《錄鬼薄》著錄)演《志補》卷二《義倡傳》;無名氏《硃砂擔滴水浮漚記》(《元曲選》)事本《志補》卷五《張客浮

---

① 譚正璧《三言兩拍資料》於本篇入話本事資料未輯,胡士瑩《話本小説概論》第十四章第二節亦云:“頭回叙宋時汴京郭信事,出處未詳。”

② 《艷異編》卷三八、《情史》卷一〇輯入。

③ 《廣艷異編》卷一四輯入,删節頗多。

④ 《廣艷異編》卷一五、《情史》卷一八輯入,《情史》題《楊戢客》。

溫》；明沈自徵《杜秀才痛哭霸亭秋》（《盛明雜劇》）、清稽永仁《續離騷》第二折《杜秀才痛哭泥神廟》（《清人雜劇初集》）、張韜《續四聲猿》首折《杜秀才痛哭霸亭廟》（《清人雜劇初集》）均演《三志辛》卷八《杜默謁項王》。另外金院本"諸雜大小院本"中有《獨脚五郎》一本，或係演《支癸》卷三《獨脚五通》（其神名獨脚五郎）。

《夷堅志》作爲小說資料庫，不惟爲小說戲曲直接提供大量素材，且其種種情節模式、故事原型亦與後世小說家以創作啓示。蒲松齡《聊齋誌異》中《夜叉國》（卷二）、《酒蟲》（卷五）、《大人》（卷六）、《禽俠》（卷八）等作，明顯借鑒《夷堅志》中《猩猩八郎》（《志補》卷二一）①、《酒蟲》（《丁志》卷一六）、《長人國》（《乙志》卷八）、《義鶻》（《甲志》卷五）等作之構思。又者，據孫楷第考，《水滸傳》某些情節亦曾本《夷堅志》，如百回本《水滸傳》第四十二回鄆城縣都頭趙能等入古廟之情景與《甲志》卷一《黑風大王》極似，第四十三回李逵搬母遇李鬼情節與《支丁》卷四《朱四客》同②。

又者，明仁孝皇后徐妙雲《勸善書》二十卷採録《夷堅志》極夥，經檢對多達二百餘條。若就《夷堅》全書而言，其採録者當不止此數。《勸善書》採古今"勸善懲惡之言類編爲書"（《勸善録序》），正可見《夷堅》多寓勸戒，此固宋人本色也。

要之，《夷堅》一書問世後影響至巨，惜乎所存十之四五，全豹難窺。其藝術成就雖遠不及唐人，然經營志怪之書於終身，洵古今一人也。

① 《廣豔異編》卷二七、《情史》卷二一輯入，《情史》題《猩猩》。
② 見孫楷第《滄州後集》卷一《水滸傳人物考》附一《〈夷堅志〉與〈水滸傳〉》。

義鶻傳

存。南宋岳珂撰。傳奇文。

岳珂(1183① 一?),字肅之②,號亦齋③,又號棠湖翁、倦翁④。
岳飛孫,敷文閣待制岳霖子。原籍相州湯陰(今屬河南安陽市),
南渡定居江州德化縣(今江西九江市)⑤。寧宗慶元四年(1198),
赴試江西漕臺中舉,五年及嘉泰二年(1202)曾赴都應試皆落第。⑥

① 岳珂《桯史》卷三《趙希光節槩》:"紹熙壬子(1192)冬,先君捐館于廣,余甫十
齡。"卷一一《番禺海獠》:"紹熙壬子,先君帥廣,余年甫十歲。"岳珂《寶真齋法
書贊》卷一三《薛道祖馬伏波事詩》:"予方六齡,先君執卷欷且顧曰:'小子識
之。'蓋淳熙戊申之六月。噫!四十年矣。"卷二八《銀青清白頌語》:"紹熙壬子
十月,先君子帥廣……珂時始十齡。"據此推算,岳珂生於孝宗淳熙十年(1183)。
② 岳珂《棠湖詩稿》署宋相臺岳珂肅之撰,南宋陳郁《藏一話腴》岳珂序末
署"棠湖翁岳珂肅之"。
③ 岳珂《桯史序》:"亦齋有桯焉……"序作於寧宗嘉定七年(1214)。
④ 見岳珂《藏一話腴序》。光緒《嘉興府志》卷四二《名宦一》:"後家于郡,
自號倦翁。"
⑤《宋史》卷三六四《韓彥直傳》:"進直龍圖閣、江西轉運、兼權知江州。時
朝廷還岳飛家貲產,多在九江。"九江即江州德化縣。《三朝北盟會編》
卷一六九:紹興六年(1136)正月,"飛(岳飛)母死,扶護還廬山"。廬山
在德化南。《桯史》卷五《義鶻傳》"吾鄉有義鶻事甚奇",吾鄉指九江。
⑥《法書贊》卷二一《二蔡陪輔展晤二帖》:"慶元戊午八月,予試江西漕
臺。"又卷二四《元暉秀軒詩帖》:"慶元戊午八月,予在洪試漕臺。"卷九
《張文懿珍果帖》:"慶元己未歲六月,珂在中都得之。"中都即京都,南宋
都城臨安(今杭州)。卷三《宗皇帝夏竦雙頭牡丹賦御書》:"臣以嘉泰壬
戌冬再入都。"參見北京大學余莎米碩士論文《岳珂生平著述考》(2008)。

嘉泰三年十一月,蔭補承務郎、監鎮江府戶部大軍倉①,四年冬方赴任②。是年十二月入京赴舉,明年(開禧元年)三月省試落第,復歸鎮江爲監鎮江府戶部大軍倉,階承奉郎③。時辛棄疾爲守而厚視之,欲薦於朝,會去職未果。④　二年五月北伐,奉命運銀糧至淮東前綫⑤。嘉定元年(1208)進京應試又落第⑥。下第後歸江州岳家故府⑦,三、四年

---

① 《鄂國金佗稡編》卷九《行實編年六・遺事》末署"嘉泰三年冬十有一月乙丑朔,承務郎、新差監鎮江府戶部大軍倉臣岳珂謹上",卷一○《家集一》署同。承務郎,文散官階,從八品下。

② 《法書贊》卷二五《梁仲謀去月帖》:"開禧甲子冬,初筮仕南徐(鎮江)。"按:甲子乃嘉泰四年,作開禧誤。

③ 《法書贊》卷三《高宗皇帝御臨王羲之鄉里帖》:"嘉泰甲子十二月,臣如中都,就試南宮。"據《宋登科記考》,明年即開禧元年,三月一日省試開院。《桯史》卷三《稼軒論詞》:"余時以乙丑(開禧元年)南宮試,歲前涖事僅兩旬,即謁告去。……余試既不利,歸官下。"《金佗稡編》卷二六《天定錄序》末署"開禧元年十二月癸丑朔,承奉郎、監鎮江府戶部大軍倉岳珂序"。承奉郎,從八品上。

④ 《桯史》卷三《稼軒論詞》:"辛稼軒守南徐,已多病謝客。予來筮仕委吏,實隸總所,例於州家殊參辰,且望贊謁刺而已。……余試既不利,歸官下,時一招去。……余既以一語之合,益加厚,頗取視其軌骸,欲以家世薦之朝,會其去,未果。"按:辛棄疾開禧元年降朝散大夫、提舉沖佑觀,李大異代之,七月到任。見李之亮《宋兩浙路郡守年表》。

⑤ 《桯史》卷一四《開禧北伐》:"開禧丙寅(二年)五月,王師北伐,有詔發鎮江總司緡錢七十萬,犒淮東軍,命官宣旨軍前。宣臺檄余往。"岳珂《愧郯錄》卷九《宣總公移》:"開禧丙寅,珂任京口總庚,被旨行兵間。"參見《岳珂生平著述考》。

⑥ 《法書贊》卷一四《黃魯直書簡帖下》:"嘉定戊辰(元年),予來中都,下第後索寞天街中。"卷二○《米元章臨筆精日寒二帖》:"嘉定戊辰歲二月,予就試中都。"參見《岳珂生平著述考》。

⑦ 《法書贊》卷二《高宗皇帝虛堂詩御書》:"嘉定戊辰(元年)五月,臣在九江(江州)。"《桯史》卷八《日官失職》:"嘉定己巳(二年)五月辛亥,余里居晚浴。"參見《岳珂生平著述考》。

官於江州①。四年入京爲官，歷任光禄寺丞、太官令、司農寺主簿
等。② 六年丁母憂。八年官軍器監丞，九年任司農寺丞③。十年知
嘉興府，政暇居金佗坊著書④。十二年爲權發遣江南東路轉運

---

① 《桯史》卷二《黠鬼醖夢》："嘉定庚午（三年），余官故府。"《法書贊》卷四
　《王獻之蘇氏寶帖》："珂嘉定庚午歲，叨官故府。"《桯史》卷一《徐鉉入
　聘》："余嘉定辛未（四年）在故府。"

② 《桯史》卷一二《猫牛盗》："余辛未歲，官中都，居旌忠觀前。"《愧郯録》卷
　五《五齊三酒》："珂之仕中朝，屢攝官涖祠祭……它日又攝光禄丞，得先
　祭贊閱視酒饌。又攝太官令，躬酌酒實爵，得窺其中。"卷一三《國忌設
　齋》："珂簿正大農日，嘗隨班行香。"《桯史》卷八《紫宸廊食》："余爲扈簿
　日，瑞慶節隨班上壽紫宸殿。"《愧郯録》卷六《寺監簿職守》："南渡而後，
　官失其守，凡寺監主簿，率多預尾書，與丞鴈行。珂爲扈簿日……"司農
　寺主簿簡稱扈簿，見龔延明《宋代官制辭典》，北京：中華書局，1997，第
　326 頁。

③ 《法書贊》卷二《高宗皇帝韋杜三詩御書》："臣嘉定乙亥歲（八年）三月，
　濫丞戎監。"卷九《吕文靖亭候帖》："嘉定乙亥，珂丞軍器。"卷三《高宗皇
　帝御筆臨古法帖四皓帖》："嘉定丙子（九年）三月，臣在農寺。"參見《岳
　珂生平著述考》。

④ 《法書贊》卷一八《陳忠肅書簡帖》："嘉定丁丑歲（十年）十月，珂自大
　農丞假守嘉興。"岳珂《玉楮集》卷七有《丁卯余守橋李，召還，郡人見
　餞於三塔灣。偶至此寺，因名有感》詩，丁卯乃丁丑之譌。嘉靖刻本
　《鄂國金佗粹編序》題"孫奉議郎、權發遣嘉興軍府、兼管内勸農事岳
　珂"。《序》云："珂試守橋李之明年，始刻家世籲天之書于郡塾。"末
　署"嘉定著雍攝提格歲橘涂初吉珂謹序"。嘉定著雍攝提格歲橘涂
　初吉即嘉定戊寅歲（十一年）十二月初一。《嘉興府志》："政暇，輒屏
　居郡治西北偏金佗坊，著《籲天辨誣》、《天定録》等書，題曰《金佗粹
　編》。又延里人關杕表卿續修《嘉禾志》十六卷。後家于郡，晚居嘉
　興，自號倦翁。"元唐天麟《至元嘉禾志序》："宋嘉定甲戌，郡守岳珂，
　悼前聞之遺闕，嘗命鄉先輩關表卿杕，任行人子羽之事，編彙將上，
　而岳侯去，鄉論惜之。"嘉定甲戌乃嘉定七年，誤。嘉定七年珂丁母
　憂著《桯史》。

判官①,明年爲司農寺丞②,十四年以軍器監總餉淮東③。理宗寶慶元年(1225)擢司農少卿、總領浙西江東財賦淮東軍馬錢糧④。三年五月爲户部侍郎,依前淮東總領兼制置使⑤,紹定六年(1233)冬罷歸⑥。嘉熙二年(1238)五月,再除户部侍郎、總領湖廣軍馬錢糧⑦。次年五月解職歸⑧,八月拜寶謨閣直學士、提舉江州太平興國宫,封鄱侯,十二月除江西安撫使。⑨　四年三月

———————————

① 《金佗續編》卷一五《天定别録》卷三《賜襃忠衍福寺額省劄》:"禮部狀準都省批下承議郎、權發遣江南東路轉運判官岳珂狀。""嘉定十有二年秋七月甲辰,珂自幾廷掾奉詔將漕江左。"《法書贊》卷一六《范忠宣南都帖》:"嘉定己卯歲(十二年),自右府掾持節江東。"《景定建康志》卷二六《官守志三・轉運司》:"岳珂,奉議郎,運判,嘉定十二年八月五日到任,十四年八月除軍器監淮東總領。"

② 《宋史》卷一〇八《禮志十一》:"嘉定十三年十月,司農寺丞岳珂言"。

③ 《宋史》卷一六五《職官志五・軍器監》:"嘉定十四年,岳珂獨以軍器監總餉淮東。"

④ 《天定别録》卷三《賜襃忠衍福寺額省劄》末署"寶慶元年夏五月甲申,孫朝奉大夫、司農少卿、總領浙西江東財賦淮東軍馬錢糧、專一報發御前軍馬文字、兼提領措置屯田岳珂謹書"。

⑤ 《宋史》卷四一《理宗紀一》:"(寶慶三年)五月壬子,詔岳珂户部侍郎,依前淮東總領兼制置使。"《天定别録序》末署"紹定改元端午,孫朝請大夫、權尚書户部侍郎、總領浙西江東財賦淮東軍馬錢糧、專一報發御前軍馬文字、兼提領措置屯田、通城縣開國男、食邑三百户、賜紫金魚袋岳珂謹序"。洪咨夔《平齋文集》卷二〇《外制四》有《户部侍郎、淮東總領岳珂磨勘轉中大夫制》。

⑥ 《金佗續編跋》:"紹定癸巳(六年)冬,珂上東淮餉印歸。"

⑦ 《玉楮集》卷一有《戊戌(嘉熙二年)二月十日,京湖袁總郎以堂帖至,有詔復除户侍、總餉》詩。《永樂大典》卷七三〇引高著齋《薇垣類稿》有《岳珂除户部侍郎、湖廣總領制》。參見《岳珂生平著述考》。

⑧ 《玉楮集》卷二有詩《至鄂期年,以餉事不給於詩,己亥夏五廿有八日始解……》。

⑨ 《玉楮集》卷四有詩《己亥(嘉熙三年)八月廿一日除書,予拜太平興國宫祠官,呈趙季茂》、《九月十三日始就郊墅,拜寶謨閣直學士、提舉江州太平興國宫之命》,卷五有詩《己亥明禋恩封鄱侯感愧有作二首》、《(己亥)二十七日復有旨除帥江西,一旬之間兩奉除音,再賦二首》。

易守太平州，加通議大夫①。七月權户部尚書、淮南江浙荆湖八路制置茶鹽使、兼守太平州②。淳祐元年（1241），江東轉運判官徐鹿卿劾其在任不法，被罷③。卒年不詳④。

　　岳珂著述極豐，今存者即有《鄂國金佗稡編》二十八卷⑤、《續編》三十卷、《桯史》十五卷、《愧郯録》十五卷、《寶真齋法書贊》二十八卷、《九經三傳沿革例》一卷、《玉楮集》八卷、《棠湖詩稿》一卷、《三命指迷賦》一卷等。又《千頃堂書目》史鈔類"補宋"及《宋史藝文志補》史鈔類著録《讀史備忘捷覽》六卷。

　　本篇載於《桯史》卷五，《義騟傳》云："吾鄉有義騟事甚奇，余嘗爲作傳曰……"下爲全文。事在嘉定庚午即三年（1210），而《桯史》作成於嘉定七年（《桯史序》），是知此傳作於嘉定三年至七年間。故事發生在宋軍征伐峒寇李元礪之戰中。開禧間（1205—1207），九江戍校王成在淮甸追逐金虜時獲一病騟（按：

————————————

①《玉楮集》卷六《庚子（四年）三月二十七日又易守當塗，四月十一日發辭免之牘，書懷成二唐律》《十二日諏吉，受通議大夫告，再書述懷二首》。

②《宋史全文》卷三三："（嘉熙四年七月）戊寅，以岳珂權户部尚書、淮南江浙荆湖制置茶鹽使。"《玉楮集》卷八詩題《六月二十一日，内引賜對緝熙殿，玉音宣問。漏下數刻將退，賜金幣香茗有差。既而御筆除長地官，將旨八路，復賜一札，兼鎮姑孰，敬紀感遇，以昭恩榮四首》。長地官即户部尚書。姑孰即當塗縣，太平州治所。

③見《宋史》卷四二四《徐鹿卿傳》。徐鹿卿《宋宗伯徐清正功存稿》卷一有《劾知太平州岳珂在任不法疏》。《宋史全文》卷三三："（淳祐元年十二月）丁丑，左司諫方來奏岳珂比以罷斥，乃卜第吳門，蔑棄君命，乞勿予祠，令歸江州。監察御史謝公旦又奏珂創增鹽額，國課益虧，況作倡言利，乞重鐫削，詔更鐫一秩。"

④按：《中國歷史大辭典》宋史卷謂岳珂卒於 1234 年，即理宗端平元年，誤甚。岳珂淳祐元年（1241）十二月猶在世，時方五十九歲。

⑤《直齋書録解題》傳記類著録《岳飛事實》六卷、《辨誣》五卷。《岳飛事實》即《鄂國金佗稡編》之《鄂王行實編年》，《辨誣》即《籲天辨誣》。

騟,紫色馬,見《玉篇》),經精心飼養而康復。騟性烈不可制,唯對王成帖耳馴服。嘉定庚午,峒寇來犯龍泉柵,王成陣亡,騟悲鳴屍側,爲元礪弟所獲。乘之進退如意,極爲珍愛。不久峒寇犯永新柵,宋軍迎戰。元礪弟乘騟出戰,騟識宋軍旗幟,遂向宋軍陣地馳來。元礪弟覺有異,大呼勒挽而不能止,怒以鐵槊擊傷騟胯,騟不顧,冒陣以入,宋軍識爲王成之騟,遂擒元礪弟。乘機進軍,敗峒寇。事後宋軍耻其功出於馬,没而不報。居二日,騟病傷不秣而死。下爲"稗官氏"議論,引用孔子"驥不稱其力,稱其德也"之語,稱讚騟"不苟受以爲正,報施以爲仁,巽以用其權,而決以致其功,又卒不失其義以死"之德。末云:"余意君子之將有取也,而居是鄉,詳其事,故私剟取著于篇。"發明以馬勉人之旨焉。

《宋史》卷三九《寧宗紀三》載,嘉定二年十一月,郴州黑風峒寇李元礪率衆數萬,連破吉、郴數縣,詔遣荆、鄂、江、池四州軍討之。九江戍校王成隨軍出征即在此時,九江即屬江州。三年四月,李元礪犯南雄州,官軍大敗。六月,池州副都統許俊、江州副都統劉元鼎與李戰於江西,皆不利,知潭州曹彦約又戰亦敗。十一月,李迫贛州、南安軍,詔以重賞募人討之。十二月,黑風峒首領羅世傳縛李請降,次年二月李元礪伏誅。

王成義騟事當爲實情,惟流傳中當有所誇飾。傳文中馬被賦予人性人情,具有忠誠正義之品性,作者頌揚義騟,即就此著眼。岳珂作爲抗金名將岳飛後代,於乃祖千古奇冤痛心疾首,所謂"蓋自漢魏以來,功臣被誣,誕慢無實,未有如先臣之抑"(《金佗稡編》卷二〇《籲天辨誣通叙》),著書"籲天辨誣",以發其憤。《桯史》雖爲"稗官氏"之作,然亦頗見其志。明人潘旦《書桯史後》云:"亦齋,武穆孫也。悲憤籲天間,著《桯史》以見志。公是公非,昭人文,予忠節,誅亂賊,明尊主攘夷之義。凡圖讖、神怪、詼諧類漫書之,若有深意寓焉,豈亦不得其平而鳴與?"毛晉《桯史跋》云:"乃圖讖、神怪、街衢瑣屑之類,都率筆書之,正欲後之讀是書者,於游戲謔浪時,不忘忠孝本性。其一種深情妙手,可以意逆而不忍明言者,意或有在矣。"《四庫全書總目提要》卷一四一亦云《桯史》"大旨主於寓褒刺,明是非,借物論以明時事"。珂撰《義騟傳》以"稗官氏"爲號,明其爲稗官小説,而以馬喻人,以人入馬,洵爲"深情妙手","意或有在",作者之誠義信念與不平之鳴,灼然可見。珂述義騟,筆墨集中,語言拗仄勁健,頗能傳其精神也。

《千頃堂書目》卷一五類書類著録《古今彙説》目録,卷一二有岳珂《義騟傳》。明許自昌《樗齋漫録》卷五、清文行遠《潯陽蹠醢》卷一、潘永因《宋稗類鈔》卷三五《鳥獸第五十九》引全文,《樗齋漫録》、《潯陽蹠醢》引自《桯史》。《江西通志》卷一六二《雜記》節引岳珂《義騟傳》,元闕名《東南紀聞》卷三略載其事。

曾亨仲傳

存。南宋陳鵠撰。傳奇文。

陳鵠,號西塘,南陽(治今河南南陽市)人①。弱冠客會稽②。孝宗淳熙十一年(1184)爲太學諸生③。光宗紹熙元年(1190)洪邁知紹興府,嘗與洪遊④。在紹興又與陸游兄淞(字子逸)從遊頗密⑤。寧宗嘉定八年(1215)爲滁州教授⑥,十三年曾道過縉

---

① 《四庫全書》本《耆舊續聞》卷首《提要》云:"原本題曰'南陽陳鵠録正',又一本題'陳鵠西塘撰',蓋南陽人而號曰西塘者,特其時代爵里已不可考。"按:孔凡禮點校本(中華書局,2002)《點校説明》云:"或疑'西塘'爲陳鵠所居,或疑'西塘集'爲陳鵠別集之一,或謂'西塘'爲鵠之別號,没有定論。"按:書名《西塘集耆舊續聞》者,謂西塘彙集耆舊所言而承以記之。西塘,其號也。

② 《耆舊續聞》卷一○:"余弱冠客會稽,遊許氏園,見壁間有陸放翁所題詞。"

③ 《耆舊續聞》卷七:"余淳熙甲辰,初識曾(亨仲)於臨安郡庠。"卷一○:"余爲太學諸生,請假出宿前,廊置一簿,書云'感風'。"

④ 《耆舊續聞》卷四:"内翰洪公帥會稽日,余嘗乘間問曰……"據《南宋制撫年表》卷上,洪邁知紹興府(會稽)在紹熙元年。又卷九:"容齋先生語余云……"容齋先生即洪邁。

⑤ 《耆舊續聞》卷二:"陸辰州子逸……晚以疾廢,卜築於秀野,越之佳山水也。……余嘗登門,出近作贈別長短句以示公。"陸游、陸淞同爲陸佃孫,卷一○云:"二陸兄弟,俱有時名。子逸詞勝,而詩不及其弟。"

⑥ 《耆舊續聞》卷七:"余乙亥歲爲滁教。"

雲,訪李英華遺跡①。晚年著《西塘集耆舊續聞》十卷。約卒於
理宗寶慶(1225—1227)後②。

　　《耆舊續聞》卷七載:"余聞英華之事舊矣。歲在庚辰(嘉定
十三年),道出縉雲,訪其遺跡,得縉雲令林毅夫贈英華詩集一
編。"下載宣和庚子(二年,1120)曹穎在縉雲遇鬼仙李英華事。
接云:"若言曾生之遇尤異。"以下叙友人曾亨仲在鄂州(按:原誤
作岳州)嘉魚崔府君祠遇崔府君女無爲子,二人唱和詩詞及女爲
曾預言前程之事。中云:"曾遂扣以前程事,云:'遇雞年即
發。'……來春,曾欲試上庠,女泣別曰:'與君相從許久,苦留不
住,先動必有災,前途宜自謹。'曾至黄池鎮,一夕被寇席捲而去。
曾狼狽而歸,至中都,復丁母艱,始驗其言。後累舉,遇雞年皆不
驗。後館於趙大資德老之門,至癸酉歲,果請浙漕薦,年幾七旬
矣。女子之言異哉!"以下云:"余謂妖魅之惑人,未有久而不斃
者,獨二子所遇,不能爲之害。曹果死於兵難,曾雖蹭蹬不第,年
逾八裵以壽終。余淳熙甲辰(十一年,1184),初識曾於臨安郡庠,
一日乘其醉扣之,曾悉以告,嘗爲作傳以紀其事矣。亨仲乃鄭鑑
自明之内表,嘗以其事語於伯恭先生(按:吕祖謙字伯恭),士夫閒
亦有聞之者。偶讀《李英華集》,某以其事正相類,因併録之。"

　　觀陳氏語,嘉定十三年在縉雲得《李英華集》,晚年作《耆舊續
聞》據而録下英華事,同時又一併録入昔日所作《曾亨仲傳》,是故
"余友人曾亨仲"至"女子之言異哉"一段,蓋即原傳文字。淳熙十
一年從曾亨仲處聞其事後,似未即作傳,或僅爲草稿,待到嘉定六

────────────

① 《耆舊續聞》卷七:"余聞英華之事舊矣,庚辰,道出縉雲,訪其遺跡。"
② 《耆舊續聞》卷七云曾亨仲癸酉歲請浙漕薦,年幾七旬,又云年逾八裵以
　　壽終。癸酉歲當爲嘉定六年(1213),其時以六十九歲計,則生在紹興十
　　五年(1145),卒年以八十一歲計,則終於寶慶元年(1225)。陳鵠既記及
　　曾亨仲終,知其卒在此後。

年癸酉歲(1213)，曾亨仲由浙江東路轉運使司薦官，無爲子所言"遇雞年即發"應驗後方作寫定。若然，傳當成於嘉定六年後也。

曾所遇女，父乃崔府君。崔府君宋人頗傳之，北宋張師正《括異志》卷八《黄遵》亦叙興國軍黄遵入冥見冥官崔府君。士民於崔府君極爲崇拜，孟元老《東京夢華録》卷八云："六月六日，州北崔府君生日，多有獻送，無盛如此。"州北即北宋開封府城北，有崔府君祠。南宋都城臨安府西湖靈芝寺側亦建有崔府君祠，吳自牧《夢粱録》卷四《六月》載："六月初六日，勅封護國顯應興福普佑真君誕辰，乃磁州崔府君，係東漢人也。朝廷建觀在閶門外聚景園前靈芝寺側，賜觀額名曰顯應。其神於靖康時高廟爲親王日出使到磁州界，神顯靈衛駕，因建此宫觀，崇奉香火，以褒其功。此日内庭差天使降香設醮，貴戚士庶，多有獻香化紙。"費袞《梁谿漫志》卷一〇《伏波崔府君廟》云："磁州有崔府君廟，邦人嚴奉。又京師北郊亦建廟。中興駐蹕臨安，加封真君，築祠西湖上，像設尤嚴。"周密《武林舊事》卷五《湖山勝概·南山路》云："顯應觀，祀磁州神崔府君。六月六日生日，其朝遊人甚盛。咸淳間改昭應。今歸靈芝寺。"又卷三《都人避暑》云："六月六日，顯應觀崔府君誕辰，自東都時廟食已盛。是日，都人士女，駢集炷香。"李心傳《建炎以來朝野雜記》甲集卷二《郊廟·顯應觀》云："顯應觀，紹興十七年建，以奉磁州崔府君，在西湖之東岸。"

兩宋朝廷自仁宗始於崔府君屢有封賜，北宋高承《事物紀原》卷七云："顯應公，在京城北，即崔府君祠也。相傳唐滏陽令，没爲神，主幽冥。本廟在磁州，淳化中(990—994)民於此置廟，至道二年(996)，晉國公主石氏祈有應，以事聞，詔賜名護國。景祐二年(1035)七月，封護國顯應公。"[1]南宋李燾《續資治通鑑長編》卷一一七載：仁宗景祐二年七月，"封崔府君爲護國顯應公。

_____

[1]《文獻通考》卷九〇《郊社考二十三·雜祠淫祠》亦載，與此大同。

府君唐貞觀中爲滏陽令，再遷蒲州刺史，失其名。在滏陽有愛惠，名（按：當作民）立祠，後因葬其地。咸平三年（1000）嘗命磁州葺其廟，而京師北郊及郡縣建廟宇，奉之如嶽祠。於是因民所向，而封崇之。"《宋會要輯稿・禮二一之二五》載："護國顯應公廟，廟在東京城北，即崔府君祠也。相傳唐滏陽令，殁爲神，主幽冥事。廟在磁州，太宗淳化初，民有於此置廟。至道二年，晉國公主石氏祈禱有應，以其事間，詔遣内侍修廟，賜名，并送衣物供具。真宗景德元年（1004）重修，春秋二祀。磁州廟，咸平元年（998）重修，五年賜額曰崔府君廟，朝廷常遣官主廟事。仁宗景祐二年七月，封護國顯應公，仍令開封府、磁州遣官祭告，具上公禮服。一在西京慶州，神宗熙寧八年（1075）十二月，詔府君廟特加封號。"又《宋會要輯稿・禮一四之二一》引《續會要》：自景德三年（1006）後，"開封府縣文宣王、浚儀縣崔府君……等廟，皆遣官祭告"。樓鑰《攻媿集》卷五四有《中興顯應觀記》（奉敕撰），引《仁宗實錄》："景祐二年，封崔府君爲護國顯應公。……府君，貞觀中爲相州滏陽令，再遷蒲州刺史，史失其名。在滏陽有愛惠，民爲立祠，後因葬其地。咸平二年始賜府君之廟，而京師北郊及郡縣奉之如嶽祠。至是，因民之所信鄉而封崇之，故詔曰：'惠在滏邑，恩結蒲人。'"又云："元符二年（1099）即舊號封王，大觀賜廟額，政和賜冠冕，七年（1117）加封護國顯應昭惠王。宣和三年（1121）郡守韓景朝辭承上命葺治，祠曰敷靈，觀曰顯應，且按舊碑爲之記。其說略與《實錄》同，又言唐太宗夢得之，俾詔入觀，刺蒲州、河北採訪使。因命刑曹曹弋編録神之靈迹五十餘條，傳于世。"

　　至南宋，據説靖康元年（1126）因康王趙構在磁州曾受崔府君庇祐，故而對崔府君尤加崇奉。《夢梁録》所云"其神於靖康時高廟爲親王日出使到磁州界，神顯靈衛駕"，即指此事。南宋熊克《中興小紀》卷一載："靖康改元冬，金人再入寇。刑部尚書江都王雲，奉使至金寨，先遣親吏李裕回，道沃哩布語，須康王親到，議乃可成。於是上奉詔使沃哩布軍，請緩師。……以十一月丁丑發京師，晝夜行。庚辰至相州……辛巳至磁州。……磁有崔府君祠，乃東漢之崔子玉也，封嘉應侯，號曰應王。上至，州人擁神馬，謂應王出迎。"《攻媿集·中興顯應觀記》云："真君崔姓，廟在磁州，旁爲道觀，河朔人奉之五百餘年矣。靖康中，高宗由康邸再使金，磁去金營不百里。既去謁祠下，神馬擁輿，肸蠁炳然。州人知神之意，勸帝還轅。"徐夢莘《三朝北盟會編》卷六四載之尤詳，略云："（靖康元年十一月）二十日辛巳……康王發相州至磁州……至磁州城下六七里，宗澤率郡寮迎謁道左。……磁州城外望見百餘人，執兵，文身，青紗爲衣，以傘遮馬，繡其鞍韉，如市里小兒迎鬼神之狀者。王顧怪之，磁人謂應王出迎康王耳。應王者，磁人所事崔府君封嘉應侯者。頃刻馬相就，有吏呼：'應王揖者。'澤請王舉鞭答之。又呼曰：'應王請康王。'行馬入至府舍正寢，猶未進食，吏持謁入云：'應王參見。'澤已於正廳設兩位，具賓主儀。澤懇王曰：'應王甚靈，邦人聽之，如慈父母，惟願大王信之勿疑。'王不得已，戎服而出。吏攝應王就位，二廟吏緋衣，其一手相持，各一手平展外向，若擁應王之狀。既云就坐，茶湯如常禮，吏贊。應王不肯就轎上馬，澤前請應王上馬，即退。……二十一日……康王徇宗澤之請，乃謁應王廟，當州之北……王欲乘馬歸，有紫衣吏二十人，舁應王所乘轎，神馬在後，擁而前曰：'應王乞大王乘此以就館舍。'王顧視其轎，則朱閒金裝，座椅及竿螭首施紅緔。……王登轎還。"由應王神馬之事又演爲泥馬渡康王之說，舊題辛棄疾《南渡錄》云："康王質於金，遣還。奔竄疲困，假寐於崔府君廟。夢神人曰：'金人追及，速去，已備馬於門首。'康王躍馬南馳。既渡河，馬不復動，視之則泥馬也。"高宗即位後爲崔府君建顯應觀，前已言之，又《中興顯應觀記》云："中興駐蹕錢塘，初置觀于城南，尋徙于西湖之濱，分靈芝僧寺故基爲之。祠宇宏麗，像設森嚴。長廊靚深，采繪工緻。鐵騎戎卒，左出右旋，戈鋋旗蓋，勢若飛動。敞西齋堂以挹湖山之秀，爲崇祐館以處羽衣之流，稱其爲大神之居。高宗脱屣萬乘，嘗同憲聖（按：高宗后憲聖慈烈吳皇后）臨幸，以丹堊故暗，賜金藻飾一新。”又云：“淳熙十三年（1186），奉光堯（按：即高宗禪位後尊號）聖旨，改封真君。……季夏六日，相傳以爲府君生朝，都人無不歸嚮，駢擁竟夕，尤爲一時之盛。孟冬十日，又謂爲府君朝元之節。”

　　南宋猶傳孝宗趙眘母夢崔府君而生孝宗。張淏《雲谷雜紀》卷三云：“孝宗本生母張夫人，一夕常夢絳衣人，自言崔府君，擁一羊謂之曰：‘以此爲識。’已而有娠。及孝宗誕育之際，赤光照天，室中如晝。時秀王（按：即趙子偁）方爲秀州嘉興縣丞，郡人皆以爲丞廨遭火，久之方知爲張夫人免身。是歲丁未，其屬爲羊。又有前夢之應，故孝宗小字曰羊。”此事宋人頗傳，《中興顯應觀記》、《建炎以來朝野雜記》甲集卷二《郊廟·顯應觀》、《建炎以來繫年要錄》卷一〇、《中興小紀》卷二、《宋史全文》卷一六上《宋高宗一》等皆有記。王應麟《玉海》卷一〇〇《紹興顯應觀》云：“高宗北使至磁而還，孝皇母夢崔府君擁一羊遂生。紹興十八年建顯應觀於臨安城南包家山（一云龍山），以奉磁州崔府君。二十二年十一月詔徙於靈芝寺之右（一云二十四年）。神羊告符，絳煇貫室。”觀此，高宗崇奉崔府君，似亦與孝宗誕生有關。

　　以後南宋諸帝仍有崇奉之事，《中興顯應觀記》載，嘉定三年（1210）十一月朔，制詔參知政事樓鑰[1]曰：“顯應觀爲國家集福之地，自建立以來，未有爲之記者，汝其碑之，文成，朕當書其額

---

[1]《宋史》卷二一三《宰輔表四》：嘉定元年八月，“樓鑰自吏部尚書除端明殿學士、簽書樞密院事、兼太子賓客。十月丙子，進同知樞密院事”。二年正月丁巳，“除參知政事”。

曰‘中興顯應觀記’。”又云：“皇帝皇后聿追祖考之意，載命興葺，復賜緡錢二萬，俾都監右街鑒義、主管教門公事明素大師、陳永年買田，以增齋供之費。所以妥靈而錫福斯民者甚至，是誠不可以無紀也。”

崔府君之爲誰，實是一筆糊塗賬。《中興小紀》卷一云：“乃東漢之崔子玉也，封嘉應侯，號曰應王。”《建炎以來繫年要錄》卷一〇注云“東漢崔瑗廟在磁州，封嘉應侯”，《建炎以來朝野雜記》甲集卷二《顯應觀》亦注：“崔府君，東漢崔瑗也，封嘉應侯。”《中興顯應觀記》則只言“真君崔姓，廟在磁州”，又援證《仁宗實錄》“史失其名”（按：《續資治通鑑長編》卷一一七亦稱“失其名”），以爲“雖尊其姓而逸其名”，並云：“竊考神之所自，不知者以爲北魏之伯淵，其知者以爲後漢之子玉，雖皆名公而實非也。《續會要》等書亦不詳諦，或誤後人。”《梁谿漫志·伏波崔府君廟》亦云：“或以其神爲崔子玉，非也。神乃唐貞觀中相州滏陽令，遷蒲州刺史，有惠愛於滏陽。後爲磁州，民爲立祠，歿，因葬其地。本朝景祐二年七月詔曰：‘眷是靈祠，本于外服，且以惠存滏邑，恩結蒲人，生著令猷，没司幽府。案求世系，雖史逸其傳；尸祝王官，而民賴其福。崔府君宜特封護國顯應公，有司遣官祭告。’然迄莫知其名字。”

按所謂崔子玉之説出於唐代民間傳聞。唐代通俗小説《唐太宗入冥記》（《敦煌變文集》卷二）中有輔（滏）陽縣尉崔子玉在冥間爲判官，太宗授以蒲州刺史、兼河北廿四州採訪使，官至御史大夫，所謂崔府君即由此而來。後漢崔瑗字子玉，《後漢書》卷五二有傳，崔駰子，涿郡安平人。舉茂才，遷汲令，“視事七年，百姓歌之”。蓋民間移後漢崔子玉（瑗）爲唐人，傳説中以爲滏陽令、蒲州刺史，有德政而兼理陰陽。

金人所傳崔府君則異，元好問《崔府君廟記》云：“唐崔子玉府君祠，在所有之。或謂之亞嶽，或謂之顯應王者，皆莫知所從來。府君,定平人,太宗時爲長子令,有惠愛之風。本道採訪使與長子尉劉内行弗備,且有贓賕之鄙。時縣有虎害,府君謂二人者宜當之,已而果然。及一孝子爲所食,乃以牒攝虎至,使服罪。一縣以爲神,而廟事之。世所傳蓋如此。"(據元蘇天爵編《國朝文類》卷二七)

　　元明亦盛傳崔府君事,尤爲詳盡,異辭亦多。元秦晉編《新編連相搜神廣記》後集《崔府君》載:崔府君祁州鼓城人。父讓,夫妻禱北岳祈嗣,夢仙童云帝賜美玉二枚,各吞一,遂於隋大業三年六月六日生子,名子玉。唐太宗貞觀七年,除府君爲潞州長子縣令,正直無私,晝理陽間,夜斷陰府。鵰黄嶺有猛虎傷人,府君遣吏賷符牒召至責之,虎觸階而死。十七年遷磁州滏陽縣令,決楊曳二子負債之冤。後遷衛州衛縣令,除河中巨蛇。一日爲上帝召而卒,在世六十四年。玄宗避安禄山亂,夜夢神人崔子玉,告之賊不久而滅。駕歸建廟,封靈聖護國侯。唐武宗時天下大水,禱之乃止,加封護國威應公。宋真宗加封護國西齊王。宋高宗避難,走鉅鹿馬斃,忽見白馬,隨之至靈祠,廡下有土馬,汗如雨下。夜宿,夢青衣紫袍人促其亟行,見祝板題云磁州都土地崔府君。登殿覩像,如夢中所見。白馬導至斜橋,馬忽不見。及南渡,爲立廟,賜額曰顯衛。所記《崔府君》又見於明汪雲程編《逸史搜奇》壬集八、佚名編《重刊繪圖三教源流搜神大全》卷二、《新刻出像增補搜神記》卷四、《續道藏》本《搜神記》(六卷本)卷四,《增補搜神記》、《搜神記》六卷本微有删節。明王世貞輯《列仙全傳》卷五《崔子玉》亦載,情事大同,惟稱崔子玉名珏,蘄州彭城人。

　　宋金時不惟磁州、臨安府有崔府君廟,《宋會要輯稿·禮二一之二五》稱西京慶州亦有,"神宗熙寧八年十二月,詔府君廟特加封號"。《仁宗實錄》稱"郡縣奉之如嶽祠",則其他郡縣亦有之。元好問《崔府君廟記》云:"唐崔子玉府君祠,在所有之。"此

乃在陽平者。本篇云曾亨仲"移寓於崔府君祠下"，又云"郡以祠
爲漕試院"，則祠在鄂州。曾亨仲少年時由崔府君祠生出奇想，
遂造此鬼話沽名釣譽，正猶王子高之自言遇合芙蓉仙也。此類
作品宋人小説中頗多，宋代士子之特殊心態，此可見焉。

紅衣丱女傳

節存。南宋裴端夫撰。傳奇文。

裴端夫，寧宗時人。能詩。曾客於華亭知縣陳某家爲師，以布衣客死京下。

南宋沈氏《鬼董》卷五引有此傳，爲裴端夫自述遇鬼事。略云：温州人陳某知華亭縣，以裴端夫爲客。午夜見綠衣小童引一緋衣二綠衣人來，幞頭秉簡，當階旅揖而去。明夜童又來，云某官傳語，恐驚教授，不敢數進見，令小娘子來道萬福，遂有十餘歲紅衣黄裳丱女來向裴跪揖。自此女常來，言緋衣爹爹，綠衣叔叔，媽媽姐姐養娘妳妳輩三四十口在宅堂後，避嫌不敢相見。他日陳招飲，見女攜小數歲兒翳身屏後揶揄之。陳厲聲而叱，小女怒，言告其爹爹。頃間一婢發狂疾，攜巨柴欲擊人，厲聲責陳。陳使數卒力制之，以縣印遍印其身，將曉乃定。明日復憑他婢，懸立空中。陳遍召持法者治之，略無驗。未幾陳妻卒，陳亦以臺劾罷。後緋綠衣人復出，揖裴而去。末云："端夫恃爲鬼所敬，意必遠大。自華亭歸，數年乃客死京下。端夫趣尚頗高，能爲詩，終於布衣，可惜也。端夫自作傳示余，甚詳，今獨記其梗槩如此。"原傳不知題，姑擬如上。

沈氏乃寧宗、理宗時人，《鬼董》約作於理宗紹定中，其時端夫已卒，此傳殆作於寧宗嘉定間。作者懷才不遇，假託鬼神以自大自慰，但終究布衣終老，客死都下，其心誠有可哀。所描寫丱女，形象生動可愛，口語聯翩，洵爲傳神之筆。

記異録五卷

佚。南宋李孟傳撰。志怪集。

李孟傳(1136—1219),字文授,越州上虞(今浙江紹興市上虞區東南)人。高宗朝參知政事李光季子。歷仕幹辦江東提刑司、浙東常平司、江山縣丞、楚州司户參軍、知象山縣、主管官告院、將作監主簿、太府丞、兼考工郎等。寧宗慶元中出知江、處二州,遷廣西提點刑獄,改江東提舉常平,移福建。開禧三年(1207)遷福建提點刑獄,後移浙東①,加直祕閣,主管明道宫,里居久之。進朝請大夫、直寶謨閣致仕。嘉定十二年卒,年八十四②。性嗜書,藏書萬卷。著有《磐溪詩》二十卷、《磐溪文稿》三十卷、《宏辭類稿》十卷、《左氏説》十卷、《讀史》十卷、《雜誌》十卷、《記善録》五卷等,均佚。③

《寶慶會稽續志》載李孟傳有《記異録》五卷,《宋史》卷四〇一本傳亦載此書,無卷數,《宋志》失載。書已佚,佚文未見。觀其書名,當是語怪之作。殆作於嘉定間里居之時。

---

①《寶慶會稽續志》卷五《人物》作提點浙西刑獄。
②《宋史》卷三六三《李光傳》附《李孟傳傳》云“卒年八十”,誤。
③ 以上據《宋史》卷四〇一本傳、《宋史》卷三六三《李光傳》附、《寶慶會稽續志》卷五《人物》。

峽山神異記一卷

佚。南宋王輔撰。志怪集。

王輔[①]，字里不詳。嘉定十一年（1218）爲德慶府瀧水縣令。

《文淵閣書目》卷一六道書著録《峽山神異記》一部一册，不著撰人。《四庫全書總目》卷一四四小説家類存目二亦有著録，一卷，注：《永樂大典》本。提要云："宋王輔撰。輔里籍未詳。是書作於嘉定戊寅（1218），輔時辟爲瀧水縣令。自序謂：'予備員西征，始聞峽山非常可駭之事，始猶未敢以爲然。及觀前賢所記，由東坡以來，連篇累牘，悉出於名公巨卿之口。以其人之可信，則事必可信矣。訪《峽山集》舊版散失，於是裒集傳之。'然其叙述飛來殿謂：'至德元年，峽有三神人化爲方士，夜扣穎州貞俊禪師曰："本峽居清遠上流，吾欲建道場，師能去否？"俊諾之。是夕風雨驟作，黎明薄霽，啓户而觀，則佛殿與神像已運至山中矣。俊師乃於峰前石上安坐，本淮南西路舒州延祚寺之所移。'其事涉於語怪，是小説之支流，非地志之正體也。"

按此本乃從《永樂大典》輯出，《四庫全書》未收。現存《大典》殘卷，只卷二六〇三引《天王臺》一則，卷一一九八〇引《摽蟠嶺》一則（譌作《峽州神異記》），加《四庫提要》所引，凡三事。《天王臺》記唐廣德元年癸卯歲（763）覽公見海上四天王現兒童相而於西禺山造四臺事，《摽蟠嶺》記大曆中唐將得神人指示破蠻賊

---

① 清嵇璜等《續文獻通考》卷一八〇《經籍考》子部小説家下作黄輔。

事,飛來殿亦爲唐事,皆爲關於峽山山川古跡之傳説。峽山在清遠縣東,南宋屬廣南東路廣州。明人王臨亨《粤劍編》卷一《志古蹟》云:"峽山,據清遠之上游三十里。二禺穿窿對峙,束滇水而注之海,故名峽山。"峽山傳説極多,《粤劍編》云:"峽中洞巘泉石,説者多傅以謬悠之詞,似欲爲兹山增勝者。"王輔西赴德慶府瀧水縣令任(按:德慶府在廣州西),途中經峽山,聞"非常可駭之事",又觀前人許多有關記載,遂裒集舊説而爲此書。其性質與北宋勾台符《岷山異事》相近,皆專記一地之異聞,乃志怪小説之一體也。

峽山神異之事,《粤劍編》記有飛來殿、獅石、縹蟠嶺、釣鯉臺、達磨石、葛洪石、犀牛潭、歸猿洞、定心泉、和光洞、老人松、伏虎碑,皆王臨亨聞於山僧。除伏虎碑爲明事外,其餘皆六朝唐宋事。飛來殿、縹蟠嶺見於本書,然飛來殿之事稱在梁普通中,與本書所云至德元年不同,蓋傳聞異辭。其餘歸猿洞傅會唐裴鉶《傳奇》孫恪遇猿婦事①,老人松事本宋曲江人胡愈《松夢記》(《夷堅甲志》卷一七《峽山松》引),咸出自小説家言。

①《傳奇·孫恪》記袁氏於端州峽山寺化猿,非在清遠。蘇軾《峽山寺》自注:"《傳奇》所記孫恪袁氏事即此寺,至今有人見白猿者。"誤傳爲清遠峽山寺,後世因之,在清遠附會出"歸猿洞"。南宋袁文《甕牖閒評》卷五云:"蘇東坡作英州《峽山寺》詩所載孫恪化猿事,乃端州峽山寺,非英州峽山寺也。"説是,惟清遠縣(即今廣東清遠市)唐宋屬廣州,非英州也。

第六編　南宋後期

(1225—1279)

儆告一卷

佚。南宋闕名撰。志怪集。

《直齋書録解題》小説家類著録《儆告》一卷,云:"不著名氏,專叙報應。"《通考》、《宋志》同。按此書不載於北宋及南宋初中期書目,必非北宋人與南宋初期人撰。陳振孫撰《書録解題》約在理宗淳祐中(1241—1252)①,則書出此前,姑置於南宋後期。佚文不存。

————————

① 《直齋書録解題》卷三春秋類《春秋分記》解題云:"邛州教授眉山程公説伯剛撰。……兄弟三人皆以科第進,今中書舍人公許,其季也。"據《宋史》卷四一五《程公許傳》及《理宗紀》,程公許爲中書舍人在淳祐五年、六年間。又《解題》卷八目録類著録《晁氏讀書志》二十卷,乃衢州刻本,刊於淳祐九年。參見徐小蠻等點校本《直齋書録解題》附録二十四陳樂素《直齋書録解題作者陳振孫》。上海古籍出版社,1987,第696—697頁。

鬼董五卷

存。南宋沈氏撰。志怪傳奇集。一題《鬼董狐》。

沈氏，名不詳。關於本書作者，元臨安錢孚泰定丙寅（三年，1326）跋云：“《鬼董》五卷，得之毘陵楊道芳家。此祇鈔本，後有小序，零落不能詳。其可考者，云太學生沈，又云孝、光時人，而關解元之所傳也。喜其叙事整比，雖涉怪而有據，故録置巾笥中，以貽同好。”清鮑廷博乾隆丙午（五十一年，1786）跋云：“右《鬼董》五卷，不署撰人姓名。據泰定間錢孚跋語，似爲宋孝、光時沈某著，特傳之者關漢卿耳。考第四卷有‘嘉定戊寅予在都’之語，則其人寧宗時尚存。明蔣一葵《堯山堂外紀》竟以爲關撰者①，誤矣。所記多涉鬼神幻惑之事，宜爲儒者所譏，而勸懲之旨寓焉。予固不敢以無稽目之，復梓以傳，庶幾於世教有少補云。”錢跋語焉不詳，參稽書内自述，稍可知其經歷。沈氏約在孝宗淳熙、光宗紹熙間爲太學生。寧宗嘉定十一年戊寅（1218）春在京都臨安，與友人林亨之岳父、承務郎丘君曾有來往②。十六年秋客次湖州③。理宗寶慶

---

① 《堯山堂外紀》卷六八《關漢卿》注：“好談妖鬼，所著有《鬼董》。”
② 卷四“陳生”條：“嘉定戊寅（十一年）春余在都，友人林亨之之婦翁、承務邱（丘）君爲余言。”卷二“林千之”亦爲嘉定戊寅冬事。
③ 卷二“德清宰”條：“嘉定癸未（十六年）秋，余在郡治客次中，與嘉興趙丞、德清劉薄偕坐。”劉、趙所談爲湖州德清與湖州事。湖州治所爲烏程、歸安二縣。

間曾往鹽官看姊，紹定元年（1228），姻家提點刑獄公事魯文之卒於嘉興，而往哭之①。餘不可考。書中最晚記事在紹定二年己丑（卷二"善應尼"、卷三"道士青陽"②），而卷三"衢浦民"載衢浦民入冥對證，云第三妻餓死於丁亥（即寶慶三年，1227）水災③，則入冥事在此後，結尾又稱"自民之生已二三年"，然則作者撰成此書殆在紹定二年後之紹定年間（1228—1233）。

　　本書不見宋元書目著録，然宋代曾有刻本，明李詡《戒庵老人漫筆》卷八《論十王薦亡之誕》云："余得宋刻《鬼董》一書，中有論十王、薦亡兩條。"惟流傳不廣，陶宗儀《説郛》亦未採録。最初見於明趙用賢《趙定宇書目》所載《稗統續編》目録，中有抄本《鬼董》。清錢謙益《絳雲樓書目》小説類、曹寅《棟亭書目》説部類亦有著録，均作《鬼董狐》，《棟亭書目》注云："鈔本，元臨安錢孚跋尾，五卷，一冊。"以上皆不著撰人。清黃虞稷《千頃堂書目》小説類"補元"、倪燦《補遼金元藝文志》小説家類、錢大昕《補元史藝文志》小説家類、魏源《元史新編》卷九三《藝文志三》小説家類乃著録作關漢卿《鬼董》五卷。按錢孚跋語稱原鈔本小序云"關解

---

① 卷二"善應尼"條："善應尼，余往在鹽官看姊見之。……後攜數百錢券來，託以市米，余曰：'米非余事，亦非爾事也。'應曰：'誠然，我未知君，爾持去，屬之魯文之。'歲在戊子（紹定元年），哭魯憲於嘉禾。晚行其園中小菴，有出揖者，應也，曰：'曩歲糴資在是。……'"下云明年三月善應尼亡。卷三"老子"條："余姻家魯提刑捐館，其子德清知縣繼亡，子舍先作黃籙醮。"按提刑即提點刑獄公事，屬諸路提點刑獄司，簡稱提刑司，又稱憲司、憲臺。魯提刑、魯憲乃一人，均以官職稱之，其名則爲文之。嘉禾即嘉興縣。

② "道士青陽"條："紹定己丑（二年）三月二十八日，臨安天慶館客道士青陽某坐逝。"

③ 卷三"寶慶丁亥"條："寶慶丁亥七月十一日夜四更，大風起西南，雨如注。……平地水長數尺……死於水中者不可勝計。……明年春大疫，比屋相枕籍。"

元之所傳”，顯非關解元自著。且關解元未必定是關漢卿，宋元書會才人及讀書人以解元相稱者多有之，以爲關漢卿撰，大謬。①

　　明清時本書大抵以鈔本流傳，今國家圖書館藏有清抄本《鬼董》五卷、《鬼董狐》五卷各一册（《北京圖書館善本書目》卷五小說家類）。乾隆五十一年（1786）鮑廷博始刊於《知不足齋叢書》，五卷，不署撰名，卷末有元人錢孚跋，題“泰定丙寅清明日臨安錢孚跋”。末爲鮑跋，署“乾隆丙午（五十一年）七月既望歙鮑廷博識於知不足齋”。《叢書集成初編》影印知不足齋本。《續修四庫全書》1266 册有國圖藏《知不足齋叢書》本，錢孚跋後有孫江②識語及藏園老人（傅增湘）校跋③。鮑刊本後又收入《龍威秘書》五

———————

① 南宋已稱書會才人爲解元，《西湖老人繁勝録・瓦市》、《武林舊事》卷六《諸色伎藝人・演史》中均有張解元。戴不凡《小説見聞録・小説識小録・關漢卿和〈鬼董〉》：“此書雖是談鬼小説，然所叙多江南浙西事，用語亦全是南宋人口氣……《鬼董》絶非金遺民大都關漢卿撰，誠可謂鐵證如山。”《小説見聞録》，杭州：浙江人民出版社，1980，第 288—289 頁。

② 孫江，字岷自，明末清初人。參見楊立誠等《中國藏書家考略》，上海古籍出版社，1987，第 154 頁；清錢曾《讀書敏求記》卷四總集《唐僧弘秀集》，北京：書目文獻出版社，1984，第 144 頁。

③ 孫識云：“此非全書也。或疑爲《太平廣記》中摘出，然所載多宋遼金事，何繆議如此！ 擬爲解元關姓所作，信然。”按：孫識語多不確，所載多爲宋事，無遼金事。書乃關解元所傳，非關作也。傅跋云：“家藏舊鈔本，庋之簏底十餘年矣。前日偶檢及之，曰取鮑刻本一校，改定一百一字。此書《四庫》不收，知不足齋外别無刊本。此帙卷後有孫岷自跋，首鈐王鹿鳴印記，半葉九行二十字，審其筆迹，當爲國初人所寫。其糾正之處，視刊本詞意尾長。後有覆彫者，可取正於此焉。壬申（1932）九月十六日游紅螺三峴歸，校畢記之。藏園老人沅叔氏書。”王菡整理《藏園群書校勘跋識録》上册收此跋。北京：中華書局，2012，第 269—270 頁。《北京圖書館善本書目》卷五小說家類著録傅增湘校跋本。

集、《説庫》①。全書共四十八事,《戒庵老人漫筆》所云宋刻本論
十王、薦亡兩條,見於今本卷四、卷三(即“老子”),蓋猶爲全帙。
孫江云“此非全書”,恐非。

　　四十八事中,有十三事實取自《太平廣記》鬼門及夜叉門。
“牟穎”見《廣記》卷三五二,原出《瀟湘録》;“章翰”、“章仇兼瓊”、
“吳生”、“韋自東”見卷三五六,分別出《通幽録》、《尚書故實》、《宣
室志》、《傳奇》;“新昌令妻”見卷三三五,出《廣異記》(以上卷一);
“張有”見卷三三三,出《紀聞》;“王萼”見卷三三四,出《廣異記》
(以上卷二);“盧仲海”、“王垂”見卷三三八,均出《通幽記》(以上
卷四);“常夷”見卷三三六,出《廣異記》;“唐晅”見卷三三二,出
《通幽記》;“田達誠”見卷三五四,出《稽神録》(以上卷五)。② 作者
基本上照録原文,但凡涉時代年月之詞皆删去,又常改人名地名,
以泯剽襲之跡。如章翰原作哥舒翰,新昌令原作新繁縣令,襄陽
主簿張有原爲楚丘主薄王無有,王萼原爲王玄之。《通幽記》之
《唐晅》、《傳奇》之《韋自東》皆是唐傳奇名篇,作者削去原作中開
元、貞元字樣,遂冒爲己作,實是猥下之舉。其餘三十四事皆爲宋
事,大都發生於南宋,只少數幾條事在北宋,則不見鈔襲之跡。

　　書中提到《夷堅丁志》、《夷堅癸志》(卷一“張師厚”、卷四“富
民妾”)③,可見作者受到南宋志怪大家洪邁之影響。歷代志怪

────────

① 《説庫》本末有鮑跋,亦出自鮑刊本,但譌誤極多。
② 清李慈銘《越縵堂讀書記》十二《劄記》云:“《鬼董》叙次頗潔,然其中如
　 俠士韋自東一條,陶小娘子一條,皆已見《太平廣記》,大略相同,而此書
　 皆以爲南渡時事,以陶小娘子爲張循王妾,蓋傳聞之誤。”北京:商務印
　 書館,1959,第1268頁。按:卷四“陶小娘子”不見於《廣記》,不知李慈銘
　 所指爲《廣記》何事與之大略相同。“韋自東”雖删去原作“貞元中”,然
　 非改爲南渡時事。
③ “張師厚”條末云:“《夷堅丁志》載太原意娘,正此一事。……”見《丁志》
　 卷九《太原意娘》。《癸志》亡。

家常以典故名書,隱喻語怪述異之意,如《齊諧記》、《宣室志》、《睽車志》、《夷堅志》之屬,此稱《鬼董》,乃本《搜神記》作者干寶被稱作"鬼之董狐"①。所記並非全爲鬼事,猶有夜叉、精魅、神靈、夢遊、報應、僧尼等,内容較廣泛。亦有不涉怪異者,亦爲一時奇聞。作者崇奉佛教,於佛徒佛法頗事譽揚(如卷二"善應尼",卷三"廬山歸宗寺"、"廬山天池峰"、"嗣清禪師",卷四"張忠定公詠"②、"富民妾"、"論十王"等),而書中不載神仙之事,却言道士誦《金剛經》不墮惡道,道士持偈坐脱(卷三"衢浦民"、"道士青陽"),又力斥道教之妄(卷三"老子"),於道教持貶抑態度。

　本書顯著特色乃是市井味濃重。三十餘宋事中,委巷傳聞佔大半,所寫爲胥吏、僧尼、術士、客旅、屠夫、鄉民、娼優等下層人衆,展示市民社會風情,體現市井細民之思想情感與審美趣味。上流社會則罕有描寫。"張師厚"(卷一)之人鬼交惡,"周浩"(卷二)之水魅惑人,"陳嘉慶"(卷二)之女伶夢遊,"樊生"(即"陶小娘子",卷四)之奇遇群鬼,類似小説説話中之煙粉靈怪故事,皆幻忽新奇,引人入勝。清張宗泰《魯巖所學集》卷一一《跋鬼董》云:"如張師厚、韋自東諸條,叙事飄忽不常,殊足發人意興。"其中"樊生"之情節、格調與南宋話本《西山一窟鬼》③如出一轍。"張師厚"則與洪邁《夷堅丁志》卷九《太原意娘》乃一事之二傳,惟韓師厚作張師厚,王意娘作崔懿娘,情事亦有異,作者按云:"《夷堅丁志》載太原意娘,正此一事,但以意娘爲王氏,師厚

――――――――――

① 見《世説新語・排調》、《晉書》卷八二《干寶傳》。

② 清張宗泰《魯巖所學集》卷一一《跋鬼董》:"張忠定公詠,向來傳其樂聞神仙家言,此書則謂其性好學佛,足廣異聞。"按:張詠好道,宋人書多有載,見《宋人軼事彙編》卷六。此乃謂其好佛,正抑道崇佛之意。

③ 載於《京本通俗小説》卷一二,又載《警世通言》卷四,改題《一窟鬼癩道人除怪》,注:"宋人小説,舊名《西山一窟鬼》。"

爲從善，又不及劉氏事。案此新奇而怪，全在再娶一節，而洪公不詳知，故復載之，以補《夷堅》之闕。"宋人話本《楊思温燕山逢故人》(《古今小説》卷二四)正演此事。"金燭"、"陳監倉女"、"楊二官人"(以上卷二)、"周寳"(卷五)等所寫乃現實社會之民間細事，同小説説話中公案、私情、朴刀、捍棒故事亦頗爲相似，中或反映統治階級腐敗及民衆之反抗。作者十分重視故事情節之曲折性與傳奇性，描述較細微具體，多有生動筆墨。語言通俗曉暢，不假雕飾：凡此亦皆近於話本。其中"王氏女"(卷一)乃一奇文，寫凌生妾爲其妻所害而爲女道士，託夢於凌，授長詩《妾薄命歎》，覺而得詩於褥前。後妻死，王氏乃得復返。此篇全録其詩，詩以五言爲主兼有七言，凡五百句，二千五百三十四字，亦有通俗曉暢特點，且騁想像飛揚之辭。張宗泰謂其"詩之冗長如此，雖李杜元白亦不能工，爲失於翦裁耳"，余則以爲其本不求詩家工麗，特寫彼妾心曲，反復再三，洵千古絶唱也。

新編醉翁談録二十卷

存。南宋羅燁編。傳奇雜事集。一題《醉翁談録》。

羅燁,號醉翁,廬陵(今江西吉安市)人。仕履不詳。

本書不見書簿著録,唯明人李詡《戒庵老人漫筆》卷六《子言小説名》云:“《醉翁談録引》:子言小説者,或名演史,或謂合生,或稱舌耕,或作挑閃。”見於今本甲集卷一《舌耕叙引·小説引子》。清初毛扆《汲古閣珍藏秘本書目》子部小説家著録有《醉翁談録》二本,注:“影宋板,精抄。”今人潘景鄭《著硯樓書跋》有《毛鈔本新編醉翁談録》,云:“殘本《新編醉翁談録》四卷,不著撰人。全書八卷,今佚其半,存卷五之八,都四卷。……檢汲古閣祕本書目,著録影宋鈔本《醉翁談録》二册,值一兩二錢,當即此本。”毛著影宋鈔本只後四卷,全書則八卷。觀潘氏對該書内容介紹,此本乃南宋金盈之所著同名書,非羅燁所撰之本。

金書亦曾著録於《千頃堂書目》小説類“補宋”,而收載於《宛委别藏》、《碧琳琅館叢書》、《芋園叢書》、《適園叢書》,《宛委别藏》本只存前五卷。《宛委别藏》、《適園叢書》等本題《新編醉翁談録》,署爲“從政郎、新衡州録事參軍金盈之撰”,1958年上海古典文學出版社排印出版。羅本在國内則久不見傳,近世發現於日本,上海古典文學出版社 1957 年出版點校本,《出版説明》云:“此書在日本發現,説是由朝鮮傳入①,日人曾

① 按:朝鮮成任(1421—1484)編《太平通載》卷二九《器量·樂昌公主》,末注出《醉翁談録》,見今本癸集卷一《重圓故事》,題《樂昌公主破鏡重圓》。知朝鮮傳有《醉翁談録》。

於一九四一年影印傳世,稱'觀瀾閣藏孤本宋槧'。"上海古籍出版社《續修四庫全書》第 1266 册影印此宋刻本①。羅本亦題《新編醉翁談録》,署廬陵羅燁編,分爲由甲至癸十集,集二卷,都二十卷。

此書既出宋槧,自是宋人編纂。《小説引子》中有一歌,歷數各代興廢,由羲農黄帝説到宋代,末四句云:"唐世末年稱五代,宋承周禪握乾符。子孫神聖膺天命,萬載昇平復版圖。"顯爲宋人口氣。《小説開闢》云"分州軍縣鎮之程途",此亦爲宋代地方行政區劃②。然研究者多謂書中有元人元事,故本書應作於宋末元初,或是出於元刊,經元人增益,證據是乙集卷二吴伯固女、吴仁叔妻皆元人。③ 此説大誤。按:《吴氏寄夫歌》云:"昭武吴賢良,字伯固。女夫因上皇帝書稱旨,送往太學。三年絶耗,其女作此歌以寄之。未幾,聖上幸學,全齋出官,榮歸故里。"《王氏詩回吴上舍》云:"三山吴媿(?),字仁叔。在太學。……"皆不稱其爲元人。然《情史》卷二四情蹟類《吴伯固女》稱"元時昭武吴伯固女",《古今圖書集成》閨媛典卷三三六、清顧嗣立《元詩選癸集》壬集下《吴伯固女》及近人陳衍《元詩紀事》卷三六《吴氏》亦

①影印本壬集卷二自"詩"至"但要作詩與"頁與下頁倒置。
②宋代地方行政區劃分爲路、府、州、軍、縣、鎮等,元代無軍。
③趙景深 1941 年作《重估話本的時代》云:《醉翁談録》據説是宋版,至少是宋末元初。……《醉翁談録》是宋末元初的。鄭振鐸和周貽白只相信這是元本。"《中國小説叢考》,濟南:齊魯書社,1980,第 82 頁。胡士瑩《話本小説概論》第五章第三節云:"書中雜有元事,當是元代刊本。"北京:中華書局,1980,第 153 頁。古典文學出版社版《醉翁談録・出版説明》云:"雖係宋代地方行政區劃,但我們却有理由疑它是元代刻本,因爲本書乙集卷二中'吴氏寄夫歌'的作者吴伯固女,乃是元人;又,'王氏詩回吴上舍'中的吴仁叔妻,也是元人。如是'宋槧',決不會把元人詩載進去的。"

皆載入其事其詩①。吳仁叔妻王氏，明彭大翼《山堂肆考》卷九
四《題詩返附》（未著出處）王氏作韓氏，稱"元吳仁叔妻"，《元詩
選癸集·吳仁叔妻韓氏》、《元詩紀事·韓氏》亦皆收錄韓氏
詩②。論者所謂元人元事，蓋即據此而言。但以二女爲元人實
是明人誤斷，觀所叙事實，其爲宋人無疑，絕非元人。記事中言
及太學、齋、上舍，乃宋代國學制度，與元無涉。據《宋史》卷一五
七《選舉志三》及《宋會要輯稿·選舉》等載，北宋熙寧四年
（1071）實行太學生三舍法，即分太學生爲上舍生、内舍生、外舍
生三等，始入學爲外舍，依次選升。元豐二年（1079）頒學令：太
學置八十齋，齋各五楹，容三十人。外舍生二千人，内舍生三百
人，上舍生百人，各有定員。上舍生又分三等，上等上舍生可以
取旨釋褐授官，中等亦可免禮部試，下等免解試。三山吳仁叔即

---

① 《情史》所載與本書事同而文異，歌五十八句，本書才三十四句，當另有所
本。《古今圖書集成》引《詩話》文字同《情史》，歌則四十六句。《元詩選癸
集》記事較《情史》末多"未幾天子幸學，夫受職東歸故里"二句，歌名《寄
外》，凡七十八句，《元詩紀事》據而載入。按：《元詩選癸集》文同明刻
《繡谷春容》樂集卷二《彤管摭粹·榮歸歌》，但《榮歸歌》未言爲元人。

② 《山堂肆考》未載吳仁叔答詩，《元詩紀事》所據爲《山堂肆考》。《元詩選
癸集》記事與之大同，但有仁叔答詩，與《醉翁談錄》詩句多同。按：吳仁
叔妻事又傳爲士人郭暉妻事，見《説郛》卷三〇《雋永錄·白紙詩》。《雋
永錄》作者不詳，乃元人。《重編説郛》弓八四取入《説郛》本，易名《詩話
雋永》，僞署元喻正己。《古今圖書集成》閨媛典卷三三六、《元詩紀事》
卷三六引《詩話雋永》即此，皆以郭暉妻爲元人。《重編説郛》弓二〇錄
葉夢得《巖下放言》十三條，前九條襲自《説郛》卷二九，後三條（中有《白
紙詩》）實取《説郛》本《雋永錄》，遂成濫僞之書。清厲鶚《宋詩紀事》卷
八七遂據此輯入郭暉妻詩，而《元詩紀事》卷三六案云："據《肆考》，顯係
元人，而亦見《巖下放言》，又疑宋人。"皆不考之過。《雋永錄》所引賈似
道《隨抄》、《蕙畝拾英集》、《續清夜錄》皆宋人書，《白紙詩》未注出處，疑
亦出宋人書。

是上舍生，故稱“吳上舍”。《吳氏寄夫歌》提到“聖上幸學，全齋出官，榮歸故里”，此事確有，聖上即宋徽宗，事在崇寧三年（1104）。清陸增祥編撰《八瓊室金石補正》卷九一載有《崇寧三年太學上舍題名序》一碑（紹興二十年左太中大夫、提舉江州太平興國宮、永州居住汪藻書），中云：“崇寧三年十一月四日躬幸太學，取論最之士十有六人，官之堂下，諸生恩賜有差焉。”又云：“徽宗……崇寧三年首命太學上舍生，賜第者十六人。”《宋史》卷一九《徽宗紀一》亦載：“（崇寧三年）十一月甲戌，幸太學，官論定之士十六人。”上舍十六人皆授官，此即所云“全齋出官”。《崇寧三年太學上舍題名序》載十六人姓名，其中鄭南、崔瑤、林徽之皆爲福州人①，而吳伯固是昭武人，昭武乃邵武古稱，北宋屬福建路，或吳伯固女夫即此三人之一亦未可知。而所謂吳孝廉伯固頗疑即吳處厚，吳處厚字伯固，邵武人，仁宗皇祐五年（1053）進士，哲宗元祐中歷知通利軍、漢陽軍、衛州等，未幾卒。② 二人字里全合，時代亦相及，惟未聞吳處厚曾舉賢良方正科③，或“吳賢良”之稱只是俗間敬稱而已。

關於本書編纂年代，乙集卷二《姑蘇錢氏歸鄉壁記於道》中有云“宋理宗即位之二十二年”，但末題“紹興甲戌（二十四年，1154）中秋後三日姑蘇錢氏記”，可見此句有譌，實應是“宋高宗紹興二十二年”。考《小說開闢》舉稱《夷堅志》，而《夷堅志》最後一志完成於洪邁逝世之前即寧宗嘉泰二年（1202）。本書丁集卷

---

① 見《淳熙三山志》卷二七《人物類二·科名》。
② 見《宋史》卷四七一《姦臣傳一·蔡確傳》附《吳處厚傳》、陸游《老學庵筆記》卷六、吳處厚《青箱雜紀》卷二等。
③《青箱雜記》卷二載吳處厚進士及第後考官江休復希望吳再應大科（即制科），但下文未言應大科事。《宋會要輯稿·選舉十一·舉賢良方正能言直諫等科》中亦無吳處厚。

一《花衢記録》七節記事,實係節取自金盈之《醉翁談録》卷七、卷八《平康巷陌記》①。金書卷一《名公佳製》有《史丞相上梁文,嘉定己巳敕賜府第》一節,史丞相即史彌遠,嘉定元年(1208)十月拜右丞相、兼樞密使、兼太子少傅,進封國公,十一月丁母憂歸治葬,太子請賜第行在,二年五月起復。② 嘉定己巳即嘉定二年。而卷二《榮貴要覽》中《戊辰親恩遊御園録》云:"嘉定改元,五月甲辰,主上臨軒策進士。"不稱寧宗而稱主上,可證金書撰於嘉定中,然則本書當出嘉定之後。又者,《小説開闢》所著録傳奇類話本中有《夜遊湖》一本,《萬錦情林》卷二《裴秀娘夜遊西湖記》蓋爲同一故事。此本開頭云"話説南宋理宗皇帝寶慶二年(1226)春三月初",若《夜遊湖》亦爲寶慶之事,則本書自然產生於寶慶以後。理宗在位凡四十一年(1224—1264),疑本書當編於理宗朝,時間不會再晚,觀"萬載昇平復版圖"之頌語,似未見亡國之象。然《裴秀娘夜遊西湖記》所寫女主人公裴秀娘寶慶二年"年方十五",男主人公劉澄"年約二十",故事結尾則稱"劉府尹(劉澄)壽年七十而終,裴夫人(裴秀娘)享年八十而逝",時過六十五年,已入元十餘年。按《裴秀娘夜遊西湖記》並非原本《夜遊湖》,而是元人作品③。説話人展轉增飾,故不可爲據也。

　　本書各卷大都以四字命篇,如《私情公案》、《煙粉歡合》、《婦人

①《平康巷陌記》共十五節,絶大部分取自唐孫棨《北里誌》,但有改動。今本《北里誌》當有闕佚,故而《平康巷陌記》記事有逸出《北里誌》者。但《平康巷陌記》末二節《潘瓊兒家繁盛》、《惜惜鍾情花月》(正文闕)當是金盈之所增,因潘瓊兒事在北宋紹聖間。檢對《花衢記録》與《平康巷陌記》,可以看出前者是後者節録,而不是徑採《北里誌》,因文句基本相同,且《花衢記録》亦有《潘瓊兒家最繁盛》一節。

②見《宋史》卷四一四《史彌遠傳》、卷三九《寧宗紀三》。

③《裴秀娘夜遊西湖記》收場詩六句,後四句襲自元人趙雍《鄭元和行乞圖》。參見胡士瑩《話本小説概論》第十章附録《宋元話本鈎沈》,第343頁。

題詠》、《寶媿妙語》、《花衢實録》、《遇仙奇會》、《花判公案》、《重圓故事》等等,共二十一類。《煙粉歡合》、《重圓故事》割置二處,頗疑今本已被後人竄亂。而《永樂大典》卷二四〇五引本書《煙花奇遇》之《蘇小卿》不見於今本,今本亦無《煙花奇遇》一類,而有《煙花品藻》、《煙花詩集》,足見今本已非原書。四字命篇蓋仿效北宋李獻民《雲齋廣録》與金本《醉翁談録》,前書有《士林清話》、《靈怪新説》等,後書有《名公佳製》、《瑣闥異聞》等,本書與之全似。然本書主要模仿金書,纂輯舊文舊事而成①,連書名亦襲之,只以"新編"爲別②。惟金書所載全爲雜事,此書則除亦有部分雜事外主要爲唐宋傳奇,且大抵爲麗情故事,是故實際又頗受《緑窗新話》影響(《小説開闢》中言及《緑窗新話》)。觀其各節標目大量用七字句,篇末間有評語("醉翁曰")③,顯亦源自《新話》。所異者,乃是《新話》引録原作删削特甚,而本書則較少删節,甚至基本上引録全文,此其優處也。

　　甲集卷一《舌耕叙引》(分爲《小説引子》、《小説開闢》二節)乃全書前言,記録南宋説話(主要是小説)之内容、名目、成就及説話人技巧、文化修養等,是極爲珍貴之原始資料,素爲治説話史者所重。《小説引子》八句開篇詩曰:"靜坐閑媿對短檠,曾將往事廣搜尋。也題流水高山句,也賦陽春白雪吟。世上是非難入耳,人間名利不關心。編成風月三千卷,散與知音論古今。"觀

---

①《平康巷陌記》改編《北里誌》而成,前已言之。卷五《瑣闥異聞》全取自唐蘇鶚《杜陽雜編》。卷三《京城風俗記》亦取他人書,序云:"予世居京城,自渡江以來,每思風物繁盛,則氣拂吾膺。暇日因命兒姪輩鈔録一年景致及風俗好尚,無不備載。行將恢復,再見太平,當知乎言歷歷可驗也。"乃南宋初人口氣。阮元《四庫未收書提要》乃據而云:"盈之家世汴京,南渡後官從政郎衡州録事參軍。"誤。

② 金書亦題"新編",蓋書坊所加。

③ 評語只見乙集卷一《林叔茂私挈楚娘》、己集卷二《封陟不從仙姝命》二處,疑今本有闕。

此,作者羅燁殆爲"書會先生",或是與説話人關係密切之"才人"之流,其所編話本與參考資料極多,而本書即是編與説話人用作參考之資料書,多採"風月"故事也。

書中收有二十餘篇唐宋傳奇,其中唐傳奇九篇,編在《遇仙奇會》、《神仙嘉會類》、《重圓故事》、《不負心類》,即《趙旭得青童君爲妻》(原出陳劭《通幽記》)、《郭翰感織女爲妻》(原出張薦《靈怪集》)、《薛昭娶雲容爲妻》、《封陟不從仙姝命》、《裴航遇雲英于藍橋》(並出裴鉶《傳奇》)、《柳毅傳書遇洞庭水仙女》(李朝威《洞庭靈姻傳》)、《無雙王仙客終諧》(薛調《無雙傳》)、《李亞仙不負鄭元和》(白行簡《李娃傳》)、《韓翃柳氏遠離再會》(許堯佐《柳氏傳》),皆是唐傳奇名篇,另有《樂昌公主破鏡重圓》(原出孟棨《本事詩》)一篇文短,亦爲著名故事。《李娃傳》題作《李亞仙不負鄭元和》,按李亞仙、鄭元和之稱不見《李娃傳》,乃據宋人説話①,可見在編入時加以改動,或所據乃是宋人改編本耳。

宋人傳奇只少數幾篇見於宋人他書,然皆不及此詳,而大部分則僅見於此,彌足珍貴。辛集卷二《負約類》之《王魁負心桂英死報》,乃北宋夏噩《王魁傳》之節本,文字較詳。壬集卷一《負心類》之《紅綃密約張生負李氏娘》,乃北宋無名氏《鴛鴦燈傳》之節本,可能有所增飾改動。此二篇乃重要宋人傳奇作品,宋元以降小説戲曲不斷敷演,尤其是前者。② 甲集卷二《私情公案》之《張氏夜奔吕星哥》,後演爲宋元戲文《吕星哥》③。作品叙事中插入

───────────

① 《醉翁談録·小説開闢》小説話本名目中有《李亞仙》。南宋劉克莊《後村詩話》前集卷一、莊綽《雞肋編》卷下皆稱鄭元和。馮夢龍《增補批點圖像燕居筆記》卷七有話本《鄭元和嫖遇李亞仙記》。

② 詳見《王魁傳》、《鴛鴦燈傳》叙録。

③ 參見趙景深《重估話本的時代》,《中國小説叢考》,第 84 頁。錢南揚輯録《宋元戲文輯佚》,上海古典文學出版社,1956,第 60 頁。

張、呂兩通狀詞與制置一通判詞，此爲宋代私情公案小説常見形式，突出故事之公案性。庚集卷二《花判公案》載官員判詞十五通，頗可賞玩①。壬集卷二《夤緣奇遇類》之《崔木因妓得家室》，寫崔木得黄舜英之佳婚賴角妓張賽賽牽綫促成，情詞並茂。宋元戲文有《吳舜英》，研究者謂即演此事而改黄舜英爲吳舜英②。乙集卷一及己集卷一《煙粉歡合》三篇，《林叔茂私挈楚娘》③寫書生及第後踐約娶妓爲妾，語含調侃；《靜女私通陳彦臣》寫"佳人才子兩相宜"之美滿結合，事本《緑窗新話》卷上所引《聞見録》之《楊生私通孫玉娘》，改變人物姓名，情事大爲豐富。《梁意娘》亦爲才子佳人由私通而結合之故事，所録不是原文，凡六段，先叙基本情節而後鈔録意娘詩文五件。意娘（五代後周人）與李生《相思歌》中"君在湘江頭，兒在湘江尾，相思不相見，共飲湘江水"四句，與北宋詞人李之儀《卜算子》詞"我住長江頭，君住長江尾，日日思君不見君，共飲長江水"極爲相近，不知孰爲先後。《情史》卷三有《梁意娘》，文略，情事有異，當别有所本④。壬集卷二《題詩得耦類》之《華春娘題詩遇君亮成親》，事即《緑窗新話》卷上《華春娘通徐君亮》（未注出處），文字比《新話》詳盡，但今本闕文甚多。丙集卷二《花衢實録》之《柳屯田耆卿》，殆原係一篇而割成四節，寫北宋詞人柳永與妓女之風流韻事，《緑窗新話》引《古今詞話》亦有二事（卷上《柳耆卿因詞得妓》、卷下《柳耆

---

① 洪邁《容齋隨筆》卷一〇《唐書判》："唐人無不工楷法，以判爲貴，故無不習熟，而判語必駢儷，今所傳《龍筋鳳髓判》及《白樂天集·甲乙判》是也。自朝廷至縣邑，莫不皆然，非讀書善文不可也。宰臣每啓擬一事，亦必偶數十語。今鄭畋敕語、堂判猶存。世俗喜道瑣細遺事，參以滑稽，目爲花判。"
② 見錢南揚《宋元戲文輯佚》，第63—64頁。
③《情史》卷八情感類《楚娘》，係節文，頗略。
④《古今圖書集成》閨媛典卷三三五引《梁意娘本傳》，文字大同於《情史》。

卿欲見孫相》），與此不同。宋人小説喜言文士妓女交往，風氣猶
過於唐，是故柳永倍受關注，成爲小説戲曲表現之箭垛人物，金
院本、南戲、雜劇、傳奇、話本均有柳永故事。《古今小説》卷一二
《衆名姬春風弔柳七》寫陳師師、趙香香、徐冬冬三妓爭奉柳七官
人，與本篇所叙張師師、劉香香、錢安安三妓事當有因襲關係。
其中還寫到關於何仙姑、曹國舅、吕洞賓、鍾離、藍采和一段故
事，對研究八仙傳説淵源頗有價值。癸集卷二《重圓故事》之《張
時與福娘再會》，《離妻復合》之《錢穆離妻而後再合》，亦是兩篇
叙事較爲詳細之傳奇作品，皆爲男女離合故事，後者含有異聞。
本書佚文《蘇小卿》是書中最佳傳奇之作，文長近二千字，詞藻華
美，描摹精細，風格接近李獻民《雲齋廣録》，顯是文人墨客
手筆①。

　　以上宋人傳奇皆爲才人佳人型故事，佳人亦是才女，因而文
中多綴詩詞，情味具足。傳奇作品以外，是有關豔情、嘲戲及才
女賢婦妓女之瑣聞雜事。丙集卷一《寶匳妙語》四事皆爲豔情，
其中《因兄姊得成夫婦》描寫奇巧姻緣，頗有戲劇性，《醒世恒言》
卷八《喬太守亂點鴛鴦譜》脱化於此。《致妾不可不察》本《緑匳
新話》卷上引《聞見録》之《伴喜私犯張禪娘》，事有演化。庚集卷
二《花判公案》中《子瞻判和尚遊娼》一節亦見於《緑匳新話》卷
上，題《蘇守判和尚犯姦》（闕出處），後又載於《西湖遊覽志餘》卷
二五《委巷叢談》、《情史》卷一八情累類，西湖漁隱主人《歡喜冤
家》卷一四《一宵緣約赴兩情人》演此。

　　要之，本書所載宋人傳奇及其他雜事，大都取材於市民社
會，且往往以妓女爲主角或事涉妓女。夫宋代城市經濟繁榮，市
民文化發達，文人及民衆審美興趣不同於往古，觀此灼然可見。
作品娛樂性頗强，語言通俗，作者於纂録作品之時，常對原文語

──────────

① 詳見《蘇小卿》叙録。

言進行俚俗化處理。原文詩詞,採用"詩曰"、"詞曰"引用方式,而《舌耕叙引》亦引"歌云"、"詩曰",且以七言詩開場、收束,純爲話本家數,從而使本書文本具備近似話本之面貌。

異聞三卷

節存。南宋何光(一作何先)撰。志怪傳奇集。一題《異聞記》。
何光,字履謙,慶元府(今浙江寧波市)人。

本書不見著錄。張宗祥校明鈔本《説郛》卷三八節錄《異聞》
三事,注三卷,題宋何光,注字履謙,四明人。四明即明州,紹熙
五年(1195)以寧宗潛邸升爲慶元府①。《重編説郛》弖三八、《五
朝小説·宋人百家小説》偏録家收入《説郛》本,書名作《異聞
記》,撰人作何先。清徐秉義《培林堂書目》所載《説郛》目録亦
同,疑實據《重編説郛》。胡應麟《少室山房筆叢》卷三六《二酉綴
遺中》據《説郛》引《異聞》碧蘭堂、樂離國(按:明鈔本《説郛》作碧
瀾堂、兜離國)二事,書名同明鈔《説郛》,但撰人亦爲何先。以其
字履謙推較,名光名先均有可能,皆取義於《周易》②,因此孰是
孰非不易判定,姑以光爲是。《兜離國》事在嘉熙丁酉,即理宗嘉
熙元年(1237),又載兜離國王謂周宗眘云"後十八年歲在班文,
更當召卿",則指寶祐二年甲寅(1254),末又云"迄今不知其存
否",則又在寶祐二年之後。觀此,本書殆作於寶祐間(1253—

---

① 見《宋史》卷八八《地理志四》。

② 何光字履謙,本《周易》謙卦象辭:"謙亨,天道下濟而光明。""謙尊而
光。"而《正義》云:"謙者屈躬下物,先人後己。"是先字亦與謙字相關。
鄭剛中《北山集》卷一五《何氏考妣墓表》,南宋何恢祖父何先(1058—
1127)即字謙終。

1258）。

三事中《兜離國》最長，近二千字。寫烏程周宗育至天台遊學，留憩報恩寺，夢入兜離國，先爲國主重用，後忤旨放歸，五鼓醒後“孤燈猶照，東壁小豎鼻息如雷”，遂往衡嶽訪異人。作品主題表現“人生無百年，世事一如夢”，明顯模仿《枕中記》與《南柯太守傳》。胡氏《筆叢》云：“《異聞》又載周某入樂離國事，當是傳寫唐人南柯及兜玄國事。”兜玄國見牛僧孺《玄怪録》卷七《張左》，構思大異，説非。《兜離國》文字華美，書卷氣極重，周所上疏，全文五百多字盡載篇中，雖藉以陳治亂之道，但殊爲乏味。《碧瀾堂》、《淫獄》皆百字左右小品，前者寫安吉碧瀾堂女怪吟詩，較有情致，風格類似晚唐無名氏《樹萱録》，胡應麟引其詩，稱“語亦頗工”。後者寫定海縣留氏婦入冥府見“淫獄”，則意存懲戒。本書模仿之跡太重，然有意幻設爲文，在宋末小説中尚足稱道云。

閑窗括異志一卷

存。南宋魯應龍撰。志怪集。一題《括異志》。

魯應龍，字子謙。嘉興府海鹽縣（今屬浙江嘉興市）人①。出身世宦之家。高祖宣義；曾祖璪，紹興二十一年（1151）進士；曾伯祖行恕，司法參軍；曾叔祖璠，孝宗乾道五年（1169）進士；伯祖巽，上舍生；伯父秀穎，寧宗慶元五年（1199）進士。② 理宗淳祐四年（1244）館於沈氏書塾③，六年赴舉未第④。以布衣

———————

① 元陳世隆《宋詩拾遺》卷一六："魯應龍，字子謙，海鹽人。"又見光緒《嘉興府志》卷五七《列傳·海鹽縣·文苑》。《宋詩紀事》卷六九據《閑窗括異志》收其《題石星石》詩一首，小傳云："字子謙，嘉禾人。"嘉禾即嘉興縣，嘉興府府治，實應爲海鹽人。《四庫全書總目》卷一四四云："自署東湖，蓋嘉興人。"東湖詳下。

② 本書（《鹽邑志林》本）"南林祖塋"條："南林祖塋高祖宣義之墓。"按：《稗海》本作宣義。"司灋曾伯祖"條："司灋曾伯祖行恕……生主簿果，主簿生知縣季穎，相繼登科。"司灋即司法參軍。按：《至元嘉禾志》作秀穎（見下），當是。"西宮真武道院"條："曾叔祖大中璠"。大（太）中即太中大夫。"上舍伯祖巽"條："上舍伯祖巽，舊葬惹山。"上舍即太學上舍生。《至元嘉禾志》卷一五《宋登科題名》載，紹興二十一年趙逵榜有魯璪（注：弟璠），乾道五年鄭僑榜有魯璠（注：兄璪），則魯璪乃作者曾祖。又慶元五年曾從龍榜有魯秀穎。

③ "婦人之怪"條云："淳祐甲申春，余館於沈氏書塾，因寓宿焉。"按：淳祐無甲申，當爲甲辰（四年）或戊申（八年）之譌。今姑定爲甲辰。

④ "嘉興貢院"條云"丙午歲將赴舉"。《至元嘉禾志》進士題名中無魯應龍，知未及第。

終老①。

本書不載於宋人書目,《説郛》亦未採録。書簿著録較早者見於明萬曆三十年(1602)徐𤊟編《紅雨樓書目》小説類,一卷,題作曾應龍,曾字譌。又范氏天一閣亦有收藏,清闕名編《四明天一閣藏書目録》歲字號厨著録《閑牎括異志》一本抄,清范邦甸編《天一閣書目》小説類著録一册烏絲闌鈔本,題東湖魯應龍編。後又著於《千頃堂書目》小説類"補宋"、《絳雲樓書目》小説類、《宋史藝文志補》小説家類、《楝亭書目》説部、《四庫全書總目》小説家類存目、《鄭堂讀書記》小説家類、《八千卷樓書目》小説家類等,《楝亭書目》作五卷,蓋一卷本之析,題宋東湖魯應龍著。

今存一卷本,初刊於《稗海》,後又收入《鹽邑志林》、《敬業堂叢書》等。《叢書集成初編》排印《稗海》本。《續修四庫全書》第1264册影印《鹽邑志林》本。《稗海》本題宋東湖魯應龍。東湖即當湖,又名鸚鵡湖,在嘉興境内,本書多言之。此本共八十八條②,起"海鹽縣",終"王洙"。《鹽邑志林》本題《魯應龍閑牎括異志》,條目同《稗海》本。又有《五朝小説·宋人百家小説》偏録家③、《重編説郛》(弓一一六)、《廣百川學海》本,題《括異志》,亦一卷,但只八十二條,缺"海鹽縣"、"紹興間方臘叛浙右"、"五顯靈官大帝"、"德藏寺"、"當湖"、"金牛"六條,起"三山曾先生",止

① 《嘉興府志》稱魯應龍"宋末布衣"。按:解陸陸《家族記憶、文化空間與地方信仰——魯應龍〈閑窗括異志〉中的宋末嘉興書寫》(刊《北京社會科學》2018 年第 4 期),據清朱壬林《當湖文系初編》(光緒十五年刊本)之"作者姓氏科第官爵著述目",云魯應龍海鹽當湖人,"鄉貢進士,官宣教郎,入元隱居不仕。"可參閱。
② 周中孚《鄭堂讀書記》卷六六小説家類著録《鹽邑志林》本,云"其書凡九十條",又云"與《説郛》(按:指《重編説郛》)本相同而是本較少云",誤。《鹽邑志林》本亦八十八條。《重編説郛》本詳下。
③ 民國《五朝小説大觀》本無。

"嘉興貢院",次序亦不同。

　　本書記事最晚在理宗寶祐中,"陳山龍王廟"、"吴躍龍"事在乙卯歲,即寶祐三年(1255),"魏四十道者"事在淳祐丙辰,當爲寶祐丙辰之譌,乃寶祐四年,"當湖酒庫四聖廟"事在丙辰、丁巳間,丁巳乃寶祐五年,可知書當撰於理宗末年,約在景定中(1260—1264)。① 作者蓋閒居故里,作此書以述異,因北宋張師正已有《括異志》,乃仿其名而加"閑窗"爲别。閑窗者疑爲作者自號,如草窗、松窗、夢窗(吴文英)、雪窗(張良臣)之類②。《重編説郛》等本删此二字,遂與張師正書相混③。

　　此書前半部主要記載有關嘉興地區湖山、橋井、寺廟、祠墓之傳聞,多有神靈感應之事,又多記本地奇聞異説,報應之事居多。後半部大都剿取前人小説、筆記等書,多爲唐宋書,如"陳宏泰"取自後蜀周斑《徵誡録》(《太平廣記》卷一一八);"嚴泰"、"西域胡僧"取自唐李伉《獨異志》;"有人好道"取自《類説》卷三三梁陶弘景《真誥》,見原書卷一二《稽神樞第二》,又見《獨異志》佚文(《廣博物志》卷四二引);"黄覺"取自《類説》卷五六北宋劉攽《劉

<hr>

① 按:南宋張堯同《嘉禾百咏》引《括異志》隆興守臣李春事,祝穆《古今事文類聚》别集卷一八、謝維新《古今合璧事類備要》續集卷三六引《括異志》李德裕奢侈事,《事文類聚》編成於淳祐丙午(六年,1246),《事類備要》編成於寶祐丁巳(五年,1257),皆不當引魯應龍《括異志》。按:此二事皆不見本書。李德裕奢侈事,實見題唐馮贄《雲仙雜記》卷九《一杯羹三萬錢》,末注《博異志》,知祝、謝誤博爲括。《嘉禾百咏》出處當亦誤。

② 南宋金去僞、江萊甫、黄智孫、周密均號草窗,項瓆、鄭域、張濡、鄭斗焕均號松窗。

③ 按:諸書引本書多省作《括異志》,如明徐應秋《玉芝堂談薈》所引《括異志》皆出本書,唯卷一一《女化爲男》云:"《括異志》廣州蕭氏女大娘子,宋乾道三年永州支氏女,俱化爲男子。"(前此已見王世貞《弇州四部稿》卷一五八《説部·宛委餘編三》及《增補藝苑巵言》卷一六引《括異志》)此事不見本書,出處當誤。

貢父詩話》，見劉攽《中山詩話》；“陳元植”取自《類說》卷五二北宋耿煥《牧豎閒談》；“周世宗毀銅佛像”取自《類說》卷五三北宋楊億《談苑》；“李主簿夜泊舟”取自《類說》卷四八北宋彭乘《墨客揮犀》；“晉周興”取自《類說》卷四九《殷芸小說》；“李舟之弟”取自《紺珠集》卷三唐李肇《國史補》，見今本卷上，譌作李丹；“茅山村兒”、“婺源公山洞”取自南唐徐鉉《稽神錄》卷一及《類說》卷一二《稽神錄・洞中道士對棊》；“錢處士”取自《類說》卷一二《異人錄》，原見吳淑《江淮異人錄》卷下；“惠州娟”取自《類說》卷一二《異人錄》，見柳宗元《龍城錄》卷下；“嫁金蠶”、“有人得青石”取自《類說》卷一九北宋畢仲詢《幕府燕閒錄》；“南陽人侯慶”取自北魏楊衒之《洛陽伽藍記》卷四；“零陵太守女”取自東晉干寶《搜神記》（《新輯搜神記》卷二〇）；“羊頭人”取自唐牛肅《紀聞》（《太平廣記》卷三〇一）；“雷公廟”取自唐劉恂《嶺表錄異》（《廣記》卷三九四）；“終南山毛人”取自東晉葛洪《抱朴子・仙藥》；“朱師古”取自洪邁《夷堅志補》卷一八；“隴右大饑”取自《類說》卷五四五代王仁裕《玉堂閒話》；“夷陵陰陽石”取自《類說》卷二三《物類相感志》；“韋思玄”取自《類說》卷二三唐張讀《宣室志》，見今本卷七；“鬼母”取自《類說》卷八梁任昉《述異記》，見今本卷上；“荊南都頭李遇”取自《類說》卷四三五代孫光憲《北夢瑣言》；“王洙”取自唐王洙《東陽夜怪錄》。後半部雜湊而成，與前部分極不協調，蓋筆窮辭竭，强足成書耳。且多據曾慥《類說》轉鈔，真鄙猥之甚。

全書記事瑣碎，殊不足觀。惟嘉興一地傳聞，可爲勝景之佐①，備方志之採，元人徐碩等纂《至元嘉禾志》，即頗取資焉。

---

① 解陸陸文詳細論述《閑窗括異志》對以當湖爲中心的嘉興府地區文化空間與地方信仰的書寫，可參閱。

船窗夜話一卷

節存。南宋顧文薦撰。志怪集。

顧文薦，字伯舉，號蘭谷、蘭谷倦翁，崑山（今屬江蘇蘇州市）人①。理宗景定元年庚申（1260）曾訪陳德公於三衢（衢州）②，是爲宋末人。著《負暄雜錄》三卷又《補遺》一卷③，雜考名物故實，頗爲博洽。

本書不見《宋志》著錄。《説郛》卷二一摘錄《船窗夜話》一條，注一卷。《五朝小説・宋人百家小説》偏錄家、《重編説郛》弓二八載《船窗夜話》九條，題宋顧文薦，實是僞書（參見本書《存目辨證》）。《説郛》所錄《鳴哥》，所記爲寶祐丙辰（四年，1256）平江天應觀怪物事，書殆作於景定間（1260—1264）。蓋作者舟行與親友夜話而爲此書，從僅餘一事觀之，殊不足稱道。

---

① 見《説郛》卷二一《船窗夜話》、卷一八《負暄雜錄》撰人注，前者作蘭谷，後者作蘭谷倦翁。
② 見《負暄雜錄・金石毒》。
③ 《説郛》卷一八節錄三十九條。《重編説郛》弓二四從《説郛》摘《蠻紙》、《惡香》、《山藷》三條，《相墨》一條實即《雲仙雜記》卷四《墨染紙不昏》。署闕名。

李師師外傳

存。南宋闕名撰。傳奇文。

此書向無著録。初由清人胡珽於咸豐三年(1853)以木活字排印於《琳琅祕室叢書》第四集,署失名,末有附録,引《貴耳集》兩節文字及琴六居士(黃廷鑑)跋,後有胡珽《李師師外傳校譌》三處。光緒十三年(1887)董金鑑校印《琳琅祕室叢書》木活字排印本,末有董金鑑《李師師外傳續校》兩處、《附補校》兩處。《叢書集成初編》據《琳琅祕室叢書》本排印。《香豔叢書》第二集卷四、《舊小説》丁集、《唐宋傳奇集》亦據琳琅本收入。

黃廷鑑跋云:"《讀書敏求記》云吳郡錢功甫祕册藏有《李師師小傳》,牧翁曾言懸百金購之而不獲見者。偶聞邑中蕭氏有此書,急假録一册,文殊雅潔,不類小説家言。師師不第色藝冠當時,觀其後慷慨捐生一節,饒有烈丈夫概。亦不幸陷身倡賤,不得與墜崖斷臂之儔爭輝彤史也。張端義《貴耳集》載有師師佚事二則,傳文例舉其大,故不載,今併附録于後。又《宣和遺事》載有師師事,亦與此傳不盡合,可並參觀之。琴六居士書。"

按錢曾《讀書敏求記》所云,見於該書卷四詩文評劉勰《文心雕龍》十卷解題,云:"(錢)功甫名允治。老屋三間,藏書充棟,其嗜好之勤,雖白日檢書,必秉燭緣梯上下。所藏多人間罕見之本,有《李師師外傳》一卷,牧翁屢借不與。此書種子斷絶,亦藝林一恨事也。嗟嗟!功甫以老書生,徒手積聚,奇書滿家。今世負大力者,果能篤志訪求,懸金重購,則縹囊緗帙,有不郅車而至

者乎!"錢功甫所藏名《李師師外傳》,非稱《李師師小傳》,原文亦
無錢牧翁(謙益)懸百金購之而不獲見之意,蓋黃氏記憶有誤。
錢功甫所藏書死後皆散去①。黃氏鈔本鈔自蕭氏藏本,非據錢
功甫所藏也。黃氏鈔本今藏於國家圖書館,無朝代撰名,傳末爲
附録,附《貴耳集》二條及琴六居士(黃廷鑑)跋,黃跋題"道光庚
寅",十年(1830)也②。《續修四庫全書》集部第 1783 册影印黃
鈔本。胡氏印本附有琴六居士跋,然與黃鈔本文字多有異者。
胡校屢言"一本",如"宗下一本有皇字","一本無中字","一本二
字倒"等等,"一本"者即指黃鈔本,因其一一皆合也③。又者,據
《續修四庫全書》所影印黃鈔本,無末節"論曰"云云。然則胡氏
印本蓋別有底本,惟不知何本,豈得錢功甫祕册耶?

　　南宋曾有《李師師小傳》行世,張端義《貴耳集》卷下云:"道
君北狩,在五國城,或在韓州。凡有小小凶吉喪祭節序,北虜必
有賜賚,一賜必要一謝表。北虜集成一帙,刊在榷場中。博易四
五十年,士大夫皆有之,余曾見一本。更有《李師師小傳》,同行
于時。"《貴耳集》卷下又載李師師與道君、周邦彦三人糾葛之事,
疑即據《李師師小傳》。明梅鼎祚編《青泥蓮花記》卷一三《李師
師》引《蕙圃拾英録》④載師師事與此同,殆亦據《小傳》。《小傳》
疑兩宋間人作,出自誰手不可考。清余懷《板橋雜記》卷中《麗
品》云:"昔宋徽宗在五國城,猶爲李師師立傳,蓋恐佳人之湮没

────────────

① 見楊立誠等編《中國藏書家考略》:"及殁無子,其遺書皆散去。"上海古
　籍出版社,1987,第 319 頁。
②《北京圖書館古籍善本書目》集部小説類著録"李師師外傳一卷附録一
　卷",注:"清道光十年黃廷鑑抄本,黃廷鑑跋,一册,二十二字,無格。"
③ 唯"時宮中已盛傳其事","盛"字校:"一本作共。"而黃抄本亦作"盛",或
　胡校有誤。
④《蕙圃拾英録》又作《蕙畝拾英集》,殆南宋初期人作,參見《鴛鴦燈傳》
　叙録。

不傳，作此情癡狡獪耳。"説本《貴耳集》而以爲徽宗自作，甚誤。
南宋劉克莊《後村詩話》前集卷二亦言及一本《李師師傳》，云：
"汴京都角妓郜六、李師師，多見前輩雜記。郜即蔡奴也，元豐中
命待詔崔白圖其貌入禁中。師師著名宣和，間入掖廷。頃見鄭
左司子敬云，汪端明家有《李師師傳》，欲借鈔不果。劉屏山詩云：
'輦轂繁華事可傷，師師垂老過湖湘。縷衣檀板無顏色，一曲當年
動帝王。'①亦前人感慨杜秋娘、梨園子弟之類。"今傳《外傳》中無
周邦彦事，知非《小傳》，至與《李師師傳》關係若何，不可知矣。

　　《外傳》寫李師師被金人所擄而慷慨自殺，不合事實（詳下），
是故有人以爲非宋人所作。前人鄧之誠云："《李師師外傳》，託
言錢謙益懸百金求之不得，後錢曾得之。其書稱謂語氣，一望而
知爲明季人妄作，竟謂師師慷慨就義。"②按師師就義之説，本小
説家言，不能因此而疑爲明末人妄作。《蘇小卿》之寫雙漸，《王
魁傳》之寫王俊民，皆多有不合事實處，然皆係宋人撰無疑。且
錢謙益並無懸金求購之事，此黃廷鑑誤記，前已言之，而錢曾亦
未得此書，此鄧氏誤解黃跋。錢功甫是明代著名藏書家錢穀之
子，《中國藏書家考略》云，錢穀"聞有異書，雖病必强起，匍匐請
觀，手自鈔寫，幾至充棟，窮日夜校勘，至老不衰"，而功甫"愛書
成癖，酷似其父"。③故而錢曾在《讀書敏求記》中稱其"所藏多
人間罕見之本"，而在《也是園藏書目序》（《玉簡齋叢書》本）④中
亦云錢牧翁與之交，一日語牧翁曰："吾老矣，藏書多人間未有
本。……"《外傳》久没於世而竟爲錢功甫所藏，並非不可能。錢

①　按：劉屏山詩見南宋劉子翬《屏山集》卷一八《汴京紀事》第十八首。
②　《東京夢華録注》卷五《京瓦伎藝》注。
③　《中國藏書家考略》，第 318、319 頁。
④　瞿鳳起編《虞山錢遵王藏書目録彙編》附録二《序跋》作《述古堂書目後
　　序》。

謙益、錢曾、黃廷鑑皆清代大藏書家,彼等於《外傳》羌無所疑,故不得輕言明季人妄作。《外傳》當產生於南宋,觀其題旨,頗疑宋末人所爲。南宋有數種《李師師傳》,此爲其一,皆爲收藏者珍祕不傳,世所罕見耳。

　　李師師遺事自南宋初即盛傳於世,向爲士大夫及市民所樂道。孟元老《東京夢華録》卷五《京瓦伎藝》云:"崇、觀以來,在京瓦肆伎藝……小唱李師師、徐婆惜、封宜奴、孫三四等,誠其角者。"知其擅長小唱①。南宋劉學箕《方是閑居士小藁》卷下《賀新郎·代黄端夫》小序云:"白牡丹,京師妓李師師也。畫者曲盡其妙,輸棋者賦之。"知其藝名白牡丹。郭彖《睽車志》卷一云:"宣和間……時露臺妓李師師者出入宮禁。"知其本是市井私娼,非官妓,以露臺妓而祗應禁中,自然與徽宗有關。《睽車志》記有林靈素以師師爲狐妖而欲殺之,徽宗不從之傳聞。張邦基《墨莊漫録》卷八云:"政和間,汴都平康之盛,而李師師、崔念月二妓,名著一時。晁沖之叔用每會飲,多召侑席。其後十許年,再來京師,二人尚在,而聲名溢於京國,李生者門第尤峻,叔用追感往昔,成二詩,以示江子之。……靖康中,李生與同輩趙元奴及築毬吹笛袁陶、武震輩,例籍其家。李生流落來浙中,士大夫猶邀之,以聽其歌,然憔悴無復向來之態矣。"②知其靖康中被籍没家產而流落江南。此説符合史實。《三朝北盟會編》卷三〇載,靖康元年正月十五日尚書省直取金銀指揮奉聖旨:"趙元奴、李師

────────────

① 耐得翁《都城紀勝·瓦舍衆伎》:"唱叫小唱,謂執板唱慢曲、曲破。大率重起輕殺,故曰淺斟低唱,與四十六曲舞旋爲一體,今瓦市中絶無。"

② 《重編説郛》弓六八張邦基《汴都平康記》即此條,自《墨莊漫録》抽出獨立成篇。後又云:"一云:李生慷慨飛揚,有丈夫氣,以俠名傾一時,號飛將軍。每客退,焚香吸茗,蕭然自如,人靡得而窺之也。邦基又識。"《墨莊漫録》無此,當是僞託。

師、王仲端，曾經祇應倡優之家，並蕭（按：當作簫）管袁陶，武震、史彦、蔣翊三（按：原作五，據《四庫全書》本改）人，築毬郭老娘，逐人家財籍没。"當時宋室需向金人年納百萬貫，爲籌集資財，遂籍没倡家藝人李師師等八人家産，是知師師多年經營倡藝，積財甚多。又卷七七載：靖康二年正月二十五日，"金人求來索御前祇候方脈醫人，教坊樂人内侍官四十五人，露臺祇候妓女千人，蔡京、童貫、王黼、梁師成等家歌舞及宮女數百人……雜劇、説話、弄影戲、小説、嘌唱、弄傀儡、打筋斗、彈箏琵琶、吹笙等藝人一百五十餘家，令開封府押赴軍前。……皆先破碎其家計。"此中當無李師師，先此已南渡，大概先往浙中，後又流落湖南，故而劉屏山《汴京紀事》有"師師垂老過湖湘"之句。

李師師乃宋徽宗時人，宋人頗傳師師與宋徽宗、周邦彦私情之事。《貴耳集》載云："道君幸李師師家，偶周邦彦先在焉，知道君至，遂匿于牀下。道君自携新橙一顆，云江南初進來，遂與師師謔語。邦彦悉聞之，隱括成《少年遊》云：'并刀如水，吴鹽勝雪，纖手破新橙。'後云：'城上已三更，馬滑霜濃。不如休去，直是少人行。'李師師因歌此詞，道君問誰作，李師師奏云：'周邦彦詞。'道君大怒，坐朝宣諭蔡京云：'開封府有監稅周邦彦者，聞課額不登，如何京尹不按發來？'蔡京罔知所以，奏云：'容臣退朝呼京尹叩問，續得復奏。'京尹至，蔡以御前聖旨諭之，京尹云：'惟周邦彦課額增羨。'蔡云：'上意如此，只得遷就。'將上得旨：'周邦彦職事廢弛，可日下押出國門。'隔一二日，道君復幸李師師家，不見李師師，問其家，知送周監稅。道君方以邦彦出國門爲喜，既至不遇，坐久。至更初，李始歸，愁眉淚睫，憔悴可掬。道君大怒云：'爾去那裏去？'李奏：'臣妾萬死！知周邦彦得罪，押出國門，略致一杯相别，不知官家來。'道君問：'曾有詞否？'李奏云：'有《蘭陵王詞》，今《柳陰直》者是也。'道君云：'唱一遍看。'李奏云：'容臣妾奉一杯歌此詞，爲官家壽。'曲終，道君大喜。復召爲大晟樂正，後官至大晟樂樂府待制。邦彦以詞行當時,皆稱美成詞,殊不知美成文筆大有可觀,作《汴都賦》、《如錢奏雜著》,皆是傑作,可惜以詞掩其他文也。當時李師師家有二邦彦,一周美成,一李士美,皆爲道君狎客,士美因而爲宰相。吁! 君臣遇合于倡優下賤之家,國之安危治亂,可想而知矣!"①《青泥蓮花記》所引《蕙圃拾英録》亦略記云:"李師師,京都名妓也。見寵于宋徽宗,而私與周邦彦美成昵甚。一日,正與宴洽,而報上遽至,周狼狽匿床下。上於坐中出新橘食之,周遂潛爲度曲,以詠其事。異日師師歌之,上知而大怒,出周外任。師師往餞之,及歸,離索未解,淚光尚瑩瑩也。上適至,因問之,李不敢隱,具以狀對。後遂復周官云。"陳鵠《耆舊續聞》、周密《浩然齋雅談》卷下亦有記,情事有異。陳書云:"周美成至汴京,主角妓李師師家,爲作《洛陽春》,師師欲委身而未能也。與同起止,美成復作《鳳來朝》云:'逗曉看嬌面,小熰深,弄明未辨。愛殘粧宿粉,雲鬟亂。暢好是,帳中見。　　説夢雙娥微斂,錦衾温,獸香未斷。待起難抛捨,任日炙,畫樓暖。'一夕,徽宗幸師師家,美成倉卒不能出,匿複壁間,遂製《少年游》以紀其事。徽宗知而譴發之,師師餞送,美成作《蘭陵王》云'應折柔條過三尺','至(按:此字衍)斜陽冉冉春無極'。人盡以爲咏柳,淡宕有情,不知爲别師師而作,便覺離愁在目。徽宗又至,師師歸遲,更誦《蘭陵王》别曲,含淚以告,乃留爲大晟府待制。"②周

①《情史》卷六《李師師》取此文,止於"後官至大晟樂府待制"。

②按:此見清沈雄編《古今詞話》卷上引,今本《西塘集耆舊續聞》(十卷)無此事。又《宋人軼事彙編》卷一四《周邦彦》注引《耆舊續聞》:"美成至汴,主角妓李師師家,爲賦《洛陽春》云:'眉共春山爭秀,可憐長皺。莫將清淚濕花枝,恐花也如人瘦。　　清潤玉簫聞久,知音稀有。欲知日日倚闌愁,但問取亭前柳。'師師欲委身而未能也。"按:前詞(《鳳來朝》)又見明卓珂月編《古今詞統》卷六,題《鳳來朝·佳人》,後詞即周邦彦《片玉集》卷三《一落索》。

書略云:"宣和中,李師師以能歌舞稱。時周邦彦爲太學生,每遊其家。一夕,值祐陵臨幸,倉卒隱去。既而賦小詞,所謂'并刀如水,吳鹽勝雪'者,蓋紀此夕事也。未幾李被宣喚,遂歌于上前。問誰所爲,則以邦彦對。于是遂與解褐,自此通顯。既而朝廷賜酺,師師又歌《大酺》、《六醜》二解。上顧教坊使袁綯問,綯曰:'此起居舍人、新知潞州周邦彦作也。'問《六醜》之義,莫能對。急召邦彦問之,對曰:'此犯六調,皆聲之美者,然絕難歌。昔高陽氏有子六人,才而醜,故以比之。'上喜,意將留行,且以近者祥瑞沓至,將使播之樂府,命蔡元長微叩之,邦彦云:'某老矣,頗悔少作。'會起居郎張果與之不咸,廉知邦彦嘗于親王席上作小詞贈舞鬟……爲蔡道其事。上知之,由是得罪。師師後入禁中,封瀛國夫人。朱希真有詩云:'解唱陽關別調聲,前朝惟有李夫人。'即其人也。"

　　師師與徽宗、美成之風流公案,真實情況究係如何已難詳考。以徽宗之荒唐,好微服出行①,周邦彦之風流,每喜作豔詞,二人同師師有所交往,實屬可能。然稱封師師爲瀛國夫人,則爲傳聞不實之詞。朱希真(名敦儒)詩"解唱陽關別調聲,前朝惟有

①《東南紀行》、《揮麈後録》、《張氏可書》、《雞肋編》等均載有徽宗微行事。參看《宋人軼事彙編》卷二《徽宗》。《宋史》卷二二《徽宗紀四》載:宣和元年十二月,"帝數微行,正字曹輔上書極論之,編管郴州"。卷三五二《曹輔傳》載:"自政和後,帝多微行,乘小轎子,數内臣導從。置行幸局,局中以帝出曰謂之有排當,次日未還,則傳旨稱瘡痍,不坐朝。始民間猶未知,及蔡京謝表有'輕車小輦,七賜臨幸',自是邸報聞四方。而臣僚阿順,莫敢言。輔上疏略曰:'陛下厭居法宫,時乘小輿,出入廛陌之中,郊坰之外,極遊樂而後反。……臣願陛下身居高拱,淵默雷聲。……及其出也,太史擇日,有司除道,三衞百官,以前以後。……雖非祖宗舊制,比諸微服晦跡,下同臣庶,堂陛陵夷,民生姦望,不猶愈乎?'……遂編管郴州。"

李夫人”,乃是援用漢李夫人之典,李夫人指漢武帝寵妃、李延年妹李夫人。《漢書》卷九七上《外戚列傳》載:“孝武李夫人,本以倡進。……實妙麗善舞,由是得幸。”朱詩但言師師善歌舞,猶漢武之李夫人也。①《大宋宣和遺事》於李師師佚聞述之尤詳,云宣和五年(1123)徽宗微服遊玩,至金環巷(按:下文作金線巷)遇上停行首李師師而狎之。宣和六年召入宮内,册爲李明妃,改金線巷爲小御街,七年廢爲庶人,流落湖湘爲商人所得。其間還穿插師師“結髮之壻”賈奕與徽宗爭風吃醋之事,描述極爲瑣細。此爲説書人虛構,去事實尤遠。

　　宋人言李師師必及豔情綺韻,無名氏此傳絶不同於上述諸記。它只叙徽宗、師師,無涉與周邦彦之三角關係,且寫徽宗幸師師,亦絶無肌膚之親、床笫之歡,有意回避渲染風情。觀篇末議論,作者立意一是讚美師師“以娼妓下流”而“晚節烈烈有俠士風,不可謂非庸中佼佼者”,二是批評“道君奢侈無度,卒遭北轅之禍”。作者擺脱“禍水亡國”老套,不肯肆意貶損師師,著力描寫其好静尚儉之“佛弟子”天性及“色容之外”之“幽姿逸韻”。並叙寫師師捐資助餉,不事敵寇。壯烈自盡之忠君愛國行爲,可謂集淑女、俠士、烈婦於一身。作者立意爲師師翻案,塑造出性格内涵較爲複雜而又生動詳明之形象,在宋代衆多妓女形象中,師師自具顯著特色。在藝術表現上,師師出場一節描寫,有“千呼萬唤”之趣;金簪刺喉吞簪自盡一節筆墨慷慨悲壯,誠如黄廷鑑所云,“饒有烈丈夫概”。惟師師形象過分理想化、道德化,不免削弱形象之真實感。而意想多見束縛,史傳味及書卷氣均嫌過重,一如老儒筆墨,故黄廷鑑稱其“不類小説家言”。丁國均《荷香館瑣言》卷上《李師師外傳之失實》云《李師師外傳》“殊非事實”,誠然如此。原作者之意,蓋覩國之將亡,欲借師師貞烈,一

──────────

① 朱敦儒《樵歌》三卷(《宛委别藏》本)無此詩。

紓胸中鬱悶耳。

　　明楊慎《詞林萬選》卷一載小山（晏幾道）《生查子》：“遠山眉黛長，細柳腰肢裊。粧罷立春風，一笑千金少。　　歸去鳳城時，說與青樓道。徧看潁州花，不似師師好。”注：“此李師師也。”卷二秦淮海（秦觀）《一叢花》：“年來今夜見師師，雙頰酒紅滋。疏簾半捲微燈外，露華上、烟裊凉颸。簪髻亂拋，偎人不起，彈淚唱新詞。　　佳期誰料久參差，愁緒暗縈絲。相應妙舞清歌罷，又還對、秋色嗟咨。惟有畫樓，當時明月，兩處照相思。”題注：“師師，子野、小山、淮海詞中皆見，豈即李師師乎？”清徐釚《詞苑叢談》卷一云：“《師師令》，因張子野所製新詞贈妓李師師得名也。”卷七云：“秦少游贈汴城李師師《生查子》詞云（略）。”葉申薌《本事詞》卷上亦載張子野特製新調《師師令》，又云晏小山有《生查子》云，秦少游有《一叢花》云。徐士鑾《宋豔》卷六引入《詞苑叢談》二說，又引《詞律補注》謂《詞律》載秦少游《一叢花》詞“年來今夜見師師”云云，《補注》謂“此詞少游贈汴妓李師師作也”。按張先（990—1078）、秦觀（1049—1100）皆李師師以前人，不可能得見徽宗朝李師師，《四庫全書總目》卷二〇〇《詞林萬選》提要曾有詳辨。所謂《師師令》、“不似師師好”、“年來今夜見師師”之師師，必是他人。北宋妓女中師師之名非李師師所獨有，《醉翁談録》丙集卷二《三妓挾耆卿作詞》中即有張師師。只因李師師名重，明清人遂將張、秦詞中師師誤斷爲李師師，遂平添出若許風流公案。因事涉李師師，故附辨於末。

續北齊還冤志一卷

佚。南宋僧庭藻撰。志怪集。

僧庭藻，僧人，始末不詳。

《宋志》小説類著録僧庭藻《續北齊還冤志》一卷。按隋顔之推作有志怪小説《冤魂志》三卷，《隋書·經籍志》雜傳類、《舊唐書·經籍志》雜傳類、《新唐書·藝文志》小説家類著録，《崇文總目》小説類、《宋志》小説類作《還冤志》三卷，而《直齋書録解題》小説家類作《北齊還冤志》二卷。今殘存《还冤志》一卷（《寶顔堂祕笈》）。書名加北齊二字，蓋因之推仕齊時久，傳在《北齊書》，故以爲北齊人。改動書名或係佛徒所爲，正如梁釋慧皎撰《高僧傳》，而唐釋道宣、宋釋贊寧所續撰者稱作《唐高僧傳》、《宋高僧傳》，皆冠以作者朝代然，而所傳者並不都是唐僧或宋僧。《冤魂志》所記爲歷世報應故事，素爲佛徒所重。僧庭藻此書乃其續書，觀顔氏原書被稱作《北齊還冤志》，疑此書乃出南宋，北宋固無此稱也。然成書具體時代不明。佚文未見。

影響録

佚。南宋江敦(一作惇)教撰。志怪雜事集。

江敦教,始末不詳。

本書未見著録。《永樂大典》引江敦教《影響録》八條:卷二九四八《乘醉慢神》、《王縉見神》,卷一〇八一二《解錢寄母》,卷一〇八一三《徒步尋母》,卷一二〇一七《義友》,卷一三一三六《夢紅裳婦人》,卷一三一四〇《夢瓦隴》,卷一四五三七《孝感墓樹》。江敦教或作江惇教、江憝教,惇、敦音義皆同,篤也,憝則同懟,怨也,當爲譌字。

《王縉見神》爲北宋宣和間事,《義友》爲大觀中事,《徒步尋母》爲南宋建炎間事。《乘醉慢神》、《夢瓦隴》二條與《夷堅甲志》卷六《胡子文》、卷一一《瓦隴夢》文字大同,顯然有相襲關係。而《夷堅甲志》此二事乃洪邁分別聞於葉平甫與洪慶善,特別是《瓦隴夢》所載即是洪慶善前妻丁氏事,是故肯定是本書採録《夷堅甲志》而不是相反。《夷堅甲志》約成於紹興末(1162),成書後刊於閩、蜀、婺、杭等地(《夷堅乙志序》),是知本書作於此後。又元葉留《爲政善報事類》引《影響録》八事:《辨金不同》(卷三)、《當活萬人》(卷四)、《讞疑別尋》、《善佑可必》(並卷五)、《保全無罪》、《平反官陞》(並卷七)、《感令如父》(卷九)、《鄉薦無忝》(卷一〇),當亦爲本書佚文。除《辨金不同》爲唐事外,皆爲宋事。《辨金不同》寫袁滋辨金斷案,取自唐康軿《劇談録》卷下。《善佑可必》即張慶事,取自王拱辰《張佛子傳》及虞策《書張佛子傳後》。《鄉薦無忝》乃黃鏞景定甲子事,景定甲子即宋理宗景定五年(1264),十餘年後宋亡,本書蓋作於宋末。

所記皆報應事,如秦氏子鞭死其妻而轉世爲羊(《夢紅裳婦人》)等,宣揚佛家輪回報應觀念。《孝感墓樹》則寫"孝道之感於神明"。北宋岑象求有《吉凶影響録》,此亦其儕。

柳勝傳

存。宋闕名撰。傳奇文。

本文載於南宋祝穆編《古今事文類聚》別集卷三二人事部《陰報·雜著》,不著撰人。末有壽樟先生贊,亦不詳為誰氏①。傳文略云:柳勝字平之,卯金鄉升平里人。濫得一官,藉以武斷鄉曲。其鄉素產書籍,流布天下。勝與征商官殷述慶相勾結,橫行鄉里,壟斷書市,盤剝印書備工。備工不堪其害,訴於廟神,二百餘人晝夜禮阿育王塔以詛呪之。未半載,勝七竅流血暴死,述慶不數日亦以惡疾殂。眾備工相與鼓樂歌舞於市,慶幸二貪之死。勝家有老僕,忽與其常帶之一黑犬同日死,越一宿僕犬皆甦,僕述在冥府見柳、殷二人備受楚毒,而黑犬亦嗚嗚然若有所訴者。是後書市復通融貿易如舊。明仁孝皇后徐氏《勸善書》卷一八取入全文,刪壽樟先生贊。

此為冥報故事,宣揚佛教報應之說。壽樟先生贊曰:"始吾讀《書》,至'殷人厥口詛呪',特以為怨詈之辭。讀《春秋》,至會

---

① 明陳霖正德撰《南康府誌》卷七《古蹟》載建昌縣有壽樟及壽樟亭,南宋項安世作《壽樟亭記》。南宋曾幾《茶山集》卷三有《題壽樟亭》詩。建昌縣屬南康軍。查同治十年修《建昌縣志》無此人。贊中云"余昔以貧故,嘗效穆伯長所為"。按:穆脩字伯長,北宋學者,明道中卒,《宋史》卷四四二《文苑》有傳。北宋魏泰《東軒筆錄》卷三載:穆脩衣食不能給,晚年得《柳宗元集》,募工鏤板印數百帙,於相國寺設肆鬻之。壽樟所云"效穆伯長所為",即效其刻書售鬻之事。

盟之事，特以爲要約之信耳。殆至叔末，凡有冤不能自伸者，則質諸神而呪詛焉。凶禍之報。其應如響。吁！亦異矣。余昔以貧故，嘗効穆伯長所爲，亦爲鄉貪脅取錢一萬二千。余素懦，既性不喜訟，且不暇呪詛，又不能効昔人之報怨。今觀柳勝之事，適與余相類。意者包藏禍心，害人利己，其必有冥報乎！世之居鄉而不能如周處之去害，居官而不能如吳隱之之酌泉，敢於嗜利無恥者，其亦知所警歟？"（明萬曆甲辰三十二年金谿唐富春精校補遺重刻本）發明傳文之旨甚確。

　　又者，傳云卯金鄉"素産書籍，流布天下，無問宦族儒家，皆畜書板，以資生理"，卯金鄉在何州府，未能考得。惟宋代刻書産業發達①，此堪爲考證資料。觀傳云："鄉有兩市，相距僅一舍隔，往來貿易，惟人之便。其印書備工，則有私約，非納錢於衆，不許輒以備售。此乃小民欲擅衣食之源，其習俗亦從古然矣。"似已有刻書行會組織。

　　傳文無紀時，不易推斷撰作年代。惟據祝穆《古今事文類聚序》作於淳祐丙午即六年（1246），知傳作於此前。

---

① 關於宋代刻書業，可參看朱迎平《宋代刻書産業與文學》，上海古籍出版社，2008。

蔣子文傳一卷

佚。宋吳操撰。傳奇文。

吳操，不詳何人。

《宋志》傳記類著録吳操《蔣子文傳》一卷。不見傳世。《古今説海》説淵部别傳三十九所載《蔣子文傳》①，實是全録《太平廣記》卷二九三《蔣子文》，非此。

蔣子文事盛傳於六朝，《列異傳》、《搜神記》、《幽明録》、《志怪》等志怪書及《丹陽記》、《輿地志》、《晉書》、《南史》等皆有記載。蔣子文，廣陵人。漢末爲秣陵陵尉，逐賊至鍾山下傷額而死。相傳死後爲神，孫權封爲中都侯，爲立廟堂。時時顯靈，人稱蔣侯。② 蔣侯神極爲世人崇奉，劉宋時加爵至相國、大都督中外諸軍事、鍾山王③。此傳大約是根據歷代傳聞編綴而成。

---

① 《五朝小説•唐人百家小説》傳奇家、《剪燈叢話》卷七、《唐人説薈》第十集、《龍威秘書》四集等亦收之，妄題唐羅鄴撰。
② 見《新輯搜神記》卷六《蔣子文》。
③ 見《宋書》卷一七《禮志四》。

夢應録一卷

佚。宋詹省遠撰。志怪集。

詹省遠，字里仕履不詳。

《宋志》五行類著録詹省遠《夢應録》一卷。佚文不存。此書蓋記夢兆夢驗之事，常見於小説，而彙爲專書者則有梁陶弘景《夢記》、唐盧重玄《夢書》、柳璨《夢雋》、佚名《夢系》、《夢苑》、《夢記》等，此亦其儕。此類小説與一般占夢書不同[1]，皆有故事情節，非講占夢之法，實不宜入五行類，屬占夢小説也。

---

[1] 如《通志略》五行類占夢屬著録有京房、崔元、周宣等所撰《占夢書》、僧紹瑞《解夢録》。《太平御覽》卷九二四引周宣《夢書》曰："鸚鵡爲亡人居宅也，夢見鸚鵡是亡人也，其在堂上憂賢豪。"又卷九二五引《夢書》曰："夢見鴻鵠，居不雙也。婦見之，此獨居也；婿見之，恐失妻也。雄雌俱行，淫佚遊也。"大率如此。

鬼神傳二卷

佚。宋曾寓撰。志怪集。

曾寓，不詳。

本書著録於《宋志》小説類。佚文未見，創作年代不可考。先唐志怪書有謝氏《鬼神列傳》、釋彦琮《鬼神録》，本書名稱相近。

靈異圖一卷

佚。宋曹大雅撰。志怪集。

曹大雅，不詳。

本書著録於《宋志》小説類，久已失傳，佚文未見。觀書名，疑有圖相配，所記則神奇靈異之事也。錢曾《讀書敏求記》卷二地理輿圖著録《台山靈異録》一卷，云："瓊臺山人龐櫟輯古今靈異圖志二十餘事，編成此書。"或亦有本書焉。

小説集異

佚。宋王充編。志怪集。一題《世説集異》。

王充，不詳何人。

此書不見著録。《永樂大典》卷九一〇引王充《小説集異》"僧契虛"，卷二〇三一〇引《小説集異》"邪疾"，卷一三一三六又引《世説集異》"夢子爲文"，當是一書。三事皆節自唐人小説。"僧契虛"原出張讀《宣室志》卷一（《太平廣記》卷二八亦引）；"邪疾"乃杜工部（杜甫）令鄭虔誦其詩治妻邪疾事，原出無名氏《樹萱録》（北宋蔡絛《西清詩話》卷上引，《苕溪漁隱叢話》前集卷一一引《西清詩話》）；"夢子爲文"乃李賀事，亦出《宣室志》（《廣記》卷四九引）。

此書係纂輯前人小説中異事而成，不是自創，故稱《小説集異》或《世説集異》。作者當是宋人，由所輯全爲唐事可知也。

裒異記

佚。宋闕名撰。志怪集。

本書不見著録。舊題陸游《避暑漫抄》引《裒異記》一則:"逆胡將亂於中原,梁朝誌公大師有語曰:'兩角女子緑衣裳,却背太行邀君王,一止之月必消亡。'兩角女子,安字;緑者,禄字也;一止,正月也,果正月敗亡。"此事原出唐韋絢《劉賓客嘉話録》,北宋詹玠《唐宋遺史》亦載之(《分門古今類事》卷一四引)。

按《避暑漫抄》原載於《古今説海》説纂部九散録家三,末題宋陸游抄,不可信,係託名陸游而僞造①。但所引《明皇雜録》、《群居解頤》、《大唐遺事》、《鐵圍山叢談》等唐宋書皆鑿然可考,非如《雲仙雜記》之杜撰古書,是故《裒異記》者亦必有其書。作者、卷帙一概失考,姑列爲宋人書。"裒異",萃集異事之謂也。

---

① 于北山《陸游年譜》(中華書局上海編輯所 1961 年版)乾道四年四十四歲條以爲"乃拼湊宋人筆記及《老學庵筆記》數條而成,蓋亦後人所僞造,似不足信"。

隨齋説異

佚。宋闕名撰。志怪集。

此書未見著録。《永樂大典》卷一〇八一四引《隨齋説異》"操刀向母"一則,載建昌荷擔生廖某欲枉殺母與妻而被霹靂震死之事。疑出於宋世。作者當自號隨齋,考南宋趙師宰、林正大皆號隨菴①,不知是否即此書作者。

---

① 趙師宰,字牧之,號隨菴。居天台臨海,登真德秀西山門學。墨竹得徐熙之妙,見稱於人。見元夏文彦《圖繪寶鑑》卷四,亦見明朱謀垔《畫史會要》卷三、清王毓賢《繪事備考》卷六。《宋元學案補遺》卷八一引《圖繪寶鑑》作隨齋。林正大,字敬之,號隨菴。寧宗開禧中(1205—1207)爲嚴州學官。著有《風雅遺音》二卷。見《四庫全書總目》卷二〇〇集部詞曲類存目。

附編　遼金志怪傳奇

焚椒録一卷

存。遼王鼎撰。傳奇文。

王鼎(？—1106)，《遼史》卷一〇四《文學傳下》有傳。字虛中。涿州(今河北涿州市)人。幼好學，居太寧山數年，博通經史。遼道宗清寧五年(1059)擢進士第①，調易州觀察判官②，改淶水縣令，累遷翰林學士。大安初(1085)陞觀書殿學士③，坐醉酒怨上，被杖黜奪官，流鎮州可敦城④。居數歲，有赦，鼎獨不免。五年十一月燕王延禧(即天祚帝)生子大赦⑤，守臣召鼎爲

———————

① 《遼史》卷二二《道宗紀二》云清寧八年六月"御清涼殿，放進士王鼎等九十三人"，中華書局點校本《遼史·王鼎傳》校勘記云："按《紀》，王鼎擢進士第在清寧八年。"清王鳴盛《蛾術編》卷一二《焚椒録》亦據《道宗本紀》謂"本傳作五年擢進士第誤也"。姚士粦《焚椒録跋》亦謂"五年爲誤"，但又云："不然，豈有兩王鼎邪？"按陳述《全遼文》卷八王鼎(受戒居士)《薊州神山雲泉寺記》末云："王鼎盛中，於清寧五年登進士第，清寧八年，又一王鼎中狀元。"北京：中華書局，1982，第205頁。以爲乃二人，説是。

② 《遼史》卷四八《百官志四》："王鼎清寧五年爲易州觀察判官。"知及第後即授判官。

③ 本傳云"壽隆初(1095)陞觀書殿學士"，《遼史》卷四七《百官志三》同，但《焚椒録序》末署"大安五年春三月前觀書殿學士臣王鼎謹序"，知壽隆應爲大安之誤。

④ 本傳只云"流鎮州"，《焚椒録序》云"頃以待罪可敦城"。

⑤ 見《遼史》卷二五《道宗紀五》。

賀表,因以詩貽使者,有"誰知天雨露,獨不到孤寒"句,道宗憐
之,召還復職。六年爲乾文閣直學士、知制誥①,天祚帝乾統六
年(1106)卒。

此書著録於明徐𤊹《紅雨樓書目》小説類、祁承𤊱《澹生堂藏
書目》史部上、清黃虞稷《千頃堂書目》別史類"補遼"、錢曾《述古
堂藏書目》女史類、厲鶚《遼史拾遺》卷一六《補經籍志》史類、《四
庫全書總目》卷五二雜史類存目、錢大昕《補元史藝文志》傳記類
(遼)、黃任恒《補遼史藝文志》雜史類、繆荃孫《遼藝文志》傳記
類、丁仁《八千卷樓書目》雜史類、王仁俊《遼史藝文志補證》傳記
類等,皆爲一卷,除《述古堂藏書目》無撰名外,皆題遼王鼎撰。
而收載此録者,最早者當是明萬曆中陳繼儒所輯、繡水沈氏所刊
《寶顏堂祕笈》,《四庫全書存目叢書》史部第45册影印此本,《叢
書集成初編》亦據此本排印。此後又收載於吳永《續百川學海》
乙集、毛晉《津逮祕書》及《重編説郛》弓一一〇、《無一是齋叢
鈔》、《香豔叢書》第三集卷二等。厲鶚《遼史拾遺》卷一九《后妃
傳·道宗宣懿皇后蕭氏》全引王鼎《焚椒録》。明詹詹外史《情
史》卷一四情仇類亦録入全文,注出王鼎《焚椒録》而改題《遼懿
德皇后蕭氏》。刪去自序,以王鼎贊附後,並節録姚叔祥跋。

寶顏堂本書前爲《焚椒録序》,末署"大安五年春三月前觀書
殿學士臣王鼎謹序",正文書題下題"大遼觀書殿學士臣王鼎謹
述,明秀水殷仲春、海鹽姚士粦校",卷末有西園歸老題詞、吳寬
記、海鹽姚士粦叔祥跋。姚稱西園歸老"不知爲誰,當是國初儒
舊"。按松江華亭人王一鵬號西園野夫,弘治間以貢生授泰順訓

① 此事本傳失載。《全遼文》卷八有王鼎《六聘山天開寺懺悔上人墳塔
　　記》,題"朝議大夫、乾文閣直學士、知制浩、賜紫金魚袋王虚中撰",末紀
　　時爲大安己巳歲(五年),但文中已稱大安六年,陳述校云:"是己巳之誤
　　顯然也。"

導,善畫①,不知是否即此人。吳寬(1435—1504)字原博,號匏
菴,長洲人。成化八年(1472)會試廷試第一,官至禮部尚書,諡
文定,有《匏菴家藏集》七十卷。② 姚士粦則爲萬曆中名士。姚
跋後又附《國語解附》,全摘自《遼史》卷一一六《國語解》,末署
"秀水殷仲春方叔識"。按殷仲春字方叔,秀水人。躬耕於鄉,慕
王績爲人,自號東臯子。天啓元年(1621)卒,有《樓老堂集》。③
由上述可知,此本蓋原藏於西園歸老,後輾轉落入陳繼儒手。萬
曆中由殷仲春、姚士粦同校,而由繡水沈士龍等刊行,遂得面世。
陳繼儒松江華亭人,明後期著名藏書家,堂曰寶顏,"頗藏異
册"④。本書唯見於寶顏堂,洵爲"異册"。北宋沈括《夢溪筆談》
卷一五曾云:"契丹書禁甚嚴,傳入中國者法皆死。"遼興宗重熙
二年(1033)幽州僧行均集《龍龕手鏡》四卷,"熙寧中有人自虜中
得之,入傅欽之家",浙西帥蒲傳正"取以鏤板",方得傳於中國。
本書未見宋人引用,蓋遼國書禁嚴密未嘗入宋。大約經金元人
手傳至明世,已屬海内孤本。

　　正是因本書極爲罕見,萬曆中方得刊行,故人多疑其爲僞
書。清周春《遼詩話》卷上《懿德皇后蕭氏》稱"其書真僞不可
辨",又《王鼎》云"疑是依托者"。黃任恒《補遼史藝文志》雜史類
著録本書,引張金鏞書後自記云:"此書仿王元美(按:名世貞)僞
撰《雜事秘辛》,又祖世所傳《飛燕外傳》,語多穢褻,實不足據。"
王仁俊《遼史藝文志補證》亦謂"今存疑僞"。然若西園歸老、吳

---

① 見張兼《寶日堂初集》卷二三《先進舊聞》、何良俊《四友齋叢説》卷一七。
② 見王鏊《震澤集》卷二二《資善大夫、禮部尚書、兼翰林院學士、贈太子太
　保、諡文定吳公神道碑》,卷一三《匏菴家藏集序》。
③《明詩綜》卷七二小傳。
④ 楊立誠等編《中國藏書家考略》,上海古籍出版社,1987,第228頁。

寬、姚士粦以及王士禎《居易録》卷二六①、《四庫全書總目》卷五
二雜史類、王鳴盛《蛾術編》卷一二《説録・焚椒録》、周中孚《鄭
堂讀書記》卷一九雜史類論其書，皆不疑其僞。《居易録》論云：
"《契丹國志・后妃傳・道宗蕭皇后本傳》云性恬寡欲，魯王宗元
之亂，道宗同獵，未知音耗，后勒兵鎮帖中外，甚有聲稱，崩葬祖
州云云而已。《焚椒録》所紀耶律伊遜、張孝傑輩讒搆賜死之事，
絶無一字及之。又《録》稱后爲南院樞密使惠之少女，而《志》云
贈同平章事顯然之女。《志》言勒兵似嫻武略者，而《録》言幼能
誦詩，旁及經子録。中所載射虎應制諸詩及《迴心院詞》皆極工，
而無一語及武事。且《本紀》道宗在位四十七年，改元者三：清
寧、咸雍、壽昌，初無太康之號，而《録》載伊遜密奏太康元年十月
據宫婢單登及教坊朱頂鶴陳首云云。已上皆牴牾不合，不可解
也。按《遼史・宣懿皇后傳》雖略，而與《焚椒録》所紀同，蓋《契
丹志》之疏耳。"《四庫全書總目》引《居易録》，進而申云："今考葉
隆禮《契丹國志》，皆雜采宋人史傳而作，故蘇天爵《三史質疑》譏
其未見國史，傳聞失實。又沈括《夢溪筆談》稱遼人書禁甚嚴，傳
至中國者法皆死。是書事涉宫闈，在當日益不敢宣布，宋人自無
由而知。士禎以史證隆禮之疎，誠爲確論。或執《契丹國志》以
疑此書，則誤矣。"按以本書所述與《遼史》懿德皇后事蹟對證，處
處相合，元人修《遼史》實際嘗取資於本書，而王鼎自序與《遼史》
本傳亦無不合，且可補本傳未詳處。若謂明人爲託，焉有斯理？

　　王鼎自序作于大安五年三月，當時"待罪可敦城"。序云：
"鼎于咸、太（咸雍、太康）之際，方侍禁近，會有懿德皇后之變。
一時南北面官，悉以異説赴權，互爲證足，遂使懿德蒙被婬醜，不
可湔浣。嗟嗟！大黑蔽天，白日不照，其能户説以相白乎？鼎婦

乳嫗之女蒙哥,爲律耶(按:律耶即耶律)乙辛寵婢,知其奸搆最詳,而蕭司徒復爲鼎道其始末,更有加于嫗者。因相與執手,歟其冤誣,至爲涕淫淫下也。觀變已來,忽復數載。頃以待罪可敦城,去鄉數千里,視日如歲,觸景興懷,舊感來集,乃直書其事,用竢後之良史。若夫少海翻波,變爲險陸,則有司徒公之實錄在。"

道宗皇后懿德被誣賜死,乃遼國一大冤案。王鼎從主謀耶律乙辛舊婢蒙哥處獲知內幕,又從蕭司徒處知其始末。蕭司徒名惟信,字耶寧,官至北院樞密副使,後告老,加守司徒。《遼史》卷九六本傳云:"樞密使耶律乙辛譖廢太子,中外知其冤,無敢言者,惟信數廷爭,不得復。"乙辛先害懿德,又害其子(昭懷太子濬),惟信知其奸謀,故而廷爭。王鼎從蕭惟信處備知始末當在大安元年被流以前,但直到大安五年才撰此錄。姚士粦跋云:"鼎作此錄,在謫居鎮州時,時一(乙)辛已囚萊(來)州,孝傑亦死,故敢實錄其事。"其實耶律乙辛被囚來州乃在大(太)康七年(1081)十二月①,同時,張孝傑亦削爵爲民②,九年十月乙辛謀亡入宋伏誅③,而王鼎作錄已是乙辛伏誅六年之後,姚氏說誤。

此錄從懿德皇后出生敘起,終於自盡,正文長達二千九百餘字。大意謂:懿德皇后爲北面官南院樞密使蕭惠④少女,興宗重熙九年(1040)五月,母耶律氏夢月墜懷復東升爲天狗所食,驚寤而生后。幼能誦詩,旁及經史,姿容端麗,小字觀音。二十二年

① 見《遼史》卷二四《道宗紀四》。
②《遼史》卷一一○《姦臣傳上·張孝傑傳》:"(大康)六年,既出乙辛,上亦悟孝傑姦佞,尋出爲武定軍節度使。坐私販廣濟湖鹽及擅改詔旨,削爵,貶安肅州,數年乃歸。大安中死於鄉。"
③ 見《道宗紀四》。
④ 蕭惠,《遼史》卷九三有傳。

今上（道宗）在青宮，進封燕趙國王，納爲妃①，清寧元年（1055）
册爲皇后。后方升坐，忽有白練自空墜位前，上有"三十六"三
字，左右解爲"命可敦領三十六宮"。二年八月上獵秋山②，至伏
虎林，后奉命賦詩"威風萬里壓南邦"云云，上譽爲"女中才子"。
十一月尊爲懿德皇后③。三年秋上作《君臣同志華夷同風詩》，
后應制屬和曰"虞廷開盛軌"云云④。明年后生皇子濬⑤，皇太叔
重元妃入賀，因其輕浮，后戒其"宜以莊臨下"，遂銜恨。歸語重
元，重元父子遂于九年作逆，軍潰而父子伏誅⑥。知北樞密院事
趙王耶律乙辛平逆有功，尋進南院樞密使⑦，威震一時，唯后家
不肯相下，乙辛每爲怏怏。后慕唐徐賢妃，常進諫得失。嘗諫上
不得"單騎從禽，深入不測"。上心厭之，至咸雍末（1074）遂稀幸
御，后因作《回心院詞》十首，被之管絃，以寓望幸之意。時諸伶
無能奏演此曲者，獨伶官趙惟一能之。宮婢單登乃重元舊婢，亦

---

① 《遼史》卷二一《道宗紀一》載：重熙十一年進封燕國，明年進封燕趙國
　　王。與此不合。《遼史》卷七一《后妃傳・道宗宣懿皇后蕭氏》："重熙
　　中，帝王燕趙，納爲妃。"

② 《道宗紀一》："（清寧二年）八月辛未，如秋山。"

③ 《道宗紀一》：清寧二年十一月甲辰，"文武百僚上尊號曰天祐皇帝，后曰
　　懿德皇后"。《后妃傳》本傳云"清寧初立爲懿德皇后"，誤。

④ 《道宗紀一》："（清寧三年）八月辛亥，帝以《君臣同志華夷同風詩》進皇
　　太后。"

⑤ 《道宗紀一》清寧四年："是歲，皇子濬生。"

⑥ 《遼史》卷一一二《逆臣傳上・耶律重元》載：清寧九年，重元與其子涅魯
　　古謀反，事敗，重元北走大漠而自殺，涅魯古亦被護衛射殺。此言伏誅
　　不合。西園歸老跋云："又云重元父子伏誅，則重元走出大漠自殺耳，豈
　　別有所據邪？"

⑦ 《道宗紀二》：清寧九年七月，以許王仁先爲北院樞密使，進封宋王，乙辛
　　南院樞密使。《遼史》卷一一〇《姦臣傳上・耶律乙辛》："重元亂平，拜
　　北院樞密使。"

善箏及琵琶,每與惟一爭能,怨后不知。上常召單登彈箏,后以其爲叛家婢女而諫之,登深懷怨嫉。登妹清子嫁爲教坊朱頂鶴妻,方爲乙辛所昵,登每向清子誣后與惟一私通。乙辛遂欲乘此害后,使人造《十香詞》,冒充宋國姒里蹇(皇后)作,使單登騙后,后遂手書其詞,並尾書《懷古詩》一首"宮中只數趙家妝"云云。乙辛得手書,遂於太康元年(1075)十月,以"淫詞"爲據,並引單、朱爲證,誣告趙惟一要結本坊入内承直高長命謀侍皇后,咸雍六年(1070)后召趙彈箏淫亂,事後后又書《十香詞》賜趙。上怒召后詰之,后哭辨而不聽,以鐵骨朶擊后幾隕,令參知政事張孝傑與乙辛治之。趙、高被屈打成招,樞密副使蕭惟信爲后力辨而無效。具獄上奏,上心未决,孝傑曲解后《懷古詩》,以爲乃懷趙之作。上意遂决,即日族誅趙惟一,斬高長命,賜后自盡[1]。后作《絶命詞》,以白練自經,時年三十六,正符白練之語。上命裸后屍,以葦席裹還其家。聞者莫不冤之,皇太子投地大叫,發誓門誅乙辛,而"乙辛遂謀害太子無虛日矣"。

　　正文紀事止於此。此後猶有乙辛謀害太子濬,懿德皇后(乾統元年[1101]追謚宣懿皇后)第二女糺里匡救天祚帝(濬子)、竟誅乙辛等事,見《耶律乙辛傳》、卷七二《順宗濬傳》、卷六五《公主表》等。姚士粦跋云:"但天祚時鼎尚在,如懿德皇后第二女趙國公主以匡救天祚,竟誅乙辛,及乙辛、孝傑剖棺戮屍,以家屬分賜群臣事,並不補録,一快觀者,亦此録一不了公案也。"王鳴盛《蛾術編》亦以"鼎録未之及"爲憾。周中孚《鄭堂讀書記》亦云:"使虛中取乙辛伏誅及與孝傑剖棺戮屍以家屬分賜群臣事結之,豈不彰國典而快人心乎!惜乎其見不及此也。"其實王鼎此録意在爲懿德皇后洗恥明冤,故以"焚椒"爲題,而不叙以後節目。椒,

---

[1] 《道宗紀三》:"(大康元年)十一月辛酉,皇后被誣,賜死;殺伶官趙惟一、高長命,並籍其家屬。"

椒房,皇后所居也①。

　　王鼎序自稱本書爲“實録”,確實録中所紀史實與《遼史》皆合,而叙懿德皇后事實又遠詳於《遼史》本傳,至於以較《契丹國志》,更可見《契丹國志》之疏謬。故而前人頗重其史料價值。《鄭堂讀書記》云:“考《契丹國志》及《遼史》俱有《懿德皇后傳》,但舉其要,此正史體宜爾。得此可補其闕,所以屬樊樹《遼史拾遺》全録之。蓋虚中以遼人記遼事,宜其事事實録也。”西園歸老跋云:“余讀《焚椒録》,乃知元人修史之謬也。即如宣懿皇后諫道宗單騎馳獵,僅百二十餘言,其辭意並到,有宋人所不及者。其他若陰屬單登索后書及證《懷古詩》於帝前,此乙辛、孝傑罪案也,可削而不載乎? 一書去取如此,其他挂漏可知矣。”②明清書目多以此録入於女史、雜史、别史或傳記類,只有《紅雨樓書目》以入小説。按此録所叙爲真人真事,非虚構傳聞之作,惟所寫夢月白練之説顯然爲傳説之辭。而又盡録蕭后所作應制詩、《回心院詞》、《懷古詩》、《絶命詞》凡十四首與疏文一章以及僞造之《十香詞》十首等,此不惟使此録近乎傳奇“文備衆體”之體式,且大增香豔綺靡風韻。乙辛奏文描摹内閫私情,用筆細微,幾近小説手段,而“小蛇”、“真龍”之戲語頗猥褻,有似《趙飛燕外傳》。凡

----

① 《漢書》卷六六《車千秋傳》顏師古注:“椒房,殿名,皇后所居也。以椒和泥塗壁,取其温而芳也。”

② 西園歸老跋又云:“惟此録言皇后生於五月五日,而《道宗本紀》稱坤寧節在十二月。”按:姚士粦跋辨云:“但謂坤寧節在十二月,則彼不詳考。清寧八年十二月,行道宗母仁懿皇太后再生禮耳。”説是。《遼史·道宗紀二》:“(清寧八年十二月)戊子,以皇太后再生禮。”《道宗紀三》:“(大康二年)三月辛酉,皇太后崩。……夏六月乙酉朔,上大行皇太后尊謚曰仁懿皇后。”《遼史》卷一一六《國語解》:“再生禮,國俗,每十二年一次,行始生之禮,名曰再生。惟帝與太后、太子及夷離堇(按:即統軍馬大官)得行之。又名覆誕。”

此皆使此録得具傳奇文特徵，自可以宫闈小説視之，與《趙飛燕外傳》、《趙飛燕別傳》、《大業拾遺記》、"隋煬帝帝三記"、《長恨歌傳》、《梅妃傳》等傳奇小説有諸多相通之處。

王鼎在篇末繫論贊曰："嗟嗟！自古國家之禍，未嘗不起于纖纖也。鼎觀懿德之變，固皆成于乙辛，然其始也，由于伶官得入宫帳，其次則叛家之婢使得近左右，此禍之所由生也。第乙辛凶慘無匹，固無論，而孝傑以儒業起家，必明于大義者。使如惟信直言，毅然諍之，后必不死。后不死，則太子可保無恙，而上亦何慚于少恩骨肉哉！乃亦昧心同聲，自保禄位，卒使母后、儲君與諸老成，一旦皆死于非辜，此史册所書未有之禍也。二人者可謂罪通于天者乎！然懿德所以取禍者有三，曰好音樂與能詩、善書耳。假令不作《回心院》，則《十香詞》安得誣出后手乎！至于《懷古》一詩，則天實爲之，而月食、飛練，先命之矣。"論贊謂乙辛、孝傑"可謂罪通于天"，道宗亦"少恩骨肉"，但主要探求"懿德之變"禍源，以爲懿德自取其禍。明人江用世《史評小品》卷二二《元·懿德后》亦評曰："懿德后工容才藝，一一皆好，此已有屚樓結綵，鮫人織綃，不牢不耐之意，固宜其不爲國妖而卒不免于其身也。鑠香骨於銛牙，送韶華于短焰。已焉哉！天實爲之，謂之何哉？"此種觀點陳腐之極，有以傳統"女德"觀掩蓋真正禍源之嫌，而《遼史》卷七一《后妃傳》論贊完全承襲此一觀點，稱"宣懿度曲知音，豈致誣讞之階乎"。對王鼎此論，周中孚辯云："至謂懿德所以取禍者有三，曰好音樂與能詩、善書，論雖正而却非是。蓋君子論人，當于有過中求無過，不當于無過中求有過。況婦女不可好音樂與能詩善書，此爲臣庶家屬説法則可耳，非所以論帝王之家也。不圖北方學者遥襲伊洛流風，此豈近于人情！"自然以臣庶家屬與帝王之家之別亦非確論，然云王鼎"于無過中求有過"，以宋人道學評論懿德，乃不近人情之舉，則是矣。至鼎論又及天命之説，尤不必辯也。

　　此録真正價值乃是暴露遼國統治階級罪惡,對蕭后悲劇命運給予真實可信之反映,並寄予深切同情。吳寬跋云:"予得《焚椒録》讀之,何讒人罔極!戕害天倫,一至于此,亦宇宙一大變也。"毛晉跋云:"讀《焚椒》者,輒酸鼻切齒爲蕭氏惜","使後之騷人韻士欽其德,美其才,悲其遇,嘖嘖不去口。"西園歸老跋則云:"至於録中所載詩詞,雖淫靡不足道,如'解卻四角夜光珠,不教照見愁模樣','只願身當白玉體,不願伊當薄命人','偏是君來生彩暈,對妾故作青焱焱','若道妾身多穢賤,自沾御香香徹膚',此等皆有唐人遺意,恐有宋英、神之際諸大家無此四對也。"以爲詩詞"雖淫靡不足道",然此四聯"皆有唐人遺意",非北宋大家所及。按懿德《回心院詞》十首頗佳,宛轉陳詞,情真意切,特不止四對也。

　　明江用世《史評小品》卷二二節録此文,題《懿德后》。周春《遼詩話》卷上、陳衍《遼詩紀事》卷二、陸長春《遼宮詞》、史夢蘭《全史宮詞》卷一八、黃任恒《遼文補録》、陳述《全遼文》卷三及卷八等均輯入此録中有關詩文。明周嘉冑《香乘》卷二七《香詩彙》亦録入《十香詞》。又,明傅占衡《焚椒録》(清陳田《明詩紀事》辛籤卷一四),清田雯《古懽堂集》卷一四《閲焚椒録》,陳文述《頤道堂集》卷四《迴心院詞》,黃釗《讀白華草堂詩初集》卷四《題焚椒録後》,皆詠其事。

孫九鼎小説

佚。金孫九鼎撰。志怪集。

孫九鼎,字國鎮[①]。忻州定襄縣(今屬山西)青石村人[②]。宋徽宗政和三年(1113)在太學,與洪邁父洪皓同爲通類齋生[③]。以後連蹇無成[④]。北宋亡留金,太宗天會六年(1128)登經義進士第一,弟九疇、九億同榜。吳彥國贈詩云:"孫郎有重名,談笑取公卿。清廟瑟

---

① 《大清一統志》卷一一三《忻州‧人物》、《嘉慶重修一統志‧忻州‧人物》云字國讓,誤。諸書俱作國鎮。按:九鼎本《左傳》宣公三年:"昔夏之方有德也,遠方圖物,貢金九牧,鑄鼎象物,百物而爲之備,使民知神姦。故民入川澤山林,不逢不若,魑魅罔兩,莫能逢之。用能協于上下,以承天休。"九鼎以鎮國,非禮讓也。

② 見元好問編《翰苑英華中州集》卷二《孫内翰九鼎》、康熙敕編《御選金詩‧姓名爵里》(《御選宋金元明四朝詩》)、雍正《山西通志》卷一三九《人物三十九‧文苑四‧忻州》、《大清一統志‧忻州‧人物》。雍正《定襄縣志》卷六《人物志》云青石村人。

③ 見洪邁《夷堅甲志》卷一《孫九鼎》。洪括《盤洲文集》卷七四《先君述》亦云:"考官孫九鼎者有大(太)學舊。"熊克《皇朝中興紀事本末》卷一○:"九鼎政和間遊太學,與洪皓同舍。"《中興小紀》卷六同。李心傳《建炎以来繫年要錄》卷二八云九鼎"宣和間嘗游太學",作宣和間。又卷一四九云:"孫九鼎與皓有太學之舊……"《中州集》云:"在太學時遊金明,作詩云:'片片桃花逐水流,東風吹上木蘭舟。隔溪紅粉休相認,年少孫郎不姓劉。'"

④ 見《夷堅甲志》。

三嘆,齋房芝九莖。"①及第補承議郎②。後以尚書員外郎知翼城縣
事,時多盜賊,九鼎多方勤捕,梟其渠魁,餘黨悉解散,邑賴以安。③

────────────────

① 見《中州集》,參見明李賢等《大明一統志》卷一九《太原府·人物》、成化
《山西通志》卷九《人物·名宦》、《御選金詩·姓名爵里》、雍正《山西通
志》卷六五《科目》及卷一三九《人物·文苑·忻州》、《定襄縣志·人物
志》。九鼎及第或作天會七年、十年。舊題南宋宇文懋昭《大金國志》卷
五《太宗文烈皇帝三》天會七年六月:"試舉人于蔚州。遼人應辭賦,兩
河人應經義,忻州進士孫九鼎爲魁。"《皇朝中興紀事本末》卷一〇建炎
三年七月:"金虜試舉人于蔚州。……以孝純(張孝純)主文柄。……是
時遼人皆用詞賦,兩河人皆用經義,而孫九鼎者爲第一,忻州人也。九
鼎政和間遊太學,與洪皓同舍。陷虜十年始登第。皓在北方屢見之。"
《中興小紀》卷六同。徐夢莘《三朝北盟會編》卷一三二建炎三年八月:
"試舉人於蔚州。遼人應詞賦,兩廣人應經義,張孝純充主文,忻州進士
孫九鼎爲魁。"《建炎以來繫年要錄》卷二八建炎三年:"是秋,金國元帥
府復試遼國及兩河舉人於蔚州。遼人試詞賦,河北人試經義,始用契丹
三歲之制,初鄉薦,次府解,次省試,乃曰及第。……雲中路察判張孝純
主文,得趙洞、孫九鼎諸人。九鼎忻州人也,宣和間嘗遊太學,陷金五
年,始登第。"注:"熊克《小歷》稱九鼎陷金十年始登第,蓋承洪邁《夷堅
志》所書也,非實。金人以靖康元年(1126)陷河東,至此始五年(按:實
爲四年),蓋誤記耳。"(按:《夷堅甲志》卷一《孫九鼎》:"在金國十餘年始狀
元及第,爲祕書少監。"十餘年實指爲祕書少監。詳下。)建炎三年(1129),
當天會七年。《三朝北盟會編》卷二四四引張棣《金國圖》曰:"至天會十
年,海内小安,下詔如契丹開關制,限以三歲(缺)有鄉、府、省三試,鄉中曰
鄉薦,府中曰府解,省中曰及第。……程文分爲兩科,曰詩賦,曰經
義。……是年趙洞爲詞賦第一人,孫九鼎爲經義第一人,並補承議郎。"
按:《金史》卷三《太宗紀》載天會五年八月詔曰:"河北河東郡縣職員多闕,
宜開貢舉取士,以安新民。其南北進士,各以所業試之。"卷五一《選舉志
一》:"(天會)五年,以河北河東初降,職員多闕,以遼宋之制不同,詔南北
各因其素所習之業取士,號爲南北選。"則九鼎狀元及第當在天會六年。
② 見《三朝北盟會編》卷二四四引張棣《金國圖》。
③ 見《大清一統志》卷一〇《平陽府二·名宦》及《嘉慶重修一統志·平陽
府·名宦》。又見雍正《山西通志》卷八九《名宦七·平陽府》。

熙宗皇統三年(1143)爲祕書少監①，充進士考官②。官至翰林學士③。年八十餘卒④，葬定襄青石村⑤。有《孫九鼎集》⑥，《中州集》收其《甄莊三藏真身》詩一首，陳衍《金詩紀事》卷四自《中州集》輯《遊金明詩》一首。

　　《夷堅甲志》卷一《寶樓閣呪》條末注："二事皆孫九鼎言，孫亦有書紀此事甚多，皆近年事。"前事爲《柳將軍》。孫書不見著錄，書名亦失考。洪邁父洪皓建炎三年(1129)使金，被扣留十五年，紹興十三年(1143)八月方歸宋。皓在金與九鼎屢相見⑦，孫書當曾寓目。且皓亦喜"稗官小說"⑧，在金訪求書籍，"困載以歸"⑨，孫書可能帶回。歸國後對邁述北方聞見，邁於紹興十三

---

① 見《夷堅甲志·孫九鼎》："在金國十餘年始狀元及第，爲祕書少監。"按：邁父皓紹興十三年(1143)八月自金回宋，談在金事，語及九鼎，邁聞而始撰《夷堅志》。皓言九鼎爲祕書少監，當在紹興十三年，此年當金皇統三年。靖康元年(1126)九鼎留金，至此十七年。

② 《繫年要錄》卷一四九紹興十三年六月："初皓既辭官，敵復令往雲中校進士，識金法，嘗被任使者，永不可歸。皓稱疾，固辭不得，命考官孫九鼎，與皓有太學之舊，爲之請，金乃許之。"《先君述》亦云："考官孫九鼎者有太學舊，爲以疾聞，得回燕。"洪汝奎《洪忠宣公(皓)年譜》考爲紹興十一年(金皇統元年)事，誤。按：金天會六年試進士，三歲一試，皇統三年正爲進士試之年。

③ 《中州集》稱"孫內翰九鼎"，《定襄縣志》云"官翰林"。

④ 見《中州集》。按：據《夷堅甲志·孫九鼎》，孫三十歲以後及第入仕，當卒於金世宗大定十八年(1178)以後。

⑤ 雍正《山西通志》卷一七四《陵墓三·定襄縣》："金狀元孫九鼎墓，在青石村，九疇、九億附塋。"

⑥ 見雍正《山西通志》卷一七五《經籍》集類。

⑦ 見《甲志·孫九鼎》。

⑧ 南宋李幼武纂集《宋名臣言行錄續集》卷五《洪皓》："公天性强記，書無所不讀，雖食不釋卷，稗官小說亦暗誦數千言。"

⑨ 見《先君述》。

年撰寫《夷堅志》①而載入首卷,中即有取資於孫書者。然《寶樓閣呪》爲紹興三年袁可久事,《柳將軍》爲北宋饒州安仁令蔣静事,皆不類孫書。據嚴元照、張元濟校,今本《甲志》多有殘闕,元人以《夷堅》他志補之,《寶樓閣呪》"始篤奉之"之下接末句"祕其事",不相連屬,蓋因中缺一頁,是故注語所云"二事"必非《寶樓閣呪》與《柳將軍》。考《夷堅志補》卷一一《盧忻悟前生》末云"孫九鼎説",《李員外女》末云"李氏亦祕其事。孫九鼎説,有書記",與《甲志》卷一注正合,因知二事者即此②。《甲志》卷一首條《孫九鼎》記孫九鼎政和癸巳(三年)居太學遇鬼事③,末云"(孫九鼎)舊與家君同爲通類齋生,至北方屢相見,自説兹事",亦出孫九鼎,然非"近年事",恐非孫書佚文。

　　《盧忻悟前生》記代州崞縣盧忻三歲自言前生乃趙氏子,《李員外女》記忻州定襄縣李員外女三歲自言前生乃秀容縣張二老、五臺縣劉家子,皆佛家輪回轉世之説,事則發生於作者故里及附近州縣,顯爲作者自述聞見。元好問《續夷堅志》卷一《神哥》記孫國鎮内翰族婦爲山魈所污事,疑亦出本書

---

① 參見《夷堅志》叙録。

②《志補》共二十五卷,乃張元濟輯自南宋葉祖榮重編之《分類夷堅志》。參見《夷堅志》叙録。

③《夷堅支甲》卷六《西湖女子》載女云:"我曾看《夷堅志》,見孫九鼎遇鬼亦服此藥。"即此事。

續夷堅志四卷

存。金元好問撰。志怪雜事集。

元好問事跡，見於元郝經《陵川集》卷三五《遺山先生墓銘》，施國祁輯注大德碑本郝經《遺山先生墓銘》（《元遺山先生全集》卷首），《金史》卷一二六《文藝傳下·元德明傳》附《元好問傳》，清人翁方綱、凌廷堪、施國祁撰有《元遺山先生年譜》三種，李光廷有《廣元遺山年譜》（並見《元遺山先生全集》附錄），今人繆鉞著《元遺山年譜彙纂》（載《繆鉞全集》第一卷《冰繭庵讀史存稿》）[①]，狄寶心著《元好問年譜新編》。李正民《元好問研究論略》之《專論篇》有《元好問活動、著述與金蒙時政、文化大事對照表》。今據繆譜等述其事跡如下。

元好問（1190—1257），字裕之，號遺山。忻州秀容縣（今山西忻州市）人。系出拓拔魏，故姓元氏。父德明，有《東巖集》三卷。好問四歲讀書，七歲入小學，能詩，太原王中立（字湯臣）稱爲“神童”。年十四從郝天挺學。十五歲學時文，十六歲曾赴試并州。金宣宗興定元年（1217）赴汴京，以詩文見禮部尚書趙秉文，趙以爲“少陵以來無此作”，名震京師，目爲“元才子”。興定五年三月登進士第，不就選，座主即趙秉文。哀宗正大元年（1224）五月應宏詞科，授儒林郎、權國史院編修官。三年除鎮平令，不久罷去。四年轉內鄉令，明年母張氏卒，罷。八年服除，辟

---

① 又載姚奠中主編《元好問全集》附錄九。

南陽令,内遷尚書都省掾,移家汴京。天興元年(1232)除左司都事。二年汴京西面元帥崔立逆亂降蒙古,勒授中順大夫、行尚書省左右司員外郎兼修起居注,復除翰林學士、知制誥,次年被羈管聊城。金亡不仕,以著作自任,嘗構著書亭於家,號曰"野史"。蒙古憲宗七年(1257)九月卒於獲鹿寓舍,年六十八。

遺山爲著名文學家,郝經稱其"爲一代宗匠,以文章伯獨步幾三十年"。其著述頗豐,今存《元遺山先生集》四十卷、《遺山新樂府》四卷(一本作五卷)、《唐詩鼓吹》十卷、《中州集》十卷、《中州樂府》一卷等,又撰《杜詩學》一卷、《東坡詩雅》三卷、《錦機》一卷、《詩文自警》十卷、《壬辰雜編》若干卷①,並佚。

《金史》本傳羅列元好問著述,未及《續夷堅志》,但稱"晚年尤以著作自任"。本書卷三《抱陽二龍》云:"辛亥冬,予與毛正卿德義昆仲、郝伯常、劉敬之諸人一遊。"卷四《臨晉異瓜》云:"辛亥年,定襄士人樊順之親見。"辛亥年是書中最晚紀時,乃蒙古主孛兒只斤蒙哥(憲宗)元年,當南宋理宗淳祐十一年(1251),時金亡(1234)已十七年,元好問六十二歲。估計書成在此年後數年間。

據元人王東(字起善)所録元好問本傳末識語及宋无(字子虛)、石巖(字民瞻)、孫道明(字明叔)等跋,原書四卷,有自序。初,王東手抄北地棗本(棗木版本)四册,至順三年壬申(1332)持示其友宋无,宋爲作跋。其友吳道輔(字景文)、皆窳叟、石巖亦爲作跋,石跋亦在至順三年。到至正八年戊子(1348)歲,王東獲觀武林新刻《金史》,遂謄元好問本傳附于所抄書後,並作識語。王東抄本後歸芥甫夏侯,至正二十三年癸卯(1363)華亭孫道明借録於映雪齋,復跋卷末。孫氏過録本是明以來所傳各本之祖本。明趙用賢《趙定宇書目》著録《元遺山續夷堅志》,注:"一本,止丙丁二集,抄。"知原書分甲乙丙丁四集,集各一卷。晁瑮《寶

_____

① 據《金史》本傳、郝經《墓銘》。

文堂書目》子雜亦有目，作《元遺山夷堅續志》，未云卷數。清曹寅《楝亭書目》卷三説部著録抄本，前後集各一卷，稱“庇㾕叟序”。前後集二卷本猶著録於金檀《文瑞樓藏書目録》卷五小説家元人小説（係抄本）、《四庫全書總目》卷一四四小説家類存目、孫星衍《孫氏祠堂書目》内編卷四説部（係寫本）及《平津館鑒藏記書籍》卷三舊影寫本、丁丙《善本書室藏書志》卷二一小説家異聞之屬（係舊鈔本）、陸心源《皕宋樓藏書志》卷六四小説家類（係舊鈔本）等。據孫、丁、陸所述，此二卷本實亦出孫道明鈔本，只是併作二卷而已，又脱去自序。各本皆有元人諸跋，唯在書中位置或有不同。平津館本原爲宋犖（字牧仲）、宋筠父子所藏①。

　　本書在清代最早刻本是嘉慶十三年戊辰（1808）杭郡余集大梁書院刻本。余序書於大梁書院，序云：“僕來豫，榮通守慶②，出以相眎，乃其尊甫筠圃先生讀易樓藏本。書凡二卷，而宋子虚、王起善二跋皆云四卷，又稱其別有自序，而卷中無之，不復可考矣。……因爲較其訛脱，仍分四卷，以還舊觀，手抄付梓。且依翁氏（按：即翁方綱）所輯《遺山年譜》，略爲表系，以附於後，庶覽者粗悉其平生云。”又榮譽道光十年（1830）序云：“先君子舊藏二卷，有王起善、宋子虚諸跋，而佚其自序。余筮仕中州，以此書所載大半河南北事，因攜之以資檢閲。嘉慶戊辰，余秋室太史聞而借觀，復據王、宋二跋，釐爲四卷，且益以翁氏所輯年譜，鏤板于大梁書院。”按榮慶父即玉棟，字子隆，號筠圃，漢軍正白旗，藏書處曰讀易樓③，而榮譽者

---

① 《平津館鑒藏記書籍》：“末有‘徵峰乾隆三年筠’墨筆題識，知是宋牧仲家舊本。”

② 此據榮譽《得月簃叢書》本，《元遺山先生全集》本作“榮別駕慶”。按：通守、別駕皆以稱通判。

③ 見清王芑孫《惕甫未定藁》卷一三《山東陽信縣知縣玉君墓誌銘》。參見楊廷福、楊同甫編《清人室名別稱字號索引》（增補本）乙編，上海古籍出版社，2001，下册，第99頁。

亦即榮慶①。

　　大梁書院原刻未見②,道光中張穆彙入《元遺山先生全集》者即據大梁書院本③,而照陽泉山莊本(按:出余集刊本,見下文)校梓。此本四卷,各卷均題太原元好問裕之纂。卷首爲《續夷堅志原跋》,依次爲宋无、吳道輔、告窳叟、石巖、孫道明、王東(注:傳不錄)、余集(注:表不錄)。道光十年(1830)松柏心道人榮譽據大梁書院本刻入《得月簃叢書初刻》,榮序云:"秋室(按:即余集)歸而板爲王六泉明府所得,今載往蜀中矣。中州印本,故屬寥寥,好事者往往以不得披覽爲歎。茲就書院本重加校正,以付剞劂……"得月簃本前爲榮譽及余集《續夷堅志序》、《本傳》及王東識語,末爲《遺山先生年譜略》、《續夷堅志原跋》(宋无、吳道輔、告窳叟、石巖、孫道明五跋)。

　　對照得月簃本與《全集》本(大梁書院本),前本卷三末多《廣寧寺鐘聲》、《石椿火出》、《永安錢》三條。按:繆荃孫《藝風堂文漫存·辛壬稿》卷三《續夷堅志跋》云:"荃孫初得巾箱本二卷,繼得陽泉山莊本四卷,張月齋序云原出余秋室手書本。余本刻於大梁,心竊慕之。後覓得余本,字畫之雅,刊印之精,頗寶愛之。壬子二月,沈君乙盦以舊鈔見貽,分前後二集,不分四卷,則其書在前可知。目錄後有告窳叟跋,後集目錄後有石民瞻跋,末有《金史·文藝傳》、王東起(按:誤讀,王東字起善)跋、宋无跋、吳

<hr>

① 觀余集、榮譽二序及《得月簃叢書》諸序,榮譽即榮慶,鑿然無疑。《清人室名別稱字號大小索引》乙編,謂榮慶先世吳興人,瀋陽漢軍正白旗,字子譽,號夢魚、小圃、松柏心道人、得月簃;榮譽東海人,號松枸心道人。下册,第807頁。以爲二人,誤。

② 傅增湘《藏園群書經眼錄》卷九小說家類著錄《續夷堅志》四卷,云:"清嘉慶戊辰余集手寫刊於大梁。十行二十字,細黑口,左右雙闌。"

③ 張穆道光三十年《重刻元遺山先生集序》云:"《續夷堅志》世行寫本二卷,余秋室氏釐爲四卷,手書刻之大梁。"

道輔詩、孫道明跋，亦不似余本之雜次。後集《宣靖越播之兆》不完，缺《女真黄》、《日本國冠服》、《焦燋業報》、《孔孟之後》五條（按：當爲四條）。鈔本亦缺，而《項王廟》下有《廣寧寺鐘》、《石椿大火》、《永安錢》三條，則各本所無也。……據余序，讀易樓藏本二卷，因宋、王二跋，强分四卷，殊嫌武斷矣。前集一百有三條，後集一百有六條，不全者一條，有目無文者四條，實存二百有五條，較他本多三條，亦可稱善本矣。"繆氏所見舊鈔本前後二集，與孫星衍平津館藏舊影寫本正合。《四庫全書存目叢書》子部第246 册影印北京圖書館（按：即今國家圖書館）藏清鈔本①，即是此本。此本有《廣寧寺鐘聲》等三條，繆氏謂此三條"則各本所無"，可見大梁書院本確缺此三事，榮譽所補蓋據前後集舊鈔本。又者，繆云舊鈔本前集一百三條，後集一百六條，有目無文者四條，實存二百有五條。然計得月簃本，前二卷各五十一條，卷三四十九條，卷四五十二條，共二百零三條。按卷二《延壽丹》一條，國家圖書館藏清鈔本分作《延壽丹》、《出箭方》二條，然則前二卷實亦爲一百零三條，而清鈔本後集實一百五條，繆氏計數不確。

　　《續修四庫全書》子部第 1266 册影印湖北省圖書館藏清刻本，此本卷首爲《續夷堅志原跋》，依次爲宋无、吴道輔、皆窳叟、石巌、孫道明跋，末爲本傳及王東識語、《遺山先生年譜略》，但無余集序。且大梁書院本所闕三事，此本不闕。此本所出不詳。

　　今存諸叢書本，《石蓮盦彙刻九金人集》收入《元遺山先生全集》，《續夷堅志》自亦用其本，得月簃本則又收入《叢書集成初編》及《筆記小説大觀》。姚奠中主編《元好問全集》卷四六至四九亦收入此本。中華書局 1986 年出版常振國點校本，底本亦爲得月簃刻本，而以大梁書院本與清鈔本參校。

─────────────

① 《北京圖書館古籍善本書目》子部小説家類著録此本。

本書所記大都爲作者所聞見金蒙異事，大抵爲妖異、災變、祥瑞、徵應、夢兆、報應、鬼神、精怪、異物、古器之類。有少數非異聞者，如《麻神童》、《虞令公早慧》、《馬光塵畫》（以上卷二）、《吕内翰遺命》）（卷三）、《張先生座右銘》（卷四）等，人物逸事也。而《古錢》（卷三）、《古鼎》（卷四）等爲考古之事，《延壽丹》、《神人方》、《背疽方二》（以上卷二）、《揩牙方》（卷三）等竟是藥方而已。

本書内容雜碎而殊乏異彩，賞翫價值甚低，清人李慈銘曾云："閱《續夷堅志》，此書無甚足觀。"①評論並不過苛。惟因前人懾於遺山聲名之重，盲目崇拜，乃頗多譽詞。如宋无云："所續《夷堅志》，豈但過洪景盧而已，其自序可見也。惡善懲勸，纖細必録，可以知風俗而見人心，豈南北之有閒哉！"石巖云："《續夷堅志》乃遺山先生當中原陸沉之時，皆耳聞目見之事，非若洪景盧演史寓言也。其勸善戒惡，不爲無補。吾知起善推廣之心，即遺山之心也。"榮譽云："其名雖續洪氏，而所記皆中原陸沉時事，耳聞目見，纖細必書，可使善者勸而惡者懲，非齊諧志怪比也。"《筆記小説大觀》提要云："遺山丁金源之末造，道德凌夷，身世顛沛，所至撮其見聞，紀録成編，意主勸懲，誅姦惡而揚懿美，是是非非，猶想見野史直筆云。"諸君皆就其教化立論，然即以"勸善戒惡"而言，大抵爲報應妖異之説，即所謂"國家將興，必有禎祥；國家將亡，必有妖孽"（告寗叟跋），一似《五行志》，事屬迷信，文亦不足翫讀也。

只三四事較好。卷一《京娘墓》寫王元老遇合女鬼楊京娘，稍有情致，元戲文《京娘怨燕子傳書》（《南詞叙録·宋元舊篇》）演此。卷二《天賜夫人》寫梁蕭廟中負鬼出，原是揚州新嫁娘，爲大風飄至，遂爲妻，人稱"天賜夫人"，幻設新穎，《初刻

①《越縵堂讀書記》八《文學·詩文別集·元遺山集》。北京：商務印書館，1959，第657頁。

拍案驚奇》卷九《宣徽院仕女鞦韆會，清安寺夫婦笑啼緣》演爲入話。卷三《猪善友》寫一異猪無心肺，宰之不死，事亦頗奇，乃取辛愿（字敬之）所作傳。

附考 存目辨證

引言

明人稗叢《古今説海》、《剪燈叢話》①、《綠牕女史》、《合刻三志》、《五朝小説·宋人百家小説》、《重編説郛》之屬，收有大量題宋人撰小説。中多有抽自小説筆記而別製篇名者，或猶署原作者，或妄加撰人。或雖題宋人而實出他朝書，或雖題他朝而實出宋書者。亦有雜湊成編駕名宋人，則純偽之書也。今分五類考辨如下。而凡原本單篇且撰人亦不誤者，如宋蘇轍《遊仙夢記》、宋崔伯易《金華神記》、元（宋）劉斧《遠煙記》等，及凡屬一般雜記性質之偽書，如題陸游《避暑漫抄》、高文虎《蓼花洲閒録》等，均不著焉。

一、刺取宋人書別製篇名而撰人尚不誤者

1.韓奉議鸚歌傳

載《剪燈叢話》卷八、《五朝小説·宋人百家小説》傳奇家，並題宋何薳。《雪牕談異》卷六亦有《韓奉議鸚歌傳》，無撰人。此即何薳《春渚紀聞》卷五《雜記·隴州鸚歌》而易其題。

2.鬼國記

載《剪燈叢話》卷八、《五朝小説·宋人百家小説》傳奇家、《重編説郛》弓一一八，並題宋洪邁。此即洪邁《夷堅志補》卷二

---

① 按：《剪燈叢話》十二卷，董康日本訪書得明刻本，《書舶庸譚》卷八下録其卷目。此書今藏國家圖書館善本部。陳汝衡《説苑珍聞·剪燈叢話》及譚正璧《古本稀見小説匯考》之《剪燈新話和剪燈餘話》附《剪燈叢話》均據《書舶庸譚》録其目次。陳良瑞作《〈剪燈叢話〉考證》（《文學遺產增刊》第十八輯，山西人民出版社，1989），據其目考證若干篇目來源及作者。程毅中作《十二卷本〈剪燈叢話〉補考》（《文獻》1990 年 2 期），乃據國家圖書館藏原書詳考。

一《鬼國母》而易其題,末删十九字。《廣豔異編》卷三三鬼部二
輯入全文,《續豔異編》卷一四鬼部下、《情史類略》卷九情幻類有
删節,並題《鬼國母》。

　　3.鬼國續記

　　載同上,並題宋洪邁。此即洪邁《夷堅支癸》卷三《鬼國續
記》,首删三句,末删六字。猶用原題。末有跋云:"鬼方爲南獠,
而此若實有其地,恐亦齊諧志怪之寓託耶。"

　　4.瓦缶冰花傳

　　載《剪燈叢話》卷一〇,題宋何薳。目錄傳作記。此即何薳
《春渚紀聞》卷二《雜記·瓦缶冰花》。

　　5.江南木客記

　　載同上,題宋洪邁。目錄記作傳。此即洪邁《夷堅丁志》卷
一九《江南木客》。

　　6.中霤神記

　　載同上,題宋何薳。此即何薳《春渚紀聞》卷二《雜記·中霤神》。

　　7.福州猴王神記

　　載《剪燈叢話》卷一〇、《五朝小説·宋人百家小説》傳奇家,
題宋洪邁。《叢話》目錄作《猿王神記》,猿乃猴之誤。此即洪邁
《夷堅甲志》卷六《宗演去猴妖》而易其題。

　　8.紫姑神傳

　　載《剪燈叢話》卷一〇、《綠牕女史》卷一〇神仙部神媼門,並
題宋沈括。此取自沈括《夢溪筆談》卷二一《異事》,自擬篇名。

　　9.邢仙傳

　　載《剪燈叢話》卷一一,題宋王明清。此取自王明清《玉照新志》卷
五而自擬篇名。止於"詩列其題云《詩贈晚學李君》",以下十三首詩全
删。文前"嘉祐末云云"乃海哥事,《新志》獨爲一條,《叢話》相連,誤也。

　　10.朱沖傳

　　載同上,題宋趙彦衛。此取趙彦衛《雲麓漫鈔》卷七而自加

篇名。

11.仙箕傳

載同上，題宋周密。此即周密《齊東野語》卷一六《降仙》而易其題。

12.吳興向氏傳

載同上，題宋周密。目録無吳興二字。此即周密《癸辛雜識》前集《向胡命子名》而易其題。

13.吳僧文捷傳

載同上，題宋沈括。目録無吳僧二字。此取自沈括《夢溪筆談》卷二〇《神奇》而自加篇名。

14.張鋤柄傳

載《剪燈叢話》卷一二，題宋張世南。此取自張世南《遊宦紀聞》卷四，自加篇名。

15.何簑衣傳

載同上，題宋岳珂。此即岳珂《桯史》卷三《姑蘇二異人》，記何簑衣、猷道僧事，改易其題。按：《夷堅志補》卷一二《蓑衣先生》，亦爲何蓑衣事，《逸史搜奇》已集二《簑衣先生》即此文。

16.王實之傳

載同上，題宋周密。此即周密《齊東野語》卷四《潘庭堅王實之》，改易其題。

17.鳴鶴山記

載《五朝小説・宋人百家小説》傳奇家，題宋洪邁。此即洪邁《夷堅志補》卷二二《鳴鶴山》，《宋人百家小説》闕文甚多。

二、刺取宋人書別製篇名而妄託撰人者

1.狄氏傳

載《剪燈叢話》卷二、《綠牕女史》卷一一妾婢部徂異門，並題宋康譽之。實取《説郛》卷一一廉布《清尊録》。《繡谷春容》仁集卷八亦載，無撰人。康譽之，字叔聞，著《昨夢録》。

　　2.王魁傳

　　載《剪燈叢話》卷二、《緑牕女史》卷五緣偶部幽期門，並題宋柳貫。實取《類説》卷三四《摭遺》（即劉斧《青瑣摭遺》），亦題《王魁傳》。原作者乃夏噩。柳貫乃元人，《元史》卷一八一有傳。有《柳待制文集》二十卷。

　　3.燕子樓傳

　　載《剪燈叢話》卷三、《緑牕女史》卷一一妾婢部逸格門，並題宋王惲。此即計有功《唐詩紀事》卷七八《張建封妓》，有删節。王惲乃元人，《元史》卷一六七有傳。有《秋澗集》一百卷。

　　4.彭蠡小龍記

　　載《剪燈叢話》卷五、《五朝小説·宋人百家小説》偏録家。《叢話》目録記作傳，《宋人百家小説》作《彭蠡記》，並題宋王惲。此取自沈括《夢溪筆談》卷二〇《神奇》。

　　5.紅裳女子傳

　　載《剪燈叢話》卷六、《緑牕女史》卷八妖豔部幻妄門，並題宋鄭景璧[①]。此即周密《齊東野語》卷一八《宜興梅塚》。按：《永樂大典》卷二八〇九引《夷堅志》亦載（中華書局點校本《夷堅志三補》輯入），文簡，實應出《湖海新聞夷堅續志》（今本闕）。

　　6.龍壽丹記

　　載《剪燈叢話》卷九、《五朝小説·宋人百家小説》傳奇家，並題宋蔡襄。此取自沈括《夢溪筆談》卷二〇《神奇》。蔡襄，《宋

────────────────

①《古今説海》説略部雜記家之《蒙齋筆談》，末題宋鄭景璧撰。按：《稗海》收《蒙齋筆談》二卷，題宋湘山鄭景望。《古今説海》本乃二卷本之節録。《蒙齋筆談》實鈔葉夢得《巖下放言》（三卷）而成，卷上全鈔《放言》卷下，卷下全鈔《放言》卷中。鄭景望本宋人，與洪邁、朱熹同時，爲著名學者，必不能鈔襲前賢之書，頗疑《蒙齋筆談》乃僞造，而駕名鄭景望，傳鈔中又譌作鄭景璧耳。

史》卷三二〇有傳,有《端明集》四十卷。

　　7.謝石拆字傳

　　載《剪燈叢話》卷九,題宋陳直。此即何薳《春渚紀聞》卷二《雜記・謝石拆字》。《夷堅志補》卷一九亦有《謝石拆字》,非此。陳直,泰州人,元豐中官興化令,撰《奉親養老書》一卷,見《直齋書錄解題》卷一三醫書類。

　　8.張鬼靈相墓術

　　載同上,題宋陳直。目錄作《鬼靈相墓傳》。此即《春渚紀聞》卷二《雜記・張鬼靈相墓術》。

　　9.惠民藥局記

　　載同上,題宋沈括。此即周密《癸辛雜識》別集上《和劑藥局》。

　　10.樂平耕民傳

　　載同上,題宋劉渭。末有跋云:“此傳殊有段成式餘意。”此即洪邁《夷堅丁志》卷一四《劉十九郎》。劉渭,宋有三人。一爲象山人,元祐六年(1091)進士,授荊門軍長林令、權婺州永康縣,見《寶慶四明志》卷八《先賢事迹上》、《宋詩紀事補遺》卷二八。一字元渤,東江人,見楊萬里《誠齋集》卷七一《宜雪軒記》。一字志清,婺州金華人,嘉定十三年(1220)狀元,見《宋歷科狀元錄》卷七。

　　11.閩海蠱毒記

　　載《剪燈叢話》卷一〇、《五朝小説・宋人百家小説》傳奇家,並題宋楊朏。此即洪邁《夷堅志補》卷二三《黃谷蠱毒》,刪末“予所載黃谷事”云云。楊朏,字持正,閩縣人。元祐六年(1091)進士,官至建寧軍節度推官。入元祐黨籍。見《淳熙三山志》卷二七《科名》、《宋詩紀事》卷三二等。

　　12.海外怪洋記

　　載同上,題宋洪芻。此即洪邁《夷堅志補》卷二一《海外怪

洋》。《廣豔異編》卷一六徂異部亦輯入,無撰人,題《海賈》。洪
芻,字駒父,南昌人。紹聖元年(1094)進士。靖康中爲諫議大
夫,坐事流沙門島卒。見《宋詩紀事》卷三三等。今傳《香譜》二
卷、《老圃集》二卷。

13.獨脚五通傳

載同上,題宋方亮。目録傳作記。此即洪邁《夷堅支癸》卷
三《獨脚五通》。方亮,不詳何人。

14.碁待詔傳

載《剪燈叢話》卷一二,題宋李述。此即何薳《春渚紀聞》卷
二《雜記·劉仲甫國手碁》,下"又"乃《春渚紀聞》下條《祝不疑奕
勝劉仲甫》。李述,字公明,福州閩縣人。天聖八年(1030)進士,
終祕書丞、知韶州。見《淳熙三山志》卷二六《科名》。

15.方萬里傳

載同上,題宋陳侃。此即周密《癸辛雜識》別集上《方回》。
陳侃,不詳何人。明有陳侃,撰《使瑠球略》一卷。

16.鍼異人傳

載同上,題宋虞防。此即周密《齊東野語》卷一四《鍼砭》。
虞防,武進人。熙寧六年(1073)進士,入元祐黨籍。見《元祐黨
人傳》卷六。

17.錢履道傳

載同上,題睦州陳旺。此即洪邁《夷堅支甲》卷一《張相公夫
人》。《情史類略》卷二〇情鬼類亦載,題《錢履道》。睦州陳旺不
詳何人。元有陳旺,字天禄,東平汶上人,見劉敏中《中菴集》卷
一六《贈奉議大夫、驍騎尉、聊城縣子陳公神道碑銘》。又有天曆
元年(1328)任六合縣尹之陳旺,見《嘉靖六合縣志》卷四。

18.耿聽聲傳

載《綠牕女史》卷二宮闈部寵遇門,題宋吳師直。末有跋云:
"此可與佛圖澄事並傳。"此即周密《齊東野語》卷一五《耿聽聲》。

吳師直,南宋初爲臨安府通判,見李光《莊簡集》卷一《乞免住罷
行宮營繕狀》。

19.菊部頭傳

載同上,題宋陳忠。末有跋云:"李公山節,汾州人也。端平
中,朱湛、盧復之使北,展覲八陵,引李與王仲偕南。李初任鄉郡
節制司幹官,後任西山倅。時正倅陳三嶼松龍會寮友于多景樓,
賞楊妃菊令,諸妓各持紙筆侍衆官請詩。李江下後至,酒一行
起,背手數步吟云:'命委馬嵬坡畔泥,驚魂飛上傲霜枝。西風落
日東籬下,薄倖三郎知不知。'辭至精切或至閣筆。偶閱菊部頭
事,附記於此。"事載元蔣正子《山房隨筆》。此即周密《齊東野
語》卷一六《菊花新曲破》。陳忠,不詳何人。元有陳忠,字正之,
高唐人。元初爲徽州路知事,大德六年(1302)遷奉化州知州,見
《延祐四明志》卷三、《弘治徽州府志》卷四。方回《桐江續集》卷
四《賀陳正之得男》、卷八《次韻陳正之團扇畫一魚二首》、《送陳
正之三首》、卷一〇《歲除日陳正之劉彦質來奕》、卷一八《題陳正
之蘭亭》、卷三六《萬山軒記》,皆爲陳忠作。

20.陳昐兒傳

載同上,題宋李祉。此取自宋末元初陳世崇《隨隱漫録》卷
二。李祉,魏縣人,徽宗朝門下侍郎李清臣子。崇寧三年(1104)
編管英州,入元祐黨籍,後官浙江轉運使。見《元祐黨人傳》
卷六。

21.嚴蕊傳

載《綠牕女史》卷一二青樓部志節門,題宋曹嘉。此即周密
《齊東野語》卷二〇《台妓嚴蕊》。曹嘉,不詳何人。

22.春娘傳

載《香艷叢書》第十集卷二,題汝陰王明清著。此傳録自《説
郛》卷三七《摭青雜説》,南宋無名氏撰。按:《重編説郛》弓一八、
《五朝小説·宋人百家小説》偏録家收入《説郛》本而妄題宋王明

清,此沿其誤。

23.觀海市記

載《剪燈叢話》卷一〇,題明張沂。目録作《海市奇觀記》。此實取自《古今説海》説纂部散録家五宋方回録《虚谷閒抄》,此書雜抄諸書而成,此條末注《閒覽》,即宋陳正敏《遯齋閒覽》。原書十四卷,已散佚,《説郛》卷三二有節録(誤作范正敏),中有此條。

24.林靈素傳

載《古今説海》説淵部別傳家六十三、《重編説郛》弓一一三,題宋趙與時撰。按:此取趙與時《賓退録》卷一,而趙實全録耿延禧《林靈素傳》,只末節"此耿延禧所作《靈素傳》也"以下一節乃趙與時語。

三、剌取宋人書而未具撰名者

1.趙喜奴傳

載《剪燈叢話》卷六、《緑牎女史》卷八妖豔部鬼靈門,署闕名,《古今圖書集成·閨媛典》卷三六〇亦引,不著撰人。此即洪邁《夷堅三志辛》卷九《趙喜奴》。

2.董漢州女傳

載《剪燈叢話》卷七、《緑牎女史》卷一一妾婢部徂異門,署闕名。二書目録均作《董漢女傳》。《古今圖書集成·閨媛典》卷三六三亦引,不著撰人。此即洪邁《夷堅支戊》卷九《董漢州孫女》。作"董漢州女"誤。

3.女冠耿先生傳

載《緑牎女史》卷二宫闈部寵遇門,署闕名。目録作《耿女冠傳》。此即北宋吴淑《江淮異人録·耿先生》。

四、刺取他朝書而託名宋人者

1.桃帕傳

載《剪燈叢話》卷一、《綠牕女史》卷四緣偶部慕戀門,並題宋王右。按:此篇又載《豔異編》卷一八幽期部二(題《潘用中奇遇》)、《情史類略》卷三情私類(題《潘用中》),原出不詳。程毅中以爲"最早似見於《説集》本的《綠窗紀事》,作者佚名,可能爲元人所撰"(《十二卷本〈剪燈叢話〉補考》,《文獻》1990年第2期)。陳國軍《明代志怪傳奇小説叙錄》(商務印書館國際有限公司,2015)以爲《全閩詩話》卷五收錄《剪燈新話》"潘用中",而現存《剪燈新話》並無此篇,所謂《剪燈新話》,可能即瞿佑編《剪燈錄》。按:《全閩詩話》清鄭方坤撰,疑所謂《剪燈新話》可能指《剪燈叢話》。王右,曾編《法寶標目》十卷,見《宋志》道家類附釋氏類著錄。

2.司馬才仲傳

載《剪燈叢話》卷四、《綠牕女史》卷六冥感部夢寐門,並題宋王宇。《古今圖書集成·閨媛典》卷三六〇亦載。寫司馬才仲夢蘇小小,附記弘治初于景瞻、馬浩瀾遊西湖賦詩及王天璧召箕仙蘇小小。此取明梅鼎祚《青泥蓮花記》卷九《記藻一·蘇小小》,前事末注《春渚紀聞》,後事末注《蓉塘詩話》。按:《蓉塘詩話》明姜南撰,此事即卷一七《箕仙詩》。明田汝成《西湖遊覽志餘》卷一六《香奩豔語》第三條亦記此事。所引《春渚紀聞》,即南宋何薳《春渚紀聞》卷七《詩詞事略·司馬才仲遇蘇小》。《西湖遊覽志餘·香奩豔語》亦採《春渚紀聞》事。又《綠牕女史》卷一二青樓部才名門《蘇小小傳》,署闕名,則取《志餘》卷一六《香奩豔語》之一、二兩條。王宇,不詳何人。

3.天上玉女記

載《剪燈叢話》卷四、《綠牕女史》卷一〇神仙部仙姬門,並題晉賈善翔。此即《太平廣記》卷六一《成公智瓊》,注出《集仙録》,即《墉城集仙録》,前蜀杜光庭撰。託名宋人賈善翔,又誤爲晉人。賈善翔著有《猶龍傳》六卷、《高道傳》十卷等。

4.織女星傳

載《剪燈叢話》卷六、《緑牕女史》卷一〇神仙部星娥門,並題宋張君房。此即《太平廣記》卷六八《郭翰》,出《靈怪集》,唐張薦撰。

5.張女郎傳

載《剪燈叢話》卷六、《緑牕女史》卷一〇神仙部神媪門,並題元劉斧。此即《太平廣記》卷三二六《沈警》,出唐陳翰《異聞集》。文字删削頗劇,且止於"蘭香姨、智瓊姊,亦常懷此恨矣"。此不唯駕名宋人劉斧,又誤爲元人。

6.才鬼記

載《剪燈叢話》卷八、《重編説郛》弓一一六,並題宋張君房。此即唐李景亮《李章武傳》,《太平廣記》卷三四〇引。

7.中山狼傳

載《古今説海》説淵部別傳家家二十九、《剪燈叢話》卷八、《五朝小説·宋人百家小説》偏録家、《合刻三志》志寓類、《一見賞心編》卷一三妖魔類。《説海》、《賞心編》不著撰人,《叢話》、《宋人百家小説》並題宋謝良,《合刻三志》乃又題唐姚合。此實爲明人馬中錫撰,載《東田文集》卷三。或謂謝良原作馬中錫改寫①,乃爲《叢話》之妄所誤。謝良,不詳何人。

8.暢純父傳

載《剪燈叢話》卷一二,題宋陸友仁。按:陸友仁(名友)實乃元人,《稗史集傳》等有其傳。此取自陸友《研北雜志》卷上。

---

① 持此説者頗多,如林辰《神怪小説史話》。遼寧教育出版社,1992,第84頁;徐子方《明雜劇史》,北京:中華書局,2003,第204頁。

9.賈雲華還魂記

載《綠牎女史》卷六冥感部神魂門,題宋陳仁玉。目録作《還魂記》。此實取自明李昌祺《剪燈餘話》,題亦同。陳仁玉,仙居人。開慶元年(1259)賜同進士出身,歷仕祕書郎、直祕閣、浙東提刑等。撰《菌譜》一卷。見《寶慶會稽續志》卷二《提刑題名》、《宋詩紀事》卷六八等。

10.江亭龍女傳

載《綠牎女史》卷八妖豔部幻妄門,題宋亡名氏。此實取自元闕名《異聞總録》卷四。按:《異聞總録》多取《夷堅志》,此條當原出《夷堅》,説見本書《夷堅志》叙録《諸家輯夷堅志佚文表》中"吳城龍女"條。

11.蘇小娟傳

載《綠牎女史》卷一二青樓部志節門,題宋王渙。《古今圖書集成·閨媛典》卷三三五亦引,譌作王焕。此即明梅鼎祚《青泥蓮花記》卷八《記從二·蘇小娟》,原出《武林紀事》。王渙,宋城人,仁宗朝以太子賓客、禮部侍郎致仕。見《宋詩紀事》卷八等。

12.湯賽師傳

載《綠牎女史》卷一一妾婢部徂異門,題宋王惲。《豔異編》卷二五徂異部、《稗家粹編》卷三妓女部亦載,無撰人,並題《湯賽師》。此取自《西湖遊覽志餘》卷一六《香奩豔語》。

13.歐陽詹傳

載《綠牎女史》卷一二青樓部才名門,題宋秦玉。此實刪取《太平廣記》卷二七四《歐陽詹》,原出《閩川名士傳》,唐黄璞撰。秦玉乃元人,字德卿,太倉人。楊維禎《東維子文集》卷二五有《孝友先生秦公墓誌銘》,傳入《新元史》卷二三五。

五、雜湊成編之僞書

1.俊婢傳

載《合刻三志》志奇類，題吳楊萬里輯，姚學孟閱。《雪窗談異》卷五亦載，題吳楊萬里。凡收三篇，《翔風》取自東晉王嘉《拾遺記》卷九《晉時事》，《韋陟家婢》取自唐段成式《酉陽雜俎》續集卷三《支諾皋下》，《却要傳》取自唐皇甫枚《三水小牘》，文同《緑牕女史》卷一一妾婢部徂異門《却要傳》（署闕名）。所載皆爲美婢俊妾，故以《俊婢傳》名之。

2.船窗夜話

載《五朝小説・宋人百家小説》偏録家、《重編説郛》弓二八，並題宋顧文薦。按：顧文薦《船窗夜話》節本載於《説郛》卷二一，只《鳴哥》一條。此則雜湊《説郛》他書而成：《巫覡致妖》取自《説郛》卷二九宋邢凱《坦齋通編》，《賜金杵臼》、《瘑癧》、《桃符》、《後學訓》、《錢塘詩》、《治血悶》、《偏腸》七條全取自《説郛》卷二一元仇遠《稗史》之《志疾》與《志言》，唯第二條《解斷腸草毒》未詳所出。此書雖書名撰人皆不誣，内容實了不相干，係純僞之書。

3.徂異記

載《重編説郛》弓一一八，題宋聶田，凡六條。按：此非聶田書，《剪舌》、《山魈》、《海賈》、《積雪》、《化劍》五條鈔自《紺珠集》卷七或《類説》卷八《廣異記》，《阿香車》鈔自《紺珠集》卷七或《類説》卷七《搜神記》。

4.近異録

載《重編説郛》弓一一八，題宋劉質。凡四條。按：《隋書・經籍志》雜傳類著録劉質《近異録》二卷，乃志怪書，久已亡佚。此書用其書名、撰人，而四事皆竊自洪邁《夷堅志》，即《夷堅志補》卷二一《二十夜月圓》、《甲志》卷一九《晦日月光》、《支戊》卷一〇《雷斧》、《志補》卷二一《鄱陽六臂兒》。

引用書目

説明：凡本書叙録之小説作品有傳本存世者，其鈔本、刊本、校本、校注本等皆不列入，可查看本書相關叙録。古代近代文献大體按《四庫全書總目》分類次序排列，今人近人研究著作置末。

尚書正義　〔西漢〕孔氏傳，〔唐〕孔穎達疏，《十三經注疏》，中華書局影印，1983

周禮注疏　〔東漢〕鄭玄注，〔唐〕賈公彦疏，《十三經注疏》，中華書局影印，1983

春秋左傳正義　〔西晉〕杜預注，〔唐〕孔穎達疏，《十三經注疏》，中華書局影印，1983

春秋公羊傳注疏　〔西漢〕公羊壽傳，〔東漢〕何休解詁，〔唐〕徐彦疏，《十三經注疏》，中華書局影印，1983

毛詩正義　〔西漢〕毛亨傳，〔東漢〕鄭玄箋，〔唐〕孔穎達疏，《十三經注疏》，中華書局影印，1983

論語注疏　〔三國魏〕何晏等注，〔北宋〕邢昺疏，《十三經注疏》，中華書局影印，1983

爾雅　〔東晉〕郭璞注，《十三經注疏》，中華書局影印，1983

説文解字注　〔東漢〕許慎撰，〔清〕段玉裁注，上海古籍出版社影印嘉慶二十年刊本，1981

玉篇　〔梁〕顧野王撰，〔北宋〕陳彭年等重修，《四部叢刊初編》景

印元刊本

經典釋文　〔唐〕陸德明撰,上海古籍出版社影印宋刊本,1985

鉅宋重修廣韻　〔北宋〕陳彭年等撰,上海古籍出版社影印宋乾
　　道五年刊本,1983

戰國策箋注　〔西漢〕劉向編,張清常、王延棟箋注,南開大學出
　　版社,1993

漢書　〔東漢〕班固撰,〔唐〕顏師古注,中華書局點校本,1987

後漢書　〔南朝宋〕范曄撰,〔梁〕劉昭、〔唐〕李賢注,中華書局點
　　校本,1987

三國志　〔西晉〕陳壽撰,〔南朝宋〕裴松之注,中華書局點校
　　本,1987

晉書　〔唐〕房玄齡等撰,中華書局點校本,1987

宋書　〔梁〕沈約撰,中華書局點校本,1987

梁書　〔唐〕姚思廉撰,中華書局點校本,1987

六朝事迹編類　〔南宋〕張敦頤撰,張忱石點校,上海古籍出版
　　社,1995

北史　〔唐〕李延壽撰,中華書局點校本,1987

隋書　〔唐〕魏徵等撰,中華書局點校本,1987

舊唐書　〔後晉〕劉昫等撰,中華書局點校本,1986

新唐書　〔北宋〕歐陽修等撰,中華書局點校本,1986

資治通鑑　〔北宋〕司馬光撰,〔元〕胡三省音註,清胡克家刊本,
　　古籍出版社點校,1956

資治通鑑考異　〔北宋〕司馬光撰,《四部叢刊初編》景印宋刊本

五代史補　〔北宋〕陶岳撰,《豫章叢書》本

蜀檮杌　〔北宋〕張唐英撰,《學海類編》本

江南野史　〔北宋〕龍袞撰,《景印文淵閣四庫全書》本,《豫章叢
　　書》本

南唐書　［北宋］馬令撰，《四部叢刊續編》景印明刊本

南唐書　［南宋］陸游撰，《四部叢刊續編》景印明刊本

南漢春秋　［清］劉應麟撰，清道光七年含章書屋刊本

南漢書　［清］梁廷枏撰，清道光十二年刻《藤花亭十五種》本

十國春秋　［清］吳任臣撰，徐敏霞、周瑩點校，中華書局，1983

學士年表　［北宋］闕名撰，《知不足齋叢書》本

隆平集　［北宋］曾鞏撰，《景印文淵閣四庫全書》本

靖康要録　［南宋］闕名撰，《景印文淵閣四庫全書》本

東都事略　［南宋］王稱撰，《景印文淵閣四庫全書》本

太平治蹟統類　［南宋］彭百川撰，《適園叢書》本

通志　［南宋］鄭樵撰，《萬有文庫》本

三朝北盟會編　［南宋］徐夢莘撰，上海古籍出版社影印清光緒
　　三十四年許涵度刊本，1987

建炎以來繫年要録　［南宋］李心傳撰，《景印文淵閣四庫全
　　書》本

建炎以來朝野雜記　［南宋］李心傳撰，徐規點校，中華書
　　局，2000

皇宋通鑑長編紀事本末　［南宋］楊仲良撰，《宛委別藏》本

中興小紀　［南宋］熊克撰，《叢書集成初編》排印《史學叢書》本

皇朝中興紀事本末　［南宋］熊克撰，清雍正景鈔宋本

路史　［南宋］羅泌撰，羅苹注，《四部備要》本

中興行在雜買務雜賣場提轄官題名　［南宋］汪泳撰，清光緒二
　　十二年繆氏《藕香零拾》本

南宋館閣録、續録　［南宋］陳騤、佚名撰，張富祥點校，中華書
　　局，1998

續資治通鑑長編　［南宋］李燾撰，上海師範大學古籍整理研究
　　所、華東師範大學古籍研究所點校，中華書局，1995

續資治通鑑長編拾補　［清］黃以周等輯注，顧吉辰點校，中華書

　　　局,2004

南渡録　舊題［南宋］辛棄疾撰,《四庫全書存目叢書》影印復旦
　　大學圖書館藏清胡可大鈔《徽欽遺事》本

職官分紀　［南宋］孫逢吉撰,《景印文淵閣四庫全書》本

鄂國金佗稡編　［南宋］岳珂撰,明嘉靖刊本,《景印文淵閣四庫
　　全書》本

金佗續編　［南宋］岳珂撰,《景印文淵閣四庫全書》本

古今紀要　［南宋］黃震撰,《景印文淵閣四庫全書》本

契丹國志　［南宋］葉隆禮撰,賈敬顔、林榮貴點校,上海古籍出
　　版社,1985

大金國志　舊題［南宋］宇文懋昭撰,商務印書館,1936

宋史全文　［元］闕名撰,《景印文淵閣四庫全書》本

宋史　［元］脱脱等撰,中華書局點校本,1987

宋史翼　［清］陸心源輯撰,中華書局影印光緒三十三年刊
　　本,1991

宋會要輯稿　［清］徐松輯,中華書局影印北平圖書館影印
　　本,1957

遼史　［元］脱脱等撰,中華書局點校本,1983

遼史拾遺　［清］厲鶚撰,《叢書集成初編》排印《史學叢書》本

金史　［元］脱脱等撰,中華書局點校本,1975

元史　［元］脱脱等撰,中華書局點校本,1987

元史新編　［清］魏源撰,清光緒三十一年邵陽魏氏慎微堂刊本

新元史　柯紹忞著,中國書店影印,1988

文獻通考　［元］馬端臨撰,《萬有文庫》影印乾隆十三年重刊本

續文獻通考　［明］王圻撰,明萬曆三十年松江府刊本

續文獻通考　［清］嵇璜等撰,《景印文淵閣四庫全書》本

靳史　［明］查應光輯,明天啓五年刊本

史評小品　［明］江用世輯,明末刻本

明史　〔清〕萬斯同撰，清鈔本

明史　〔清〕張廷玉等撰，中華書局點校本，1984

安禄山事迹　〔唐〕姚汝能撰，曾貽芬點校，中華書局，2012

北里誌　〔唐〕孫棨撰，上海古典文學出版社，1957

忠獻韓魏王家傳　〔北宋〕韓忠彦撰，明正德九年張士隆重刊本

紹興十八年同年小録　〔南宋〕闕名撰，《景印文淵閣四庫全書》本

名臣碑傳琬琰集　〔南宋〕杜大珪編，《景印文淵閣四庫全書》本

京口耆舊傳　〔南宋〕闕名撰，《守山閣叢書》本

宋名臣言行録　〔南宋〕朱熹撰，李幼武補編，《景印文淵閣四庫全書》本

宋寶祐四年登科録　〔南宋〕闕名撰，《景印文淵閣四庫全書》本

唐才子傳校箋（四册）　〔元〕辛文房撰，傅璇琮主編，中華書局，1987—1990

青樓集　〔元〕夏伯和撰，上海古典文學出版社，1957

宋歷科狀元録　〔明〕朱希召輯，《北京圖書館古籍珍本叢刊》影印光緒十五年鈔本，書目文獻出版社，1987

堯山堂外紀　〔明〕蔣一葵撰，明萬曆刊本

板橋雜記　〔清〕余懷撰，上海中央書店，1936

居士傳　〔清〕彭紹升撰，清乾隆四十年長洲彭氏刊本

王荆公年譜考略　〔清〕蔡上翔撰，清嘉慶九年刊本

奩史　〔清〕王初桐編，清嘉慶刊本

元祐黨人傳　〔清〕陸心源撰，《潛園總集》本

山谷先生年譜　〔南宋〕黃𦐧撰，《適園叢書》本

洪文敏公年譜　〔清〕錢大昕撰，洪汝奎增訂，《四洪年譜》，《洪氏晦木齋叢書》本

洪忠宣公年譜　〔清〕洪汝奎撰，《四洪年譜》，《洪氏晦木齋叢

書》本

稼軒先生年譜　　陳思撰,《遼海叢書》本

歲時廣記　　〔南宋〕陳元靚編,《十萬卷樓叢書》本

御定月令輯要　　〔清〕吳廷楨等撰,《景印文淵閣四庫全書》本

月令粹編　　〔清〕秦嘉謨撰,清嘉慶十七年秦氏琳琅仙館刊本

華陽國志　　〔東晉〕常璩撰,《四部叢刊初編》景印嘉業堂藏明鈔本,《函海》本

校補襄陽耆舊記　　〔東晉〕習鑿齒撰,黃惠賢校補,中州古籍出版社,1987

水經注　　〔北魏〕酈道元撰,陳橋驛點校,上海古籍出版社,1990

洛陽伽藍記校箋　　〔北魏〕楊衒之撰,楊勇校箋,中華書局,2010

元和郡縣圖志　　〔唐〕李吉甫撰,賀次君點校,中華書局,1983

渚宮舊事　　〔唐〕余知古撰,《景印文淵閣四庫全書》本

嶺表録異　　〔唐〕劉恂撰,魯迅校勘,廣東人民出版社,1983

太平寰宇記　　〔北宋〕樂史撰,王文楚等點校,中華書局,2007

輿地紀勝　　〔南宋〕王象之撰,中華書局影印清道光二十九年懼盈齋刊本,2003

方輿勝覽　　〔南宋〕祝穆撰,祝洙增訂,施和金點校,中華書局,2003

東京夢華録注　　〔南宋〕孟元老撰,鄧之誠注,中華書局,1982

東京夢華録箋注　　〔南宋〕孟元老撰,伊永文箋注,中華書局,2006

汴京遺蹟志　　〔明〕李濂撰,周寶珠、程民生點校,中華書局,1999

宋東京考　　〔清〕周城撰,單遠慕點校,中華書局,1988

都城紀勝　　〔南宋〕灌園耐得翁趙□□撰,《東京夢華録》(外四種),上海古典文學出版社,1956

西湖老人繁勝録　［南宋］西湖老人撰,《東京夢華録》(外四種),
　　上海古典文學出版社,1956

夢粱録　［南宋］吳自牧撰,《東京夢華録》(外四種),上海古典文
　　學出版社,1956

武林舊事　［南宋］周密撰,《東京夢華録》(外四種),上海古典文
　　學出版社,1956

咸淳臨安志　［南宋］潛説友撰,清道光十年錢唐振綺堂刊本

嘉泰會稽志　［南宋］施宿等撰,清嘉慶十三年重刊本

寶慶會稽續志　［南宋］張淏撰,清嘉慶十三年重刊本

新安志　［南宋］羅願撰,清光緒十四年李氏翻刻本

嘉泰吳興志　［南宋］談鑰撰,《吳興叢書》本

嘉定赤城志　［南宋］陳耆卿等撰,清嘉慶二十三年重刊本

寶慶四明志　［南宋］胡榘、方萬里、羅濬纂修,《宋元方志叢刊》
　　影印清咸豐四年《宋元四明六志》本,中華書局,1990

延祐四明志　［元］袁桷撰,《宋元方志叢刊》影印清咸豐四年《宋
　　元四明六志》本,中華書局,1990

至元嘉禾志　［元］徐碩、單慶纂修,《宋元方志叢刊》影印清道光
　　十九年刊本,中華書局,1990

岳陽風土記　［北宋］范致明撰,《百川學海》本

南嶽總勝集　［南宋］陳田夫撰,《宛委別藏》本

中吳紀聞　［南宋］龔明之撰,孫菊園校點,上海古籍出版
　　社,1986

吳郡志　［南宋］范成大撰,《守山閣叢書》本

吳中舊事　［元］陸友仁撰,《景印文淵閣四庫全書》本

嘉定鎮江志　［南宋］盧憲撰,清宣統二年金陵刊本

至順鎮江志　［元］俞希魯等撰,《宛委別藏》本

景定建康志　［南宋］周應合撰,《宋元方志叢刊》影印清嘉慶六
　　年刊本,中華書局,1990

至大(正)金陵新志 [元]張鉉撰,《景印文淵閣四庫全書》本

淳祐玉峰志 [南宋]凌萬頃等撰,《宋元方志叢刊》影印清宣統
　　元年刊本,中華書局,1990

至正崑山郡志 [元]楊譓撰,《宋元方志叢刊》影印宣統元年刊
　　本,中華書局,1990

咸淳毗陵志 [南宋]史能之撰,《宋元方志叢刊》影印清嘉慶二
　　十五年趙懷玉刊本,中華書局,1990

淳熙三山志 [南宋]梁克家撰,《宋元方志叢刊》影印明崇禎十
　　一年刊本,中華書局,1990

莆陽比事 [南宋]李俊甫撰,《宛委別藏》本

大明一統志(明一統志) [明]李賢等撰,明嘉靖三十八年歸仁
　　齋刊本,《景印文淵閣四庫全書》本

大清一統志 [清]和珅等纂修,《景印文淵閣四庫全書》本

嘉慶重修一統志 [清]穆彰阿等纂修,《四部叢刊續編》景印清
　　史館藏進呈寫本

山西通志 [明]胡謐撰,1933年景鈔明成化十一年刊本

山西通志 [清]覺羅石麟等纂修,《景印文淵閣四庫全書》本

八閩通誌 [明]陳道撰,明弘治四年刊本

福建通志 [清]郝玉麟、盧焯等纂修,《景印文淵閣四庫全書》本

重纂福建通志 [清]孫爾準、陳壽祺等纂修,清同治七年刊本

粤劍編 [明]王臨亨撰,凌毅點校,中華書局,1987

廣東通志 [清]郝玉麟、傅泰等纂修,《景印文淵閣四庫全書》本

湖廣通志 [清]邁柱、魏廷珍等纂修,《景印文淵閣四庫全書》本

江漢叢談 [明]陳士元撰,《湖北叢書》本

湖北通志 張仲炘、楊承禧等纂修,1921年湖北省長公署刊本

山東通志 [清]岳濬、法敏等纂修,《景印文淵閣四庫全書》本

江西通志 [清]高其倬、謝旻等纂修,《景印文淵閣四庫全書》本

陝西通志 [清]劉於義、史貽直等纂修,《景印文淵閣四庫全

書》本

浙江通志　［清］嵇曾筠等纂修,《景印文淵閣四庫全書》本

江南通志　［清］尹繼吾等纂修,《景印文淵閣四庫全書》本

四川總志　［明］虞懷忠、郭棐等纂修,《四庫全書存目叢書》影印
萬曆刊本

蜀中廣記　［明］曹學佺撰,《景印文淵閣四庫全書》本

四川通志　［清］黃廷桂等纂修,《景印文淵閣四庫全書》本

四川通志（嘉慶重修）　［清］常明、楊芳燦等纂修,揚州古籍書店
影印,1986

重修安徽通志　［清］何紹基、楊沂孫等纂修,清光緒四年刊本

徽州府志　［明］汪舜民撰,明弘治十五刊本

和州志　［明］唐誥、齊柯等纂修,明萬曆三年刊本

乾隆無爲州志　［清］吳元桂編纂,合肥古舊書店據原刊本複
製,1960

續修廬州府志　［清］黃雲等纂修,《中國地方志集成》影印光緒
十一年刊本,江蘇古籍出版社,1998

潁州府志　［清］王斂福等纂修,《中國方志叢書》影印乾隆十七
年刊本,台北成文出版社有限公司,1974

懷寧縣志　朱之英等纂修,民國四年排印本

京口三山志　［明］張萊撰,明正德七年刊本

京口三山志·金山志　［清］周伯義編,陳任暘訂,《中國方志叢
書》影印清光緒三十年刊本,台北成文出版社有限公
司,1974

姑蘇志　［明］王鏊撰,明正德刻嘉靖續修本

嘉靖惟揚志　［明］盛儀輯,明嘉靖刊本

崇禎泰州志　［明］李自滋、劉萬春等纂修,揚州古籍書店鈔崇禎
六年刊本

道光泰州志　［清］王有慶、李國瑞等纂修,《中國地方志集成》影

印清道光七年刊本，江蘇古籍出版社，1991

句容縣志　〔清〕曹襲先撰，《中國方志叢書》影印乾隆十五年修
　　　光緒二十六年重刊本，台北成文出版社有限公司，1985

嘉靖六合縣志　〔明〕黄邦政撰，《金陵全書》，南京出版社，2013

西湖遊覽志餘　〔明〕田汝成撰，浙江人民出版社，1980

西湖志纂　〔清〕梁詩正、沈德潛等撰，《景印文淵閣四庫全書》本

仁和縣志　〔明〕沈朝宣撰，明嘉靖二十八年刊本

吳興掌故集　〔明〕徐獻忠撰，《吳興叢書》本

吳興備志　〔明〕董斯張撰，《吳興叢書》本

湖州府誌　〔明〕栗祁撰，明萬曆刊本

湖州府志　〔清〕宗源瀚、周學濬等纂修，《中國方志叢書》影印同
　　　治十三年刊本，台北成文出版社有限公司，1970

嘉興府志　〔明〕劉應鈳、沈堯中等纂修，《中國方志叢書》影印萬
　　　曆二十八年刊本，台北成文出版社有限公司，1983

嘉興府志　〔清〕許堯光、吳仰賢等纂修，《中國方志叢書》影印光
　　　緒五年刊本，台北成文出版社有限公司，1983

永嘉縣志　〔清〕張寶琳、王棻等纂修，清光緒八年刊本

温州府志　〔明〕湯日昭撰，明萬曆三十三年刊本

瑞州府志　〔明〕熊相等撰，明正德刊本

正德袁州府志　〔明〕嚴嵩撰，上海古籍書店影印正德刊本，1963

建昌府志　〔明〕夏良勝撰，明正德刊本

建昌府志　〔清〕黄祐、孟炤等纂修，《中國方志叢書》影印乾隆二
　　　十四年刊本，台北成文出版社有限公司，1989

建昌縣志　〔清〕陳惟清、閔芳言等纂修，《中國方志叢書》影印同
　　　治十年刊本，台北成文出版社有限公司，1989

南康府誌　〔明〕陳霖撰，明正德刊本

南康府志　〔清〕盛元等纂修，《中國方志叢書》影印同治十一年
　　　刊本，台北成文出版社有限公司，1970

南安府志　〔明〕劉節撰,明嘉靖十五年刊本

臨江府志　〔明〕劉松撰,明隆慶六年序刊本

新修南昌府志　〔明〕章潢撰,明萬曆十六年刊本

撫州府志　〔清〕許應鑅、謝煌等纂修,《中國地方志集成》影印光
　　緒二年刊本,鳳凰出版社,2013

宜黄縣志　〔清〕札隆阿、程卓梁等纂修,《中國方志叢書》影印道
　　光五年刊本,台北成文出版社有限公司,1970

潯陽蹠醢　〔清〕文行遠撰,清康熙毅明堂刊本

嘉靖延平府志　〔明〕鄭慶雲撰,明嘉靖四年刊本

延平府志　〔清〕傅爾泰、陶元藻等纂修,《中國方志叢書》影印同
　　治重刊乾隆三十年刊本,台北成文出版社有限公司,1967

福州府志　〔清〕徐景熹、魯曾煜等纂修,清乾隆十九年刊本

泉州府志　〔清〕懷蔭布、黄任等纂修,清乾隆二十八年刊本

晉江縣志　〔清〕方鼎、朱升元等纂修,《中國方志叢書》影印乾隆
　　三十年刊本,台北成文出版社有限公司,1967

興化府莆田縣志　〔清〕廖必琦、宋若霖等纂修,《中國方志叢書》
　　影印 1926 年重印光緒五年刊本,台北成文出版社有限公
　　司,1967

眉州屬志　〔清〕涂長發、王昌年等纂修,清嘉慶四年刊本

眉山縣志　陳洪基、郭慶琳等纂修,1923 年石印本

内江縣志　〔清〕張揩、劉一衡纂修,清同治刊本

涪陵縣續修涪州志　劉湘、施紀雲等纂修,1928 年鉛印本

資中縣續修資州志　吴鴻仁、黄清亮等纂修,1929 年鉛印本

潮州府志　〔明〕郭春震撰,明嘉靖二十六年刊本

潮州府志　〔清〕周碩勳撰,清光緒十九年重刊乾隆本

惠州府志　〔明〕楊宗甫撰,明嘉靖刊本

廣州府志　〔清〕瑞麟、史澄等纂修,清光緒五年刊本

羅浮山志會編　〔清〕宋廣業撰,清康熙刻本

新修清豐縣志　〔明〕晁瑮、李汝寬等纂修,明嘉靖三十七年刊本

定襄縣志　〔清〕王會隆纂修,《中國方志叢書》影印雍正五年增
　　補本,台北成文出版社有限公司,1976

上海縣續志　吳馨、姚文枬等纂修,《中國方志叢書》影印民國七
　　年刊本,台北成文出版社有限公司,1970

永樂大典方志輯佚　馬蓉、陳抗、鍾文、欒貴明、張忱石點校,中
　　華書局,2004

小名録　〔唐〕陸龜蒙編,《稗海》本

補侍兒小名録　〔南宋〕王銍編,《稗海》本

侍兒小名録拾遺　〔南宋〕張邦幾編,《稗海》本

姬侍類偶　〔南宋〕周守忠編,《四庫全書存目叢書》影印明鈔本

古今姓氏書辯證　〔南宋〕鄧名世撰,《景印文淵閣四庫全書》本

名疑集　〔明〕陳士元撰,《湖北叢書》本

萬姓統譜　〔明〕凌迪知撰,《景印文淵閣四庫全書》本

宮閨聯名譜　〔清〕董恂撰,陸續補輯,《申報館叢書》本

崇文總目　〔北宋〕王堯臣等撰,〔清〕錢東垣等輯釋,《中國歷代
　　書目叢刊》影印《粵雅堂叢書》本,現代出版社,1987

四庫闕書目　〔南宋〕祕書省撰,〔清〕徐松輯,《宋史藝文志附
　　編》,商務印書館,1957

祕書省續編到四庫闕書目　〔南宋〕祕書省撰,〔清〕葉德輝考證,
　　《宋史藝文志附編》,商務印書館,1957

郡齋讀書志(衢本)　〔南宋〕晁公武撰,〔清〕王先謙校,《中國歷
　　代書目叢刊》影印光緒十年刊本,現代出版社,1987

昭德先生郡齋讀書志(袁本)　〔南宋〕晁公武撰,《中國歷代書目
　　叢刊》影印《續古逸叢書》本,現代出版社,1987

昭德先生讀書附志　〔南宋〕趙希弁撰,《中國歷代書目叢刊》影

印《續古逸叢書》本,現代出版社,1987

郡齋讀書志校證　［南宋］晁公武撰,孫猛校證,上海古籍出版
　社,1990

通志略(通志·藝文略)　［南宋］鄭樵撰,上海古籍出版社影印
　1936年世界書局排印本,1990

中興館閣書目輯考　［南宋］陳騤等撰,趙士煒輯考,北平圖書館
　排印本,1933

遂初堂書目　［南宋］尤袤撰,《中國歷代書目叢刊》影印《海山仙
　館叢書》本,現代出版社,1987

直齋書録解題　［南宋］陳振孫撰,徐小蠻等點校,上海古籍出版
　社,1987

文獻通考經籍考　［元］馬端臨撰,華東師大古籍研究所標校,華
　東師範大學出版社,1985

永樂大典目録　［明］姚廣孝等撰,《連筠簃叢書》本

文淵閣書目　［明］楊士奇等撰,《叢書集成初編》排印《讀畫齋叢
　書》本

菉竹堂書目　舊題［明］葉盛撰,《粵雅堂叢書》本

百川書志　［明］高儒撰,上海古典文學出版社,1957

萬卷堂書目　［明］朱睦㮮撰,《玉簡齋叢書》本

寶文堂書目　［明］晁瑮撰,上海古典文學出版社,1957

趙定宇書目　［明］趙用賢撰,上海古典文學出版社,1957

紅雨樓書目　［明徐𤊟撰,上海古典文學出版社,1957

近古堂書目　［明］闕名撰,《玉簡齋叢書》本

澹生堂藏書目　［明］祁承㸁撰,清宋氏漫堂鈔本

國史經籍志　［明］焦竑撰,《粵雅堂叢書》本

世善堂藏書目録　［明］陳第撰,《知不足齋叢書》本

汲古閣珍藏秘本書目　［清］毛扆撰,《士禮居叢書》本

千頃堂書目　［清］黃虞稷撰,瞿鳳起、潘景鄭整理,上海古籍出

　　　版社,1990

絳雲樓書目　〔清〕錢謙益撰,陳景雲註,《粤雅堂叢書》本

奕慶藏書樓書目　〔清〕祁理孫撰,上海古典文學出版社,1958

也是園藏書目　〔清〕錢曾撰,《玉簡齋叢書》本

述古堂藏書目　〔清〕錢曾撰,《粤雅堂叢書》本

讀書敏求記　〔清〕錢曾撰,雍正四年松雪齋刻本

虞山錢遵王藏書目録彙編　〔清〕錢曾撰,瞿鳳起編,上海古籍出
　　　版社,2005

經義考　〔清〕朱彝尊撰,《景印文淵閣四庫全書》本

宋史藝文志補　〔清〕倪燦撰,《二十五史補編》(第六册)本

補遼金元藝文志　〔清〕倪燦撰,《廣雅書局叢書》本

楝亭書目　〔清〕曹寅撰,《遼海叢書》本

傳是樓書目　〔清〕徐乾學撰,清道光八年味經書屋鈔本

傳是樓宋元本書目　〔清〕徐乾學撰,《玉簡齋叢書》本

培林堂書目　〔清〕徐秉義撰,民國四年排印本

延令宋板書目(季滄葦藏書目)　〔清〕季振宜撰,清嘉慶十年黄
　　　氏士禮居刊本

重輯漁洋書跋　〔清〕王士禎撰,陳乃乾校輯,中華書局上海編輯
　　　所,1958

文瑞樓藏書目録　〔清〕金檀撰,《讀畫齋叢書》本

上善堂宋元板精鈔舊鈔書目　〔清〕孫從添撰,《湫漻齋叢書》本

四庫全書總目　〔清〕紀昀等撰,中華書局,1965

四明天一閣藏書目録　〔清〕闕名撰,《玉簡齋叢書》本

天一閣書目　〔清〕范邦甸等撰,清嘉慶文選樓刊本

新編天一閣書目　駱兆平編著,中華書局,1996

平津館鑒藏記書籍　〔清〕孫星衍撰,焦桂美、沙莎標點,上海古
　　　籍出版社,2008

孫氏祠堂書目　〔清〕孫星衍撰,焦桂美、沙莎標點,上海古籍出

版社,2008

四庫未收書提要 〔清〕阮元撰,《四庫全書總目》附録,中華書局,1965

竹崦盦傳鈔書目 〔清〕趙魏撰,觀古堂光緒甲辰(三十年)刊本

稽瑞樓書目 〔清〕陳揆撰,《叢書集成初編》排印《滂喜齋叢書》本

士禮居藏書題跋記 〔清〕黄丕烈撰,潘祖蔭輯,周少川點校,書目文獻出版社,1989

蕘圃藏書題識 〔清〕黄丕烈撰,《國家圖書館藏古籍題跋叢刊》影印繆荃孫刊本,北京圖書館出版社,2002;屠友祥校注(重編本),上海遠東出版社,1999

百宋一廛書録 〔清〕黄丕烈撰,《續修四庫全書》影印國家圖書館藏勞格抄本

藝芸書舍宋元本書目 〔清〕汪士鐘撰,《叢書集成初編》排印《滂喜齋叢書》本

補元史藝文志 〔清〕錢大昕撰,《叢書集成初編》排印《史學叢書》本

鄭堂讀書記 〔清〕周中孚撰,《吴興叢書》本

鐵琴銅劍樓藏書目録 〔清〕瞿鏞編纂,瞿果行標點,瞿鳳起覆校,上海古籍出版社,2000

補五代史藝文志 〔清〕顧櫰三撰,《二十五史補編》(第六册)本

半氈齋題跋 〔清〕江藩撰,《叢書集成初編》排印《功順堂叢書》本

經籍訪古志 〔日〕澀江全善、森立之撰,清光緒十一年排印本

藏園訂補郘亭知見傳本書目 〔清〕莫友芝撰,傅增湘訂補,傅熹年整理,中華書局,2009

結一廬書目 〔清〕朱學勤撰,《觀古堂書目叢刊》本

八千卷樓書目 〔清〕丁仁撰,民國排印本

滂喜齋藏書記　〔清〕潘祖蔭撰，佘彦焱標點，上海古籍出版
　　社，2007

越縵堂讀書記　〔清〕李慈銘撰，由雲龍輯，商務印書館，1959

儀顧堂題跋　〔清〕陸心源撰，《潛園總集》本

儀顧堂續跋　〔清〕陸心源撰，《潛園總集》本

皕宋樓藏書志　〔清〕陸心源撰，《潛園總集》本

皕宋樓藏書源流考　〔日〕島田翰撰，清光緒三十三年武進董氏
　　刊本

善本書室藏書志　〔清〕丁丙撰，清光緒二十七年錢唐丁氏刊本

藝風藏書記　〔清〕繆荃孫撰，清光緒二十七年藝風堂刊本

藝風藏書續記　〔清〕繆荃孫撰，民國二年藝風堂刊本

遼藝文志　〔清〕繆荃孫撰，《二十五史補編》（第六册）本

補遼史藝文志　黃任恒撰，《遼痕五種》本

遼史藝文志補證　王仁俊撰，《二十五史補編》（第六册）本

書舶庸譚　董康撰，朱慧整理，中華書局，2013

藏園群書經眼録　傅增湘撰，中華書局，1983

藏園群書校勘跋識録　傅增湘撰，王菡整理，《書目題跋叢書》，
　　中華書局，2012

文禄堂訪書記　王文進撰，柳向春標點，上海古籍出版社，2007

北京圖書館善本書目　北京圖書館編，中華書局綫裝本，1959

北京圖書館古籍善本書目　北京圖書館編，書目文獻出版
　　社，1987

四庫未收書目提要續編　胡玉縉著，吴格整理，《續四庫提要三
　　種》，上海書店出版社，2002

四庫提要辨證　余嘉錫著，中華書局，1980

中國古籍善本書目（子部）　《中國古籍善本書目》編輯委員會
　　編，上海古籍出版社，1994

金石萃編 [清]王昶編,陝西人民出版社影印民國十年掃葉山房石印本,1990

八瓊室金石補正 [清]陸增祥編,1925年刊本

老子 [西晉]王弼注,《諸子集成》,中華書局影印,1986

莊子集釋 [西晉]郭象注,[唐]成玄英疏,陸德明釋文,[清]郭慶藩集釋,《諸子集成》,中華書局影印,1986

列子 [東晉]張湛注,《諸子集成》,中華書局影印,1986

尹文子 [戰國]尹文撰,《諸子集成》,中華書局影印,1986

孟子正義 [東漢]趙岐注,[清]焦循正義,《諸子集成》,中華書局影印,1986

荀子集解 [戰國]荀卿撰,[唐]楊倞注,[清]王先謙集解,《諸子集成》,中華書局影印,1986

新書 [西漢]賈誼撰,《四部叢刊初編》景印明正德刊本

新序校釋 [西漢]劉向撰,石光瑛校釋,陳新整理,中華書局,2001

風俗通義校釋 [東漢]應劭撰,吳樹平校釋,天津人民出版社,1980

二程外書 [南宋]朱熹編,《景印文淵閣四庫全書》本

朱子語類 [南宋]黎靖德編,王星賢點校,中華書局,1986

武編 [明]唐順之撰,《景印文淵閣四庫全書》本

折獄龜鑑 [南宋]鄭克撰,《墨海金壺》本

棠陰比事 [南宋]桂萬榮撰,[明]吳訥刪補,《四部叢刊續編》景印景元鈔本

樹藝篇 [元]胡古愚撰,明純白齋鈔本

重修政和經史證類備用本草 ［北宋］唐慎微撰,《四部叢刊初
　　編》景印金刊本

醫説 ［南宋］張杲撰,明萬曆刊本

歷代名醫蒙求 ［南宋］周守忠撰注,《天禄琳琅叢書》影印宋
　　刊本

仁齋直指 ［南宋］楊士瀛撰,《景印文淵閣四庫全書》本

類編朱氏集驗醫方 ［南宋］朱佐撰,《宛委别藏》本

普濟方 ［明］朱橚撰,《景印文淵閣四庫全書》本

薛氏醫案 ［明］薛己撰,《景印文淵閣四庫全書》本

景岳全書 ［明］張介賓撰,《景印文淵閣四庫全書》本

名醫類案 ［明］江瓘編,《知不足齋叢書》本

神農本草經疏 ［明］繆希雍撰,《景印文淵閣四庫全書》本

本草綱目 ［明］李時珍撰,人民衛生出版社,2005

證治準繩 ［明］王肯堂撰,《景印文淵閣四庫全書》本

續名醫類案 ［清］魏之琇撰,《景印文淵閣四庫全書》本

尚論篇 ［清］喻昌撰,《景印文淵閣四庫全書》本

絳雪園古方選註 ［清］王子接撰,《景印文淵閣四庫全書》本

唐朝名畫録 ［唐］朱景玄撰,《景印文淵閣四庫全書》本

歷代名畫記 ［唐］張彦遠撰,《津逮祕書》本

益州名畫録 ［北宋］黄休復撰,《函海》本,《湖北先正遺
　　書》本

聖朝名畫評 ［北宋］劉道醇撰,《王氏書畫苑》本

圖畫見聞誌 ［北宋］郭若虚撰,《津逮祕書》本

宣和畫譜 ［北宋］闕名撰,《津逮祕書》本

宣和書譜 ［北宋］闕名撰,《學津討原》本

皇宋書録 ［南宋］董史撰,《知不足齋叢書》本

畫繼 ［南宋］鄧椿撰,《津逮祕書》本

寶真齋法書贊　〔南宋〕岳珂撰,《景印文淵閣四庫全書》本

洞天清禄　〔南宋〕趙希鵠撰,《海山仙館叢書》本

圖繪寶鑑　〔元〕夏文彦撰,《津逮祕書》本

畫鑒　〔元〕湯垕撰,《景印文淵閣四庫全書》本

書史會要　〔元〕陶宗儀撰,上海書店影印武進陶氏逸園景刊明
　　洪武本,1984

畫史會要　〔明〕朱謀垔撰,《景印文淵閣四庫全書》本

繪事備考　〔清〕王毓賢撰,《景印文淵閣四庫全書》本

御定佩文齋書畫譜　〔清〕孫岳頒等撰,《景印文淵閣四庫全
　　書》本

六藝之一録　〔清〕倪濤撰,《景印文淵閣四庫全書》本

樂府雜録　〔唐〕段安節撰,吳企明點校,中華書局,2012

碧雞漫志　〔南宋〕王灼撰,《知不足齋叢書》本

永樂琴書集成(前集)　〔明〕明成祖敕撰,臺北新文豐出版公司
　　影印明內府寫本,1983

泉志　〔南宋〕洪遵撰,《津逮祕書》本

錢通　〔明〕胡我琨撰,《景印文淵閣四庫全書》本

海棠譜　〔南宋〕陳思撰,《百川學海》本

百菊集譜　〔南宋〕史鑄撰,《景印文淵閣四庫全書》本

御製佩文齋廣群芳譜　〔清〕汪灝等編,清康熙刊本

異魚圖贊　〔明〕楊慎撰,《寶顏堂祕笈》本

香乘　〔明〕周嘉胄撰,《景印文淵閣四庫全書》本

文昌雜録　〔北宋〕龐元英撰,《學津討原》本;中華書局上海編輯
　　所,1958

夢溪筆談校證　〔北宋〕沈括撰,胡道靜校注,上海出版公

　　司,1956

張太史明道雜志　〔北宋〕張耒撰,《顧氏文房小説》本

濟南先生師友談記　〔北宋〕李廌撰,《百川學海》本

麈史　〔北宋〕王得臣撰,俞宗憲點校,上海古籍出版社,1986

靖康湘素雜記　〔北宋〕黄朝英撰,吴啓明點校,上海古籍出版
　　社,1986

石林燕語　〔南宋〕葉夢得撰,侯忠義點校,中華書局,1984

避暑録話　〔南宋〕葉夢得撰,《津逮祕書》本

巖下放言　〔南宋〕葉夢得撰,《郎園先生全書》本

猗覺寮雜記　〔南宋〕朱翌撰,《知不足齋叢書》本

學林　〔南宋〕王觀國撰,《武英殿聚珍版書》本

演繁露　〔南宋〕程大昌撰,《學津討原》本

能改齋漫録　〔南宋〕吴曾撰,上海古籍出版社,1979

嬾真子　〔南宋〕馬永卿撰,《稗海》本

墨莊漫録　〔南宋〕張邦基撰,孔凡禮點校,中華書局,2004

皇朝仕學規範　〔南宋〕張鎡撰,宋刊本

寓簡　〔南宋〕沈作喆撰,《知不足齋叢書》本

二老堂雜志　〔南宋〕周必大撰,《學海類編》本

老學庵筆記　〔南宋〕陸游撰,李劍雄、劉德權點校,中華書
　　局,1979

甕牖閒評　〔南宋〕袁文撰,李偉國校點,上海古籍出版社,1985;
　　《景印文淵閣四庫全書》本

梁谿漫志　〔南宋〕費袞撰,金圓點校,上海古籍出版社,1985

容齋隨筆　〔南宋〕洪邁撰,上海師範大學古籍整理組校點,上海
　　古籍出版社,1998

履齋示兒編　〔南宋〕孫奕撰,《知不足齋叢書》本

野客叢書　〔南宋〕王楙撰,王文錦點校,中華書局,1987

蘆浦筆記　〔南宋〕劉昌詩撰,張榮錚、秦成瑞點校,中華書

局,1986

雲麓漫鈔　[南宋]趙彥衛撰,傅根清點校,中華書局,1996

緯略　[南宋]高似孫撰,《守山閣叢書》本

雲谷雜紀　[南宋]張淏撰,《武英殿聚珍版書》本

芥隱筆記　[南宋]龔頤正撰,《顧氏文房小説》本

鼠璞　[南宋]戴埴撰,《學津討原》本

貴耳集　[南宋]張端義撰,《學津討原》本

愧郯録　[南宋]岳珂撰,《四部叢刊續編》影印瞿鏞鐵琴銅劍樓
　藏宋本

遊宦紀聞　[南宋]張世南撰,張茂鵬點校,中華書局,1981

賓退録　[南宋]趙與時撰,齊治平校點,上海古籍出版社,1983

藏一話腴　[南宋]陳郁撰,《適園叢書》本

養疴漫筆　[南宋]趙溍撰,《古今説海》(説纂部散録家)本

齊東野語　[南宋]周密撰,周茂鵬點校,中華書局,1983

癸辛雜識　[南宋]周密撰,吳企明點校,中華書局,2004

志雅堂雜鈔　[南宋]周密撰,《粵雅堂叢書》本

浩然齋雅談　[南宋]周密撰,《武英殿聚珍版書》本

勤有堂隨録　[元]陳櫟撰,《景印文淵閣四庫全書》本

研北雜志　[元]陸友撰,《寶顔堂祕笈》本

草木子　[明]葉子奇撰,清乾隆二十七年刊本

秇林伐山　[明]楊慎撰,《函海》本

譚苑醍醐　[明]楊慎撰,《函海》本

丹鉛總録　[明]楊慎撰,清乾隆五十九年九思堂刊本

四友齋叢説　[明]何良俊撰,中華書局,1997

七修類稿　[明]郎瑛撰,上海書店出版社,2001

戒庵老人漫筆　[明]李詡撰,魏連科點校,中華書局,1982

少室山房筆叢　[明]胡應麟撰,上海書店出版社,2001

甲乙剩言　[明]胡應麟撰,《寶顔堂祕笈》本

文海披沙　〔明〕謝肇淛撰，明萬曆三十七年刊本

湧幢小品　〔明〕朱國禎撰，中華書局上海編輯所，1959

樗齋漫録　〔明〕許自昌撰，《北京圖書館古籍珍本叢刊》影印明
　　萬曆刊本

玉芝堂談薈　〔明〕徐應秋撰，《景印文淵閣四庫全書》本

通雅　〔明〕方以智撰，中國書店影印康熙姚文燮浮山此藏軒刊
　　本，1990

宋元學案　〔清〕黄宗羲撰，全祖望補修，陳金生、梁運華點校，中
　　華書局，1986

書影　〔清〕周亮工撰，上海古籍出版社，1981

藝林彙考　〔清〕沈自南撰，《景印文淵閣四庫全書》本

香祖筆記　〔清〕王士禛撰，湛之點校，上海古籍出版社，1982

池北偶談　〔清〕王士禛撰，靳斯仁點校，中華書局，1982

居易録　〔清〕王士禛撰，《王漁洋遺書》本

巢林筆談　〔清〕龔煒撰，錢炳寰點校，中華書局，1981

蛾術編　〔清〕王鳴盛撰，商務印書館，1968

陔餘叢考　〔清〕趙翼撰，商務印書館，1957

浪跡叢談續談三談　〔清〕梁章鉅撰，陳鐵民點校，中華書
　　局，1981

退庵筆記　〔清〕夏荃撰，清鈔本

復堂日記　〔清〕譚獻撰，《半厂叢書初編》本

茶香室叢鈔　〔清〕俞樾撰，貞凡、顧馨、徐敏霞點校，中華書
　　局，2006

宋元學案補遺　〔清〕王梓材、馮雲濠編撰，沈芝盈、梁運華點校，
　　中華書局，2012

純常子枝語　〔清〕文廷式撰，1943 年刊本

荷香館瑣言　丁國均撰，《叢書集成續編》第 91 册影印本，上海
　　書店出版社，1994

北堂書鈔　〔唐〕虞世南編,清光緒十四年南海孔廣陶校刊本

藝文類聚　〔唐〕歐陽詢編,汪紹楹點校,上海古籍出版社,1982

初學記　〔唐〕徐堅等編,中華書局,1980

白孔六帖　〔唐〕白居易編,闕名注,〔南宋〕孔傳續編(後六帖),
　　《景印文淵閣四庫全書》本

太平廣記　〔北宋〕李昉等編,汪紹楹點校,中華書局,1981;民國
　　景印嘉靖丙寅(四十五年)談愷刊本;乾隆十八年黃晟校刊
　　袖珍本;《景印文淵閣四庫全書》本;《筆記小説大觀》本,江
　　蘇廣陵古籍刻印社影印,1983

太平廣記詳節　〔朝鮮〕成任編,〔韓國〕金長焕、朴在淵、李來宗
　　編,韓國首爾學古房影印,2005

太平御覽　〔北宋〕李昉等編,中華書局影印宋刊本,1985;《景印
　　文淵閣四庫全書》本

事類賦注　〔北宋〕吴淑撰,冀勤等校點,上海古籍出版社,
　　1989

册府元龜　〔北宋〕王欽若等編,中華書局影印明崇禎十五年刊
　　本,1960

事物紀原　〔北宋〕高承撰,《惜陰軒叢書》本

皇宋事實類苑(宋朝事實類苑)　〔南宋〕江少虞編,日本元和七
　　年木活字印本;董康誦芬室1911年重刊本;上海古籍出版
　　社點校本,1981

海録碎事　〔南宋〕葉廷珪編,李之亮校點,中華書局,2002

錦繡萬花谷　〔南宋〕闕名編,《北京圖書館古籍珍本叢刊》影
　　印宋刊本,配明刊本,1987;《景印文淵閣四庫全書》本

記纂淵海　〔南宋〕潘自牧編,中華書局影印宋刊本,1988

六帖補　〔南宋〕楊伯嵒編,《景印文淵閣四庫全書》本

新編古今事文類聚　〔南宋〕祝穆、〔元〕富大用、祝淵編,日本京
　　都市中文出版社景印明萬曆甲辰(三十二年)金谿唐富春精

校補遺重刻本,1989;《景印文淵閣四庫全書》本

全芳備祖　[南宋]陳景沂編,《中國農學珍本叢刊》影印日藏宋
　　刊本、徐氏積學齋鈔本,農業出版社,1982

古今合璧事類備要　[南宋]謝維新編,明嘉靖三十五年摹宋刊
　　本,《景印文淵閣四庫全書》本

玉海　[南宋]王應麟編,清嘉慶刊本

重刊增廣分門類林雜説　[金]王朋壽編,《嘉業堂叢書》本

永樂大典　[明]解縉、姚廣孝等編,中華書局影印,1986

海外新發現永樂大典十七卷　上海辭書出版社,2003

永樂大典索引　欒貴明編著,作家出版社,1997

群書類編故事　[明]王罃編,江蘇廣陵古籍刻印社影印《宛委別
　　藏》本,1990

太平通載　[朝鮮]成任編,[韓國]李來宗、朴在淵主編,韓國首
　　爾中韓翻譯文獻研究所學古房影印朝鮮刻本,2009

新編古今奇聞類紀　[明]施顯卿編,《四庫全書存目叢書》影印
　　明萬曆四年刊本

榕陰新檢　[明]徐𤊹編,《四庫全書存目叢書》影印明萬曆三十
　　四年刊本

增修埤雅廣要　[明]牛衷增修,《續修四庫全書》影印明萬曆三
　　十八年刊本

楮記室　[明]潘塤編,《四庫全書存目叢書》影印明刊本

天中記　[明]陳耀文編,江蘇廣陵古籍刻印社影印光緒四年聽
　　雨山房重刊本,1988

山堂肆考　[明]彭大翼編,《景印文淵閣四庫全書》本

宋稗類鈔　[清]潘永因編,《景印文淵閣四庫全書》本

淵鑑類函　[清]張英等編,《景印文淵閣四庫全書》本

格致鏡原　[清]陳元龍編,《景印文淵閣四庫全書》本

古今圖書集成　[清]蔣廷錫等編,中華書局影印,1934

佩文韻府　〔清〕張玉書等編,《景印文淵閣四庫全書》本

駢字類編　〔清〕張廷玉等編,《景印文淵閣四庫全書》本

御定分類字錦　〔清〕張廷玉等編,《景印文淵閣四庫全書》本

廣事類賦　〔清〕華希閔撰注,清乾隆二十九年刊本

增補事類統編　〔清〕黃葆真增輯,清光緒十四年上海積山書局
　　石印本

山海經校注　〔東晉〕郭璞注,袁珂校注,上海古籍出版社,1980

西京雜記校注　〔西漢〕劉歆撰,〔東晉〕葛洪集,向新陽、劉克任
　　校注,上海古籍出版社,1991

趙飛燕外傳　舊題〔西漢〕伶玄撰,《顧氏文房小説》本

漢武帝内傳　舊題〔東漢〕班固撰,《守山閣叢書》本

博物志校證　〔西晉〕張華撰,范寧校證,中華書局,1980

搜神記　〔東晉〕干寶撰,汪紹楹校注,中華書局,1979

新輯搜神記　〔東晉〕干寶撰,李劍國輯校,中華書局,2012 三
　　印本

搜神記(八卷本)　《稗海》本

拾遺記　〔東晉〕王嘉撰,〔梁〕蕭綺録,齊治平校注,中華書
　　局,1981

新輯搜神後記　〔南朝宋〕陶潛撰,李劍國輯校,中華書局,2012
　　三印本

異苑　〔南朝宋〕劉敬叔撰,范寧校點,中華書局,1996

世説新語箋疏　〔南朝宋〕劉義慶撰,〔梁〕劉孝標注,余嘉錫箋
　　疏,中華書局,1983

述異記　〔梁〕任昉撰,《隨盦徐氏叢書》本

還冤志(冤魂志)　〔隋〕顔之推撰,《寶顔堂祕笈》本

朝野僉載　〔唐〕張鷟撰,趙守儼點校,中華書局,1979

遊仙窟　〔唐〕張鷟撰,日本慶安五年刊本

大唐新語　〔唐〕劉肅撰，許德楠、李鼎霞點校，中華書局，1984

龍城録　〔唐〕柳宗元撰，《五百家註柳先生集》本

唐國史補　〔唐〕李肇撰，上海古籍出版社，1979

玄怪録　〔唐〕牛僧孺撰，程毅中點校，中華書局，2006

次柳氏舊聞　〔唐〕李德裕撰，吴企明點校，中華書局，2012

明皇雜録　〔唐〕鄭處誨撰，田廷柱點校，中華書局，1994

劉賓客嘉話録　〔唐〕韋絢撰，《顧氏文房小説》本

因話録　〔唐〕趙璘撰，上海古籍出版社，1979

酉陽雜俎校箋　〔唐〕段成式撰，許逸民校箋，中華書局，2015

獨異志　〔唐〕李冗（伉）撰，張永欽、侯志明點校，中華書局，1983

宣室志　〔唐〕張讀撰，張永欽、侯志明點校，中華書局，1983

甘澤謡　〔唐〕袁郊撰，《津逮祕書》本

松窗雜録　〔唐〕李濬撰，《顧氏文房小説》本

杜陽雜編　〔唐〕蘇鶚撰，《稗海》本

雲谿友議　〔唐〕范攄撰，《四部叢刊續編》景印明刊本

開天傳信記　〔唐〕鄭綮撰，吴企明點校，中華書局，2012

尚書故實　〔唐〕李綽撰，《寶顏堂祕笈》本

東觀奏記　〔唐〕裴庭裕撰，田廷柱點校，中華書局，1994

闕史　〔唐〕高彦休撰，《知不足齋叢書》本

劇談録　〔唐〕康軿撰，上海古典文學出版社，1958

桂苑叢談　〔唐〕嚴子休撰，《寶顏堂祕笈》本

唐摭言　〔後梁〕王定保撰，黄壽成點校，三秦出版社，2011

開元天寶遺事　〔後唐〕王仁裕撰，曾貽芬點校，中華書局，2012

雲仙雜記　舊題〔唐〕馮贄編，《四部叢刊續編》景印明刊本

鐙下閑談　〔五代〕闕名撰，《適園叢書》本

北夢瑣言　〔荆南〕孫光憲撰，林艾園校點，上海古籍出版社，1981

鑑誡録　〔後蜀〕何光遠撰，《知不足齋叢書》本

稽神録 ［南唐］徐鉉撰,白化文點校,中華書局,1996

南唐近事 ［北宋］鄭文寶撰,《寶顏堂祕笈》本

清異録 ［北宋］陶穀撰,《寶顏堂祕笈》本

南部新書 ［北宋］錢易撰,黃壽成點校,中華書局,2002

楊文公談苑 ［北宋］楊億述,黃鑑筆録,宋庠整理,李裕民輯校,
　　上海古籍出版社,1993

墨客揮犀 ［北宋］彭乘撰,《稗海》本;孔凡禮點校,署彭□輯撰,
　　中華書局,2002

歸田録 ［北宋］歐陽修撰,李偉國點校,中華書局,1981

涑水記聞 ［北宋］司馬光撰,鄧廣銘、張希清點校,中華書
　　局,1989

嘉祐雜誌 ［北宋］江休復撰,《景印文淵閣四庫全書》本

東齋記事 ［北宋］范鎮撰,汝沛點校,中華書局,1980

青箱雜記 ［北宋］吳處厚撰,李裕民點校,中華書局,1985

東軒筆録 ［北宋］魏泰撰,李裕民點校,中華書局,1983

澠水燕談録 ［北宋］王闢之撰,呂友仁點校,中華書局,1981

東坡志林（五卷本） ［北宋］蘇軾撰,王松齡點校,中華書
　　局,1981

東坡志林（十二卷本） ［北宋］蘇軾撰,《稗海》本

仇池筆記 ［北宋］蘇軾撰,《類説》（卷九）本

漁樵閒話録 舊題［北宋］蘇軾撰,《寶顏堂祕笈》本

龍川略志 ［北宋］蘇轍撰,俞宗憲點校,中華書局,1982

龍川別志 ［北宋］蘇轍撰,俞宗憲點校,中華書局,1982

唐語林校證 ［北宋］王讜撰,周勛初校證,中華書局,1987

湘山野録、續録 ［北宋］文瑩撰,鄭世剛、楊立揚點校,中華書
　　局,1984

玉壺清話 ［北宋］文瑩撰,鄭世剛、楊立揚點校,中華書局,1984

談苑 舊題［北宋］孔平仲撰,《寶顏堂祕笈》本

冷齋夜話　〔北宋〕僧惠洪撰,《津逮祕書》本

青箱雜記　〔北宋〕吳處厚撰,李裕民點校,中華書局,1985

萍洲可談　〔北宋〕朱彧撰,李偉國點校,上海古籍出版社,1989

畫墁録　〔北宋〕張舜民撰,《稗海》本

月河所聞集　〔北宋〕莫君陳撰,《四庫全書存目叢書》影印上海
　　圖書館藏明鈔本

聞見近録　〔北宋〕王鞏撰,《知不足齋叢書》本

孫公談圃　〔北宋〕劉延世録,《百川學海》本

後山談叢　〔北宋〕陳師道撰,李偉國校點,上海古籍出版
　　社,1989

春渚紀聞　〔南宋〕何薳撰,張明華點校,中華書局,1983

默記　〔南宋〕王銍撰,朱杰人點校,中華書局,1981

鐵圍山叢談　〔南宋〕蔡絛撰,馮惠民、沈錫麟點校,中華書
　　局,1983

邵氏聞見録　〔南宋〕邵伯温撰,李劍雄、劉德權點校,中華書
　　局,1983

雞肋編　〔南宋〕莊綽撰,蕭魯陽點校,中華書局,1983

泊宅編　〔南宋〕方勺撰,許沛藻、楊立揚點校,中華書局,1983

楓窗小牘　〔南宋〕袁褧撰,袁頤續,《寶顏堂祕笈》本

曲洧舊聞　〔南宋〕朱弁撰,孔凡禮點校,中華書局,2002

侯鯖録　〔南宋〕趙令畤撰,孔凡禮點校,中華書局,2002

錢氏私志　〔南宋〕錢世昭撰,《景印文淵閣四庫全書》本

邵氏聞見後録　〔南宋〕邵博撰,劉德權、李劍雄點校,中華書
　　局,1983

獨醒雜志　〔南宋〕曾敏行撰,《知不足齋叢書》本

清波雜志校注　〔南宋〕周煇撰,劉永翔校注,中華書局,1994

揮塵録(前録、後録、三録、餘話)　〔南宋〕王明清撰,《四部叢刊
　　續編》景印宋鈔本;上海書店出版社,2001

玉照新志　〔南宋〕王明清撰,《宋人小説》排印本;汪新森、朱菊
　　如校點,上海古籍出版社,1991

厚德録　〔南宋〕李元綱撰,《稗海》本

避暑漫抄　舊題〔南宋〕陸游撰,《古今説海》（説纂部散録家）本

蓼花洲閒録　舊題〔南宋〕高文虎撰,《古今説海》（説纂部散録
　　家）本

清夜録　〔南宋〕俞文豹撰,《廣四十家小説》本

吹劍録外集　〔南宋〕俞文豹撰,《知不足齋叢書》本

新編醉翁談録　〔南宋〕金盈之撰,《宛委別藏》本;《適園叢書》
　　本;上海古典文學出版社,1958

桯史　〔南宋〕岳珂撰,吳企明點校,中華書局,1981

西塘集耆舊續聞　〔南宋〕陳鵠撰,《知不足齋叢書》本;孔凡禮點
　　校,中華書局,2002

隨隱漫録　〔元〕陳世崇撰,《景印文淵閣四庫全書》本

山房隨筆　〔元〕蔣正子撰,《景印文淵閣四庫全書》本

東南紀聞　〔元〕闕名撰,《守山閣叢書》本

異聞總録　〔元〕闕名撰,《稗海》本

湖海新聞夷堅續志　〔元〕闕名撰,金心點校,中華書局,1986

誠齋襍記　〔元〕林坤輯,《津逮祕書》本

爲政善報事類　〔元〕葉留編,《宛委別藏》過録元刊本

山居新話　〔元〕楊瑀撰,《知不足齋叢書》本

南村輟耕録　〔元〕陶宗儀撰,中華書局,1980;《四部叢刊三編》
　　景印元刊本

瑯嬛記　舊題〔元〕伊世珍撰,《四庫全書存目叢書》影印明萬曆
　　刊本

剪燈新話　〔明〕瞿佑撰,周楞伽校注,上海古籍出版社,1981

大明仁孝皇后勸善書　〔明〕仁孝皇后徐妙雲撰,《四庫全書存目
　　叢書》影印明永樂五年內府刊本

剪燈餘話 ［明］李昌祺撰，周楞伽校注，上海古籍出版社，1981

賈檀記 舊題［明］滑惟善撰，《説郛續》（卷二〇）本

汴京勾異記 ［明］李濂撰，《叢書集成初編》排印《硯雲甲乙編》本

庚巳編 ［明］陸粲撰，譚棣華、陳稼禾點校，中華書局，1997

雅笑 ［明］李贄輯，上海古籍出版社，1996

校鐫鴛渚誌餘雪窗談異 ［明］周紹濂撰，于文藻點校，中華書局，2008

堅瓠集 ［清］褚人穫撰，清康熙刊本

聊齋誌異（會校會注會評本） ［清］蒲松齡撰，張友鶴輯校，上海古籍出版社，1978

宋豔 ［清］徐士鑾輯，《筆記小説大觀》本

古今閨媛逸事 上海進步書局編輯所編，上海文明書局排印本，1923

宋人軼事彙編 丁傳靖輯，中華書局，1981

五色線集（五色線） ［北宋］闕名編，《四庫全書存目叢書》影印明弘治刊本，《津逮祕書》本

續談助 ［北宋］晁載之編，清光緒十三年序刊本

紺珠集 ［南宋］朱勝非編，明天順刊本，《景印文淵閣四庫全書》本

類説 ［南宋］曾慥編，文學古籍刊行社影印明天啓六年刊本，1955；嚴一萍校訂本（以天啓六年刊本爲底本，以明嘉靖伯玉翁舊鈔本校訂），臺灣藝文印書館，1970

説郛 ［元］陶宗儀編，上海涵芬樓排印張宗祥校明鈔本，北京市中國書店影印，1986

説郛校勘記 張宗祥撰，據休寧汪季清家藏明抄殘本校，張宗祥校明鈔本《説郛》附，《説郛三種》，上海古籍出版社，1988

古今説海　［明］陸楫等編，清道光元年邵松岩酉山堂重刊明嘉
　　靖二十三年陸楫刊本

廣四十家小説　［明］顧元慶編刊，上海文明書局石印本，1915

顧氏文房小説　［明］顧元慶編刊，上海涵芬樓影印本，1925

劍俠傳　［明］闕名編，《古今逸史》本

劍俠傳（有附錄）　［明］弢庵居士編，《四庫全書存目叢書》影印
　　明隆慶三年履謙子刊本

豔異編（四十卷本）　舊題［明］王世貞編，《古本小説集成》影印
　　明刊本，上海古籍出版社，1990

豔異編（十二卷本）　舊題［明］王世貞編，《續修四庫全書》影印
　　明刊本

廣豔異編　［明］吳大震編，《續修四庫全書》影印明刊本

續豔異編　［明］闕名編，《古本小説集成》影印明刊本，上海古籍
　　出版社，1990

逸史搜奇　［明］汪雲程編，《四庫全書存目叢書》影印明刊本

青泥蓮花記　［明］梅鼎祚編，《四庫全書存目叢書》影印萬曆三
　　十年鹿角山房刊本

才鬼記　［明］梅鼎祚編，《四庫全書存目叢書》影印萬曆三十三
　　年蟫隱居刻《三才靈記》本

綠牕女史　［明］秦淮寓客編，《明清善本小説叢刊初編》景印明
　　刊本，臺北天一出版社，1985

宋人百家小説　［明］闕名編，《五朝小説》，清刊本

五朝小説大觀　［明］闕名編，上海掃葉山房石印本，1926

清談萬選　［明］林世吉編，《明清善本小説叢刊初編》景印明萬
　　曆刊本，臺北天一出版社，1985

剪燈叢話　［明］自好子編，國家圖書館藏明刊本

一見賞心編　［明］鳩兹洛源子編，《明清善本小説叢刊初編》景
　　印明刊本，臺北天一出版社，1985

徐文長先生秘集　舊題〔明〕徐渭輯,明天啓刊本

重編説郛　舊題〔明〕陶珽編,《説郛三種》影印順治四年周南李際期宛委山堂刊本,上海古籍出版社,1988

説郛續　舊題〔明〕陶珽編,《説郛三種》影印順治四年周南李際期宛委山堂刊本,上海古籍出版社,1988

稗海　〔明〕商濬編刊,清康熙振鷺堂據明商濬半埜堂萬曆刊本重刊,台北大化書局影印,1985

捧腹編　〔明〕許自昌編,明萬曆刊本

繡谷春容　〔明〕羊洛敕里起北赤心子彙輯,《古本小説集成》影印明世德堂刊本,上海古籍出版社,1994;俞爲民校點,江蘇古籍出版社,1994

國色天香　〔明〕吳敬所編輯,《古本小説集成》影印明萬曆丁酉金陵書林周氏萬卷樓重鋟本,上海古籍出版社,1994;俞爲民校點,江蘇古籍出版社,1994

新刻芸窗彙爽萬錦情林　〔明〕余象斗纂,明萬曆刊本

新刻稗家粹編　〔明〕胡文煥編,《胡氏粹編》五種,《北京圖書館古籍珍本叢刊》影印萬曆二十二年刊本,書目文獻出版社,1988

重刻增補燕居筆記　〔明〕何大掄編,《古本小説集成》影印明刊本,上海古籍出版社,1990

新刻增補燕居筆記　〔明〕林近陽編,《古本小説集成》影印明刊本,上海古籍出版社,1990

增補批點圖像燕居筆記　〔明〕馮夢龍增編,余公仁批補,《古本小説集成》影印明刊本,上海古籍出版社,1990

古今譚概　〔明〕馮夢龍編,文學古籍刊行社影印明葉昆池刊本,1955

情史(情史類略)　〔明〕詹詹外史評輯,《古本小説集成》影印明刊本,上海古籍出版社,1994

雪窗談異　託名[明]楊循吉輯,宗文、吳岩、若遠點校,山西人民
　　出版社,1992

删補文苑楂橘　[朝鮮]闕名選編,韓國成和大學校中文系影印
　　朝鮮活字本,1994

唐人説薈(唐代叢書)　[清]蓮塘居士(陳世熙)編,清同治八年
　　連元閣刊本,民國二年上海掃葉山房石印本

龍威秘書　[清]馬俊良編,清乾隆五十九年石門馬氏刊本

藝苑捃華　[清]顧之逵編,清同治七年序刊本

無一是齋叢鈔　[清]闕名編,清宣統元年夢梅仙館刊本

香豔叢書　[清]蟲天子編,上海書店影印宣統中國學扶輪社排
　　印本,1991

唐開元小説六種　[清]葉德輝編,清宣統三年觀古堂刊本

唐人小傳三種　[清]葉德輝編,《郋園先生全書》本

古今説部叢書　上海國學扶輪社編,宣統、民國中國學扶輪社排
　　印本

晉唐小説六十種　俞建卿編訂,上海廣益書局石印本,1915

説庫　王文濡編,浙江古籍出版社影印上海文明書局民國四年
　　石印本,1986

筆記小説大觀　民國上海進步書局編輯,江蘇廣陵古籍刻印社
　　影印進步書局石印本,1983

宋人小説　上海涵芬樓編,商務印書館排印本,1926

舊小説　吳曾祺編,商務印書館,1957

唐宋傳奇集　魯迅校録,《魯迅輯録古籍叢編》,人民文學出版
　　社,1999

古神話選釋　袁珂著,人民文學出版社,1979

唐宋傳奇選　張友鶴選註,人民文學出版社,1979

宋代傳奇集　李劍國輯校,中華書局,2001

宋元筆記小説大觀(六册)　上海古籍出版社編,上海古籍出版

社，2001

全宋筆記（第一編）　朱易安、傅璇琮等主編，大象出版社，2003

全宋筆記（第二編）　朱易安、傅璇琮等主編，大象出版社，2006

敦煌變文集　王重民等編，人民文學出版社，1984

新刊大宋宣和遺事　〔南宋〕闕名撰，中國古典文學出版社，1955

宋元小説家話本集　程毅中輯注，人民文学出版社，2016

清平山堂話本　〔明〕洪楩編，文學古籍刊行社影印明刊本，1987

熊龍峰四種小説　〔明〕熊龍峰刊行，王古魯蒐録校註，上海古典
　　文學出版社，1958

京本通俗小説　〔清〕繆荃孫編刊，上海古籍出版社，1988

水滸傳　〔明〕施耐庵、羅貫中著，人民文學出版社，1975

金瓶梅詞話　〔明〕蘭陵笑笑生撰，文學古籍刊行社影印明萬曆
　　刊本，1957

西湖二集　〔明〕周清源撰，浙江人民出版社，1981

古今小説（喻世明言）　〔明〕馮夢龍編，人民文學出版社，1979

警世通言　〔明〕馮夢龍編，人民文學出版社，1979

醒世恒言　〔明〕馮夢龍編，人民文學出版社，1979

拍案驚奇　〔明〕凌濛初撰，上海古籍出版社，1982

二刻拍案驚奇　〔明〕凌濛初撰，上海古籍出版社，1983

石點頭　〔明〕天然癡叟撰，吉林文史出版社，1986

龍圖公案　〔明〕佚名撰，李永祜等校點，群衆出版社，1999

歡喜冤家　〔明〕西湖漁隱主人著，華夏出版社，2015

醉醒石　〔清〕東魯古狂生撰，上海古典文學出版社，1957

儒林外史　〔清〕吴敬梓撰，人民文學出版社，1980

朝野新聲太平樂府　〔元〕楊朝英編，隋樹森校訂，中華書
　　局，1958

録鬼簿　［元］鍾嗣成撰,上海古籍出版社,1978

録鬼簿續編　［明］闕名撰,《録鬼簿》(外四種),上海古籍出版社,1978

太和正音譜　［明］朱權撰,《中國古典戲曲論著集成》,中國戲劇出版社,1959

南詞敍録　［明］徐渭撰,《中國古典戲曲論著集成》,中國戲劇出版社,1959

南九宮十三調曲譜　［明］沈璟撰,西吳張漢重校本

南詞新譜　［明］沈自晉編,北京大學影印本

遠山堂曲品　［明］祁彪佳撰,《中國古典戲曲論著集成》,中國戲劇出版社,1959

遠山堂劇品　［明］祁彪佳撰,《中國古典戲曲論著集成》,中國戲劇出版社,1959

曲品　［明］吕天成撰,《中國古典戲曲論著集成》,中國戲劇出版社,1959

南曲九宮正始　［清］徐于室輯,戲曲文獻流通會影印清初抄本,1936

新傳奇品　［清］高奕撰,《中國古典戲曲論著集成》,中國戲劇出版社,1959

傳奇彙考標目　［清］闕名撰,《中國古典戲曲論著集成》,中國戲劇出版社,1959

今樂考證　［清］姚燮撰,《中國古典戲曲論著集成》,中國戲劇出版社,1959

曲海總目提要　董康撰,人民文學出版社,1959

曲録　王國維撰,《王國維文集》,姚淦銘、王燕主編,中國文史出版社,2007

古典戲曲存目彙考　莊一拂著,上海古籍出版社,1982

董解元西廂記　〔金〕董解元撰,凌景埏校注,人民文學出版社,1980

永樂大典戲文三種校注　錢南揚校注,中華書局,1979

天寶遺事諸宮調　〔元〕王伯成撰,朱禧輯,天津古籍出版社,1986

古今雜劇　〔元〕闕名輯,1924年景印日本大正三年京都帝國大學文科大學景印元刊本

元曲選　〔明〕臧懋循編,中華書局,1989

盛明雜劇　〔明〕沈泰編,中國戲劇出版社影印董康誦芬室刊本,1958

太霞新奏　〔明〕香月居主人(馮夢龍)評選,明天啓刊本

宋元戲文輯佚　錢南揚輯録,上海古典文學出版社,1956

元人雜劇鈎沈　趙景深輯,上海古典文學出版社,1956

孤本元明雜劇　上海涵芬樓編,中國戲劇出版社,1958

長生殿　〔清〕洪昇撰,徐朔方校注,人民文学出版社,1983

古柏堂傳奇雜劇　〔清〕唐英撰,清乾隆刊本

玉燕堂四種曲　〔清〕張堅撰,清乾隆江寧張氏玉燕堂刊本

吟風閣雜劇　〔清〕楊潮觀撰,胡士瑩校注,上海古籍出版社,1983

玉獅堂十種曲　〔清〕陳烺撰,清光緒十七年刊本

古本戲曲叢刊初集　鄭振鐸主編,文學古籍刊行社影印本,1954—1955

古本戲曲叢刊二集　鄭振鐸主編,文學古籍刊行社影印本,1954—1955

古本戲曲叢刊三集　鄭振鐸主編,文學古籍刊行社影印本,1957

清人雜劇初集　鄭振鐸編,鄭氏影印本,1931

清人雜劇二集　鄭振鐸編,鄭氏影印本,1934

法苑珠林校注（百卷本）　〔唐〕釋道世撰，周叔迦、蘇晉仁校注，
　　中華書局，2000

樂邦文類　〔南宋〕釋宗曉撰，《大正新脩大藏經》本

佛祖統紀　〔南宋〕釋志磐撰，《大正新脩大藏經》本

明州阿育王山志　〔明〕郭子章撰，明萬曆刻清乾隆續刊本

列仙傳校正　〔西漢〕劉向撰，〔清〕王照圓校正，《郝氏遺書》本

抱朴子　〔東晉〕葛洪撰，《諸子集成》，中華書局影印，1986

真誥　〔梁〕陶弘景撰，明正統《道藏》本

洞天福地嶽瀆名山記　〔唐〕杜光庭撰，明正統《道藏》本

墉城集仙録　〔前蜀〕杜光庭撰，明正統《道藏》本

續仙傳　〔楊吳〕沈汾撰，明正統《道藏》本

雲笈七籤　〔北宋〕張君房編，明正統《道藏》本；李永晟點校本，
　　中華書局，2003

三洞群仙録　〔南宋〕陳葆光撰，明正統《道藏》本

太上感應篇　〔南宋〕李昌齡傳，鄭清之贊，明正統《道藏》本

洞霄圖志　〔元〕鄧牧撰，《知不足齋叢書》本

席上腐談　〔元〕俞琰撰，《寶顏堂祕笈》本

歷世真仙體道通鑑　〔元〕趙道一撰，明正統《道藏》本

純陽帝君神化妙通紀　〔元〕苗善時撰，明正統《道藏》本

新編連相搜神廣記　〔元〕秦曇編，《重刊繪圖三教源流搜神大全
　　（外二種）》影印元刊本，上海古籍出版社，1990

搜神記（六卷本）　〔明〕闕名編，明《續道藏》本

重刊繪圖三教源流搜神大全　〔明〕闕名編，清宣統元年郋園校
　　刊本影印本，上海古籍出版社，1990

新刻出像增補搜神記　〔明〕闕名編，《續修四庫全書》影印萬曆
　　金陵富春堂刊本

有象列仙全傳　〔明〕王世貞輯、汪雲鵬補，《中國古代版畫叢刊》

影印明萬曆二十八年汪雲鵬玩虎軒刊本；中華書局上海編
　　輯所，1961

青城山記　　〔清〕彭洵撰，《重刊道藏輯要》本

李太白全集　　〔唐〕李白撰，〔清〕王琦注，中華書局，1977

分門集註杜工部詩　　〔唐〕杜甫撰，〔北宋〕王洙編，王洙等注，《四
　　部叢刊初編》景印宋刊本

九家集注杜詩　　〔唐〕杜甫撰，〔南宋〕郭知達編注，上海古籍出版
　　社，1985

杜工部草堂詩箋　　〔唐〕杜甫撰，〔南宋〕魯訔編，蔡夢弼會箋，《古
　　逸叢書》景印宋麻沙本

補注杜詩　　〔唐〕杜甫撰，〔南宋〕黃希、黃鶴注，上海古籍出版
　　社，1987

集千家註杜工部詩集　　〔唐〕杜甫撰，〔南宋〕闕名編，《景印文淵
　　閣四庫全書》本

顔魯公文集　　〔唐〕顔真卿撰，《四部叢刊初編》景印明錫山安氏
　　館刊本

劉夢得文集　　〔唐〕劉禹錫撰，《四部叢刊初編》景印宋本

李長吉歌詩　　〔唐〕李賀撰，《四部備要》本

白氏長慶集　　〔唐〕白居易撰，《四部叢刊初編》景印日本翻宋大
　　字本

白香山詩集　　〔唐〕白居易撰，〔清〕汪立名編，《四部備要》本

李義山文集　　〔唐〕李商隱撰，《四部叢刊初編》景印稽瑞樓鈔本

李義山詩集　　〔唐〕李商隱撰，《四部叢刊初編》景印明嘉靖刊本

樊川文集　　〔唐〕杜牧撰，《四部叢刊初編》景印明刊本

樊川詩集夾註　　〔唐〕杜牧撰，闕名註，國家圖書館藏朝鮮刊本

徐公文集（騎省集）　　〔北宋〕徐鉉撰，《四部叢刊初編》景印校
　　宋本

元憲集　[北宋]宋庠撰,《景印文淵閣四庫全書》本

范文正公集　[北宋]范仲淹撰,《四部叢刊初編》景印明翻元刊本

樂章集　[北宋]柳永撰,《四部備要》本

安陽集　[北宋]韓琦撰,《北京圖書館古籍珍本叢刊》影印明正德九年張士隆重刊本

公是集　[北宋]劉敞撰,《景印文淵閣四庫全書》本

魯齋集　[北宋]王柏撰,《續金華叢書》本

文恭集　[北宋]胡宿撰,《武英殿聚珍版書》本

徂徠集　[北宋]石介撰,《景印文淵閣四庫全書》本

蘇學士文集　[北宋]蘇舜欽撰,《四部叢刊初編》景印清康熙刊本

歐陽文忠公文集　[北宋]歐陽修撰,《四部叢刊初編》景印元刊本

節孝集　[北宋]徐積撰,《景印文淵閣四庫全書》本

臨川先生文集　[北宋]王安石撰,《四部叢刊初編》景印明嘉靖三十九年刊本

華陽集　[北宋]王珪撰,《景印文淵閣四庫全書》本

范太史集　[北宋]范祖禹撰,《景印文淵閣四庫全書》本

彭城集　[北宋]劉攽撰,《武英殿聚珍版書》本

蘇魏公文集　[北宋]蘇頌撰,《景印文淵閣四庫全書》本

范忠宣集　[北宋]范純仁撰,《景印文淵閣四庫全書》本

端明集　[北宋]蔡襄撰,《景印文淵閣四庫全書》本

郎溪集　[北宋]鄭獬撰,《景印文淵閣四庫全書》本

錢唐韋先生文集　[北宋]韋驤撰,《武林往哲遺著》本

元豐類稾　[北宋]曾鞏撰,《四部叢刊初編》景印元刊本

孝肅包公奏議　[北宋]包拯撰,《粵雅堂叢書》本

灌園集　[北宋]呂南公撰,《景印文淵閣四庫全書》本

濟北晁先生雞肋集　〔北宋〕晁補之撰,《四部叢刊初編》景印明
　　仿宋刊本

范忠宣集　〔北宋〕范純仁撰,《景印文淵閣四庫全書》本

東坡集(蘇文忠公全集)　〔北宋〕蘇軾撰,明成化四年刊本

蘇軾文集　〔北宋〕蘇軾撰,孔凡禮點校,中華書局,1986

東坡外制集　〔北宋〕蘇軾撰,《四部備要》本

東坡先生詩集註(東坡詩集註)　〔北宋〕蘇軾撰,〔南宋〕王十朋
　　集註,明刊本,《景印文淵閣四庫全書》本

王狀元集註分類東坡先生詩　〔北宋〕蘇軾撰,〔南宋〕王十朋集
　　註,《四部叢刊初編》景印宋刊本

施註蘇詩　〔北宋〕蘇軾撰,〔南宋〕施元之、顧禧、施宿註,〔清〕顧
　　嗣立、邵長蘅、宋至删補,《古香齋袖珍十種》本,康熙三十八
　　年宋犖刊本,《景印文淵閣四庫全書》本

蘇軾詩集　〔北宋〕蘇軾撰,〔清〕王文誥輯註,孔凡禮點校,中華
　　書局,1982

東坡樂府　〔北宋〕蘇軾撰,《彊村叢書》本

西塘集　〔北宋〕鄭俠撰,《景印文淵閣四庫全書》本

舒嬾堂詩文存　〔北宋〕舒亶撰,《四明叢書》本

西臺集　〔北宋〕畢仲游撰,《武英殿聚珍版書》本

山谷詩集注(詩集注、外集詩注、別集詩注、外集補、別集補)
　　〔北宋〕黄庭堅撰,〔南宋〕任淵、史容、史季温注,黄寶華點
　　校,上海古籍出版社,2003

豫章黄先生文集　〔北宋〕黄庭堅撰,《四部叢刊初編》景印宋乾
　　道刊本

欒城集　〔北宋〕蘇轍撰,《四部叢刊初編》景印明蜀府活字本

淮海集　〔北宋〕秦觀撰,《四部叢刊初編》景印明嘉靖刊小字本,
　　《四部備要》校刊清道光王敬之高郵重刊本(據明李之藻刊
　　本),《景印文淵閣四庫全書》本

雲巢編　[北宋]沈遼撰,《沈氏三先生文集》,《四部叢刊三編》景
　　印明覆宋本

無爲集　[北宋]楊傑撰,南宋紹興刊本

道鄉集　[北宋]鄒浩撰,《景印文淵閣四庫全書》本

青山集　[北宋]郭祥正撰,《北京圖書館古籍珍本叢刊》影印宋
　　刊本,書目文獻出版社,1988

后山詩註　[北宋]陳師道撰,[南宋]任淵註,《四部叢刊初編》景
　　印高麗活字本

張右史文集　[北宋]張耒撰,《四部叢刊初編》景印舊鈔本

眉山唐先生文集　[北宋]唐庚撰,《四部叢刊三編》景印龔氏大
　　通樓藏舊鈔本

片玉集　[北宋]周邦彥撰,[南宋]陳元龍集注,《四部備要》本

跨鼇集　[北宋]李新撰,《景印文淵閣四庫全書》本

演山集　[南宋]黃裳撰,《景印文淵閣四庫全書》本

西渡詩集　[南宋]洪炎撰,《叢書集成初編》排印《小萬卷樓叢
　　書》本

歐陽修撰集　[南宋]歐陽澈撰,《景印文淵閣四庫全書》本

莊簡集　[南宋]李光撰,《景印文淵閣四庫全書》本

北山集　[南宋]鄭剛中撰,《景印文淵閣四庫全書》本

雪溪集　[南宋]王銍撰,《景印文淵閣四庫全書》本

樵歌　[南宋]朱敦儒撰,《宛委別藏》本

屏山集　[南宋]劉子翬撰,明刊本

華陽集　[南宋]張綱撰,《四部叢刊三編》景印明刊本

忠正德文集　[南宋]趙鼎撰,《景印文淵閣四庫全書》本

茶山集　[南宋]曾幾撰,《武英殿聚珍版書》本

東牟集　[南宋]王洋撰,《景印文淵閣四庫全書》本

海陵集　[南宋]周麟之撰,《景印文淵閣四庫全書》本

紫微集　[南宋]張嵲撰,《景印文淵閣四庫全書》本

于湖居士文集　〔南宋〕張孝祥撰，《四部叢刊初編》景印宋刊本

苕溪集　〔南宋〕劉一止撰，《景印文淵閣四庫全書》本

東窗集　〔南宋〕張擴撰，《景印文淵閣四庫全書》本

斐然集　〔南宋〕胡寅撰，《景印文淵閣四庫全書》本

忠惠集　〔南宋〕翟汝文撰，《景印文淵閣四庫全書》本

增廣箋註簡齋詩集　〔南宋〕陳與義撰，胡穉注，《四部叢刊初編》
　　景印宋刊本

檆溪居士集　〔南宋〕劉才邵撰，《景印文淵閣四庫全書》本

松隱文集　〔南宋〕曹勛撰，《嘉業堂叢書》本

方舟集　〔南宋〕李石撰，《景印文淵閣四庫全書》本

盤洲文集　〔南宋〕洪适撰，《四部叢刊初編》景印宋刊本

新刊嵩山居士文全集（嵩山集）　〔南宋〕晁公遡撰，南宋乾道四
　　年刊本，《景印文淵閣四庫全書》本

盧溪文集　〔南宋〕王庭珪撰，《景印文淵閣四庫全書》本

東萊呂太史文集　〔南宋〕呂祖謙撰，宋刻元明遞修本

梅溪先生文集　〔南宋〕王十朋撰，《四部叢刊初編》景印明正德
　　刊本

艮齋先生薛常州浪語集　〔南宋〕薛季宣撰，清鈔本，《永嘉叢
　　書》本

浮溪集　〔南宋〕汪藻撰，《武英殿聚珍版書》本

南澗甲乙稿　〔南宋〕韓元吉撰，《武英殿聚珍版書》本

鴻慶居士文集　〔南宋〕孫覿撰，《常州先哲遺書》本，《景印文淵
　　閣四庫全書》本

北海集　〔南宋〕綦崇禮撰，《景印文淵閣四庫全書》本

石湖居士詩集　〔南宋〕范成大撰，《四部叢刊初編》景印吳郡顧
　　氏愛汝堂刊本

海陵集　〔南宋〕周麟之撰，《景印文淵閣四庫全書》本

周益公文集　〔南宋〕周必大撰，明澹生堂鈔本

文忠集 ［南宋］周必大撰，《景印文淵閣四庫全書》本

淳熙稿 ［南宋］趙蕃撰，《武英殿聚珍版書》本

稼軒長短句 ［南宋］辛棄疾撰，元大德三年刊本

稼軒詞編年箋注 ［南宋］辛棄疾撰，鄧廣銘箋注，上海古籍出版
　社，1978

陸游集 ［南宋］陸游撰，中華書局，1976

渭南文集 ［南宋］陸游撰，《四部叢刊初編》本景印明活字本

劍南詩稿校注 ［南宋］陸游撰，錢仲聯校注，上海古籍出版
　社，1985

誠齋集 ［南宋］楊萬里撰，《四部叢刊初編》景印景宋寫本

羅鄂州小集 ［南宋］羅願撰，《景印文淵閣四庫全書》本

攻媿集 ［南宋］樓鑰撰，《四部叢刊初編》景印武英殿聚珍本

止齋先生文集 ［南宋］陳傅良撰，《四部叢刊初編》景印劉氏嘉
　業堂藏明弘治刊本

水心先生文集 ［南宋］葉適撰，《四部叢刊初編》景印劉氏嘉業
　堂藏明刊本

雪山集 ［南宋］王質撰，《景印文淵閣四庫全書》本

方是閑居士小藁 ［南宋］劉學箕撰，元至正二十年屏山書院重
　刊本

龍川先生文集 ［南宋］陳亮撰，明嘉靖刊本

定齋集 ［南宋］蔡戡撰，《常州先哲遺書》本

漫塘文集 ［南宋］劉宰撰，《嘉業堂叢書》本

山房集 ［南宋］周南撰，《景印文淵閣四庫全書》本

鶴山先生大全集 ［南宋］魏了翁撰，《四部叢刊初編》景印嘉業
　堂藏宋刊本

嘉禾百咏 ［南宋］張堯同撰，《景印文淵閣四庫全書》本

平齋文集 ［南宋］洪咨夔撰，《四部叢刊續編》景印瞿鏞鐵琴銅
　劍樓景宋鈔本

玉楮集　[南宋]岳珂撰，《景印文淵閣四庫全書》本

棠湖詩稿　[南宋]岳珂撰，《叢書集成初編》排印《咫進齋叢書》本

宋宗伯徐清正功存稿　[南宋]徐鹿卿撰，《豫章叢書》本

四六標準　[南宋]李劉撰，[明]孫雲翼箋釋，《景印文淵閣四庫全書》本

雪坡舍人集　[南宋]姚勉撰，《豫章叢書》本

竹溪鬳齋十一藁續集　[南宋]林希逸撰，《景印文淵閣四庫全書》本

佩韋齋集　[南宋]俞德鄰撰，《景印文淵閣四庫全書》本

滹南遺老集　[金]王若虛撰，《四部叢刊初編》景印舊鈔本

閑閑老人滏水文集　[金]趙秉文撰，《四部叢刊初編》景印汲古閣精寫本

遺山先生文集　[金]元好問撰，《四部叢刊初編》景印明弘治刊本

元遺山先生全集　[金]元好問撰，清光緒七年讀書山房重鐫本

元好問全集　[金]元好問撰，姚奠中主編，山西人民出版社，1990

拙軒集　[金]王寂撰，《景印文淵閣四庫全書》本

陵川集　[元]郝經撰，吳廣隆編審，馬甫平點校，山西古籍出版社，2006

雙溪醉隱集　[元]耶律鑄撰，《遼海叢書》本

秋澗先生大全文集　[元]王惲撰，《四部叢刊初編》景印明弘治翻元本

中菴集　[元]劉敏中撰，《景印文淵閣四庫全書》本

東維之文集　[元]楊維楨撰，《四部叢刊初編》景印鳴野山房鈔本

東國李相國全集　[高麗]李奎報撰，韓國民族文化推進會《韓國

文集叢刊》影印本

宋文憲公全集　〔明〕宋濂撰,《四部備要》本

東田文集　〔明〕馬中錫撰,《叢書集成初編》排印《畿輔叢書》本

始豐藁　〔明〕徐一夔撰,《武林往哲遺著》本

震澤集　〔明〕王鏊撰,《景印文淵閣四庫全書》本

太史升菴全集　〔明〕楊慎撰,明刊本

弇州山人四部稿　〔明〕王世貞撰,明萬曆刊本

弇州山人續稿　〔明〕王世貞撰,明刊本

少室山房類藁　〔明〕胡應麟撰,《續金華叢書》本

寶日堂初集　〔明〕張鼐撰,明崇禎二年刊本

邵子湘全集　〔清〕邵長蘅撰,清康熙刊本

古懽堂集　〔清〕田雯撰,《景印文淵閣四庫全書》本

帶經堂集　〔清〕王士禎撰,康熙五十年程哲七略書堂刻本

曝書亭集　〔清〕朱彝尊撰,《四部叢刊初編》景印康熙五十三年
　　原刊本

頤道堂集　〔清〕陳文述撰,清嘉慶十二年刻道光增修本

惕甫未定藁　〔清〕王芑孫撰,清嘉慶二十年刊本

讀白華草堂詩初集　〔清〕清黃鉞撰,清道光刻本

魯巖所學集　〔清〕張宗泰撰,1931年模憲堂重刊本

面城樓集鈔　〔清〕曾釗撰,《學海堂叢刻》本

悔菴學文　〔清〕嚴元照撰,《清代詩文集彙編》(五〇八),上海古
　　籍出版社,2010

冬青館乙集　〔清〕張鑑撰,《清代詩文集彙編》(四九〇),上海古
　　籍出版社,2010

大雲山房文稾　〔清〕惲敬撰,《四部叢刊初編》景印光緒十年
　　刊本

揅經室集　〔清〕阮元撰,《四部叢刊初編》景印清道光三年原
　　刊本

儀顧堂集　［清］陸心源撰，清光緒刊本

藝風堂文漫存　［清］繆荃孫撰，《藝風堂全集》本

楚辭　［東漢］王逸章句，［南宋］洪興祖補註，《四部叢刊初編》景
　　印明繙宋本

文選　［梁］蕭統編，［唐］李善注，［清］胡克家考異，中華書局影
　　印嘉慶胡克家刊本，1977

玉臺新詠　［陳］徐陵編，北京市中國書店影印世界書局 1935 年
　　排印本，1986

松陵集　［唐］陸龜蒙編，《湖北先正遺書》本

文苑英華　［北宋］李昉等編，［南宋］周必大、彭叔夏等校，中華
　　書局影印明刊本配宋刊本，1982

增脩箋註妙選群英草堂詩餘　［南宋］何士信輯，明洪武二十五
　　年遵正書堂刊本

成都文類　［南宋］扈仲榮等編，《景印文淵閣四庫全書》本

江湖小集　［南宋］陳起編，《景印文淵閣四庫全書》本

中興以來絕妙詞選　［南宋］黃昇編，《四部叢刊初編》景印明翻
　　宋本

絕妙好詞箋　［南宋］周密編，［清］查爲仁、厲鶚箋，上海古籍出
　　版社，1984

翰苑英華中州集　［金］元好問編，《四部叢刊初編》景印武進董
　　氏誦芬室景元刊本

宋詩拾遺　［元］陳世隆選輯，清鈔本

國朝文類　［元］蘇天爵編，《四部叢刊初編》景印元至正刊本

雍熙樂府　［明］郭勛編，《四部叢刊續編》景印明嘉靖刊本

吳都文粹續集　［明］錢穀編，《景印文淵閣四庫全書》本

全蜀藝文志　［明］周復俊編，明嘉靖刊本

詞林萬選　［明］楊慎輯，劉崇德、徐文武點校，河北大學出版

社,2006

花草稡編　〔明〕陳耀文編,《景印文淵閣四庫全書》本

吳興藝文補　〔明〕董斯張輯,《四庫全書存目叢書》影印明崇禎
　　六年刻本

古今詞統　〔明〕卓珂月編,明崇禎刻本

詞綜　〔清〕朱彝尊等編,上海古籍出版社,1978

元詩選癸集　〔清〕顧嗣立、席世臣編,吳申揚點校,中華書局,2001

明詩綜　〔清〕朱彝尊編,上海古籍出版社,1993

南宋襍事詩　〔清〕沈嘉轍、吳焯、陳芝光、符曾、趙昱、厲鶚、趙信
　　撰,《景印文淵閣四庫全書》本

全唐詩　〔清〕彭定求等編,中華書局點校本,1985

全唐詩補編　陳尚君輯校,中華書局,1992

御選歷代詩餘　〔清〕沈辰垣等編,《景印文淵閣四庫全書》本

御選宋金元明四朝詩　〔清〕張豫章等編,《景印文淵閣四庫全
　　書》本

全唐文　〔清〕董誥等編,中華書局影印揚州官刻本,1983

江西詩徵　〔清〕清曾燠編,清嘉慶九年刊本

遼宮詞　〔清〕陸長春編,《吳興叢書》本

全史宮詞　〔清〕史夢蘭編,清咸豐六年刊本

遼文補錄　黃任恒輯,《遼痕五種》本

全遼文　陳述輯校,中華書局,1982

校輯宋金元人詞　趙萬里輯,1931年國立中央研究院歷史語言
　　研究所排印本

宋詩選註　錢鍾書選註,人民文學出版社,1958

全宋詞　唐圭璋編,中華書局,1965

全宋文　曾棗莊、劉琳主編,上海辭書出版社、安徽教育出版
　　社,2006

本事詩　〔唐〕孟棨（棨）撰，李學穎標點，上海古籍出版社，1991

六一詩話　〔北宋〕歐陽修撰，鄭文校點，人民文學出版社，1962

臨漢隱居詩話　〔北宋〕魏泰撰，《知不足齋叢書》本

增修詩話總龜　〔北宋〕阮閱輯，《四部叢刊初編》景印明月窗道人校刊本；《景印文淵閣四庫全書》本；周本淳校點本，人民文學出版社，1987

中山詩話（劉貢父詩話）　〔北宋〕劉攽撰，《津逮祕書》本

西清詩話　〔南宋〕蔡絛撰，明鈔本

唐詩紀事　〔南宋〕計有功撰，《四部叢刊初編》景印明嘉靖洪楩刊本；上海古籍出版社點校本，1987

竹坡詩話　〔南宋〕周紫芝撰，《津逮祕書》本

許彥周詩話　〔南宋〕許顗撰，《百川學海》本

古今詞話　〔南宋〕楊湜（湜）撰，趙萬里輯，《校輯宋金元人詞》，1931年國立中央研究院歷史語言研究所排印本

苕溪漁隱叢話　〔南宋〕胡仔輯，《海山仙館叢書》本；廖德明校點本，人民文學出版社，1962

庚溪詩話　〔南宋〕陳巖肖撰，《百川學海》本

竹莊詩話　〔南宋〕何汶撰，常振國、絳雲點校，中華書局，1984

娛書堂詩話　〔南宋〕趙與虤撰，《景印文淵閣四庫全書》本

詩人玉屑　〔南宋〕魏慶之編，王仲聞校點，上海古籍出版社，1978

後村詩話　〔南宋〕劉克莊撰，王秀梅點校，中華書局，1983

詩林廣記　〔元〕蔡正孫撰，常振國、降雲點校，中華書局，1982

蓉塘詩話　〔明〕姜南撰，明嘉靖二十二年張國鎮刊本

升菴詩話　〔明〕楊慎撰，丁福保輯《歷代詩話續編》，中華書局，1983

新刻增補藝苑卮言　〔明〕王世貞撰，明萬曆十七年武林樵雲書

舍刻本

唐音癸籤 ［明］胡震亨撰，上海古典文學出版社，1957

御定詞譜 ［清］康熙敕撰，《景印文淵閣四庫全書》本

古今詞話 ［清］沈雄編纂，江尚質增輯，上海書店影印清康熙二
十八年寶翰樓刊本，1987

全閩詩話 ［清］鄭方坤撰，《景印文淵閣四庫全書》本

詞苑叢談校箋 ［清］徐釚撰，王百里校箋，人民文學出版
社，1988

宋詩紀事 ［清］尹鶚輯撰，上海古籍出版社，2013

本事詞 ［清］葉申薌撰，李學穎標點，上海古籍出版社，1991

圍爐詩話 ［清］吳喬撰，《借月山房彙鈔》本

遼詩話 ［清］周春輯，清嘉慶藏修書屋刊本

明詩紀事 ［清］陳田輯，清陳氏聽詩齋刻本

宋詩紀事補遺 ［清］陸心源撰，清光緒刊本

金詩紀事 陳衍輯撰，王慶生增訂，上海古籍出版社，2013

元詩紀事 陳衍輯撰，李夢生校點，上海古籍出版社，1987

遼詩紀事 陳衍撰，商務印書館，1936

宋詩話輯佚 郭紹虞輯，中華書局，1980

詞話叢編 唐圭璋編，中華書局，1986

中國古今地名大辭典 臧勵龢等編，商務印書館，1982

中國歷史地圖集 譚其驤主編，中國地圖出版社，1982

中國歷史大辭典（宋史卷） 鄧廣銘、程應鏐主編，上海辭書出版
社，1984

宋人傳記資料索引（六冊） 昌彼得、王德毅、程元敏、侯俊德編，
王德毅增訂，中華書局，1988

清人室名別稱字號索引（增補本） 楊廷福、楊同甫編，上海古籍
出版社，2001

唐刺史考全編　郁賢皓著,安徽大學出版社,2000

北宋經撫年表　南宋制撫年表　吳廷燮著,中華書局,1984

宋代官制辭典　龔延明著,中華書局,1997

北宋京師及東西路大郡守臣考　李之亮撰,巴蜀書社,2001

宋兩淮大郡守臣易替考　李之亮撰,巴蜀書社,2001

宋兩浙路郡守年表　李之亮撰,巴蜀書社,2001

宋兩湖大郡守臣易替考　李之亮撰,巴蜀書社,2001

宋兩江郡守易替考　李之亮撰,巴蜀書社,2001

宋川陝大郡守臣易替考　李之亮撰,巴蜀書社,2001

宋兩廣大郡守臣易替考　李之亮撰,巴蜀書社,2001

沈括研究　杭州大學宋史研究室編,浙江人民出版社,1985

蘇軾年譜　孔凡禮著,中華書局,1998

蘇轍年譜　曾棗莊著,陝西人民出版社,1986

蘇轍年譜　孔凡禮著,學苑出版社,2001

黃庭堅年譜新編　鄭永曉著,社會科學文獻出版社,1997

秦少游年譜長編　徐培均著,中華書局,2002

辛棄疾年譜　蔡義江、蔡國黃著,齊魯書社,1987

辛稼軒年譜　鄧廣銘著,生活・讀書・新知三聯書店,2007

陸游年譜　于北山著,中華書局上海編輯所,1961

陸游年譜　歐小牧著,人民文學出版社,1981

洪邁年譜　王德毅編,臺北新文豐出版公司,2006

洪邁年譜　凌郁之著,上海古籍出版社,2006

元遺山年譜彙纂　繆鉞著,《繆鉞全集》(第一卷),河北教育出版
　　社,2004

元好問年譜新編　狄寶心著,中國文聯出版社,2000

宋登科記考　傅璇琮主編,龔延明、祖慧編撰,江蘇教育出版
　　社,2009

宋人生卒行年考　李裕民著,中華書局,2010

昭德晁氏家族研究　何新所著,上海古籍出版社,2006

宋詩話考　郭紹虞著,中華書局,1979

宋人別集叙録　祝尚書著,中華書局,1999

元好問研究論略　李正民著,社會科學文獻出版社,1999

中國藏書家考略　楊立誠、金步瀛合編,俞運之校補,上海古籍
出版社,1987

古代文獻的考證與詮釋——海峽兩岸古典文獻學國際學術會議
論文集　李浩、賈三强主編,西北大學古典文獻學科編,上
海古籍出版社,2006

宋代刻書産業與文學　朱迎平著,上海古籍出版社,2008

中國娼妓史　王書奴著,岳麓書社,1998

中國樂妓史　修君、鑒今著,中國文聯出版社,2003

小説面面觀　[英]愛·摩·福斯特著,方土人譯,《小説美學經
典三種》,上海文藝出版社,1980

中國小説史略　魯迅著,人民文學出版社,1963

墳　魯迅著,人民文學出版社,1980

説郛考　昌彼得著,臺北文史哲出版社,1979

小説見聞録　戴不凡著,浙江人民出版社,1980

中國通俗小説書目　孫楷第著,人民文學出版社,1982

滄州後集　孫楷第著,中華書局,1985

戲曲小説叢考　葉德均著,中華書局,1979

小説戲曲新考　趙景深著,上海世界書局,1943

中國小説叢考　趙景深著,齊魯書社,1980

三言兩拍資料　譚正璧編,上海古籍出版社,1980

話本與古劇(重訂本)　譚正璧著,譚尋補正,上海古籍出版
社,1985

古本稀見小説匯考　譚正璧、譚尋著,《譚正璧學術著作集》,上

海古籍出版社,2012

説苑珍聞　陳汝衡著,上海古籍出版社,1981

周貽白小説戲曲論集　沈燮元編,齊魯書社,1986

話本小説概論　胡士瑩著,中華書局,1980

雙漸與蘇卿故事研究　齊曉楓著,台北文史哲出版社,1988

雙漸蘇卿故事考　李殿魁著,台北文史哲出版社,1989

神怪小説史話　林辰著,遼寧教育出版社,1992

宋元小説研究　程毅中著,江蘇古籍出版社,1998

程毅中文存　程毅中著,中華書局,2006

仰素集　徐規著,杭州大學出版社,1999

夷堅志論稿　張祝平著,中國文史出版社,2002

明雜劇史　徐子方著,中華書局,2003

古稗斗筲録——李劍國自選集　李劍國著,南開大學出版
　　社,2004

唐前志怪小説史(重修訂本)　李劍國著,人民文學出版社,2011

唐前志怪小説輯釋(修訂本)　李劍國輯釋,上海古籍出版
　　社,2011

明代志怪傳奇小説研究　陳國軍著,天津古籍出版社,2005

明代志怪傳奇小説叙録　陳國軍著,商務印書館國際有限公
　　司,2015

作者索引

［按現代漢語音序排列］

書名篇目索引
［按現代漢語音序排列］

增訂後記

　　本書南開大學出版社 1997 年 6 月出版，2000 年 6 月第二次印刷，印數不多，兩次凡 2500 册。著名學者程毅中先生曾在《文學遺產》1998 年第 2 期發表《沙裏淘金　追根溯源——評介〈宋代志怪傳奇叙録〉》，以老前輩提攜後進之心予以肯定，認爲《宋代志怪傳奇叙録》對宋代文言小説"進行全面的研究，作出了卓越的成績"，"不僅是一部工具性的專題目録，而且也是一部學術性的研究著作"。並且提供了些新資料，如上海圖書館所藏祝允明手鈔本《夷堅丁志》（按：實即《夷堅乙志》），《洛中紀異》四條佚文，王安石《題燕華仙傳》等。十多年間檢點此書，發現了本書的許多問題——如我在《唐五代志怪傳奇叙録》增訂本《後記》中所説，學識不足，資料未備，思考欠周，粗心大意。多年來陸續掌握了許多新資料和研究新成果，有了不少新認識，也鑒於此書對讀者和研究者還有些許用處，故重拾舊作，爲之增訂。

　　增訂工作始於去年 5 月末，那時《唐五代志怪傳奇叙録》增訂本文稿告畢，遂由唐及宋，以了却多年心願。本書的增訂主要有以下幾項。其一，增加了一些新篇目，有洪炎《塵外記》三卷、邵德升《分定録》、魏彦良《趙士遇治療記》。其二，考定作者，如《書仙傳》考定爲任信臣作，《至孝通神集》三十卷爲過勗作，而非文彦博，《唐宋科名分定録》三卷原疑爲即邵德升《分定録》，今斷爲二書。其三，對作品産生時代重作考證，調整了許多篇目的位置，如崔公度《金華神記》與《陳明遠再生傳》、李注《李冰治水記》、《靈惠治水記》、王拱辰《張佛子傳》、黃裳《燕華仙傳》、《寶櫝記》、王禹錫《海陵三仙傳》、《柳勝傳》等等，如此甚多，或是改屬分期時段，或是在同時期內調整。其四，絕大部分叙録內容作了重要修改，或補充資料，或修正譌誤，或充實內容。不少叙録修改補充甚巨，最明顯的是《緑牕新話》和《夷堅志》，篇幅大大增加，還插入多幅圖表。其五，在正文和注釋中大量徵引今人論述，意者不惟求其充實，還希望給讀者提供盡可能多的研究信息。自然見聞有限，難免有重要遺漏。其六，所徵引文獻儘量利用較好版本核對原文。其七，除前言後記，改用淺近文言，以與《唐五代志怪傳奇叙録》一致。其八，全書改用繁體字。其九，增加《引用書目》，凡一千餘種。原書 37 萬字，增訂本按電腦文檔統計約 50 萬字。

去年 5 月此書修訂初畢，因又著手修訂《宋代傳奇集》（中華書局 2001 年出版），二書密切相關，互有參考，遂延至今年 10 月末定稿。《叙録》成後，又校讀一過。

中華書局在出版《唐五代志怪傳奇叙録》之後，於此書增訂本亦作葑菲之采，實爲幸事，不勝感荷。還須對兩位年輕學人表示感謝。一個是我的學生南開大學文學院副教授任德魁博士，本書書稿原爲手寫，他爲我製作出電子本，使得修訂工作能夠較快完成，他還經常給我提供必需的書籍掃描本。一個是台灣東吳大學賴信宏博士，他爲我提供了關於《青瑣高議》、《緑牕新話》、《剪燈叢話》等原始資料。

前文所說的四點問題，我想增訂本可能還會存在，出版後幸方家指教。古人云：“所以學無止境，必至於盡善而後已也。”（《日講四書解義》卷一〇）盡善既不可能，但求有所改進，少些謬誤而已。

2017 年 11 月 26 日校畢於釣雪齋

.